Gabrielle Zevin

Gabrielle Zevin, née en 1977, est écrivaine et scénariste. Diplômée de Harvard en littérature anglaise et américaine, elle vit à Los Angeles et a déjà publié huit romans aux États-Unis, dont quelques-uns pour la jeunesse, qui ont été traduits en France et publiés chez Albin Michel. *La Librairie de l'île* a paru sous le titre *L'Histoire épatante de M. Fikry & autres trésors* chez Fleuve Éditions en 2015. Suivront *La Tentation de la seconde chance* (2018) et *Demain, et demain, et demain* (2023) chez le même éditeur. C'est un véritable phénomène vendu à plus de 2 millions d'exemplaires dans le monde.

Retrouvez toute l'actualité de l'autrice sur :
linktr.ee/gabriellezevin

DEMAIN,
ET
DEMAIN,
ET
DEMAIN

ÉGALEMENT CHEZ POCKET

La Librairie de l'île
Demain, et demain, et demain

GABRIELLE ZEVIN

DEMAIN, ET DEMAIN, ET DEMAIN

Traduit de l'anglais (États-Unis)
par Aurore Guitry

fleuve
ÉDITIONS

Titre original :
TOMORROW, AND TOMORROW, AND TOMORROW

Toutes les traductions des œuvres de William Shakespeare citées
sont issues des *Œuvres complètes*,
traduites par François Guizot, Didier, 1864
Toutes les citations des poèmes d'Emily Dickinson
sont issues des *Poésies complètes* (*Poèmes non datés*),
traduites par Françoise Delphy, Flammarion, 1862

Publié avec l'accord de Sterling Lord Literistic, Inc.
et de l'agence Eliane Benisti

ISBN : 978-2-266-34155-4
Dépôt légal : juin 2024

À H.C., encore. – dans le travail
comme dans les jeux.

Que l'amour est tout ce qui est
Est tout ce que nous savons de l'amour,
Et c'est assez, le fret doit être
Proportionnel à la force du rail.

— Emily Dickinson, *Poésies complètes*,
(*Poèmes non datés*), trad. Françoise Delphy,
éd. Flammarion, p. 1331.

I

ENFANTS MALADES

1

Avant de s'inventer Mazer, Mazer s'appelait Samson Mazer et avant ça, Samson Masur – un changement de deux lettres qui le fit passer de gentil petit juif à Bâtisseur de Mondes. Mais pendant une grande partie de sa jeunesse, ce fut seulement Sam, ou S.A.M. comme dans la liste des meilleurs joueurs de *Donkey Kong* sur la machine de son grand-père.

Un après-midi de décembre, au crépuscule du XXe siècle, Sam descendit du métro et, dans le couloir menant à l'escalator, se retrouva coincé au milieu d'une foule médusée, agglutinée devant un panneau publicitaire. Sam était en retard. Il avait rendez-vous avec le directeur des études. Tout le monde s'accordait sur l'absolue nécessité de passer cet entretien avant les vacances d'hiver, mais il l'avait repoussé pendant plus d'un mois. Sam n'aimait ni les foules ni les bêtises qui les amusaient. Or cette masse-là, il ne pourrait pas l'éviter. Il lui faudrait jouer des coudes pour réussir à regagner la surface.

Sam portait un ample caban en laine bleu marine que son colocataire Marx lui avait offert après l'avoir acheté dans un surplus de la Marine, en ville, pendant leur première année. Marx l'avait laissé dans son emballage presque un semestre entier avant que Sam ne lui demande de le lui prêter. L'hiver avait été très rude et en avril le vent du nord-est (en avril ! Déments, ces hivers dans le Massachusetts) avait fini par avoir raison de la fierté de Sam. Il avait donc parlé à son coloc du manteau oublié, prétendant le trouver à son goût et, comme prévu, Marx lui avait répondu qu'il n'avait qu'à le récupérer. Comme la plupart des trucs qui provenaient des surplus militaires, le caban sentait le moisi, la poussière, la transpiration de garçons morts et Sam ne chercha pas à savoir pourquoi il avait atterri là. D'autant qu'il était bien plus chaud que l'anorak qu'il avait rapporté de Californie en première année. Et puis cette vareuse était tellement grande qu'elle compensait sa taille plutôt moyenne, croyait Sam. En réalité, le vêtement surdimensionné ne faisait qu'accentuer son allure juvénile, lui donnant un air de petit garçon.

Tout ça pour dire qu'à vingt et un ans Sam Masur n'avait pas la carrure nécessaire pour forcer son passage. Et quand il tenta de se frayer un chemin à travers la foule, il eut la sensation d'être le malheureux amphibien du jeu *Frogger*, essayant désespérément de traverser des routes bondées et une dangereuse rivière pour rejoindre sa maison. Il lâcha une série de « désolé » alors qu'il ne l'était pas du tout. *Le truc génial dans le codage du cerveau*, pensa-t-il, *c'est qu'on peut affirmer « excusez-moi » tout en se disant « va te faire foutre »*. Ce qui n'était pas le cas des actions et paroles des personnages de romans, films ou jeux vidéo qu'il fallait toujours prendre au premier degré (à l'exception de ceux présentés comme des tarés ou des crapules indignes de confiance). Mais les gens – normaux, convenables et plutôt honnêtes – ne passaient pas une journée sans recourir à cet indispensable logiciel qui leur permettait de prononcer quelques mots en pensant, ressentant ou même en faisant le contraire.

— Vous pouvez pas faire le tour ? lui cria un type coiffé d'un chapeau en macramé noir et vert.

— Désolé.

— Et merde ! J'étais à deux doigts de la voir, marmonna une femme avec un bébé en écharpe au moment où Sam passait devant elle.

De temps à autre quelqu'un se détachait de la foule et libérait un peu de place. Sam aurait pu en profiter pour se tirer de là, mais d'autres humains, avides de distractions, le devançaient toujours.

Une fois près de l'escalator, il se retourna pour voir ce que la foule regardait. S'il avait parlé de cet attroupement dans le métro à Marx, celui-ci lui aurait sans doute répondu : « Et tu n'as même pas eu la curiosité de savoir ce que c'était ? Le monde extérieur existe, tu ne pouvais pas mettre ta misanthropie sur pause une seconde ? » Sam n'appréciait pas que Marx le considère comme un misanthrope, même si c'était vrai. Voilà pourquoi il fit demi-tour. Et c'est à ce moment-là qu'il repéra une vieille connaissance, Sadie Green.

Ils s'étaient croisés plusieurs fois ces dernières années, tous deux habitués des tournois et cérémonies pour les surdoués de la région : foires aux sciences, jeux et salons de recrutements universitaires, compétitions (concours d'éloquence, de robotique, ateliers d'écriture, de programmation), banquets réservés aux meilleurs étudiants.

Car à Los Angeles, qu'on sorte d'un lycée médiocre de l'Est (comme Sam) ou d'une école privée chic de l'Ouest (comme Sadie), les gamins brillants suivaient le même parcours. Dans la salle pleine de geeks, Sadie et lui s'échangeaient des regards – elle lui décochait même parfois quelques sourires, comme pour confirmer la trêve qu'ils avaient entérinée – et Sadie finissait avalée par son escorte de beaux petits surdoués. Autrement dit des garçons et des filles dans son genre, mais en plus riches, plus blancs, avec de meilleures lunettes et des dents plus saines. Ça ne le tentait pas d'être le vilain geek de plus à tourner autour de Sadie. Il lui arrivait de l'imaginer en méchante, de lui prêter de mauvaises intentions à son égard : cette fois, elle l'avait fui ou cette autre, elle s'était détournée de lui. Pourtant jamais elle ne s'était comportée comme ça – si seulement il en avait été autrement.

On lui avait dit qu'elle avait intégré le MIT[1], et quand il avait été reçu à Harvard, il s'était demandé s'il tomberait sur elle. Pendant deux ans et demi, Sam n'avait jamais tenté de forcer le destin. Elle non plus.

Mais voilà qu'elle était là : Sadie Green, en chair et en os. Et la voir lui donnait presque envie de pleurer. Un peu comme si la démonstration mathématique qui lui avait échappé pendant des années s'était soudain révélée sous un angle nouveau, avec sa solution évidente. *Voici Sadie*, pensa-t-il. *Oui*.

Il allait l'appeler, mais se ravisa, bouleversé en songeant à tout le temps qui s'était écoulé depuis leur dernière rencontre en tête à tête. Comment pouvait-elle

1. *Massachusetts Institute of Technology*. (Toutes les notes sont de la traductrice.)

être encore aussi jeune après tant d'années ? Et pourquoi avait-il oublié si vite à quel point il la détestait ? Le temps, se dit Sam, était un mystère. Non, à bien y réfléchir, le temps avait une explication mathématique, cependant le cœur – cette partie du cerveau que représentait le cœur – restait impénétrable.

Après avoir regardé ce qui attirait la foule, Sadie s'acheminait désormais vers la ligne rouge du métro, en approche.

Sam cria son nom, « SADIE ! ». Le grondement de la rame se joignit à l'habituel brouhaha de la station. Une adolescente jouait au violoncelle un air du Penguin Cafe Orchestra dans l'espoir de récolter quelques pièces. Un homme muni d'un porte-bloc demandait aux passants d'accorder un instant aux réfugiés musulmans de Srebrenica. Près de Sadie, il y avait un stand de smoothies à 6 dollars le verre. Au moment où Sam avait crié son nom, le mixeur avait commencé à vrombir et à exhaler des arômes d'agrumes et de fraise qui parfumaient l'air moisi du sous-sol. « Sadie Green ! » hurla-t-il à nouveau. Elle ne l'entendait toujours pas. Il accéléra le plus possible. Chaque fois qu'il essayait de marcher vite, Sam avait l'impression paradoxale d'avoir la jambe attachée à celle d'un autre, comme dans ces courses à trois pattes qu'on organise dans les kermesses pour les enfants.

— Sadie ! SADIE ! (Il se sentit bête.) SADIE MIRANDA GREEN ! TU ES MORTE DE DYSENTERIE !

Elle se retourna enfin et scruta la foule. Lorsqu'elle le repéra, un sourire s'épanouit lentement sur son visage comme dans la vidéo de l'éclosion d'une rose, qu'on lui avait passée au ralenti dans un cours de physique. C'était beau, pensa-t-il, mais il s'inquiéta : ça faisait peut-être un tantinet forcé. Elle se dirigea vers lui, en souriant toujours – avec sa fossette sur la joue droite, ses dents du bonheur – et la foule sembla s'écarter pour la laisser passer, ce qui ne lui était jamais arrivé, à lui.

— C'est ma sœur qui a succombé à la dysenterie, Sam Masur, lui dit-elle. Moi, je suis morte d'épuisement à la suite d'une morsure de serpent.

— Et parce que tu avais refusé de tirer sur des bisons, ajouta-t-il.

— C'était du gâchis ! Toute cette viande qui allait pourrir.

Sadie le serra dans ses bras.

— Sam Masur ! J'espérais te croiser.

— Je suis dans l'annuaire, rétorqua-t-il.

— Eh bien, peut-être espérais-je que ça se ferait naturellement. Et voilà !

— Qu'est-ce qui t'amène à Harvard Square ?

— L'Œil Magique, bien sûr ! lui répondit-elle sur le ton de la plaisanterie.

Elle pointa du doigt un panneau publicitaire. Pour la première fois, Sam repéra l'affiche 100 × 150 cm qui avait transformé les usagers du métro en horde de zombies.

VOYEZ LE MONDE SOUS UN JOUR TOTALEMENT NOUVEAU.
POUR NOËL, TOUT LE MONDE S'ARRACHE L'ŒIL MAGIQUE.

Un dessin psychédélique dans des tons festifs émeraude, rubis et dorés illustrait le slogan. Il cachait une image en 3D. Il s'agissait d'un autostéréogramme, facile à faire pour un programmeur un peu doué. *Ça ?* se dit Sam en grognant. *Il en faut peu pour amuser les gens.*

— Tu désapprouves ?

— On en trouve dans n'importe quelle chambre du campus.

— Pas celui-là, Sam. Il est spécifique à…

— À n'importe quelle station de métro de Boston ? Et même des États-Unis ? s'esclaffa Sadie. Alors Sam, tu n'as pas envie de percevoir le monde avec des yeux magiques ?

— Je le vois toujours ainsi. J'incarne l'émerveillement enfantin.

— Regarde comme il a l'air heureux ! dit Sadie en désignant un garçon d'environ six ans. Il l'a trouvée. Bravo !

— Et toi, tu l'as vue ? demanda Sam.

— Pas encore, reconnut-elle. Et maintenant, il faut vraiment que je prenne le prochain métro sinon je vais arriver en retard en cours.

— Il te reste bien cinq minutes pour essayer de percevoir le monde avec des yeux magiques, dit Sam.

— Une autre fois, peut-être.

— Allez, Sadie. Le cours ne va pas s'envoler. Ça t'arrive souvent d'examiner un truc en sachant que tout le monde le voit comme toi ou du moins que leur cerveau et leurs yeux obéissent aux mêmes phénomènes ? Tu en as beaucoup, toi, des preuves que nous habitons bien tous le même monde ?

Sadie lui décocha un regard triste et lui tapota l'épaule.

— C'est le truc le plus Samesque que t'aies jamais dit.

— Eh oui, c'est tout moi.

Elle soupira en entendant le grondement de la rame qui s'éloignait.

— Si je me plante sur les sujets complexes en infographie, ce sera ta faute. (Elle se replaça devant l'affiche.) Tu t'y colles avec moi.

— Oui, m'dame, dit-il en redressant ses épaules, les yeux braqués droit devant lui.

Cela faisait des années qu'il n'avait pas senti Sadie si près de lui.

L'affiche donnait des consignes : se détendre puis se concentrer sur un point en particulier jusqu'à ce que surgisse l'image secrète. Si ça ne marchait pas, elles suggéraient de se rapprocher du poster avant de reculer doucement, mais le couloir était trop étroit pour ça. De toute façon, Sam se fichait bien de ce que représentait l'image cachée. À tous les coups, il s'agirait d'un sapin de Noël, d'un ange, d'une étoile – probablement pas celle de David –, d'un détail connu et banal qui évoquait les fêtes pour doper les ventes d'Yeux Magiques. Les autostéréogrammes n'avaient jamais fonctionné pour Sam. Il soupçonnait ses lunettes d'y être pour quelque chose. Destinés à corriger une myopie importante, ses verres empêchaient ses yeux de se reposer suffisamment pour que son cerveau perçoive l'illusion. Voilà pourquoi, après s'y être essayé quinze secondes (durée honorable), Sam décida de reporter son attention sur Sadie.

Coupés plus court, à la dernière mode, ses cheveux acajou étaient toujours aussi ondulés. Elle avait gardé ses légères taches de rousseur sur le nez, mais sa peau olivâtre avait pâli depuis leur enfance en Californie et ses lèvres étaient gercées. Ses yeux avaient conservé leur éclat doré sur fond marron. Elle avait les mêmes que la mère de Sam, Anna, qui lui avait expliqué que ce type de coloration s'appelait hétérochromie. À l'époque, il avait associé ce mot à une maladie mortelle qui pourrait lui enlever sa mère. On devinait sous les yeux de Sadie des cernes à peine perceptibles – elle en avait toujours eu. Elle lui sembla pourtant fatiguée.

Voilà ce que c'est, voyager dans le temps, songea Sam : voir une personne dans le passé alors qu'on est en train de la regarder dans le présent. Un mode de transport qui ne fonctionnait qu'avec les gens qu'on connaissait depuis assez longtemps.

— Je l'ai vue ! s'exclama Sadie.

Ses yeux brillaient et l'expression de son visage lui rappela celle qu'elle avait à onze ans.

Sam s'empressa de se reconcentrer sur l'affiche.

— Tu l'as vue ?

— Oui, mentit-il. Je l'ai vue.

Sadie pivota vers lui.

— Et qu'est-ce que c'est ? demanda-t-elle.

— Ça, répondit Sam. C'était incroyablement génial. Terriblement festif.

— Tu l'as vraiment vue ? demanda-t-elle.

Ses lèvres frémirent et ses yeux hétérochromatiques le dévisagèrent, rieurs.

— Oui, mais je ne veux pas gâcher le plaisir de ceux qui ne l'ont pas encore découverte, répliqua-t-il en montrant la foule.

— D'accord, Sam. Très attentionné de ta part.

Il savait qu'elle savait que c'était faux. Il lui adressa un sourire qu'elle lui rendit.

— Tu ne trouves pas ça bizarre ? lui demanda-t-elle. J'ai l'impression de n'avoir jamais cessé de te voir. Comme si on descendait tous les jours dans cette station pour contempler cette affiche.

— On se gnoque[1].

— On se gnoque carrément. Et je retire ce que j'ai dit tout à l'heure. Ça, c'est le truc le plus Samesque que tu pouvais sortir.

— Plus Samesque que Sam lui-même. Tu es…

Alors qu'il parlait, le mixeur recommença à vrombir.

— Quoi ?

— Tu es dans le mauvais square, répéta-t-il.

— C'est quoi, le « mauvais square » ?

— Tu es à Harvard Square alors que tu devrais être à Central Square ou Kendall Square. J'ai cru comprendre que t'avais intégré le MIT.

— Mon petit ami habite par ici, répliqua-t-elle sur un ton qui laissait entendre qu'elle ne souhaitait pas s'étendre sur le sujet. Je me demande pourquoi on les appelle « square ». Ce ne sont pas vraiment des jardins publics, si ? (Un métro approchait.) C'est le mien. Encore.

— Les trains se succèdent, c'est le principe.

— Eh oui. Un métro arrive, et un autre et encore un autre, reconnut-elle.

— Voilà pourquoi il faudrait que tu viennes prendre un café avec moi, renchérit Sam. Ou autre chose si le café te paraît trop conventionnel. Un chai. Un smoothie. Un kombucha. Un Dr. Pepper. Une coupe de champagne. Tu sais, il existe un monde, juste au-dessus de nos têtes, qui offre une variété infinie de boissons. Il nous suffit de prendre cet escalator pour y goûter.

---

1. Gnoquer : néologisme signifiant « comprendre pleinement », inventé par l'auteur de science-fiction Robert A. Heinlein dans le roman *En terre étrangère* (1961).

— Si seulement je pouvais. Je dois vraiment aller en cours. Il me reste encore la moitié des lectures à faire. Mes seuls points forts sont ma ponctualité et mon assiduité.

— J'en doute, commenta Sam.

Sadie comptait parmi les personnes les plus brillantes qu'il connaissait. Elle lui donna une rapide accolade.

— C'était cool de te revoir, lui souffla-t-elle avant de se diriger vers son métro.

Il chercha un moyen de l'arrêter. Dans un jeu, il aurait mis sur pause, rejoué la partie, dit d'autres choses, plus appropriées cette fois. Il aurait fouillé dans les accessoires et trouvé de quoi la retenir.

Ils ne s'étaient même pas échangé leurs numéros, pensa-t-il, désespéré. Son esprit passa en revue tous les moyens de retrouver un proche en 1995. Quand Sam était enfant, on pouvait encore perdre à jamais la trace de quelqu'un. À présent, cela arrivait moins souvent : il suffisait d'avoir envie de faire passer une personne de l'état de conjecture numérique à celui de chair indocile. Alors il se réconforta à l'idée que même si la silhouette de sa vieille amie s'estompait au loin, ça n'altérerait pas la marche du monde vers la globalisation, sur l'autoroute de l'information et autres trucs du genre. Ce serait facile de retrouver Sadie Green. Il devinerait son adresse mail – celles des étudiants du MIT étaient toutes sur le même modèle. Il lui suffirait de consulter en ligne l'annuaire du MIT, d'appeler le département des Sciences informatiques – ça devait être ça : sciences informatiques. Il pourrait téléphoner à ses parents, Steven Green et Sharyn Friedman-Green, en Californie.

Et pourtant, Sam se connaissait suffisamment pour savoir qu'il n'était pas du genre à appeler qui que ce soit, sans avoir la garantie qu'il serait bien reçu. Son esprit, ce traître, voyait tout en noir. Il se persuaderait qu'elle avait été froide avec lui, qu'elle n'avait même pas cours ce jour-là, qu'elle avait simplement voulu s'esquiver. Son cerveau prétexterait que si Sadie avait vraiment tenu à avoir de ses nouvelles, elle lui aurait donné le moyen de la contacter. Sam en conclurait que sa présence la renvoyait à une douloureuse période de sa vie, et qu'elle ne souhaitait donc plus le revoir. Ou peut-être – et il l'avait souvent soupçonné – qu'il ne représentait à ses yeux que la bonne action d'une gosse de riches. Elle avait mentionné un petit ami à Harvard Square et ça le tracassait. Sam dénicherait son numéro, son adresse mail, son adresse postale et ne s'en servirait jamais. Et soudain le poids phénoménologique d'une révélation l'accabla : il comprit que c'était sans doute la dernière fois qu'il voyait Sadie Green et tâcha de retenir tous les détails de sa physionomie qui s'éloignait sur le quai du métro par cette journée glaciale de décembre.

Un bonnet en cachemire beige, des mitaines et une écharpe. Un manteau trois-quarts couleur camel qui ne provenait sûrement pas des surplus de la Marine. Un jean, un peu usé, modèle « bootcut » un peu effiloché au niveau de l'ourlet. Des baskets noires avec une bande blanche. Un sac cognac en bandoulière, plein à craquer, la manche d'un pull écru dépassant d'un côté. Ses cheveux – brillants, légèrement humides, descendant juste en dessous de ses épaules. Il n'y avait rien de particulièrement Sadiesque dans ce tableau. La jeune femme se fondait dans la masse d'étudiantes intelligentes et soignées qui peuplaient cette station.

Juste avant de disparaître, Sadie se retourna et se précipita vers lui :

— Sam ! Tu joues toujours ?

— Oui, répondit-il, sur un ton trop enthousiaste. Carrément. Tout le temps.

— Tiens ! (Elle fourra un disque 3,5 pouces dans ses mains.) C'est mon jeu. J'imagine que t'es super occupé, mais fais une partie quand tu auras le temps. J'aimerais beaucoup avoir ton avis.

Elle se remit à courir vers le métro, Sam sur ses talons.

— Attends ! Sadie ! Comment je peux te joindre ?

— Tu trouveras mon adresse mail dans le disque, lui répondit-elle. Dans le fichier Readme[1].

Les portes du wagon se fermèrent et le métro emmena Sadie vers son Square. Sam baissa les yeux sur le disque de jeu qui avait pour titre : *Solution*. Elle l'avait écrit à la main. Il aurait reconnu son écriture entre toutes.

Quand il regagna son appartement plus tard ce soir-là, il posa *Solution* à côté de l'ordinateur, mais ne l'installa pas tout de suite. *Ne pas jouer* au jeu de Sadie le motiva pour travailler sur son exposé qui avait déjà un mois de retard et qui aurait, au point où il en était, encore pu attendre jusqu'à la fin des vacances. Après moult tergiversations, son sujet – « Approches alternatives du paradoxe de Banach-Tarski en l'absence de l'axiome du choix » – l'ennuyait déjà et la phase de rédaction

1. Fichier texte qui fournit aux utilisateurs des informations importantes sur l'installation ou l'utilisation d'un logiciel.

représentait une corvée qui l'effrayait. Il commençait à se dire que, même s'il avait bien la bosse des maths, cette matière ne l'inspirait pas particulièrement. Son conseiller au département de Mathématiques, Anders Larsson, qui remporterait plus tard la médaille Fields, lui en avait fait la remarque pendant leur rendez-vous.

« Tu as beaucoup de talent, Sam. Mais ne confondons pas les aptitudes et le goût pour certaines matières. Ce sont deux choses bien différentes. »

Marx partagea avec Sam les plats qu'il avait commandés en abondance chez un Italien, histoire d'en laisser à son colocataire après son départ. Et il renouvela son invitation au ski à Telluride, pour les vacances.

— Tu devrais venir, franchement, et si c'est le ski qui te tracasse, presque tout le monde reste au chalet de toute façon, précisa Marx.

Sam avait rarement de quoi se payer un retour chez lui pour les vacances et il déclinait donc, à intervalles réguliers, toutes les invitations de Marx. Après le dîner, il entama une lecture pour son cours de raisonnement moral (qui portait sur la philosophie du jeune Wittgenstein, avant que celui-ci ne décide qu'il avait tort sur à peu près tout) et Marx finalisa les derniers préparatifs de son voyage. Une fois qu'il eut terminé ses bagages, il écrivit une carte à l'intention de Sam et la laissa sur le bureau avec un bon cadeau de 50 dollars pour la brasserie. C'est à ce moment-là qu'il tomba sur le disque.

— C'est quoi, *Solution* ? demanda-t-il en agitant le disque vert devant Sam.

— Le jeu de mon amie.

— Quelle amie ?

Ils habitaient ensemble depuis trois ans et Marx ne l'avait presque jamais entendu mentionner des amis.

— Celle de Californie.

— Tu vas y jouer ? s'enquit Marx.

— Un jour, peut-être. Ça doit être nul. J'y jetterai quand même un œil, je lui dois bien ça.

Sam eut l'impression de trahir Sadie en disant une chose pareille, mais le jeu serait *sans doute* raté.

— C'est un jeu de quoi ?

— Aucune idée.

— Le titre est cool, en tout cas. (Marx s'installa devant l'ordinateur de Sam.) J'ai quelques minutes devant moi. On le lance ?

— Pourquoi pas ?

Sam avait prévu d'y jouer seul, mais Marx et lui s'affrontaient souvent à des jeux avec une préférence pour les combats d'arts martiaux : *Mortal Kombat*, *Tekken*, *Street Fighter* et ils avaient aussi créé une campagne *Donjons et Dragons* qu'ils reprenaient de temps en temps. Sam était le maître du donjon dans une partie qui durait depuis plus de deux ans. Former une équipe à ce jeu était une expérience intime, particulière. Ils n'en avaient rien dit à personne.

Marx introduisit le disque dans l'ordinateur et Sam téléchargea le jeu.

Au bout de quelques heures, ils terminèrent leur première partie de *Solution*.

— Putain, c'était quoi, ce truc ? s'écria Marx. Je suis trop à la bourre. Ajda doit m'attendre chez elle, elle va me tuer.

Ajda, la dernière conquête de Marx, était originaire de Turquie et mannequin à l'occasion. Elle mesurait 1,80 m et jouait au squash, un CV moyen au regard des critères de Marx en matière de relation amoureuse.

— J'ai vraiment l'impression d'avoir joué cinq minutes, ajouta-t-il en enfilant son manteau de la même couleur camel que celui de Sadie. Ton amie est une grande tarée, avec un côté génial aussi peut-être. D'où tu la connais, déjà ?

2

La première fois que Sadie rencontra Sam, on venait de la chasser de la chambre d'hôpital de sa sœur aînée, Alice. Cette dernière était une patiente lunatique, comme n'importe quelle adolescente de treize ans, qui risquait de mourir d'un cancer. Il fallait être compréhensive avec elle, lui avait dit leur mère, Sharyn, parce que le corps d'Alice devait déjà lutter sur deux fronts à la fois : celui de la puberté et celui de la maladie. *Compréhensive* signifiait que Sadie devrait se replier vers la salle d'attente, le temps que la colère de sa sœur s'apaise.

Sadie ne voyait pas trop ce qu'elle avait bien pu faire pour irriter Alice cette fois. Elle lui avait montré la photo d'une fille coiffée d'un béret rouge dans le *Teen Magazine* et avait lâché une remarque du genre : « Ce chapeau t'irait trop bien. » Sadie ne se souvenait pas de la tournure exacte qu'elle avait employée. Toujours est-il qu'Alice ne l'avait pas bien pris et qu'elle s'était mise à hurler : « Personne n'en porte des comme ça à Los Angeles. C'est pour ça que t'as pas d'amis, Sadie Green ! » Puis elle s'était réfugiée dans les toilettes pour pleurer. On aurait dit qu'elle s'étouffait avec son nez congestionné et sa gorge irritée. Sharyn, qui s'était endormie dans le fauteuil à son chevet, lui avait dit de se calmer, de ne pas se rendre malade pour ça. « Je suis déjà malade », avait rétorqué Alice. Sadie fondit en larmes elle aussi – d'accord, elle n'avait pas d'amis, mais c'était méchant de la part d'Alice de le lui rappeler. Sharyn lui avait alors conseillé d'aller dans la salle d'attente.

— C'est pas juste, j'ai rien fait. Elle exagère.

— Non, c'est pas juste, avait reconnu Sharyn.

Dans son exil, Sadie tentait de reconstituer la scène – elle avait sincèrement pensé que ce béret rouge irait bien à sa sœur. Mais à la réflexion, elle comprenait que ça avait dû renvoyer Alice à ses cheveux clairsemés par la chimiothérapie. Et si c'était ça, Sadie regrettait d'avoir évoqué ce satané béret. Alors, elle alla frapper à la porte de la chambre pour lui présenter ses excuses.

— Reviens plus tard, lui conseilla sa mère à travers la vitre. Alice s'est endormie.

À l'heure du déjeuner, Sadie commença à avoir faim et à s'apitoyer davantage sur son sort que sur celui de sa sœur. Ça l'énervait de trinquer alors qu'elle la traitait si mal. On n'arrêtait pas de lui rabâcher qu'Alice était malade, mais pas mourante. Le type de leucémie dont elle souffrait avait un taux de rémission particulièrement élevé. Elle répondait bien au traitement et pourrait même reprendre le lycée comme prévu à l'automne. Alice ne serait hospitalisée que deux nuits cette fois, et seulement « par excès de prudence », avait précisé Sharyn. Sadie aimait bien cette expression, « par excès de prudence », qui lui en rappelait d'autres comme : « nuée de corbeaux », « volée de mouettes », « meute de loups ». Dans son imagination, le mot « prudence » évoquait une sorte de créature – un croisement entre un saint-bernard et un éléphant. Un animal imposant, malin et affectueux, sur lequel on pourrait compter pour défendre les sœurs Green contre toutes les menaces, existentielles ou autres.

Un infirmier remarqua Sadie – gamine a priori bien portante de onze ans livrée à elle-même – et lui donna une petite assiette de pudding à la vanille. Habitué à rencontrer dans ces couloirs les frères et sœurs des enfants hospitalisés, souvent négligés par leurs parents, il lui suggéra d'aller dans la salle de jeux. Il y avait une console Nintendo, qui, lui assura-t-il, était rarement utilisée pendant la semaine. Sadie et Alice en avaient déjà une, mais il lui restait cinq heures à tuer avant que Sharyn ne la ramène à la maison. C'était l'été et elle avait fini de relire le seul livre qu'elle avait emporté ce jour-là : *Le Royaume fantôme*. Si Alice n'avait pas fait un caca nerveux, elles auraient meublé leur journée de leurs loisirs habituels : regarder leurs jeux télévisés préférés « Pouch' le bouton » et « Le Juste Prix », lire *Seventeen Magazine* et faire les tests de personnalité chacune à leur tour, jouer à *Oregon Trail* ou à n'importe quel autre jeu éducatif déjà installé sur l'ordinateur portable d'1,5 kg d'Alice, et quantité d'autres activités que les filles avaient inventées afin de passer le temps. À vrai dire, Sadie aimait sa sœur plus que tout au monde. Il n'existait aucune personne plus intelligente, téméraire, belle, sportive, drôle, et ajoutez l'adjectif que vous voulez. Alice était parfaite. Même si on lui répétait que sa sœur guérirait, Sadie ne pouvait s'empêcher de s'imaginer avec angoisse le monde sans elle. Un monde privé de blagues et de pulls partagés, de musique, de brownies semi-cuits, du contact de sa peau contre la sienne, sous les couvertures la nuit, et pire que ça, un monde sans Alice, la gardienne des secrets et des turpitudes les plus intimes du petit cœur innocent de Sadie. Elle préférait même sa sœur à ses parents et à sa grand-mère. Un monde sans Alice lui semblait aussi lugubre que les photos granuleuses de Neil Armstrong sur la lune, et cette perspective la tenait éveillée jusque tard dans la nuit. Ça la réconforterait de se réfugier un moment dans le monde de Nintendo.

Mais il y avait quelqu'un dans la salle de jeux. Un garçon jouait à *Super Mario Bros*. Sadie réalisa qu'il s'agissait d'un enfant malade et non du frère d'un patient, ou d'un visiteur comme elle : il était en pyjama au beau milieu de la journée, une paire de béquilles traînait par terre, près de sa chaise, et son pied gauche était prisonnier d'un truc genre cage médiévale. Elle estima qu'il devait avoir son âge, onze ans ou un peu plus. Il avait des cheveux bouclés noirs en bataille, un nez retroussé, des lunettes et une tête ronde de personnage de dessin animé. Sadie s'était mise au dessin et on lui avait appris à fractionner les objets en séries de formes. Pour faire son portrait, il lui aurait fallu tout un tas de cercles.

Agenouillée à côté de lui, elle le regarda jouer pendant un moment. C'était un pro – son Mario atterrissait en haut du mât à la fin du niveau – un exploit que Sadie n'avait encore jamais réalisé. Elle aimait jouer, mais ça lui plaisait de voir un spécialiste à l'œuvre, c'était comme assister à un ballet. Lui n'avait pas tourné la tête. Il ne semblait même pas avoir remarqué sa présence. À l'issue de son premier combat contre un boss, les mots suivants s'affichèrent à l'écran : *Mais Notre Princesse Est dans un Autre Château*. Il mit sur pause et lui demanda sans un regard :

— Tu veux prendre ma suite ?

Elle secoua la tête.

— Non. Tu te débrouilles super bien. Je peux attendre que tu meures.

Le garçon hocha la tête, continua de jouer et Sadie de l'observer.

— Je n'aurais pas dû sortir ça, lança-t-elle. Au cas où tu serais vraiment mourant, je veux dire. Comme on est dans un hôpital pour enfants.

Mario pénétrait dans une zone nuageuse, remplie de pièces d'or.

— Comme on est dans le monde réel, les gens finissent toujours par mourir.

— C'est vrai, commenta Sadie.

— Pour le moment, je ne suis pas en train de mourir.

— Tant mieux.

— Et toi ? s'enquit le garçon.

— Non plus. Pas pour le moment.

— Qu'est-ce qui t'amène ici, alors ?

— Ma sœur. Elle est malade.

— Qu'est-ce qu'elle a ?

— La dysenterie.

Elle ne se sentait pas d'évoquer le cancer, ce broyeur de conversation spontanée.

Il pivota vers elle, comme s'il s'apprêtait à lui poser une autre question. Au lieu de ça, il lui tendit la manette.

— Tiens. J'ai les pouces qui fatiguent.

Sadie termina le niveau, alimenta Mario en énergie et remporta une vie supplémentaire.

— Tu t'en sors pas trop mal.

— On a une Nintendo à la maison, mais je n'ai le droit d'y jouer qu'une heure par semaine. De toute façon, plus personne ne fait attention à moi depuis qu'Alice a chopé…

— La dysenterie.

— Ouais. J'étais censée partir en colo en Floride cet été et finalement mes parents ont décidé que je devais rester à la maison pour tenir compagnie à Al. (Sadie élimina un Goomba, une créature en forme de champignon.) Ces Goombas me font de la peine.

— Ce ne sont que des sbires.

— On dirait qu'ils sont piégés dans une histoire qui ne les concerne pas.

— C'est précisément leur rôle. Hé, descends dans ce tuyau ! Tu trouveras plein de pièces d'or en bas.

— Je sais. Je suis sur le coup, répondit Sadie. J'ai l'impression d'agacer tellement ma sœur que je vois pas pourquoi on ne m'a pas envoyée en colo. Je n'ai encore jamais dormi ailleurs que chez moi, ni pris l'avion toute seule. Ça n'aurait duré que deux semaines en plus. (Sadie approchait de la fin du niveau.) Comment tu fais pour atterrir en haut du mât ?

— Reste appuyée sur la touche « A » le plus longtemps possible, ensuite accroupis-toi et saute au moment où tu t'apprêtes à tomber.

Mario se posa sur le sommet du mât.

— Hé ! Ça a marché. Au fait, moi, c'est Sadie.

— Et moi, Sam.

— À ton tour, dit-elle en lui rendant la manette. Qu'est-ce qui t'est arrivé ?

— J'ai eu un accident de voiture. Je m'en suis sorti avec vingt-sept fractures au pied.

— Ça fait un paquet de fractures. C'est le chiffre exact ou t'en rajoutes ?

— C'est le chiffre exact. Je suis très pointilleux sur les chiffres.

— Moi aussi.

— Mais il peut augmenter, vu qu'il faut parfois casser d'autres os pour tout remettre à la bonne place. Ils devraient arrêter les frais, d'ailleurs. J'en peux plus. On m'a déjà opéré trois fois et ça ne ressemble toujours pas à un pied. Tout juste à un sac de viande, plein d'éclats d'os.

— On en mangerait, répliqua Sadie. Désolée pour cette remarque un peu dégueu. En écoutant ta description, j'ai pensé à des chips et j'ai tout le temps faim en ce moment. On saute pas mal de repas depuis que ma sœur est tombée malade. Le seul truc que j'ai avalé aujourd'hui, c'est une petite assiette de pudding.

— T'es bizarre, Sadie, dit Sam avec une pointe d'intérêt dans la voix.

— Je sais. J'espère sincèrement qu'ils n'auront pas à t'amputer, Sam. Au fait, ma sœur a un cancer.

— Je croyais que c'était la dysenterie.

— Ben, c'est le traitement contre le cancer qui la lui file. Le coup de la dysenterie, c'est pour qu'on en rigole. Tu connais *Oregon Trail*, le jeu vidéo ?

— Non.

— Tu le trouveras sûrement sur un ordinateur de la salle informatique de ton collège. Je crois que c'est mon jeu préféré même s'il a un côté gonflant. C'est l'histoire de gens, au milieu du XIXe siècle, qui essaient de traverser le pays d'est en ouest, dans un chariot tiré par deux bœufs et le jeu consiste à garder tous tes personnages en vie. Tu dois les nourrir, ne pas aller trop vite, organiser les ravitaillements, des trucs comme ça. Il arrive qu'il y en ait un, ou même toi, qui meure quand même, d'une morsure de crotale, de faim ou de…

— Dysenterie.

— Ouais ! Exactement. Et ça nous fait toujours beaucoup rire, Al et moi.

— C'est quoi, la dysenterie ?

— La diarrhée, souffla-t-elle. Au début, on le savait pas non plus.

Soudain, Sam éclata de rire puis s'arrêta net.

— En fait, je suis toujours en train de rigoler, mais intérieurement. Ça me fait mal de rire.

— Alors je te promets de ne plus sortir un seul truc marrant, rétorqua Sadie d'une voix étrange, monocorde.

— Arrête ! Cette voix va encore me faire marrer. Tu imites qui, au juste ?

— Un robot.

— Un robot parle comme ça.

Sam lui livra sa propre imitation et ils s'esclaffèrent à nouveau.

— Tu ne devrais pas rigoler.

— Ben toi, tu devrais pas me faire rire ! Il y a vraiment des gens qui meurent de dysenterie ?

— Autrefois, oui, j'imagine que ça arrivait.

— Tu crois qu'on le marquait sur leur tombe ?

— Je ne pense pas qu'on précisait la cause du décès sur les tombes, Sam.

— Ben, ils le font bien dans la maison hantée de Disneyland. J'aimerais presque mourir de dysenterie tout de suite. Et si on jouait à *La Chasse aux canards* ?

Sadie hocha la tête.

— Il faut que tu installes les pistolets. Ils sont rangés là-haut.

Elle alla les chercher, les brancha sur la console et laissa Sam tirer le premier.

— T'assures. T'as une Nintendo chez toi ?

— Non, répondit-il, mais dans son restaurant, mon grand-père a fait installer une machine *Donkey Kong*. Il me laisse y jouer quand je veux et gratos. Le truc avec les jeux vidéo, c'est que si tu deviens pro à un jeu, t'es pro pour tous les autres. Voilà ce que je pense. Ça se résume à coordonner ses mains et ses yeux et à comprendre comment ça fonctionne.

— Je suis d'accord. Mais, attends, ton grand-père *possède* un *Donkey Kong* ? C'est trop cool ! J'adore ces vieilles machines. Il tient quel genre de resto ?

— Une pizzeria.

— Quoi ? J'adore les pizzas. C'est mon plat préféré au monde.

— Le mien aussi.

— Est-ce que tu peux en manger autant que tu veux gratos ?

— Quasiment.

— Le rêve ! Tu vis mon plus grand rêve. Faudra que tu m'y emmènes. Comment s'appelle son resto ? Peut-être que j'y suis déjà allée.

— Chez Dong et Bong, la maison de la pizza new-yorkaise. Mes grands-parents lui ont donné leurs prénoms, Dong et Bong. Ce sont des prénoms qui ne choquent personne en Corée, un peu comme Jack et Jill. Le restaurant se trouve dans Wilshire à K-Town.

— C'est quoi, K-Town ?

— Eh ben, ma p'tite dame, on habite vraiment à Los Angeles ? K-Town, Koreatown. Comment tu ne connais pas ça ? Tu dois bien être la seule.

— Je connais Koreatown. J'savais pas qu'on l'appelait K-Town.

— Où est-ce que tu habites ?

— Dans les Flats.

— Les Flats ?

— Un quartier de Beverly Hills. Pas loin de K-Town. Tu vois, tu ne connais pas ce coin-là non plus. Les gens qui vivent à Los Angeles ne connaissent que leur quartier.

— Tu dois avoir raison.

Sam et Sadie passèrent l'après-midi à discuter tranquillement tout en massacrant plusieurs générations de canards virtuels.

— Ces pauvres canards, que nous ont-ils donc fait ? demanda Sadie au bout d'un moment.

— Peut-être qu'on les tue pour leur chair digitale. Notre « moi » virtuel risque de mourir de faim sans eux.

— Ça ne m'empêche pas d'avoir de la peine pour ces pauvres bêtes.

— Et pour les Goombas. Décidément, tu culpabilises pour tout le monde.

— Oui, même pour le bison dans *Oregon Trail*.

— Pourquoi ? s'enquit Sam.

La mère de Sadie passa la tête par l'embrasure de la porte : Alice avait quelque chose à dire à sa petite sœur, en d'autres termes, elle lui avait pardonné.

— Je te répondrai la prochaine fois, lança-t-elle à Sam, sans vraiment savoir s'il y aurait une prochaine fois.

— À plus.

— Qui est ton jeune ami ? demanda Sharyn dans le couloir.

— Un garçon, répliqua Sadie en jetant un coup d'œil derrière elle. (Sam s'était déjà replongé dans le jeu.) Il était sympa.

En retournant à la chambre d'Alice, Sadie remercia l'infirmier qui lui avait conseillé la salle de jeux. Ce dernier sourit à Sharyn – on appréciait les bonnes manières, à vrai dire, trop rares chez les enfants de nos jours.

— Était-elle bien vide, comme prévu ?

— Non. Il y avait un garçon. Sam… (Elle ne connaissait pas encore son nom de famille.)

— Tu as rencontré Sam ? l'interrogea l'infirmier, soudain intéressé.

Sadie se demanda si, en allant dans la salle de jeux, elle avait enfreint une règle secrète de l'hôpital. Il y en avait tellement depuis qu'Alice avait déclaré son cancer.

— Oui, hasarda-t-elle. On a bavardé et joué à la Nintendo. Ça n'avait pas l'air de l'embêter que je sois là.

— Le garçon à lunettes avec les cheveux bouclés. Ce Sam-là ?

Elle acquiesça.

L'infirmier demanda à s'entretenir avec Sharyn seul à seul et Sadie, mal à l'aise, se rendit dans la chambre d'Alice. Elle lui annonça :

— Je pense que je suis mal barrée.

— Qu'est-ce que t'as encore foutu ? demanda Alice.

Sadie lui exposa son « crime » théorique.

— Ils t'ont dit eux-mêmes d'y aller, t'as rien fait de mal, répondit Alice.

Sadie s'assit sur le lit de sa sœur et Alice commença à lui faire des tresses.

— Je parie que c'est même pas pour ça que l'infirmier voulait parler à maman. Peut-être qu'il avait des trucs à lui dire sur moi. Qui c'était, l'infirmier ?

— J'sais pas, répondit Sadie en secouant la tête.

— T'inquiète. Si t'es vraiment dans la mouise, chiale un bon coup en disant que ta sœur a un cancer.

— Désolée pour l'histoire du béret.

— Quelle histoire de béret ? Ah oui. C'est ma faute. Je ne sais pas ce que j'ai en ce moment.

— La leucémie, sans doute, tenta Sadie.

— La *dysenterie* plutôt, la corrigea Alice.

Alors qu'elles montaient dans la voiture, Sharyn n'avait toujours pas mentionné la salle de jeux et Sadie s'était dit que l'incident était oublié. Sur le trajet du retour, elles écoutèrent la radio qui diffusait un reportage sur le centenaire de la statue de la Liberté et Sadie s'imaginait quelle horreur ce serait s'il s'agissait d'une vraie femme. Quelle affreuse sensation d'avoir des gens à l'intérieur de son corps, comme des envahisseurs, une maladie, des poux ou un cancer. Cette idée la mit mal à l'aise et elle fut soulagée lorsque sa mère éteignit la radio.

— Tu sais, le garçon à qui tu as parlé, aujourd'hui ?

Nous y voilà ! pensa-t-elle.

Elle remarqua qu'elles passaient par K-Town et essaya de repérer Chez Dong et Bong, la maison de la pizza new-yorkaise.

— Ça ne va pas barder pour moi, si ?

— Non. Pourquoi ça barderait ?

Parce que récemment, ça chauffait souvent pour Sadie. C'était impossible d'avoir onze ans et une sœur malade sans que les gens vous fassent un tas de reproches. Elle ne disait jamais ce qu'il fallait, faisait trop de bruit ou réclamait trop (de temps, d'amour, de repas), même si elle n'en demandait pas plus que ce qu'on lui avait donné jusque-là.

— Pour rien.

— L'infirmier m'a dit que ce garçon avait eu un terrible accident de voiture, il y a six semaines, poursuivit Sharyn. Depuis, il n'a pas prononcé plus de deux mots. Il a enduré d'horribles souffrances et devra sans doute revenir régulièrement à l'hôpital pendant très longtemps. Ce n'est pas rien qu'il t'ait adressé la parole.

— Ah bon ? Ça m'a semblé plutôt normal.

— Ils ont tout essayé pour le sortir de son mutisme. Thérapeutes, amis, famille. De quoi vous avez parlé ?

— Je ne sais pas. Rien de spécial, répondit-elle en essayant de se rappeler leur conversation. De jeux, je crois.

— Bon, c'est évidemment toi qui décides, continua Sharyn, mais l'infirmier se demande si tu accepterais de revenir discuter avec Sam demain. Tu dois rendre service à la communauté pour ta bat-mitsvah l'an prochain, ajouta-t-elle avant que sa fille n'ait eu le temps de répondre, et je suis certaine que ça pourrait être pris en compte.

Jouer avec quelqu'un n'est pas sans risque. Cela revient à s'ouvrir, à s'exposer, à souffrir. Le pendant humain du toutou qui se roule sur le dos – *je sais que tu ne me feras aucun mal même si tu en as le pouvoir*. Le même toutou qui, toujours par jeu, prendrait votre main dans sa gueule sans jamais la mordre. Jouer exige confiance et amour. De nombreuses années plus tard, Sam déclencherait une polémique en déclarant sur Kotaku, le site de jeux en ligne : « Il n'y a rien de plus intime que le jeu, pas même le sexe. » Ce à quoi Internet répondrait : « Personne, de satisfait sexuellement, ne dirait une chose pareille. Sam doit avoir de sérieux problèmes. »

Sadie retourna à l'hôpital le lendemain, le surlendemain, le jour d'après, et tous ceux où Sam se sentait suffisamment en forme pour jouer, mais trop mal-en-point pour quitter l'hôpital. Les deux adolescents devinrent de grands camarades de jeux. Ils adoraient se mesurer l'un à l'autre et pendant leurs combats, ils se racontaient des anecdotes de leur vie encore courte. Finalement, Sadie savait tout de Sam et Sam, de Sadie. Du moins, le croyaient-ils. Elle lui enseigna les notions de programmation (BASIC) qu'elle avait apprises à l'école et il l'aida à perfectionner sa technique de dessin au-delà des cercles et des carrés (hachures croisées, perspective, clair-obscur). À douze ans, Sam était déjà un excellent dessinateur.

Depuis l'accident, il s'était lancé dans la réalisation de labyrinthes complexes à la M.C. Escher. Sa psychologue l'encourageait, estimant que cela l'aiderait à gérer sa douleur émotionnelle et physique, que les labyrinthes lui permettraient de trouver une issue à sa situation. Elle se trompait. Sam les traçait uniquement pour Sadie, les glissant dans sa poche avant son départ.

— Je l'ai dessiné pour toi, disait-il. Ce n'est pas grand-chose. Rapporte-le la prochaine fois, que je puisse voir la solution.

Sam expliquerait plus tard que ses dessins constituaient ses premières ébauches de jeux vidéo. « Distillez un jeu vidéo jusqu'à sa forme la plus pure, disait-il, et vous obtiendrez un labyrinthe. » Peut-être, mais c'était travestir la vérité et se pousser du col. Les labyrinthes étaient destinés à Sadie. Créer un jeu, c'est avant tout imaginer la personne qui va y jouer.

À la fin de chaque visite, Sadie allait discrètement faire signer sa feuille de présence à l'un des infirmiers. La plupart des amitiés ne se quantifient pas, ce document lui permettait néanmoins de connaître le nombre d'heures exact qu'elle avait passé à se lier d'amitié avec Sam.

Plusieurs mois s'étaient déjà écoulés lorsque Freda, la grand-mère de Sadie, mit le sujet sur le tapis en lui demandant si ces heures de visite à l'hôpital correspondaient vraiment à du bénévolat. Freda Green emmenait souvent Sadie voir Sam à l'hôpital. Un foulard en soie imprimé noué dans les cheveux, elle conduisait un cabriolet américain rouge, qu'elle décapotait dès que le temps le permettait (ce qui arrivait fréquemment à Los Angeles). Elle mesurait à peine 1,50 m – soit quelques centimètres de plus que sa petite fille de onze ans – mais elle était toujours tirée à quatre épingles, avec ses vêtements sur mesure achetés à Paris une fois par an : chemise blanche immaculée, pantalon gris en laine légère, pull en cachemire. Elle sortait toujours armée de son sac hexaédrique en cuir, parée de son rouge à lèvres écarlate, de sa petite montre en or, de son parfum gardénia et de son collier de perles. Sadie la considérait comme la femme la plus stylée du monde. En plus d'être sa grand-mère, Freda était un magnat de l'immobilier et avait la réputation de se montrer impitoyable et très tatillonne en affaires.

— Ma Sadie à moi, dit-elle en traversant la ville d'ouest en est, tu sais que ça m'enchante de t'emmener à l'hôpital.

— Merci, Bubbe. Je t'en remercie vraiment.

— Mais si j'en crois ce que tu m'as dit, ce garçon a des raisons de se considérer comme ton ami, plutôt que comme l'objet d'une bonne action.

La feuille de présence dépassait de son livre de maths et Sadie la glissa à l'intérieur pour la cacher.

— Maman n'y voit pas d'inconvénient, répliqua-t-elle sur la défensive. Les infirmières et les médecins non plus. La semaine dernière, son grand-père m'a prise dans ses bras *et* m'a donné une part de pizza aux champignons *en plus*. Quel mal y a-t-il à ça ?

— C'est vrai, pourtant le garçon ignore tout de cet arrangement, je me trompe ?

— On n'a jamais eu l'occasion d'en parler.

— Sais-tu pourquoi ?

— Quand je suis avec Sam, on est occupés, répondit Sadie sans conviction.

— Ma chérie, s'il l'apprenait un jour, il pourrait avoir de la peine en réalisant que tu ne viens pas le voir par amitié, mais par charité.

— Pourquoi ce ne serait pas les deux ?

— L'amitié, c'est l'amitié, la charité, c'est la charité, déclara Freda. Tu sais très bien qu'enfant, je vivais en Allemagne, on t'a raconté toute l'histoire, inutile de te la répéter. Eh bien, je peux te certifier que les gens qui te font la charité ne sont jamais des amis. Il n'est pas possible de recevoir l'aumône d'un ami.

— Je n'avais pas vu les choses sous cet angle.

— Ma Sadie à moi, dit Freda en lui caressant la main. Cette vie regorge d'inévitables compromis moraux. Alors, autant s'épargner les plus élémentaires.

Elle avait raison, Sadie le savait. Et pourtant, elle continua à faire signer sa feuille de présence. Ce rituel et les louanges qu'on lui adressait – les infirmières, parfois les médecins, mais aussi dans sa famille ou à la synagogue – lui plaisaient. Remplir les cases vides lui procurait même une certaine satisfaction. C'était comme un jeu pour elle, un jeu qui n'avait pas grand-chose à voir avec Sam. Ce n'était pas une trahison à proprement parler. Elle ne lui cachait pas son bénévolat, or plus le temps passait, moins elle se sentait capable de tout lui avouer. Sa feuille de présence laissait entendre qu'elle avait des arrière-pensées, oui, même si pour elle, il n'y en avait aucune : Sadie Green aimait être flattée, et Sam Masur était le meilleur ami qu'elle ait jamais eu.

Son bénévolat dura quatorze mois. Comme on pouvait s'y attendre, il prit fin le jour où Sam découvrit son existence. Leur amitié avait duré six cent neuf heures, plus les quatre heures du premier jour qui ne figuraient pas sur la feuille. Pour une bat-mitsvah à la synagogue Beth El, il ne fallait rendre service à la communauté que pendant vingt heures et le zèle de Sadie dans ses bonnes œuvres fut récompensé par les femmes de Hadassah[1].

---

1. Organisation féminine multinationale sioniste caritative créée aux États-Unis en 1912.

3

Les travaux dirigés de Perfectionnement en jeux avaient lieu une fois par semaine, le jeudi après-midi de 14 heures à 16 heures. Il n'y avait que dix places et les étudiants étaient pris sur dossier. Sur la plaquette de cours figurait le nom complet du professeur, Dov Mizrah, vingt-huit ans, mais les cercles de jeux en ligne ne connaissaient que son prénom. On disait de Dov qu'il était, à lui tout seul, aussi talentueux que les deux John – Carmack et Romero, les petits génies qui avaient conçu *Commander Keen* et *Doom*. Célèbre pour sa crinière de boucles noires et le pantalon en cuir moulant qu'il arborait dans les congrès de jeux vidéo, il l'était aussi et surtout, eh oui, pour un jeu intitulé *Dead Sea*, une aventure sous-marine avec des zombies, initialement pour PC. Dov avait inventé un moteur graphique révolutionnaire, Ulysse, qui conférait beaucoup de réalisme aux ombres et lumières aquatiques. Comme cinq cent mille autres geeks, Sadie avait joué à ce jeu l'été précédent. C'était la première fois qu'elle appréciait le travail d'un professeur *avant* de suivre son cours et non *parce qu'*elle y avait assisté. Tous les gamers comme elle attendaient la suite de *Dead Sea* avec impatience. En voyant le nom de Dov sur la plaquette, elle s'était interrogée : pourquoi interrompre une brillante carrière de concepteur pour enseigner ?

— Écoutez, annonça Dov dès le premier jour. Je ne suis pas là pour vous apprendre à programmer. Il s'agit de travaux pratiques de haut niveau du MIT. Vous savez déjà programmer et dans le cas contraire… (Il montra la porte.)

Le contenu du cours ne différait pas beaucoup de celui d'un atelier d'écriture. Chaque semaine, deux étudiants devaient programmer un jeu simple ou le niveau d'un jeu plus long – en fonction de ce qui était réalisable dans les délais impartis – qu'ils distribuaient ensuite en classe et que chacun testait chez soi. À la séance suivante, tout le monde y allait de sa critique. Les élèves étaient censés en créer deux pendant le semestre.

Hannah Levin, seule fille à participer aux travaux dirigés en dehors de Sadie (un pourcentage normal au MIT), demanda à Dov s'ils étaient libres de choisir leur langage de programmation.

— Quelle importance ? Ils sont tous pareils. Mais ils doivent tous me sucer la bite, et je le pense sincèrement. Quel que soit le langage de programmation que vous utilisez, il faut qu'il vous serve, qu'il vous suce la bite. (Il dévisagea l'étudiante.) Tu n'as pas de bite, donc le clito, ou autre. Opte pour le langage de programmation qui te fera grimper aux rideaux.

Hannah éclata de rire en évitant le regard de Dov.

— Java conviendrait, alors ? Je connais des gens qui n'aiment pas et ne respectent pas Java, mais…

— *Respecter* Java ? Franchement, celui qui a dit ça peut aller se faire foutre. Enfin. Adopte le langage de programmation qui *me* fera grimper aux rideaux, ajouta Dov.

— D'accord, mais s'il y en a un que vous préférez…

— Hé coco, comment tu t'appelles ?

— Hannah Levin.

— Hé, Hannah Levin. Faut que tu te détendes. Ça ne m'intéresse pas de te dire comment tu dois concevoir ton jeu. Utilise trois langages de programmation si tu veux, je m'en tape. Moi, c'est ce que je fais. J'écris et si je coince, je passe à un autre langage pendant un temps. Les compilateurs servent à ça. Quelqu'un a-t-il une autre question ?

Sadie trouvait ce prof vulgaire, repoussant et un tantinet sexy.

— L'idée, c'est de s'en mettre plein la vue, poursuivit-il. Ça ne me branche pas de découvrir de nouvelles versions de mon jeu ou d'un autre. J'y ai déjà joué. Je ne veux pas non plus voir de belles images sans grandes idées derrière, ni de codages béton pour des mondes sans intérêt. Je déteste, déteste, déteste, déteste m'ennuyer. Étonnez-moi. Bousculez-moi. Choquez-moi. Non, en fait, personne ne peut me choquer.

À la fin du cours, Sadie alla trouver Hannah.

— Hé, Hannah, moi, c'est Sadie. Un peu rude, pas vrai ?

— Ça va.

— Tu as déjà joué à *Dead Sea* ? C'est génial.

— C'est quoi, *Dead Sea* ?

— Le jeu créé par Dov. C'est pour ça que je suis là, en fait. On suit le point de vue d'une petite fille, seule survivante d'un…

— J'imagine que je devrais y jeter un œil, l'interrompit Hannah.

— Oui. À quels jeux tu joues, en général ? s'enquit Sadie.

Hannah fronça les sourcils.

— Désolée, faut que je file. Chouette de t'avoir rencontrée.

Sadie ne savait pas pourquoi elle se donnait tout ce mal. On aurait pu croire que les femmes, surtout en minorité, voudraient se serrer les coudes alors qu'en fait, pas du tout. Être une femme, c'était un peu comme une maladie que personne n'avait envie d'attraper. Rester dans son coin faisait comprendre à la majorité, les hommes : *Je ne suis pas de celles-là*. Sadie était du genre solitaire, quoique même pour elle, vivre au MIT dans un corps de femme s'avérait une expérience aliénante. L'année de son admission, les femmes représentaient un peu plus du tiers de sa promotion alors qu'en réalité, on avait l'impression qu'il y en avait beaucoup moins. Il lui arrivait de se dire qu'elle pourrait passer des semaines sans en croiser une seule. Peut-être que les mecs, ou disons la majorité d'entre eux, présumaient qu'une nana était forcément stupide, sinon moins intelligente qu'eux. Ils partaient du principe qu'une fille avait plus de chances d'intégrer le MIT – et statistiquement, oui –, le taux de réussite des filles était dix pour cent supérieur à celui des garçons. Mais on pouvait trouver plusieurs raisons pour expliquer ces chiffres. D'abord, l'auto-élimination : les candidates se montraient plus exigeantes envers elles-mêmes que les candidats. On n'aurait pas dû en déduire que celles qui intégraient le MIT étaient moins douées et ne méritaient pas vraiment leur place, ce qui n'empêchait pas les gens de le penser.

Pour ce semestre, Sadie avait eu la chance ou la malchance d'être la septième à présenter son jeu. Que programmer ? Elle s'imaginait proposer une sorte de manifeste à l'image du concepteur qu'elle voulait devenir. Pour cela, il fallait éviter les clichés, les effets de genre, la simplicité graphique ou ludique. Mais après avoir vu Dov massacrer tous ses camarades, elle avait conclu que peu importait ce qu'elle présenterait. Ce prof n'aimait rien. Il détestait les variations sur *Donjons et Dragons* et les jeux de rôles. Idem pour les jeux de plate-forme, à l'exception de Super Mario Bros. Même si les consoles ne trouvaient pas non plus grâce à ses yeux. Il détestait le sport, les animaux mignons, les jeux basés sur la propriété intellectuelle et l'idée directrice selon laquelle on devait être le chasseur ou la proie. Par-dessus tout, il méprisait les jeux de tir, autrement dit, un bon pourcentage des jeux conçus par les professionnels ou les étudiants, et à coup sûr, tous ceux qui avaient du succès.

— Hé, les gars, commença Dov, vous savez que j'ai servi dans l'armée ? Vous autres, Américains, vous trouvez les armes super romantiques parce que vous ignorez ce que c'est que la guerre ou l'état de siège permanent. Franchement pathétique.

Florian, un gringalet en licence d'ingénierie dont le jeu était justement sur la sellette, répliqua :

— Je ne suis même pas originaire des États-Unis, Dov.

Il n'y avait pas non plus d'armes à feu dans son jeu centré sur le tir à l'arc, que, plus jeune, il avait pratiqué en compétition en Pologne.

— D'accord, mais tu en as repris les valeurs.

— *Dead Sea* propose aussi des séquences de tirs.

Dov soutint le contraire.

— Comment ça ? lança Florian. La fille tabasse un gars à coups de gourdin.

— Elle ne lui tire pas dessus. C'est de la violence. Une petite fille frappant un dangereux prédateur avec une bûche c'est un combat, un corps à corps et c'est fair-play. On ne peut pas en dire autant d'un homme, représenté par une main, qui canarde une bande de mercenaires inconnus. Ce n'est pas de la violence, que j'exècre, d'ailleurs. Ce sont des jeux de feignants, comme s'il n'y avait rien de mieux à faire dans la vie que de tirer sur n'importe quoi. De la paresse, Florian. Et ce qui me pose problème dans ton jeu, ce n'est pas le tireur, mais le fait qu'on ne s'amuse pas. Laisse-moi te poser une question : est-ce que tu l'as testé ?

— Bien sûr que oui.

— Tu l'as trouvé *marrant* ?

— Le tir à l'arc n'est pas vraiment marrant, répondit Florian.

— OK, on s'en fout, peu importe. Est-ce que tu as eu l'impression de tirer à l'arc ? (Florian haussa les épaules.) Pas moi, en tout cas.

— Je ne vois pas où vous voulez en venir.

— Je vais te le dire. Il y a un léger décalage dans le processus du tir. On ne voit pas sur quoi est braqué le viseur. Et on n'a pas du tout la sensation de tirer sur la corde de l'arc en jouant, comme tu dois t'en douter. Il n'y a pas de tension et les infos qui s'affichent à l'écran déroutent plus qu'elles ne guident. Tu t'es contenté de quelques images d'un arc et d'une cible. En fait, il pourrait s'agir de n'importe quel jeu, créé par un mec lambda. Et puis, tu n'as pas vraiment inventé d'histoire. Ce n'est pas l'archer qui me dérange dans ton jeu, mais sa qualité médiocre et l'absence de vrai personnage.

— N'importe quoi, Dov, s'indigna Florian, dont le teint pâle avait soudain viré au rose psychédélique.

— Mec, mec, temporisa le prof en embrassant son épaule avant de l'étreindre brutalement comme un ours. La prochaine fois, tu te planteras mieux.

Quand Sadie conçut son premier jeu, elle ne savait pas du tout ce qui plairait à Dov et se demanda si c'était bien le but de l'opération. Rien ne pouvait le satisfaire, alors autant s'amuser. De désespoir et en très peu de temps, elle concocta un jeu autour de la poésie d'Emily Dickinson qu'elle intitula *EmilyBlaster*. Des bribes de poèmes dégringolaient du haut de l'écran et, en suivant leur parcours, le joueur, à l'aide d'une plume d'oie, devait les couvrir d'encre pour qu'ils s'insèrent dans le poème à trous d'Emily Dickinson, placé en bas de l'écran. Une fois qu'on avait réussi à compléter plusieurs vers, on gagnait des points pour décorer la maison d'Emily à Amherst.

Puisque
TIR
je ne pouvais
TIR
m'arrêter
Idem
pour la mort

Tous ses camarades le détestèrent. Hannah Levin fit ses commentaires la première.

— Eh bien… je trouve qu'il y a de belles animations, mais le jeu en lui-même n'est pas génial, à mi-chemin entre le pseudo-violent et le pseudo-bucolique. Et bon, Dov nous a conseillé de ne pas intégrer de tireur, mais une plume qui crache de l'encre, ça reste une arme, non ?

Les autres commentaires s'inscrivirent dans la même ligne.

Florian se fendit d'une remarque légèrement plus positive.

— J'aime bien la tache d'encre qui se forme sur le mot quand on tire dessus et le petit bruit d'explosion que tu as ajouté quand elle apparaît à l'écran.

— J'ai pensé – pardonnez mon langage un peu grossier – à une sorte de « pet », riposta Hannah en portant sa main à sa bouche comme si elle venait de péter elle-même.

— Techniquement, ça ressemblait plus au son d'un pet de fouffe, ajouta un Anglais prénommé Nigel.

Un rire parcourut la classe.

— Attends, reprit Hannah, c'est quoi un *pet de fouffe* ?

La classe rit de plus belle et Sadie aussi.

— Je voulais retravailler un peu la bande sonore, mais j'ai manqué de temps, s'excusa Sadie, même si personne ne semblait l'avoir écoutée.

— Hé, les gars, calmez-vous. En fait, je déteste ce jeu tout autant que vous, mais moins que ceux auxquels on a joué jusque-là.

Dov regarda Sadie comme s'il la découvrait enfin, après quatre semaines de cours. Il jeta un coup d'œil à sa feuille de présence, semblant chercher à retenir son nom et Sadie se sentit flattée, même s'ils avaient déjà eu QUATRE semaines de classe.

— C'est une copie de *Space Invaders*, avec une plume à la place du pistolet. Je peux au moins affirmer que je n'avais encore jamais joué à cette copie-là auparavant, Sadie Green.

Dov fit une nouvelle partie d'*EmilyBlaster* et Sadie le prit pour un compliment supplémentaire.

— Fun, conclut-il à voix basse, mais assez fort pour que tous les étudiants l'entendent.

Pour son deuxième jeu, Sadie sentit qu'elle pouvait et devait se montrer plus ambitieuse. Cette fois, elle ne rama pas du tout pour trouver son concept.

Son décor se résumait à une usine quelconque blanche et noire, qui fabriquait des objets non identifiés. Chaque fois que le joueur parvenait à en assembler un, il gagnait des points. Tout le processus était conçu sur le modèle de *Tetris*, un jeu de construction et de réflexion qui consistait à faire s'emboîter des pièces différentes, pour lequel Dov avait souvent témoigné son admiration. (Il l'adorait parce qu'il le trouvait profondément inventif.) Chaque fois qu'on franchissait un niveau, on devait créer des objets plus sophistiqués à partir d'éléments plus nombreux tout en disposant de moins de temps pour le faire. De temps à autre, une bulle de texte s'affichait à l'écran, vous demandant si vous souhaitiez troquer quelques-uns de vos points contre des informations sur l'usine et ce qu'elle produisait. Le jeu vous avertissait que ces renseignements réduiraient un peu votre meilleur score. Le joueur avait le choix de renoncer partiellement ou complètement aux informations.

Sadie se conforma à la procédure et distribua un disque 3,5 pouces à chacun des élèves de sa classe avant de le présenter en cours de façon que tout le monde puisse jouer pendant la semaine. Voici comment elle le décrivit :

— Eh bien, euh, je l'ai intitulé *Solution*. Il m'a été inspiré par ma grand-mère. Vous n'avez qu'à y jouer et je parie que vous reviendrez me dire ce que vous en pensez.

En fin de semaine, Sadie reçut un mail de Hannah Levin.

« *Chère Sadie, je viens de jouer à ton "jeu" et je ne sais vraiment pas quoi te dire. Je l'ai trouvé dégoûtant et choquant. T'es vraiment dérangée, ma vieille. Je mets Dov en copie de ce message. Je ne suis pas sûre de pouvoir venir en cours parce que ça m'a trop perturbée. Je ne me sens plus en sécurité dans cette classe. – Hannah.* »

Sadie sourit en le lisant et prit son temps pour y répondre.

« *Chère Hannah, je ne suis pas tout à fait désolée que mon jeu t'ait perturbée. C'est justement le but et comme je l'ai précisé dans ma présentation, il m'a été inspiré par ma grand-mère.* »

Hannah répondit : « *Va te faire foutre, Sadie.* »

Dov intervint une ou deux heures plus tard, mais ne s'adressa qu'à Sadie. « *Sadie, pas encore joué. Trop hâte, Dov.* »

Il l'appela le jour suivant.

— Bon, nous savons tous les deux que Hannah est une parfaite imbécile, pas vrai ?

Dov venait de passer une heure au téléphone avec Hannah, qui lui demandait de dénoncer Sadie au Conseil de discipline du MIT. Selon elle, *Solution* enfreignait le code de conduite des étudiants, qui interdisait tout discours haineux.

— Je pense que je l'ai calmée, conclut Dov. Qu'elle est chiante ! Qui a du temps à perdre avec des gens comme ça ? Ton jeu l'a vraiment offensée, alors félicitations, Sadie Green.

— C'est dingue !

— J'imagine que ça ne lui a pas plu de se voir traitée de nazie.

— Vous y avez joué ?

— Bien sûr, répondit-il. Il le fallait.

— Est-ce que vous avez gagné ? s'enquit-elle.

— Tout le monde gagne, répliqua Dov. C'est ce qu'il y a de génial là-dedans, pas vrai ?

— Tout le monde perd, le corrigea-t-elle. Mon jeu traite de la complicité.

Génial. Dov avait employé le mot *génial*.

Le principe de *Solution*, c'était que si vous ne vous contentiez pas de fabriquer des objets et posiez des questions, votre score baissait, mais vous découvriez que l'usine pour laquelle vous travailliez fournissait des pièces détachées au Troisième Reich. Une fois que vous en étiez conscient, vous pouviez réduire votre rendement. Il vous suffisait de produire assez pour ne pas attirer l'attention du Reich, ou suspendre toute production. Le joueur qui ne demandait rien, le Bon Allemand, réaliserait le meilleur score possible, mais, au bout du compte, découvrirait pour qui l'usine travaillait. À la fin du jeu, un texte en lettres gothiques s'affichait à l'écran : FÉLICITATIONS, NAZI ! VOUS AVEZ CONTRIBUÉ À LA VICTOIRE DU TROISIÈME REICH ! VOUS ÊTES UN EXPERT

EN EFFICACITÉ. Le tout sur une musique de Wagner, grâce à un signal interface MIDI[1]. Le concept, c'était que si vous gagniez des points, moralement vous en perdiez.

— Écoute, j'ai adoré ton jeu. Je l'ai trouvé hilarant.

— Hilarant ? répéta Sadie, qui l'avait conçu pour broyer des âmes, déranger.

— J'ai un humour très noir. Eh, merde. Tu veux aller boire un café ?

Ils se retrouvèrent dans un bistro, sur Harvard Square, près de chez Dov. Sadie se demandait s'il voulait discuter de Hannah, mais il n'en fut pas question. Elle lui révéla à quel point *Dead Sea* lui avait plu et parvint même à lui poser plusieurs questions techniques sur le logiciel Ulysse et ses effets de lumière. Dov y répondit et lui raconta tout ce qu'il fallait savoir sur la conception de son jeu et l'inspiration qu'il avait essentiellement puisée dans sa peur de la noyade. Sadie lui parla de sa grand-mère, du fait de grandir à Los Angeles, de la maladie de sa sœur. Ils discutèrent de leurs jeux préférés, ceux de leur enfance et ceux d'aujourd'hui. Dov s'adressait à elle comme à une collègue, ce qui grisait Sadie. Elle se fichait bien d'être convoquée au Conseil de discipline à cause de *Solution*. Rien que cet instant – passé en compagnie d'une personne telle que Dov – en valait la peine.

Dov étendit le bras au-dessus de la table pour essuyer la mousse de café sur sa lèvre supérieure.

— Là, je suis mal, je crois, dit-il.

— À cause de Hannah ?

1. *Musical Instrument Digital Interface.*

— Qui ? Ah, oui, *elle*. Non. Je crois que je suis mal parce que j'ai envie de te ramener à mon appartement alors que je sais pertinemment qu'il ne faut pas.

— Pourquoi pas ? J'aimerais bien voir où vous habitez.

Sadie n'avait encore jamais entretenu de relation amoureuse avec un adulte, et encore moins avec un professeur. Mais en tant qu'amant, il lui enseigna beaucoup plus de choses qu'en tant que prof. Elle apprit tellement de choses, c'était comme si elle *vivait* dans ses cours. Il l'encouragea à améliorer *Solution*, et lui révéla ses techniques pour élaborer des logiciels de jeux.

— Dans la mesure du possible, n'utilise jamais le logiciel de quelqu'un d'autre, la prévint-il. Tu lui laisses trop de pouvoir.

Elle adorait jouer avec lui, coucher avec lui, et partager ses idées avec lui. Elle l'aimait.

Quatre mois s'écoulèrent et sa deuxième année touchait à son terme quand elle découvrit que Dov était marié. Il déclara avoir quelque chose à lui avouer avant que leur relation ne devienne plus sérieuse. Ils venaient de décider que Sadie passerait l'été chez lui.

Sa femme était rentrée en Israël, lui expliqua-t-il. Ils étaient séparés. Voilà pourquoi il avait rejoint l'équipe du MIT. Le couple éprouvait le besoin de faire une pause dans leur mariage.

— Elle est donc au courant pour moi ? l'interrogea-t-elle.

— Pas vraiment. Mais elle sait qu'une femme comme toi peut exister, répondit Dov. Ne t'inquiète pas. Il n'y a aucune équivoque.

Et pourtant Sadie n'était pas sereine. Les explications de Dov ne l'avaient pas complètement convaincue et elle avait l'impression d'avoir été manipulée, forcée à adopter un comportement amoral. Le hasard l'avait conduite à entretenir à son insu une liaison avec un homme marié, mais à présent, elle savait. Et d'ailleurs, si elle était honnête avec elle-même, elle l'avait sûrement toujours su.

Sa situation pouvait sans doute être comparée à celle du joueur de *Solution*. Peut-être n'avait-elle pas posé assez de questions, ou pas les bonnes, pour ne pas avoir à connaître les réponses.

Elle passa néanmoins l'été avec Dov. Elle ressentait de l'amour pour lui et une certaine forme d'addiction à sa présence. Pendant le stage qu'elle effectua au Cellar Door Games de Boston, elle garda pour elle l'identité de son petit ami. Dov était célèbre dans le monde des concepteurs de jeux et il fallait éviter que leur aventure ne parvienne aux oreilles de son épouse. Cacher cette idylle avec Dov tout en la vivant lui prenait tellement de temps qu'elle n'eut pas l'impression de marquer les esprits du Cellar Door Games. Elle ne se trouvait pas créative et était toujours la première à partir.

Inutile de préciser que Sadie ne se contentait pas de protéger Dov lorsqu'elle cachait leur relation à ses collègues. Elle se préservait aussi. Il y avait encore moins de femmes dans le milieu des jeux vidéo qu'au MIT et elle voulait éviter de saborder sa carrière avant même de l'avoir débutée. C'était injuste, mais les jeunes femmes attirantes, connues pour avoir couché avec des hommes puissants, avaient parfois du mal à être prises au sérieux, même après les avoir quittés. Sadie ne tenait pas à ce que son CV officieux dans les jeux commence par la mention : « jeune maîtresse de Dov Mizrah ». Malgré tout l'amour qu'elle lui portait, elle s'imaginait un avenir sans lui.

À l'automne, pendant sa troisième année, elle avait choisi « Intelligence Artificielle », et Hannah Levin, qu'elle n'avait pas revue depuis les travaux dirigés avec Dov, se trouvait dans la même classe.

— J'espère que tu n'es pas rancunière, lui dit Sadie à la fin du cours. Je n'ai jamais eu l'intention de t'offusquer.

— Ça va. Quand on fait un jeu comme ça, c'est justement pour offusquer, lui répondit Hannah. Je n'ai pas donné suite parce que ton petit ami m'en a dissuadée et je ne tenais pas à ce que ça me revienne à la figure plus tard.

— Je ne sortais pas encore avec lui à l'époque, rétorqua Sadie, mais Hannah lui avait déjà tourné le dos.

Depuis le début de sa relation avec Dov, elle n'avait plus conçu de jeu même si elle l'aidait de temps en temps sur les siens. C'était d'une certaine façon plus facile de travailler avec lui, et pour lui, plutôt que de s'atteler à ses propres projets qui, en comparaison, paraissaient basiques et inintéressants. Elle venait d'avoir vingt ans. À cet âge-là, on ne sait pas faire grand-chose. Mais sortir avec cet homme la rendait intransigeante envers elle-même et la qualité des idées de son cerveau de vingt ans.

Sadie sortait avec Dov depuis dix mois lorsqu'elle tomba sur Sam dans le métro. Elle l'avait repéré bien avant qu'il ne la voie. C'était lui, un manteau trop grand sur une carcasse de gamin dégingandé, mais résolu, les yeux braqués droit devant lui. Elle aurait pu parier qu'il ne la remarquerait pas, et ça lui convenait très bien. Ils n'avaient pas vécu les mêmes choses. Lui était resté tel qu'elle l'avait connu, pur. En comparaison, elle se sentait vieillie, fanée, et s'il lui parlait, il percevrait sûrement sa déchéance, pensait-elle. Allez savoir pourquoi, il se retourna. Lorsqu'il l'appela par son nom, elle continua à tracer sa route.

Et puis, il avait crié une deuxième fois :

— SADIE MIRANDA GREEN ! TU ES MORTE DE DYSENTERIE !

Elle pouvait ignorer Sam, mais pas la référence à leur enfance. C'était une invitation à jouer.

Alors, elle se retourna.

Avant de rentrer en Israël pour les vacances d'hiver, Dov avait prévenu Sadie qu'il ne la contacterait pas souvent.

— Des affaires de famille, avait-il prétexté. Tu sais ce que c'est.

Sadie lui avait répondu que c'était cool, même si en le disant, elle n'en était pas sûre. Elle savait qu'il ne lui laissait pas le choix. Et une fille cool ne demanderait jamais à son amant s'il comptait voir sa prétendue femme pendant ses vacances d'hiver. Si elle ne la jouait pas cool, Dov mettrait peut-être un terme à leur relation et Sadie ne pourrait pas le supporter. Elle était devenue dépendante de lui. Avec le recul, elle réalisait qu'elle avait terriblement souffert de la solitude durant les dix-huit mois qu'elle avait passés au MIT avant leur rencontre. Elle ne s'était fait aucun véritable ami. Et passer de cet isolement à Dov représentait une expérience intense. C'était comme si une lumière brillante et chaude baignait chaque instant de sa vie. Elle se sentait radieuse, vibrante. Il n'y avait pas meilleur interlocuteur pour discuter de jeux vidéo. Ou pour tester des idées. Oui, elle l'aimait, mais elle l'appréciait aussi. Et elle s'appréciait aussi davantage lorsqu'elle était avec lui.

Depuis peu, il semblait se désintéresser d'elle. Sadie avait donc essayé de se rendre plus attirante. Elle s'était fait couper les cheveux, avait soigné ses tenues et acheté de la lingerie en dentelle. Elle avait lu un livre sur le vin, pour se montrer à la hauteur lors de dîners, comme elle imaginait qu'une maîtresse plus âgée saurait l'être. Une fois, au cours d'une conversation, il s'était étonné du niveau d'ignorance des juifs américains à propos d'Israël, aussi s'était-elle plongée dans un livre pour pouvoir en parler. Pourtant, cela ne changeait rien.

Elle avait parfois l'impression qu'il lui cherchait des défauts. S'il lui arrivait de passer la journée à dévorer un roman, il lâchait : « Quand j'avais ton âge, je programmais sans arrêt. » Si elle se montrait trop lente pour finir un job qu'il lui avait confié, il disait : « Tu es brillante, mais paresseuse. » En plus de travailler sur les jeux de Dov, elle avait l'intégralité de ses cours à potasser. Il suffisait qu'elle le mentionne pour qu'il rétorque : « Ne jamais, jamais, au grand jamais se plaindre. » Ou : « Voilà pourquoi je ne bosse pas avec des étudiants. » Si elle lui parlait d'un jeu qui la bluffait et que lui n'en pensait pas du bien, il énumérait toutes les raisons de le trouver horrible. Idem pour les films, les livres, et l'art aussi. À tel point qu'elle n'osait plus donner son avis sur quoi que ce soit. Elle s'était entraînée à commencer toute conversation par : « Alors, qu'en as-tu pensé, Dov ? »

Elle serait donc cool, comme toutes les maîtresses. *Maîtresse*, pensa Sadie en riant d'elle-même. Voilà ce qu'on risque en rentrant dans le jeu d'un autre : croire à un choix qui n'existe pas.

— Peut-on savoir ce qui suscite le rire acerbe du petit génie ? demanda Dov.

— Rien. Appelle-moi quand tu rentres, répondit-elle.

Pendant toutes ses vacances en Californie, Sadie fut réservée et lunatique. Elle se sentait grippée, comme en décalage horaire permanent, lessivée. Elle passa la plus grande partie de son séjour dans le lit de son enfance, dans les draps imprimés de roses délavées, à lire les livres de poche écornés de sa jeunesse.

— Qu'est-ce qui ne va pas ? lui demanda Alice. Tout le monde s'inquiète.

Alice était en première année de médecine à UCLA[1].

— Je vais bien, lui répondit Sadie. Je pense que j'ai dû choper un truc dans l'avion.

— Ben, ne me le refile pas, rétorqua Alice. Je ne peux pas me permettre de tomber malade.

Alice refusait de céder une journée de plus de sa vie à la maladie.

Sadie se sentait incapable de parler de sa relation avec Dov à sa famille, même à Alice, surtout à Alice. Sa sœur, comme sa grand-mère, nourrissait une profonde aversion pour toutes les inéluctables zones grises de la vie.

Alice la dévisagea, posa sa main sur son front et la regarda dans les yeux.

— Tu n'as pas de fièvre, mais à mon avis, tu ne vas *pas* bien.

---

1. *University of California Los Angeles.*

Sadie changea de sujet.

— Tu ne devineras jamais sur qui je suis tombée à Harvard Square ?

Finalement, c'était Alice qui avait révélé à Sam le projet de bénévolat de sa cadette. Elle avait toujours prétendu que la jalousie n'avait joué aucun rôle dans l'histoire et Sadie avait fini par le croire. Or tout le monde savait très bien qu'Alice n'avait pas apprécié que sa sœur vienne faire ses bonnes actions à l'hôpital et qu'elle avait été écœurée que Sadie en ait été récompensée par la synagogue.

Près de trois mois avant la bat-mitsvah de Sadie, Alice s'était retrouvée nez à nez avec Sam à l'hôpital. Elle y était venue pour une analyse de sang de routine, après environ un an de rémission. Sam avait encore subi une intervention chirurgicale pour son pied. Ils ne se connaissaient pas bien et Alice avait peu d'estime à son égard. La relation qu'il entretenait avec sa sœur lui paraissait étrange. La faute en revenait partiellement à Sadie. Quand Alice avait évoqué son intérêt à le rencontrer, elle lui avait répondu que Sam n'était pas tout à fait son ami. Elle avait mis l'accent sur l'importance du bénévolat dans cette relation et qualifié Sam d'« assez pathétique dans son genre ». Une part de Sadie refusait qu'elle rencontre Sam et lui fasse des commentaires aussi directs que ceux dont elle avait gratifié ses autres amis et camarades de classe. Alice était loin d'être sotte, mais son intelligence frisait parfois la méchanceté, et ça ne s'était pas arrangé depuis qu'on lui avait diagnostiqué une leucémie. Sadie ne souhaitait pas exposer Sam à la perspicacité souvent implacable de sa sœur.

Aussi, lorsque Alice aperçut Sam à l'hôpital, son instinct lui dicta de l'ignorer.

— T'es la sœur de Sadie, pas vrai ? Moi, c'est Sam.

— Je sais qui tu es, lui répondit-elle.

L'un des nombreux médecins de Sam, un orthopédiste pédiatrique, repéra les deux gamins et prit Alice pour Sadie, qui traînait toujours à l'hôpital.

— Salut, Sam ! Salut, Sadie !

— Docteur Tybalt, dit Sam, ce n'est pas Sadie, mais sa sœur, Alice.

— Bien sûr ! rétorqua le médecin. Vous vous ressemblez tellement toutes les deux.

— Oui, reconnut Alice. Mais j'ai deux ans de plus et les cheveux moins bouclés. Le meilleur moyen de nous distinguer c'est que moi, je n'ai pas de feuille de présence dans la poche.

Un infirmier appela Alice, ce qui mit fin à la conversation. Ils étaient prêts pour la prise de sang.

— À plus tard, Sam, lança-t-elle.

Le soir même, Sam appela Sadie.

— Je suis tombé sur ta sœur à l'hôpital, lui raconta-t-il.

— Oui, Alice y était, répondit Sadie. Désolée, je voulais y aller, mais j'avais ma préparation de bat-mitsvah. Devine le jeu sur lequel je suis en ce moment ?

— Quoi ?

— *King's Quest IV*. J'ai demandé à Bubbe de m'emmener chez Babbage et il était en rayon avec plus d'un mois d'avance. J'ai pas pu m'empêcher de crier en le voyant. Sam, les graphismes sont bien meilleurs que dans le précédent. Ils sont peut-être même plus beaux que ceux de *Zelda*.

— T'avais dit que tu m'attendrais pour commencer.

— J'ai pas vraiment commencé. Je l'ai installé, c'est tout. La musique aussi est plus belle. Écoute.

Sadie approcha le combiné de l'ordinateur pour lui faire écouter la bande-son.

— Ça ne passe pas très bien, dit Sam. Sadie, ta sœur a dit un truc bizarre…

— Laisse tomber, c'est Alice. Elle est LA PERSONNE LA PLUS MALPOLIE QUE JE CONNAISSE. (Sadie cria ça bien fort pour qu'Alice puisse l'entendre.) Est-ce que tu crois que si tu n'as pas trop mal au pied et que tu sors de l'hôpital, Dong Hyun pourrait te déposer chez moi dimanche, histoire qu'on puisse jouer au *KQIV* ? S'il t'amène, je suis quasi sûre que papa acceptera de te ramener.

— J'en sais rien. Je crois que je vais rester ici une semaine, peut-être plus, cette fois.

— OK. Peut-être que je peux apporter les disques et on les installera sur…

— Sadie, elle a dit un truc comme quoi t'aurais une feuille de présence ou quelque chose du genre.

Sadie se tut un moment. Bien qu'elle ait su que cette discussion arriverait un jour, elle n'avait pas préparé d'explication.

— Sadie ?

— C'est rien d'important. Juste un document que je fais remplir quand je viens à l'hôpital. Je pense que c'est pour tout le monde pareil.

— Bien sûr. D'accord… Mais mes grands-parents n'en ont pas.

— Oh ! C'est bizarre. Peut-être qu'ils en ont un et que tu ne l'as pas remarqué ? Ou peut-être… Peut-être que c'est pour permettre aux enfants de venir voir d'autres enfants hospitalisés.

— Possible.

— Pour la sécurité, improvisa Sadie. Ma mère m'appelle pour le dîner. Je peux te rappeler ?

Elle ne le rappela pas. À neuf heures moins cinq – il n'avait pas le droit d'appeler chez elle après cette heure –, Sam la rappela. Sadie envisagea un instant de faire dire par son père qu'elle n'était pas là.

— Mais Sadie, Alice a dit que c'était une feuille de présence, dit Sam.

— Oui, c'est aussi une feuille de présence. Ça indique le nombre d'heures que j'ai passées à l'hôpital. Pourquoi tu fais une fixette là-dessus ? T'as demandé à Dong Hyun pour le week-end ?

— Et pourquoi t'as besoin de connaître le nombre d'heures exact ?

— Parce que… j'aime bien garder une trace des choses, je crois.

Long silence.

— Serais-tu un genre de bénévole hospitalière ?

— Si j'en étais une, je devrais porter un uniforme et jamais je mettrais un truc pareil.

— Et s'il n'y avait pas d'uniforme ?

— Samson, tu deviens vraiment pénible. On peut parler d'autre chose ?

— Est-ce que tu m'as pris pour ton projet de service communautaire ? demanda-t-il.

— Non, Sam.

— Tu venais me voir par amitié ? Ou par pitié ? Étais-je une sorte de devoir maison, Sadie ? J'ai besoin de le savoir.

— Nous sommes amis, Sam. Comment peux-tu penser le contraire ? Tu es mon meilleur ami, répondit-elle, au bord des larmes.

— J'te crois pas. Tu n'as *jamais* été mon amie, juste une riche enfoirée de bénévole de Beverly Hills et je suis un pauvre fêlé de gamin avec une jambe foutue qui n'a plus besoin de ton soutien.

— Sam, c'est compliqué à expliquer, mais ça n'a rien à voir avec toi. La feuille de présence, c'était comme un jeu pour moi. Je… eh bien, je crois que j'aimais voir les heures s'additionner.

Soudain, elle eut une intuition qui devrait plaire à Sam.

— Je visais un gros score. Je suis arrivée à six cent neuf, et encore, je pense que c'est plus que ça.

— T'es une menteuse, une vraie méchante et… (Tout ça n'était pas assez fort. Il chercha dans sa tête la pire insulte qu'il ait jamais entendue.) Une connasse, lâcha-t-il en chuchotant.

Ce mot qu'il n'avait jamais prononcé auparavant lui parut exotique, comme s'il avait parlé une langue étrangère.

— Quoi ? dit Sadie.

Sam savait que « connasse » était un Rubicon. Il avait une fois entendu par hasard le petit ami de sa mère l'appeler comme ça pendant une dispute, et Anna s'était tétanisée. Depuis cette nuit-là, il n'avait plus jamais revu ce type et en avait conclu que ces huit lettres possédaient de sérieuses propriétés magiques. « Connasse » pouvait éliminer une personne de votre vie pour toujours, et il avait décidé que c'était ce qu'il voulait : oublier qu'il avait rencontré Sadie Green, qu'il avait été assez pathétique et crétin pour imaginer qu'elle *était* son amie.

— T'es une connasse, répéta-t-il. Je ne veux plus jamais te revoir.

Sam raccrocha.

Assise sur sa couette avec sa housse à fleurs, elle tenait le combiné contre sa joue brûlante. « Connasse » ne faisait pas partie du vocabulaire de Sam et elle avait trouvé presque comique la voix fluette avec laquelle il l'avait prononcé. Son premier réflexe ? Rire. Elle n'était pas populaire à l'école et à force, elle était devenue insensible à la plupart des insultes : mocheté, geek soûlante, salope qui se la raconte et j'en passe. Pourtant les mots de Sam l'avaient atteinte. La tonalité du téléphone continuait à résonner, mais elle ne pouvait pas se résoudre à raccrocher. Elle ne savait même pas trop quelle signification donner au mot « connasse ». Elle savait juste qu'elle avait blessé Sam, ce qui faisait probablement d'elle une connasse.

Le lendemain, son père la conduisit à l'hôpital. Elle se présenta à l'accueil et une infirmière alla chercher Sam, qui refusa de la voir.

— Je suis navrée, Sadie, lui dit-elle. Il n'est pas de bonne humeur.

Sadie alla s'asseoir dans la salle d'attente le temps que sa mère vienne la chercher, deux heures plus tard. Elle rédigea une note à l'intention de Sam en se servant du BASIC, le langage de programmation rudimentaire que Sam et elle apprenaient.

```
10 READY
20 FOR X = 1 to 100
30 PRINT « JE SUIS DÉSOLÉE, SAM ACHILLES MASUR »
40 NEXT X
```

```
50 PRINT « PITIÉ, PITIÉ, PITIÉ, PARDONNE-MOI. BISOUS, TON AMIE, SADIE MIRANDA GREEN »
60 NEXT X
70 PRINT « TU ME PARDONNES ? »
80 NEXT X
90 PRINT « O OU N »
100 NEXT X
110 LET A = GET CHAR ()
120 IF A = « O » OR A = « N » THEN GOTO 130
130 IF A = « N » THEN 20
140 IF A = « O » THEN 150
150 END PROGRAM
```

Elle plia le papier en deux et écrivit README sur la partie supérieure. S'il entrait ce programme dans son ordinateur, plein de « JE SUIS DÉSOLÉE, SAM » rempliraient son écran. S'il acceptait ses excuses, le programme s'arrêterait. Sinon, la phrase s'afficherait à nouveau jusqu'à ce qu'il accepte.

L'infirmière apporta son petit mot à Sam et revint quelques minutes plus tard : il avait refusé de le prendre. Et ce soir-là, lorsqu'elle entra le programme dans son ordinateur, elle réalisa que, de toute façon, elle avait commis une erreur syntactique.

La semaine suivante, c'était au tour de Freda d'emmener Sadie à l'hôpital. La petite fille n'osait pas confesser à sa grand-mère ce qui s'était passé. Elle ne voulait pas reconnaître que Freda avait eu raison. Sadie se laissa conduire, mais une fois arrivées sur place, elle resta dans la voiture.

— Qu'y a-t-il, ma Sadie ? demanda Freda.

— J'ai tout gâché, lui répondit-elle piteusement. Je suis horrible.

Sadie s'était inquiétée à l'idée de se faire gronder, de s'entendre dire « Je t'avais prévenue », et d'être obligée d'aller s'excuser auprès de Sam, ce qui n'aurait rien changé, elle le savait. Les adultes croyaient toujours pouvoir régler les problèmes des enfants.

Freda hocha simplement la tête et prit Sadie dans ses bras.

— Oh, ma chérie. Ça doit être une très grande déception.

Elle dégaina son énorme téléphone portable, annula tous ses rendez-vous de l'après-midi, emmena Sadie déjeuner dans son restaurant préféré, un italien style underground de Beverly Hills, où tous les serveurs la draguaient. Elles commandèrent du poulet au parmesan, le plat favori de Sadie, et des sundaes. Freda n'évoqua la situation qu'au moment de régler l'addition : « Il y a des gens comme toi et moi qui ont traversé des épreuves et qui y ont survécu. Nous sommes solides. Mais il faut nous montrer extrêmement douces envers les personnes comme ton ami, autrement elles se brisent.

— À quoi ai-je survécu, Bubbe ? lui demanda Sadie.

— Au cancer de ta sœur. Tu as été très forte pendant cette période même si ta mère et ton père auraient dû mieux le reconnaître. Moi, je l'ai remarqué et je suis fière de toi.

Sadie se sentit mal à l'aise.

— Ça n'a rien à voir avec ce à quoi tu as survécu.

— Ce n'est pas simple d'être la petite sœur, voilà ce que je sais. Et je suis aussi fière que tu te sois liée d'amitié avec ce garçon. Même si ça s'est mal terminé, cette bonne action vous a fait du bien, à lui comme à toi. Ce garçon était blessé, tout seul, sans ami. Tu n'as pas été une amie parfaite, mais tu lui as offert ton amitié, et il en avait besoin.

— Tu m'avais prédit ce qui arriverait.

— Meh, rétorqua Frida, Bubbe-meise. C'est le privilège de l'âge.

— Le truc, c'est qu'il me manque vachement, ajouta Sadie avec des sanglots dans la voix.

— Peut-être que tu le reverras.

— Je ne crois pas. Il me déteste vraiment, maintenant, Bubbe.

— N'oublie jamais ceci, ma Sadie : « La vie est très longue à moins qu'elle ne le soit pas. »

Sadie savait que c'était une lapalissade, qui n'en était pas moins vraie.

Dov ne la recontacta pas à son retour à Cambridge. Le jour prévu de son retour était déjà loin, on était presque à la mi-janvier et les cours allaient reprendre. Elle n'avait pas voulu l'appeler et il lui semblait grossier de passer à son appartement. Elle décida de lui envoyer un mail qu'elle rectifia cent fois. Au final, ses corrections ne donnèrent pas un résultat particulièrement brillant. « *Salut Dov. Ai commencé à jouer à Chrono Trigger. Il y a des éléments intéressants là-dedans.* »

Une journée entière s'écoula avant qu'il ne réponde. « *J'y ai déjà joué. Mais il faut qu'on parle. Tu veux passer ce soir ?* »

Sadie savait qu'elle s'habillait pour ses funérailles, alors elle se vêtit de noir, robe, collants, Doc Martens. Elle voulait être sexy pour qu'il se sente mal, pour qu'il voie ce dont il se priverait sans pour autant en faire trop. Elle prit le métro jusqu'à Harvard Square et en arrivant, découvrit que la publicité de l'Œil Magique était toujours là, quoique couverte de graffitis et légèrement décollée sur les côtés. Il faut croire que, depuis Noël, le reste du monde s'en était désintéressé. Alors elle décida d'arriver en retard chez Dov pour regarder l'affiche à nouveau : APPROCHEZ-VOUS PUIS RECULEZ. LAISSEZ VOS YEUX SE DÉTENDRE.

Elle revit l'image cachée et sentit ses idées s'éclaircir. Quoi que Dov lui dise, elle décida qu'il n'y aurait ni querelle, ni pleurs, ni jérémiades.

Une fois devant chez lui, elle n'entra pas directement, même si elle avait la clé. Elle sonna et il vint lui ouvrir. Il l'embrassa sur la joue et tenta de l'aider à retirer son manteau. Mais il lui fallait l'armure en laine et cachemire que Freda lui avait achetée chez Filene's Basement, l'automne de sa première année d'université. « Tu auras besoin d'un vêtement chaud », lui avait-elle dit.

— Je le garde, lança Sadie en le regardant droit dans les yeux et en croisant les bras sur sa poitrine.

Je suis courageuse, pensa-t-elle.

— Batia et moi, on va essayer de relancer notre histoire, lui expliqua-t-il. Je suis tellement désolé.

Il prenait congé du MIT, faisait ses bagages – elle remarqua alors les cartons – et sous-louait son appartement. Il avait besoin du double des clés. Il rentrait en Israël pour travailler sur *Dead Sea II*.

Sadie ne pleurerait pas.

— Comme tu ne donnais pas de nouvelles, j'en avais déduit que c'était pour un truc du genre, rétorqua-t-elle d'une voix détendue et posée.

Sois cool, se répétait-elle.

Son cerveau passa en revue à toute allure les multiples raisons d'*être cool*. Une lettre de recommandation signée de la main de Dov pourrait lui être utile plus tard, si elle décidait de faire un master, un doctorat, ou de bosser dans une entreprise pour laquelle il travaillait. Elle pourrait aussi bien vouloir créer un jeu avec lui. Elle se retrouverait peut-être à ses côtés dans un jury, ou candidate à un prix qu'il décernerait. Sadie, comme Sam, avait le don de se projeter dans le futur. Et dans celui qu'elle imaginait, elle ne serait pas la maîtresse de Dov, mais pourrait bien être sa collègue, son employée, son amie. Si elle était cool, elle n'aurait pas perdu son temps. *La vie est très longue*, songea-t-elle, *à moins qu'elle ne le soit pas.*

— Tu prends super bien la nouvelle, reprit Dov. Je me sens trop mal. Je crois que j'aurais préféré que tu te mettes à crier ou à hurler.

Sadie haussa les épaules.

— Je savais que tu étais marié.

Ah bon ? Oui, même si elle avait fait croire à Dov qu'elle n'était pas au courant. Elle avait lu sa biographie sur un nouveau site de jeux, bien avant de s'inscrire à son cours. L'été précédant son entrée en deuxième année, elle avait mené son enquête après avoir joué à *Dead Sea*. On mentionnait une épouse et un fils. Ces deux personnes n'avaient pas de nom et donc aucune réalité pour elle, mais elles n'en existaient pas moins. Dov ne les avait jamais évoqués. Et donc, elle justifiait son engagement dans cette relation en se disant : *Tant qu'il ne m'en parle pas, ça ne me regarde pas.*

— C'est ma faute, lâcha-t-elle.

— Viens là.

Sadie secoua la tête. Elle ne voulait pas qu'il la touche.

— Je t'en prie, Dov.

Maintenant qu'il savait qu'elle ne lui compliquerait pas la tâche, Dov s'adoucit, le regard rempli d'amour pour elle, et de regret, et c'est cette image qu'elle voulait conserver. Alors elle se dirigea vers la porte.

— Sadie, rien ne t'oblige à partir. Laisse-moi nous commander un thaï. Un collègue m'a envoyé une copie de presse du nouveau Hideo Kojima. Il ne sortira pas ici avant au moins un an, peut-être plus.

— *Metal Gear III* ?

— Ils ne l'ont pas appelé *Metal Gear III*, mais *Metal Gear Solid*. Les ventes des deux premiers aux États-Unis ont déçu Kojima. Il ne veut donc pas présenter celui-là comme une suite.

— J'avais vraiment bien aimé les deux premiers.

— En fait c'est malin de sa part, surtout s'il pense que ce jeu-là va cartonner, poursuivit-il. Il ne s'agit pas seulement d'être un bon programmeur ou un bon designer, Sadie. Il faut aussi avoir le sens du marketing et de la communication. Tu finiras par l'apprendre.

Bien qu'elle n'eût aucune envie de l'apprendre, Sadie retira son manteau.

— Ta robe me plaît.

Elle avait complètement oublié qu'elle la portait et se sentit désolée pour la Sadie qui avait voulu, une heure plus tôt, s'avantager en enfilant une robe. Elle s'installa au bureau de Dov. Il téléchargea le jeu et lui tendit la manette.

Metal Gear Solid était un jeu de furtivité, autrement dit, d'un point de vue stratégique, il valait mieux éviter d'être vu que d'engager le combat. Le joueur passait le plus clair de son temps à s'ennuyer – à se cacher et à attendre. Sadie y trouva pourtant une sorte de réconfort. En ordonnant à son personnage de ramper derrière des cartons, des murs ou des portes, elle se fit la réflexion que cette stratégie était tout à fait adaptée à son propre cas, à ce moment précis. Elle serait là, dans cette pièce, avec Dov, mais elle ne le provoquerait ou ne l'attaquerait qu'en cas d'absolue nécessité.

Sadie était arrivée à un stade du jeu où son personnage en espionnait un autre, une femme non joueur en train de faire sa gym en sous-vêtements. Cette situation, comme le nom du PNJ qui s'appelait Meryl Silverburgh, lui sembla ridicule.

— Meryl Silverburgh, sérieux, dit Sadie. Et en petite culotte en plus.

— Peut-être que Kojima en pince pour les juives ?

Sadie se demandait si cette scène émoustillerait la plupart des joueurs. Il lui fallait souvent adopter un point de vue masculin ne serait-ce que pour comprendre le jeu. Comme Dov aimait le lui répéter : « Tu es plus qu'un gamer quand tu joues désormais. Tu conçois des univers et de ce fait, ce que tu ressens est moins important que ce qu'éprouvent tes gamers. Tu dois tout le temps les imaginer. Il n'y a pas plus empathique qu'un concepteur de jeux. » Sadie la conceptrice d'univers, trouvait cette scène-là sexiste et étrange. En même temps, elle reconnaissait que ce jeu avait été imaginé par l'un des esprits les plus créatifs dans le monde des jeux vidéo. Et à cette époque-là, on conditionnait les filles comme elle à ignorer le sexisme en général, et pas uniquement dans les jeux – ça n'avait rien de cool de relever ce type de chose. Si on voulait se mesurer aux garçons sur une console, il ne fallait pas qu'ils redoutent de parler librement devant vous. Si l'un d'eux comparait vos effets à des pets de fouffe, on attendait de vous un rire. Or ce soir-là, Sadie n'était pas d'humeur à rire.

— Je n'ai pas envie de jouer à un jeu qui n'est qu'un condensé fétichiste, décréta-t-elle.

— Eh, Sadie, tu viens de décrire quatre-vingt-dix-neuf pour cent des jeux vidéo. Mais il a un peu forcé sur les nibards, je te l'accorde. Comment fait-elle pour ne pas basculer en avant ? lança Dov. Kojima est brillant, quand même.

— Oui, concéda Sadie en introduisant son personnage dans une bouche d'aération.

La commande de plats thaïs arriva. Dov fit la conversation comme si de rien n'était, comme s'il ne s'agissait pas de leur dernier dîner. Elle n'avait pas beaucoup d'appétit. Elle but quelques gorgées du vin qu'il lui servit – elle ne buvait pas beaucoup – et se sentit étourdie, légèrement nauséeuse sans être ivre pour autant. Son état ne lui permettait toutefois pas de répéter l'un des commentaires savants sur le vin qu'elle avait appris.

— Tu es très en beauté, dit Dov en se penchant au-dessus de la table pour l'embrasser.

Elle se sentait trop lasse pour lui objecter que dans la mesure où il la larguait, il pouvait au moins la laisser partir sans la sauter une dernière fois. Parce que, d'accord, elle était cool, mais peut-être pas à ce point. Parler sans céder à la colère ou à la tristesse lui coûtait beaucoup et, jusque-là, elle y avait réussi.

— Dov, lâcha-t-elle.

Elle voulait dire « non » sans parvenir à prononcer le mot et finalement, quelle importance ? se résigna-t-elle.

Elle avait déjà couché avec lui plusieurs fois et en avait tiré du plaisir.

Il retira ses collants, sa robe, ses sous-vêtements et fit courir sa main le long de son corps comme un fermier inspecterait un terrain avant de le vendre.

— Tu vas me manquer, souffla-t-il. Et ça aussi, ça va me manquer.

Elle s'imagina sortir de son corps et retourner dans le monde de *Metal Gear Solid. Ton personnage dans ce jeu s'appelle Solid Snake et ton principal adversaire, Liquid Snake, est conçu à partir du même patrimoine génétique que toi.* À cet instant précis, l'importance de cette évidence frappa Sadie : oui, existait-il un pire ennemi que soi-même ? N'était-elle pas plus responsable de cette situation que Dov ? Il lui avait dit que venir à son appartement allait poser problème – et elle ne l'avait pas écouté. Si quelqu'un vous dit que vous allez avoir des problèmes, croyez-le.

Quand le taxi arriva, il la raccompagna en bas de l'immeuble.

— Amis ? lança-t-il.

— Bien sûr, répondit-elle en lui rendant sa clé sans qu'il la lui ait demandée.

Il la prit dans ses bras, l'aida à monter en voiture et referma la portière.

Tandis que le véhicule descendait Manhattan Avenue, elle se sentit étouffer dans son manteau d'hiver, demanda au chauffeur l'autorisation de baisser la vitre et aperçut le château d'eau de l'usine de la New England Confectionery Company qu'on avait récemment peint pour le faire ressembler à un rouleau de bonbons Necco, ces disques crayeux à peine aromatisés, de couleurs pastel et ressemblant vaguement à des hosties. À mesure qu'ils s'en approchaient, l'air se chargeait d'une odeur sucrée qui rendit Sadie intensément nostalgique d'un bonbon qu'elle n'avait pourtant jamais goûté.

4

Le lendemain de Noël, Sam envoya à Sadie le mail suivant : *Salut, l'étrangère, j'ai joué deux fois à ton jeu et j'aimerais bien t'en parler ! Voyons-nous à ton retour de vacances. Transmets mes salutations à cette bonne vieille Californie.*

S.A.M.

P.S. : Je suis content qu'on se soit croisés.

Elle ne répondit pas tout de suite, ce qui ne le perturba pas plus que ça. À cette époque, on ne pouvait pas forcément consulter ses mails en dehors du campus. À la mi-janvier, il n'avait toujours pas de ses nouvelles et se demanda si son mail était bien arrivé à destination. Il décida d'en renvoyer un.

En attendant une réponse, il rejoua à *Solution*. À ce stade, il y avait déjà joué trois fois. La première, il n'avait pas récolté la moindre information, se contentant d'emmagasiner les points jusqu'à se voir élevé au rang de Grand Collaborateur nazi. La deuxième, il récupéra tous les renseignements, en essayant quand même de franchir les niveaux le plus vite possible. Il reçut le grade de Facilitateur. La dernière fois, il reçut toutes les informations, mais joua le plus lentement possible tout en progressant dans le jeu. On lui octroya le titre d'Objecteur de Conscience. Sam estima qu'il s'agissait de la meilleure récompense de *Solution* même s'il n'avait pas vérifié le code pour en être sûr.

Tout en jouant, Sam commença à prendre des notes sur le jeu. Il le trouvait astucieux, quoique perfectible sur certains aspects. D'autres petites choses étaient si réussies qu'il tenait à dire à Sadie que celui qui avait été un temps son meilleur ami avait remarqué la quantité de travail fourni. Il avait répertorié ses remarques dans un tableur, par catégories, comme : *sons*, *temps de latence*, *boîte à outils*, *texte*, *graphisme*, *rythme*, *affichage tête haute*, *traitement des données*, *idées ludiques générales*. Il ne savait pas encore s'il lui communiquerait ou non ce fichier. Il voulait surtout lui parler du jeu d'un point de vue global. Sa remarque la plus importante portait sur le degré de complexité, qui pouvait être renforcé. Il considérait *Solution* comme un super exercice académique. Mais le jeu ne gagnerait-il pas à proposer une nouvelle session à celui qui adopterait un comportement moral ? Au bout d'un moment, à force de troquer ses points contre des informations, on levait le mystère et le jeu devenait redondant. Et si celui qui jouait plutôt bien et avec assez d'éthique trouvait le moyen de détourner la production de l'usine ? Pour Sam, cette simulation était encore incomplète, et donc pas tout à fait satisfaisante. Incomplète parce qu'elle n'incitait pas à l'action. La seule chose qu'éprouvait le joueur à la fin, c'était de l'impuissance. Sam avait bien saisi les intentions de Sadie. Et il savait aussi qu'elle devrait aller plus loin si elle voulait concevoir des jeux suscitant non seulement l'admiration du public, mais un réel engouement.

Toutes les idées qu'il avait pour Sadie le stimulaient bien plus que son travail sur les « Approches alternatives du paradoxe de Banach-Tarski… » Les mots d'Anders Larsson lui revinrent à l'esprit : « Ne confondons pas les aptitudes et le goût pour certaines matières. » Après avoir joué à *Solution*, il savait ce qu'il voulait (et pensait pouvoir concrétiser) : concevoir un jeu avec Sadie Green. Et dès qu'elle lui répondrait, il la convaincrait que c'était ce qu'ils devaient faire.

Une autre semaine s'écoula sans nouvelles de sa part. La période des examens était terminée à Harvard. Sam les avait tous passés et un nouveau semestre commencerait bientôt. En temps normal, il aurait compris le message et tiré un trait sur sa rencontre avec Sadie Green dans la station de métro. C'était compter sans *Solution*. Elle lui avait confié ce jeu pour une bonne raison, se disait-il, et il devait lui parler, même si c'était la dernière fois. Elle avait laissé son adresse mail dans le dossier Readme ainsi que son adresse postale (pas de numéro de téléphone), qui correspondait à un appartement sur Columbia Street, à mi-chemin entre Kendall Square et Central Square. Tout ça pour dire que ce n'était pas facile d'accéder à l'appartement de Sadie, même à partir de la station de métro la plus proche. Il lui faudrait marcher au moins quatre cents mètres, ce qui n'avait rien de simple avec son pied gauche rafistolé, en plein hiver, sur les trottoirs irréguliers et verglacés des rues de Cambridge. Il envisagea de prendre un taxi, mais ne pouvait pas se le payer. Il faisait beau et froid, personne ne l'attendait, alors il décida de se montrer courageux. Sam n'utilisait pas souvent sa canne – une nécessité, pourtant. Il avait l'impression d'avoir un air prétentieux avec, tel un M. Monopoly de vingt et un ans. Ce coup-ci, il la prit malgré tout. *C'est une affaire sérieuse, cette fois*, pensa-t-il.

Arrivé devant l'appartement de Sadie, il sonna. Au dernier moment, il s'inquiéta : peut-être s'agissait-il d'une ancienne adresse ? Dans ce cas, il aurait fait tout ce chemin pour rien.

Au bout de quelques minutes, une colocataire lui ouvrit. Sam expliqua, sous le regard un temps suspicieux de la jeune fille, qu'il cherchait Sadie. Elle décida finalement qu'il était inoffensif et cria :

— Sadie ! Il y a un gamin là-dehors qui veut te voir.

Sadie émergea de sa chambre. Il était 14 heures et Sam voyait bien qu'elle se réveillait à peine.

— Sam, dit-elle, l'air endormie. Salut !

Elle ne s'était manifestement pas douchée. Son sweatshirt du MIT était couvert de taches blanchâtres et rougeâtres. Sam percevait qu'elle était bien plus maigre que d'habitude, même sous ce sweat trop grand. Avec ses cheveux sales et emmêlés, on aurait dit un animal abandonné trop longtemps à l'état sauvage. Elle sentait – il fallait le reconnaître – assez fort. Et il présuma que ce n'était pas le résultat d'une seule grasse mat.

— Ça va ? lui demanda-t-il.

Six semaines plus tôt, elle lui avait semblé en forme.

— Ouais, lança Sadie. Qu'est-ce que tu fais là ?

— Je… (Cette Sadie le désarçonnait tellement qu'il en avait oublié la raison de sa venue.) J'ai essayé de te joindre par mail. Je voulais te parler de *Solution*. Tu te rappelles ? Tu m'as filé le disque…

Le profond soupir de Sadie l'interrompit.

— Écoute, Sam, c'est pas le moment.

Il allait partir, mais se ravisa.

— Puis-je… ? Je suis venu à pied depuis Central Square et ce serait bien si je pouvais m'asseoir une minute.

Elle baissa les yeux sur sa canne puis son pied.

— Viens, lui dit-elle sur un ton las.

Il la suivit dans sa chambre. Les rideaux étaient tirés et il y avait des détritus et des vêtements partout. Cela ne ressemblait pas à la Sadie qu'il avait connue.

— Qu'est-ce qui s'est passé, Sadie ?

— Qu'est-ce que ça peut te faire ? On n'est pas de *vrais* amis, tu te rappelles ? (Sadie secoua la tête.) Et c'est pas poli de débarquer chez les gens sans prévenir.

— Je suis désolé, je n'avais pas ton numéro. Et tu n'as pas répondu à mon mail.

— J'ai dû prendre du retard avec mes mails, Sam, ajouta-t-elle sèchement. (Elle se replongea dans son lit en tirant la couverture sur sa tête.) J'ai besoin de dormir un peu. (Les draps étouffaient sa voix.) Tu trouveras ton chemin vers la sortie tout seul.

Sam poussa quelques vêtements qui traînaient sur la chaise du bureau et s'assit.

— Ce manteau est ridicule, dit Sadie sans rabattre drap et couverture.

Quelques secondes plus tard, Sam put entendre sa respiration régulière et assoupie. Il balaya la chambre du regard. Il y avait un poster des *Touristes* de Duane Hanson au-dessus de son lit, et une reproduction de *La Vague* de Hokusai trônait sur la commode. Au-dessus du bureau, il remarqua un petit dessin encadré. C'était un labyrinthe représentant la ville de Los Angeles. Le cadre en bambou finement sculpté était de travers. Il se leva et le remit droit. Sur la table, il repéra un disque avec *EmilyBlaster* écrit de la main de Sadie. Il le fourra dans la poche de son manteau puis s'en alla.

Il avait reçu l'invitation au mois de septembre, un mois environ après avoir tout découvert et traité Sadie de connasse. Son nom *M. Samson A. Masur* était calligraphié sur l'enveloppe.

Sharyn Friedman-Green et Steven Green vous invitent à la bat-mitsvah de leur fille, Sadie Miranda... L'office aura lieu à 10 heures et sera suivi d'un déjeuner... Réponse souhaitée...

Le faire-part était uni, autrement dit sans fantaisie. Carton épais couleur crème, texte en relief, enveloppe doublée de vélin. Mais Sam était assez grand pour avoir saisi que les détails apparemment simples étaient souvent les plus onéreux. Il huma l'invitation et se délecta du parfum de ce papier délicat. Sam n'associa pas son odeur à l'argent, car l'argent était sale. Il sentait le propre et l'opulence, le livre neuf dans une librairie, Sadie en fait.

Il posa le carton sur son bureau et examina l'enveloppe. Le papier exerçait un irrésistible pouvoir d'attraction sur lui. À l'aide de vapeur, il décolla les plis de l'enveloppe et la transforma en une feuille blanche. Il sortit son crayon préféré, un Staedtler Mars Lumograph, et commença à tracer un labyrinthe. Sam n'avait pas toujours une idée précise de ce qu'il voulait dessiner avant de commencer. Cette fois, il se surprit à crayonner des cercles et des courbes qui prirent curieusement la forme de Los Angeles. Le labyrinthe commençait dans l'East

Side, dans Echo Park, où Sam habitait et se terminait dans les *flats* de Beverly Hills, le quartier de Sadie. Il s'enroulait autour de West Hollywood, remontait les collines jusqu'à Studio City, redescendait vers East Hollywood, Los Feliz et Silver Lake, avant de faire le tour de Koreatown et Mid-City. Sa tâche l'absorbait tant qu'il ne remarqua pas que Dong Hyun était entré dans la chambre. Il était tard et ce dernier sentait la pizza, comme d'habitude.

— Il est réussi celui-là, déclara-t-il avant de tendre la main vers l'invitation posée sur le bureau. Tu permets ?

Contrairement à Bong Cha, la grand-mère de Sam, Dong Hyun ne touchait jamais aux affaires de Sam sans son autorisation.

L'adolescent haussa les épaules.

— C'est bien d'être invité à une réception.

Ses grands-parents se souciaient beaucoup de l'humeur de Sam depuis qu'il avait arrêté de voir Sadie. Sam refusait de leur raconter ce qui s'était passé, se contentant de dire qu'il s'était trompé sur son compte.

Sam posa son crayon et leva les yeux vers Dong Hyun.

— Honnêtement, je n'ai aucune envie d'y aller. Je ne connais même pas les amis de Sadie.

— Tu en fais partie, pourtant.

Sam secoua la tête.

— Non, elle cherchait juste à être gentille.

Quelques semaines plus tard, Sadie le contacta par téléphone. Ils ne s'étaient pas adressé la parole depuis deux mois et elle avait une voix bizarre, haut perchée.

— Mon père a besoin de savoir si tu viendras. Tu n'as pas répondu.

— Je ne sais pas. J'ai peut-être un truc de prévu ce jour-là.

— Bon, ben, est-ce que tu pourras m'appeler dès que tu sauras ? C'est pour prévoir le nombre de repas et tout le reste, ajouta Sadie.

— D'accord.

— Sam, tu ne peux pas m'en vouloir éternellement.

Il raccrocha.

Bong Cha, qui avait écouté la conversation téléphonique grâce au combiné de la cuisine, envoya une carte le lendemain pour dire que Sam viendrait. Elle lui acheta un pantalon kaki, une chemise Oxford bleue, une cravate à fleurs en coton et des mocassins Bass. Albert, son autre petit-fils, lui avait expliqué que c'était comme ça que les garçons de quatorze ans s'habillaient dans les réceptions chics. Le matin du jour J, elle offrit à Sam les nouveaux vêtements et lui demanda de se préparer pour se rendre à la bat-mitsvah.

— Tu n'aurais pas dû faire ça ! hurla-t-il. Je n'irai pas !

— Mais enfin, Sam, j'ai préparé un cadeau pour Sadie, précisa-t-elle en ouvrant un sac. (Elle avait fait encadrer, avec une marie-louise, le labyrinthe dessiné par Sam, qui reliait sa maison à celle de Sadie.)

Sam tapa du poing contre le mur.

— Tu n'avais pas le droit de faire ça ! Ce sont *mes* affaires ! Et Sadie ne voudra pas d'une merde pareille !

— Tu l'as pourtant bien dessiné pour elle, non ? C'est un très beau dessin, Sam. Je suis certaine qu'elle va l'adorer.

Sam lui arracha le cadre des mains et le brandit au-dessus de sa tête. Il s'apprêtait à le fracasser par terre, mais se ravisa et le posa finalement sur la table de la cuisine.

Il monta l'escalier d'un pas raide – il ne pouvait pas encore le grimper quatre à quatre – et claqua la porte de sa chambre derrière lui.

Au bout d'un moment, Dong Hyun vint frapper.

— Ta grand-mère ne cherche qu'à t'aider. Elle s'inquiète pour toi, lui avoua-t-il.

— Je ne veux pas y aller, répondit Sam. Je t'en prie, ne m'oblige pas à y aller.

Il se sentait au bord des larmes, mais refusait de céder au chagrin.

— Pourquoi ? demanda Dong Hyun.

— Je ne sais pas.

Sam avait trop honte de lui dire que sa seule amie n'en avait jamais été une.

— Je ne pense pas que ta grand-mère a eu raison d'agir ainsi, mais tu risques de faire de la peine à Sadie en n'y allant pas.

— Elle ne sera pas triste, c'est une énorme réception. Tous ses riches amis viendront, tout comme les riches amis de ses parents. Elle ne se rendra même pas compte que je ne suis pas là.

— Je crois qu'elle le remarquera, objecta Dong Hyun.

— J'ai mal au pied. (Il ne se plaignait jamais de ses douleurs lancinantes alors, s'il le faisait maintenant, son grand-père n'insisterait pas.) Ça me lance tout le temps. C'est simple, j'peux pas.

Dong Hyun hocha la tête.

— Si tu es d'accord, je vais passer à la réception pour déposer ton cadeau. Je pense qu'elle aimera beaucoup ce que ta grand-mère et toi lui avez confectionné.

— Ses parents peuvent lui offrir tout ce qu'elle veut. Pourquoi voudrait-elle d'un truc débile gribouillé au dos d'une enveloppe ?

— Justement, rétorqua Dong Hyun, parce que ses parents peuvent lui offrir tout ce qu'elle veut.

Que l'amour est
TIR
Tout ce qui est
TIR
Est tout ce que nous savons de

Sam s'apprêtait à tirer sur *l'amour* quand Marx entra dans sa chambre pour lui proposer d'aller dîner.

— C'est quoi ? s'enquit-il.

— Un autre jeu de mon amie. Je le trouve moins réussi que *Solution*, mais c'est assez fun.

Marx s'assit à ses côtés et Sam lui tendit le clavier pour le laisser jouer une partie.

Puisque
TIR
Je ne pouvais pas
TIR
M'arrêter pour
TIR
Eut la bonté

Un encrier explosa sur l'écran indiquant à Marx qu'il avait manqué le bon vers, ce qui lui ôtait une vie.

— C'est le jeu de poésie le plus violent auquel j'ai jamais joué, décréta-t-il.

— T'avais déjà joué à un jeu de poésie ?

— Eh bien, en fait, non. Ton amie est douée. Et pas banale.

Marx Watanabe et Sam étaient tous les deux nés en 1974 et avaient donc un an de plus que la plupart de leurs camarades de la promotion 1997. Marx s'était octroyé une année sabbatique pour travailler dans la compagnie d'investissement de son père. Sam, bien sûr, avait pris du retard à cause du temps qu'il avait passé à l'hôpital. De prime abord, les deux garçons n'avaient pas grand-chose en commun, et leur année de naissance était probablement la seule raison pour laquelle ils avaient été désignés comme colocataires à leur arrivée à l'université. L'appartement qui leur avait été attribué dans la résidence du campus pouvait être distribué soit en deux pièces simples en enfilade, soit en une seule chambre partagée, avec un espace commun. Plutôt sociable, Marx avait espéré convaincre Sam (avant de le rencontrer) de préserver l'espace commun, idéal pour recevoir des invités.

Sam avait investi les lieux avant lui, aussi Marx découvrit-il les affaires avant d'en rencontrer le propriétaire : un vieil ordinateur avec, sur un côté, l'autocollant de Doctor Who et sur l'autre, celui de *Donjons et Dragons*, une grosse valise American Tourister à coque dure, bleu layette, (qui se révélerait pleine de vêtements trop légers pour le climat), une canne noire, un petit bambou planté dans un pot en forme d'éléphant. Première conclusion de Marx : pas maqué.

Lorsque Sam revint enfin dans la chambre, Marx ne put réprimer un sourire. Avec son doux visage rond, ses yeux clairs, et ses traits eurasiens, Sam avait tout d'un personnage de dessin animé. Astro Boy ou un de ses petits compagnons facétieux. Sur le plan du style, Sam lui faisait penser à un Oliver Twist version Californie du Sud, dealer de mauvais shit plutôt que pickpocket. Il avait la raie au milieu et des cheveux noirs ondulés qui lui frôlaient les épaules, portait des lunettes bon marché cerclées de métal à la John Lennon, et une de ces parkas à rayures en chanvre rêche qu'on trouve au Mexique. Ses jeans troués étaient si délavés qu'ils en étaient presque blancs et il assortissait ses sandales Teva avec de grosses chaussettes de sport blanches.

— Moi, c'est Sam, dit-il d'une voix fluette, comme s'il manquait d'oxygène. Tu dois être Marx. Tu sais où on peut trouver des draps et des serviettes pour pas cher ?

— T'inquiète pas, répondit Marx en souriant à ce cartoon en chair et en os. J'ai tout en plusieurs exemplaires.

— Sérieux ? T'es sûr ? Je ne veux pas abuser.

— On est colocataires. Ce qui est à moi est à toi, répondit Marx.

Il en fut donc ainsi. Marx aida Sam sur tout, l'air de rien. Des manteaux apparaissaient dans des sacs plastique comme par enchantement, n'attendant que le bon vouloir de Sam. Des tickets restaurants étaient posés sur la table lorsque Sam ne pouvait rentrer chez lui pour les vacances. Et quand il devint évident qu'il avait du mal à prendre l'escalier jusqu'à leur chambre et que l'ascenseur était souvent en panne, Marx annonça son intention de quitter le campus. Les étudiants de premier cycle de Harvard ne renonçaient quasiment jamais à vivre sur le campus et Marx dit à Sam qu'il comprendrait s'il refusait de le suivre. Comme le loyer du nouvel appartement avec ascenseur était bien plus onéreux, Marx décréta qu'il prendrait la plus grande chambre (qui ne l'était pas vraiment, d'ailleurs), Sam n'aurait qu'à lui reverser l'équivalent de ce qu'il payait à l'université. (La chambre la plus petite donnait sur la rivière Charles.) Et quand Sam n'appelait pas assez souvent sa famille, c'était Marx qui prenait le temps de décrocher son téléphone pour contacter les Lee, restés à Los Angeles.

« *Halmeoni* et *Halabeoji*, leur disait-il, les saluant en coréen. (Le père de Marx était japonais et sa mère américano-coréenne.) Notre garçon va bien. »

Pourquoi en faisait-il autant pour un mec que tout le monde trouvait un peu déplaisant ? Parce que Sam lui plaisait, à lui. Après avoir passé sa jeunesse entouré de personnes riches, soi-disant passionnantes, Marx savait que les esprits originaux ne couraient pas les rues. En leur faisant partager le même appartement, Harvard avait en quelque sorte placé Sam sous la responsabilité de Marx. Alors il le protégeait, tâchait de lui faciliter la vie sans qu'il lui en coûte vraiment. Il avait vécu dans une telle prospérité qu'il faisait partie de ces gens qui trouvent normal de s'occuper de leur entourage. Dans ce cas-là, Marx y gagnait en échange le plaisir de la compagnie de Sam.

Sam s'était tellement habitué à l'aide de Marx qu'il lui témoignait sans doute trop peu de reconnaissance, et qu'il lui arrivait rarement, voire jamais, de lui demander quoi que ce soit, à commencer par son conseil.

— Tu sais toujours bien t'y prendre, lança Sam en le regardant canarder la poésie d'Emilie Dickinson. Avec les gens, je veux dire.

— Dois-je comprendre que je m'y prends comme un manche avec le reste ? plaisanta Marx.

Sam lui raconta l'état dans lequel il avait trouvé Sadie dans son appartement.

— On dirait bien que ton amie est déprimée, en conclut Marx sans rien lui apprendre de nouveau.

— Et qu'est-ce qu'on fait dans ces cas-là ?

Marx mit le jeu sur pause et observa son ami avec un mélange de sérieux et d'amusement. Il faisait parfois tellement moins que vingt et un ans.

— Tu peux appeler ses parents ou en parler à quelqu'un de son université.

Sam secoua la tête.

— Je ne pense pas qu'il faille en arriver là. Et puis j'aurais l'impression d'empiéter sur sa vie privée.

Marx enregistra cette nouvelle information.

— C'est une amie proche, non ?

— C'était ma meilleure amie, mais on s'est disputés.

— Alors, je te conseillerais de continuer à aller la voir à son appartement. Moi, c'est ce que je ferais si c'était mon amie.

— Je n'ai pas l'impression d'être le bienvenu. (Sam marqua un temps.) Je ne suis pas doué pour aller là où on ne veut pas de moi.

— On s'en fout. Il n'est pas question de toi. Vas-y juste tous les jours pour prendre de ses nouvelles.

— Et si elle refuse de me parler ?

— Fais-lui comprendre que tu es là. Et si tu peux, apporte-lui un petit gâteau, un livre, un film à mater. L'amitié, reprit Marx, c'est un peu comme avoir un Tamagotchi.

Cette année-là, on trouvait partout des Tamagotchis, ces animaux de compagnie virtuels sous forme de porte-clés. Marx en avait récemment tué un qu'une petite amie lui avait offert pour Noël. Celle-ci y avait vu la preuve d'une grande faiblesse de caractère.

— Débrouille-toi pour qu'elle prenne une douche, qu'elle parle un peu, qu'elle sorte se promener. Dans la mesure du possible, ouvre les fenêtres. Et si son état ne s'améliore pas, essaie de l'emmener consulter un professionnel. Et si ça ne s'arrange *toujours* pas, là, il faudra que tu appelles ses parents.

Sam se sentait hyper mal à l'aise à l'idée de faire ne serait-ce qu'une seule de ces choses, mais le lendemain, après les cours, il se traîna chez Sadie. En arrivant, son pied l'élançait. Il monta l'escalier, frappa à la porte.

— Sadie, c'est encore le gamin, lança sa colocataire.

— Dis-lui que j'suis pas là ! hurla Sadie.

La colocataire, qui s'inquiétait aussi pour Sadie, le laissa entrer et il retourna dans sa chambre. Elle semblait dans le même état que la veille même si elle portait un sweatshirt différent.

— Franchement, Sam, va-t'en, dit-elle en lui jetant un bref coup d'œil. Ça va aller. J'ai juste besoin de me reposer.

Elle replongea sa tête sous les couvertures.

Sam s'assit à son bureau. Il sortit les lectures qu'il avait à faire pour son cours principal d'histoire : il avait choisi celle des Asiatiques en Amérique.

Quelques heures plus tard, il avait terminé les textes consacrés à l'immigration chinoise aux XIXe et XXe siècles, qui répertoriaient les seules tâches qu'on leur concédait alors, comme la cuisine ou la lessive, ce qui expliquait le nombre important de restaurants et de blanchisseries chinois, et relevait donc d'un racisme systémique. Il pensa à ses grands-parents coréens, comme ils avaient été fiers de le voir intégrer Harvard. Ils en avaient exposé des produits dérivés partout : autocollants sur leurs deux vieilles voitures, banderole matelassée confectionnée par Bong Cha : FÉLICITATIONS À NOTRE PETIT-FILS SAMSON, HARVARD, PROMOTION 1997 – elle était restée accrochée dans la pizzeria tout l'été, et Dong Hyun portait si souvent son T-shirt Harvard au travail qu'il s'était troué. C'était Marx qui s'était chargé de lui en envoyer un neuf. Sam se sentit coupable de ne pas les avoir appelés, coupable de ne pas se distinguer en mathématiques ou dans toute autre matière depuis son entrée à l'université.

— T'es toujours là ? demanda Sadie.

— Oui.

Il sortit un bagel emballé dans un sachet en papier de son sac à dos, le posa sur le bureau en dessous de son labyrinthe et s'en alla. Il ne fallait pas se voiler la face : s'il revenait, c'était surtout à cause de ce dessin. Pendant toutes ces années, elle l'avait conservé, emporté à l'autre bout du pays, puis du dortoir du campus à son appartement. La prochaine fois qu'il téléphonerait à ses grands-parents, il leur dirait : « Oui, vous aviez raison. Le cadeau lui a plu. »

Le troisième jour, il lui apporta un exemplaire de *Galatea 2.2*, qu'il avait récemment lu et apprécié.

Le quatrième jour, il lui déposa la version de poche du *Donkey Kong* original que Marx lui avait offerte une fois.

— Pourquoi est-ce que tu continues à venir ? lui demanda-t-elle.

— Parce que.

Clique sur ces deux mots, pensa-t-il, *et tu tomberas sur une liste de liens qui te renverront à tout ce qu'ils veulent dire. Parce que tu es ma plus vieille amie. Parce qu'un jour, alors que j'étais au fond du trou, tu m'as sauvé. Parce que sans toi, j'aurais pu crever ou finir à l'hôpital psychiatrique pour enfants. Parce que j'ai une dette envers toi. Parce que, égoïstement, je vois un futur où nous concevons de super jeux ensemble si tu arrives à te tirer de ton pieu.*

— Parce que, répéta-t-il.

Le cinquième jour, elle était sortie. Sam interrogea sa colocataire pour savoir où.

— Elle est allée chez le docteur, lui répondit-elle avant de le prendre dans ses bras. Mais elle avait l'air plus en forme.

À l'exception du jour où il devait travailler à la bibliothèque Lamont, il se rendit chez elle tous les après-midi de la semaine suivante. Il suivait les conseils de Marx et lui laissait de petits cadeaux, s'attardait un moment avant de rentrer chez lui.

— C'est toi qui m'as volé *EmilyBlaster* ? demanda-t-elle le douzième jour.

— Je te l'ai emprunté.

— Tu peux le garder. J'en ai fait des copies.

Le treizième jour, il s'assit à son bureau. Cela faisait des années qu'il n'avait pas créé de labyrinthe, mais il avait décidé de lui en faire un nouveau. Il avait progressé en dessin et il tenait à ce qu'elle ait un échantillon de ses dernières réalisations.

Ce labyrinthe-là mènerait de l'appartement de Sam, situé au bord de la rivière Charles à chez Sadie, près de l'usine Necco.

Elle quitta son lit et jeta un œil à son dessin par-dessus son épaule.

— Ça t'a pris du temps de venir jusqu'ici, non ?

— Pas tant que ça.

— Je vais sans doute sortir demain. Si je retourne en cours et fais mes devoirs cette semaine, le doyen a dit que je pourrais encore sauver mon semestre.

Sam se leva, rangea soigneusement son labyrinthe et ses crayons dans son sac à dos.

— Est-ce que je dois comprendre que tu ne veux plus que je vienne te voir ?

Sadie éclata de rire. Il ne l'avait pas entendue s'esclaffer de bon cœur depuis bien longtemps. Elle avait beaucoup changé, mais ça lui faisait plaisir de constater que son rire était resté le même, malgré une légère inflexion naturelle de tonalité. *C'est l'un des plus beaux du monde*, se dit-il. Le genre de rire sympathique. Une sorte d'invitation : *Je vous prie cordialement de partager avec moi ce moment d'hilarité.*

— Non, imbécile. Je veux qu'on planifie des moments pour se voir. Ça t'évitera de te pointer en mon absence. Promets-moi que ça ne se reproduira plus. Promets-moi que quoi qu'il arrive, quelles que soient les petites crasses qu'on pourra se faire, on ne passera plus neuf ans sans s'adresser la parole. Promets-moi de toujours me pardonner et je m'engage à toujours te pardonner.

Il s'agit, bien sûr, du genre de serment que les jeunes n'hésitent pas à échanger quand ils n'ont pas la moindre idée de ce que l'avenir leur réserve.

Sadie lui tendit la main. Elle avait la voix assurée, mais Sam lui trouvait le regard las, des yeux de chien battu. Il serra sa main qui était à la fois gelée et moite. Quelle qu'ait été sa maladie, Sadie n'était pas encore tout à fait guérie, Sam en était certain.

— Tu as gardé mon labyrinthe, lâcha-t-il.

— Oui. Et maintenant dis-moi ce que tu as pensé de *Solution*.

Elle se leva, ouvrit la fenêtre et l'air qui s'engouffra dans la chambre était si froid et piquant qu'il faisait presque l'effet d'une drogue.

— Vas-y mollo avec moi, Sammy. Comme tu as pu le remarquer, j'ai été un peu déprimée ces derniers temps.

II

INFLUENCES

1

Ichigo, même s'il ne portait pas encore ce titre, était censé être simple. Un jeu que Sam et Sadie pourraient réaliser pendant l'été, entre leur troisième et leur dernière année.

Même s'il était obsédé par l'idée de travailler avec elle depuis qu'il avait joué à *Solution* en décembre, Sam attendit le mois de mars pour aborder le sujet. Il n'était pas du genre à se réfréner, mais il sentait qu'il fallait y aller doucement. Ce mois sombre – dont la cause restait pour lui mystérieuse – avait fait prendre du retard à Sadie et elle avait dû se plonger dans ses études pour le rattraper. Elle n'avait donné qu'une explication laconique de sa dépression : « une rupture difficile ». Sam estimait que cela cachait d'autres choses. Toutefois, par respect, il ne demanda aucun détail. Leur relation avait ceci d'exceptionnel qu'elle laissait une grande place à l'intimité de chacun. Tout au début, et c'est notamment ce qui avait forgé leur amitié, Sadie n'avait pas cherché à savoir ce qu'il lui était arrivé et à satisfaire ainsi sa curiosité. Il pouvait au moins lui rendre la pareille.

Sam se retenait aussi parce qu'il était ravi d'avoir regagné la compagnie de Sadie. Ils avaient facilement repris le rythme de leur ancienne amitié et se retrouvaient plusieurs fois par semaine pour un film, un repas, ou pour jouer. Sa présence le rendait plus fort. Ses arguments et remarques étaient plus pertinents. Il se préoccupait moins du froid brutal de la Nouvelle-Angleterre que lors des deux hivers précédents sans Sadie, et la douleur lancinante et sourde de son pied ne monopolisait plus son esprit. En marchant à ses côtés, il redoutait même moins les pavés. La plupart du temps, Sam n'avait pas l'impression d'être handicapé, or les pavés et le verglas, qu'il devait aborder avec une lenteur inouïe, suggéraient le contraire. Lorsqu'il avait neigé et selon l'endroit où se déroulait son cours, Sam devait parfois prévoir quarante-cinq minutes pour traverser le campus en clopinant comme un professeur émérite. Le jeune Californien n'avait pris en compte aucun de ces paramètres avant de choisir une université du Nord-Est, parce qu'il ne s'estimait pas infirme.

Rétrospectivement, mettre un terme à son amitié avec Sadie avait été une grave erreur de jugement. Sa faute ? Penser que le monde regorgeait de Sadie Green. Alors que non. Certainement pas dans son lycée. Harvard avait nourri chez lui quelques espoirs, mais l'université l'avait beaucoup déçu sur ce point. On y trouvait des gens intelligents, certes. Des personnes avec lesquelles on pouvait avoir une conversation sympathique de vingt minutes. Mais c'était rare de trouver quelqu'un avec qui on aimait papoter pendant six cent neuf heures. Quant à Marx, c'était un mec dévoué, créatif, brillant, mais il n'était pas Sadie.

Sam fixa le mois de mars comme date butoir pour convaincre Sadie de créer un jeu vidéo avec lui. Les étudiants les plus sérieux, comme ceux de Harvard et du MIT, avaient déjà planifié leur été en mars, voire plus tôt. Pour Sam, il fallait absolument s'y mettre cet été. Dans plus ou moins un an, les étudiants devraient commencer à rembourser leur emprunt – Harvard sélectionnait ses élèves sans tenir compte de leurs ressources (c'est surtout pour ça qu'il avait choisi cette université) et offrait une bourse. Cette prestation généreuse ne couvrait cependant pas toutes les dépenses. Sa dette n'était pas très importante. Il ne s'imaginait toutefois pas demander à Dong Hyun et Bong Cha de l'aider à payer ses crédits et il n'était pas entré à Harvard pour en sortir pauvre. Peu à peu, les paroles d'Anders Larsson avaient fait leur chemin. Sam n'adorait pas les maths, la médaille Fields ne l'attendrait pas, et il ne voyait aucun intérêt à s'endetter davantage pour décrocher une maîtrise dans cette matière. Plus probablement, il dénicherait un boulot dans les nouvelles technologies, la finance, ou dans un cabinet de conseil – ce que faisaient la plupart de ses camarades.

« Cet été, c'est ma dernière chance d'accomplir de grandes choses », déclara-t-il à Marx.

En tant qu'artiste et homme d'affaires, Sam avait un point fort : il savait l'importance du mélodrame et d'une mise en scène soignée. Il voulait choisir un endroit spécial pour proposer à Sadie de travailler avec lui – et rendre ainsi mémorable le point de départ de leur future union créatrice. S'ils concevaient un jeu et qu'il remportait le succès escompté, il lui semblait là encore important de fignoler le récit du jour où Sam Masur et Sadie Green avaient décidé de collaborer. Sans avoir une idée précise de ce jeu vidéo, il voyait d'ici le savoir-faire de « Sam-et-Sadie ». Et c'était du Sam tout craché – il avait appris à supporter un présent parfois douloureux, en vivant dans le futur.

Voici comment il s'imaginait la scène : à genoux devant Sadie, il lui ferait sa demande.

— Accepterais-tu de travailler avec moi ? De me donner ton temps, de te fier à mon intuition qui me dit que nous saurons le rentabiliser ensemble ? Crois-tu comme moi que nous pourrons accomplir de grandes choses tous les deux ?

Malgré son arrogance, il ne partait pas du principe qu'elle dirait oui.

C'est Marx qui suggéra les fleurs de verre. Sam lui avait demandé de trouver l'endroit le plus intéressant de Harvard. Son colocataire avait été guide pour le Harvard historique, mais même sans ça, c'était un cicérone qui avait roulé sa bosse. Quelle que soit la ville, il connaissait toutes les meilleures adresses.

La collection Ware de plantes des Blaschka comptait environ quatre mille spécimens en verre soufflé et minutieusement peints à la main. Un duo d'Allemands, père et fils associés, les avait réalisées à la demande de l'université, au tournant du XIXe siècle. Ils apportaient une réponse à un problème : comment préserver ce qui ne peut l'être ? Ou, en d'autres termes, comment arrêter le temps et la mort ? Pouvait-on imaginer lieu plus propice pour lancer la société qui deviendrait Unfair Games ? Quelle est l'ambition sous-jacente des jeux vidéo, sinon l'éradication de la mortalité ?

Voici l'interview de Sadie, donnée en 2011, au blog Les Descendants de Lovelace :

S.G. : Mazer savait que j'avais déjà conçu quelques jeux au MIT, rien de plus que des mini-jeux à l'époque. *Solution* attira un peu l'attention.

D.L. : Il s'agit du jeu sur l'Holocauste, n'est-ce pas ? Vous avez failli être renvoyée pour ça.

S.G. [levant les yeux au ciel] : Sam aime le présenter de cette façon. Il a le sens du tragique, mais franchement, une seule personne s'est plainte et ça n'est pas allé bien loin… Sam – pardon, je devrais l'appeler Mazer, je sais, et pourtant j'oublie tout le temps. Mazer a adoré *Solution*. Il a senti que ce serait pour moi un tremplin. Pour tout vous dire, je n'étais pas sûre de recréer un jeu après celui-là. J'ai frôlé le burn-out. Mais vers la fin de ma troisième année, Sam m'a demandé : « Tu veux aller voir les fleurs de verre ? » Et franchement, je n'en avais aucune envie ! Ça ne me disait trop rien d'autant que, de là où je vivais, ce n'était pas du tout pratique de le retrouver au musée d'Histoire naturelle de Harvard. Mais je l'ai fait parce que Sam – Mazer ! – peut se montrer insistant quand il veut quelque chose. Et comme vous le savez sans doute, il veut toujours quelque chose. [Rires.]

Donc, on y va, un peu en traînant les pieds, et là, *fermé*. C'est le jour de l'inventaire, du nettoyage ou un truc comme ça. Il y a une affiche devant les fleurs de verre et je ne suis pas la première à en faire la remarque, mais ça ne sert pas à grand-chose d'exposer une *photo* des fleurs de verre parce qu'elles sont si réussies qu'on dirait des *vraies*.

Et ça m'agace un peu parce que j'ai fait tout ce chemin pour finalement ne pas voir les fleurs de verre qui, au début, ne m'intéressaient pas tant que ça et j'en veux un peu à Sam de ne pas avoir appelé le musée avant. Il s'assoit sur un banc. Le trajet l'a essoufflé et il me balance : « Tu as prévu quoi pour cet été ? »

Alors moi je lui réponds : « De quoi tu parles ? »

Et lui d'ajouter : « Reste ici, prends trois mois et crée un jeu avec moi. Carmack et Romero avaient notre âge quand ils ont conçu *Wolfenstein 3D* et *Commander Keen*. On pourra crécher gratos chez Marx [Watanabe, le producteur d'*Ichigo*]. Il est d'accord. »

Depuis notre enfance, nous passons notre temps à jouer ensemble, mais jusqu'à ce qu'il m'en parle, je ne savais même pas qu'il voulait créer des jeux vidéo. Sam gardait beaucoup de choses pour lui. Enfin, bon, au niveau professionnel, je me trouvais à la croisée des chemins, Sam est un type brillant et mon plus vieil ami, alors je me suis dit, pourquoi pas ? Si ça marche, génial. Sinon, j'aurais passé l'été avec mon pote. Et l'appartement de Marx était super sympa – baies vitrées avec vue panoramique sur la rivière Charles, Kennedy Street, juste à l'ouest de Harvard Square.

Du coup, je lui ai répondu que j'y réfléchirais, mais il savait que j'accepterais.

On est rentrés en ville. Il m'a regardée très sérieusement et a dit : « Sadie, quand tu raconteras cette histoire, précise que je t'ai fait cette proposition devant les fleurs de verre. Ne dis pas que c'était fermé. »

La légende, l'histoire, appelez ça comme vous voudrez, comptait énormément pour Sam. J'imagine donc que je le trahis un peu en vous faisant part de cette anecdote.

Quand, trentenaire – après ce qui lui avait semblé une éternité –, elle irait enfin voir le musée, les fleurs de verre lui paraîtraient étonnamment émouvantes. Elle les trouverait magnifiques bien sûr, mais ce qui l'enchanterait le plus, ce seraient les fruits en décomposition, réalisés par les Blaschka, leurs talures et leurs décolorations, *in medias res*, figés pour toujours. *Quel monde*, penserait

Sadie. *Des gens ont un jour représenté la putréfaction par des sculptures en verre pour ensuite les exposer dans des musées. Les êtres humains sont si étranges et si beaux. Et tellement fragiles*. Avec elle ce matin-là, il y avait juste une dame plus âgée et élégante qui lui avait rappelé Freda, décédée deux ans plus tôt. Cette femme (avec son gilet en cachemire et son parfum « Fracas » à la note si particulière de tubéreuse) avait suivi Sadie depuis le début. Une fois leur visite terminée, la dame lui avait demandé : « Tout ceci était charmant, mais où sont donc les *fleurs en verre* ? » Les modèles exposés étaient si réussis qu'elle les avait cru vrais.

Si elle avait écouté son instinct, Sadie aurait appelé Sam pour lui raconter, mais ils ne se parlaient plus à ce moment-là.

2

Quand nous rencontrons Ichigo pour la première fois dans la scène d'introduction d'*Ichigo : Un enfant de la mer*, iel – car Sadie et Sam ont conçu Ichigo sans genre déterminé – est un·e enfant qui connaît quelques mots et ne sait pas lire. Ichigo est assis·e sur le sable, devant la maison de ses parents au bord de mer, dans ce qui ressemble à un village perdu de pêcheurs. Iel a les cheveux noirs coupés au bol, comme n'importe quel enfant asiatique, fille ou garçon, et porte son maillot favori (floqué du numéro 14) qui lui descend jusqu'aux genoux telle une robe, avec des tongs en bois. Ichigo joue avec son seau et sa pelle quand le tsunami frappe.

Ichigo est balayé·e vers le large et c'est là que le jeu commence. Muni·e de quelques mots de vocabulaire, d'un seau et d'une pelle, iel doit trouver son chemin pour rentrer à la maison.

Dans le processus créatif, on dit souvent que la première idée d'un artiste est souvent la bonne. *Ichigo* n'était pourtant pas la première idée de Sam et Sadie, mais leur millième peut-être.

C'est là que ça se corse. Sam et Sadie savaient l'un comme l'autre ce qu'ils appréciaient dans un jeu vidéo et distinguer les bons des mauvais. Cette compétence n'aidait pourtant pas beaucoup Sadie. Les années passées à étudier les jeux et la compagnie de Dov l'avaient rendue critique sur tout. Elle pouvait vous dire ce qui *clochait* dans n'importe quel jeu sans pour autant être à même d'en produire un excellent. Tous les artistes en devenir sont confrontés à cet instant où les goûts l'emportent sur les capacités. Le seul moyen de le traverser c'est d'agir malgré tout. Si Sam (ou quelqu'un comme lui) ne l'avait pas poussée à entreprendre pendant cette période, elle ne serait sans doute pas devenue la créatrice de jeux vidéo qu'elle est devenue. Elle n'aurait d'ailleurs peut-être jamais rien conçu.

Sadie ne voulait pas d'un jeu de tir, malgré la popularité de ce genre-là à l'époque. (Il était *hors de question* qu'elle en crée un – elle, la disciple de Dov jusqu'au bout des ongles, les trouvait repoussants, immoraux, y voyant le syndrome d'une société immature, alors que Sam aimait y jouer.) Et en un seul été, avec une équipe qui ne comptait que deux personnes, on ne pouvait pas dépasser certaines limites. Ils n'essayaient pas de se lancer dans un jeu pour consoles et, de toute façon, ils n'avaient pas les moyens de réaliser un jeu d'action entièrement en 3D, un *Zelda* de l'ère N64 ou un *Mario*. Leur jeu serait pour PC, en 2D, ou 2.5D s'ils y mettaient le paquet. Pendant longtemps, voilà tout ce qu'elle pouvait dire de leur projet.

Durant les dernières semaines du semestre, Sadie et Sam jetèrent pêle-mêle leurs nombreuses idées sur un tableau blanc volé au pôle scientifique. Malgré sa patte folle, Sam maîtrisait très bien l'art du chapardage, auquel il s'adonnait de temps en temps avec plaisir. Il s'était rendu au pôle pour faire ses adieux à Larsson. En sortant, il avait repéré un tableau blanc sur roulettes oublié dans le couloir, l'avait poussé dehors, et puis, en le faisant rouler, il avait traversé le parc de Harvard – sans manquer de saluer les futurs étudiants qui visitaient le campus –, filé vers Harvard Square, descendu Kennedy Street et était monté avec dans l'ascenseur de son immeuble. Pour réussir un coup pareil, d'après lui, il fallait un sacré culot. Un peu plus tard la même semaine, il déroba un paquet de markers effaçables à sec au Harvard Coop. Il lui avait suffi de les glisser dans l'énorme poche de son large manteau et de quitter les lieux.

Pendant longtemps, rien de ce qu'ils inscrivaient au tableau ne leur parut concluant. Même s'ils n'avaient encore jamais créé de jeu et même si leur bureau se trouvait pour l'instant dans l'appartement du riche colocataire de Sam, ils étaient assez jeunes pour croire que leur œuvre deviendrait peut-être un classique. Comme le répétait souvent Sam à Sadie : « Pourquoi tenter ta chance si tu ne vois pas les choses en grand ? »

Il faut préciser qu'ils ne prêtaient pas le même sens au mot *grand*. En schématisant : pour Sam, c'était *populaire*. Et pour Sadie, de l'*art*.

En mai, alors que les markers volés s'asséchaient et crissaient sur le tableau, Sadie se demanda s'ils parviendraient à trouver l'idée à temps pour concevoir leur jeu. De son point de vue, il commençait à devenir difficile, voire impossible, de respecter leur planning serré.

— L'idée est quelque part là-dedans, j'en suis sûr, déclara Sam alors qu'ils se tenaient debout devant le tableau recouvert d'un large spectre de possibilités.

— Et s'il n'y en avait pas ?

— Alors on trouvera autre chose, répondit-il en lui souriant.

— Tu n'as pas le droit de te réjouir comme ça.

Sadie était stressée par ces semaines d'incertitude, Sam, pas du tout. *Ce qu'il y a de mieux dans ces moments-là*, pensait-il, *c'est que tout est encore possible.* Sam avait la fibre artistique et deviendrait un honnête programmeur et designer de niveaux de jeu, mais n'oublions pas qu'il n'en avait encore jamais créé. Alors que Sadie, elle, savait tout le travail que demandait la création d'un jeu – même mauvais – et c'est elle qui était chargée du gros morceau de la programmation, de la conception et du reste.

Sam n'était pas très tactile quand il s'agissait de témoigner son affection – on l'avait trop souvent touché pendant ses séjours à l'hôpital. Mais il prit son amie par les épaules – elle le dépassait de trois bons centimètres – et la regarda dans les yeux.

— Sadie, commença-t-il. Tu sais pourquoi je tiens à créer un jeu ?

— Bien sûr. Parce que tu penses bêtement que ça te rendra riche et célèbre.

— Non, c'est encore plus simple. Je veux faire quelque chose qui rendra les gens heureux.

— Ça n'a rien d'original, rétorqua-t-elle.

— Et pourtant, tu te rappelles notre enfance et combien on s'amusait quand on passait l'après-midi entier à jouer ?

— Oui.

— Il m'arrivait d'avoir tellement mal. La seule chose qui me passait l'envie de mourir, c'était de pouvoir quitter mon corps pour celui d'un autre en parfait état de marche – mieux que parfait, d'ailleurs – confronté à des problèmes qui n'étaient pas les miens.

— Tu ne pouvais pas atterrir au sommet d'un mât, alors que Mario, si.

— Exactement. Je pouvais sauver la princesse, même si j'arrivais à peine à sortir du lit. Alors oui, je veux vraiment devenir riche et célèbre. J'ai, et tu le sais, une ambition et des besoins sans limites. Mais j'ai aussi envie de concevoir quelque chose de sympa. Un jeu auquel des enfants comme nous voudraient jouer pour oublier un peu leurs soucis.

Sadie acquiesça. Ces mots la touchaient – il avait très rarement mentionné sa propre douleur durant toutes ces années.

— D'accord, d'accord, dit-elle.

— Bien, reprit-il comme s'il venait de régler un problème. Maintenant, il faut qu'on file au théâtre.

Ils prenaient leur soirée pour aller voir Marx dans un spectacle d'étudiants : *La Nuit des rois*, sur la grande scène de l'American Repertory Theater. Ce n'était pas rien d'avoir été sélectionné pour y jouer. Comme Marx leur prêtait son appartement tout l'été, Sam se disait que ce serait une bonne idée d'assister à la représentation.

Sans savoir pourquoi, il avait veillé à ce que Sadie et son colocataire ne se croisent jamais. Cela n'avait rien à voir avec eux à titre individuel. Mais il pouvait être secret, à la limite de la paranoïa et aimait gérer le flux des informations. Ses deux amis pourraient comparer leurs impressions et, d'une façon ou d'une autre, se liguer contre lui. En son for intérieur, Sam craignait aussi qu'ils s'entendent mieux qu'avec lui – il était convaincu que tout le monde adorait Sadie et Marx. Or, personne ne l'avait aimé hormis ceux qui y avaient été obligés : sa mère (avant sa mort), ses grands-parents, Sadie (soi-disant bénévole à l'hôpital), Marx (son colocataire assigné). Et puisque Marx leur prêtait son appartement, ils feraient forcément connaissance. Dans la pièce, il tenait le rôle principal, celui d'Orsino, et il avait proposé à Sam d'amener son amie voir le spectacle. Ils pourraient ensuite aller dîner à l'hôtel Charles avec le père de Marx, qui était venu assister à la pièce.

— Elle emménage la semaine prochaine, dit Marx. J'aimerais qu'on se fasse un resto avec elle avant mon départ.

Marx avait prévu de passer la majeure partie de l'été en Angleterre, comme stagiaire dans une banque d'investissement de Londres.

Bien qu'intégré à la troupe de théâtre de l'université depuis trois ans, Marx ne souhaitait pas devenir acteur. Il en avait pourtant l'allure – 1,80 m, de larges épaules, une taille et des hanches fines, parfaites pour porter un costume, une mâchoire et une voix puissantes, un joli teint, une bonne posture et un superbe casque d'épais cheveux noirs. S'il avait à se plaindre au sujet de sa carrière au théâtre, c'est parce qu'on lui offrait toujours des rôles d'hercule insensible ou de duc prétentieux, comme dans *La Nuit des rois*. En réalité, il n'était ni insensible ni prétentieux. Il riait de bon cœur, était chaleureux et énergique, parfois à la limite du ridicule. Il lui semblait donc étrange qu'on le voie dans ces types de personnages.

Qu'est-ce qui cloche chez moi ? se demandait-il. Après avoir fumé plusieurs joints à une fête de distribution pour *Hamlet*, il interrogea un ami metteur en scène :

— Qu'est-ce que j'ai ? Pourquoi je joue Laërte et pas Hamlet ?

Cette question avait paru mettre son ami mal à l'aise.

— C'est ta nature.

— De quelle nature tu parles ? avait insisté Marx.

— Ben, ton charisme, ou tu vois quoi.

— Qu'est-ce qu'il a, mon charisme ?

L'autre avait gloussé.

— Frérot, ne me demande pas ça maintenant. Je suis trop défoncé.

— Sérieux, j'aimerais comprendre.

Son interlocuteur avait placé ses index de chaque côté de ses yeux et les avait tirés sur les côtés pour les brider. Il avait gardé la pose une seconde à peine puis, plus rien. À part un petit rire d'excuses.

— Pardonne-moi, Marx. Je suis tellement défoncé que je ne sais pas ce que je fais.

— Hé, c'est pas cool.

— T'es trop beau, lui avait dit le metteur en scène avant de l'embrasser sur la bouche.

D'une certaine façon, Marx lui était reconnaissant de ce geste raciste. Il y voyait plus clair à présent. Son côté impénétrable, inaccessible, mystérieux et exotique lui venait – sans déconner – de ses origines asiatiques, et il n'y avait rien à faire. Même dans un théâtre d'*université*, les acteurs asiatiques ne pouvaient prétendre qu'à certains rôles.

La mère de Marx était une Coréenne, née aux États-Unis, et son père était japonais. Sur l'insistance de sa mère, il avait fait sa scolarité dans une école internationale à Tokyo, avec d'autres enfants venus du monde entier. Là-bas, il fut la plupart du temps épargné par le racisme de son propre pays. Mais il perçut une forme de xénophobie de la part des Japonais vis-à-vis des Coréens et des étrangers en général. À titre d'exemple, sa mère américano-coréenne qui avait donné des cours de stylisme à l'université de Tokyo s'était fait très peu d'amis pendant toutes les années passées là-bas – bien qu'il ne puisse dire s'il fallait imputer cela à du racisme, au tempérament réservé de sa mère ou à son japonais approximatif. Avoir grandi en Asie l'avait totalement protégé du genre de comportements racistes que les Asiatiques subissent en Amérique. Jusqu'à son entrée à Harvard, il n'avait pas pris conscience du fait qu'aux États-Unis – et pas seulement dans les théâtres universitaires – il n'y avait que peu de rôles pour les Asiatiques.

La semaine qui avait suivi cette soirée, Marx abandonna sa spécialisation en anglais (la seule proposée à Harvard qui avait un lien avec le théâtre) pour l'économie.

Or Marx adorait le théâtre autant que Sam détestait les mathématiques. Plus que de monter sur scène, il aimait les productions théâtrales : cette intimité qui régnait au sein d'un petit groupe de gens réunis comme par miracle et pendant une courte période, autour d'une création artistique. Chaque fois qu'une représentation s'achevait, il se lamentait, puis se réjouissait dès qu'il décrochait un nouveau rôle. Les pièces dans lesquelles il jouait avaient ponctué les brèves saisons de sa vie d'étudiant. Première année : *Macbeth*, *The Marriage of*

Bette and Boo. Deuxième année : *Le Mikado*, *Le Roi Lear*. Troisième année : *Hamlet*, *La Nuit des rois*.

La Nuit des rois débute sur un naufrage, même si le texte le situe en coulisse. La metteure en scène, qui était une professionnelle et non une étudiante, avait néanmoins décidé de le montrer et y avait consacré une bonne partie du gros budget alloué par l'université pour la convaincre de travailler avec les étudiants. Des vagues ondoyantes simulées par laser, de la fumée, des bruits de déferlantes, de tempête, de tonnerre et de pluie, et même une bruine d'eau fraîche était vaporisée sur le public et le faisait applaudir comme une foule de gamins enchantés. Jules, la metteure en scène, avait essuyé les critiques des comédiens qui lui reprochaient de se focaliser sur ce moment, car il était clair qu'elle aurait préféré mettre en scène *La Tempête* et pas *La Nuit des rois*.

Sadie, qui ignorait tout de ces rumeurs, trouva ce naufrage fascinant.

— Notre jeu devrait commencer comme ça. Ou avec une tempête peut-être, souffla-t-elle à l'oreille de Sam.

Elle savait que le naufrage et tous les détails techniques qu'il impliquerait exigeraient du temps : le jeu ne pourrait pas être terminé pour septembre.

— Oui, un enfant à la dérive.

Sadie acquiesça avant de reprendre :

— Une petite fille naufragée – de deux ou trois ans peut-être – doit retrouver les siens alors qu'elle ne connaît pas son nom de famille, ni son numéro de téléphone, que son vocabulaire se limite à quelques mots et qu'elle ne sait compter que jusqu'à dix.

— Pourquoi une petite fille, s'enquit Sam, et pas un petit garçon ?

— J'en sais rien. Parce que dans *La Nuit des rois*, c'est une fille ?

Un spectateur assis non loin de là leur demanda de se taire.

— Et si on inventait un personnage sans genre ? chuchota Sam. À cet âge-là, on s'en fiche un peu. Et de cette façon, tous les joueurs pourront s'identifier à elle ou à lui.

Sadie hocha la tête.

— Cool, ça me va.

Marx entra sur scène en Orsino pour déclamer le prologue : « Si la musique est l'aliment de l'amour, jouez donc », mais à ce moment-là, Sadie n'écoutait plus Marx, leur bienfaiteur, ni la pièce. Elle rêvait de la tempête qu'elle déclencherait bientôt.

Après le spectacle, ils allèrent dîner au restaurant de l'hôtel dans lequel le père de Marx était descendu.

— Tu connais déjà Sam et je te présente son associée, Sadie Green, expliqua Marx. C'est leur jeu vidéo que je produis.

Sam n'avait jamais dit à Sadie que Marx tiendrait le rôle de producteur dans leur projet – qui, pour le moment, n'avait d'ailleurs pas de titre et aucune ligne de code. Elle prenait néanmoins conscience de son raisonnement. Marx leur laissait un appartement, ce qui représentait une forme de capital. Cela ne l'empêchait pas d'en vouloir à Sam de n'en avoir jamais discuté avec elle. Durant les minutes qui suivirent, Sadie ne parvint donc pas à suivre la conversation.

Ryu Watanabe se montra plus intéressé par leur projet que par le spectacle dans lequel son fils avait joué.

À l'époque de la naissance de Marx, Watanabe-san, un économiste formé à Princeton, avait quitté le monde académique pour faire fortune. Il avait réussi, comme en témoignaient sa chaîne de supérettes, sa petite entreprise de téléphones portables et toute une série d'investissements internationaux. Il leur confia son regret d'avoir raté l'occasion en or que représentait le Nintendo des années 1970.

— Ce n'était qu'un fabricant de cartes à jouer, leur lança-t-il avec une pointe d'autodérision dans son rire. Les *hanafuda*. C'était un truc de gamins, vous voyez ?

Le grand succès de Nintendo avant *Donkey Kong* était, en effet, un jeu de cartes.

— C'est quoi, les *hanafuda* ? demanda Sam.

— Des cartes plastifiées. Plutôt petites et épaisses, avec des fleurs et des décors naturels dessus, répondit Watanabe-san.

— Ah ! s'écria Sam. Je vois ! J'y jouais avec ma grand-mère, mais on ne les appelait pas comme ça. Il me semble que c'était *Stop & Go* ?

— Oui. Au Japon, le jeu auquel on joue souvent avec les *hanafuda* s'appelle *Koi Koi*, ce qui signifie…

— « Allez, allez », glissa Marx.

— C'est bien, mon garçon ! lança Watanabe-san. Je vois qu'il te reste des notions de japonais.

— C'est drôle, reprit Sam. J'ai toujours cru que c'était un jeu coréen. (Il pivota vers Sadie.) Tu te rappelles ces cartes à fleurs que Bong Cha apportait à l'hôpital ?

— Oui, répondit-elle, l'air distraite.

Marx et cette histoire de producteur la turlupinaient encore, si bien qu'elle ne savait même pas à quoi elle avait dit oui. Elle décida de changer de sujet et se tourna vers le père de Marx.

— Qu'avez-vous pensé de la pièce, Watanabe-san ?

— La tempête, commença-t-il, était géniale.

— Bien mieux réussie que le duc, ajouta Marx.

— Elle m'a plu, à moi aussi.

— Ça m'a rappelé mon enfance, poursuivit Watanabe-san. Je ne suis pas comme Marx. Je ne suis pas un gars de la ville, je suis né dans un village de la côte ouest du Japon. Chaque année en été, j'attendais la saison des pluies. Enfant, ma plus grande crainte, c'était que mon père – qui possédait une flottille de bateaux de pêche – ou moi soyons emportés par la mer.

Sadie hocha la tête et échangea un regard avec Sam, qui n'échappa pas à Watanabe-san.

— Alors comme ça, on complote ? s'enquit le père de Marx en souriant.

— En fait, c'est exactement comme ça que notre jeu commence, répondit Sam.

— La mer emporte un enfant vers le large, précisa Sadie. (Elle était consciente alors que ces paroles l'engageaient à le faire pour de vrai.) Et tout le reste du jeu se concentre sur la façon dont il va rentrer chez lui.

— Oui, c'est une histoire classique, dit Watanabe-san.

Sam avait décrit la relation entre Marx et son père comme tendue, confiant à Sadie que Watanabe-san se montrait très exigeant vis-à-vis de son fils et allait même parfois jusqu'à le dévaloriser. La conversation ne lui avait rien montré de tel. Elle le trouvait au contraire brillant, intéressant et impliqué.

Les parents des autres sont souvent délicieux.

Le jour suivant, Sam aida Sadie à faire ses cartons. Pour économiser un peu d'argent, elle s'installerait dans la chambre de Marx et sous-louerait son appartement.

— Est-ce que tu vas mettre tes œuvres d'art au garde-meuble ? demanda Sam.

Chaque fois qu'il venait dans sa chambre, il trouvait toutes ces reproductions réconfortantes : *La Vague* de Hokusai, *Les Touristes* de Duane Hanson ou le labyrinthe de Sam Masur.

Sadie s'arrêta et se posta devant *La Vague*, les mains sur les hanches. Depuis qu'ils avaient commencé à déménager, trois heures plus tôt, Sam avait pu constater que, même si elle était merveilleuse, son amie ne savait pas du tout faire des cartons. Quels habits ? Quels câbles ? Quels disques durs ? Chaque question méritait mûre réflexion. Il leur avait fallu quatre-vingt-dix minutes pour passer en revue sa petite étagère de livres : d'après lui, aurait-elle le temps de bouquiner *Chaos* cet été ? Sam voulait-il le lire ? Ah, il l'avait déjà lu. Eh bien, il valait peut-être mieux l'embarquer, à moins qu'il n'en ait un exemplaire et dans ce cas, elle pourrait le lui emprunter et mettre celui-ci au garde-meuble. Et là, elle saisissait *Une brève histoire du temps* pour en caresser la couverture. *Peut-être le relirai-je cet été ?* Ou alors, les Hackers. *Tu as lu celui-là, Sam ? C'est vraiment bien. Il y a toute une série consacrée aux Williams. Tu sais, les jeux de Sierra ?* King's Quest. Leisure Suit Larry. *On adorait ces jeux vidéo.* Sam commençait à se dire qu'il serait plus simple de tout prendre.

— Sadie, reprit gentiment Sam. Tu peux emporter les posters, tu sais ? Marx ne dira rien si tu les accroches au mur.

Sadie continuait à regarder *La Vague* de Hokusai.

— Sadie, répéta Sam.

— Sam, regarde ça. (Elle le poussa un peu pour qu'il puisse la voir sous le même angle qu'elle.) Voilà à quoi devrait ressembler notre jeu.

La gravure de Hokusai était l'affiche de l'exposition organisée au Metropolitan Museum of Art, dans laquelle cette œuvre avait été répertoriée sous le titre *La Grande Vague de Kanagawa*. (En japonais, l'appellation était plus menaçante, et on pourrait la traduire ainsi : *Sous la vague au large de Kanagawa*.) *La Grande Vague* constituait sans doute l'œuvre d'art japonaise la plus célèbre du monde, et dans les années 1990, un incontournable chez les étudiants du MIT, à peine moins répandu que ces affiches de l'Œil Magique qui laissaient Sam si indifférent. Elle représente une énorme vague qui éclipse les autres éléments du décor, trois bateaux de pêche et une montagne. Conçu pour être gravé sur une plaque en bois de cerisier et copié à l'infini, le dessin avait un style net et vivant.

Sadie savait que la clé pour créer un jeu avec peu de moyens résidait dans l'épuration du style. (C'est aussi pour ça que *Solution* avait été réalisé en noir et blanc.) C'était grâce à sa palette réduite de couleurs et à la simplicité trompeuse de ses formes qu'on avait pu dupliquer ce dessin dans les années 1830. Et pour les mêmes raisons, Sadie savait qu'elle réussirait à le transposer graphiquement sur son ordinateur.

Sam se pencha sur *La Vague* de Hokusai. Il recula, nettoya ses lunettes et la contempla à nouveau. Sadie et lui vivaient un de ces rares moments dans une collaboration où l'on est sur la même longueur d'onde, où l'on tombe d'accord sur quasiment tout.

— L'enfant est-il japonais comme le père de Marx ?

— Non, répondit Sadie. Pas de façon explicite. En fait, ce n'est pas le mot juste. Disons, pas de façon évidente, pas comme si on voulait insister là-dessus. Et puis, dans une certaine mesure, peu importe d'où vient cet enfant – Iel ne parle pas, n'est-ce pas ? Iel ne sait pas lire et ne peut dire que quelques mots. Sa propre langue est étrangère. De toute façon, le joueur ne le saura pas.

En décidant de concevoir un univers à partir de Hokusai, ils entraînaient le projet dans une atmosphère japonisante. Et lorsqu'ils cherchèrent à dessiner le personnage de leur « enfant », ils s'empêtrèrent dans des modèles nippons : les tableaux naïfs de Yoshimoto Nara, les films d'animation de Miyazaki comme *Kiki la petite sorcière* et *Princesse Mononoké*, d'autres films pour adultes comme *Akira* ou *Ghost in the Shell*, que Sam avait adorés, et bien sûr, la série des *Trente-six vues du mont Fuji* de Hokusai avec, en tête, *La Grande Vague de Kanagawa*.

On était en 1996 et le terme d'« appropriation » ne leur avait jamais traversé l'esprit. Ces références les attiraient parce qu'elles leur plaisaient et les inspiraient. Ils ne cherchaient pas à piller une autre culture, même si c'est probablement ce qu'ils firent.

Reprenons l'interview que Mazer a donnée en 2017 au blog Kotaku à l'occasion du vingtième anniversaire du premier *Ichigo*, sur console Nintendo Switch :

> KOTAKU : On classe souvent le graphisme de l'*Ichigo* original parmi les plus beaux des jeux à petits budgets,

mais ses détracteurs le taxent aussi d'appropriation. Que répondez-vous à cela ?

MAZER : Je n'y réponds pas.

KOTAKU : D'accord… Mais est-ce que vous referiez le même jeu aujourd'hui ?

MAZER : Non, parce que je ne suis plus le même homme qu'à cette époque-là.

KOTAKU : Je parlais de ses références évidentes au Japon. Ichigo ressemble à un personnage de Yoshitomo Nara. L'univers rappelle les illustrations de Hokusai, à l'exception du niveau avec les morts-vivants, qui fait penser à Murakami. La bande sonore évoque du Toshiro Mayuzumi…

MAZER : Je ne vais pas m'excuser d'avoir créé ce jeu avec Sadie. [Long silence.] Nous avions de nombreuses références – Dickens, Shakespeare, Homère, la Bible, Philip Glass, Chuck Close, Escher. [Long silence.] Et quelle est l'alternative à l'appropriation ?

KOTAKU : Je ne sais pas.

MAZER : Je vais vous le dire : c'est un monde où les artistes ne puisent que dans leur propre culture.

KOTAKU : Vous simplifiez beaucoup, là.

MAZER : L'alternative à l'appropriation, c'est un monde dans lequel les Blancs européens ne traitent, dans leur art, que de Blancs européens, en se bornant à des références d'Européens blancs. Et ce n'est qu'un exemple, vous pouvez remplacer l'Européen blanc par l'Africain, l'Asiatique, le Latino, ou n'importe qui d'autre. Un monde dans lequel tout le monde est aveugle et sourd aux cultures et aux expériences qui ne sont pas les siennes. Je déteste ce monde, pas vous ? Il me terrifie, je refuse d'y vivre et en tant que métis, je n'y ai pas de place. Mon père, que j'ai à peine connu, était juif. Ma mère était coréenne, née aux États-Unis. Mes grands-parents, immigrants coréens, m'ont élevé dans Koreatown, à Los Angeles. Et comme n'importe quel métis vous le dira – être la moitié de deux choses fait de vous le rien d'une seule. Et à ce propos, les références juives ou coréennes ne m'appartiennent pas et ne me sont pas plus accessibles au prétexte que je tiens par hasard des deux cultures. Mais j'imagine que si Ichigo avait été un enfoiré de Coréen, ça ne vous aurait posé aucun problème ?

Sam et sa mère, Anna Lee, arrivèrent à Los Angeles en juillet 1984. C'était l'été des Jeux olympiques et la première fois depuis cinquante ans que les États-Unis les accueillaient. Il régnait une atmosphère d'optimisme fébrile. Los Angeles, qui n'était pas une très jolie ville – surtout vue de loin – savait néanmoins se faire belle, mais pas pour plus de deux semaines. La beauté, après tout, est une question de goût et de volonté. On réalisait les projets de réaménagement urbain à toute vitesse, comme des prises de vue en rafales. On construisait des stades, rénovait des hôtels, rasait les immeubles vétustes, plantait des fleurs, en arrachait d'autres, indigènes, moins attrayantes ; on goudronnait des routes, ajoutait des lignes de bus, créait des uniformes, recrutait des musiciens, des danseurs, les sponsors placardaient leur logo sur toutes les surfaces disponibles qui étaient ensuite recouvertes de graffitis. On déplaçait discrètement les sans-abris, on euthanasiait les coyotes, on payait des pots-de-vin, les scissions profondes entre races et classes sociales étaient temporairement oubliées puisqu'on allait avoir de la compagnie ! L.A. se réinventait : cité du futur, scintillante et moderne, qui savait recevoir. Aveuglé par son narcissisme d'enfant, Sam crut qu'on avait lancé toutes ces « améliorations » pour leur faire plaisir, à Anna et à lui. Chaque fois qu'il repensait à ses premiers mois en ville et à la façon dont elle avait déroulé le tapis rouge rien que pour lui, Sam devenait mélancolique.

Ils s'installèrent chez Dong Hyun et Bong Cha Lee, les parents d'Anna. Ces derniers avaient une maison de style Crafstman, jaune, dans le quartier paisible d'Echo Park, qui deviendrait vingt ans plus tard une enclave branchée. Dong Hyun et Bong Cha travaillaient le plus clair de leur temps dans la pizzeria qui portait leur nom, située non loin de là, à Koreatown. Sam y passa presque tout l'été. Anna lui avait parlé de ce quartier, mais Sam n'avait aucune idée de sa taille réelle. Il imaginait une sorte de Chinatown new-yorkais, composé de quelques pâtés de maisons, avec des pharmacies, des magasins de souvenirs et des restaurants ou une autre version de la 33e Rue de Manhattan où sa mère et lui allaient souvent partager un barbecue coréen et des banchan après un spectacle. À Los Angeles, K-Town était énorme : des gens et des produits coréens sur des kilomètres, et tout ça, en plein centre-ville. Les panneaux d'affichage montraient des visages coréens, célèbres ceux-là, et Sam ne les connaissait pas. Il ignorait même que c'était *possible* d'être coréen *et* célèbre. Des inscriptions étincelantes en coréen décoraient toutes les devantures, et dépassaient en nombre celles en anglais. En gros, à K-Town, si vous ne saviez pas lire l'hangeul, vous étiez un illettré. On y trouvait des librairies coréennes, des salons de mariage, des épiceries (aussi grandes que celles des Blancs) qui vendaient de volumineuses poires asiatiques, emballées individuellement, des bocaux de kimchi format familial, des milliers de produits de beauté coréens qui vous promettaient une peau soyeuse et des manhwas en poche, aux couvertures fluo et pastel. Il y avait suffisamment de vendeurs de brochettes pour en essayer un différent tous les jours pendant un an. L'antenne de Bong Cha captait même les deux chaînes de télévision coréennes. Et, oui, il y avait foule. Sam n'avait encore jamais vu autant d'Asiatiques réunis dans un seul endroit. Cette découverte le poussa à se demander s'il avait vraiment bien compris sa planète et qui l'habitait. Peut-être le monde entier était-il asiatique ?

Ce qui le surprenait surtout – et qui devint d'ailleurs l'un des principaux thèmes des jeux vidéo qu'il continuerait à créer avec Sadie –, c'était l'impermanence de ce qui l'entourait, et de sa propre identité. Le fait que l'endroit où vous viviez infléchissait votre perception de vous-même. Pour reprendre les termes de Sadie dans son interview parue dans *Wired* : « Le personnage d'un jeu, tout autant que nous-même, dépend du contexte. » À Koreatown, personne ne prenait Sam pour un Coréen. À Los Angeles, il était « le cousin blanc ». À New York, « le petit Chinois ». Et pourtant, il ne s'était encore jamais senti aussi coréen qu'à Koreatown. Ou pour être plus précis, il conscientisait son origine coréenne, ce qui n'était pas forcément négatif pour lui, ou anecdotique. Cette prise de conscience lui donnait matière à réfléchir : peut-être qu'un petit enfant métis avec un drôle de physique pouvait exister au centre de l'univers, et non être relégué à sa périphérie.

À Los Angeles, Sam avait soudain des grands-parents, des tantes, des oncles, des cousins, qui tenaient tous un rôle dans le mélodrame de sa vie et de celle d'Anna. Où Anna et lui habiteraient-ils ? Où iraient-ils à l'église ? Sam serait-il inscrit dans une école coréenne ? Anna participerait-elle à des programmes télévisés ? Pourquoi avait-elle quitté New York ? Tous ces problèmes pesaient agréablement sur les épaules de la famille. On traitait sa mère comme une star. C'était une Coréenne qui avait percé dans le monde des Blancs. Elle avait joué dans *A Chorus Line*. À Broadway ! Bong Cha adorait son petit-fils, jouait au jeu de cartes coréen *Stop & Go* avec lui, le nourrissait de petits raviolis mandu, conjurait sa mère de l'autoriser à l'emmener à l'église.

« Mais il va grandir sans Dieu, Anna. Il va grandir sans repère, disait Bong Cha.

— Sam est très mystique, répondait sa mère. Nous parlons sans arrêt de l'univers.

— Oh, Anna », se lamentait Bong Cha.

Cet été-là, Sam vécut sa plus grande expérience mystique en jouant au jeu d'arcade *Donkey Kong* qui se trouvait dans la pizzeria de ses grands-parents. Dong Hyun avait eu l'idée d'attirer des clients en investissant dans cette machine, car les jeux d'arcade faisaient fureur au début des années 1980. Dès qu'on la lui avait livrée, il avait envoyé des cartons d'invitation : DONKEY KONG ARRIVE CHEZ DONG ET BONG. FAMILLES, VENEZ DÎNER ET JOUER ! COMMANDEZ L'UNE DE NOS CÉLÈBRES PIZZAS À LA NEW-YORKAISE ! ON VOUS OFFRE UNE PARTIE ! Au dos du carton, Bong Cha avait dessiné un Donkey Kong (non approuvé par Nintendo) qui faisait virevolter une pâte à pizza dans les airs.

En 1972, Dong Hyun savait que donner son nom et celui de sa femme au restaurant Dong & Bong – en y retirant simplement le Hyun et le Cha somme toute ordinaires – ferait rire les Blancs. Il espérait que cette invitation avec *Donkey Kong* qui jouait sur le nom comique de son restaurant attirerait encore d'autres clients par-delà

K-Town – autrement dit, des Blancs bien gentils. Et pendant un temps, ce fut le cas.

Au moment où Sam s'installa à Los Angeles, l'engouement pour les jeux d'arcade s'était dissipé et peu de gens se mesurèrent à lui sur la machine de Dong Hyun. Ce dernier la déverrouillait pour permettre à son petit-fils d'y jouer autant qu'il le voulait. Un sentiment de quiétude envahissait Sam chaque fois qu'il faisait une partie dans le coin jeu du restaurant. Lorsqu'il réussissait à contrôler les sauts du petit plombier italo-japonais pour lui faire gravir l'escalier à la bonne vitesse, il avait l'impression de contrôler l'univers, de respecter un timing parfait. Il se sentait synchrone, aux antipodes de cet hiver glacial durant lequel une femme s'était défenestrée sur Amsterdam Avenue pour atterrir aux pieds de sa mère et lui. Cette femme, son visage, l'horrible torsion de son cou qui faisait penser au manche d'un parapluie, l'odeur terreuse et ferreuse de son sang, mêlé à la tubéreuse du parfum familier de sa mère – hantait presque tous ses rêves. Il se demandait ce qu'elle était devenue après sa prise en charge par l'ambulance. Comment elle s'appelait. Il n'en parlait jamais à Anna. Il savait qu'ils avaient quitté New York à cause d'elle.

« En Californie, avait promis sa mère, rien de mal ne pourra plus nous arriver. »

Sam eut dix ans le jour où Mary Lou Retton remporta la médaille d'or du concours général de gymnastique aux Jeux olympiques. À la fête d'anniversaire que lui avaient organisée ses grands-parents, on laissa la télévision allumée sans le son pour pouvoir suivre les prouesses de Mary Lou. Ça ne l'embêtait pas que tous les regards soient braqués sur l'écran ; lui aussi voulait savoir si elle allait gagner. Sam souffla ses dix bougies au moment où la gymnaste obtenait 10, la note maximale pour ses exercices au sol. Et il eut l'impression, à l'instant précis où il soufflait ses bougies, que c'était grâce à lui qu'elle avait obtenu la note parfaite. Dans son imagination, l'univers fonctionnait comme une machine de Rube Goldberg. S'il n'y avait eu que neuf bougies sur son gâteau, peut-être que la victoire serait finalement revenue à la Roumaine.

Le lendemain, Sam et Anna sortirent déjeuner tous les deux. Pour Sam, cela faisait une éternité qu'ils ne s'étaient pas retrouvés seuls et malgré ses dix ans, il fut nostalgique de leur appartement en enfilade dans Manhattan Valley, des plats chinois à emporter, de la vie qu'ils avaient laissée derrière eux. À une table voisine, deux hommes en costume discutaient un peu fort à propos de la finale de gymnastique.

— Elle n'aurait jamais gagné si les Russes n'avaient pas boycotté les jeux, insistait l'un d'eux. L'absence des meilleures minimise la victoire.

Sam demanda à sa mère si l'homme à la grosse voix avait raison.

— Mmh.

Anna but une petite gorgée de son thé glacé puis prit son menton entre ses mains, pose qu'avec le temps, Sam qualifia de philosophique. Elle parlait facilement, si bien que leurs conversations sur le monde et ses mystères comptaient parmi ses grands plaisirs d'enfant. Personne ne le prit jamais, lui et ses questions, autant au sérieux.

— Même si ce qu'il dit est vrai, je pense que ça reste une victoire, commença-t-elle. Parce qu'elle a gagné ce jour-là, face à ces personnes-là. On ne peut pas savoir ce qui se serait passé si d'autres concurrents avaient participé. Les Russes auraient peut-être gagné ou souffert du décalage horaire et craqué. (Anna haussa les épaules.) Et c'est vrai pour n'importe quel sport – il n'existe qu'à l'instant où il se pratique. C'est la même chose pour les acteurs. Au bout du compte, notre savoir se borne à la partie qui a été jouée dans le seul monde que nous connaissons.

Sam se plongea dans ses frites.

— Existe-t-il d'autres mondes ? demanda-t-il.

— C'est probable. Je n'en ai aucune preuve.

— Dans d'autres mondes, peut-être que Mary Lou ne remporte pas la médaille d'or. Peut-être qu'elle n'aurait même pas été classée.

— Peut-être.

— Cette fille me plaît. Elle a l'air d'une bosseuse.

— Oui, mais comme toutes les autres participantes, j'imagine. Même celles qui n'ont rien gagné.

— Tu sais qu'elle ne mesure qu'1,42 m ? C'est à peine cinq centimètres de plus que moi.

— Tu n'en pincerais pas pour Mary Lou Retton, par hasard, Sam ?

— Non. J'énonçais un fait.

— Elle n'a que six ans de plus que toi.

— C'est dégueu, maman.

— L'écart d'âge te paraît important aujourd'hui, mais ce ne sera plus le cas dans quelques années.

À ce moment-là, un des hommes en costume, celui qui parlait très fort, s'approcha de leur table.

— Anna ?

Elle se retourna.

— Ah, bonjour.

— Je me disais bien que c'était toi, lança-t-il. Tu as l'air en forme.

— Comment vas-tu, George ?

L'homme pivota vers Sam.

— Coucou, Sam.

Ce type lui disait vaguement quelque chose, mais l'espace d'une demi-seconde, il n'arriva pas à savoir qui c'était. Il ne l'avait pas revu depuis trois ans, une éternité pour un enfant. Finalement, Sam se souvint de lui.

— Salut, George.

L'homme lui serra la main de façon décontractée, professionnelle.

— Je ne savais pas que vous étiez à L.A., ajouta-t-il.

— On vient d'arriver, répondit Anna. J'avais prévu de t'appeler dès qu'on serait installés.

— De façon permanente ?

— Je crois, oui. Mon agent me supplie depuis des années de venir faire une saison pilote.

— Ça ne commence qu'au printemps, lança George.

— Oui, rétorqua Anna. Je le sais, évidemment. Mais il fallait que j'attende la fin de l'année scolaire pour Sam. Donc nous voilà, et je serai prête pour l'année prochaine.

George hocha la tête.

— Bon, ça fait plaisir de te voir, Anna. (Il s'éloigna, mais rebroussa chemin.) Sam, j'aimerais beaucoup déjeuner avec toi, si tu as le temps. Tu n'as qu'à choisir la date et Mlle Elliot, mon assistante, se chargera de tout organiser.

Sam retrouva son père, George Masur, à La Scala, l'un de ces établissements délicieusement décadents de Los Angeles, qui, sous ses airs branchés, ne l'était pas tout à fait. Il ne l'avait vu qu'une demi-douzaine de fois auparavant, la plupart du temps quand George venait à New York pour affaires. Dans ces moments-là, ils faisaient ensemble des trucs de touristes ou de papas divorcés : FAO Schwarz[1], le thé de 17 heures au Plaza, le zoo du Bronx, le musée des Enfants de Manhattan, les Rockettes[2]. Ces activités ne les avaient pas rapprochés et Sam ne se sentait pas vraiment lié à George. Par exemple, il ne l'appelait pas « papa », mais George. Sam ne voyait en lui que le type avec lequel sa mère avait eu un temps des rapports sexuels même si, à dix ans, il ne connaissait pas encore grand-chose en la matière.

Il savait que George travaillait comme agent artistique chez William Morris et qu'il ne représentait pas sa mère. Il était au courant que George était allé voir Anna en coulisses après la reprise de la comédie musicale *Au rythme des tambours fleuris* pour lui dire qu'elle avait été la plus belle surprise du spectacle. Il savait que George et sa mère étaient sortis ensemble pendant six semaines avant qu'Anna ne mette un terme à leur relation pour d'obscures raisons, qu'elle avait appris six semaines plus tard qu'elle était enceinte et avait envisagé l'avortement – et il savait ce que c'était, un avortement. On lui avait dit qu'elle n'avait jamais voulu épouser George, que celui-ci lui avait fait un chèque de 10 000 dollars quand elle l'avait informé de son état alors qu'elle ne lui avait jamais rien demandé. Il savait que l'argent avait été déposé sur un compte d'épargne pour payer ses études et que George n'avait pas alimenté le compte depuis. Sam tenait la plupart de ces informations de Gary, un

1. Grande chaîne de magasins de jouets.
2. Compagnie de danse américaine.

ami qu'Anna avait rencontré dans ses cours de théâtre. Gary le gardait de temps en temps quand elle partait travailler et il était bavard comme une pie.

George portait un complet demi-saison, en laine légère – Sam l'imaginait toujours en costume. Il lui tendit la main.

— Bonjour, Sam. Merci d'avoir trouvé le temps pour ce déjeuner, lui dit-il.

— De rien.

— Je suis content qu'on réussisse à se voir.

Sam lui demanda conseil avant de passer commande et George lui recommanda la « célèbre salade émincée », que le garçon ne trouva pas assez essorée. Ils parlèrent des Jeux olympiques, de la famille à K-Town, des différences entre vivre à New York et à Los Angeles.

— Je suis juif, tu sais, lança George. Ce qui signifie que tu es à moitié juif, toi aussi.

— Ah bon ?

— Tu n'en as pas l'impression, mais tu es la moitié de ce que je suis.

Sam hocha la tête.

— Je n'ai pas choisi de te voir aussi peu, tu sais.

Le garçon acquiesça de nouveau.

— Je ne dis pas que c'est la faute d'Anna, mais il arrive qu'elle ne facilite pas les choses. T'a-t-elle dit que je lui avais proposé de venir s'installer ici quand elle est tombée enceinte ? Elle a refusé. Elle a prétendu qu'elle ne se voyait pas élever un enfant à Los Angeles. Et maintenant, la voilà ici. (Il haussa les épaules.) Les gens sont bizarres, pas vrai ? s'enquit-il, guettant sa réponse.

— Les gens, répondit Sam sur le ton d'un sexagénaire.

Cette réponse sembla satisfaire les attentes de George.

— Tu as raison. J'ai une maison à Malibu. Tu crois que tu aimerais venir à Bu un jour ?

— Oui, répondit-il poliment, même s'il n'avait pas trop envie d'aller à Malibu. C'est long d'aller en voiture jusqu'à… Bu ?

— Pas si long que ça. Tu souhaiteras peut-être rencontrer ma compagne ? C'est une très jolie femme. Je ne le dis pas pour me vanter, mais pour que tu puisses te l'imaginer. C'est important d'aider les gens à visualiser les choses. Si tu y arrives, tu auras toujours une longueur d'avance, mon garçon. Enfin, voilà, ma petite amie est très attirante. Tu connais les films de James Bond ? Elle a joué la secrétaire de Bond dans le dernier. Certains prétendent que ce n'est pas la même chose que de jouer une James Bond Girl, mais pour moi, si. (Il regarda Sam.) T'es pas d'accord ?

— Mmh, je n'ai pas vraiment d'opinion là-dessus.

George fit un signe au serveur pour demander l'addition. Il régla et serra à nouveau la main de Sam avant de lui tendre une carte de visite : GEORGE MASUR, AGENT ARTISTIQUE POUR LE CINÉMA, AGENCE WILLIAM MORRIS.

— N'hésite pas à appeler ce numéro si tu as besoin de quoi que ce soit. Tu tomberas sur Mlle Elliot, mais elle sait toujours où me trouver et dans le cas contraire, elle me transmettra le message.

Ils sortirent. Ils avaient quelques minutes d'avance sur l'heure à laquelle Bong Cha devait passer récupérer Sam.

George jeta un coup d'œil à sa montre.

— Tu n'es pas obligé d'attendre avec moi.

— Non, ça va.

— Je suis tout le temps tout seul. (Sam se rendit compte qu'on pouvait prendre ce qu'il venait de dire pour un reproche à sa mère.) Enfin je veux dire, pas tout le temps.

À 13 heures précises, Bong Cha se rangea le long du trottoir, garant sa voiture dans un espace qui faisait à peine deux centimètres de plus que sa MG vert chasseur. Bong Cha était une remarquable pilote, agressive au volant. Elle avait été chauffeur pour une compagnie locale de déménagement à leur arrivée à Los Angeles et elle était connue dans la famille pour son art du créneau parfait. Sam disait qu'elle conduisait comme un joueur de *Tetris*.

— Au revoir, George, lui lança-t-il.

Il lui adressa un signe de la main en montant dans la voiture.

— Au revoir, Sam.

Il ferma la portière. Bong Cha portait un foulard, des gants de conduite professionnels que son mari lui avait offerts et l'habitacle était impeccable, comme d'habitude. Sur le siège du conducteur, il y avait un dossier avec des billes en bois qui étaient censées masser ou améliorer la circulation sanguine ; *maneki neko*, le chat rondouillard porte-bonheur, agitait sa patte sur la plage arrière ; un désodorisant en forme de Vierge Marie pendait au rétroviseur. D'après l'étiquette, il sentait le pin, mais son parfum s'était dissipé depuis longtemps. Comme Sam le disait souvent : « Quand vous montiez en voiture avec ma grand-mère, vous appreniez tout ce qu'il fallait savoir à son sujet. »

— Ta mère ne veut pas que je le dise. Sache que je ne l'aime pas, lâcha Bong Cha.

— Il m'a proposé de passer le voir à Malibu.

— Malibu, répéta-t-elle comme si le mot la dégoûtait. Ta mère est si belle et si douée. Mais elle n'a aucun goût en matière d'hommes.

— George m'a dit que je suis à moitié lui. Donc…

Bong Cha prit conscience de son erreur.

— Tu es parfait à cent pour cent, petit Coréen que j'aime.

Au feu rouge, sa grand-mère lui tapota la tête, l'embrassa sur le front, baisa ses deux joues délicieusement rondes de Bouddha du shtetl, et Sam s'accommoda de son mensonge sans discuter.

3

La première semaine de juillet, Marx envoya un mail à Sam pour lui annoncer qu'il rentrait de son stage plus tôt : *Maître du donjon Masur, je rentre de Londres samedi prochain. Ce stage était bidon, t'expliquerai plus tard. Je voudrais squatter le canapé si miss Green et toi n'y voyez pas d'inconvénient. Je pourrai aussi faire toutes les courses dont vous aurez besoin et vous faciliter la vie en tant que « producteur » ha, ha ! Vous avez tous les deux fait forte impression à papa. Hâte de voir où en est le jeu. Vous lui avez déjà trouvé un titre ? Marx, Niveau 9 Paladin.*

Quand Sam lui annonça que Marx rentrerait samedi, Sadie ne sauta pas de joie.

— Est-ce que tu peux lui demander de ne pas venir ?

— Impossible, c'est *son* appartement.

— Je sais, reprit Sadie. D'où son statut de producteur. S'il vit avec nous, est-ce que ça veut dire qu'on peut arrêter de le considérer comme tel ?

— Non.

— On vient juste de trouver le bon rythme de travail, ajouta-t-elle.

— Marx est génial. Il pourra nous aider.

— *En quoi ?*

Pour ce qu'elle en savait, Marx était un beau gosse blindé avec de nombreux centres d'intérêt, mais très peu de compétences. Dans son ancien lycée, la moitié des garçons étaient comme lui.

— Pense à tout ce qu'on n'a pas le temps de faire, plaida Sam. Tu verras, c'est un type plein de ressources.

Comme tout avait déjà été arrêté, Sadie se remit au travail. Ils avaient bien progressé dans la conception de leur « bébé », qui n'avait toujours pas de nom. Sam lui avait imaginé une tenue : le maillot sportif de son père qui lui faisait une robe, des tongs en bois. Ils étaient tombés d'accord sur la coupe au bol qui leur plaisait pour son aspect à la fois esthétique et pratique. Ce casque de cheveux rendrait très bien dans le décor tarabiscoté inspiré de Hokusai.

Maintenant que le problème de la physionomie du personnage était réglé, Sadie affinait ses mouvements. Elle voulait donner l'impression d'une démarche dynamique bien qu'encore hésitante, pareille à celle d'un caneton suivant sa mère. Le cahier des charges que Sam et elle avaient rédigé stipulait : « L'enfant se meut comme quelqu'un qui n'a pas subi ni expérimenté l'idée de douleur. » Ah, les ambitions des cahiers des charges !

Sadie travailla plusieurs jours sur la démarche de l'enfant. Elle lui donna de toutes petites foulées, couplées à une cadence de pas très rapides pour qu'il ne laisse derrière lui que des empreintes éphémères, comme celles des oiseaux. C'était déjà mieux, elle eut cependant du mal à lui faire faire quelques pas de côté, maladroits, pour contrarier le joueur qui voulait le faire avancer tout droit.

Elle montra le résultat à Sam.

— C'est bien, dit-il avant de déplacer le personnage à l'écran. Mais c'est moi. Je marche comme ça.

— Pas du tout.

— Je suis beaucoup plus lent. Pourtant, quand je veux aller tout droit, je finis toujours par dévier, ajouta Sam. Dans mon lycée, un connard avait appelé ça « le slalom à la Sam ».

— Je hais les enfants. Je n'en aurai jamais, déclara Sadie en récupérant le clavier pour faire bouger son personnage à l'écran. D'accord, il te ressemble un peu. Il n'empêche que je n'ai vraiment pas pensé à toi en travaillant dessus.

Soudain, Sadie perçut des détonations.

— C'est quoi, ça ? demanda-t-elle en s'accroupissant.

Sam alla à la fenêtre. Ils aperçurent des feux d'artifice au loin. Ils avaient tous les deux oublié que c'était le 4 Juillet.

Quand Marx arriva en ville, ils lui firent une démo du premier niveau.

— Ce n'est pas encore tout à fait fini, expliqua Sadie. Il manque la lumière et les effets sonores. Ça te donnera au moins une idée de ce qu'on vise. Je n'ai pas encore commencé à plancher sur la tempête non plus.

Sam tendit la manette à Marx. À l'écran, on voyait un enfant au milieu de l'eau, des débris flottant tout autour de lui. Marx était un joueur chevronné, mais il mit un certain temps à bien prendre en main le personnage. Il le fit mourir plusieurs fois.

— Merde, c'est dur ! lança-t-il.

Le défi du premier niveau d'*Ichigo* consistait à rejoindre la côte avec son seau et sa pelle, sans se noyer. C'était à la fois un jeu de rythme – il fallait trouver le moyen de faire nager l'enfant – et un jeu d'action-aventure. L'univers favorisait l'immersion totale : il n'y avait que de rares indices et aucun texte. Finalement, Marx parvint jusqu'à la plage. En voyant marcher l'enfant sur le sable, il s'écria, ravi :

— C'est Petit Sam !

— Je t'en prie, ne l'appelle comme ça, le supplia Sadie.

— Je te l'avais dit, remarqua Sam.

Marx déplaça le personnage sur la plage.

— Le niveau deux n'existe pas encore, l'avertit Sadie.

— Je voulais juste voir à quoi ressemblait le Petit Sam de dos.

— Pitié, ne l'appelle pas comme ça ! répéta Sadie.

— C'est quoi, le 14 floqué sur son maillot ? demanda Marx.

— Rien, répondit Sam. C'est le numéro du sportif préféré de son père ou un truc du genre. On n'a pas encore décidé.

— *Juu-yon*, déclara Marx.

— C'est quoi, *Juu-yon* ? s'enquit Marx.

— Quatorze en japonais. Tu as dit que le môme n'avait pas de nom, pas vrai ? Peut-être que quelqu'un pourra appeler ce garçon Juu-yon d'après ce numéro-là.

— Intéressant, concéda Sam.

— Ce n'est pas un garçon. Et j'aime pas la sonorité du mot « jus », dit Sadie. Le public anglophone trouvera forcément que ça sonne bizarre.

— Que penses-tu de *Ichi Yon* ? Ça veut dire « un, quatre ». Comme iel ne sait pas compter jusqu'à dix, peut-être qu'iel ne connaît pas le nombre quatorze.

— Je préfère. Mais ça manque peut-être un peu de dynamisme, répliqua Sadie.

— Tu sais ce qui serait mieux que « un, quatre » ? Que dirais-tu de « un, cinq » ? *Ichi*, *Go*. L'enfant s'appelle Ichigo, décréta Marx. Vous pourriez même appeler le jeu comme ça. *Ichigo*, ça veut aussi dire fraise.

— Ichigo, répéta Sam. Go, c'est dynamique. Go, go, Ichigo, go.

— Ça me rappelle le thème de *Speed Racer*, ajouta Sadie avec dédain.

— C'est vrai et tant mieux.

— À vous de décider, les gars, lança Marx. C'est pas moi, le concepteur.

Sadie réfléchit. Cela ne lui plaisait pas que Marx, à qui elle en voulait déjà, se permette de donner un nom à leur jeu.

— Ichigo, dit-elle doucement. *Et merde*, pensa-t-elle. *Ça claque !* Je m'en accommoderai.

Sadie mit des années à le reconnaître, mais Sam avait raison : Marx se rendit très utile cet été-là. Il n'était certes pas concepteur. Ce n'était pas non plus un as de la programmation comme Sadie et il ne savait pas dessiner comme Sam. Il se chargea néanmoins de tout le reste et son aide alla du nécessaire – le prosaïque – à l'essentiel – la créativité. Marx répartissait la charge de travail entre eux, si bien que Sadie et Sam savaient mieux sur quoi l'autre planchait et ce qui restait à faire. Il dressait la longue liste des fournitures dont ils auraient besoin, faisait très généreusement chauffer sa carte de crédit – il leur fallait toujours plus de mémoire, de stockage, et les cartes graphiques finissaient souvent par brûler – et, cet été-là, il se rendit une bonne cinquantaine de fois au grand magasin d'informatique de Central Square. Il ouvrit un compte bancaire et créa une société à responsabilité limitée, « Go, Ichigo, Go », leur fit payer les impôts requis (ce qui leur permettait d'effectuer tous leurs achats en suspension de taxe) et s'ils avaient besoin de recruter – ce qui arriverait tôt ou tard, et il le savait –, tout serait prêt. Il veillait à ce que tout le monde s'alimente, s'hydrate, dorme (au moins un peu) et maintenait leurs espaces de travail propres et en ordre. Joueur expérimenté, Marx faisait un remarquable testeur pour évaluer la qualité des niveaux et repérer les bugs. En plus de tout ça, il avait un goût sûr et le sens du récit. C'était lui qui avait suggéré de créer la fameuse séquence « monde souterrain » dans *Ichigo* (« Ichigo doit tomber plus bas que terre, littéralement », avait-il déclaré) et qui les avait orientés vers Takashi Murakami et Tsuguharu Foujita. Passionné de musique instrumentale d'avant-garde, il passait du Brian Eno, John Cage, Terry Riley, Miles Davis et Philip Glass sur son lecteur de CD pendant que Sadie et Sam travaillaient. Il leur conseilla aussi de relire l'*Odyssée*, *L'Appel de la forêt* et *Le garçon qui avait peur*, de revoir le concept de structure narrative dans *Le Héros aux mille et un visages* et de consulter *L'Instinct du langage* sur l'acquisition du langage chez les enfants. C'était important pour lui que le personnage d'Ichigo, préverbal, fasse authentique et soit nourri de détails réels. Il considérait ce jeu comme l'histoire d'un retour au pays, mais aussi comme une histoire du langage. Comment communiquer dans un monde dont on ne connaît pas la langue ? Ce thème l'intéressait notamment parce que sa mère n'avait jamais vraiment maîtrisé le japonais, ce qui expliquait, d'après lui, qu'elle ait passé la majeure partie de sa vie d'adulte seule et, par moments, dépressive. Et c'est aussi Marx qui commença à envisager le jeu sous un angle commercial. Concevoir un super jeu, c'était très bien, encore fallait-il savoir le vendre.

Mi-août, en grande partie grâce à l'organisation de Marx, Sadie et Sam avaient conçu les esquisses de six niveaux sur les quinze prévus d'*Ichigo*. En réalité, aux yeux de Marx, le rôle de producteur ne paraissait pas vraiment différent de celui de colocataire de Sam. Mine de rien, il leur facilitait la vie : il éteignait les incendies, anticipait leurs besoins et les obstacles avant qu'ils ne survinssent. C'était le boulot d'un producteur et il finirait par se révéler tout à fait à la hauteur de sa fonction.

Et le plus grand service qu'il leur rendit ? Il crut en eux. Il adorait *Ichigo*, et Sam, et commençait à bien apprécier Sadie aussi.

— Bon, c'est quoi le délire entre Sadie et toi ? demanda Marx à Sam, par une soirée étouffante du début du mois d'août.

L'air conditionné était tombé en panne dans l'appartement où il faisait déjà bien chaud à cause de l'équipement informatique qui tournait toute la journée. Marx et Sam étaient donc en caleçon et essayaient de se rafraîchir en se collant des bières glacées sur le front. Ils passaient le plus clair de leur temps tous les trois ensemble, mais ce soir-là, Sadie était sortie pour retrouver une amie du lycée qui était de passage en ville et peut-être aussi pour échapper un peu à la chaleur des ordinateurs.

— C'est ma meilleure amie, répondit Sam.

— Oui bien sûr, je vois. Mais est-ce que, comment dire – ma question va sans doute te sembler bizarre –, est-ce que vous éprouvez des sentiments l'un pour l'autre ? Est-ce que vous êtes déjà sortis ensemble ?

— Non. On n'a jamais… C'est plus que des sentiments. Plus qu'une simple histoire d'amour. C'est de l'amitié. (Sam éclata de rire.) Tout le monde se fout des histoires d'amour, non ?

— Pas tout le monde, rétorqua Marx. En fait, je te pose la question parce que… eh bien, ça t'ennuierait que je l'invite à sortir ?

Sam rit de nouveau.

— Inviter *Sadie Green* à sortir ? Fonce. Mais je doute qu'elle accepte.

— Pourquoi ?

— Parce que…

Parce qu'elle te déteste. Parce qu'elle te considère comme un imbécile et ne supporte même pas ta présence ici. Voilà ce que Sam voulait répondre.

— Parce qu'elle sait que tu sors avec beaucoup de gens, se contenta-t-il de dire.

— Comment ça ?

— Ben, c'est pas vraiment un secret d'État. Tu as tout le temps un nouveau mec ou une nouvelle meuf. Je ne t'ai d'ailleurs jamais vu avec quelqu'un plus de deux semaines. En fait, maintenant que j'y pense, je ne crois pas que ce soit une bonne idée que tu sortes avec Sadie. Et pas parce que j'éprouve des sentiments pour elle, mais parce qu'on est tous collègues, tu vois ? Je ne tiens pas à ce que ça perturbe notre travail sur *Ichigo*.

— Non, tu as raison, ajouta Marx. Oublie ce que je viens de dire.

Sam avait exagéré en affirmant que les relations de son colocataire ne duraient pas plus de deux semaines – en réalité, c'était plutôt six. Marx était doué pour les coups de cœur, et personne ne l'avait jamais quitté avec l'impression d'avoir été trahi ou meurtri. Il avait le don de laisser croire aux autres que l'initiative de la rupture venait d'eux, ce qui lui permettait de les garder presque tous comme amis. Des semaines, des mois, parfois des années plus tard, ses ex se disaient : « Mmh, c'est peut être Marx qui *m'*a largué·e finalement. » Ceci dit, Marx ne pouvait pas mettre un pied dans Harvard Square sans tomber sur un·e ex qui, la plupart du temps, était ravi·e de le voir.

Marx, vingt-deux ans, n'avait qu'un seul problème : trop de trucs, trop de gens l'attiraient. « Intéressant » était son adjectif préféré. Le monde semblait rempli de livres intéressants à lire, de pièces et de films intéressants à voir, de plats intéressants à découvrir, et de gens intéressants pour une partie de jambes en l'air et même, parfois, une histoire d'amour. Marx ne voyait pas l'intérêt de réfréner ses élans amoureux. Au cours des premiers mois de leur cohabitation, Sadie le dénigra auprès de Sam en le traitant de « dilettante romantique ».

Or Marx voyait le monde comme le buffet à volonté d'un petit déjeuner dans un cinq étoiles en Asie – la profusion était époustouflante. Qui refuserait un smoothie à l'ananas, un hamburger au porc rôti, une omelette, des pickles, des sushis et un croissant aromatisé au thé vert ? Après tout, ils étaient là pour être goûtés et savourés.

La plupart des gens qui étaient sortis avec Marx depuis son entrée à Harvard disaient, souvent avec une pointe d'amertume, que sa seule vraie relation était celle qu'il avait nouée avec Sam. Certes, Marx aimait Sam, mais il n'avait pas envie de lui. Il le considérait comme son petit frère et il le protégerait jusqu'à la mort.

Alors que Sadie… c'était une autre histoire. Elle ressemblait à Sam, mais n'était pas lui, ce que Marx trouvait très attirant. Il y avait quelque chose chez elle de plus étoffé, de plus *intéressant* et compliqué que les personnes avec lesquelles il sortait d'habitude. Il n'était pas idiot – elle ne semblait pas l'apprécier, d'accord, et ça ne lui arrivait pas souvent ; tout le monde adorait Marx ! – mais il aurait quand même bien aimé savoir ce que ça faisait d'être aimé d'elle. Il aurait voulu qu'elle lui parle comme elle parlait à Sam. Marx lisait beaucoup et Sadie lui rappelait ces livres qu'on peut relire en y découvrant chaque fois quelque chose de nouveau. Mais il y avait tellement de gens qui attiraient Marx que lorsque Sam lui demanda de ne pas lui courir après, il ne s'en offusqua pas.

4

Sadie ne commença à travailler sur la tempête qu'au milieu du mois d'août. Le joueur ferait sa première expérience d'*Ichigo* avec ce coup de tabac ; il fallait donc qu'elle le rende spectaculaire et ça la stressait. Selon toute vraisemblance, elle savait qu'elle n'aurait pas le temps de finir autre chose avant leur retour à l'université pour l'automne.

Sam et Sadie ne se l'étaient pas encore avoué, mais ils étaient tous les deux conscients que le jeu ne serait pas terminé pour septembre. Ils avaient bien travaillé – mieux que bien même. Ils craignaient peut-être de rompre le charme de leur collaboration en formulant à voix haute que l'été ne leur avait pas suffi – même si Sadie avait fixé une date butoir de façon tout à fait arbitraire. Marx, en bon producteur, avait essayé d'aborder le sujet, en proposant de mettre au point un programme de travail pour l'année universitaire. Aucun d'eux n'avait pourtant voulu en discuter. Ils préféraient nier la réalité et cravacher le plus longtemps possible.

Comme la plupart des jeunes de vingt ans, Sadie n'avait jamais élaboré de graphiques complexes ni de moteur physique. Elle rama donc beaucoup, s'escrimant à en concevoir un pour *Ichigo*. Sam et elle tenaient à reproduire la légèreté de l'aquarelle utilisée dans les mangas japonais et malgré ses efforts, elle ne parvenait pas à la restituer. Lorsque Ichigo se mettait à courir par exemple, elle voulait alléger sa démarche et la rendre presque ondoyante. L'ambitieux cahier des charges qu'elle avait rédigé avec Sam comparait la course du personnage (contrairement à sa marche) « aux mouvements des vagues, dangereux, majestueux et rapides. Quand l'enfant court, iel ressemble en tout point à une de ces vagues. Quand iel saute, c'est un typhon ». Dans ses premiers essais, Ichigo apparaissait plutôt trouble – rien à voir avec ces « lames ». Dès que Sadie touchait au but, le programme plantait brusquement. Mais les vraies faiblesses de son jeu apparurent lorsqu'elle fut obligée de reproduire la tempête.

Qu'est-ce qu'une tempête ? pensait-elle. *De l'eau, de la lumière, du vent. Et leur interaction avec les éléments qu'ils touchent. C'est pourtant pas si compliqué ?*

Sadie montra une première démo à Sam. Il ne donna son opinion qu'après l'avoir visionnée deux fois.

— Je ne veux pas te vexer, Sadie, mais ça n'est pas encore au point.

Sadie avait beau le savoir, sa remarque la mit en rogne.

— Qu'est-ce qui cloche ?

— Rien ne fait vrai.

— Comment veux-tu que ça fasse vrai, avec nos paysages qui ressemblent à des gravures sur bois ?

— « Vrai » n'était peut-être pas le mot juste. Quand je le regarde, je ne ressens rien. Ni peur ni… (Sam redémarra la scène.) C'est l'éclairage. Je crois qu'il ne fonctionne pas. Et la consistance. On dirait que l'eau… que l'eau n'est pas *mouillée*.

— Si c'est si facile, t'as qu'à essayer de la fabriquer, cette putain de tempête ! s'écria Sadie en partant se réfugier dans sa chambre.

Elle claqua la porte et, une fois seule, ses yeux mimèrent une tempête sans fournir le moindre effort.

Elle était épuisée et avait le sentiment d'avoir foiré *Ichigo*. Le descriptif du projet était magnifique, le travail de création de Sam superbe et c'était son boulot d'en faire un jeu. Sadie détestait les jeux vidéo qui, à l'usage, ne correspondaient pas du tout au concept artistique époustouflant du descriptif.

Il n'y avait pas que la tempête qui avait déplu à Sam : ses critiques soulevaient de plus gros problèmes relatifs au graphisme général. Elle avait à peine dormi, ne s'était pas beaucoup douchée ces trois derniers mois et ils n'arriveraient même pas à finir ce jeu ! Ils avaient abattu tant de travail – fait un plan détaillé de tous les niveaux, couché sur le papier l'histoire entière, conçu les décors et les personnages – et pourtant… il leur restait encore TELLEMENT DE BOULOT ! La panique commençait à l'envahir. Elle se pencha vers la table de nuit de Marx où elle savait qu'il avait laissé plusieurs joints bien roulés et en fuma un.

Sam frappa à la porte.

— Je peux entrer ?

— Bien sûr, répondit-elle, légèrement défoncée.

Sam s'assit sur le lit à ses côtés et elle lui proposa de tirer une taffe, il refusa. Il alla ouvrir la fenêtre, car il ne supportait pas quand Marx ou elle fumait. À vingt-deux ans, Sam ne touchait à rien de rien. Il ne buvait pas non plus et c'est à peine s'il acceptait de prendre de l'aspirine. Les seules drogues qu'il avait ingérées, c'étaient les antidouleurs qu'on lui avait prescrits à l'hôpital. Et même là, il avait détesté leurs effets indésirables de brouillard mental. Le seul organe de son corps qui fonctionnait toujours bien était son cerveau, il n'avait donc aucune intention de l'abîmer. C'est pour ces raisons que Sam avait souvent enduré des souffrances qu'il aurait dû ou pu éviter.

— Ça vient du moteur, lâcha Sadie sans la moindre émotion. Celui de mon éclairage et du relief. Il ne tient pas la route.

— Qu'est-ce qui coince, d'après toi ? demanda Sam.

— C'est… c'est moi… je manque encore d'expérience pour en fabriquer un.

— Tu peux tout faire. Je crois en toi à cent pour cent.

Sa confiance pesait lourd sur les épaules de Sadie.

— Faut que je fasse une sieste.

Pendant qu'elle se reposait, Sam se mit en quête de moteurs de jeux. Il savait qu'il était possible d'en emprunter à d'autres sociétés. Il suffisait d'en trouver un qui donnait un résultat proche de celui que vous cherchiez. Ça vous épargnait beaucoup de travail et même, à terme, ça réduisait vos coûts. Sadie et lui en avaient discuté et il savait qu'elle y était opposée. Dès le départ, elle avait insisté : ils devraient eux-mêmes tout programmer, de bout en bout. Car dans le cas contraire, leur jeu perdrait en originalité et ils céderaient le pouvoir (et souvent les profits) au concepteur du moteur. À l'évidence, elle ne faisait que répéter les enseignements de Dov.

Sam passa pourtant le reste de l'après-midi à étudier tous les jeux qu'ils possédaient. Autodidacte en matière de programmation, Sam apprenait en disséquant les autres jeux. L'ingénierie inverse n'a rien d'inhabituel en technologie, et Sam tenait cette technique de son grand-père. Dès que quelque chose tombait en panne au restaurant – de la caisse enregistreuse aux projecteurs extérieurs, du four à pizza au téléphone à pièces jusqu'au lave-vaisselle –, Dong Hyun démontait l'appareil en panne et alignait soigneusement toutes les pièces sur une vieille nappe. La plupart du temps, il parvenait à le réparer. Il brandissait triomphalement le joint abîmé en disant : « Ha, ha ! Voilà le coupable ! Je peux en dégoter un pour quatre-vingt-dix cents chez le quincaillier ! » Il lui suffisait donc de remplacer la pièce défectueuse et de tout remonter. Il avait deux intimes convictions : (1) On peut tout connaître et (2) Tout est réparable tant qu'on prend le temps de chercher pourquoi ça ne marche plus. Sam aussi en était persuadé.

Il décida d'étudier d'autres jeux pour en trouver un dans lequel la lumière et les effets seraient proches de ce qu'ils recherchaient. Il le démonterait ensuite, dans la mesure du possible, pour voir ce qu'il pouvait en tirer et partagerait ses découvertes avec Sadie.

En bas de la pile des jeux de sa collaboratrice, il tomba sur une copie de *Dead Sea*. Il en avait entendu parler, mais n'avait jamais trouvé le temps d'y jouer.

Quand Sadie se réveilla, Marx et Sam étaient rivés sur l'ordinateur de Sam.

— Regarde ça ! lui lança ce dernier. C'est à ça que devrait ressembler notre tempête, non ?

Elle ne lui avait jamais parlé de Dov, ni demandé s'il avait déjà joué à *Dead Sea*. L'air de rien, elle s'approcha du PC pour jeter un œil au jeu de son ex-amant, comme si elle ne l'avait pas déjà vu des centaines de fois.

— Je pensais qu'on cherchait quelque chose de moins tristounet.

— Bien sûr, répondit Sam. Il ne faut pas prendre ce que je dis au pied de la lettre. Je parlais de la qualité qu'il donne à la lumière. Tu vois la réfraction dans l'eau ? La légèreté ? L'ambiance ?

— Oui, concéda-t-elle en s'asseyant à côté de lui. Il faut que tu attrapes ce rondin, dit-elle à Marx qui était en train de jouer. Tu vas en avoir besoin pour assommer ce zombie.

— Merci.

— Au fait, le moteur, c'est Ulysse. Il l'a conçu lui-même.

— Qui ça, *il* ? demanda Sam.

— Le designer et programmeur. Il s'appelle Dov Mizrah. Je l'ai un peu connu.

— Comment ça ?

— C'était mon professeur.

— Eh ben, pourquoi tu l'appelles pas ? enchaîna Sam. Si tu galères avec le moteur…

— Ouais, je devrais.

— Il aura peut-être des tuyaux à te donner ? lança Sam. Ou alors, on pourrait même utiliser son moteur graphique ?

— Je ne sais pas, Sam.

— Rassure-toi, on a déjà créé tellement de trucs sur ce jeu. Je pense qu'on n'a pas à être originaux sur cette dernière partie de la programmation. Tu tiens à ton honnêteté intellectuelle, mais, franchement, tout le monde s'en fichera. Il n'y en a pas dans l'art. Peu importe comment on atteindra notre objectif. L'œuvre sera originale parce que *nous* l'aurons créée. Si on a accès à un outil qui nous aide, pourquoi s'en priver ? Notre jeu n'aura rien à voir avec *Dead Sea*, alors, au bout du compte, ça change quoi ?

Le matin suivant, Sadie envoya un mail à Dov et il se trouva qu'il était de retour à Cambridge, pour animer des séminaires de jeux cet automne et terminer son travail sur *Dead Sea II*. Il l'invita à passer à son studio, alors elle accepta.

En la voyant, il la prit dans ses bras.

— Sadie Green ! Je suis tellement content que tu m'aies écrit. J'allais le faire et puis dans le feu de l'action… J'ai quasiment fini *Dead Sea II*. Et c'est la dernière fois que je me lance dans une suite. Comment tu vas ?

Elle lui parla d'*Ichigo*.

— Bon titre. C'est exactement ce que tu devais faire, commença-t-il avec une pointe de condescendance, tes propres jeux.

Sadie sortit une partie du cahier des charges de Sam de sa sacoche et le lui tendit.

— Waouh ! Trippant, dit Dov.

Elle posa son ordinateur portable sur la table pour qu'il puisse s'attaquer au premier niveau.

— C'est du super boulot !

Il ne faisait jamais de compliment en l'air et Sadie eut presque envie de pleurer. Son approbation importait encore tant pour elle que c'en était franchement embarrassant.

— Ça me plaît !

Dov l'observa. Il reposa le cahier des charges sur la table, plongea son regard dans le sien, puis hocha la tête.

— Tu es venue pour Ulysse, pas vrai ?

Sadie s'apprêtait à nier, à prétendre qu'elle voulait juste des conseils pour concevoir son propre moteur.

— Oui, reconnut-elle. Je veux Ulysse.

— Tu sais que pour moi, rien ne vaut un moteur qu'on a conçu soi-même.

Elle acquiesça.

— Mais je vois bien qu'Ulysse serait parfait pour ce que toi et ton collègue… comment il s'appelle ?

— Sam Masur.

— Ce que M. Masur et toi cherchez à obtenir comme effets. Et comment refuser à ma Sadie l'aide qu'elle vient me demander ?

C'était aussi simple que ça. Dov lui remit le moteur, en échange de quoi il devint producteur associé dans *Ichigo*, ce qui le liait à sa vie professionnelle pour toujours.

Dov passa à l'appartement pour aider Sadie à installer Ulysse et Marx détesta ce type tout de suite : son pantalon en cuir, son T-shirt noir moulant, ses grosses chaînes en argent, son bouc bien taillé, ses sourcils figés en accent circonflexe, son chignon.

— On dirait ce pauvre Chris Cornell, souffla-t-il.

Il faisait référence au chanteur du groupe Soundgarden.

— Chris Cornell ? lança Sam. Moi, il me fait penser à un satyre.

C'était surtout son eau de Cologne qui indisposait Marx. Il ne s'agissait pas d'un parfum bas de gamme pourtant, dès qu'il était entré dans la pièce, son odeur avait imprégné l'espace et même après son départ, toutes fenêtres ouvertes, Marx le sentait toujours. L'atmosphère devenait trouble avec le musc et oppressante par le mélange de pin, de patchouli et de cèdre. Il trouvait ce parfum trop sauvagement viril, genre drogue du violeur.

Et puis ce type se montrait physiquement trop proche de Sadie. Quand Dov s'était installé derrière son poste de travail, sa main n'arrêtait pas de vagabonder, de l'effleurer, d'envahir son espace. Elle s'attardait sur son épaule, glissait le long de sa cuisse, courait sur son clavier, cliquait sur sa souris. Et Sadie avait ce rire nerveux et bizarre. Et Dov dégageait la mèche qui lui couvrait les yeux. Marx reconnut la familiarité propre aux anciens amants.

Il attira Sam dans sa chambre.

— Tu ne m'avais pas dit que Sadie était sortie avec Dov.

Sam haussa les épaules.

— J'en savais rien.

— Comment c'est possible ?

— On ne parle pas de ce genre de chose.

— Je veux dire, c'était son prof, non ? C'est carrément du détournement de mineure. Tu ne trouves pas qu'il faudrait en tenir compte, s'il devient notre producteur associé ?

— En fait, non. Sadie est majeure.

— Pas vraiment.

Marx glissa sa tête dans l'embrasure pour continuer à épier Sadie et Dov.

C'est Dov qui parlait le plus.

— À ta place, je laisserais tomber le prochain semestre pour terminer ça.

Sadie l'écoutait en acquiesçant.

— Ton équipe et toi, vous tenez un truc, là. J'en suis convaincu.

— Mais l'université… (La voix de la jeune femme était à peine audible.) Mes parents…

— Quelle importance ? Tout le monde se fiche que tu sois encore la « gentille fille », Sadie. Je veux te donner les moyens de t'affranchir de tes principes une bonne fois pour toutes. Tu as été éduquée pour en arriver exactement là où tu es aujourd'hui. Profite de ton élan pour terminer le gros de la programmation. Tu reprendras les cours au printemps et cet été, tu peaufineras le son et tu débuggeras.

Oreille tendue, et hochements de tête.

— Faut-il que moi, ton ancien professeur, je t'en donne l'ordre ?

— Peut-être, répondit-elle.

— Je vais t'aider.

— Merci, Dov.

— Je serai toujours là pour toi, ma brillante.

Il la serra entre ses bras velus et pressa son visage contre son torse. Comment pouvait-elle supporter sa puanteur ? se demanda Marx.

Deux semaines plus tard, le jour où elle boucla la tempête, Sadie informa Marx et Sam qu'elle ne reprendrait pas les cours ce semestre, le temps de finir le jeu. La mise en œuvre d'Ulysse lui imposait de recommencer pas mal de choses et elle voulait continuer sur sa lancée.

— Vous n'êtes pas obligés de me suivre, leur dit-elle. En tout cas, moi, je vais le faire.

— J'espérais que tu dirais ça, commença Sam, parce que c'est exactement ce que je comptais faire, moi aussi. Et toi, Marx ?

— Sam, t'es sûr ?

Il hocha la tête.

— Oui, certain. Il reste quand même un gros problème à régler : peut-on continuer à utiliser l'appartement ?

— Tu peux récupérer ta chambre, bien sûr, lança-t-elle à Marx. Je trouverai bien un autre squat, mais ce serait bien qu'on continue à bosser ici.

— Où iras-tu ? lui demanda Sam.

— Chez Dov. (Elle parlait sur un ton très calme.) Il nous produit maintenant et il a mis sa chambre d'ami à ma disposition.

Elle mentait et tout le monde le savait.

Cet automne-là, Marx fut le seul à retourner en cours. Ses obligations de producteur l'empêchèrent, pour la première fois, de s'investir dans de nouvelles pièces. Pour être honnête, le théâtre lui avait toujours pris plus de temps que ses cours.

5

Près d'un an après leurs retrouvailles dans la station de métro, Sam et Sadie avaient terminé *Ichigo*. Sa conception leur prit trois mois et demi de plus que ce que Sam avait prévu.

Grâce à l'aide notable du moteur Ulysse fourni par Dov, Sadie et Sam avaient programmé leur jeu sans s'arrêter, au point d'en avoir les doigts en sang. Et littéralement, dans le cas de Sam. Il avait les extrémités des doigts tellement desséchées et couvertes d'ampoules qu'il avait dû les panser pour éviter de coller du sang partout sur son clavier, mais aussi pour que les plaies cicatrisent. Toutefois ces sparadraps le gênaient pour pianoter, si bien qu'il finit par les enlever. Côté douleur, il avait connu bien pire.

Leurs blessures ne se limitèrent pas à ça. À Halloween, Sadie était restée rivée si longtemps sur l'écran de son ordinateur qu'un vaisseau de son œil droit éclata. Elle n'alla même pas chez le médecin et envoya Marx à la pharmacie pour qu'il lui achète des gouttes oculaires et de l'ibuprofène, et tint bon. Une semaine avant Thanksgiving, Sam était tombé dans les pommes en allant chez Coop pour acheter un nouveau module d'alimentation. D'habitude, c'était Marx qui se chargeait des courses, mais il était en cours et ça ne pouvait pas attendre. Il perdit connaissance sur le trottoir, devant l'épicerie fine. Avec son grand manteau, les gens le prirent pour un clochard et donc personne ne fit attention à lui. Quand il retrouva ses esprits, Anders Larsson était penché sur lui, semblable à un Jésus blond en anorak The North Face. Ce n'était pas étonnant qu'Anders soit venu à son secours. Né en Suède, il faisait partie de ces gens honnêtes et candides qui ne détournent pas la tête devant le fléau des sans-abris.

— Ça va, Samson Masur ?

— Oh ! mon Dieu, Anders, qu'est-ce que vous faites là ?

— C'est à *vous* qu'il faut poser la question, répondit-il.

Malgré les protestations de Sam, Anders le conduisit au cabinet médical de l'université où l'on décréta qu'il souffrait de malnutrition. On lui posa une perfusion intraveineuse.

— Alors, qu'est-ce que tu trafiques ? lui demanda Anders, qui avait insisté pour lui tenir compagnie le temps que la poche se vide.

— Je programme un jeu vidéo ! dit Sam avant de le mitrailler d'informations sur *Ichigo* et Sadie.

Anders, qui n'était pas un fana de jeux vidéo, le regardait d'un air ahuri, mais bienveillant.

— Il semblerait que tu aies trouvé le grand amour ?

— Vous parlez plus d'amour que tous les mathématiciens que je connais, Anders.

En novembre, Marx recruta Zoe Cardogan, une compositrice – qui comptait parmi ses ex brillantes – pour écrire une partition inspirée des musiques avant-gardistes qu'ils avaient écoutées tout l'été. Zoe était un génie, leur promit-il. Sam le taquinait souvent là-dessus : « Quand Marx croise un génie, il a forcément envie de coucher avec. »

Une décennie plus tard, Zoe remporterait le prix Pulitzer pour son adaptation d'*Antigone* à l'opéra, basée sur des voix uniquement féminines. Mais *Ichigo* correspondrait à sa première commande musicale rétribuée et figurerait toujours sur son CV.

Ils venaient d'enregistrer la musique et Marx était retourné à Adams House, la résidence universitaire de Zoe. Ils dînèrent dans le réfectoire et couchèrent ensemble. Marx aimait bien remettre le couvert avec une ex et ce jour-là ne fit pas exception. Ça l'intéressait de relever les changements de son corps, de leurs corps depuis la dernière fois qu'ils avaient fait l'amour. Un *Weltschmerz* agréable le submergea. Une pointe de nostalgie, comparable à celle qu'on éprouvait en visitant son ancienne école et en découvrant que les bureaux étaient bien plus petits que dans nos souvenirs.

— Pourquoi est-ce qu'on a rompu ? lui demanda Zoe.

— C'est toi qui m'as largué, tu te rappelles ?

— Ah bon ? Je devais avoir une bonne raison, mais je ne m'en souviens plus. (Elle embrassa son torse.) J'adore ton jeu. Pour ce que j'en ai vu et ce que vous m'en avez dit.

C'était la première fois que quelqu'un l'associait exclusivement à *Ichigo*.

— Ce n'est pas vraiment mon jeu. Plutôt celui de Sadie et Sam.

— La scène de la fin, reprit Zoe, est vraiment émouvante. Quand Ichigo est beaucoup plus âgée et que ses parents ne la reconnaissent pas. (Elle marqua un temps.) Ou, pardon, est-ce qu'Ichigo est un garçon ?

— Sam et Sadie disent le·a.

— Cool. Quand ses parents le·a reconnaissent iel. Ce moment sort tout droit de l'*Odyssée*.

Sadie et Sam avait décidé de faire grandir leur personnage au fil de l'histoire, ce qui s'était avéré le défi le plus difficile à relever. D'habitude, le héros garde le même âge et la même physionomie pendant l'intégralité du jeu, voire de la série – comme Mario ou Lara Croft. Pour des raisons simples : image de marque et beaucoup moins de travail. Mais Sadie et Sam voulaient que le périple d'Ichigo transparaisse sur le personnage. Ichigo grandit et n'est pas épargné·e par l'aventure, le temps qui passe, et à la fin, quand iel finit par rentrer chez ellui, après sept ans d'absence, sa famille ne le·a reconnaît pas. Ichigo, dix ans, arrive épuisé·e, las·se, après s'être battu·e sur l'océan, en ville, dans la toundra et même les entrailles de la Terre. Iel se tient sur le seuil de sa maison, frappe à la porte d'une main tremblante. Finalement, sa mère vient lui ouvrir, mais sans le·a reconnaître. Elle voit quand même que cet·te enfant semble avoir faim et manquer d'amour, et parce qu'elle a elle-même perdu son petit autrefois, elle l'invite à entrer.

— Comment tu t'appelles ? demande-t-elle.

— Ichigo.

— Quel étrange prénom.

À ce moment-là, le père d'Ichigo pénètre dans la pièce.

— Quinze, lance-t-il. C'est le numéro de Max Matsumoto, mon joueur de foot préféré. J'avais un maillot comme celui-là autrefois, mais il y a longtemps que je l'ai perdu.

Grâce à l'amélioration du paysage sonore, fruit de la contribution d'un ami de Zoe, ingénieur du son, ils avaient le sentiment, à Kennedy Street, d'avoir atteint le top niveau.

— J'ai l'impression qu'on tient vraiment un truc, là, confia Sadie à Marx.

— Je le savais, répondit-il avec une ferveur évangélique.

Sadie l'embrassa sur les deux joues, à l'européenne, de façon un peu théâtrale. Il était tellement fan de leur travail. Il en faut dans n'importe quelle équipe.

Quand ils finirent la partie écrite du jeu, la chasse aux bugs commença. Chaque fois qu'ils en trouvaient un – et il y en avait pas mal – ils le notaient sur le tableau blanc, celui que Sam avait chapardé, avec toutes les améliorations qu'ils voulaient apporter. Ils ne l'effaçaient qu'une fois le travail fait. Environ une semaine avant les vacances de Noël – ils étaient encore à l'âge où l'on mesure le temps sur le calendrier universitaire – il ne restait plus sur le tableau qu'un palimpseste d'annotations floues couleur pastel pour leur rappeler tout le boulot abattu.

— On a fini ? demanda Sadie à Sam.

Elle tira les rideaux. Il était 5 heures du matin et il neigeait un peu.

— Je crois, oui.

— Je suis tellement crevée, dit Sadie en bâillant. C'est terminé pour ce soir. On y jettera un œil demain et si on estime toujours en avoir fini, alors on n'y touchera plus et je le confierai à Dov.

— Je te raccompagne jusque chez lui.

— T'es sûr ? Ça va glisser dehors.

Elle s'inquiétait pour son pied qui, elle le savait, le tiraillait un peu ces derniers temps.

— Ce n'est pas très loin et ça me fera du bien de marcher.

Il n'y avait personne dans les rues et tout était si calme qu'on entendait les flocons de neige tomber. Ils empruntèrent le chemin le plus court pour rejoindre l'appartement de Dov et traversèrent le parc de Harvard – le semestre touchait à sa fin, tous les étudiants de première année dormaient. La lumière de l'aurore sur la neige avait quelque chose de magique : c'était comme s'ils se retrouvaient à l'intérieur d'une boule à neige, d'un monde à part, rien qu'à eux. Sadie glissa son bras sous celui de Sam et il s'y reposa un peu. Ils étaient fatigués, mais c'était de la bonne fatigue – de celle qui écrase ceux qui ont tout donné sur un projet et qui le savent. Ils créeraient d'autres jeux ensemble bien sûr ; leurs bureaux et leurs équipes seraient aussi bien plus conséquents. Mais Sam et Sadie se souviendraient toujours de ce matin-là.

— Sam, promets-moi de répondre franchement à ma question, lança Sadie.

Le ton de sa voix le fit un peu paniquer.

— Bien sûr.

— Tu as *vraiment* vu l'Œil Magique en décembre dernier ?

— Comment oses-tu me poser la question ! s'écria-t-il, prenant un air offusqué.

— Alors c'était quoi ?

— Je ne m'abaisserai pas à te répondre.

Sadie hocha la tête. Ils avaient atteint la porte de l'immeuble de Dov. Elle introduisit sa clé dans la serrure puis se retourna.

— Quoi qu'il arrive, je te remercie de m'avoir poussée à me lancer là-dedans. Je t'aime, Sam. Rien ne t'oblige à me dire que tu m'aimes, toi aussi. Je sais que ce genre de chose te met horriblement mal à l'aise.

— Horriblement, répéta Sam. Horriblement.

Il esquissa un sourire trop large, exhibant les dents de travers dont il avait honte et s'inclina d'un air gêné. Elle pénétra dans l'immeuble avant qu'il n'ait eu le temps de lui avouer son amour. Il ne regrettait pas de ne pas le lui avoir dit. Il savait que Sadie savait qu'il l'aimait, de même qu'elle savait qu'il n'avait jamais vu l'Œil Magique.

Le soleil se levait, il ne neigeait presque plus et Sam rentra chez lui. Il avait chaud malgré le froid et se sentait reconnaissant d'être vivant et que Sadie l'ait rejoint dans la salle de jeux de l'hôpital ce jour-là. L'univers lui semblait juste, ou du moins plutôt honnête. Il vous prenait peut-être votre mère, mais il vous donnait quelqu'un d'autre en échange. En débouchant dans Kennedy Street, il commença à se réciter un poème qu'il avait entendu un jour, quelque part : « Que l'Amour est tout ce qui est / Est tout ce que nous savons de l'Amour / Et c'est assez, le fret doit être / Proportionnel à la force du rail. »

Qu'est-ce que le fret ? et la force du rail ? se demanda-t-il. Les mystères de ce poème l'intriguaient ; son rythme lui paraissait si soutenu (un peu comme un train lancé à vive allure) et Sam se sentait si léger, si heureux qu'il se surprit à sautiller – Sam Masur qui sautillait ! – et fit preuve d'imprudence. Son pied glissa sur le trottoir.

La douleur lui était tellement familière qu'il la sentit à peine. Il perdit connaissance pour la deuxième fois cet hiver-là.

— On devrait arrêter de se rencontrer par hasard comme ça, lança-t-il en l'air.

Alors qu'il était là, allongé dans la rue, sa joue tuméfiée collée à un oreiller de pavés glacés, sa mère lui apparut, debout dans la neige, vêtue d'une grande parka blanche qui lui arrivait aux chevilles, le visage penché sur lui. Anna fait la taille d'un Godzilla, et sous la tente formée par son anorak, Sam se sait en sécurité. Sa mère coréo-américaine lui parle en japonais :

— *Daijoubu*, *Samu-chan*.

La mère de Sam décida de partir à l'Ouest durant l'hiver 1984. Sam avait neuf ans ; Anna, trente-cinq. Elle envisageait de quitter New York depuis douze ans – autrement dit, depuis qu'elle s'y était installée. Et son impatience n'avait fait que grandir après la naissance de Sam. Elle était rongée de fantasmes bourgeois d'une vie moins chère, plus convenable, saine et heureuse dans une ville lointaine et sans nom. Elle imaginait un jardin pour Sam, un chien jaune sans pedigree qu'elle adopterait dans un refuge, des placards de rangement, faire la lessive chez elle et non dans des laveries automatiques, et vivre sans voisin du dessus ni du dessous. Elle rêvait de palmiers, d'un climat chaud, du parfum des frangipaniers, et de fourrer les gros manteaux qui ne leur allaient plus dans des sacs poubelles pour les donner à l'Armée du salut. En même temps, sa vie à New York était peut-être ce qu'il y avait de mieux au monde. En y renonçant, elle redoutait de voir s'abattre des grilles et de devenir trop provinciale et faible pour pouvoir les franchir. Ses tergiversations auraient duré indéfiniment si une autre Anna Lee n'était pas tombée du ciel.

Le soir où ils croisèrent l'autre Anna Lee, Anna et Sam sortaient du théâtre et rentraient chez eux. Un ami des cours de théâtre, avec lequel elle avait couché avec plaisir, bien que sans conviction quelques années plutôt, faisait partie de la troupe de *The Rink*, la comédie musicale sur patins à roulettes de Chita Rivera et Liza Minnelli. Il leur avait dégoté deux billets pour l'avant-première du spectacle. « Je suis à peu près sûr que ça va faire un flop, mais ça devrait ravir un garçon de neuf ans au tempérament un peu artistique », leur avait-il dit.

La description avait fait rire Anna – il était intéressant quoique parfois affligeant de découvrir la façon dont les autres voyaient son enfant, et l'ami en question avait eu raison : Sam avait adoré la comédie musicale, et Anna avait le sentiment d'être une bonne mère lorsqu'elle le faisait profiter des riches expériences culturelles que seul New York pouvait offrir. Comme par magie, elle retombait amoureuse de cette ville et se sentait incapable d'en partir un jour. Ces douces pensées l'animaient au moment où ils abordèrent un tronçon particulièrement sombre d'Amsterdam Avenue. Sam tira sur la manche de sa mère.

— Hé, maman. C'est quoi, ça, là-haut ?

Dans la lumière des réverbères, Anna aperçut une silhouette vaguement organique perchée sur la rambarde métallique d'un balcon, six étages plus haut.

— Peut-être un gros oiseau ? Ou… une gargouille ? Une statue ?

La statue plongea, pour atterrir, chose improbable, le visage tourné vers le haut. Le choc produisit un « splatch » sonore et des projections de sang qui évoquaient plutôt Jackson Pollock en train de peindre un tableau qu'un suicide. Les bras et jambes de la femme étaient écartés de façon surnaturelle. Anna et son fils crièrent. À New York, ça n'alertait ni n'inquiétait personne.

Une fois la statue sur le sol, ils purent constater qu'il s'agissait d'une femme, d'une Asiatique, peut-être même d'une Coréenne, comme Anna. Elle allait mourir cette nuit-là, mais elle n'avait pas encore poussé son dernier soupir. Sam éclata de rire, pas méchamment, parce que cette femme lui rappelait sa mère et il ne voyait pas comment réagir autrement à cet horrible spectacle là, à quelques pas devant lui. Il n'avait pas encore été exposé à la mort et ne pouvait donc pas affirmer qu'elle était en train de mourir. Pourtant, quelque part au plus profond de lui, il eut une sorte de révélation qui le fit réfléchir : voilà ce qu'était la mort, et il mourrait un jour, sa mère aussi, tout comme ceux qu'il avait rencontrés ou aimés, et peut-être que ça leur arriverait à n'importe quel âge. Cette découverte lui était insupportable : c'était une notion bien trop difficile à concevoir pour un garçon de neuf ans. Anna lui pinça le bras assez fort pour qu'il arrête de rire.

— Pardon, geignit Sam. Je ne sais même pas pourquoi je ris.

— Ce n'est pas grave, lui répondit Anna avant de pointer du doigt l'épicerie qui se trouvait de l'autre côté de la rue. Va là-bas et dis-leur d'appeler le 911.

Sam hésita.

— Je veux pas. Je n'arrive pas à bouger. Mes pieds sont coincés, coincés dans la glace.

— Ils ne sont pas coincés, Sam. Il n'y a pas de glace et ils ne sont pas coincés. Va ! Vas-y, tout de suite !

Anna le poussa vers le magasin et Sam se mit à courir.

La jeune femme s'agenouilla à côté du corps.

— Ne vous inquiétez pas, les secours ne vont pas tarder. Au fait, je m'appelle Anna. Je vais rester là jusqu'à l'arrivée de l'ambulance, précisa-t-elle en lui prenant la main.

— Moi aussi, je m'appelle Anna.

— Moi c'est Anna Lee.

— Moi aussi, ajouta la femme.

Cette dernière peinait à respirer et toussait de façon singulière, délicate. Anna était persuadée que la femme s'était brisé le cou. Du sang s'écoulait abondamment de son corps par certains trous, ou une série de trous, mais Anna ne voyait pas comment arrêter l'hémorragie. Ses chaussures de tennis, qu'elle veillait méticuleusement à garder immaculées, étaient toutes tachées de rouge. Et l'autre Anna Lee en avait partout, surtout sur le gros ruban mou et rose qui, comme Madonna, retenait ses cheveux noirs et brillants.

— Ah, bien sûr, reprit doucement Anna. Il y en a beaucoup qui s'appellent comme ça. Lee est un des patronymes asiatiques les plus répandus du monde, non ? J'ai dû changer pour Anna Q. Lee dans mon syndicat parce qu'on ne peut pas avoir plus d'une personne avec le même nom. Je suis la septième Anna Lee d'Équité.

— C'est quoi, Équité ?

— Le syndicat des comédiens de théâtre.

— Vous êtes comédienne ? demanda la femme. Est-ce que je vous ai déjà vue dans un spectacle ?

— Eh bien, j'ai à peu près tenu tous les rôles auxquels une actrice asiatique peut prétendre, mais mon plus grand, c'était celui de Connie Wong dans *A Chorus Line*.

— Je suis allée le voir l'année de sa sortie. Vous étiez formidable.

— J'ai été la troisième Connie Wong à Broadway et la deuxième dans la compagnie qui est partie en tournée dans le pays. Donc vous avez sans doute vu Baayork Lee, mais pas moi. Une autre Lee, rit Anna. Nous sommes si nombreuses.

— À quoi correspond le Q ?

— À rien, répondit Anna. Je l'ai pris pour le syndicat. Vous n'avez sans doute pas envie de parler de ça.

Anna plongea son regard dans ses yeux aussi marron doré et hétérochromatiques que les siens.

— Pourquoi vous êtes-vous… Ça vous ennuie que je vous pose cette question ? Désolée si ça vous paraît déplacé.

— Je ne savais pas comment partir autrement, répondit l'autre Anna Lee.

Elle tenta de hausser les épaules, mais des spasmes commencèrent à secouer son corps et quatre-vingt-dix longues secondes plus tard, elle expirait. Anna se leva. Debout au-dessus de la dépouille de l'autre Anna Lee, elle se sentit prise d'étourdissement, de vertige, comme si elle s'était détachée de son propre corps, comme si elle se voyait morte sur ce trottoir. Anna savait qu'elle aurait dû rester auprès de cette femme jusqu'à l'arrivée de l'ambulance, mais il faisait si froid, et Anna craignait de générer une irréversible crise existentielle en s'attardant auprès de cette autre Anna. Et puis, elle voulait désespérément se blottir contre Sam.

Elle alla chercher son fils à l'épicerie et fit rapidement le tour de tous les rayons sans le trouver nulle part.

— Avez-vous vu mon fils ? demanda-t-elle.

Elle tenta d'ignorer le délire paranoïaque qui germait dans son esprit : et si la mort de l'autre Anna Lee avait permis de détourner son attention pendant que des personnes malintentionnées kidnappaient Sam ?

— Ah, vous êtes sa mère, répondit le commerçant. Dans quel monde vit-on ! C'est pas des choses à voir pour un petit garçon !

— Il n'est pas parti, n'est-ce pas ?

— Non, mais il avait l'air bien bouleversé alors je lui ai donné des pièces pour qu'il joue sur la machine dans l'arrière-boutique. Les enfants adorent les jeux même si cet engin me rapporte moins d'argent qu'autrefois.

— C'était très gentil de votre part. Combien je vous dois ?

L'homme agita la main.

— Je vous en prie. C'est déjà bien assez difficile d'être un enfant dans ce monde sans, en plus, voir des femmes se jeter d'un immeuble. Comment elle va ?

Anna secoua la tête.

— Quel monde ! soupira-t-il en secouant la tête lui aussi.

Elle se dirigea vers l'arrière-boutique où Sam s'était réfugié dans l'énorme coquille bariolée du jeu *Pac-Man*. D'après ce qu'elle pouvait voir, Mlle Pac-Man ne différait pas beaucoup du M. Pac-Man à l'exception du nœud qu'elle avait dans les cheveux et de son titre, mademoiselle, qui, en 1984, était honorifique et voulait dire féministe.

— Salut, dit Anna.

— Salut, lança Sam sans détourner les yeux de son écran. Tu peux regarder si tu veux. Je vais y jouer jusqu'à la fin de cette vie.

— C'est une bonne philosophie, lui concéda Anna.

Elle se concentrait sur la partie et essayait d'ignorer les sirènes de l'ambulance qui venait chercher le corps de l'autre Anna Lee.

— Quand tu manges le fruit, expliqua Sam, tu peux éliminer les fantômes, mais seulement pendant un moment. Et si tu n'anticipes pas bien, le fantôme peut se retourner contre toi et te tuer.

— Épatant, dit-elle.

Elle ne voulait pas qu'ils sortent de l'épicerie tant qu'on n'aurait pas enlevé le corps du trottoir d'en face.

— Et parfois, tu gagnes une vie en plus. Mais tu risques de te faire tuer en essayant de l'attraper alors ça ne vaut pas toujours la peine d'essayer.

— Tu maîtrises bien ce jeu, ajouta-t-elle.

Dès qu'ils sortiraient, elle se paierait le luxe d'un taxi, même s'ils n'habitaient qu'à une dizaine de pâtés de maisons de là.

— Pas encore. Si j'avais plus de temps pour m'entraîner, je pourrais. Zut ! (Mlle Pac-Man mourut dans un gémissement, une suite de demi-tons en descente chromatique.) C'était ma dernière vie.

Il jeta sur sa mère un regard prudent.

— Qu'est-ce qui lui est arrivé ?

— L'ambulance est là-dehors en ce moment. Ils l'emmènent à l'hôpital.

— Est-ce qu'elle va s'en sortir ? s'enquit Sam.

— Je crois.

C'était un pieux mensonge. Elle s'en sortirait. Mourir, c'était s'en sortir.

Sam hocha la tête. Il avait vu sa mère jouer dans suffisamment de pièces pour deviner quand elle mentait, et il la connaissait assez pour savoir pourquoi. Lui, il mentait toujours pour la même raison : la protéger de ce qu'elle ne pourrait pas supporter.

— Pourquoi elle a fait ça ? demanda Sam.

— Je pense… Je pense qu'elle a dû avoir un très gros coup de cafard, des problèmes dans sa vie.

— Ça t'arrive d'avoir le cafard, toi ?

— Oui, comme tout le monde. Mais je ne serai jamais aussi déprimée parce que je t'ai, toi.

Sam hocha la tête.

— Si son corps avait atterri sur nous, tu crois qu'on l'aurait sauvée ?

— Je l'ignore.

— Tu penses qu'on aurait pu mourir ?

— Je ne sais pas.

— Parce que si on avait marché un peu plus vite ou si on ne s'était pas arrêtés pour acheter des bananes, on aurait pu se retrouver juste en dessous d'elle et ça nous aurait tués.

— Je ne pense pas qu'on en serait morts, dit Anna.

— Mais si tu jettes un penny du haut de l'Empire State Building et qu'il tombe sur la tête de quelqu'un, ça le tue, pas vrai ?

— À mon avis, ce sont des bobards. Et puis, l'immeuble d'où elle a sauté n'avait que six étages.

— Mais un corps pèse bien plus lourd qu'une pièce de monnaie.

— Et si tu refaisais une partie ?

Anna fouilla dans son sac et en sortit une pièce qu'elle introduisit dans la machine.

Elle se dit que pour Mlle Pac-Man, la vie ne valait pas grand-chose et offrait des tas de secondes chances.

Sam joua, Anna le regarda en pensant à son prochain déménagement.

La destination qui s'imposait était Los Angeles, la ville où elle était née. Elle avait d'abord refusé d'y retourner parce que retourner d'où l'on vient, ça ressemble bien à une capitulation. Et sur le plan professionnel, il n'y avait pas de théâtre à proprement parler à Los Angeles ; en d'autres termes, Anna trouverait encore moins de travail là-bas qu'à New York (où elle ne jouait, dans le meilleur des cas, que par intermittence). Avec un peu de chance, elle dénicherait des rôles de prostituées asiatiques dans des séries policières ou des films. Elle devrait travailler ses accents « asiatiques » parce qu'elle ne jouerait plus jamais une « Américaine ». Peut-être qu'elle tournerait dans des publicités, ferait de la post-synchro ou un peu de mannequinat par-ci, par-là, bien qu'elle soit sans doute déjà trop vieille pour ça. Ou alors elle arrêterait complètement la comédie – se formerait à la programmation informatique, à l'immobilier, à la coiffure, deviendrait décoratrice d'intérieur ou enseignerait l'aérobic, écrirait des scénarios, se trouverait un riche mari – pourquoi pas ? C'est ce que faisaient les ex-actrices à Los Angeles. Et puis ce serait sympa de revoir ses parents, pour Sam de connaître ses grands-parents ; en plus, le père de Sam habitait là-bas, lui aussi, ce qui lui permettrait de s'en rapprocher même si cet homme n'était pas du tout fiable, et ce serait cool de se retrouver dans une ville où aucune Anna Lee ne tomberait du ciel. À l'exception de quelques quartiers dispersés çà et là, où trouvait-on des immeubles de plus de deux étages à Los Angeles ? Et *cette* Anna Lee, Anna Q. Lee, la septième Anna Lee d'Équité, ne se conduirait pas comme cette autre Anna Lee. Parce qu'elle saurait comment tirer sa révérence.

— Tu es devenu un champion pour tuer les fantômes, dit-elle.

— Je me débrouille, répondit Sam avant de se retourner. Hé, maman, tu veux faire une partie ?

6

On pouvait disparaître incroyablement vite en 1996.

Sadie arriva chez Marx peu après 10 heures et trouva l'appartement vide, et silencieux, exception faite du bourdonnement occasionnel d'un disque dur. Peut-être que Sam et lui étaient sortis prendre leur petit déjeuner ? Comme aucun d'eux n'était là, elle ne s'inquiéta pas – Marx veillait constamment sur Sam. Elle ne se fit pas de souci jusqu'à ce que Marx revienne vers 13 heures et l'informe qu'il n'avait pas vu Sam de la journée.

— Je croyais qu'il était avec toi, dit Marx, comme d'habitude.

Sam n'avait pas de portable ; personne n'en possédait à l'époque. (Dans l'entourage de Sadie, seuls Dov et sa grand-mère en avaient un.) Il ne leur restait donc plus qu'à vérifier l'heure à laquelle il s'était connecté à sa messagerie de Harvard : à 3 h 03 le matin même, et d'où : de l'adresse IP de l'appartement.

Sadie et Marx s'installèrent dans le salon puis énumérèrent calmement tous les endroits où Sam aurait pu aller. Peut-être était-il passé à la bibliothèque et s'y était-il endormi ? Peut-être était-il parti acheter le nouveau disque dur dont ils avaient discuté et dont ils avaient besoin ? Peut-être était-il retourné en pèlerinage aux fleurs de verre ? Ou déjeunait-il avec Anders ? Ou peut-être qu'on avait fini par l'arrêter pour vol à l'étalage ?

Ils en étaient là de leurs suppositions quand Marx avisa le tableau blanc.

— Il n'y a rien d'écrit dessus, remarqua-t-il.

— On a fini, dit Sadie. Ou du moins, c'est ce qu'on croyait.

— Félicitations ! lança Marx avant de marquer un temps et de reprendre. Je peux l'essayer ? On ne peut pas faire grand-chose pour Sam pour le moment. C'est un adulte et il n'a pas disparu depuis très longtemps.

Sadie réfléchit.

— Oui, lance une partie. Pourquoi pas ? Je vais partir à sa recherche.

— Tu veux que je t'accompagne ?

— Non, reste là au cas où il appellerait.

Elle se rendit dans tous leurs coins favoris de Harvard Square : au cinéma, à la bibliothèque, chez Coop, au restaurant mexicain, au vidéo club dans l'immeuble The Garage, à la librairie, l'autre librairie, encore une autre librairie, au magasin de bagels. Ne le trouvant nulle part, elle essaya du côté de Central Square : la boutique de bandes dessinées, le magasin d'informatique, son ancien appartement, le restaurant indien. Elle retourna à Harvard Square, remonta vers Radcliffe Quad, passa devant le poste de police de l'université et enfin, démoralisée, se rendit au Centre hospitalier universitaire. Elle n'avait même pas de photo de Sam à montrer et dut se contenter de le décrire. Manteau immense, cheveux bouclés mal coupés, lunettes, patte folle. Une palette de handicaps et d'infirmités. Heureusement que Sam ne l'entendait pas les énumérer. On n'avait vu personne correspondant à cette description de toute façon. Elle retraversa Harvard Yard, appelant son nom jusqu'à en perdre la voix. Une femme l'arrêta et demanda :

— À quoi ressemble votre chien ? J'ouvre l'œil.

Elle reprit le chemin emprunté avec lui le matin même, quand l'univers baignait encore dans un flou artistique et s'ouvrait sur un champ des possibles. La route lui paraissait désormais sinistre et dangereuse. Le monde pouvait basculer si vite, se dit-elle. Son esprit commença à broyer du noir. Et si on l'avait kidnappé ou battu ? Il était petit et lent, une proie idéale. Et si Sam était mort ? Elle en doutait un peu, mais si c'était le cas ? Elle ne pouvait pas vraiment expliquer ce qu'il représentait pour elle. Ce n'était ni Alice, ni Freda, ni Dov, des relations faciles à décrire : sœur, grand-mère, petit ami. Sam était son ami, et en même temps la catégorie « ami » s'avérait trop vaste, à son goût. On abusait tant de ce mot-là qu'il ne voulait plus rien dire.

Elle rentra à l'appartement vers minuit. Marx était arrivé à la moitié de sa partie officielle d'*Ichigo : Un enfant de la mer*.

— La pêche a été bonne ? demanda-t-il sans se détourner de l'écran.

— Non, répondit-elle, l'air abattue. (Elle se vautra sur le canapé.) J'ai peur qu'il lui soit arrivé un truc horrible.

Marx se leva et la prit dans ses bras.

— Il reviendra. Il n'est pas parti depuis si longtemps.

— Ça ne lui ressemble pas. Où aurait-il bien pu aller ? Ils disent que je dois encore attendre vingt-quatre heures pour signaler sa disparition, mais ça me perturbe. On a vécu les six derniers mois collés ensemble. Je n'ai quasiment pas passé dix minutes sans lui adresser la parole. Pourquoi disparaîtrait-il le matin même où on termine le jeu ?

Marx secoua la tête.

— Franchement, j'en sais rien. Je vis en colocation avec lui depuis trois ans et demi et je sais qu'il est à la fois réservé et solide comme un roc. J'ai dû attendre deux ans avant d'apprendre qu'il avait eu un accident de voiture. Avant, je n'avais aucune idée de ce qu'il lui était arrivé. Ça aurait pu être n'importe quoi. J'en ai parlé à demi-mot, j'ai remarqué qu'il galérait et fait de mon mieux pour l'aider, même s'il ne me le demandait jamais, d'ailleurs. J'étais curieux, alors je lui ai tendu des perches pour qu'il m'en parle. Une personne normale aurait *expliqué* à son colocataire ce qui n'allait pas chez lui, mais pas Sam. Il chérit ses secrets. Tout ça pour dire que je suis inquiet, mais pas *tant* que ça.

— Qu'est-ce qui l'a poussé à te parler de l'accident de voiture ?

— Il ne m'en a jamais parlé. C'est Bong Cha qui me l'a raconté.

Sadie éclata de rire.

— Il est bien resté neuf ans sans m'adresser la parole, lui confia-t-elle.

— Qu'est-ce que tu lui avais fait ?

— Ben, c'était nul, un gros malentendu à la base. C'est tellement chiant et débile que ça vaut pas le coup de rentrer dans les détails. Et puis j'avais douze ans.

— Je connais personne de plus rancunier que lui.

Sadie secoua la tête.

— Je n’aurais pas dû le laisser me raccompagner chez Dov.

— Écoute-moi, Sadie. Sam va s’en sortir. Il aura une histoire à nous raconter et on en rira, je t’assure. (Marx se leva.) Je suis au milieu d’un jeu très excitant alors je vais aller le terminer si ça ne te dérange pas.

Sadie acquiesça. Elle alla dans la chambre de Sam et s’allongea sur son lit puis appela Dov pour l’informer qu’elle ne rentrerait pas ce soir-là.

— Pourquoi ? demanda-t-il. Tu n’as aucune raison de t’inquiéter. Viens à la maison.

— Je vais attendre ici au cas où il appelle.

Dov éclata de rire.

— J’oublie toujours à quel point tu es jeune. À ton âge, on prend toujours à tort ses amis et ses collègues pour sa famille.

— Oui, Dov, répondit-elle en tentant de masquer son agacement.

— Quand tu auras des enfants, tu ne pourras plus t’en faire autant pour tes amis.

— Je suis fatiguée. Je vais te laisser.

Sadie raccrocha, rabattit la couverture de Sam sur sa tête et s’endormit.

Quand elle se réveilla, il était 20 heures et une journée entière s’était écoulée. Elle avait dormi si longtemps que Marx était arrivé à bout d’*Ichigo* pour la première fois. Elle alla dans le séjour pour lui demander si Sam avait appelé et trouva Marx rivé devant l’écran noir, aux anges, comme s’il détenait un grand secret.

— Marx ?

Dès qu’il la vit, il se rua sur elle, la prit dans ses bras et la fit tournoyer dans les airs.

— Marx ! hurla Sadie.

— Je l'adore ! Il n'y a rien à dire de plus. (Puis il poursuivit en adoptant sa grosse voix d'acteur :) J'ADORE CETTE FEMME ET J'ADORE CE JEU ! OÙ EST DONC PASSÉ SAM ?

Comme une réponse à son appel à l'univers, le téléphone se mit à sonner. Marx et Sadie se précipitèrent, mais elle était plus près alors elle décrocha la première.

— C'est lui, lança-t-elle à Marx. Où t'étais passé, bon sang ?

Sam s'était cassé la cheville, celle de son pied abîmé, et compte tenu de l'état déplorable de cette zone, il avait dû subir une intervention chirurgicale en urgence. On l'avait transféré à l'hôpital Mass General de Boston et on le gardait une nuit de plus, mais est-ce qu'ils pourraient venir le chercher le lendemain ?

— Pourquoi tu n'as pas téléphoné ? demanda-t-elle.

— Je ne voulais pas vous inquiéter.

— On s'est inquiétés *parce que* tu n'as pas appelé. (Sadie se mit à pleurer, soulagée après tant de stress.) Je te croyais mort, Sam. *Mort*. Qu'on avait fini le jeu et que… je ne sais pas quoi.

— Sadie, Sadie, tout va bien, dit Sam. Je vais bien. Tu verras.

— Si tu me refais ça, je te tue.

— Je le sais maintenant. J'appellerai. Sadie ? Sadie ? T'es toujours là ?

Elle était en train de se moucher alors Marx récupéra le combiné.

— Pour info, je savais que tu allais bien, moi. J'ai joué à votre jeu. Vous êtes des génies, tous les deux. Je vous aime tellement. Et voilà, c'est tout.

Sadie reprit le téléphone.

— Notre premier joueur, lança Sam. Alors, ça y est, on a fini ?

— Je crois, oui. Le gros. Il me reste des petits trucs à faire.

— Oui, moi aussi.

— J'ai envie de te voir.

— Je crois que les visites sont autorisées jusqu'à 21 heures, l'informa Sam. (Il était déjà 20 h 15.) Je doute que ça te laisse assez de temps pour venir ici et faire signer ta feuille de présence.

— Très drôle.

— Sérieusement, je pense que c'est trop juste pour que vous veniez.

— D'accord, Sammy, dit-elle. Je t'aime.

— Horriblement, répliqua-t-il.

— On te voit demain à la première heure.

Elle raccrocha.

À nouveau dans un lit d'hôpital (mais le premier avec vue sur la rivière Charles), Sam se sentit très seul et s'apitoya sur son sort. Il avait la nausée de ne pas avoir assez mangé ces dernières quarante-huit heures et aussi à cause de l'anesthésie. Malgré les calmants, son pied le tiraillait toujours, suffisamment pour lui faire comprendre que la douleur serait redoutable dès que les médicaments cesseraient de faire effet. Il s'inquiétait du coût de cette dernière mésaventure (son compte en banque était, en gros, à zéro) et craignait d'avoir à s'occuper des questions d'assurance. D'après le chirurgien, l'état déplorable de son pied se répercutait désormais sur sa cheville.

« On ne peut pas indéfiniment corriger le pied par la chirurgie. Il va falloir commencer à envisager d'autres options. »

C'est ce qu'il avait dit.

Ces autres options relevaient pour la plupart de l'Antiquité. Il savait déjà qu'il devrait se déplacer avec des béquilles pendant au moins deux mois et il appréhendait la suite de l'hiver, refusant de dépendre encore plus de Sadie et Marx. Il ne les avait d'ailleurs pas appelés tout de suite après son réveil parce qu'il avait honte. Sam avait espéré que sa chute n'aurait pas été aussi mauvaise, qu'un bandage aurait suffi pour qu'on le laisse rentrer tranquillement chez lui avec un tube d'aspirine hors de prix sans avoir à mêler ses amis à tout ça. Ils ne devaient pas le voir diminué, même s'il savait bien qu'il l'était. Diminué, frêle, seul, épuisé. Son corps, son pied défaillant qui ne pouvait même pas endurer la plus petite démonstration de joie, il en avait assez. Ça le fatiguait de devoir faire attention tout le temps, même pour se déplacer. Il aurait voulu sautiller, bon sang. Devenir Ichigo. Surfer, skier, faire du parachute ascensionnel et voler, et escalader des montagnes et des immeubles. Comme son personnage, il aurait voulu connaître mille morts, indifférent aux coups et blessures que subirait son corps puisqu'il se réveillerait le lendemain frais et dispos. Il rêvait de vivre la vie d'Ichigo, une vie sans barrière, des lendemains parfaits, un parcours sans faute, avec la preuve d'avoir vécu. Ou s'il ne pouvait être Ichigo, au moins rentrer à l'appartement auprès de Sadie et Marx, et travailler sur le jeu.

Au moment où Sam se sentit toucher le fond, il aperçut ses amis derrière la partie vitrée de la porte et crut presque à un mirage. Comme ils étaient beaux, ces deux-là !

Ils avaient décidé de prendre un taxi pour venir le voir, même s'ils n'avaient pas le droit de passer plus de quinze minutes avec lui.

— Ce n'est pas tous les jours que tu porteras un toast à ton premier jeu ! avait lancé Marx.

Ils s'étaient arrêtés chez un caviste pour acheter du champagne et des flûtes en plastique.

Sam était à la fois gêné et content de les voir. Il savait qu'il avait une mine épouvantable. Pour la centième fois de sa vie, son pied et sa cheville se retrouvaient sous un plâtre volumineux. Et un hématome multicolore remontait le long de sa joue jusqu'à son front. Il trouvait ses amis resplendissants avec leurs joues rosies par le froid, leurs manteaux en cachemire, leurs cheveux brillants. Quiconque les verrait ensemble partirait sûrement du principe qu'il appartenait à une autre espèce, plus malingre. Puis il se rappela : *Ce ne sont pas seulement mes amis, mais mes collègues.* Sam avait fait d'eux ses associés, et ça le rassurait. *Ichigo* les liait pour la vie.

Marx servit une petite flûte à Sam.

— J'espère que ça fera bon ménage avec ce qu'ils t'ont donné.

— Alors ? Qu'est-ce qui s'est passé ? demanda Sadie.

Sam essaya d'en faire une petite histoire amusante. Il parla du sautillement, du poème, du bonheur et du bien-être qu'il avait éprouvé à l'idée d'avoir terminé le jeu. Il se garda juste d'évoquer l'hallucination sur sa mère.

— Vous connaissez ce poème ? Il porte sur l'amour qui est tout ce qui est.

— C'est une chanson des Beatles, dit Marx. *All you need is love, love...*

— Non, il y avait aussi quelque chose sur le « fret » et la « force du rail ».

— C'est un poème d'Emily Dickinson, répondit Sadie. « *Le fret doit être proportionnel à la force du rail* ». Je m'en suis servie dans *EmilyBlaster*.

Sam éclata de rire.

— Mais oui, bien sûr ! *EmilyBlaster* ! Je me disais justement que ces vers étaient bizarres au moment où j'ai glissé sur le trottoir.

— Tu veux dire que tu t'es pris pour une sorte d'Emily Parterre ? plaisanta Marx.

— Toute ma classe a détesté ce jeu, tu sais, précisa Sadie.

— Marx, tu peux me rappeler le commentaire que tu as fait sur son jeu la première fois que tu y as joué ?

— J'ai dit que c'était le jeu de poésie le plus violent auquel j'avais jamais joué, et que sa conceptrice devait être tout à fait spéciale.

— Je prends ça pour un compliment, répondit Sadie.

— Qu'est-ce qu'on fait maintenant qu'on en a terminé avec Ichigo ? demanda Marx.

— On le montre à Dov et on attend de savoir ce qu'il en pense, répondit Sam.

L'infirmière qui s'occupait de lui, une sexagénaire proche de la retraite, les laissa rester jusqu'à minuit. Elle aimait les entendre rire, plaisanter et se charrier gentiment. Pour tuer le temps, elle s'amusait souvent à essayer de deviner les relations qu'entretenaient les visiteurs avec les patients. Elle aimait donner un petit nom aux gens en imaginant leurs vies et les liens qui les unissaient. Le blessé, elle l'avait surnommé Tim le tout petit. Le jeune Asiatique qui faisait penser à une gravure de mode ou à une star de feuilleton télévisé, c'était Keanu. Et elle avait appelé Audrey la jolie petite brune avec des sourcils épais et un nez bizarrement crochu. Tim le tout petit semblait un peu plus jeune que les deux autres. Audrey et Keanu n'avaient pas l'air d'être en couple, même si on devinait que lui n'aurait pas dit non. D'une certaine façon, on aurait pu penser que Tim le tout petit était le fils des deux autres, quoique leur âge rende la chose peu probable. Peut-être s'agissait-il de leur petit frère ? Peut-être que le couple, c'était Audrey et Tim le tout petit ? Ou que c'était les deux garçons ? Keanu s'était montré très attentionné quand le gamin avait réclamé un peu d'eau. Et pourtant, on pouvait déceler un sentiment de confiance mutuelle entre Audrey et Tim le tout petit. Alors que Keanu s'était installé sur la chaise, la jeune fille s'était assise sur le lit et leurs doigts s'effleuraient de temps en temps. On aurait dit qu'ils étaient tout à fait à l'aise, chacun se sentant comme une extension de l'autre. *Il y a de l'amour, là*, se dit-elle. Elle finit par conclure, avec une pointe de déception, qu'aucune relation sentimentale ne les liait les uns aux autres.

Malgré les blessures de Sam, Sadie et lui continuèrent à fignoler le jeu et, à la fin janvier, ils se sentaient prêts à le montrer à Dov. Ce dernier avait suivi l'évolution du travail et donné quelques conseils en cours de route sans y avoir joué de bout en bout, ni savoir comment tout s'imbriquerait. Sadie apporta le disque d'*Ichigo* à son appartement. Pendant qu'il faisait sa première partie, elle lui tournait autour en lui donnant des tuyaux et des informations sur chaque péripétie du jeu. Elle appréhendait sa réaction tout en étant bigrement fière. Il fallait à tout prix qu'il saisisse le moindre détail de leurs travaux.

— Lâche-moi, Sadie. Je n'arrive pas à me concentrer. Je veux jouer tranquille.

— D'accord, je ne bougerai plus.

Dov avait atteint le niveau sept, un univers de glace et de neige, dans lequel Ichigo rencontre pour la première fois Gomibako, le monstre fantôme qui réduit les enfants perdus en esclavage.

— Je sens que tu me regardes, je t'entends respirer.

Il la prit par la main et l'emmena dans la chambre.

— Sois sage, maintenant.

— Mais…

— Tu ne me désobéirais pas, si ?

— Non, Dov.

— C'est ce que je pensais. (Il la dévisagea.) Déshabille-toi.

— Je n'en ai pas envie. Ça caille, ici, Dov.

— Dés-ha-bille-toi. Tu sais ce qui se passe quand tu n'obtempères pas.

Sadie s'exécuta.

Dans leur première relation, Dov n'avait jamais montré d'intérêt pour le SM. Ça n'avait commencé qu'à leurs retrouvailles en automne. Au début, Sadie avait éprouvé une certaine excitation qui s'était par la suite muée en inquiétude parce qu'elle ne savait pas très bien à quoi ils jouaient ni pourquoi. Dov n'était pas violent. Il ne faisait rien sans son consentement. Mais il aimait les menottes, les accessoires compliqués, lui donner des ordres, lui commander de se déshabiller, l'attacher et la bâillonner à l'occasion. Il aimait la gifler, la fesser, lui tirer les cheveux, lui raser les poils pubiens avec l'application et le soin d'un artiste. Il lui avait même pissé dessus une fois, et elle lui avait demandé d'arrêter, ce qu'il avait fait. Il n'avait jamais recommencé. Quand il lui faisait mal – et la douleur n'était jamais trop intense –, il se montrait toujours tendre et désolé par la suite.

Dov adorait aussi être frappé, ce qui ne procurait pas le moindre plaisir à Sadie. Le soir de son trentième anniversaire, il lui avait demandé de le gifler.

— Plus fort, ordonna-t-il.

Elle obéit.

— Plus fort.

Elle obéit.

Une fois qu'elle l'eût assez frappé, les yeux pleins de larmes et le visage rougeâtre, il appela son fils resté en Israël. Elle l'entendit lui parler tendrement dans un hébreu chantant qui faisait penser au pépiement d'un oiseau. Son niveau en était resté à la préparation de sa bat-mitsvah, au stade des Hauts Jours Saints. Elle ne comprenait donc que les mots qui n'étaient pas en hébreu, comme le nom de son fils, Télémaque, que Dov appelait le plus souvent Telly. Telly avait trois ans.

Le soir où il lui avait proposé de reprendre leur relation, il lui avait servi un verre de vin en lui disant que sa femme avait enfin accepté de divorcer.

— C'est bien, dit Sadie avec prudence, si elle te rendait malheureux.

— J'ai été malheureux, lui confirma-t-il. Ça va être difficile et me coûter un bras, mais ça en vaut la peine.

Ils parlaient en même temps.

— Je ne crois pas qu'on devrait remettre le couvert, reprit Sadie. J'aimerais qu'on en reste à des rapports professionnels.

— Je voudrais qu'on se revoie.

— Tu n'étais pas là l'année dernière. Je ne crois pas que je supporterais une deuxième rupture.

— Ça n'arrivera pas, jura-t-il. Je te le promets.

Revenons à la soirée durant laquelle Dov joua à *Ichigo* pour la première fois.

Après avoir tiré un coup rapide, agréable et sans accessoires (pour reprendre les termes de Sadie), Dov ouvrit le tiroir de sa table de chevet, et en sortit des menottes qu'il passa l'une au poignet de Sadie et l'autre au cadre du lit. Tout se produisit si vite qu'elle n'eut même pas le temps de protester.

— Je ne veux pas que tu bouges de ce lit tant que je n'aurai pas fini *Ichigo*, expliqua-t-il.

— Mais Dov, s'écria-t-elle, tu en as encore au moins pour treize heures de jeu.

Il l'ignora et ferma la porte de la chambre.

Malgré ses liens, elle parvint à atteindre le téléphone posé sur la table de nuit et appela Sam.

— Il a fini ? demanda-t-il, impatient.

— Il a atteint Gomibako.

Tout ou presque dépendait de la réaction de Dov. Il avait un gros réseau et de l'influence dans le milieu – si le jeu lui plaisait, il pourrait le présenter à son éditeur ou à un autre. Il saurait attirer l'attention plus vite et mieux que Sadie, Sam et Marx réunis.

— Et si tu revenais ici ? proposa Sam. On pourrait aller au cinéma. D'après Marx, *Mars Attacks !* passe au Sony Fresh Pond, ce soir.

— Tu te sens de sortir ?

— Il faut bien que je mette un peu le nez dehors, Sadie. On prendra un taxi. On marchera doucement.

— Sans sautiller ?

— Sans sautiller, ni déclamer un poème. Promis.

Sadie jeta un œil à son poignet pris au piège.

— Vaut mieux que je reste ici, au cas où il aurait besoin de moi, dit-elle.

Elle n'avait pas de livre à lire et elle commençait à avoir soif. Elle fit de son mieux pour tirer le drap sur elle, essaya de trouver le sommeil, mais elle n'était pas fatiguée, et puis comment dormir avec le bras au-dessus de la tête ?

Ils n'auraient jamais réussi à créer ce jeu sans Ulysse, pourtant ça l'ennuyait d'avoir été obligée de s'en servir. Dov était l'un des producteurs d'*Ichigo*, et il était si connu qu'elle redoutait que les gens ne prennent son travail à *elle* pour son travail à *lui*. Qu'ils ne sachent pas distinguer la part de l'une de celle de l'autre.

Sur ce point, Sadie n'avait pas tout à fait tort. En témoigne l'interview que Dov a donnée au blog Gamedepot pour la sortie de *Dead Sea II*.

GAMEDEPOT : Un autre jeu qui fait beaucoup de bruit cette année, c'est *Ichigo*, qui doit ses effets à votre moteur Ulysse. Racontez-nous comment vous vous êtes retrouvé impliqué dans ce projet.

D.M. : Eh bien, Sadie [Green, programmatrice et designer d'*Ichigo*] était mon étudiante. Elle est brillante – elle l'a toujours été. Je ne trempe pas dans le commerce des moteurs. Ça ne m'intéresse pas de vendre mes outils à des soi-disant designers. Personnellement, j'estime que le partage de moteurs a eu des effets néfastes sur la créativité dans le monde du jeu vidéo. C'est de la paresse. Ils commencent tous à se ressembler, à reposer sur les mêmes mécanismes, les mêmes principes physiques éculés, etc. Mais j'ai vu ce que Sadie et Sammy [programmeur et designer d'*Ichigo*] cherchaient à faire, ça m'a paru exceptionnel et j'ai eu envie d'y participer. J'ai pensé qu'Ulysse pourrait les aider. Écoutez, Ulysse ne minimise en rien la masse de travail sidérante de Sadie et Sammy. Je les cite en exemple à mes étudiants : voilà ce que deux gamins seuls, avec quelques ordinateurs, peuvent réaliser. Les sociétés de jeux vidéo sont devenues trop importantes et impersonnelles. Il y a dix mecs qui s'occupent des textures, dix autres de la modélisation, dix autres des décors et encore un autre qui écrit l'histoire, un énième qui se charge des dialogues et en fait, il n'y a aucune interaction entre eux, ils ne se parlent pas. On dirait des zombies, avec leur tête enfoncée dans leur box. Un [juron] cauchemar.

GAMEDEPOT : Mais vous reconnaissez votre influence. Dans la séquence d'ouverture avec la tempête, notamment.

D.M. : Peut-être. Si vous savez où la chercher, elle y est.

Quand Dov revint enfin dans la chambre après avoir terminé le jeu *Ichigo*, il avait les larmes aux yeux.

— C'est vraiment super beau, Sadie.

— C'est bien ? demanda-t-elle.

Il fallait qu'elle l'entende de sa bouche.

— Bien ? Espèce de petite tarée de génie. Tu m'étonnes. Tu m'épates. Dire qu'une petite personne aussi minuscule peut accomplir un truc pareil.

Dov secoua la tête et laissa ses larmes couler sans même prendre la peine de les essuyer. En le voyant pleurer, Sadie ne put s'empêcher de l'imiter. La réaction de Marx ne lui avait pas fait le même effet, parce que Marx était, de toute façon, un fan. Celle de Dov ne lui procurait rien de moins que du soulagement. Elle avait l'impression que toute la tension accumulée dans son corps au cours des dix derniers mois se relâchait d'un coup. Elle ignorait ce qu'il adviendrait d'*Ichigo* – s'il sortirait discrètement, en libre essai ou s'il serait diffusé massivement par un distributeur. En réalité, elle s'en fichait presque. Elle avait créé quelque chose qui suscitait l'admiration de Dov et ça lui suffisait pour le moment.

Elle voulait s'approcher de Dov, mais les menottes la retenaient au lit. Elle s'agenouilla, toujours nue, et tendit sa main libre vers lui, qu'il serra dans la sienne.

— Je t'aime, lui dit-il.

— Je t'aime.

— Et j'adore *Ichigo*. Je veux parler à Sammy et à Marx à la première heure demain. Vous allez tous vous faire un paquet de blé.

Il se mit à énumérer ses projets pour *Ichigo*, aussi vite qu'un commissaire-priseur. Il arpentait la pièce de long en large, avec de grands gestes passionnés. Elle ne l'avait encore jamais vu aussi excité par quoi que ce soit.

— Dov, tu pourrais me… ? demanda-t-elle en secouant sa chaîne.

III

UNFAIR GAMES

1

Nul ne savait vraiment de qui venait l'idée de ce nom, Unfair Games, même s'ils en avaient tous les trois, à différents moments, revendiqué la paternité. Marx pensait l'avoir tiré d'un vers qu'il aimait dans *La Tempête* : « Oui et quand même vous voudriez disputer pour une vingtaine de royaumes, je dirais que c'est de *franc jeu* ». Sadie ne voyait pas en quoi c'était pertinent – « franc » n'avait rien à voir avec *unfair*, qui signifiait « injuste ». Elle était plutôt convaincue qu'Unfair Games découlait du mantra officiel de son enfance : « C'est injuste. » Sadie l'avait répété tant de fois que sa mère l'avait menacée de retenir vingt-cinq cents de son argent de poche chaque fois qu'elle le dirait. Sam, de son côté, était persuadé d'avoir trouvé ce nom tout seul : en se réveillant à l'hôpital avec sa cheville cassée, il s'était dit que les jeux étaient bien plus justes que la vie. Un bon jeu vidéo comme *Ichigo* était difficile, mais juste. La vie en soi était un « jeu injuste », un *unfair game*. Il jura l'avoir écrit sur un bout de papier et posé sur sa table de nuit, or personne ne l'avait jamais retrouvé. Et, en matière de paternité, les histoires de Sam étaient souvent apocryphes ou, au minimum, de l'ingénierie inversée.

2

Lorsqu'il était allé parler à Sam, Sadie et Marx de son grand projet pour la vente d'*Ichigo*, Dov leur posa une question :

— Donc, Ichigo est un garçon, c'est ça ?

— On pensait plutôt utiliser « iel », répondit Sam.

— *Iel* ?

— Sam s'est dit, et je suis d'accord avec lui, que le genre n'a aucune importance à cet âge-là. On n'a donc jamais marqué le genre d'Ichigo, expliqua Sadie.

— C'est astucieux, commenta Dov, mais ça ne marchera pas du tout. Vous voulez vendre ce jeu dans les grands magasins, pas vrai ? Aux gens des centres-villes ? Marx, toi qui as les pieds sur terre, tu en penses quoi ?

— Je soutiens totalement Sadie et Sam dans leurs choix, répliqua Marx avec prudence et loyauté. Ça ne m'a pas du tout gêné quand j'y ai joué. Je suis un mec alors pour moi, Ichigo est un garçon.

— Ah, voilà ! lança Dov. Tout à fait ! C'est exactement ce que je voulais dire. Ichigo devrait être un garçon. J'admire votre créativité, les gars, mais pourquoi vous compliquer la vie avec des sujets de thèse à la con de Harvard que personne ne relèvera ?

— Dov, pourquoi Ichigo devrait-il être un garçon et pas une fille ? demanda Sadie.

— Tu sais pertinemment que les jeux vidéo qui ont un personnage principal féminin se vendent moins bien.

— Et *Dead Sea*, alors ? C'est une héroïne et il s'est écoulé à combien ? Un million d'exemplaires ?

— Dans le monde, oui, même plus que ça. Mais aux États-Unis, on n'en a vendu que sept cent cinquante mille.

— C'est un succès énorme ! reprit Sadie.

— On en aurait vendu le double si mon Spectre n'avait pas été une femme. Je ne m'avais pas moi, comme conseiller.

Sadie déchiquetait la page d'un cahier et en faisait un petit tas. Dov posa sa main sur la sienne pour l'arrêter.

— Écoutez les gars, ce n'est pas mon jeu. À vous de décider. Je me contente de vous donner un conseil. Si vous tenez tant que ça à votre « iel », gardez-le. Si vous voulez qu'Ichigo soit une fille, pas de problème. Votre gros avantage, c'est que vous avez créé un jeu brillant et que vous avez toutes les cartes en main. On pourra régler ce problème plus tard, quand les éditeurs mettront leur grain de sel.

Les deux plus belles offres qu'ils reçurent pour *Ichigo*, furent celle de Cellar Door Games, où Sadie avait effectué un stage entre sa deuxième et sa troisième année, et le département de Jeux vidéo d'Austin d'Opus Interactive, une société texane d'ordinateurs portables.

Le genre d'Ichigo ne posait aucun problème à Cellar Door. C'était une entreprise récente, dirigée par des jeunes fraîchement diplômés du MIT et ils trouvaient ça « avant-gardiste et cool » de ne pas genrer Ichigo. Ils proposèrent un accord avec une avance modeste, une clause généreuse sur la répartition des bénéfices, plus un à-valoir sur leur prochain jeu, qui ne devrait pas forcément être une suite de celui-là.

— Nous ne voulons pas nous contenter de participer à Ichigo, leur confia Jonas Lippman, le jeune P-DG de vingt-neuf ans de Cellar Door. Nous voulons nous engager dans, euh, votre *affaire*. Désolé, pour cette formule bizarre. Je ne sais pas si vous avez déjà trouvé un nom pour votre entreprise.

Opus Computers leur offrait une avance beaucoup plus conséquente – cinq fois plus importante. Ils lançaient un nouvel ordinateur portable de jeu, l'Opus Wizardware, et ils prévoyaient de préinstaller *Ichigo* sur tous leurs PC mis en vente pour les fêtes de Noël 1997. *Ichigo*, avec son graphisme élégant et épuré, le design de son personnage, son histoire émouvante et tous publics, leur semblait le jeu idéal pour vendre des PC portables de jeux à ceux qui pensaient ne trouver de bons jeux que sur console. Ils voulaient une suite à *Ichigo*, à livrer pour la période de Noël 1998 et ils le paieraient le double du premier. Et oui, pour l'équipe texane des achats, exclusivement masculine, Ichigo était assurément un garçon – la question ne se posait même pas.

Sadie souhaitait s'engager avec Cellar Door. Elle préférait les termes plus souples de leur contrat et à vrai dire, elle n'avait pas du tout apprécié les mecs d'Opus. Ils les avaient fait venir en avion au Texas pour rencontrer les chefs du département de Jeux vidéo. Aaron Opus, le patron de la boîte, un quinquagénaire avec moustaches, chapeau et bottes de cowboy, cravate ficelle en argent, boucles en corne de taureau et la panoplie intégrale en jeans, avait surpris tout le monde en débarquant à la réunion. Un peu plus tard, une fois rentrés à l'hôtel, Sadie confia à Dov qu'on aurait dit qu'Aaron Opus venait de faire des emplettes dans les granges transformées en boutiques de vêtements « western » qui bordaient la route de l'aéroport.

Mais Dov avait trouvé cet homme charmant.

— J'adore ces fanfreluches merdiques, lança-t-il.

— C'est un déguisement, protesta Sadie. Opus est du Connecticut. Il a fait Yale.

— J'adore ce type ! Faut que je passe dans un de ces magasins avant de rentrer, continua Dov. Les hommes, les vrais, portent au moins trois différents genres d'animaux morts sur eux.

— Dégueu, siffla Sadie.

Pendant la réunion, Aaron Opus s'excusa d'avoir l'air exténué, mais il avait passé les deux nuits précédentes à jouer à *Ichigo*.

— Tout le monde vous connaît déjà, monsieur Mizrah, dit-il à Dov avant de se tourner vers Sam : Alors comme ça, c'est vous le programmeur ?

— Un *des* programmeurs, répondit-il. Sadie est *la* programmatrice.

— Nous avons conçu ce jeu ensemble, précisa Sadie.

Aaron Opus hocha la tête. Il les dévisagea tous les deux avant de reporter son attention sur Sam.

— Le petit bonhomme d'Ichigo. Il vous ressemble beaucoup, lança-t-il en acquiesçant de nouveau comme s'il prenait une décision. Mmh. Vous êtes le visage de ce jeu, j'imagine.

Dès leur retour à Cambridge, ils examinèrent attentivement les deux propositions. Sadie expliqua préférer celle de Cellar Door parce qu'ils ne leur demandaient pas de faire une suite et que le courant passait mieux avec eux. Sam ne comprenait même pas qu'on puisse envisager celle de Cellar Door quand Opus leur offrait tellement plus d'argent. Dov trouvait que les deux propositions se valaient, même si elles les engageraient sur des chemins différents, donc tout dépendait de ce qu'ils voulaient. Il ajouta que, dans la mesure où les conditions de partage des bénéfices étaient plus favorables, ils pourraient au final gagner plus d'argent avec Cellar Door. Marx intervint en reconnaissant apprécier la liberté de création dans l'offre de Cellar Door, mais d'après lui, celle d'Opus permettrait à *Ichigo* de faire un plus gros succès. Cette entreprise avait garanti que leur jeu aurait une place de choix dans leur campagne publicitaire à plusieurs millions de dollars pour leur PC. Si leur jeu répondait à leurs attentes, Opus prévoyait un film d'animation, des ballons pour Thanksgiving dans les grands magasins, et des tonnes de produits dérivés d'*Ichigo* pour l'avenir. Cellar ne disposait pas des moyens matériels et financiers pour leur offrir la même chose, en tout cas pas dans l'immédiat.

À la fin de la soirée, Marx, Dov et Sam avaient opté pour Opus. Seule Sadie s'accrochait encore à Cellar Door.

— Tout cet argent va changer notre vie, lança Sam. Franchement.

— Je n'ai pas envie de passer une année de plus de notre nouvelle vie à faire une suite à *Ichigo*.

— Je peux comprendre, intervint Marx. Et je soutiens Sadie, si c'est ce qu'elle veut. C'est vous les créatifs et c'est à vous de décider.

Sam invita Sadie à l'accompagner sur le balcon afin d'en discuter. Son pied était encore plâtré et il ne se déplaçait pas facilement. Autrement, il aurait préféré aller faire un tour dehors avec elle. La marche l'aidait à réfléchir et lui donnait, selon lui, une plus grande force de conviction.

Sadie engagea la conversation.

— Cellar Door propose une avance correcte et ils ont vraiment compris le jeu qu'on voulait faire. L'année prochaine, on pourra se concentrer sur quelque chose de nouveau, quelque chose de mieux. Et puis comment peux-tu renoncer si vite à notre idée sur le genre d'Ichigo ? Je croyais que tu trouvais ça important.

— Ça l'est. Mais c'est tellement de pognon.

— Depuis quand te soucies-tu du fric ? Tu as vingt-deux ans, de combien as-tu donc besoin ? Si tu voulais t'en mettre plein les poches, il ne fallait pas te mettre à concevoir des jeux. Tu aurais pu finir avec un salaire à six chiffres chez Bear Stearns, comme tous ceux de ta promo.

— Tu n'as jamais été pauvre, répliqua Sam, alors tu ne peux pas comprendre. (Sam marqua un temps. Il détestait reconnaître ses faiblesses, même devant Sadie.) J'ai pris des prêts étudiants. Je dois des fortunes à l'hôpital pour mon passage aux urgences et la chirurgie de mon pied et de ma cheville, et si je ne commence pas à régler mes dettes, mes grands-parents devront le faire à ma place. En ce moment, je suis dans le rouge à la banque. Marx paie le loyer, et je racle les fonds de tiroirs. Si on accepte l'offre de Cellar Door, je n'aurai pas de quoi vivre pendant qu'on fera le prochain jeu. J'ai besoin de cet argent, Sadie, et honnêtement je pense aussi que la meilleure offre est celle qui fera exploser *Ichigo*. Et je sais que tu en es consciente. Je crois que la vraie raison pour laquelle tu n'aimes pas Opus, c'est parce qu'ils pensent que c'est moi, le programmeur.

Sadie s'assit par terre. Elle détestait les mecs d'Opus, la seule idée de travailler à une suite à *Ichigo* pour eux lui donnait l'impression d'avoir les yeux bandés, d'être bâillonnée, enchaînée, tassée dans un sac marin qu'on balancerait au fond de l'océan.

Sam eut toutes les peines du monde à se baisser pour s'asseoir à côté d'elle. Sadie lui tendit la main, mais même avec son aide, il s'affala un peu brutalement. Puis, il nicha sa tête au creux de son épaule. Le fret était proportionnel à la force du rail.

— Je ferai ce que tu voudras, dit-il.

— D'accord, Sam. Va pour Opus.

Dès qu'Ichigo devint un vrai petit garçon, son identité se confondit presque avec celle de Sam. D'autres personnes qu'Aaron Opus commencèrent à trouver qu'il *ressemblait* au personnage – et d'une certaine façon, c'était le cas. Ils dévorèrent la biographie tragique et haute en couleur de Sam : sa blessure d'enfance, les jeux vidéo qui lui donnaient l'impression d'être invincible, son grand-père coréen avec sa pizzeria et la machine de *Donkey Kong*. Ils traquaient les points communs entre sa vie et celle d'Ichigo. Les deux garçons avaient été séparés très tôt de leurs parents. Sam était asiatique, comme le personnage – en 1997, personne ne faisait la distinction entre un Japonais et un métisse coréen. Dans la mesure où les gens – les critiques, les gamers, le département Marketing d'Opus – reconnaissaient Sam dans le jeu, *Ichigo* devint son œuvre et non plus celle de Sadie ; dès lors, on le considéra comme le seul auteur. (Et puis, avec Sadie, ils n'étaient ni frère et sœur ni divorcés, ils ne sortaient pas ensemble et n'avaient jamais eu d'aventure, donc leur relation ne valait pas le coup d'être mise en avant, ni même racontée.)

Pour assurer la promotion d'*Ichigo*, Opus envoya Sam à tous les congrès de jeux vidéo, bien moins importants à l'époque qu'aujourd'hui. Sadie aurait pu décider de l'y accompagner, mais elle préférait consacrer son temps aux nouveaux bureaux d'Unfair Games (éclairage fluorescent et moquette industrielle, mais au moins, ce n'était plus le séjour de Marx). Elle supervisait la création de la suite d'*Ichigo* tout en terminant sa licence de Sciences au MIT. Et puis Sam aimait être au centre de l'attention, plus qu'elle. Sadie ne l'enviait pas : il appréciait les interviews, s'adresser à la foule, se faire prendre en photo. Il fallait que quelqu'un s'y colle et Sadie ne se sentait pas à l'aise pour parler de son travail – qui, pensait-elle naïvement, devrait se passer de commentaires. Au lancement d'*Ichigo*, elle avait vingt-deux ans et n'avait pas encore réfléchi à la question de son image publique. (Elle avait déjà assez de mal avec sa vie privée.) Les conceptrices de jeux célèbres étaient rares et il n'existait pas de guide pour lui apprendre à se présenter. Et il fallait reconnaître qu'Opus ne poussait pas non plus Sadie sur le devant de la scène. Les hommes de l'entreprise *voulaient* que Sam incarne l'image de marque d'*Ichigo*, et c'est ce qu'il fit. L'industrie du jeu vidéo, comme beaucoup d'autres, adorait ces petits génies.

Sadie devait quand même admettre que, non seulement Sam aimait assurer la promotion, mais qu'il savait faire ça bien mieux qu'elle. Avant le lancement, ils étaient allés ensemble à un salon commercial à Boca Raton. Ils n'avaient encore jamais pris la parole devant un public aussi nombreux, environ cinq cents personnes. Sam avait été nerveux alors que Sadie pas du tout. Il avait arpenté la loge improvisée de long en large, en attendant d'être appelé sur scène.

— Je crois que je vais vomir, avait-il dit.

— Tu vas très bien t'en sortir, avait répondu Sadie en lui serrant la main. (Elle lui avait donné un verre d'eau.) Ce n'est qu'une salle de réception d'hôtel avec deux cents geeks.

— Je n'aime pas sentir autant de regards sur moi.

Il se passa les doigts dans les cheveux. Avec l'humidité de Floride, on aurait dit qu'il avait une coiffure « afro-juive ».

Dès qu'ils montèrent sur l'estrade, la nervosité de Sam s'envola et il se transforma en invité de talk-show, le plus divertissant du monde. Quand on posait à Sadie une question du genre « Comment vous êtes-vous rencontrés, tous les deux ? », elle donnait une réponse concise, deux phrases maximum. « Eh bien, nous venons tous les deux de Los Angeles. Et nous adorons les jeux vidéo. »

Lorsqu'on interrogeait Sam, sa réponse prenait la forme d'un récit. Son histoire pouvait durer un quart d'heure, digresser vers l'enfance et tout ça sans paraître ennuyer le public.

— Le jour où j'ai rencontré Sadie, je n'avais adressé la parole à personne depuis six semaines, exactement six semaines. Mais c'est une tout autre histoire. Je vous la raconterai plus tard, dès qu'on se connaîtra mieux. La chose la plus importante à savoir, c'est que Sadie n'arrivait pas à faire atterrir Mario en haut du mât. À l'époque, il n'y avait pas encore Internet. On ne pouvait pas tricher. Il fallait connaître quelqu'un qui *savait*…

Le public se penchait en avant pour mieux l'entendre, riait à ses blagues, applaudissait spontanément. Les gens l'*adoraient*. Et la scène l'embellissait : sa claudication passait presque inaperçue, sa voix devenait plus chaude, plus autoritaire. On aurait dit que Sam n'avait vécu jusque-là que pour rencontrer enfin un public. Sa transformation émerveillait Sadie. Où était donc passé son compagnon introverti ? Qui était ce conteur ? Ce clown ?

À ses côtés, Sadie se sentait insignifiante.

3

Ichigo II : Go, Ichigo, Go sortit en novembre 1998, près d'un an après *Ichigo : Un enfant de la mer.* Dans cette suite, la petite sœur du héros, Hanami, disparaît dans une nouvelle tempête et Ichigo, onze ans désormais, doit la retrouver. Ce jeu se vendit un peu mieux que le précédent, mais on estima qu'il surfait beaucoup sur le succès et la réputation de l'original. La plupart des critiques, dont Sam et Sadie, le trouvaient moins réussi d'un point de vue créatif. Ce n'était pas un mauvais jeu, il n'était simplement pas très différent du premier. *Ichigo II* n'amenait pas le héros dans une nouvelle direction. Il n'avait rien d'innovant en termes de graphisme, de technique ou de récit.

Le soir où Sadie annonça qu'elle ne ferait pas le troisième volet du jeu, Marx et Sam rentraient tout juste de la tournée promotionnelle d'*Ichigo II*. Ils n'avaient encore jamais été séparés aussi longtemps depuis l'été où tout avait commencé.

— Il me semble que cette série a fait son temps, dit-elle. Il ne nous reste plus rien à y ajouter sur le plan créatif.

Ils dînaient dans l'appartement de Kennedy Street que Sam et Marx partageaient encore.

— Alors qu'est-ce que tu proposes à la place ? demanda Marx.

— J'ai plusieurs idées, répondit Sadie. Mais il me semble que c'est un autre sujet.

— On peut ressortir le tableau blanc quand tu veux, ajouta Marx.

— Attends un peu, intervint Sam qui s'était jusque-là contenté d'écouter. On ne peut pas abandonner Ichigo comme ça, Sadie. On n'a pas eu le temps de créer un super *Ichigo II* à cause des délais qu'Opus nous a imposés. Tu n'as pas envie d'en faire un troisième qui déchirerait vraiment ?

— Un jour, peut-être, soupira-t-elle.

— Enfin, c'est notre bébé. On ne peut pas le lâcher dans une suite merdique.

— Moi, je peux, Samson, l'avertit-elle.

Sam se leva en grimaçant de douleur.

— Ça va ? s'enquit Marx.

— Un petit coup de fatigue, dit Sam. Ce n'est pas à toi de décider seule de nos prochains projets, Sadie. Si on ne se lance pas dans *Ichigo III*, bien que je sois pour, tu dois nous donner des idées de ce que tu voudrais faire à la place.

— Sam, ton pied saigne, il y a plein de sang sur ta chaussette, l'informa Marx.

— Oui, je sais, dit-il d'un ton indifférent.

— Il faut qu'un toubib y jette un œil…

— Marx, lâche-moi la grappe avec mon pied, d'accord ? Je vais m'en occuper.

Sam ne supportait pas que ses ennuis de santé deviennent un sujet de discussion.

— Ne t'énerve pas contre Marx, Sam. Il veut juste éviter que tu nous refasses un malaise dans la rue, tempéra Sadie.

— C'est pas grave, dit Marx, t'inquiète.

— Tu devrais t'excuser, insista-t-elle.

— Désolé, Marx, lança Sam sans conviction avant de se tourner vers Sadie. Franchement, tu ne veux pas partager tes idées avec moi, ton associé ?

Sadie commença à empiler les assiettes.

— Si tout le monde a terminé, je débarrasse la table.

— Rien ne t'oblige à le faire, rétorqua Marx.

— Je suis l'invitée. C'est la moindre des politesses.

Marx l'aida, en ramassant les couverts.

Elle alla dans la cuisine, Sam se traîna derrière elle en boitant.

— Tu ne veux pas partager tes idées avec moi, ton associé ? répéta-t-il.

— Je le ferais bien, répondit-elle en tâchant de maîtriser le ton de sa voix. Si tu ne partais pas sans arrêt.

— Tu aurais pu m'accompagner, répliqua Sam. Je te l'ai proposé cent fois.

— On ne pouvait pas se tirer tous les trois en vacances pendant deux ans.

— C'était pour le taf, Sadie.

— Moi aussi, j'ai eu du taf. Il fallait que je fasse cette suite *de merde*.

— Ah ben ça, t'as réussi, ironisa Sam.

— Hé ! Sam, va te faire foutre, si je peux me permettre.

— Amis, Romains, compatriotes[1], dit Marx. On se calme.

Sadie sortit et fonça directement à l'appartement qu'elle partageait avec Dov. Ce dernier était parti en Israël rendre visite à son fils et sa femme dont il n'avait toujours pas réussi à divorcer, après deux ans.

Quand elle arriva chez elle, le téléphone sonnait, mais Sadie ne décrocha pas. La personne qui appelait ne laissa pas de message. Ce devait être Sam ou Dov et elle n'avait aucune envie de parler à l'un ou à l'autre.

Ce n'était pas comme si elle n'avait pas le choix, cette fois. Si Sam se lançait dans un *Ichigo III*, elle pouvait très bien laisser tomber. Ils avaient honoré leurs engagements auprès d'Opus et Sadie n'avait pas de contrat avec Unfair Games. Les autres non plus, d'ailleurs. Elle n'avait besoin ni de Sam ni de Marx. Elle n'avait qu'à se barrer et créer son propre jeu. Le téléphone sonna à nouveau et le répondeur se mit en marche.

— Sadie, c'est Dov. Décroche.

Sadie s'exécuta. Ils discutèrent de problèmes domestiques, puis elle demanda :

— Si je voulais me lancer et créer un jeu toute seule, autrement dit sans Sam, tu crois que ce serait une erreur ?

— Qu'est-ce qui s'est passé ?

— Rien, répondit-elle. On s'est disputés.

— C'est tout à fait normal, Sadie. Les meilleures équipes sont tout le temps à couteaux tirés. Ça fait partie du jeu. Quand il n'y a pas d'engueulade, c'est qu'il y en

1. Référence à la réplique de Marc-Antoine dans la pièce *Jules César* de Shakespeare, acte III, scène 2.

a un qui ne s'investit pas assez dans le boulot. Dis que t'es désolée. Ne reste pas là-dessus.

Sadie ne se sentait pas d'expliquer à Dov qu'elle *n'était pas désolée*, ni de lui faire remarquer qu'il n'avait pas répondu à sa question.

— D'accord. Merci, Dov.

À 23 h 30, Sadie avait enfilé son pyjama, s'était brossé les dents et passé du fil dentaire. Elle était prête à aller se coucher. Est-ce que c'était normal pour un vendredi soir et pour une fille de vingt-trois ans ? se demanda-t-elle. Quand elle aurait quarante ans, est-ce qu'elle regretterait de ne pas avoir eu plus d'aventures, de ne pas être assez sortie ? Il faut dire qu'elle n'appréciait pas grand monde et qu'elle n'était jamais allée à une soirée sans être pressée d'en partir. Elle détestait se bourrer la gueule même si elle aimait bien fumer un joint de temps à autre. Ce qui lui plaisait, c'était jouer aux jeux vidéo, regarder un film étranger, faire un bon repas. Et aussi se coucher tôt, se lever de bonne heure. Elle aimait travailler et être douée dans ce qu'elle faisait. Elle était fière d'être grassement payée pour ça. Elle adorait les choses bien ordonnées – une ligne de code qui fonctionne parfaitement, une armoire bien rangée avec chaque chose à sa place. Elle appréciait la solitude, les idées générées par son cerveau curieux et créatif, le confort, les chambres d'hôtel, les serviettes épaisses, les pulls en cachemire, les robes de soie, les chaussures derbies, les brunchs, les beaux papiers à lettres, les démêlants hors de prix, les bouquets de gerberas, les chapeaux, les timbres-poste, les monographies sur l'art, les plantes marantas, les documentaires de PBS, les brioches challah, les bougies à la cire de soja et le yoga. Elle adorait recevoir un sac en toile en remerciement d'un don pour une bonne cause. C'était une lectrice passionnée (de fictions ou d'essais) même si elle culpabilisait un peu de ne lire que la rubrique culturelle dans les journaux. Dov la traitait souvent de bourgeoise, ce qui était pour lui une insulte. Elle savait peut-être qu'elle en était une. Ses parents l'étaient et elle les adorait, alors bien sûr qu'elle était devenue comme eux. Elle rêvait de prendre un chien, mais ils étaient interdits dans l'immeuble de Dov.

Être bourgeoise lui permettait aussi d'avoir un job qui ne l'était pas. Avec un peu de prudence et de raison dans la vie, on évitait les compromissions dans le travail.

L'interphone bourdonna.

Elle l'ignora.

La voix nasillarde de Sam l'appela de la rue :

— SADIE MIRANDA GREEN, JE VOIS BIEN QUE TES LUMIÈRES SONT ALLUMÉES.

Elle l'ignora de même.

— ÇA CAILLE LÀ-DEHORS, SADIE. IL RECOMMENCE À NEIGER. JE T'EN PRIE, LAISSE MONTER TON MEILLEUR ET PLUS VIEIL AMI.

Sadie continua à faire comme si de rien n'était. S'il gelait sur place, ça serait de sa faute à lui.

Elle souleva le rideau et jeta un coup d'œil en bas. Sam avait sa canne, dont il se séparait de moins en moins. Elle ne se rappelait pas la dernière fois qu'elle l'avait vu sans. Elle appuya sur le bouton de l'interphone pour lui ouvrir.

— Qu'est-ce que tu veux ?

— Je veux connaître tes idées. Sincèrement. J'adore quand tu m'en parles. C'est le truc que je préfère au monde. Et je ne veux pas t'obliger à réaliser une suite si tu n'en as pas envie. Tu es mon associée, et je n'ai pas oublié ce que tu as fait pour moi en acceptant le marché d'Opus. J'adore *Ichigo*, ce qu'on en a tiré, et il y a plein de gens comme moi. Je crois qu'il faudra tôt ou tard qu'on s'en sépare en beauté. Mais je peux comprendre que t'en aies marre pour le moment.

— *Ichigo III : Sayonara, Ichigo-san*, proposa Sadie.

Sam éclata de rire.

— Pas mal.

Sam prenait appui sur son pied valide, en position de plus en plus bancale et Sadie se sentit envahie d'amour et d'inquiétude pour lui – quelle différence y avait-il entre ces deux sentiments après tout ? Ça ne valait pas la peine de s'en faire pour quelqu'un qu'on n'aimait pas. Et il n'y avait pas d'amour sans inquiétude.

— J'espère quand même que t'as pris un taxi pour venir jusqu'ici.

— Oui, m'dame. J'en ai les moyens maintenant.

— Et Marx t'a laissé sortir comme ça ?

— Marx n'est pas mon garde-malade.

— Mais il est bien plus raisonnable que toi.

— Ne le blâme pas. Il ne savait pas que je sortirais. Il est parti chez Zoe.

— Il la voit toujours ? Il ne reste jamais aussi longtemps avec une fille d'habitude, rétorqua Sadie.

— Je crois qu'ils sont amoureux.

Sam renifla comme s'il trouvait cette notion d'amour complètement ridicule.

— Tu désapprouves ?

— Marx est tout le temps amoureux. C'est une espèce de salaud sentimental. L'amour ne veut plus rien dire, si tu l'éprouves pour autant de gens et de choses.

— Marx est un mec super, reprit Sadie. Je trouve qu'il a de la chance.

— La chance n'existe pas.

— Mais si. C'est cet énormissime dé polyédrique qu'on lance dans *Donjons et Dragons*.

— Très drôle, grogna Sam. Au fait, où est Dov ?

— Parti pour les vacances.

Sam examina son amie. Il était passé maître dans l'analyse de ses humeurs et couleurs.

— Tu es toujours amoureuse ?

— L'ai-je jamais été ?

— Voilà qui est réjouissant.

— Je l'adore. Et j'ai envie de le tuer. C'est normal et c'est compliqué, expliqua Sadie. Parlons d'autre chose. (Elle bâilla et se décala sur le canapé pour faire une place à Sam.) Maintenant que tu es là, tu n'as qu'à rester. Marx me tuera si je te renvoie chez toi par ce temps.

Sam s'installa à côté d'elle. Elle alluma la télé et ils regardèrent le « Late Show » de Letterman pendant un moment. Quand vinrent les blagues animalières débiles, Sadie coupa le son et Sam se tourna vers elle, attendant qu'elle prenne la parole. Sadie examina ce visage rond qui lui était si familier. C'était un peu comme si elle se regardait dans un miroir magique où défilait sa vie entière. Elle voyait Sam, mais aussi Ichigo, et Alice et Freda et Marx et Dov et toutes les erreurs qu'elle avait commises, toutes ses hontes et ses peurs secrètes et toutes les belles choses qu'elle avait accomplies aussi. Il lui arrivait parfois de ne même pas *l'aimer*, mais en toute honnêteté, tant qu'une idée n'avait pas fait son chemin dans le cerveau de Sam, Sadie ne pouvait pas être sûre que celle-ci tiendrait la route. Il fallait que Sam la reformule – légèrement modifiée, améliorée, synthétisée, réagencée – pour que Sadie sache si elle était bonne. Elle se rendait compte qu'en partageant son idée avec lui, elle deviendrait immédiatement la sienne. Ils devraient à nouveau « passer devant M. le maire », redéposer allègrement leur marque, et advienne que pourra. Elle prit une profonde inspiration.

— Le jeu que j'ai en tête s'appelle *Deux Côtés*.

4

Sadie avait eu l'idée de *Deux Côtés* la nuit où Sam avait disparu, et elle n'arrêtait pas de la ressasser depuis. Ça se limitait alors à pas grand-chose. L'éclat d'une notion, d'un rien, d'un balbutiement. En reprenant l'itinéraire qu'elle avait emprunté avec Sam à l'aube de ce jour plein de promesses, elle avait été frappée de constater à quel point un même chemin pouvait sembler différent. La minute d'avant, Sam était là, le jeu était terminé et le monde fourmillait de possibilités. Douze heures plus tard, Sam avait disparu, le monde était devenu sinistre et meurtrier, et le jeu, le cadet de ses soucis. *C'est le même monde*, pensa-t-elle. *Mais je suis différente. Ou alors c'est le monde qui a changé et moi qui suis restée la même ?* L'espace d'un instant, elle se sentit dangereusement détachée de son corps et de la réalité, et elle dut s'asseoir pour reprendre contact avec la terre avant de repartir à la recherche de Sam.

Ce n'était pas la première fois qu'elle éprouvait cette sensation. En dernière année de terminale, une de ses amies proches était morte à cause d'un trouble du comportement alimentaire. Bien avant que Sadie n'apprenne ce que c'était, elles avaient inventé et joué ensemble à des jeux qu'elles avaient qualifiés d'« alimentaires ». L'une d'elles décrétait que c'était « la journée de la laitue » ou « la journée de la barre de céréales » ou « la journée de la soupe en brique » ou « la journée du pain azyme » et elles s'efforçaient de ne manger rien d'autre pendant vingt-quatre heures. À quatorze ans, Sadie prit ces défis comme un jeu, qui correspondait d'ailleurs tout à fait à son tempérament obsessionnel et organisé. Elle n'avait pas compris qu'il impliquait autre chose, un je-ne-sais-quoi qui pourrait s'avérer mortel pour son amie. C'est finalement Alice qui la mit en garde : « Tu déconnes, Sadie. Tu ne peux pas manger que de la laitue pendant toute une journée. »

Le jeu tourna court peu après – du moins Sadie cessa-t-elle d'y participer – et les deux amies se séparèrent.

Aux funérailles de sa camarade, on avait laissé le cercueil ouvert. Quand Sadie regarda à l'intérieur, elle eut le sentiment de se voir elle-même. Comme si elle était morte, ou comme si c'était elle qui était censée être morte, et que d'une façon ou d'une autre, son amie avait pris sa place. Elle en fut si bouleversée qu'elle quitta la cérémonie précipitamment, présentant au passage ses excuses aux parents dévastés.

La nuit où Sam disparut, Sadie comprit que, contrairement aux apparences, rien dans la vie n'était gravé dans le marbre. Un jeu d'enfants pouvait être mortel. Un ami pouvait disparaître. Et on avait beau essayer de se protéger, on n'était jamais à l'abri du pire. *Nous vivons tous, au mieux, la moitié d'une vie*, pensa-t-elle. Il y avait la vie qu'on menait et qui résultait des choix qu'on faisait. Et puis il y avait l'autre, celle des options qu'on avait rejetées. Il arrivait parfois que cette vie-là paraisse aussi tangible que l'autre. Vous aviez l'impression de vous promener sur Brattle Street et là, sans crier gare, vous dérapiez dans l'autre vie, comme Alice, tombée dans un terrier de lapin qui menait au pays des merveilles. Vous deveniez alors une autre version de vous-même, dans une autre ville. Pas aussi bizarre que le pays des merveilles, non. Parce que vous vous étiez attendu depuis le départ à ce que ça finisse de cette façon. Vous éprouviez alors une sorte de soulagement, car vous vous demandiez depuis toujours à quoi aurait ressemblé cette autre vie. Et vous aviez enfin la réponse.

Mais Sadie ne parla pas de tout ça à Sam.

— T'as entendu parler de *Colossal Cave Adventure* ? commença-t-elle.

— Bien sûr, mais je n'y ai jamais joué. C'est un truc de la vieille école, non ?

— Je dirais même un truc carrément *à l'ancienne*. Que du texte, pas de graphisme.

— Ne me dis quand même pas que tu veux faire un jeu comme ça ?

— Non, évidemment. Mais je n'arrête pas de penser à un des niveaux du jeu. Tu sais celui où tu dois traverser toutes ces grottes ?

— Oui, je crois.

— Bon, c'est hyper galère parce que tu dois souvent retourner à la cabane te ravitailler en nourriture et en matos. Pour éviter d'avoir à faire tous ces allers-retours, les programmeurs ont mis au point une commande spéciale : Xyzzy.

— Zizzy ? répéta Sam.

— Ça s'écrit X-Y-Z-Z-Y. En l'utilisant, tu peux passer d'un endroit à un autre comme par magie.

— Trop naze !

Sam ne supportait pas les jeux qui facilitaient les déplacements.

— Non, objecta Sadie. C'est vraiment génial. C'est la meilleure partie du jeu parce qu'il te fait prendre conscience que le monde dans lequel tu joues n'est *pas* le monde réel. Et si ce n'est pas le monde réel, rien ne t'oblige à t'y déplacer comme dans la vraie vie. Voilà ce à quoi je veux que notre jeu ressemble. Je veux qu'il soit comme Xyzzy. Sauf qu'au lieu d'aller et venir comme dans *Adventure*, le jeu ferait le va-et-vient entre deux mondes. Par exemple, dans un monde, tu serais une personne ordinaire, avec une vie banale et dans l'autre, tu serais un héros. Et le jeu te permettrait d'évoluer des deux côtés. Je n'ai pas encore tout réglé. C'est le début.

Sam retira ses lunettes et les posa sur la table basse.

— J'ai saisi le tableau. Donc, il faudrait que les deux mondes soient différents stylistiquement et reposent sur des mécaniques de jeu différentes.

— Oui, dit Sadie. Exactement. Un peu comme le pays d'Oz et le Kansas. Comme si Dorothy pouvait tout le temps passer de l'un à l'autre.

— D'un côté, on a un nouveau *Zelda*, un point de vue à la première personne, avec des graphismes en 3D, top qualité, le genre de truc qui te bouffe la totalité d'un disque dur. Et de l'autre, on a un jeu simple. Pas un jeu d'arcade basique des années 1980, plutôt un retour au style Sierra dans *Kings Quest IV*, ou ce que tu veux. À la troisième personne ce coup-ci. Suffisamment simple pour que tu puisses y jouer en ligne.

— Voilà.

— C'est quoi, l'histoire ?

— Ce pourrait être l'histoire d'une fille qui a la vie dure à la maison. On la harcèle à l'école. Et dans l'autre monde, elle…

— Attends une seconde, lança Sam. Je vais prendre des notes.

L'après-midi suivant, Sam rentra en taxi à Kennedy Street. Sadie et lui avaient passé une nuit blanche et il se sentait fatigué, mais satisfait. La promotion des jeux *Ichigo* l'avait tenu éloigné si longtemps qu'il n'avait pas eu le temps de réaliser à quel point leur collaboration lui avait manqué. Sadie avait peut-être pensé que cette tournée, c'étaient des vacances, mais cette promotion *avait été* un vrai boulot. Avec une partie amusante : être interviewé par le gratin des journalistes du gaming, la mascotte *Ichigo* créée par Opus pour le salon des développeurs, les enfants qui commençaient à se déguiser en Ichigo et Gomibako, les fans qui réclamaient toujours plus de Sam Masur, le créateur qui ressemblait comme deux gouttes d'eau à sa créature ! Le reste n'avait pas été une sinécure. Il avait fallu répéter inlassablement les mêmes histoires en faisant comme si c'était la première fois, écouter les imbéciles se fendre de remarques idiotes sur *Ichigo*, leur bébé, tout en leur laissant croire que leurs commentaires étaient charmants, pertinents et originaux. Il avait dû s'attarder sur ses traumatismes d'enfance pour amuser la galerie d'acheteurs potentiels, assister à des réunions commerciales minables, signer des autographes dans des magasins délabrés, sourire aux photographes au point d'en avoir la migraine. Il avait enchaîné les voyages en avion et les queues devant les loueurs de voitures. Et la douleur dans son pied qui empirait chaque jour et Sam qui essayait de faire comme si de rien n'était. Il avait l'habitude d'ignorer sa souffrance, mais deux semaines plus tôt, sa blessure avait commencé à saigner. Le sang, c'était plus difficile à masquer. Il participait à un événement publicitaire au magasin de jouets FAO Schwartz de New York. Un enfant était venu tirer sur sa manche.

— Monsieur Ichigo, vous saignez.

Sam avait baissé les yeux. Il y avait une grosse tache de sang sur sa basket blanche.

— Ça doit être de la peinture, avait-il répondu, bien embarrassé.

De retour à l'hôtel, il avait bandé la plaie, en veillant à ne pas tacher la moquette et jeté ses baskets à la poubelle.

Le problème, c'est qu'il fallait bien que quelqu'un se coltine la promotion des jeux et Sadie avait clairement fait comprendre qu'elle ne s'en occuperait pas.

Ce que Sam aimait par-dessus tout, c'était de se retrouver seul avec Sadie, et de noircir des tableaux blancs avec leurs grandes idées. Il adorait créer un monde avec elle. Ils étaient convenus de se retrouver le soir même et Sam était tout excité à l'idée de se mettre au travail.

Il prit une douche. En sortant de la cabine, il s'aperçut que son pied saignait de nouveau. L'une des sept tiges de métal qui constituaient la structure de son pied s'était encore déboîtée et avait traversé sa peau. La douleur, intense quoique supportable, l'enquiquinait vraiment. En s'asseyant sur le sol de la salle de bains pour essayer d'arrêter les saignements, il découvrit une deuxième plaie. Il y glissa un doigt et sentit le bout d'une autre tige. L'espace d'une seconde, il céda à l'affolement. Au même moment, Marx rentra de chez Zoe.

Il trouva Sam par terre dans la salle de bains, son pied blessé à l'air libre. C'était la première fois qu'il le voyait depuis des années, car Sam veillait scrupuleusement à le cacher. En le découvrant, Marx se demanda comment son ami pouvait encore marcher. Ce pied semblait fichu – tuméfié, sanguinolent, tordu et gore. Sam s'empressa de jeter une serviette dessus.

— Bon Dieu, Sam. Tu files chez le docteur tout de suite, lui intima Marx.

— Je ne peux pas. Je suis censé retrouver Sadie dans une heure ou deux, répondit Sam calmement. On travaille sur un nouveau jeu. Et je ne vais pas me vider de mon sang ce soir. Crois-moi, Marx. Ça fait un bout de temps que je gère ce genre de chose. Pourrais-tu me trouver du coton et de la gaze ?

Marx alla chercher le nécessaire dans l'armoire à pharmacie et le tendit à Sam.

— Ça a une sale gueule, Sam.

Euphémisme total.

— Dans quelques jours, ça sera guéri. Comme d'habitude, lança Sam avec une assurance feinte. Sadie et moi, on commence à passer la seconde sur ce jeu.

Après la dispute de la veille, Marx était rassuré d'entendre qu'ils retravaillaient ensemble et impatient d'en savoir plus.

— D'accord, lui accorda-t-il. Mais je te prends un rendez-vous pour demain.

L'orthopédiste de Sam ne pouvait pas le recevoir avant huit jours. Le matin de sa consultation, l'état de son pied n'avait pas empiré, mais ne s'était pas amélioré non plus. Il ne le posait quasiment plus par terre et avait de la fièvre depuis quelques jours. Marx l'accompagna chez la spécialiste, d'abord pour s'assurer qu'il y allait et ensuite pour l'aider à rentrer.

Chez la médecin, Marx patienta près de la réception en lisant, sans grand plaisir, *The White Album* de Joan Didion. Zoe envisageait de partir s'installer en Californie. Elle avait commencé à travailler pour des musiques de films, d'émissions, de spots publicitaires et elle pensait pouvoir développer son activité en s'installant à Los Angeles. Marx était tenté de la suivre, non seulement parce que c'était Zoe, mais aussi parce que la Californie l'avait toujours attiré. Il adorait la Côte ouest. Il s'était même présenté à Stanford qui ne l'avait pas accepté. Los Angeles lui plaisait : ses palmiers maigrichons, ses maisons vétustes de style espagnol, ses volées sporadiques de perroquets et ses habitants souriants qui attendaient toujours quelque chose de vous. Il aimait les randonnées et la course à pied et ça ne l'aurait pas dérangé de passer presque toute l'année dehors. Niveau boulot, le milieu des jeux vidéo employait des milliers de gens dans cette région, en particulier à Los Angeles et la location d'espaces de bureaux modernes, aérés et classieux coûtait bien moins cher qu'à Cambridge. Après un voyage d'affaires là-bas, l'année précédente, Marx avait évoqué l'idée, devant Sadie et Sam, d'établir leur siège en Californie. Or ils venaient tous les deux de Los Angeles et aucun n'avait envie d'y retourner.

Sam sortit de la salle de consultation une demi-heure après y être entré. Il avait des béquilles, le pied enveloppé dans un épais bandage et une ordonnance qui comprenait un traitement aux antibiotiques.

— Qu'est-ce qu'elle a dit ? demanda Marx.

Sam haussa les épaules.

— Rien que je ne sache déjà.

— Alors tout va bien ? insista Marx qui n'arrivait pas à se sortir de la tête l'image de son pied.

— Je suis comme je l'ai toujours été. Je veux me remettre au boulot.

Marx et Sam sortirent sur le parking pour attendre un taxi. Marx prétexta avoir oublié *The White Album* dans la salle d'attente.

— J'en ai pour une seconde, dit-il.

Il demanda à l'accueil si la docteure de Sam aurait quelques minutes à lui accorder. Il était le frère de Marx et il voulait lui poser des questions sur son état de santé. Marx étant ce qu'il est – beau, charmant, poli –, l'infirmière lui promit d'essayer.

Il entra dans le cabinet de l'orthopédiste. Celle-ci était contente de pouvoir discuter avec lui, car elle n'était pas sûre que Sam l'avait vraiment écoutée. Elle avait nettoyé et refermé la plaie puis fait son possible pour repositionner son pied. Sa blessure la plus importante s'étant infectée, il fallait qu'il suive un traitement antibiotique. Les perspectives n'étaient pas bonnes. Pour elle, l'amputation semblait inévitable.

— Il prétend supporter la douleur même si je ne sais pas comment il y arrive. Car il ne s'agit plus seulement de douleur, là. Son pied n'est plus viable. Les tiges liment ce qu'il lui reste d'os et sa peau a tendance à s'infecter et à résister à la cicatrisation. Je ne vois qu'un seul moyen d'endiguer l'infection : qu'il se déplace en chaise roulante pour éviter toute pression sur son pied, ce que je ne conseillerais pas à un jeune homme actif de vingt-quatre ans. Il reviendra ici sans arrêt s'il ne prend pas des mesures drastiques. Et le plus tôt sera le mieux. Il ne faudrait pas qu'il finisse avec une septicémie, ce qui pourrait entraîner une amputation en urgence, plus risquée. Il est jeune et en bonne santé : si c'était mon frère, je lui dirais que c'est le moment.

Le taxi les attendait quand Marx revint sur le trottoir.

— T'en as mis du temps, remarqua Sam.

— Oui.

— Eh bien, vu la tête que tu tires et les plombes que ça t'a pris, je dirais qu'il s'est passé un truc. C'est quoi ?

— Je suis tombé sur ton orthopédiste dans le hall. Elle m'a pris pour ton frère. Elle avait l'air… (Marx cherchait le mot juste) préoccupée.

Sam secoua la tête.

— Elle n'avait pas le droit de t'en parler. Mon dossier médical ne regarde que moi.

Marx savait qu'il ne servait à rien d'invoquer leur amitié ou leur passé commun.

— En fait, ça me regarde peut-être un peu, Sam. On est associés. Et si tu dois subir une grosse intervention, il faut qu'on puisse s'organiser, Sadie et moi.

— Ça fait des années qu'on me répète que je dois m'occuper de ce pied. Je comprends. Je comprends que le moment est peut-être venu, mais il faut d'abord que je fasse ce nouveau jeu avec Sadie.

— Sam ! Combien de temps ça va prendre ? Vous n'avez même pas commencé. Je suis votre producteur et je ne sais même pas de quoi il s'agit. Il y a une semaine, vous vous disputiez encore sur la création d'un *Ichigo III*.

Sam secoua la tête.

— C'est de la folie, reprit Marx. Je comprendrais très bien que tu aies peur. Ça serait…

— Je n'ai pas peur. Mais je ne peux pas créer un jeu et me remettre d'une amputation en même temps ! s'écria Sam. Je n'ai pas le temps de passer sur le billard, de faire de la rééducation, et de trouver une prothèse qui m'aille. C'est l'hiver dans le Massachusetts, Marx. C'est déjà assez compliqué pour moi de me déplacer comme ça.

Marx et Sam demeurèrent silencieux pendant le reste du trajet.

— Je te serais reconnaissant de ne pas en parler à Sadie, conclut Sam lorsque le taxi arriva dans Kennedy Street.

Marx acquiesça. Il sortit le premier pour donner un coup de main à Sam.

Marx passa chez Zoe ce soir-là et lui raconta ce qui était arrivé à Sam. Assise en tailleur dans le séjour sur un gros oreiller en soie de Malaisie, elle jouait de la flûte de Pan – à laquelle elle s'était mise depuis peu. Ses cheveux blond vénitien lui couvraient la poitrine et elle ne portait en tout et pour tout que des sous-vêtements en coton blanc. Elle poussait toujours à fond le chauffage de son appartement pour pouvoir être la moins vêtue possible. Zoe aimait sentir les vibrations de son instrument, disait-elle, les vibrations de la terre sous ses pieds et celles de l'air autour d'elle. Pour percevoir la musique mystérieuse, rien ne devait entraver sa relation à l'univers. (Par « rien », elle voulait dire « vêtements ».) Pour plaisanter – ou peut-être qu'elle ne plaisantait pas, d'ailleurs –, Zoe prétendait avoir connu son premier émoi sexuel avec son violoncelle. Avant de devenir compositrice, elle avait été une enfant prodige du violoncelle et ce qu'elle préférait, c'était sortir, se déshabiller et jouer pour elle-même. Sa mère l'avait une fois surprise ainsi à l'arrière de la maison et l'avait envoyée chez un psy. (Ce dernier avait conclu qu'elle avait une image de son corps tout à fait saine pour une adolescente.) À ce moment de leur relation, Marx était tellement habitué à voir le corps nu de Zoe, qu'il n'en éprouvait plus aucun désir. Cela ne les empêchait pas de faire souvent d'agréables parties de jambes en l'air, mais il ne voyait pas sa nudité comme une invitation.

— La solution crève les yeux, dit Zoe. Tu dois convaincre Sam et Sadie de venir avec nous en Californie. L'hiver ne posera aucun problème là-bas. Tout le monde se déplace en voiture, donc Sam n'aura pas à marcher et il se rétablira plus facilement.

— Je ne suis pas encore sûr d'y aller, moi, rétorqua Marx.

— Oh que si, reprit-elle. Je le sais. Regarde-toi, Marx. Tu es fait pour la Californie. Unfair Games est au point mort, et Sam a besoin d'une pause, c'est donc le moment idéal pour déménager votre bureau en Californie. D'ailleurs, tu me serines depuis des années que c'est dans tes projets. Sam aura tout le temps de se faire opérer et de se rétablir pendant que Sadie et toi vous installerez les bureaux et commencerez à recruter. (Zoe tapa dans ses mains.) Vendu.

— Sadie ne voudra sans doute pas nous suivre, objecta Marx. Dov est ici.

Zoe leva les yeux au ciel.

— Marx, Sadie *rêve* d'une bonne excuse pour le larguer.

— Elle aime Dov.

— Elle le *déteste*. Il ne divorcera jamais. Et on le sait tous.

Les certitudes de Zoe le firent éclater de rire – il connaissait Sadie depuis trois ans, pourtant elle demeurait un mystère pour lui.

— Alors comment je m'y prends pour convaincre Sam ? demanda Marx.

— Marx, mon chéri, quel naïf tu fais ! *Tu* n'as pas à convaincre qui que ce soit. Tu dis à Sadie qu'il faut que Sam aille en Californie – son pied est en train de pourrir. Il doit se faire opérer et il refuse de passer sur le billard dans le Massachusetts. Ensuite tu dis à Sam que Sadie doit partir en Californie – elle a besoin de faire un break avec Dov. Ces deux-là sont comme larrons en foire : ils feraient n'importe quoi l'un pour l'autre.

Marx embrassa Zoe sur la bouche. Elle avait un goût de thé à la cannelle, de mandarine, et il aurait voulu l'emmener dans la chambre, mais elle n'avait visiblement pas fini de travailler.

— Tu fais très Lady Macbeth ce soir. Tu ne me dirais pas tout ça pour que je te suive en Californie ?

— Eh bien, oui, en partie. Mais c'est aussi la meilleure façon de s'y prendre.

Tout se déroula exactement comme l'avait prévu Zoe, ou presque. Il alla d'abord trouver Sadie sans tenir compte de l'interdiction de Sam, et la mit au courant de l'état déplorable de son pied. Sadie avait répondu qu'elle ne s'était pas imaginé vivre en Californie, tout en admettant volontiers que ce serait mieux pour Sam et la société. Il lui paraissait évident – comme à n'importe quel proche de Sam – que sa santé nécessitait d'être prise en charge et que tout lui serait plus facile en Californie.

— Pour ne rien te cacher, j'en ai un peu marre de l'hiver, moi aussi, reconnut-elle.

Au moment d'aller parler à Sam, il s'écarta légèrement des conseils de Zoe. Il commença par vanter le bureau ultramoderne qu'ils pourraient monter à L.A., le milieu du gaming super inspirant là-bas, sans faire la moindre allusion à Sadie. Sam avait parlé à Marx de *Deux Côtés* – ce dernier en adorait l'idée, mais en même temps, qui se souciait de son avis sur ce qu'ils devraient faire ? Pourtant leur futur jeu et le niveau de leurs ambitions servaient parfaitement les arguments de Marx. Il leur fallait de plus grands bureaux pour accueillir l'équipe qui les aiderait à le réaliser. Sam ne semblait toujours pas convaincu.

— Ça va prendre un temps fou de déménager, de trouver des gens qualifiés, et d'installer les bureaux, objecta-t-il.

— Sadie et moi, on s'en occupe. Ce qui te laissera le temps de te faire opérer, tu crois pas ?

Sam secoua la tête.

— Sadie s'en irait comme ça ? Elle quitterait Dov ?

— Oui, rétorqua Marx. Je suis persuadé qu'elle en a envie, mais qu'elle ne sait pas comment. Ça pourrait l'aider d'avoir une bonne raison de partir.

— D'accord, je le ferai, dit Sam. Pour Sadie.

Zoe n'était pas la seule à avoir remarqué qu'il y avait de l'eau dans le gaz entre Sadie et Dov.

En plus du divorce qui n'arrivait jamais, Sadie débarquait parfois au bureau avec de légers bleus sur le visage et les membres, des traces de brûlures de corde, de petites égratignures, et même une fois, une entorse au poignet. Il ne s'agissait que de blessures mineures et à peine visibles, mais suffisamment pour que Marx ose lui demander de quoi il retournait.

Marx et Sadie étaient tous les deux partis retrouver l'équipe d'Opus à Austin. Il faisait une chaleur étouffante là-bas si bien qu'à leur retour à l'hôtel, ils avaient enfilé leur maillot de bain pour aller à la piscine. Marx n'avait pas pu s'empêcher de remarquer les nombreux hématomes sur les bras et jambes de Sadie. Un peu plus tard, le soir même, assis au bar de l'hôtel avec elle, il l'interrogea gentiment sur ses bleus. Ils avaient commandé des boissons fortes, d'adultes – un *Old-fashioned* pour lui et un *whiskey-sour* pour elle. Un peu comme s'ils jouaient aux quadras pathétiques en voyage d'affaires. Marx effleura la marque à son poignet.

— Tout va bien ? s'enquit-il.

Sadie émit le rire chuchotant qui trahissait toujours son embarras. Elle cacha son poignet avec l'autre main. Marx pensait qu'elle ne lui dirait rien. Il se trompait.

— C'est un jeu auquel on aime jouer, commença-t-elle.

— Un jeu ?

— Un truc de bondage. Il ne va jamais trop loin et ne fait rien sans mon consentement.

— Ça te plaît ? demanda-t-il.

Sadie réfléchit à la question et prit une bonne lampée de whiskey.

— Parfois.

Elle esquissa un sourire de travers et son regard sembla soudain navré, comme si elle avait trahi Dov en reconnaissant qu'elle n'appréciait leurs relations sexuelles que *parfois*.

— Mais il est génial. Je veux dire, il m'a vachement apporté, dit-elle. Comme à nous tous.

5

C'est plutôt facile de plier bagage quand on a vingt-trois ans et Sadie avait bien avancé quand Dov rentra de vacances.

— C'est quoi, ce bordel ?

— Je… eh bien, je pars en Californie.

Unfair Games s'était développé rapidement, expliqua-t-elle. Sam avait déjà obtenu des recommandations pour une nouvelle équipe de médecins. Il avait quitté la ville avant Noël pour planifier son opération. Maintenant qu'il l'avait décidé, il voulait en avoir terminé au plus vite. Le jour de l'An, Marx et Zoe étaient partis en avion à L.A. en quête de bureaux pour la société et d'un appartement pour eux. Ils trouvèrent les deux dans Venice, le quartier des jeunes cools de la tech, d'après Marx. Sam et Sadie n'en avaient pas besoin pour le moment – Sam passerait sa convalescence chez ses grands-parents et Sadie irait chez ses parents le temps de se trouver une maison. Dov l'écoutait sans rien dire.

— Comme des voleurs, au beau milieu de la nuit. Et tu comptais m'en informer quand, au juste ? finit-il par demander.

— Tout s'est passé très vite. Ce n'était pas contre toi.

— On s'est parlé des dizaines de fois depuis que *vous* avez tout décidé.

— Oui, mais c'est difficile de discuter avec toi quand tu es en Israël, expliqua-t-elle. Tu as toujours du mal à m'écouter quand tu es avec Telly.

Dov s'assit sur le lit et regarda Sadie mettre ses vêtements dans des valises. Il cligna des yeux comme si une poussière le gênait et prit son visage entre ses mains.

— Tu veux que je te demande en mariage ? C'est ça que tu veux ?

— Non, répliqua Sadie. De toute façon, tu ne peux pas.

— Tu veux que je divorce ? Parce que je le ferai. (Il tendit le bras vers le téléphone.) J'appelle Batia tout de suite.

— Non. Et puis je ne te crois pas. Si tu en avais eu l'intention, tu l'aurais fait.

— Est-ce qu'on est en train de se séparer ?

— Je n'en sais rien. Oui, je crois.

Il la poussa sur le lit, força l'entrée de sa bouche avec sa langue et elle resta mollement allongée.

— Tu la joues chaudasse cool, maintenant ?

Elle secoua la tête.

— Non, je veux juste aller à L.A., aider mon ami et réaliser mon jeu.

— Sam n'est pas ton ami, Sadie. Arrête ton cinéma.

— Mes associés voulaient déménager, alors je déménage.

— *Associés*. Si je n'avais pas été là, vous n'auriez même pas d'entreprise, rétorqua-t-il. Je t'ai donné Ulysse. Je t'ai présenté des éditeurs, des gens du milieu. Je t'ai tout donné, putain.

— Merci, dit-elle. Merci pour tout, putain.

— Déshabille-toi.

— Non.

— Tu te prends pour une dure à cuire, hein ?

Elle savait ce qui l'attendait. Il la poussa contre la tête de lit, fouilla dans le tiroir de la table de nuit et fit claquer la menotte autour de son poignet avant de l'attacher aux barreaux, comme tant de fois auparavant. Ça l'avait parfois excitée, parfois ennuyée et parfois effrayée. Cette fois, Sadie ne ressentit rien. Elle ne se débattit pas et laissa faire. Il glissa la main sous sa jupe, entre ses jambes, arracha sa culotte et la jeta à travers la pièce. Il ne la prendrait pas sans son consentement, mais il avait tout le loisir de la mettre mal à l'aise, de la contrarier. Puis il sortit en claquant la porte et elle l'entendit taper – sur le mur ? le canapé ? – dans le séjour. De sa main libre, elle attrapa le téléphone et appela Sam. Sa grand-mère décrocha.

— Sadie Green ! Quand est-ce que tu arrives ? demanda Bong Cha.

— Après-demain.

— C'est tellement bien que vous soyez toujours amis, les enfants, et que vous rentriez à la maison. Tes parents doivent avoir tellement hâte.

Elle semblait vraiment ravie d'avoir Sam chez elle.

— Tout à fait.

— On voit *Ichigo* partout. Tu savais qu'ils ont installé un panneau publicitaire sur Sunset ? Sam t'a montré les photos qu'on a prises ?

— Oui, oui, merci beaucoup.

— Oh, ce n'est rien. Dong Hyun est si fier de vous. Il raconte à tout le monde que Sam et son amie d'enfance ont réalisé ce magnifique jeu tout seuls. Il dit qu'il a toujours su que vous feriez de grandes choses tous les deux. Il a installé une belle affiche d'*Ichigo* dans la pizzeria, mais tu la verras bientôt, c'est sûr.

— Carrément. Est-ce que Sam est là ?

Sadie essaya de s'étirer. Avec son bras au-dessus de sa tête, ça n'avait rien d'aisé.

— Ah, je te passe Samson ! Un instant.

— Alors c'est comment, la Californie ? demanda Sadie dès que Sam prit la communication.

— Sec. Chaud. Embouteillé. Je n'arrête pas de voir des coyotes partout. Mais les bureaux que Marx a trouvés sont sympas.

— C'est déjà ça.

— Comment Dov a-t-il pris la nouvelle ? l'interrogea Sam.

Sadie l'entendait jouer à *GTA* avec le volume à fond dans la pièce d'à côté.

— Comme prévu, dit-elle.

Elle avait l'impression d'être déjà en Californie.

— Tu veux qu'on parle du jeu ? s'enquit Sadie.

— Oui.

Près d'une demi-heure plus tard, alors que Sadie discutait toujours au téléphone avec Sam de *Deux Côtés*, Dov revint dans la chambre et la détacha.

— À qui tu parles ? murmura-t-il.

— À Sam.

— Dis-lui bonjour de ma part, commenta-t-il sur un ton normal, professionnel. Et bonne chance.

Elle passa la journée suivante à terminer ses bagages et à se disputer sporadiquement avec Dov, toujours pour la même raison. Il lui disait qu'elle était une moins que rien. Elle, en revanche, gardait le silence. Il lui présentait ses excuses, elle emballait ses affaires, il l'insultait, elle emballait ses affaires, il s'excusait à nouveau, elle emballait ses affaires. La dernière chose qu'elle rangea fut les menottes. Elle les glissa dans la poche intérieure du sac marin qu'elle voulait mettre en soute. Pas question que Dov les utilise avec une autre. Son geste était-il dicté par son sens de la sororité ou par du sentimentalisme ? Elle n'aurait pas su le dire.

Dov emmena Sadie à l'aéroport, bien qu'elle lui ait proposé d'appeler un taxi. Même d'excellente humeur, c'était un conducteur désagréable, agressif – il faisait de grands gestes, poussait des jurons, klaxonnait à tout va, coupait la route aux autres, doublait par la droite, mettait rarement son clignotant – et Sadie évitait autant que possible de monter en voiture avec lui. Ce matin-là, il conduisait tranquillement, mais il avait décidé de la sermonner, pendant tout le trajet, sur son fol exode de Boston. Ses inquiétudes se manifestèrent sous la forme d'une série de questions rhétoriques et mélodramatiques sur les inconvénients de L.A. que Sadie connaissait déjà : Avait-elle pensé aux tremblements de terre ? Aux incendies ? Aux inondations ? À la sécheresse ? À la pollution ? Aux sans-abris ? Aux coyotes ? Au sentiment diffus d'une apocalypse imminente ? Savait-elle que les drugstores fermaient à 22 heures ? Comment ferait-elle si elle avait besoin d'un sirop pour la toux, de piles ou d'un bloc-notes après 22 heures ? Était-elle au courant qu'on ne trouvait aucun restaurant, ni épicerie, ni traiteur ouvert jour et nuit ? Où irait-elle se restaurer ? Où se trouverait-elle de bons bagels et de bonnes pizzas ? Était-elle vraiment prête à presser ses propres jus de fruits ? Savait-elle que les habitants de L.A. ne mangeaient que des avocats et des pousses de soja ? Que l'eau du robinet provoquait des cancers ? *Sadie, quoi qu'il arrive, ne bois JAMAIS l'eau du robinet !* Et cet air si sec, était-elle préparée à avoir des allergies tout le temps ? Était-elle au courant de la très mauvaise couverture du réseau mobile ? Que personne ne lisait, ni n'allait au théâtre, ni n'assistait à des événements culturels ? Que le cerveau de ces gens fondait à force de travailler dans le divertissement, qu'ils ne consacraient leur temps libre qu'aux opérations de chirurgie esthétique et aux salles de gym ? Que personne ne marchait, même pour se rendre dans le quartier d'à côté ? Qu'ils prenaient leur voiture pour récupérer leur courrier dans leur boîte aux lettres ? Savait-elle toujours conduire au moins ? Et les embouteillages, *Hashem*, avait-elle une idée des embouteillages ? Était-elle prête à y perdre la moitié de son temps ? Les saisons ne lui manqueraient-elles pas ? Savait-elle qu'il ne pleuvait presque jamais là-bas et que, lorsque ça arrivait, ça provoquait des glissements de terrain ? Ne se languirait-elle pas de la pluie ?

Lorsqu'ils atteignirent le parking de l'aéroport, il avoua :

— J'ai l'impression d'avoir tout fait foirer. Je suis un putain de génie alors je ne sais pas pourquoi je gâche tout, tout le temps, mais c'est le cas. J'aimerais arrêter, et je ne vois pas comment.

Il sortit ses bagages du coffre et les déposa sur le trottoir. Il serra fort Sadie, pressant sa tête contre son torse musclé.

— Je suis un chien, mais je t'aime, ma belle. Pour le meilleur ou pour le pire, ne l'oublie pas.

Marx lui avait réservé un billet en classe affaires, et Sadie en éprouva un sentiment de supériorité. Même si ses parents vivaient dans l'opulence, sa famille avait toujours voyagé en classe économique. Son père, agent de stars de cinéma, avait vu trop de ses clients finir sur la paille, gaspiller leur argent en frivolités, séjours luxueux, divorces, investissements dans des restaurants et résidences secondaires où ils n'allaient jamais.

Sadie s'installa dans son siège. Elle accepta la serviette chaude, le jus d'orange servi dans une flûte à champagne, le petit bol de noix tièdes et releva le store du hublot. Il était 7 heures du matin et le soleil se levait à peine, délicate tache blanche dans un ciel grisâtre. L'avion décolla et elle jeta un dernier coup d'œil au port de Boston sous sa couche de givre. Elle savait qu'elle ne reviendrait pas de sitôt.

Il n'était que 10 heures quand Sadie atterrit à Los Angeles. Marx et Zoe la récupérèrent à l'aéroport. Zoe lui colla un bouquet de gerberas multicolores dans les bras.

— Bienvenue à la maison, lui lança-t-elle.

Zoe portait une longue robe blanche et Marx un T-shirt blanc avec un jean bleu. Avec leurs lunettes de soleil, on aurait dit Stevie Nicks et James Dean.

— Ça y est, vous êtes de vrais Californiens, dit Sadie. Je suis née ici et j'ai l'air bien moins californienne que vous.

Marx et Zoe emmenèrent directement leur amie voir les bureaux – Zoe au volant, Sadie sur le siège passager et Marx à l'arrière. Le vol l'avait un peu fatiguée alors c'est Zoe qui monopolisa la parole pour énumérer toutes ses découvertes. Elle était comme l'antidote de

Dov : Sadie était-elle déjà allée à l'observatoire Griffith ? Ou à une séance de cinéma dans le cimetière Forever de Hollywood ? Ou dans une des salles d'ArcLight ? Au Greek ? Au théâtre Hollywood Bowl ? Aux pavillons du Getty Center ? Au musée d'Art du comté de Los Angeles ? Au Theatricum Botanicum ? Avait-elle déjà goûté du jus vert ? Connaissait-elle cet endroit qui avait la forme d'un beignet et vendait des beignets ? Et le Pink's ? Avait-elle fait le tour des maisons célèbres à bord d'un de ces bus à impériale ? Et ce restaurant qu'on avait construit autour d'un arbre, elle y était déjà allée ? Dans quel canyon préférait-elle partir en randonnée ? Quelle était sa salle de concert préférée ? Le Whisky a Go Go ? Le Palladium ? Le Troubadour ? Quel était son quartier favori ?

— On dit qu'il n'y a aucune vie culturelle ici, mais moi, j'ai trouvé plein de trucs à faire, conclut Zoe.

— Elle adore cette ville, commenta Marx qui appréciait l'exubérance de sa compagne.

Zoe avait énuméré des coins à touristes, mais Sadie l'aimait bien, cette fille. Son intelligence certaine n'altérait en rien son enthousiasme.

— Tu viens de Beverly Hills, c'est ça ? demanda Zoe.

— Des Flats, répondit Sadie.

— On a appelé ce quartier comme ça à cause de ses collines, non ?

— Pas de collines sans *flats*, répliqua Sadie.

— Oui, c'est vrai. (Zoe tourna la tête vers elle.) Au fait, j'ai décidé qu'on allait devenir de grandes amies. N'essaie même pas de me résister. Je serai sur ton dos jusqu'à ce que tu t'y fasses.

Sadie éclata de rire.

Les bureaux de Venice se trouvaient sur Abbot Kinney, qui, en 1999, ne comptait pas une seule chaîne de magasins haut de gamme à son actif (ou à son passif, tout dépendait du point de vue). À l'exception des toilettes et d'une demi-douzaine de bureaux, l'espace – style loft industriel – restait à définir. Il comportait d'importants éléments architecturaux comme des fenêtres à battants croisés avec cadre en acier et un sol en béton que Marx comptait bien adoucir avec des meubles en bois, des tapis, des plantes vertes. Comparé à l'endroit exigu qu'ils avaient quitté, Abbot Kinney semblait colossal et son immensité généra chez Sadie une anxiété, proche de la kénophobie. Sa voix résonna quand elle parla.

— On peut se payer ça ?

— On peut, répondit Marx. (Venice restait abordable – voisine fauchée de Santa Monica – et l'argent affluait dans les caisses d'Unfair Games.) D'après l'agent immobilier, les locaux de Charles et Ray Eames se trouvaient plus bas dans la même rue.

Sam émergea d'un des bureaux.

— Salut, collègues ! (Il se tourna vers Sadie.) Alors ? T'en penses quoi ?

— J'en pense que *Deux Côtés* a intérêt à cartonner, répondit-elle.

— Si vous montez sur le toit, intervint Marx, vous verrez un majestueux quoique minuscule, bout d'océan. (Son téléphone sonna : c'étaient les déménageurs qui arrivaient de Cambridge avec les cartons.) Faut que j'aille les retrouver. Continuez sans moi, tous les deux.

Quand Sadie et Sam se retrouvèrent sur le palier, ils découvrirent que le seul accès au toit était un escalier métallique, bien raide et en colimaçon. Ce genre de structure posait un problème pour Sam, et Sadie était surprise que Marx ne les ait pas prévenus.

— On n'est pas obligés d'y aller, dit-elle.

Sam jaugea la structure puis hocha la tête.

— Non, je vais y arriver. Je veux admirer moi-même cette vue impressionnante.

En montant prudemment, Sam s'appuya un peu sur Sadie, mais pas trop. Pour masquer ses efforts, il parla en grimpant les marches.

— J'étais en train d'essayer de me rappeler le titre d'un jeu. C'était à peu près à l'époque où tu apportais ton ordinateur portable à l'hôpital. Il y avait un garçon qui tentait de sauver sa copine.

— Bien sûr.

— Et il y avait ce… je dirais, météore, doté de conscience, qui avait pris le contrôle du cerveau d'un savant. Et puis ce personnage avec un tentacule vert.

— *Maniac Mansion*, lâcha Sadie.

— C'est ça ! *Maniac Mansion*, évidemment. Bon sang, on adorait ce jeu. Je me disais qu'on devrait faire quelque chose dans un manoir un jour.

— Et chaque pièce donnerait sur un portail temporel.

— Peut-être qu'on retrouverait tous les gens qui y ont vécu à différentes époques.

— Et ça ne les réjouirait pas, ajouta Sadie.

C'est à ce moment qu'ils atteignirent le sommet de l'escalier.

— Merci, dit-il.

— De quoi ?

— De m'avoir offert ton bras.

Du toit, en se mettant sur la pointe des pieds et en tendant le cou, Sadie pouvait en effet apercevoir le

Pacifique. La vue n'était pas renversante, mais elle avait le mérite d'exister. En tout cas, la jeune femme pouvait ressentir la proximité de l'océan – à l'odeur, au bruit et au souffle du vent aussi. Elle prit une profonde inspiration.

Marx avait choisi des locaux impeccables. Sadie adorait les trucs propres et luisants, et cet endroit la remplissait d'espoir. Ils avaient eu raison de venir ici. La Californie se prêtait aux nouveaux départs. Ils réaliseraient *Deux Côtés*, un jeu qui serait même plus réussi qu'*Ichigo* parce qu'ils étaient plus compétents qu'à leurs débuts. Sam guérirait et elle ne lui en voudrait plus – ce n'était pas de sa faute si tout le monde pensait qu'*Ichigo* était sa création. Et Sadie serait une toute nouvelle personne.

Ce soir-là, Sadie emprunta la voiture de son père pour aller à K-Town. Elle gara sa voiture dans l'allée, derrière Chez Dong et Bong, la maison de la pizza new-yorkaise.

Les affiches encadrées des deux jeux *Ichigo* trônaient sur les murs du couloir de la pizzeria. Il n'y avait qu'un seul autre poster pour une marque de bière coréenne, JjokJjok. Il datait des années 1980 et était bien abîmé. On y voyait la photo d'une Coréenne tout sourires avec le slogan : « Que boit la plus belle femme de Koreatown ? »

Sam l'attendait assis à une table, vers le fond de la salle.

Dès que Dong Hyun l'aperçut, il abandonna son comptoir pour la serrer dans ses bras.

— Sadie Green ! La célébrité ! s'écria-t-il. Comme d'habitude ? Moitié champignons, moitié pepperoni ?

— Je ne mange plus de viande, répondit Sadie. Juste des champignons, ça ira. Et des oignons si vous en avez.

Dong Hyun utilisa l'une des nombreuses clés qui pendaient à sa ceinture pour déverrouiller la machine Donkey Kong.

— Jouez tant que vous voudrez, les enfants.

— On y va ? proposa Sam.

À l'écran, le tableau du Temple de la renommée n'affichait qu'un seul des scores de S.A.M. – le meilleur.

— Ton record tient toujours, dit Sadie. Tu crois que tu peux le battre ?

— Non, répondit Sam. J'ai perdu la main.

En attendant les pizzas, ils firent plusieurs parties. Aucun d'eux n'était plus très fort à ce jeu.

— Tu sais ce qu'il y a de mieux dans *Donkey Kong* ? demanda Sadie.

Sam secoua la tête.

— La cravate, répondit-elle. Ils l'ont ajoutée au moment de la sortie de *Donkey Kong Country*, quand le grand méchant singe s'est transformé en héros.

— Les héros portent des cravates. C'est plus civilisé.

— Mais c'est du super design. Sans elle, le problème de sa bite serait toujours là, en suspens.

— Littéralement, commenta Sam.

Ils rirent tous deux à leur plaisanterie d'adolescents et eurent l'impression d'avoir retrouvé leurs douze ans.

Dong Hyun apporta la pizza, puis Sadie et Sam s'assirent à table. Sam n'y toucha pas – il était 19 heures passées et son opération avait été programmée à la première heure le lendemain matin.

— Sérieux, tu vas me regarder bouffer ?

— Ça ne me gêne pas. Je crois que tu aimes plus la pizza que moi de toute façon.

— Quand j'étais petite, oui. (Sadie fit une grimace.) Tu es sûr que ça ne te dérange pas ?

— En fait, un peu, mais j'en mangerai d'autres, Sadie.

— On ne sait jamais. C'est peut-être la dernière pizza de ta vie.

Sadie n'avait rien mangé depuis le vol du matin et elle finit par presque tout engloutir.

— Je n'avais pas réalisé que je mourais de faim.

Vers 20 heures, Sadie conduisit Sam à l'hôpital. Ils avaient dépassé les horaires de visites et seule la famille proche était autorisée à accompagner les patients dans leur chambre. Lorsqu'une infirmière demanda à Sam qui était Sadie, celui-ci s'empressa de répondre :

— Ma femme.

Ils retrouvèrent la chambre d'hôpital de Sam. Il n'avait pas encore sommeil alors ils s'assirent l'un à côté de l'autre sur le lit et regardèrent par la fenêtre qui donnait sur un immeuble quasiment identique.

— Un jeu qui aurait pour décor un hôpital, commença Sadie.

— Et le personnage principal ?

— Une médecin qui chercherait à sauver tout le monde, j'imagine.

— Non, intervint Sam. Les zombies attaquent et il y a ce petit cancéreux qui doit se débrouiller pour sortir vivant de l'hôpital et sauver un maximum d'autres enfants.

— C'est mieux, admit Sadie. (Elle fouilla dans son sac.) J'ai trouvé ça sur mon bureau chez moi et j'attendais le bon moment pour te le donner.

Elle lui tendit quelques feuilles de papier gondolées. En haut, il était écrit : Feuille de présence pour bénévolat : Sadie M. Green. Bat-mitsvah. Date : 15/10/88.

Sam se réjouit en découvrant ce dont il s'agissait. Il jeta un coup d'œil au total inscrit au dos.

— Six cent neuf heures.

— Personne n'avait encore jamais fait autant d'heures de bénévolat pour sa bat-mitsvah. Je ne sais pas si je te l'ai dit, mais on m'a donné un prix.

— T'as intérêt à l'avoir apporté.

— Tu me prends pour qui ?

Elle replongea la main dans son sac et en sortit un petit presse-papier en cristal en forme de cœur sur lequel était gravé : *Remis à Sadie Miranda Green, pour son exceptionnelle action caritative, juin 1988, par la Hadassah du temple Beth El Beverly Hills*.

— Elles me l'ont donné quand j'ai atteint les cinq cents heures. Alice, ça l'a rendue folle et je pense que c'est pour ça qu'elle t'en a parlé, même si elle refuse de l'admettre.

— Il en jette, ce prix.

— Les dames de Hadassah ne plaisantent pas. C'est un Swarovski, un Waterford ou une marque du genre. Alice était tellement jalouse.

— Qui ne le serait pas ? (Sam referma ses doigts sur le presse-papier.) Il m'appartient désormais.

— Bien sûr, répondit Sadie. C'est pour ça que je l'ai apporté.

— Tu es bien sentimentale, ce soir.

— De retour à L.A. De retour à l'hôpital avec toi. Repartir à zéro. Sans Dov. Nouveau jeu. Nouveau bureau. Je pense que ça me rend sentimentale, oui.

— Et moi qui croyais que tu avais peur de me voir mourir.

— Non, tu ne mourras jamais. Et dans le cas contraire, il me suffira de recommencer la partie.

— Sam est mort. Remettez un jeton dans la machine.

— Retournez au point de sauvegarde. Continuez à jouer, et vous finirez bien par gagner. (Elle marqua un temps.) Tu as peur ? demanda-t-elle.

— Je crois que je suis *soulagé* plus qu'autre chose. Et content que ça se termine. Malgré tout ce pied qui ne sert plus à rien va me manquer. Il m'a accompagné toute ma vie et je dois reconnaître qu'il m'a un peu porté chance.

— Comment ça ?

— Ben, si je n'avais pas été hospitalisé, je ne t'aurais jamais rencontrée. On ne serait jamais devenus amis puis ennemis…

— Je n'ai jamais été ton ennemie, objecta-t-elle. C'est tout de ta faute.

— Tu étais *mon* ennemie. (Sam brandit le presse-papier.) Voilà qui le prouve une bonne fois pour toutes !

— Ne me fais pas regretter de te l'avoir offert. (Sadie essaya de récupérer son prix, mais il le tint hors de sa portée.)

— Je ne te le rendrai jamais. Nous sommes redevenus amis à présent. Et sans mon pied tout flingué, on n'aurait jamais créé *Ichigo* et on ne serait pas là, douze ans plus tard, assis dans un autre hôpital voisin du précédent.

— Tu ne peux pas savoir. On se serait peut-être rencontrés à un autre moment. Il y avait moins de dix kilomètres entre nos deux maisons d'enfance et même pas cinq entre nos deux universités. On aurait pu faire connaissance à Cambridge. Ou avant ça, à l'une de ces réunions pour petits génies où tu me fusillais du regard. Et ne le nie pas…

— Tu étais mon ennemie mortelle !

— Tu y vas fort. J'en garde un souvenir de… cordialité réservée. Pour revenir à ce que je disais, on aurait pu se rencontrer de multiples – voire d'innombrables – façons.

— Est-ce que tu insinues que j'ai enduré toute cette souffrance pour rien ?

— Tout à fait. Désolée, Sam. L'univers t'a torturé parce qu'il le pouvait et il continuera à le faire. On a lancé l'énorme dé polyédrique dans le ciel et il est retombé sur « Torture Sam Masur ». J'aurais fini par débarquer dans ce jeu qu'est ta vie d'une façon ou d'une autre.

Sadie bâilla. Ça faisait dix-huit heures qu'elle était debout, elle avait mangé trop de pizza et se sentait morte de fatigue. Elle adressa un sourire ensommeillé à Sam.

— Je ne suis pas ta femme.

— Ma conjointe du boulot. Ne le nie pas.

— C'est Marx, ta conjointe du boulot, rétorqua Sadie.

— J'ai sorti ça pour qu'ils te laissent m'accompagner. Dans un hôpital, il suffit de dire les bons mensonges d'une voix autoritaire pour obtenir ce que tu veux.

Elle bâilla de nouveau.

— Je ne me remets pas du décalage horaire. Je devrais rentrer à la maison. J'ai l'impression que ça fait des lustres que je n'ai pas conduit. Je suis foncièrement une mauvaise conductrice maintenant. (Elle serra Sam dans ses bras, déposa un baiser sur sa joue et se leva.) Je serai là à ton réveil, après ton opération, d'accord ? Je t'aime, Sam.

— Horriblement, répondit-il.

Après le départ de Sadie, Sam n'avait toujours pas sommeil, alors il décida de faire une dernière promenade sur son pied pourri. À ce moment-là, il ne pouvait quasiment plus le poser par terre, il se déplaçait avec des béquilles. N'empêche qu'il avait envie de se souvenir de ce que ça faisait d'être sur ses deux pieds. Il se surprit à se diriger vers le bâtiment voisin, dans le service de pédiatrie où des gens avaient passé tant de temps, fourni tant d'efforts pour essayer de sauver ce qui serait dans quelques heures amputé pour de bon.

Il pénétra dans la salle d'attente où une fillette, à peine plus âgée que Sadie à l'époque où il l'avait rencontrée, jouait à un jeu vidéo sur un ordinateur portable. Dans un monde parfait, pensa Sam, ce serait *Ichigo*. Un coup d'œil sur son écran l'informa qu'elle jouait à *Dead Sea*.

— Il te plaît, ce jeu ? lui demanda-t-il.

La fillette haussa les épaules.

— C'est plutôt vieux, mais j'aime bien tuer des zombies, répondit-elle. Mon frère dit que je ressemble au Spectre.

En retournant dans sa chambre d'hôpital, Sam sentit le bout pointu du presse-papier en cristal de Sadie s'enfoncer dans sa cuisse. Il plongea la main dans sa poche, l'en sortit, l'examina et rit tout seul. Il avait été tellement en colère contre Sadie ! Et cette rancune tenace à laquelle il s'était accroché comme à une passion vertueuse ! Il s'était trouvé si adulte d'avoir décidé de couper les ponts avec elle, une réaction pourtant bien puérile et excessive. Un jour, il avait essayé d'expliquer leur brouille à Marx, qui n'y avait rien compris. « Évidemment que tu ne comprends pas, avait rétorqué

Sam. C'est une question de principe. Elle se disait mon amie alors qu'elle était là pour son bénévolat. » Marx l'avait regardé, l'air ahuri. « Personne ne donne six cents heures de son temps par charité, Sam. » Sam observa le presse-papier en repensant à tout ça et son cœur se gonfla d'amour pour Sadie. Pourquoi avait-il tant de mal à lui avouer qu'il l'aimait, même quand elle le lui disait ? Il savait pourtant que c'était le cas. Plein de gens employaient ce mot à tout bout de champ alors qu'ils éprouvaient des sentiments bien moins forts, et ça ne rimait plus à rien. Et il était peut-être là, le problème. Il ressentait plus que de l'amour envers Sadie Green. Il lui fallait un nouveau mot pour l'exprimer.

Sam aurait voulu l'appeler pour lui en parler, mais il savait qu'à cause du décalage horaire, elle devait déjà dormir dans son lit à baldaquin vert menthe sous ses draps imprimés de roses, dans sa chambre au fond du couloir, chez ses parents. D'y penser le rendait heureux. Sa meilleure amie était revenue au bercail pour lui. Il n'était pas bête. Il l'avait vu venir, Marx, lorsqu'il l'avait poussé à déménager leurs bureaux ici. Marx lui avait laissé croire qu'ils partaient pour *Deux Côtés*, pour Sadie, pour lui-même, pour Zoe aussi. En réalité, ils l'avaient fait pour Sam, parce que Sam redoutait d'avoir à affronter l'hiver, qu'il souffrait tout le temps, que l'opération l'effrayait et que tout le monde savait qu'on ne pouvait plus la repousser. Ils s'inquiétaient tous pour lui et avaient voulu lui simplifier la vie. Alors ils avaient invoqué tout un tas de raisons – convaincantes, et vraies pour certaines. Et leur décision n'avait pas été motivée par leur jeu ou par la société, mais par leur amour pour lui, parce qu'ils étaient ses amis. Sam leur en était reconnaissant.

Il se déshabilla, posa délicatement le cœur en cristal sur sa table de nuit et enfila son pyjama. Après avoir jeté un dernier coup d'œil à son pied – adieu, vieil ami – il se glissa dans son lit et s'endormit.

Et comme souvent lorsqu'il était hospitalisé, il rêva de sa mère.

Au cours de leurs premiers mois à Los Angeles, Anna ne travailla pas du tout. Elle passait régulièrement des castings pour des films, des feuilletons télévisés, des publicités, de la post-synchro, sans jamais être rappelée. Devant ses échecs répétés, elle alla trouver son agent pour lui demander une explication et celui-ci lui répondit de ne pas s'inquiéter. « Il faut qu'ils apprennent à te connaître, Anna. » Il ajouta qu'elle avait l'air *jeune* puis lui conseilla de reprendre son CV pour y préciser qu'elle pouvait jouer des personnages de treize à quarante ans.

Quelques jours après le dixième anniversaire de Sam, on la rappela enfin. Il s'agissait d'un programme de dessins animés diffusé le samedi matin avec plein de petits trolls bleus qui chantaient. Mais finalement, ils décidèrent qu'ils voulaient quelqu'un avec une voix moins ethnique. L'espace d'un instant, Anna se demanda ce que son timbre avait d'« ethnique ». Elle était née à Los Angeles. Et pourtant, ça ne servait jamais à rien de chercher les raisons de ces refus. Peut-être qu'elle ne leur plaisait pas parce qu'ils ne la trouvaient pas assez bonne, pas assez douée, pas assez grande. Peut-être aussi qu'ils étaient racistes, sexistes ou pleins d'autres mystérieux préjugés. Au bout du compte, elle ne leur plaisait pas *parce qu'*elle ne leur plaisait pas. Inutile d'en discuter, elle ne leur apprendrait rien.

En attendant de se faire une place au soleil sur la Côte ouest, elle prit des cours : de théâtre (et travailla sa voix, ses mouvements, les castings), danse, yoga, programmation informatique, écriture biographique. Elle se lança dans la méditation. Suivit une psychothérapie. Travailla dans le restaurant de ses parents quand ils avaient besoin d'aide. Elle regardait son compte en banque fondre – un peu moins vite que si elle n'avait pas réduit ses dépenses en retournant vivre avec Sam chez ses parents. Mais il y avait des frais. La vie était chère, où qu'on aille. Les cours n'étaient pas donnés, pourtant elle les considérait comme nécessaires. Elle avait acheté une voiture d'occasion. Il lui avait fallu de nouveaux portraits photo, de nouveaux vêtements. Elle versait une pension à ses parents pour le gîte et le couvert même s'ils disaient que ce n'était pas la peine. Elle finirait par avoir besoin d'argent pour se payer un logement dans un quartier avec de bonnes écoles, meilleures que celles d'Echo Park où habitaient ses parents. Et il lui fallait surtout du travail parce que autrement, elle perdrait son assurance santé et Sam ne serait plus couvert non plus. Elle dit à son agent : « Trouve-moi n'importe quoi. Je ferai littéralement n'importe quoi. »

En septembre, elle passa trois auditions. La première pour une compagnie qui partait en tournée nationale avec *South Pacific* : c'était pour le petit rôle de Liat, avec la possibilité de devenir la doublure d'un personnage plus important. Anna trouvait cette comédie musicale raciste, et s'engager dans une tournée, c'était s'éloigner de Sam pendant une année entière. Elle auditionna ensuite pour le rôle d'une femme de ménage « ethnique » dans *Hôpital central*, personnage qui finirait par avoir une aventure avec le héros de la série. Le prénom du personnage était Ximena, mais son agent lui assura que les producteurs étaient ouverts à toutes les origines : Ximena pouvait devenir LaToya, Meimei ou Anna (bon, peut-être pas Anna parce que ça sonnait trop « blanc »). Et derrière la porte de la troisième audition, il y avait le boulot du mannequin/potiche dans un jeu télévisé assez récent intitulé : « Pouch' le bouton ». Ce programme était censé concurrencer « Le Juste Prix ». Il était présenté par Chip Willingham, une vedette, même si Anna ne voyait pas trop ce qui l'avait rendu célèbre, si ce n'est son simple rôle d'animateur. L'émission cherchait à remplacer l'une de ses deux mannequins porte-parole. (On ne pouvait pas vraiment les qualifier ainsi dans la mesure où on ne leur demandait presque jamais de parler.) Anna n'avait pas la taille mannequin – elle mesurait 1,65 m – mais avec une paire de talons hauts elle pouvait paraître assez mince et longiligne, avec des pommettes assez hautes pour se présenter comme telle. Ils recherchaient une Asiatique d'une vingtaine d'années, qui soit en plus dotée d'un « grand sens de l'humour », autrement dit capable d'endurer une certaine dose d'humiliation. Anna ne voulait pas de ce boulot de toute façon. Faire la potiche dans une émission à la télé n'avait rien à voir avec *le jeu d'acteur*. Anna avait fait Northwestern et même un passage à l'académie royale d'Art dramatique. Anna avait joué à *Broadway*. Anna était compétente. Anna avait du métier.

Pour l'audition de « Pouch' le bouton », on lui remit une paire de talons aiguilles rouges et une robe de cocktail noir moulante.

— C'est un jeu télévisé « chic », précisa la productrice, guettant sa réaction.

— Waouh ! lança Anna. C'est…

Elle ne trouva rien d'autre à ajouter.

La productrice lui demanda de se plier à une série d'exercices : ouvrir et fermer un rideau en marchant à la vitesse adéquate, présenter une boîte vide, conduire un candidat en coulisse, brandir un gros chèque, rire et applaudir poliment.

— Plus grand, le sourire, Anna, cria la productrice. On montre ses dents et sa joie dans ses yeux !

Anna sourit plus largement.

— Génial ! Il faut aussi que tu ries, Anna. Chip doit avoir l'impression qu'il est drôle, même quand c'est pas le cas. Tu vois ce que je veux dire ?

Anna rit.

— Bien, commenta la productrice. Et si on essayait un rire différent ? Quelque chose de plus franc. *Oh, papa ! T'es trop ringard, mais je t'aime quand même*. Ce genre de rire là.

Anna émit un rire sincèrement perplexe.

— Bien, bien ! Tu t'en sors bien. J'y ai cru, là ! (La productrice l'examina.) Tu es un peu petite, mais tu me plais. (Elle hocha la tête.) Bon, je vais te présenter Chip maintenant. Je te préviens : c'est vraiment un mec très, très vieille école, d'accord ? Pas méchant, mais pas le genre « mouvement de libération des femmes », comme il dit. Il n'a aucun problème avec les femmes, mais il ne veut pas en entendre parler. Autre chose : il a fait ses études à Dartmouth et il aime bien que ça se sache. Ton boulot consiste à rire de ses blagues, à être belle comme tu l'es et, autant que possible, à ne pas lui faire de l'ombre. (Elle conduisit Anna jusqu'à un bureau et frappa à la porte sur laquelle trônait une étoile.)

— Chip, j'ai quelqu'un à te présenter. Une fille qui pourrait remplacer Anna.

— C'est moi, Anna.

— Pardon. La fille d'avant s'appelait Anne.

En voyant Chip Willingham pour la première fois, Anna pensa qu'il était l'archétype du présentateur de jeux télévisés. Il avait la peau aussi tannée et grasse qu'un sac à main de luxe, des cheveux raides couleur onyx, des dents pareilles à d'énormes rectangles blancs. Elle le trouvait beau alors qu'il ne l'était pas vraiment et elle ne parvint pas à lui donner d'âge. Il tourna la tête par-dessus ses larges épaules et la scruta de haut en bas.

— Entre, lui ordonna la productrice avant de fermer la porte derrière elle.

— Petite, lâcha Chip.

— Oui, je suis petite, reconnut Anna.

— Les nibards. (Il marqua un temps.) Petits. (Un temps.) Des pommes. Certains hommes aiment les pommes. D'autres pas.

Anna émit le petit rire du « papa ringard ».

— C'est vrai.

Anna avait hâte que ce soit terminé. Avec un peu de chance, elle décrocherait le rôle pour la tournée nationale de *South Pacific*. Ça lui rapporterait assez d'argent et même si Sam allait lui manquer, au moins il serait avec ses parents.

— Ce sont surtout les femmes qui regardent notre émission. Tes nibards conviennent parfaitement aux programmes de l'après-midi.

— Ma mère me le dit souvent, répliqua Anna.

— T'es drôle. (Chip ne riait pas.) Approche-toi un peu.

Anna obéit sans savoir pourquoi. Il la dévisagea et passa son index le long de son nez.

— Exotique. Une orientale, comme la dernière.

— Les meubles ou les tapis sont orientaux, pas les gens.

— On parle de chinoiseries quand c'est des meubles, nuança Chip. Tourne-toi.

Encore une fois, Anna s'exécuta sans savoir pourquoi.

— Les fesses. Grosses pommes.

Il lui donna une tape sur le derrière et lui pinça la fesse droite en glissant ses ongles manucurés dans sa fente.

— Bien fermes.

Anna rit « papa ringard », avant de lui envoyer sa main dans la figure.

Elle alla chercher ses affaires dans les vestiaires. Sans pleurer.

La productrice l'intercepta sur le chemin vers la sortie.

— Comment ça s'est passé avec Chip ?

Anna secoua la tête.

— Quoi qu'il en soit, je crois que tu lui as plu, dit la productrice. Autrement, il ne t'aurait pas gardée aussi longtemps.

— Et Anne, qu'est-ce qui lui est arrivé ? La fille qui était là avant ?

— Anne. C'est… eh bien… une tragédie. Elle est morte assez brutalement.

— Mon Dieu, souffla Anna. Chip ne l'a pas tuée, si ?

— Ça s'est sûrement bien passé, là-dedans, ironisa la productrice. Anne était en voiture avec un de ses petits amis sur Mulholland et ils ont raté un virage et… enfin,

Los Angeles, quoi. Elle était adorable. Vingt-quatre ans à peine. Originaire d'Oakland.

— Son nom de famille n'était pas Lee, par hasard ?

Anna ne l'aurait sans doute pas supporté.

— Non, elle s'appelait Chin.

Anna se mit à pleurer. Elle pleurait pour elle-même, pour l'autre Anna Lee qui s'était jetée du haut d'un immeuble et pour cette Anne qui avait sûrement vu les doigts de Chip Willingham se balader là où ils n'auraient pas dû : tout ça pour ça ? Anna remit en cause ses choix de vie – de sa participation aux auditions pour le spectacle de l'école en terminale jusqu'à sa décision de déménager à Los Angeles uniquement parce qu'une femme, avec qui elle n'avait en commun que le nom, avait sauté d'un balcon par une nuit glaciale de février. La productrice lui tapota l'épaule.

— Ce n'est pas aussi grave que ça. Elle n'a pas souffert, précisa-t-elle en lui tendant un mouchoir.

Trois jours plus tard, l'agent d'Anna l'appela.

— Bonne nouvelle ! lança-t-il. Tu es prise sur « Pouch' le bouton ». Ton « tempérament de feu » leur a tapé dans l'œil. C'est l'expression qu'ils ont employée.

— Et pour *South Pacific* ?

— Quelle importance ? Tu détestes cette comédie musicale.

— Et la série ?

— Ils ont décidé de réécrire le rôle, ce sera une pauvre poufiasse blanche. Oublie ça. « Pouch' le bouton » te rapportera plus que ces deux projets-là, et si l'émission se pérennise, tu pourras envoyer ton fils à Harvard-Westlake ou à Crossroads. Dès qu'il y a quelque chose de mieux qui se présente, je te sors de ce jeu télévisé, promis. C'est de l'argent facile, Anna.

Au cours de ses trois années de diffusion, « Pouch' le bouton » ne différa pas du tout des autres jeux télévisés proposés en 1980 sur la grille de l'après-midi, mais alors, pas du tout. Au nombre des différences, il y avait des tandems (une personne lambda et une célébrité) qui devaient répondre à des questions de culture générale, une mascotte grossière avec des flammes à la place des cheveux, prénommée le Monstre Bouton, des jeux carnavalesques, un public qui se pliait aux instructions du prompteur et scandait hystériquement *Pouch ! Le ! Bouton !* Les rares fois où Sam avait assisté à un enregistrement, il avait trouvé l'émission bien plus sympa que les pièces dans lesquelles jouait sa mère à New York.

Pour sa collaboration, Anna était payée 1 500 dollars par semaine, plus que ce qu'elle avait gagné dans *A Chorus Line*, et même si ce boulot n'avait pas grand-chose à voir avec sa formation initiale, la seule difficulté consistait à échapper aux avances de Chip Willingham. Plus elle l'évitait, plus il lui courait après. Si elle le repoussait de façon agressive, il revenait à la charge, plus déterminé que jamais. On aurait dit que ça lui plaisait d'être éconduit, même s'il ne manquait pas une occasion de lui rappeler qu'elle était tout à fait remplaçable.

« Des millions d'Anna Lee courent les rues », disait-il.

Pour mieux supporter cette situation, elle commença à s'imaginer qu'elle travaillait dans un jeu télé parallèle. Pour gagner, il fallait, entre autres, garder son boulot.

Même s'il y avait « des millions d'Anna Lee », Anna faisait partie des rares Asiatiques à passer sur une chaîne de télé américaine, et ce n'était pas rien. Elle devint une célébrité locale à K-Town, ce qui la prit de court. On lui proposa une kyrielle de prestations rémunérées : faire partie du jury pour l'élection de Miss Koreatown, couper le ruban pour l'ouverture d'une épicerie, figurer dans une publicité pour des cosmétiques, participer à l'inauguration d'un restaurant. Elle devint l'égérie de la marque de bière coréenne JjokJjok et sur Willshire, son visage apparaissait sur un panneau publicitaire de quinze mètres de large avec le slogan : « Que boit la plus belle femme de Koreatown ? »

Anna, ses parents et Sam allèrent se prendre en photo devant l'affiche. Dong Hyun sortit son gros Minolta 35 mm. Il avait les larmes aux yeux, tapotait le bras de sa fille en bredouillant quelque chose à propos du rêve américain. Il ne savait pas ce que c'était, ni quand il l'atteindrait, mais à voir le portrait de sa fille sur un immense panneau qui vantait la bière JjokJjok auprès de ses congénères, il se disait que c'était peut-être chose faite. Et qui l'aurait contredit ?

— Papa, répondit Anna. Ce n'est qu'une publicité. Pas de quoi en faire un flan !

Ça l'ennuyait d'attirer autant l'attention, de faire ce boulot. Et en même temps, elle était fière d'avoir récemment signé le bail d'une maison dans Studio City qui lui permettrait d'inscrire Sam dans une meilleure école. Et elle était fière que son père le soit.

— La plus belle femme de Koreatown, souffla Dong Hyun avec admiration.

— C'est un slogan pour vendre de la bière, lui rappela Anna. Je ne suis pas la plus belle femme de Koreatown.

— C'est vrai, reconnut Bong Cha. Il y a beaucoup de très belles femmes dans notre quartier.

— Merci, maman.

— Je ne veux pas que tu prennes la grosse tête, lui expliqua Bong Cha. Avec toute cette attention.

— Laissons Sam en décider, trancha Dong Hyun. Ta mère est-elle la plus belle femme de Koreatown ?

Sam regarda Anna.

— Je trouve que tu es la plus belle femme du monde, décréta-t-il.

Il avait douze ans et ne serait bientôt plus un petit garçon. Pour Anna, il devenait chaque jour de plus en plus énigmatique, elle ne reconnaissait plus ses odeurs autrefois familières et le déplorait un peu. Pourtant, Sam était convaincu que sa mère était la plus belle femme du monde. Sa photo sur ce panneau le prouvait bien.

Anna et Sam rentrèrent à Studio City et elle se perdit un peu dans les collines de Hollywood. Peut-être avait-elle fait exprès de choisir un itinéraire plus long. Peut-être avait-elle cherché à s'égarer. C'était agréable de conduire une décapotable, avec son fils à ses côtés, par une chaude soirée de juin en Californie. Elle venait de s'acheter cette voiture. Une bagnole de sport rouge, son premier achat compulsif.

— Tu sais que je suis allée au lycée d'art dramatique ? demanda Anna. Ce n'est pas très loin d'ici.

— Oui, répondit Sam.

— Ça te plairait peut-être d'y aller, toi aussi.

— Je ne crois pas, maman. Je ne suis pas vraiment un acteur.

— C'est vrai. Mais ce qu'il y a de bien dans cette école, c'est qu'elle est fréquentée par des élèves qui viennent des quatre coins de L.A. Tu peux donc y rencontrer tout un tas de gens. Je ne sais pas si tu l'as remarqué, mais L.A. a un côté un peu clanique. Les gens de l'Eastside restent dans l'Eastside, les gens du Westside dans le Westside. D'ailleurs l'Eastside où habitent grand-père et grand-mère n'est pas à l'est, mais à l'ouest. En fait, l'ouest, c'est tout ce qui se trouve à l'ouest du fleuve Los Angeles.

Sam et Anna éclatèrent de rire et se moquèrent de ces gens qui se vantaient tant de leur quartier.

— Et donc, quand j'allais à cette école, j'avais un petit ami, poursuivit Anna.

— Un seul ? la taquina Sam.

— Celui dont je parle était le petit-fils d'un des grands patrons des anciens studios. Une famille riche, tu vois ? Et il habitait à l'ouest, à Pacific Palisades – il n'y a pas plus à l'ouest, d'ailleurs – mais il venait toujours en voiture me voir à la maison. Et il pouvait traverser la ville à toute vitesse. À la vitesse de la lumière même. Par exemple, je lui passais un coup de fil et sept minutes plus tard, il était devant la maison. Et tu sais le temps que ça prend, d'aller d'un point à un autre ici. Alors je lui demande : « Eh mec, comment tu fais pour arriver ici aussi vite ? » Et il me regarde d'un air un peu énigmatique en me disant qu'il ne peut pas me répondre. « C'est un secret. »

En bonne comédienne, Anna marqua une pause afin de ménager un effet théâtral et s'assurer que Sam l'écoutait toujours.

— Et alors ? Il te l'a dit finalement ? s'enquit le garçon.

— Non, c'était un crétin et on se disputait tout le temps. On a fini par se séparer peu de temps après. Mais la semaine dernière, j'ai raconté cette histoire à

Allison, l'autre mannequin de « PLB ». Chip a surpris notre conversation et a lancé : « Évidemment, il empruntait les autoroutes secrètes. »

— Les autoroutes secrètes ?

— C'est exactement ce que j'ai dit. D'après Chip, quand L.A. a commencé à se développer, les directeurs des studios ont construit des autoroutes secrètes qu'ils étaient les seuls à connaître pour arriver plus rapidement à destination. Selon lui, mon ancien petit ami – qui était, tu t'en souviens, le petit-fils d'un directeur de studio – devait sans doute être au courant. Chip affirme qu'une voie rapide traverserait la ville d'est en ouest, de Silver Lake à Beverly Hills, et une autre relierait le nord au sud, de Studio City à Koreatown. Il m'a promis 10 000 dollars si je la trouvais. Comme si j'allais révéler à Chip l'emplacement d'une autoroute secrète magique…

— Et si on la cherchait ? proposa Sam. Comme ça, on pourrait rentrer plus vite chez grand-père et grand-mère.

— On devrait ! répondit Anna.

— Il faut procéder méthodiquement. On changera un tout petit peu l'itinéraire chaque fois qu'on rentrera à Studio City. Je dessinerai une carte et on finira par la trouver, j'en suis sûr.

Ils remontaient Mulholland quand soudain, une boule de fourrure surgit devant leur voiture. Anna écrasa la pédale du frein et la voiture fit une légère embardée. L'animal se figea. Dans les phares, elle crut reconnaître un chien de taille moyenne, ou peut-être un coyote aux poils blonds. Un Américain, pure souche.

La bête détala.

— Oh, mon Dieu, dit Anna. Tu crois que je l'ai percuté ?

— Non. Il avait l'air d'aller bien en s'enfuyant. Plus de peur que de mal.

— C'était un chien ou un coyote ?

— Je n'en sais rien, répondit Sam. Comment fait-on la différence entre les deux ?

Anna éclata de rire.

— Aucune idée, franchement. On regardera dans l'encyclopédie de grand-père la prochaine fois qu'on ira là-bas.

— Est-ce que ça changerait quelque chose que ce soit l'un ou l'autre ?

— Je ne crois pas. (Elle garda le silence un moment.) Je me sentirais peut-être plus mal à l'idée d'avoir tué l'animal de compagnie de quelqu'un. Un coyote n'appartient à personne. Il est sauvage. Mais je ne devrais sans doute pas penser ça. Un coyote a le droit de vivre sa vie comme les autres.

Elle coupa le contact pour reprendre ses esprits. Anna et Sam étaient plongés dans l'obscurité. Elle ne connaissait pas encore très bien sa voiture et n'arrivait pas à trouver le bouton des feux de détresse. Ses mains tremblaient.

— Merde, il fait noir, dit-elle.

Sam se souviendrait d'abord des phares. Deux lumières, telle une paire d'yeux, qui grossissaient rapidement et les traquaient dans la nuit. Il se rappellerait avoir été traversé par une pensée irrationnelle : *Tout va bien puisque la voiture ne peut pas nous voir. Les ténèbres nous protègent.*

Puis, le crissement aigu des pneus, le froissement des tôles, le pare-brise qui vole en éclats comme un hurlement.

L'enquête révélerait que le chauffeur conduisait trop vite, mais qu'il n'était pas responsable de l'accident. Les rues étaient étroites – deux voitures pouvaient à peine se croiser. Il avait pris le virage un peu large et sa grosse berline était venue percuter le capot de la voiture de sport légère d'Anna. Le côté conducteur et le pied gauche de Sam avaient subi le gros de l'impact. Comment le chauffeur pouvait-il deviner qu'une voiture était arrêtée en bas de Mulholland, tous feux éteints ? Comment aurait-il pu savoir qu'il y avait un enfant et sa mère dans ce véhicule ?

Du siège passager, Sam vit le visage de sa mère dans la lumière des phares. Des bouts de verre constellaient sa peau, la faisaient scintiller. Il tenta de l'atteindre pour retirer ces éclats, et se rendit compte que sa jambe gauche était rivée au tableau de bord. Il n'avait pas mal – la douleur se réveillerait plus tard –, simplement il n'arrivait pas à se dégager pour s'approcher de sa mère et cette constriction l'affola. Il perçut l'odeur du sang, mêlée à celle de son parfum gardénia et vit que le tableau de bord avait écrasé sa poitrine et son abdomen. Et tous ces morceaux de verre sur ce beau visage. C'était surtout ça qui le perturbait à cet instant-là et il tenta à nouveau de les retirer. En essayant de se dégager, il sentit les os de son pied se tordre bizarrement. Dans cette dernière tentative, son corps se rappela à lui. Sam fut secoué de tremblements violents et eut l'impression de ne plus pouvoir respirer.

— Maman, souffla-t-il au corps encore tiède assis à côté de lui. Ça fait mal.

Il tendit le cou afin de nicher sa tête au creux de l'épaule d'Anna puis ferma les yeux.

Le conducteur de l'autre véhicule, hébété, se dirigea vers Sam, lançant des appels désespérés.

— Je suis terriblement désolé. Je ne vous ai pas vus arrêtés là. Je ne vous ai pas vus. Tout le monde va bien ? Tout le monde va bien ? Y a-t-il un survivant ? Un seul ?

Sam ouvrit les yeux.

— Je suis là.

Ce furent les derniers mots qu'il prononça jusqu'à sa rencontre avec Sadie Green dans la salle de jeux de l'hôpital.

Dans un jeu vidéo, l'ordre des choses est primordial. Son déroulement est régi par un algorithme, mais le joueur doit lui aussi en créer un pour espérer gagner. Toute victoire dépend de l'agencement de ses actions. Il existe une façon optimale de procéder chaque fois. Au cours des mois silencieux qui suivirent la mort d'Anna, Sam se rejoua la scène obsessionnellement. Si elle ne prend pas le poste à « Pouch' le bouton », et n'a pas les moyens de s'offrir une nouvelle voiture. Si elle se l'achète, mais rentre directement à la maison après le dîner. Si Anna Lee ne saute pas de cet immeuble, Anna ne vient pas à Los Angeles. Si Anna ne s'arrête pas après avoir percuté le coyote. Si Anna trouve les feux de détresse. Si Anna ne couche jamais avec George. Si Sam ne naît pas. Sa mère aurait pu survivre de mille façons cette nuit-là, mais n'est morte que d'une seule.

6

Le matin où Sam se fit opérer, Sadie se rendit à Venice pour aménager son bureau. Marx avait apporté des tables et des étagères bon marché, assez de mobilier pour leur permettre de commencer à travailler avant que l'espace ne soit correctement aménagé. Le dernier carton qu'elle ouvrit contenait les jeux pour PC qu'elle gardait à portée de main à titre de références. Elle les rangea (un assortiment de coffrets à bijoux et des boîtes en forme de livres) sur une étagère : *Commander Keen*, *Myst*, *Doom*, *Diablo*, *Final Fantasy*, *Metal Gear Solid*, *Leisure Suit Larry*, *The Colonel's Bequest*, *Ultima*, *Warcraft*, *Monkey Island*, *The Oregon Trail*, et trois douzaines d'autres. *Dead Sea* traînait au fond du carton. Elle adorait toujours ce jeu même si elle éprouvait des sentiments complexes pour son créateur. Elle sortit le CD de son étui. Dov le lui avait dédicacé : *À Sadie, pour son vingtième anniversaire, la fille la plus sexy et brillante pour les jeux d'aventure – Bisous, DM.*

Sadie avait oublié qu'il l'avait fait et se demanda depuis quand elle n'avait pas sorti ce disque. Des années, sans doute. Dans son souvenir, la dernière fois qu'elle l'avait vu, c'était le jour où Marx et Sam y avaient joué. Le jour où Sam avait décrété : « Notre jeu devrait ressembler à ça. »

Elle se rappelait très bien qu'il avait dit ignorer que Dov était son petit ami ou son professeur. Or – elle savait que c'était lui qui avait sorti le disque pour y jouer – il avait dû lire la dédicace. Elle n'avait pas pu lui échapper – d'ailleurs, rien n'échappait à Sam. Et s'il savait pour Dov ? Et s'il n'était pas tombé sur *Dead Sea* par hasard ? Lui avait-il montré le jeu parce qu'il *voulait* envoyer Sadie chez Dov, parce qu'il *savait* qu'elle irait le retrouver ? Dans ce cas, il aurait deviné que la terrible rupture qu'elle avait vécue était avec lui, sans même réfléchir un instant à ce que ça impliquait pour elle de retourner le voir ? Si Dov n'avait pas exercé une telle influence personnelle et professionnelle sur elle, comment auraient tourné ces trois dernières années ?

Si tout cela était vrai, alors il l'avait complètement trahie. Focalisé sur ce qu'il convoitait, Sam s'était moqué des conséquences pour Sadie. Il avait voulu Ulysse, comme il avait voulu le marché avec Opus, tout comme il se fichait bien qu'Ichigo soit un garçon, tout comme il laissait croire aux gens que c'était son jeu, tout comme il avait renoué avec elle après des années dans le seul but de concevoir un jeu vidéo. Elle s'était persuadée que Sam était son ami, mais il n'était l'ami de personne. Il avait toujours été honnête à ce sujet – quand elle lui disait qu'elle l'aimait, il ne lui répondait jamais qu'il l'aimait, lui aussi. Elle lui avait trouvé un tas d'excuses – son père absent, la mort de sa mère, sa blessure, sa pauvreté, et l'insécurité émotionnelle évidente que tout cela avait occasionné chez lui. Et si son erreur avait été de prêter à Sam des sentiments qu'il était incapable d'éprouver ?

Sadie s'assit à son bureau et introduisit le disque de *Dead Sea* dans son ordinateur portable. Elle passa l'envoûtante scène d'ouverture – l'enfer de l'accident d'avion dont seule la Spectre réchappe, avec le « Clair de Lune » en fond sonore. Elle eut envie de tuer quelque chose et se rendit directement au premier niveau – l'entrée vers le monde sous-marin, qui faisait penser à un hall de casino à Vegas. Le zombie, chemise écossaise et pantalon en cuir, claudiqua jusqu'au centre du vestibule, et la Spectre, jouée par Sadie, ramassa une bûche et lui en asséna plusieurs coups sur la tête. Dov avait fait un travail remarquable sur les projections de sang. Par exemple, la Spectre pouvait contempler son reflet dans l'hémoglobine du zombie qu'elle venait d'éliminer. Ce simple détail représentait une masse hallucinante de travail supplémentaire. *Dead Sea est un super jeu*, se dit-elle.

Sadie y jouait encore lorsque Marx glissa sa tête dans l'embrasure de la porte.

— Il est sorti du bloc, l'informa-t-il. Son grand-père a dit que ça s'était bien passé.

— Bonne nouvelle, répondit-elle.

Elle broyait du noir. La Spectre troqua la bûche contre un marteau.

— J'y vais maintenant, continua Marx. C'est *Dead Sea* ?

La Spectre fracassa une zombie qui avait l'air enceinte avec son marteau, tellement plus efficace que la bûche.

— Oui.

La Spectre testa le marteau en brisant une fenêtre. Soudain, un bébé zombie sortit du ventre de sa défunte mère en rampant. La Spectre se figea – à peine un quart de seconde – avant d'écraser la tête du nouveau-né. Du sang et des morceaux de cervelle éclaboussèrent l'écran.

— La première fois que j'ai joué à *Dead Sea*, reprit Marx, c'est là que je suis mort. Je n'ai pas réussi à éliminer le bébé assez vite et il m'a sauté à la figure.

— La plupart des joueurs meurent ici ou dans la scène avec le chien. Dov déteste toute forme de sensiblerie.

— Ce jeu est tellement sombre. On a du mal à croire qu'*Ichigo* est conçu à partir du même moteur.

— On le retrouve dans l'eau, dans la lumière, répliqua Sadie, et partout si tu sais où regarder.

La Spectre, de son pas affecté et bondissant, alla s'accroupir derrière une statue. Elle haleta, attendant le zombie suivant.

— As-tu déjà joué le jeu du début à la fin ? demanda Sadie.

— Non.

— Le coup de théâtre de *Dead Sea*, c'est que la Spectre n'a en réalité pas survécu à l'accident d'avion. C'est une zombie, elle aussi. Même si elle l'ignore encore. En gros, elle a passé l'intégralité du jeu à exterminer les siens.

— On vous a entubés, les mômes ! plaisanta Marx. Ça vous paraît cool de fracasser des zombies, mais vous le regretterez plus tard.

— Du Dov tout craché, commenta-t-elle. Il n'y a pas de plaisir sans douleur.

— Tu viens à l'hôpital, n'est-ce pas ? On devrait partir maintenant si on veut éviter les embouteillages.

— Je crois que je vais rester un peu ici, répondit-elle sans se détourner de l'écran.

La Spectre abandonna le marteau pour un tournevis, moins trippant quand il s'agissait de tuer, et essentiel pour ouvrir le panneau qui menait à l'ascenseur. C'était le seul moyen de ne pas rester coincé dans ce niveau pour toujours.

— Il me reste encore quelques trucs à déballer.

IV

DEUX CÔTÉS

1A

Sam loua un studio dans un bungalow, à deux pas de chez ses grands-parents, sur la délimitation orientale exacte, quoi que contestée, entre Silver Lake et Echo Park. À l'origine, il avait voulu emménager à Venice, pour être près des bureaux d'Unfair Games, mais sa convalescence avait pris plus de temps que prévu et en fin de compte, il lui avait semblé plus pratique de s'installer dans l'Eastside, non loin des siens, de l'hôpital et de ses nombreux médecins et kinésithérapeutes qu'il était forcé de consulter plusieurs fois par semaine.

L'une des voisines de Sam – une dame aux bras à la Popeye, qui avait placé un drapeau arc-en-ciel sur sa véranda et recueilli une ribambelle de pit-bulls abandonnés, des femelles uniquement – avait donné un surnom au quartier : BoPiTriPi, ou Bon pied, Triste pied, inspiré de la publicité pivotante d'un podologue, installée au coin de Benton et Sunset, en contrebas de leurs maisons. Chaque côté du panneau montrait un pied marron anthropomorphisé différent. « Triste pied » avait un sparadrap sur le gros orteil, les yeux injectés de sang, la bouche tordue de douleur, des béquilles. « Bon pied » était miraculeusement guéri grâce aux pouvoirs de la podologie : les deux pouces levés, un sourire surexcité et les pieds chaussés de baskets d'un blanc immaculé. On avait suspendu bien haut la publicité, au-dessus du parking de l'hôtel Comfort, dont le rez-de-chaussée était occupé par un restaurant thaï végétarien et le podologue en question. La pancarte tournait lentement, exécutant une révolution toutes les douze secondes environ. D'après la légende – quoique le mot soit un peu fort pour un panneau publicitaire –, votre journée serait déterminée par le côté du panneau que vous verriez en premier.

Pendant plus d'un an, Sam tomba toujours sur Triste pied. Il essaya de voir plutôt l'autre en variant l'allure de ses approches. Il y arrivait au hasard, à pied ou en voiture, en provenance des quatre points cardinaux. Quoi qu'il fasse pour modifier sa routine, Triste pied l'accueillait chaque fois. Pas besoin d'être sorti major de Harvard en maths pour savoir que ce résultat était statistiquement improbable, et il ne pouvait pas s'empêcher de croire que l'univers se moquait de lui.

1B

Sadie loua un appartement dans l'immeuble Clownerina à Venice, à six minutes et demie à pied des bureaux. Le bâtiment se singularisait par une sculpture mécanique de trois mètres de haut, qui représentait un clown en tutu et ballerines. Autrefois, le danseur donnait des coups de pied, mais soit le mécanisme avait rouillé à cause de l'air marin, soit les locataires s'étaient plaints du bruit du moteur. Pendant les années où elle vécut dans cet immeuble, Sadie vit Clownerina figé là, sa ballerine droite, rouge, vaguement tendue, attendant le jour où il pourrait danser à nouveau.

Clownerina avait beau être kitsch, Sadie l'adorait. Pour elle, ce clown incarnait l'esprit californien – et pour la première fois de sa vie, elle adopta complètement le mode de vie de sa ville natale. Elle fit don de ses manteaux à des œuvres de bienfaisance, et commença à porter des chapeaux mous et des robes Maxi. Elle accompagna Zoe au marché aux puces où elles achetèrent des vinyles vintage, de longs colliers et des poteries artisanales. Elle brûla de l'encens et renonça à la caféine, se laissa pousser les cheveux jusqu'à la taille qu'elle coiffa avec la raie au milieu, se mit au Pilates et balança les menottes de Dov à la mer. Elle eut des rancards – avec un beau mec dépenaillé membre d'un groupe de rock indé, un bel acteur dépenaillé qui ne jouait que dans des films indés, un bel entrepreneur dépenaillé qui avait vendu sa start-up à une start-up encore plus importante. Elle organisait des soirées sophistiquées et s'enorgueillissait de connaître les nouveaux groupes de musique avant tout le monde. Elle s'acheta une coccinelle Volkswagen d'occasion, bleue comme le ciel californien. Tous les dimanches, elle prenait le brunch avec sa famille. Elle se levait tôt, dormait peu, et travaillait régulièrement dix-huit heures par jour. Si la Californie avait été un costume, elle l'aurait revêtu aussi facilement que Clownerina son tutu et son chapeau melon.

Sadie ne savait pas pourquoi Sam avait décidé d'habiter dans l'Eastside. Quel autochtone s'infligerait des trajets quotidiens de cinquante minutes ? À cette époque-là, ils ne parlaient guère que du jeu sur lequel ils travaillaient, donc elle ne lui demanda jamais d'explication. Elle avait cessé de perdre son temps à imaginer les motivations de son associé.

2A

Alors que Sam passa l'hiver, le printemps et une partie de l'été à se remettre de son opération, Sadie et son équipe de programmeurs mirent au point Onirique, le moteur qui piloterait les graphismes et les codes du jeu.

Onirique deviendrait célèbre pour ses techniques innovantes en matière d'éclairages volumétriques. Il générait des brumes particulièrement envoûtantes, des nuages subtils, et des rayons divins. Ces innovations graphiques s'imposaient parce que Myre Landing, l'univers fantastique de *Deux Côtés*, était noyé dans la brume jusqu'à la fin du jeu. « La météo de Myre Landing est un personnage à part entière », pour reprendre les termes d'un critique. Ce commentaire avait amusé Sadie : les critiques intelligentes adoraient qualifier de personnage tout ce qui ne relevait pas des personnages. Mais dans le cahier des charges initial, elle avait effectivement manifesté cette ambition en écrivant : « La météo de Myre Landing doit passer pour un personnage. »

Sadie était fière d'Onirique, fière d'avoir accompli ce dont elle avait été incapable cinq ans plus tôt. Elle appela Dov pour la première fois depuis des mois.

— J'ai réussi ! s'écria-t-elle.

— Et tu kiffes, pas vrai ?

— Carrément, reconnut-elle.

— Je te l'avais dit. Tu n'as plus besoin d'Ulysse maintenant. Il est dépassé de toute façon.

— Au fait, j'ai joué à *Dead Sea* il y a quelques mois et je me demandais, comment t'as fait pour obtenir ces reflets dans la mare de sang ?

— Ah, ça ! C'était pas grand-chose.

— En 1993, c'était de la bombe ! le corrigea Sadie.

— Je ne le referais probablement pas aujourd'hui. (Il lui décrivit sa technique, une variation bricolée du rafraîchissement adaptatif de tile[1].) Pour y arriver, j'ai fusillé plein de cartes graphiques et de processeurs.

— N'empêche que ça rend toujours aussi bien, reprit-elle.

— Je pensais venir à L.A. dans une ou deux semaines. Des réalisateurs veulent me lécher le cul pour adapter *Dead Sea* au cinéma. Tu seras dans le coin ?

— J'ai vraiment beaucoup de boulot, répondit-elle. Et puis, eh bien… j'ai un petit ami maintenant.

— C'est qui ?

— Il est musicien dans un groupe, dit-elle sur un ton désolé.

— Aurais-je entendu parler de ce groupe ?

— Ça s'appelle Défaillance de Communication.

---

1. *Adaptive tile refresh* : technique de graphisme pour jeux vidéo sur ordinateur pour le défilement – l'action et le décor se déplacent à gauche ou à droite, en même temps que le joueur – et pour compenser les maigres performances graphiques des ordinateurs des années 1990.

— Défaillance de Communication, répéta Dov. Il m'a l'air bien naze, ton mec !

— Il est génial.

— Je n'ai pas dit que je devais squatter chez toi. Mais j'aimerais voir ton travail, précisa-t-il. Tu es mon étudiante la plus accomplie. Je me la pète constamment grâce à toi.

— Passe au bureau, lui proposa Sadie. J'y suis tout le temps.

Sam n'avait pas participé aux travaux sur le moteur, et quand elle lui montra Onirique, il ne sembla pas plus impressionné que ça, tout juste ennuyé.

— Cool, lâcha-t-il. Ça va super bien marcher.

Sadie s'était tuée à la tâche et cette réaction mitigée l'agaça.

Sam avait d'abord déclaré qu'il se remettrait au travail en mars, mais il n'était pas revenu à plein temps avant mai et encore, Sadie avait l'impression qu'il n'était pas tout à fait là. Il arrivait à 7 heures, pour éviter les embouteillages, et partait généralement à 16 heures pour la même raison. Sadie était « charrette » – travaillant de 9 heures à 1 heure du matin et souvent plus tard. Certains jours, on ne voyait même pas Sam. Il était toujours en retard, toujours en voiture, toujours en chemin.

Sadie aborda le problème avec Marx, et ce dernier supposait que Sam avait du mal à se remettre de l'opération, quoiqu'il n'en était pas certain – Sam n'en parlait jamais à personne.

— Ce qui m'embête, dit Sadie, c'est que je ne peux pas l'attendre pour prendre des décisions. Ça ne va pas assez vite, avec lui qui est si souvent absent du bureau.

Marx proposa donc de diviser le travail : Sam se chargerait de diriger l'équipe qui concevrait le « monde réel » du jeu, Mapletown, et Sadie superviserait le côté « fantastique », Myre Landing, – comme ça, elle ne serait pas obligée d'attendre Sam pour avancer. Les séquences de Myre Landing s'avéraient plus compliquées à tous les égards – et Sadie l'avait mauvaise, car, encore une fois, elle se retrouvait avec la plus grosse charge de travail et n'en tirerait pas la moindre reconnaissance. Comme c'était pertinent pour le jeu et pour Sam, elle l'accepta.

2B

En mai – alors que le projet avait déjà bien avancé – Sam eut l'idée de changer le personnage principal et d'en faire un enfant malade, plutôt qu'une petite fille harcelée comme le prévoyait la conception originale de Sadie.

— Je ne créerai pas un autre jeu avec un garçon pour personnage principal, décréta-t-elle.

— Non, ce n'est pas ce que je dis. Peut-être qu'elle pourrait être atteinte d'un cancer, suggéra Sam. Et qu'elle souffrirait d'un handicap et aurait mal. Son omnipotence dans l'autre monde en serait d'autant plus frappante.

Sadie réfléchit à sa proposition.

— Tu veux dire, comme *mon* Alice ?

— Oui, répondit-il, comme Alice.

— Intéressant, mais on s'identifie plus facilement à quelqu'un qui subit des brimades, non ? La vraie maladie et la douleur risquent de rebuter les gamers, tu ne crois pas ?

— Le harcèlement provoque une douleur psychologique, corrigea Sam. Alors que la maladie mettra plus de bâtons dans les roues à notre personnage dans le monde réel, et son avatar dans l'univers fantastique n'en sera que plus contrasté. À quoi bon créer deux univers si on n'assure pas ce genre de contradictions ?

Ils nommèrent leur personnage principal Alice Ma et sa ville idyllique de banlieue américaine, Mapletown. Une fois qu'ils surent qu'elle avait un cancer, le monde fantastique gagna en relief. Myre Landing devint un village médiéval du nord de l'Europe, ravagé par une épidémie. Plus personne n'arrive à respirer. Les cieux sont emmitouflés dans une brume vert-de-gris et semblent s'assombrir de jour en jour ; un phlegme jaune et visqueux trouble la mer et ses grumeaux viennent s'échouer sur la plage. Tout se meurt – les vieillards d'abord, puis les jeunes ; les animaux, la nature. C'est à l'alter ego d'Alice Ma, Rose la Puissante, de trouver qui ou ce qui a causé ce fléau et comment sauver Myre Landing. Si elle y parvient, peut-être qu'Alice Ma parviendra à guérir de son cancer du poumon. Les deux histoires sont liées, mais suivent deux parcours différents. On ne peut avancer dans l'un que si l'on progresse dans l'autre. Les interfaces étaient incroyablement imbriquées. Sadie finit néanmoins par informer Sam qu'il valait mieux qu'ils travaillent chacun de leur côté pour concevoir ce jeu.

Une fois les tâches réparties, Sam fut content de se perdre dans le projet apparemment moins ambitieux de Mapletown. L'hôpital général de cette ville s'inspirait de tous ceux dans lesquels il avait séjourné, et la maladie d'Alice, comme son traitement, qui jalonnaient les missions secondaires et les niveaux, étaient si détaillés qu'ils ne pouvaient avoir été créés que par quelqu'un qui avait souffert d'un mal chronique et compris les turpitudes de la vie en milieu hospitalier. Par exemple, au quatrième niveau, Alice, après une opération majeure, est séparée de son corps et doit le poursuivre à travers l'hôpital comme Peter Pan cherche à attraper son ombre. Cette dissociation, Sam en avait souvent fait l'expérience – la sensation que votre corps malade ne vous appartient plus.

À l'intérieur de Mapletown, Sam créa deux mondes distincts : il y avait l'hôpital, et aussi tout ce qui l'entourait, la ville elle-même. Sam demanda à son équipe de faire en sorte que le décor réagisse au temps et aux saisons : si vous jouiez la nuit, il était plongé dans l'obscurité, le matin, il était baigné de lumière. L'automne s'accompagnerait de feuilles mortes, l'hiver de neige, le printemps de cerisiers en fleurs. Lorsqu'il était malade, le monde lui avait toujours semblé incroyablement beau. Il n'appréciait la saveur de la vie que dans les moments où il était seul et dans l'incapacité de s'impliquer dans l'existence : quand un ami se trouvait de l'autre côté de la porte vitrée de l'hôpital par exemple, ou quand Sadie, avec son joli visage de douze ans, lui tendait le labyrinthe qu'elle avait résolu. Quand il se sentait nostalgique en voyant les bien-portants, les valides, quitter un monde dans lequel ils ne faisaient que passer, un monde qui était le sien à plein temps.

Comme la conception de Myre Landing accaparait Sadie, Marx fut le premier à tester le niveau un de Mapletown.

Le jeu commence à l'extérieur de l'hôpital. Alice participe à la course de haies dans une rencontre d'athlétisme du lycée. Une légende précise qu'elle compte parmi les meilleures de l'État et qu'elle est donnée favorite. La foule l'acclame. Son petit ami et ses pères se trouvent dans les gradins.

Marx se lança dans la course, appuyant sur le bouton pour faire sauter Alice chaque fois qu'elle rencontre une haie. Il perdit une première fois, puis une seconde et une troisième. Il se tourna vers Sam.

— Il y a un truc que je fais de travers ? demanda-t-il.

Qu'importent les talents du joueur, Alice ne remporte jamais la course. La tumeur qui enfle dans ses poumons la ralentit, mais elle l'ignore encore. Chaque fois qu'Alice perd, le joueur a le choix de recommencer le jeu. Il ne « gagnera » pourtant jamais le premier niveau. Pour gagner, il faut accepter qu'il y ait des courses impossibles à remporter.

Au cours de sa vie, Sam avait détesté s'entendre dire qu'il devait se battre, comme si la maladie se résumait à un manque de caractère. On avait beau lutter de toutes ses forces, la maladie était invincible et la douleur, dès qu'elle vous tenait, était transformationnelle. Mapletown racontait l'histoire de la douleur de Sam, dans le présent et le passé. Ce serait le jeu le plus personnel qu'il ait jamais créé même s'il ne s'agissait que de la moitié du jeu et même si sa partenaire, Sadie, pensait retracer le parcours de sa propre sœur.

— Sam, lança Marx lorsqu'il comprit cela. J'adore ce que tu es en train de faire. C'est super malin. Est-ce que Sadie l'a vu ?

— Pas encore. Elle connaît le design basique, mais Myre Landing lui demande tellement de travail que je n'ai pas voulu l'ennuyer.

Marx examina son ami. Sam n'avait jamais été aussi maigre et ses yeux étaient légèrement injectés de sang. Il s'était laissé pousser la moustache et la barbe, et on aurait dit qu'il ne s'était pas fait couper les cheveux depuis des mois. Il semblait fatigué et sombre. Depuis quand évitait-il « d'ennuyer » Sadie ?

— Tout va bien pour toi ? s'enquit Marx.

— Bien sûr.

Il sourit et Marx remarqua que son ami s'était ébréché la canine droite.

3A

Sam n'avait pas souhaité faire *tout un plat* de son vingt-cinquième anniversaire. Depuis son opération, il avait évité d'élaborer le moindre projet en dehors de son bureau et du cabinet du médecin. Sur l'insistance de Marx, il avait accepté d'aller dîner avec lui, Sadie et quelques proches. Sam venait juste d'atteindre la porte d'entrée de chez lui quand, en tournant la clé dans la serrure, une douleur fulgurante et implacable le terrassa. Il tomba à genoux, retira sa prothèse et la jeta si fort contre le mur qu'il en abîma le plâtre.

Il tenta d'appeler le restaurant avec son téléphone portable, mais ses doigts n'y arrivaient pas.

Il s'allongea au sol, ferma les yeux et tâcha de rester immobile, car chaque mouvement ravivait la douleur. Il ne trouva pourtant pas le sommeil.

Vers neuf heures et demie, on frappa à sa porte.

— Sam, appela Marx. C'est moi.

La porte d'entrée était déverrouillée si bien qu'en l'absence de réponse, Marx entra. Il ne témoigna aucune surprise devant le spectacle qui s'offrait à lui : le pied balancé à l'autre bout de la pièce, Sam gisant par terre.

— Va-t'en, s'il te plaît, murmura Sam.

Marx l'aida à retirer ses vêtements trempés de sueur et le mit dans son lit, un matelas posé à même le sol.

— Je peux faire quelque chose pour toi ? demanda-t-il. J'aimerais te filer un coup de main.

Sam secoua la tête.

— C'est plus difficile pour moi de t'aider maintenant qu'on n'habite plus ensemble, alors il faut me dire ce dont tu as besoin.

Son ami fit à nouveau « non » de la tête.

— Très bien, mon pote.

Marx s'assit par terre, au chevet de Sam. Il alluma la télévision et, ne trouvant rien d'intéressant à regarder, il fouilla dans les DVD de Sam. Son choix s'arrêta sur l'enregistrement du concert de Simon et Garfunkel de 1981, à Central Park.

Cela faisait une demi-heure qu'ils le regardaient quand Sam lança :

— Je ne sais pas d'où vient ce DVD.

— Il est à moi, répondit Marx en riant. En fait, à ma mère.

À la fin du concert, sa douleur s'était un peu atténuée et Sam pouvait s'exprimer plus facilement.

— On appelle ça le syndrome du membre fantôme. J'ai l'impression d'avoir toujours mon pied, et quand j'enfile la prothèse, il m'arrive d'être persuadé qu'elle l'écrase. Je sens mes os se désagréger, ma chair se liquéfier. Ils me disent que tout ça, c'est dans ma tête.

Marx réfléchit à ce que venait de dire son ami.

— Comme toutes les douleurs, non ?

Sam se redressa sur son matelas.

— N'en parle pas à Sadie, s'il te plaît.

— Pourquoi ?

— Je ne veux pas la déconcentrer maintenant qu'elle est en train de terminer le jeu. Et puis, franchement, cette douleur n'a rien de réel, donc ça n'est pas si grave.

Les premiers temps, Sam s'était vite remis de son opération. La plaie, plus grande et sensible que toutes celles qu'il avait connues jusque-là, ne semblait pas si difficile à gérer, et son moignon ne le faisait pas trop souffrir. On l'avait autorisé à sortir de l'hôpital plusieurs jours avant la date fixée et à aller passer sa convalescence chez ses grands-parents. Il pensait donc se remettre au travail plus tôt que prévu. De sa chambre d'enfant, il commença à consulter les sites des agences immobilières à la recherche d'un appartement près d'Unfair Games, que ce soit à Venice, Santa Monica ou dans le Westside. Il appela Sadie et ils continuèrent à peaufiner le design des niveaux complexes de *Deux Côtés*. Il lui avait promis de revenir au plus tard le 1er mars.

La douleur se manifesta lors de sa deuxième nuit chez ses grands-parents. Il se réveilla en hurlant, couvert de sueur et d'urine, assénant de grands coups avec son pied disparu. Sam se sentait honteux et terrifié parce qu'il avait l'impression de ne plus contrôler son corps, de ne pas saisir la cause de cette douleur et donc de ne pas savoir comment y remédier. Sa main cherchait sans arrêt à atteindre son pied. Son supplice était tel qu'il l'empêchait de parler ou de répondre à ses grands-parents épouvantés quand ils vinrent lui demander ce qui n'allait pas. Il tenta de sortir de son lit pour aller vomir aux toilettes, mais, oubliant qu'il n'avait plus de pied, il s'écroula de tout son long sur le sol. Dans sa chute, il s'ébrécha une canine et s'ouvrit la lèvre. Il se hissa sur les genoux pour vomir. Il se retrouvait de nouveau démuni, comme un gamin. Et en même temps sauvage, moins qu'humain. Sa grand-mère le berça dans ses bras jusqu'à ce qu'il replonge dans un sommeil agité.

Le jour suivant, il se rendit chez la docteure qui diagnostiqua le syndrome du membre fantôme.

— Vous avez fait une crise particulièrement violente, mais c'est fréquent chez les amputés, l'informa-t-elle.

L'espace d'une seconde, Sam ne comprit pas de qui elle parlait. On ne l'avait encore jamais qualifié d'amputé. Pour lui, ce mot renvoyait aux héros de guerre ou aux survivants d'un cancer.

— On vous avait sans doute prévenu avant l'opération, poursuivit-elle.

Il acquiesça. Si cela avait été le cas, il n'y avait pas vraiment fait attention. Il était parti du principe qu'en s'engageant dans une amputation, le problème de son pied serait résolu.

La médecin lui remit la photocopie d'un document décrivant les exercices à faire pour combattre la douleur. Il devrait par exemple contempler son moignon dans un miroir pour reprogrammer son cerveau, le forçant à admettre qu'il avait désormais un pied en moins. Sam détestait cet exercice. Même avant l'amputation, il avait toujours évité de regarder ce pied. Il s'était toujours dit que ça minimiserait la gravité de son état. La médecin lui avait aussi fait une ordonnance pour des antidépresseurs, mais il avait évité d'en prendre.

Pendant plusieurs semaines, la douleur le laissa tranquille et Sam avait bon espoir qu'elle ne reviendrait pas.

La première fois qu'on lui posa la prothèse, le mal se réveilla, plus furieux encore. Sam savait qu'il ne venait pas seulement de la pression de la prothèse sur son moignon, bien que le kiné l'ait sans cesse réconforté en lui soutenant le contraire. Il avait l'impression qu'elle broyait son ancien pied. Pris de vertige, il perdit la vue et l'ouïe pendant quelques secondes. Un goût de bile lui monta à la bouche.

— Ça me gêne un peu, dit-il faiblement.

Son superpouvoir avait toujours consisté à dissimuler et à ignorer la douleur.

— Tout va bien, Sam, lui répondit le kiné. Vous vous en sortez bien. Je vous tiens. Faites juste un pas en avant.

Sam s'exécuta, esquissa un sourire timide, tomba à genoux et vomit.

On l'envoya consulter un thérapeute, un hypnotiseur, un acuponcteur, et une masseuse, et même s'ils le soulagèrent un peu, rien ne réprimait la douleur quand elle se décidait à revenir. On lui demanda alors de chercher ce qui la déclenchait. Elle n'avait que deux causes : le sommeil et la marche – et mener une existence en se privant des deux relevait de l'impossible. Des modifications furent apportées à la prothèse : des chaussettes furent ajoutées puis retirées. Globalement, dès qu'il portait sa prothèse, son agonie était telle qu'il n'arrivait plus à réfléchir. Et pourtant, il le fallait. La douleur lui donnait l'impression d'être bête, un phénomène nouveau pour lui.

— La bonne nouvelle, c'est que la douleur n'est que dans votre tête, lui annonça la médecin.

Mais je suis dans ma tête, pensa Sam.

Il savait qu'il n'avait plus de pied. Il le voyait bien. Il savait qu'il subissait une erreur élémentaire de programmation. Si seulement il avait pu s'ouvrir le cerveau et effacer le code erroné. Malheureusement, le cerveau humain est un système aussi impénétrable que celui d'un Mac.

Sam n'arriva pas à digérer grand-chose pendant ces premiers mois et se nourrit à peine. Il perdit dix kilos, ce qui affola sa grand-mère. Finalement, la douleur s'atténua ou du moins parvint-il à mieux la supporter. Il retourna travailler. Chose inquiétante, pour la première fois de sa vie, les jeux ne lui apportaient ni distraction ni réconfort. La douleur semblait monopoliser les parties de son esprit qui jusque-là avaient été épargnées ou réservées à ses travaux de fiction.

3B

— C'est bizarre que ton ami ne soit pas venu à son propre dîner d'anniversaire, non ? demanda Abe, le petit ami de Sadie.

Ils se trouvaient devant le restaurant de Silver Lake que Marx avait choisi pour sa proximité avec le domicile de Sam. Un arbre poussait au milieu de la salle et cet endroit était connu pour être le meilleur coin de l'Eastside pour rompre avec quelqu'un.

— Non, répondit Sadie. J'ai déjà perdu beaucoup de temps à m'inquiéter pour lui, mais il est du genre à disparaître.

— On a tous des amis comme ça, rétorqua Abe. Ça te dirait de venir chez moi ? Maintenant que tu te trouves de mon côté de la ville, ce serait dommage que tu n'y passes pas.

Abe Rocket était le chanteur principal et le deuxième guitariste du groupe Défaillance de Communication, l'un des milliers de groupes qui résidaient dans les six kilomètres carrés de Silver Lake en 1999. Le soir de l'anniversaire de Sam, ça faisait près d'un mois que Sadie sortait avec lui, mais elle n'était encore jamais allée chez lui. Il n'habitait pas à côté et pour Sadie, ça ne valait pas la peine de traverser la ville en voiture pour une aventure sans lendemain. Elle n'était pas avec lui depuis assez longtemps pour connaître son histoire, ni savoir si Abe Rocket était un nom de scène ou son nom de naissance. Elle l'avait rencontré à un concert où Zoe l'avait emmenée. Abe lui avait plu parce que c'était un amant doux et excessivement courtois (« Sadie, puis-je te toucher la poitrine ? ») et parce qu'il ne jouait pas – ni aux jeux vidéo ni à des jeux intimes – et que ça ne le gênait pas de conduire jusqu'à Venice.

La petite maison d'Abe sentait le bois de santal et il y avait à peu près un millier de vinyles, bien rangés sur ses étagères Ikea laquées de blanc. Sa collection comprenait des 33-tours, mais sa passion, c'étaient les 45-tours. Il adorait les faces B, et l'histoire des faces A et B, dont Sadie ignorait tout. Au départ, lui expliqua Abe, les maisons de disques avaient mis les « tubes » sur la face A et les titres moins importants sur la B. À un moment donné, elles lancèrent des 45-tours avec deux faces A pour limiter les conflits dans les groupes de musique : d'après Abe, John Lennon et Paul McCartney s'étaient sauté à la gorge lorsqu'il avait fallu décider laquelle de leurs chansons serait enregistrée sur la face A. Par exemple, le « Hello Goodbye » (A) de McCartney contre le « I Am the Walrus » (B) de John Lennon.

— Mais il n'y a pas deux faces A. La face A reste la face A, ajouta Abe, et peu importe ce que racontent les maisons de disques véreuses.

Abe et Sadie fumèrent quelques joints et il passa l'un de ses 45-tours favoris, « God Only Knows » des Beach Boys qui était la face B de « Wouldn't It Be Nice ». Quand le titre de la face B avait eu plus de succès que celui de la A, cela donnait lieu à des situations inattendues qu'Abe appréciait tout particulièrement.

— Tu imagines ? Qui aurait pu croire que « Wouldn't It Be Nice » était une meilleure chanson que « God Only Knows » ?

— Ben, je comprends en fait. Il y a carrément plus de rythme dans « Wouldn't It Be Nice », répondit Sadie. On a presque envie de se flinguer quand on écoute « God Only Knows ».

— J'adore ce genre de musique, précisa Abe. J'appelle ça de la musique d'après-midi. Mieux vaut ne pas l'écouter trop tôt le matin sinon la journée est foutue. (Il passa son bras autour d'elle.) Tu es une femme de l'après-midi, sexy Sadie. Il est préférable de ne pas rencontrer quelqu'un comme toi trop tôt dans sa vie sinon on n'aime plus jamais personne.

— Je parie que ce n'est pas la première fois que tu dis ça, lança-t-elle.

Quelques mois plus tard, Abe partirait en tournée, ce qui marquerait la fin de cette relation particulière. Elle ne regretta pas d'être sortie avec lui, ni de s'en être séparée. D'une certaine façon, elle avait l'impression de mieux comprendre Marx à présent (même s'il s'était enfin rangé avec Zoe). Les relations longues étaient peut-être plus enrichissantes, mais les rencontres brèves, assez simples, avec des personnes intéressantes pouvaient s'avérer tout aussi charmantes. Nul besoin d'être consumé par ceux qu'on connaît, voire qu'on aime, pour vraiment en profiter.

Elle s'en ouvrit à Marx au bureau et il se moqua d'elle.

— Je crains que tu ne te trompes sur mon compte, Sadie, lui répondit-il. Je préfère encore être consumé.

Sadie le dévisagea. Ils travaillaient ensemble depuis cinq ans. Elle avait pourtant parfois l'impression de l'avoir mal cerné.

— Et Zoe te consume, alors ?

Elle aimait beaucoup Zoe. Elles n'étaient pas très proches à Cambridge, mais à L.A., elles étaient tout de suite devenues meilleures amies, comme en sont capables les jeunes de vingt ans.

— Je brûle pour elle et je suis brûlé, dit Marx.

— Après Dov, je crois que j'en ai fini avec les brûlures, rétorqua Sadie.

— Je comprends pourquoi tu dis ça, mais je pense aussi que tu ne devrais pas encore y renoncer.

Marx poussa un grognement, fit semblant de la mordre et déposa un baiser sur sa joue.

4A

Lola Maldonado laissa son numéro de téléphone à l'intention de Sam à la pizzeria.

— Monsieur Lee, je ne sais pas si vous vous souvenez de moi, dit-elle à Dong Hyun, mais Sam et moi, nous étions dans le même lycée. J'ai entendu dire qu'il était revenu s'installer en ville. Dites-lui de m'appeler s'il en a envie.

Dong Hyun transmit le message à son petit-fils.

— Tu devrais la rappeler, ajouta-t-il. Jolie fille. Jolies manières.

— J'ai un boulot de fou en ce moment, répliqua Sam.

— Ça fera plaisir à ta grand-mère. Elle s'inquiète de ne te voir que travailler.

— C'est le cas.

— Ça me ferait plaisir à moi aussi, reprit Dong Hyun. Tu ne veux pas rendre un vieil homme heureux ?

— Très bien, vieil homme. J'essaierai de l'appeler.

Sam téléphona à Lola un mois plus tard. Ils abordaient la phase de débuggage sur Mapletown, donc il y avait une petite fenêtre dans leurs plannings chargés.

— Yo, Masur ! s'écria Lola. T'en as mis, du temps. On fait quoi, ce soir ?

Ils convinrent de se retrouver au cinéma Arclight pour aller voir *Matrix*. Lola l'avait déjà vu trois fois, mais Sam n'en avait pas encore eu l'occasion.

Lola et Sam avaient fait tout leur lycée dans la même classe – ils étaient brièvement sortis ensemble pendant leur dernière année (on ne pouvait pas se rendre tout seul au bal de promo) et s'étaient séparés avant leur entrée à l'université (Lola allait étudier l'informatique à UCLA). Elle était intelligente, drôle, pas commode, autoritaire et un peu mesquine. C'est son intelligence surtout qui plaisait à Sam. Elle n'était pas brillante comme Sadie, mais intelligente.

Même si Sam n'y avait pas accordé tellement d'importance, il avait perdu sa virginité avec elle. Un jour caniculaire de septembre, alors qu'ils révisaient les équations différentielles, il y eut une coupure de courant et la maison de ses grands-parents se transforma en Palm Springs. Sam et Lola finirent par retirer tous leurs vêtements.

— Alors on le fait, Masur ? avait-elle demandé.

Pourquoi pas ? avait-il pensé. Son pied ne l'avait pas tellement titillé. Il n'était pas amoureux de Lola, il l'appréciait beaucoup et se sentait à l'aise avec elle.

— Ce n'est pas ta première fois, si ? avait-il demandé.

À cette époque-là, elle portait une croix autour du cou et Sam savait que sa famille était catholique. Il ne souhaitait pas qu'elle prête plus de valeur à ce moment qu'il ne lui en donnait lui-même.

— Non, répondit-elle. Ne t'en fais pas pour ça.

Ils eurent un rapport sexuel fonctionnel, rien de mémorable, et Sam utilisa le préservatif que lui avait filé son cousin pour rigoler. Une fois terminé, son pied le brûlait.

— Est-ce que c'était ta première fois ? s'était enquis Lola.

— Non, avait menti Sam.

Il ne voulait pas lui donner cet ascendant sur sa virginité.

Lola incluse, Sam avait connu quatre partenaires sexuels différents dans sa vie et n'y avait jamais vraiment pris de plaisir. Il avait couché avec un garçon et trois filles. Personne ne l'avait maltraité, cependant le sexe l'avait toujours beaucoup moins comblé que la masturbation. Il n'aimait pas être nu devant les autres. Et le désordre généré par le sexe – ses fluides, ses bruits, ses odeurs – l'indisposait. Il s'inquiétait de ne pouvoir se fier à son propre corps. Il ne s'imaginait pas coucher, par exemple, avec Marx ou Sadie, des êtres qu'il adorait par ailleurs. Le jeune homme qui avait été son amant mettait cela sur le compte de la piètre estime que Sam avait de lui-même, mais ce dernier jugeait ça réducteur. Même avec un corps en parfait état de marche, il n'aurait sans doute pas aimé le sexe. Et pourtant, il y avait une part de vrai dans ce que ce garçon avait dit. Sam partait du principe que son corps ne pouvait connaître que douleur, voilà pourquoi il ne recherchait pas le plaisir comme tout le monde. Quand son corps ne ressentait rien, quand Sam n'avait plus à y penser – et qu'il arrivait à l'oublier, c'était le plus heureux des hommes.

Lola n'avait pas changé depuis le lycée, à part ses cheveux désormais coupés au carré et verdâtres. Menue, elle avait néanmoins une forte poitrine, l'air robuste et de grands yeux marron. Elle portait une robe patineuse rouge et blanche, avec un imprimé coquelicots, des Mary-Janes à semelles compensées, et sentait le même shampoing à l'orange de supermarché qu'elle utilisait depuis qu'ils se connaissaient. Son maquillage se limitait à du rouge à lèvres carmin brillant que Sam vit comme une mise en garde – dans la nature, les trucs rouges n'étaient-ils pas dangereux ?

— Qu'est-ce que tu en as pensé ? lui demanda Lola une fois le film terminé.

— Ça me rappelle beaucoup *Ghost in the Shell*, répondit Sam. Le film d'animation, tu sais ? C'est un peu l'arnaque.

— Je ne l'ai jamais vu.

— Ben, si *Matrix* t'a plu, tu devrais le voir.

Ils décidèrent de s'arrêter dans un vidéoclub à Hollywood pour louer *Ghost in the Shell*, qu'ils allèrent regarder chez Sam. Personne n'était encore passé chez lui à l'exception de ses grands-parents et Marx qui n'était venu qu'une fois.

— Qu'est-ce que c'est que cet appart Masur ?

— Pourquoi ? Il y a un truc qui cloche ?

— Rien, à part qu'on dirait le repaire d'un tueur en série. Ou d'un type sous protection policière, qui doit se tenir prêt à décoller à tout moment. Il n'y a rien sur les murs. Tu dors par terre, sur un matelas. Tu es un adulte, un putain de mec qui a réussi, et tu n'as qu'un *futon*. La moitié de tes affaires sont encore dans des cartons.

— Ouais, admit-il. J'ai pas eu le temps.

— Il faudrait que tu t'achètes, je sais pas, moi, un poster, une plante ou quelque chose. Que t'investisses les lieux, comme si t'habitais là, tu crois pas ?

Sam introduisit le DVD dans le lecteur. Lola retira ses chaussures et se pelotonna contre Sam qui ne la repoussa pas. En Californie, même quand il avait fait chaud pendant la journée, les soirées étaient fraîches.

C'était agréable d'être près de Lola, agréable de sentir sa chaleur. Il était resté foncièrement isolé depuis qu'il était arrivé à L.A., même s'il refusait de l'admettre.

Après l'opération, il avait évité de se mêler aux autres. Il avait voulu rester seul avec sa douleur. Finalement, au fil des mois et à mesure qu'il récupérait, il s'était demandé où était passée Sadie. Au début, il s'était dit qu'elle respectait son besoin d'intimité, mais par la suite, il sentit que quelque chose s'était cassé entre eux. Elle ne lui avait pas rendu visite à l'hôpital ni à son nouvel appartement. Peut-être était-elle dégoûtée par son amputation. Même si ça ne lui ressemblait pas.

Elle ne parlait que boulot avec lui et, au bureau, ils se trouvaient littéralement dans deux mondes séparés. Une équipe de vingt personnes bossait pour eux sur *Deux Côtés*, et des jours entiers pouvaient s'écouler sans qu'ils aient besoin de se parler. Leur entreprise avait grossi et c'était inévitable, pensait-il, mais il lui arrivait de regretter l'intimité de leur appartement de Kennedy Street.

Sadie lui manquait plus qu'à l'époque où il avait cessé de lui adresser la parole, parce qu'elle était là, tous les jours. Ça ressemblait à Sadie et ça parlait comme elle, pourtant ça n'était plus vraiment elle. Quelque chose clochait, mais il avait décidé d'attendre que le jeu soit fini pour chercher à savoir de quoi il retournait.

Lola et Sam regardèrent *Ghost in the Shell* jusqu'à la fin.

— Oui, concéda-t-elle alors. Ça ressemble à *Matrix*, mais je continue à adorer *Matrix*. (Elle ramena ses genoux contre sa poitrine et pivota vers Sam pour lui faire face.) J'espère que je ne vais pas passer pour une groupie en disant ça, mais j'ai adoré *Ichigo*. Ce sont de super jeux. Je n'arrête pas de dire à tout le monde que je suis allée au bal de promo avec Sam Masur.

— C'est flatteur.

— Je ne dis que la vérité, rétorqua-t-elle.

— Ce n'est pas que mon jeu, dit Sam. Je l'ai conçu avec mon associée.

— Ah ouais, bien sûr. La nana de L.A., c'est ça ?

— Oui.

— Je me souviens d'elle, au lycée. Elle a gagné la bourse régionale Leipzig Family, non ? Je m'y étais présentée, moi aussi, mais c'est elle qui a gagné. Ça m'étonnerait qu'elle ait vraiment eu besoin de ces 5 000 dollars. Elle était brillante, oui, n'empêche qu'elle a toujours eu un balai dans le cul, franchement.

— Qu'est-ce qu'elle t'a fait ?

— Rien. Elle avait l'air plutôt froide. Ça remonte à loin. Oublie ce que je viens de dire.

— Il lui arrive de l'être, reconnut Sam. C'est une introvertie.

— Je me rappelle qu'elle avait de beaux cheveux, ajouta Lola. Ce brushing brillant signé Beverly Hills, que se font faire toutes les juives du Westside.

Sam n'aurait su dire s'il s'agissait d'un commentaire antisémite ou pas.

— Ce sont ses cheveux qui sont comme ça, je crois.

— Personne n'a une tignasse pareille au naturel, répliqua Lola.

Elle se pencha vers lui pour l'embrasser, il lui rendit son baiser puis elle glissa sa main entre ses jambes, enroulant ses doigts autour du corps cylindrique spongieux empli de sang qui constituait son pénis. Le subconscient de Sam envoya des messages nerveux à son corps caverneux qu'il sentit se gorger de sang, et la membrane de la tunique albuginée – la camisole de force de son pénis – contint l'afflux sanguin. Il s'écarta.

— Qu'est-ce qu'il y a, Masur ? demanda-t-elle. On l'a déjà fait. Tu n'as pas de petite amie, si ?

— Ces trucs n'ont rien de simple pour moi. (Sam s'assit.) Tu te souviens de mon pied ?

Lola roula des yeux.

— On a bien couché ensemble, Sam.

— Il y a deux mois de ça, j'ai finalement été obligé de me le faire enlever. J'ai eu une convalescence plutôt horrible et puis je crois surtout que je n'ai jamais été très doué pour le sexe.

— Très bien. Je comprends. T'as mal, là ? Sur une échelle de un à dix.

— Six, je dirais, sept si je bouge.

— C'est trop, dit-elle en hochant la tête. Pas de problème. On pourra coucher ensemble la prochaine fois. (Elle lui prit la main.) Ça te dirait de fumer de l'herbe ? J'ai apporté un joint dans mon sac.

— Je ne me drogue pas, répondit Sam. J'aime bien garder l'esprit clair.

— Comment tu y arrives en ayant mal tout le temps ? Masur, tu peux me faire confiance là-dessus, si quelqu'un a besoin de fumer un pétard, c'est bien toi.

Lola alluma le joint qu'ils se passèrent à plusieurs reprises en regardant à nouveau *Ghost in the Shell*. C'était la première fois que Sam en fumait et il sentait son esprit doucement s'évader, mais il tenait à faire comme si la drogue n'avait aucun effet sur lui.

— T'es carrément défoncé, lança Lola.

— Pas du tout, insista Sam.

Vers la fin du film, elle hasarda :

— Tu veux bien me le montrer ?

— Mon pénis ? rétorqua Sam, pris d'une crise de fou rire.

— Non, ton moignon. (Elle haussa les épaules. Sam dut reconnaître qu'elle avait l'air bien moins stone que lui.) Ça pourrait t'aider. En plus, j'ai vu à quoi il ressemblait avant, ce qui me permettra d'avoir un point de comparaison.

Pour une raison ou une autre – et peut-être à cause de son inexpérience en matière de marijuana – Sam trouva cet argument pertinent. Il retira ses chaussures, enleva son pantalon, détacha sa prothèse et roula les deux chaussettes qui recouvraient son moignon.

Lola l'examina d'un œil critique et haussa à nouveau les épaules.

— C'est pas si terrible. C'était sans doute pire avant. Ça a au moins un aspect fini.

Elle posa sa main chaude sur le moignon et il trouva le contact de ses doigts différent des siens ou de ceux du docteur. Elle passa son index sur la cicatrice rosée-rouge qui faisait penser à une bouche bien close, et Sam sentit une décharge électrique à la fois agréable et douloureuse parcourir sa colonne vertébrale. Elle se pencha, déposa un baiser sur son moignon et y laissa ainsi le tampon rouge de ses lèvres. Il allait lui demander d'arrêter, mais il était trop défoncé, et puis c'était terminé de toute façon. Elle serra le moignon avant de se rasseoir.

— Tout va bien se passer pour toi, Masur. Je te le jure.

Sam eut envie de pleurer, mais c'est un éclat de rire qu'il laissa échapper.

4B

Deux Côtés fut terminé une semaine avant le vingt-cinquième anniversaire de Sadie. Marx organisa une soirée au bureau pour célébrer les deux événements. Le jeu leur avait demandé vingt-deux mois de boulot et, sortirait, comme *Ichigo*, à temps pour les vacances.

En début de soirée, Zoe avait donné à Sadie une dose d'ecstasy.

— C'est un grand moment, commença Zoe, que je veux fêter avec mes meilleurs amis.

D'habitude, Sadie se contentait de fumer un pétard, mais momentanément libérée de ses responsabilités, elle se sentait de si bonne humeur qu'elle accepta le comprimé.

La drogue la désinhiba si bien qu'elle put se réjouir d'avoir mené le jeu à son terme. Elle avait l'impression de n'en avoir jamais conçu de meilleur, d'avoir repoussé les limites de la narration et de la technique dans *Deux Côtés*, au contraire d'*Ichigo*. Et d'ailleurs, à quoi bon créer un jeu si ce n'était pour ça ? Ses capacités étaient enfin à la hauteur de ses ambitions. Elle était épuisée, comme toujours lorsqu'elle terminait un jeu, mais se sentait pour la première fois satisfaite des efforts qu'elle avait fournis. Elle avait l'impression d'être amoureuse de tous les invités de la soirée : de Marx, qui avait marqué chaque étape de sa présence calme et avisée, de Zoe, qui avait composé une musique émouvante et dramatique pour le jeu. Elle aimait toute l'équipe de designers et de programmeurs. Elle aimait la Californie. Elle pardonnait à Dov et éprouvait moins de ressentiment à l'égard de Sam.

Le travail de Sam sur le jeu avait surpassé ses attentes. Au départ, elle avait envisagé le récit de Mapletown comme la toile de fond soignée de l'attraction vedette, Myre Landing. Sam l'avait surprise. Il avait prêté une vraie profondeur à son univers et elle avait même versé quelques larmes lorsqu'elle avait joué à *Deux Côtés* pour la première fois. Pendant la partie, elle avait pris conscience que c'était Mapletown qui conférait une résonance émotionnelle au monde fantastique de Myre Landing. Les derniers mois s'étaient écoulés si vite qu'elle n'avait pas trouvé l'occasion de dire à Sam à quel point son travail lui avait plu. Elle prévoyait de le prendre à part, ce soir-là.

Même si elle lui en voulait toujours, ils s'étaient disputés bien moins souvent sur *Deux Côtés* que sur *Ichigo*. Au moindre différend, il lâchait prise rapidement, ce qui avait porté Sadie à croire que Sam n'était plus impliqué. Certains jours, il ne se donnait même plus la peine de venir au bureau, de se battre. Quand elle découvrit le travail qu'il avait fourni sur Mapletown, elle réalisa qu'il ne s'était pas contenté de faire des concessions. Curieusement, il avait réussi à se soumettre à ses critiques comme jamais auparavant. Ils s'étaient brièvement chamaillés sur une scène en particulier. C'était l'avant-dernière de Mapletown, dans laquelle Alice Ma, plus malade que jamais, découvre que Myre Landing n'est qu'un jeu auquel elle a joué pendant tout ce temps. Au début, Sam avait dit préférer que Myre Landing ne soit pas un jeu, mais un livre ou une histoire qu'Alice Ma serait en train d'écrire. Le monde de Myre Landing aurait un côté trop méta, trop intelligent pour un jeu, et ça mettrait le gamer face à une discordance inutile. Mais Sadie était restée sur ses positions et Sam avait cédé. Il avait réécrit l'avant-dernière scène si bien que lorsqu'on voyait enfin Alice jouer à Myre Landing sur son ordinateur portable (pour la première fois, ce monde apparaissait à l'écran de l'écran), Alice perdait. Son avatar Rose la Puissante mourait dans la bataille. Pour la deuxième fois, on vous invitait à redémarrer l'ordinateur : *Prêt pour un nouveau lendemain, Paladin ?* Alice retourne au point de sauvegarde, rejoue, et meurt à nouveau. L'invite à redémarrer l'ordinateur s'affiche à l'écran : *Prêt pour un nouveau lendemain, Paladin ?* Alice regagne le point de sauvegarde et retente sa chance. Ce coup-ci, elle l'emporte et la dernière scène du jeu est lancée. C'était une idée de Sam de faire mourir Alice deux fois dans le jeu, avant de lui permettre de remporter la partie dignement. Il avait ainsi inversé la scène d'ouverture de Mapletown, où avancer revenait à renoncer et Sadie avait trouvé cette initiative brillante.

Quinze jours plus tard, elle commencerait la tournée de promotion de *Deux Côtés*. Sam avait une nouvelle petite amie – une nana du lycée – et un chien – et il avait dit qu'il ne souhaitait pas voyager tout de suite. Cette fois, c'était Sadie qui se chargerait de répondre aux interviews et de se déplacer dans les congrès. Mais elle tenait à mettre les choses au point avec Sam avant son départ.

Sadie le cherchait encore quand Zoe lui demanda de l'accompagner sur le toit avec Marx pour contempler les étoiles de la fin septembre qu'elle annonçait comme des « oracles spectaculaires ».

Sur le toit, même si la vue n'avait pas changé, on voyait bien les étoiles. Zoe pointa son doigt vers le ciel.

— Cette constellation, on l'appelle le Capricorne, dit Zoe. Celle-ci, l'Indien. Et là, c'est le Cygne, comme l'oiseau.

— À quoi tu les reconnais ? demanda Sadie. Pour moi, elles ne correspondent jamais vraiment à ce qu'elles sont supposées être.

— En toute honnêteté, je ne sais pas très bien les différencier. Je sais juste celles qu'on est censés voir dans un ciel de septembre.

— Et là, regarde ! s'écria Marx en tendant le bras droit tandis qu'il passait l'autre sur les épaules de Zoe. C'est Schtroumpfus ! On la reconnaît à ses teintes bleutées.

— Et ça, c'est Gandalfus, ajouta Sadie. Les trois étoiles représentent le chapeau du magicien.

— Il y a aussi Frodus et Bilbus le Hobbitus, dit-il.

— Et Gollumus se présente comme un anneau, reprit Sadie.

— L'anneau magique de Gollumus.

— Vous êtes pas sympas, les gars, lança Zoe en souriant malgré tout.

— Non, c'est un super jeu. Ça, c'est Cobainus. Les onze étoiles de Cobainus forment un vague sweat molletonné de grand-mère.

— Et ça, c'est Donkey Kongus.

— Quelle chance nous avons de voir la cravate céleste du ciel ! ajouta Marx. Mais il me semble que son nom exact est Donkus Kongus.

— *Donkus Kongus*, rectifia Sadie, je confonds toujours.

— Je ne voulais pas te reprendre, dit Marx.

— Au contraire, tu fais bien de me corriger quand je me trompe, rétorqua Sadie.

Sans prévenir, Zoe embrassa Sadie sur la bouche.

— Ça va ? s'enquit-elle en glissant ses doigts dans les cheveux de son amie.

— Et toi, ça va ? demanda Sadie à Marx qui hocha la tête.

— On ne croit pas à l'appartenance mutuelle dans le couple. (Zoe embrassa Sadie à nouveau.) Tes lèvres sont si douces. Marx, il faut que tu sentes ça.

Il secoua la tête.

— Je vais regarder, dit-il avec un petit sourire.

— Mes deux personnes préférées au monde, ajouta Zoe. Je suis tellement amoureuse de vous deux, là.

Zoe attira Marx vers elle, plaça ses mains derrière les têtes de ses amis, les rapprocha comme deux poupées et les fit s'embrasser comme deux poupées. Le baiser dura sept secondes, mais sembla durer plus longtemps pour Sadie. Marx avait un goût de menthe et de la bière fruitée Hefeweizen qu'il avait bue, et sa saveur à lui. Elle s'attendait à trouver ça étrange, mais ce baiser lui parut tout à fait naturel, comme s'ils passaient leur temps à s'embrasser. Sadie se dégagea la première et Marx émit son petit rire charmant, se couvrant la bouche de ses longs doigts élégants.

— Ça t'a fait bizarre ? demanda-t-il.

— Oui, dit Sadie, mais on est sous cacheton, alors ça ne compte pas. (Marx ne s'était pas drogué.) C'était un peu comme embrasser mon frère. (Sadie n'avait qu'une sœur, Alice, et elle n'avait pas du tout eu l'impression d'embrasser quelqu'un de sa famille.)

— Demain matin, on ne s'en souviendra plus, lança Marx.

Alors qu'en fait, ils s'en souviendraient. Il haussa un sourcil puis soupira comme s'il renonçait à quelque chose.

— Je t'aime, Sadie, souffla-t-il.

— Je t'aime, répondit-elle avant de se tourner vers Zoe. Je t'aime, Zoe.

— Je suis tellement amoureuse de vous deux, là, les gars, lança Zoe en les prenant dans ses bras. Je voulais voir à quoi ça ressemblerait et maintenant c'est fait.

Elle hocha la tête. Ses yeux semblaient immenses et se remplirent de larmes.

— Non, Zoe ! s'écria Sadie en la prenant dans ses bras. On n'est pas censés pleurer sous ecsta, dit-elle.

— Ce sont des larmes de bonheur, rétorqua Zoe.

5A

Même si les critiques professionnelles ne décidaient pas de l'avenir d'un jeu en 2000, celles de *Deux Côtés* allaient de mitigées à mauvaises :

« À vous qui attendiez avec impatience le dernier Mazer/Green, passez votre chemin : *Deux Côtés* n'est *pas* un jeu pour les fans de la merveilleuse série *Ichigo*. »

« Certains graphismes dans Myre Landing font partie des plus beaux visuels que j'aie vus dans un jeu, mais, malheureusement, le larmoyant Mapletown vient s'en mêler. »

« Même si certains aspects de ce jeu m'ont plu, il est deux fois trop long. »

« *Deux Côtés* souffre d'une crise d'identité majeure. »

« Les fans d'*Ichigo* devraient l'éviter. »

« … le jeu semble schizophrène, à croire qu'il a été conçu par deux personnes différentes et on y joue sans plaisir. »

« La météo de Myre Landing en est le meilleur personnage. »

« La fin du jeu est deux fois trop intelligente. »

« On conviendra tous qu'il nous faut plus d'héroïnes dans les jeux, mais je n'ai aimé aucune des deux : ni Alice Ma ni Rose la Puissante. »

« *Ichigo* n'a tellement rien à voir avec *Deux Côtés* qu'on a du mal à croire que c'est l'œuvre des mêmes designers. Peut-être qu'*Ichigo* relève davantage de Mazer et *Deux Côtés* de Green ? Mazer, le plus connu de l'équipe, n'a bizarrement pas participé à la promotion alors que Sadie Green a occupé les devants de la scène. Mazer savait peut-être que son jeu ferait un bide ? »

« *Deux Côtés* pense vous en mettre plein la vue, mais parvient tout juste à vous donner la migraine. »

« J'imagine qu'on est censé être ému à la fin de *Deux Côtés*, mais moi, j'ai juste eu une grosse envie de balancer la manette à travers la pièce. »

« Je salue les réussites techniques de *Deux Côtés*. L'extraordinaire graphisme de l'univers de Myre Landing, la bande originale ensorcelante de Zoe Cadogan, les excellents effets sonores et le concept plutôt intelligent. Alors pourquoi l'ai-je autant détesté ? Parce qu'il est prétentieux, ronflant et pas très amusant. Bonne chance pour le prochain, Unfair Games. »

Pendant la première semaine du lancement de *Deux Côtés*, les ventes ne représentèrent qu'environ vingt pour cent de celles d'*Ichigo* sur la même période. Marx restait pourtant optimiste.

— C'est un jeu génial et spécial, dit Marx en rentrant dans le bureau de Sadie. Il mettra peut-être un peu plus de temps à trouver son public ?

— Les gens le détestent, répondit Sadie.

— Mais non, ils ne le comprennent pas. Ils s'attendaient à retrouver *Ichigo*, et le marketing et la publicité n'ont pas assez insisté sur le fait que ce serait très différent. Je n'ai pas encore baissé les bras. On va acheter plus d'encarts publicitaires. On va en envoyer à plus de gamers, plus de critiques. Les revendeurs sont toujours aussi fanas du jeu et de vous. C'est pas encore fini.

— Ils le détestent. (Sadie posa sa tête sur le bureau.) J'ai mal au crâne.

Marx se pencha et releva le menton de son amie.

— Ce n'est pas encore joué, Sadie. Crois-moi.

Elle n'y arrivait pas.

— Ça ressemble à une migraine. Je pense que je vais passer le reste de la journée chez moi.

— D'accord. Prends ton après-midi. Je t'accompagnerais bien, mais j'ai prévu de déjeuner avec les garçons.

Autrement dit, Antonio « Ant » Ruiz et Simon Freeman. Pendant que Sadie et Sam avaient réalisé *Deux Côtés*, Marx avait commencé à développer les efforts de production d'Unfair Games. Il recruta une première équipe composée de Simon Freeman et Antonio Ruiz, tous deux fraîchement diplômés de CalArts. Les garçons – comme il les appelait – travaillaient sur un jeu de rôle japonisant, inspiré de leur jeu préféré, *Persona*. Leur version avait pour décor un lycée, et chaque personnage pouvait faire appel à une version alternative de lui-même à travers une série compliquée de trous de ver. *Love Doppelgängers*, son titre provisoire, tenait pour moitié de la romance et pour l'autre de la science-fiction.

— Tu veux venir ? Sam a dit qu'il essaierait de se joindre à nous.

— Non, répondit Sadie.

Elle prit *Dead Sea* sur l'étagère. Ce jeu la réconfortait. Elle décida de rentrer chez elle pour tuer des zombies pendant un moment.

Elle quitta le bureau et rentra à Clownerina à pied. La statue semblait se moquer d'elle avec son pied en l'air. Après avoir tiré ses rideaux, elle se mit au lit sans prendre la peine de retirer ni ses vêtements ni ses chaussures. Elle se sentait ridicule, honteuse de ce fiasco et était persuadée que les gens pouvaient le sentir, le voir. L'échec se déposait sur vous comme une couche de cendres après un incendie. Elle ne lui couvrait pas seulement la peau, mais pénétrait dans son nez, sa bouche, ses poumons, les cellules de son corps pour devenir partie intégrante d'elle-même. Sadie ne s'en débarrasserait jamais.

Dov lui passa un coup de fil et tomba sur le répondeur :

— Les critiques sont ignobles, dit-il. C'est un jeu brillant. Avec des effets d'ambiance déments grâce à Onirique. J'espère que tu vas bien. Appelle-moi.

Elle écouta son message et appuya sur la touche « effacer ».

Sam l'appela aussi et elle ne décrocha pas non plus.

— Sadie, décroche. Il faut qu'on en parle. Tout ça n'arrive pas qu'à toi.

Effacer.

Elle s'endormit. Un quart d'heure plus tard, on frappait à la porte de son appartement. La voix étouffée de Sam lui parvint :

— Sadie, ouvre-moi. Faut qu'on parle.

Elle ne répondit pas.

— Allez, Sadie. C'est idiot. Parle-moi. Ils ont surtout détesté *mon côté*, pas *le tien*.

Elle demeura muette.

— Je t'en prie, Sadie. C'est ridicule. Ça va durer comme ça combien de temps ?

Elle sortit de son lit, ouvrit la porte et Sam entra.

5B

— Dis ce que tu es venu me dire, lança Sadie.

Sam s'installa sur le canapé.

— J'aime bien ton immeuble. Le clown bizarre me plaît.

— Tu ne peux pas me lâcher un peu ? J'ai dit à Marx que je reviendrai travailler demain.

— On a essayé de faire un gros truc, poursuivit Sam. Nous avons fait des choses qu'on croyait impossibles et ça leur a déplu. Mais je m'en fiche. *Moi*, j'aime ce qu'on a réalisé.

— Facile à dire pour toi, rétorqua-t-elle. Tout le monde pense que c'est *mon* jeu et que tu m'as suivi dans cette folie. Ils estiment que *ton* jeu, *Ichigo*, est bon et que *mon* jeu est raté.

— Ce n'est pas vrai.

— Et peut-être que tu t'es dit que *Deux Côtés* ferait un bide, comme l'a écrit ce critique. Tu m'envoies en assurer la promotion. Si tu l'avais vraiment trouvé bon, tu serais monté au front, pas vrai ?

Sam la dévisagea.

— Attends. Quoi ?

Elle soutint son regard.

— Si tu l'avais trouvé bon, tu t'en serais attribué tout le mérite. (Elle marqua un temps.) Comme d'habitude.

Sam avait été fier du travail qu'elle et lui avaient accompli. Il n'était pas parti sur les routes à cause de son traître de pied et de cette douleur qu'il aurait eu du mal à gérer. Sam ouvrit la bouche pour s'expliquer puis se ravisa. Il alla dans la cuisine et se servit de l'eau fraîche au distributeur du frigo.

— Sers-toi, je t'en prie, lança-t-elle, sarcastique et implacable. Ce qui est à moi est à toi. Sauf quand il s'agit d'un truc que tout le monde déteste.

— Arrête, Sadie. C'est toi qui *voulais* assurer la promotion de *Deux Côtés*.

— Non. J'ai accepté de le faire parce que tu as refusé. Et ce n'était pas facile. Je ne suis pas Sam Mazer. Je ne fais jamais très bonne impression aux inconnus.

— Alors, si je comprends bien, quand tu t'en charges, c'est du boulot. Mais quand je m'en occupe, c'est des vacances.

— Oui, je pense que c'est plus facile pour toi.

— Plus facile. Peut-être qu'on pourrait dire que je suis *doué* pour ça, non ? Et pas toi.

— Est-ce que tu insinuerais que le jeu fait un bide parce que j'en ai foiré la promotion ? demanda Sadie.

— Non, bien sûr que non. J'essayais juste de te faire admettre que la tournée promotionnelle d'*Ichigo* m'avait demandé du boulot. Arrête de chercher la bagarre. Et pour ton info, sache que j'ai mis tout ce que j'avais dans Mapletown. Je ne m'étais encore jamais autant investi dans un jeu.

— Tu n'as pas pu mettre tout ce que t'avais, Sam. T'étais jamais là.

— J'ai bossé comme un taré, objecta-t-il. En plus, j'ai passé une année difficile, au cas où tu voudrais le savoir. Et puis, qu'est-ce qui te prend ?

— Comment ça ?

— Allez, Sadie. Il n'y a que nous deux dans cette relation, et je veux savoir ce qui se passe. Tu as une dent contre moi depuis qu'on est rentrés en Californie.

Sadie ne répondit pas et secoua la tête.

— Tu me traites comme de la merde tout le temps, sans raison ?

— Va te faire voir, Sam.

— Allez, explique. C'est encore pire de ne pas savoir ce que tu me reproches.

— Je me fiche que ce soit pire.

— Je te reconnais bien là, rétorqua-t-il. Ben, vas-y, reste assise, souffre dans ton coin et n'explique à personne ce qui ne va pas.

— C'est bien ce que tu fais toi, non ? dit Sadie.

Sam frappa du poing sur la table.

— Qu'est-ce qui te prend ? Sadie, tu es injuste. Je n'ai pas la moindre idée de ce que je t'ai fait. Et manifestement, j'ai fait quelque chose.

— Tu n'en as pas une petite idée ?

— Pas la moindre, répondit-il.

Elle sortit le CD de *Dead Sea* de son sac et lui envoya à la figure.

— Qu'est-ce que c'est ?

— À toi de me le dire.

Il examina le CD.

— C'est le jeu de Dov. Et après ?

Sadie planta son regard dans le sien.

— Tu savais que Dov était mon petit ami, c'est pour ça que tu voulais que j'aille le voir. Tu as prétendu le contraire.

— Et alors quoi ? Ulysse était parfait pour *Ichigo*. Sadie, c'est dingue.

— Ne me traite pas de dingue. Je pensais que tu étais mon ami, mais…

— Tu es ma meilleure amie, Sadie. Et je suis ton ami, ou du moins l'étais-je jusqu'à ce que tu décides du contraire il y a deux ans.

— Je te considérais comme un ami alors que tu es un menteur et un manipulateur.

— C'est faux.

— Ah ouais ? Tu fais croire à tout le monde que tu as réalisé *Ichigo* tout seul.

— C'est faux. Je ne peux contrôler la façon dont sont rédigés les articles. Je te présente à tout le monde comme mon associée. Je dis à tout le monde que tu es brillante.

— Tu nous as forcés à accepter le marché d'Opus parce que ça t'arrangeait, *toi*.

— Tu sais très bien pourquoi on l'a accepté. On en a discuté les raisons ensemble.

— Je me suis retrouvée obligée de faire une suite. Obligée de bosser pendant que tu récoltais tous les lauriers en tournée.

— Ce n'est pas ce qui s'est passé.

— Mais ce que tu m'as fait de pire, c'est m'envoyer chez Dov pour Ulysse.

— Je ne t'y ai pas obligée.

— Je sais très bien que j'aurais réussi à fabriquer ce moteur si j'avais eu plus de temps. Si tu ne m'avais pas forcée à aller le voir, je ne me serais pas remise avec lui pendant trois ans. As-tu une idée de l'emprise qu'il avait sur moi et de l'effort que ça m'a demandé de le quitter ?

— Ce n'est pas ma faute si tu es retournée avec lui. Tu ne peux pas me reprocher son comportement ou le tien. Tu ne peux pas tout me mettre sur le dos.

— Reconnais-le, Sam. Tu voulais Ulysse et tu te fichais de moi.

— Je me préoccupe plus de toi que de quiconque, dit Sam. Est-ce que je regrette de t'avoir demandé d'emprunter Ulysse ? Est-ce que je regrette qu'on soit devenus riches, qu'on puisse faire à peu près tout ce qu'on veut à présent, même un jeu mal fichu et prétentieux comme *Deux Côtés* ? Non, et si c'était à refaire, je te redemanderais d'aller voir Dov pour obtenir Ulysse.

— Tu trouves *Deux Côtés* mal fichu et prétentieux ?

— Je crois que c'était évident qu'il n'aurait *rien* à voir avec *Ichigo*, mais comme c'était ce que tu voulais faire, je t'ai soutenue.

— Si je comprends bien, c'est ma faute ?

— Non, je signale juste que c'était peut-être un peu plus ton idée que la mienne.

— *Ichigo* était mon idée aussi. Ce ne sont que *MES* idées.

— Très bien, si tu le vois comme ça… Si ça t'aide de faire de moi le grand méchant, vas-y. Mais si je ne t'avais pas poussée à réaliser *Ichigo*, tu en serais où, hein ? Avec un peu de chance, tu ferais partie de la centaine de programmeurs d'Electronic Arts qui bossent sur *Madden Football*. Il n'y a pas tant de filles que ça, dans notre domaine, tu sais. Tu travaillerais probablement pour Dov. Et il te menotterait sans doute à ton bureau.

Sadie ouvrit de grands yeux. Elle ne lui avait jamais parlé des menottes.

— Comment tu sais ça ?

— Bon sang, Sadie, ça sautait aux yeux. Ça n'avait rien d'un secret d'État. Tu as eu des marques autour des poignets pendant, quoi, deux ans ? Marx et moi, on…

— T'es vraiment un énorme connard. Je te hais parfois.

Sam comprit qu'il était peut-être allé un peu trop loin.

— Je n'aurais pas dû dire ça, Sadie. Je t'en prie. Tu te souviens de ce jour à ton ancien appartement à Cambridge ? Tu as dit qu'on se pardonnerait mutuellement quoi qu'on fasse, quoi qu'on dise.

— Je ne savais pas à quoi je m'engageais, alors, rétorqua-t-elle. J'étais jeune, et bête.

— Tu n'as jamais été bête.

Elle secoua la tête.

— T'es-tu jamais demandé pourquoi j'étais déprimée ?

— Je… J'ai pensé que tu t'étais séparée de ton petit ami. Je crois que c'est ce que m'a dit ta colocataire. Je ne savais même pas qu'il s'agissait de Dov.

— Pas encore, précisa Sadie. Tu ne le savais pas *encore*. Et pourtant, c'était lui. Mais ce n'est pas ça qui a causé ma dépression. (Elle secoua la tête et la colla contre ses genoux, ses cheveux recouvrant le tout.)

— Tout le monde pense qu'*Ichigo* parle de toi alors qu'il parle de moi.

— Que veux-tu dire ?

— *Ichigo* montre un garçon qui est perdu en mer, mais ce jeu parle aussi d'une mère qui a perdu son enfant. Je n'ai pas d'enfant, mais j'aurais pu…

Elle se détourna de lui. Elle n'avait encore jamais parlé de l'avortement à personne, ni à Dov, ni à Alice, ni à Freda, et même maintenant, elle avait du mal à prononcer ce mot devant Sam.

Il lui arrivait d'oublier que c'était arrivé. Par une journée neigeuse de janvier, elle avait pris le train jusqu'à une clinique de Back Bay. On lui avait recommandé de venir accompagnée d'une amie. Elle y était allée seule. Elle en avait eu en tout et pour tout pour une heure ; l'intervention elle-même avait duré dix minutes. L'infirmière l'avait prévenue de douleurs éventuelles, pourtant elle n'avait rien senti. (Elle ne saignerait même pas autant que lorsqu'elle avait ses règles.) Elle rentra par le train et le soir même, sortit boire des coups avec sa colocataire. Elle s'était enfilé un *White Russian*, un rhum-Coca, un *seven and seven*, des boissons douceâtres d'étudiantes et à son retour à l'appartement, elle s'était évanouie sur son lit. Au début, sa colocataire avait pensé qu'elle avait la gueule de bois. Comme Sadie passa la semaine suivante sous la couette, elle finit par lui demander :

« Qu'est-ce qui ne va pas ?

— J'ai rompu avec Dov, avait-elle menti.

— Bon débarras ! »

Sadie gardait le lit depuis onze jours lorsque Sam avait débarqué en lui demandant de discuter de *Solution*.

— J'avais tellement honte, dit Sadie. Et c'est peut-être pour ça que je l'ai laissé faire ce qu'il a fait.

— Sadie, lâcha Sam d'une voix chargée de tendresse et d'amour pour elle. Pourquoi ne m'en as-tu jamais parlé ?

— Parce qu'on n'a jamais abordé de sujets *sérieux* tous les deux. On joue aux jeux, on en parle, on discute de projets, mais on ne se connaît pas du tout.

Il s'apprêtait à lui répondre que c'était des conneries, que deux personnes ne pouvaient pas partager autant leur vie qu'eux deux. Que si *elle* ne le connaissait pas, alors personne ne le connaissait et il pouvait aussi bien ne pas exister. Mais à ce moment-là, sa douleur fantôme se réveilla. Aucune crise n'était survenue depuis plusieurs mois et il ne souhaitait pas en faire une maintenant, dans l'appartement de Sadie. Il ne tenait pas à se montrer faible et vulnérable alors qu'elle le haïssait à ce point. Les signes avant-coureurs de la crise n'avaient plus de secret pour lui : la crispation de sa mâchoire et de son front, l'hyperconscience de toutes les odeurs qui l'entouraient (l'océan, la crème pour les mains de Sadie, un fruit qui pourrissait dans une poubelle dehors), la montée de bile, la décharge électrique dans sa colonne vertébrale, la palpitation, la douleur, les pulsations de son membre manquant. Il ouvrit son sac à dos et en sortit un joint. Il l'alluma et en inhala profondément la fumée.

Sadie le regarda, soudain déconcertée, comme face à un animal s'adonnant à une activité incongrue : un éléphant qui peindrait un tableau ou un cochon qui se servirait d'une calculette.

— Ça ne te dérange pas que je fume chez toi ? demanda Sam.

— Fais ce que tu veux, répondit-elle. (Elle se leva pour tirer les voilages en coton et ouvrir les fenêtres. Le soleil se couchait sur Clownerina.) Depuis quand tu fumes des pétards ?

Sam tira une bouffée et haussa les épaules.

Elle retourna s'asseoir sur le canapé, aussi loin de lui que possible. Les ronds de fumée s'élargissaient jusqu'à elle, tels des doigts funestes, et une agréable brume commença à envahir la pièce, adoucissant tout ce qui avait été blessant. Les vapeurs du joint étaient fortes et épicées et Sadie sentit qu'elle se détendait malgré elle.

— C'est quoi ? demanda-t-elle.

— Un genre de sinsemilla, dit-il. Je ne sais plus comment ça s'appelle.

En fait si. C'était un de ces noms puérils que les agriculteurs donnaient à leur herbe – Bugs Bunny, Chaton Magique, Rollergirl – comme si les gens ne fumaient que pour s'adonner à des frasques de jeunesse. Mais il jugeait le moment mal choisi pour prononcer le nom à voix haute.

Elle se rapprocha de lui et tendit la main vers le joint, paume ouverte. Sam examina cette main tendue qu'il connaissait aussi bien que la sienne – le tracé précis des lignes qui zébraient sa paume, ses doigts fins parcourus de veines pourpres aux jointures, le teint particulier de sa peau crémeuse tirant sur le vert olive, son poignet délicat, rosé, moucheté de callosités sombres laissées là par la marque de Dov sans doute, le bracelet en or blanc qu'elle portait et que, il le savait, Freda lui avait offert pour ses douze ans. Comment pouvait-elle imaginer qu'il n'avait pas deviné pour les menottes ? Il avait passé des heures assis à côté d'elle, à jouer à des jeux, puis à en réaliser, à regarder ses mains pendant que ses doigts couraient sur le clavier ou appuyaient sur les manettes. *Ose me dire que je ne te connais pas*, pensa-t-il. *Dis-moi que je ne te connais pas alors que, de mémoire, je saurais dessiner cette main, ta main.*

— Sam ?

Il lui passa le joint.

V

PIVOTS

1

Tout le monde savait que *Love Doppelgängers* était un très mauvais titre, mais personne n'avait de meilleure idée. Ils l'avaient entendu depuis si longtemps qu'il en était presque devenu bon, parce qu'à force d'être répété, il sonnait mieux, plus familier. Alors qu'en fait, il était mauvais. Comme Sam l'avait dit à Marx : « Si tu ne veux que douze personnes pour jouer à ce jeu, alors va pour *Love Doppelgängers.* » Unfair Games ne pouvait pas se le permettre. Après les résultats médiocres de *Deux Côtés*, il fallait que *Love Doppelgängers* cartonne.

Ce titre ne sonnait bien que pour une seule personne : Simon Freeman, celui qui l'avait trouvé. Il avait étudié l'allemand à l'école et nourrissait une obsession puérile pour tout ce qui avait trait à Kafka.

— Je ne le trouve pas si mauvais, lança-t-il, un peu vexé par le ton catégorique de Sam. Qu'est-ce qui te dit que ça ne marcherait pas ?

— Personne ne sait ce que c'est, un doppelgänger, répondit Sam.

— Beaucoup de gens connaissent le mot « doppelgänger », objecta Simon.

— Peut-être pas assez, tempéra Marx.

Si quelqu'un prononçait encore une fois « doppelgänger », Sadie risquait de devenir dingue.

— S'il y a un mot d'allemand que les mômes connaissent, c'est bien celui-là, reprit Simon.

— C'est qui, ces mômes ? demanda Sam. Est-ce qu'ils suivent tous des cours d'allemand pour confirmés ?

— Eh bien, dans le cas contraire, rien ne les empêche d'apprendre. On peut inscrire la définition sur la jaquette, mettre une note de bas de page…

— Tu rigoles ? Une jaquette avec une note de bas de page, t'as raison, voilà qui ferait vraiment bien passer le message : *Tiens-toi prêt à la partie de ta vie !* se moqua Sam.

— Connard, lâcha Simon.

— Eh, Simon, du calme, intervint Ant.

— Il a fait Harvard. Il devrait arrêter de se la jouer proche des gens. (Simon pivota vers Sam.) Tu deviens pervers. Il y a des flopées de titres cryptés dans les jeux vidéo : *Metal Gear Solid. Suikoden. Crash Bandicoot. Grim Fandango. Final Fantasy*. Ils marchent parce qu'ils claquent.

— *Love Doppelgängers*, ça ne claque pas, répliqua Sam.

— Tout le jeu se résume à une histoire d'amour entre doppelgängers, il faut donc un titre qui reflète ça, précisa Simon. Et les gens savent très bien ce que c'est, un doppelgänger.

— Honnêtement, je pense que la plupart des gens n'en ont pas la moindre idée.

— Eh ben, peut-être qu'on n'a pas envie que ces gens-là y jouent, dit Ant, qui volait au secours de son ami en donnant précisément le mauvais argument.

— Non, on veut que *tout le monde* achète ce jeu, corrigea Sam. Simon, Ant, écoutez, on adore ce jeu. C'est le vôtre et on est persuadés que vous êtes de vrais artistes. Mais on veut en vendre un million d'exemplaires. Vous voulez vraiment lui couper les ailes en pariant sur la supposition infondée que les mômes du Montana connaîtraient le mot « doppelgänger » ?

Sadie trouvait que Sam parlait exactement comme Dov le jour où il leur avait dit qu'Ichigo devait être un garçon. Elle se sentait désolée pour Simon et Ant.

Les deux garçons se tournèrent vers elle.

— Sadie, commença Ant. T'en penses quoi, toi ?

Elle savait qu'ils se fiaient plus à son jugement qu'à celui de Sam et elle avait envie de les défendre.

— Je pense que les Américains détestent les trémas. Désolée, les gars.

Les deux garçons échangèrent un regard.

— Elle a raison, conclut Ant.

— Très bien, dit Sam. On l'appelle comment du coup ?

Sam organisa une assemblée générale pour une séance de brainstorming sur un nouveau titre. Il ressortit l'indéfectible tableau blanc qui avait fait le voyage avec eux de Cambridge à Los Angeles. À ce moment-là, le tableau n'était plus vierge et le palimpseste indélébile qui le recouvrait constituait les archives des cinq dernières années d'Unfair Games. Marx avait d'ailleurs rappelé à Sam :

— On peut se payer un nouveau tableau, tu sais.

Or Sam ne voulait pas s'en séparer. Il le croyait doté de pouvoirs magiques.

— Il n'y en a pas avec l'inscription : « Propriété du pôle scientifique de Harvard » sur le côté.

— Oui, c'est vrai, concéda Marx. Mais on peut en trouver un meilleur qui ne sera pas le monument de tes turpitudes morales.

— Bon, lança Sam à l'assemblée des employés d'Unfair Games. Personne ne quitte la pièce tant qu'on n'aura pas trouvé un nouveau titre. Il n'y a pas d'idée idiote.

Il brandit son marqueur telle une épée et nota les suggestions au tableau.

Love Doubles
Love Strangers
Love Stranger High School
High School Love Doubles
Le Doppelgänger
Le Doppelgänger qui m'aimait
Doubles High
Couples High
Love Story de Trou de Ver
Trou de Ver High
Je suis amoureux d'un Doppelgänger
L'histoire d'amour d'un Doppelgänger
Love Tunnels
Dirty Love Tunnels
Dark and Dirty Love Tunnels
Dark and Dirty High School Love Tunnels
Sexy High
Dirty Sexy High
Dirty Crazy Sexy High

Et environ deux cents autres titres comme autant de variations ou de dérivés sur le même thème.

— Ils sont tous affreux, décréta Sam au bout d'environ deux heures. Parfaits pour un film porno, un roman allemand à compte d'auteur sur la pédophilie, mais épouvantables pour un jeu vidéo tous publics.

Pendant qu'il couchait avec Zoe ce soir-là, Marx réfléchissait encore à un titre pour *Love Doppelgängers*, ce qui le ramena à ses années de lycée à l'École internationale de Tokyo. Il avait été capitaine de l'équipe d'échecs qui s'était mesurée à celle d'un autre lycée, à l'autre bout de la ville. (L'école de Marx était la deuxième de Tokyo alors que leur rivale occupait la première place.) Lorsqu'ils arrivèrent dans l'autre lycée, ils découvrirent un établissement presque identique au leur, mais inversé. Les deux bâtiments avaient sans doute été construits à la même époque et d'après les mêmes plans. Pour plaisanter, les joueurs de son équipe s'étaient dit qu'ils y trouveraient sans doute des versions alternatives d'eux-mêmes et de leurs professeurs. Le capitaine de l'autre équipe avait pris un ton formel pour se présenter à Marx : « Capitaine Watanabe, je suis votre homologue. » Marx pouvait encore entendre le katakana[1] avec les intonations du garçon pour prononcer le mot étranger « homologue ».

Marx parvint à peine à se concentrer pendant le reste de leurs ébats. Il ne voulait pas oublier le terme « homologue », ni interrompre son étreinte avec Zoe pour le noter quelque part. Mais la jeune femme le sentit distant.

— Où as-tu la tête ? demanda-t-elle.

---

1. Caractères japonais consacrés aux mots étrangers.

Homologue High sortit la deuxième semaine de février 2001 et fut dès son lancement un best-seller pour Unfair Games. Trois semaines après sa mise sur le marché, *Homologue High*, ou *HH* pour les fans, avait surpassé les résultats de *Deux Côtés* et Marx chargea aussitôt les garçons de travailler sur une suite. Contrairement à Sadie, Simon et Ant aimaient les suites et n'y voyaient aucun esprit mercantile. De toute façon, ils affirmaient avoir envisagé leur jeu comme la première partie d'une série de quatre – ce qui correspondait à un jeu par année de lycée.

Au bout de la dixième semaine de commercialisation, *HH* était le jeu pour PC le plus vendu aux États-Unis. Les versions pour consoles Playstation et Xbox étaient déjà en préparation et on discutait du futur portage sur Nintendo.

À la fin de l'année, les ventes de *HH* dépassaient celles d'*Ichigo*.

L'équipe qui avait travaillé sur *Deux Côtés* fut redéployée sur *HH2*. En attendant de dégager plus d'espace, Sadie céda son bureau à Simon et Ant, et s'installa dans le hall où elle partagea celui de Marx. Quand il avait besoin d'être seul, elle allait dans celui de Sam ou rentrait à pied chez elle, à Clownerina. Elle se fichait bien de perdre son bureau. Sam et elle ne s'étaient pas encore mis d'accord sur une nouvelle idée de jeu et elle ne travaillait pas beaucoup. Il leur arrivait d'échanger sur des concepts, mais aucun ne les avait décidés à passer à l'action. Son ami lui soumettait parfois l'idée de faire un *Ichigo III*. Sadie le voyait comme une régression. Pour la première fois depuis cinq ans, ils ne se donnaient pas à fond sur un jeu.

Sadie n'était pas de nature jalouse et n'envia donc pas le succès de *Homologue High*. Elle était heureuse pour Marx, son associé, et reconnaissait son aptitude à repérer un talent. Elle se réjouissait que sa société soit devenue nettement bénéficiaire en 2001, malgré les ventes décevantes de *Deux Côtés*. Peut-être se sentait-elle vieillir. Elle n'avait que vingt-cinq ans et jusque-là, où qu'elle aille, il n'y avait jamais eu personne de plus jeune qu'elle, ce qui lui avait conféré un certain pouvoir. Même si Ant et Simon avaient à peine quelques années de moins qu'elle, ils semblaient d'une autre génération. Ils ne rencontraient pas les mêmes problèmes. Ils aimaient les suites ! Ils ne se souciaient pas de concevoir leurs propres moteurs, se fichaient de savoir à qui revenait le mérite de telle ou telle idée. Ils jouaient déjà aux jeux vidéo quand ils portaient des couches. Leur présence, ajoutée à l'échec de *Deux Côtés*, lui donnait l'impression d'être devenue ringarde.

HH comptait pourtant parmi ses réussites même si elle ne le voyait pas comme ça. Il avait été conçu, en partie, en utilisant son moteur, et *Homologue High : Deuxième année* reposerait sur une version améliorée d'Onirique. La technique de Sadie valait bien plus que le jeu pour lequel elle avait été créée. Quand Marx avait suggéré de se servir de son moteur pour *HH*, Sadie avait accepté. Le pitch du jeu lui avait plu et elle aimait bien Simon et Ant. Comment aurait-il pu en être autrement ? Ils lui rappelaient Sam et elle. Malgré une différence de taille : Simon et Ant étaient aussi amants. Quand elle les regardait travailler, elle éprouvait toujours une pointe de… Elle avait du mal à mettre les mots dessus. De nostalgie pour quelque chose qui n'avait jamais existé ? D'envie pour leur relation ? Elle se demandait à quoi ça aurait ressemblé de sortir avec Sam. Ça lui avait déjà traversé l'esprit. Mais Sam se tenait tellement sur ses gardes – c'était une tour imprenable. Elle n'en avait jamais trouvé l'entrée. Elle ne l'embrassait jamais que sur le front ou la joue. En quatorze ans, sa main ne l'avait touchée intentionnellement qu'à de rares reprises, et il en avait toujours paru gêné. Finalement, elle avait décidé qu'il valait mieux rester son associée plutôt que de devenir sa maîtresse. Les amants potentiels couraient les rues, mais il y avait peu de gens capables de l'émouvoir sur le plan créatif. Ça ne l'empêchait pas de trouver la relation d'Ant et Simon plus gratifiante que la leur, quoique plus risquée peut-être, aussi.

Parfois, elle les voyait rentrer à leur appartement de West Hollywood en fin de journée et remarquait qu'Ant portait le sac de Simon ou faisait preuve de gentillesse à son égard et elle se disait : *Ça doit être bien d'avoir quelqu'un avec qui partager sa vie et son travail*. Depuis la sortie de *Deux Côtés* quelques mois plus tôt, elle était si seule. Il fallait admettre que pour Simon et Ant, c'était différent : c'étaient tous les deux des hommes. Si elle était sortie avec Sam, on l'aurait prise pour son aide-soignante et non pour une artiste à part entière. Beaucoup de gens la considéraient déjà comme telle, d'ailleurs.

Parce qu'elle leur avait fourni son moteur, Sadie était étroitement impliquée dans la fabrication de *HH* et était devenue pour les garçons un mentor. Ça lui avait plu de leur donner des conseils même si c'était nouveau pour elle de se montrer bienveillante et bizarre de s'associer à un travail qui n'était pas le sien. Dov lui apparaissait désormais sous un nouveau jour – toujours disposé à partager ses connaissances et son temps, un très bon professeur à défaut d'autre chose. Quand *Deux Côtés* avait fait un flop, le monde s'était mis aux abonnés absents et Dov avait été l'un des rares à l'appeler. Sadie lui devait bien un coup de fil. Marx était au téléphone alors elle passa son appel du bureau de Sam.

— Ma brillante ! En voyant l'indicatif de la Californie, j'espérais bien que ce serait toi.

Dov lui parla un peu de ce sur quoi il travaillait : un nouveau jeu et un poste de consultant pour une entreprise d'intelligence artificielle dans la Silicon Valley. Il lui posa des questions sur son boulot, et elle évoqua la production de Simon et Ant et l'énorme succès de *HH*.

— Tout le mérite en revient à Marx, précisa Sadie. Et dans une moindre mesure, à Sam. Pour tous les deux, la Californie représentait l'opportunité de produire d'autres gens. Peut-être ont-ils su avant moi que *Deux Côtés* ferait un bide ? En ce moment, on a sept jeux en production ou en postproduction.

— Et beaucoup d'entre eux exploitent ton moteur, non ?

— Certains, oui. Il sert à quelque chose, au moins. (Sadie marqua un temps.) Il t'est arrivé d'être jaloux quand *Ichigo* a décollé ?

— Non, répondit-il.

— Même pas un petit peu ?

— Je te considérais comme un prolongement de moi-même, expliqua Dov. J'ai un ego surdimensionné. Tes réussites étaient mes réussites. Tu vas sans doute me prendre pour un monstre.

— T'étais un petit ami à chier…

— Merci. Tu n'as pas tort.

— Mais tu étais un super prof. C'est ce que je me disais aujourd'hui. Personne n'a pris mon travail au sérieux avant toi.

— Je voulais juste coucher avec toi.

— Ne dis pas ça !

— De toute façon, ce n'est pas vrai. Tu es exceptionnelle, ma fille. Tu le sais.

Sadie se tut. Elle regarda les étagères de Sam, un vrai musée de l'histoire d'Ichigo et de son merchandising : des chapeaux Ichigo, des livres, bandes dessinées, coloriages, T-shirts, statuettes, poupées en papier, peluches, de la vaisselle, des cuiseurs de riz, boîtes à biscuits, déguisements, jeux de poche, jeux de société, figurines articulées, draps, serviettes de plage, sacs en tissus, perles de bain, théières, serre-livres, etc. Le visage d'Ichigo avait été apposé sur tous les produits du monde. Il n'y en avait pas un sur terre qui n'ait pu être estampillé « Ichigo ».

— J'ai un conseil à te demander, reprit-elle.

— Vas-y.

— Comment se remet-on d'un échec ?

— Tu parles d'un échec public, j'imagine. Parce qu'on échoue tous dans la vie privée. Moi, j'ai merdé avec toi par exemple, mais personne n'a posté un commentaire là-dessus, à moins que tu l'aies fait. J'ai merdé avec ma femme et mon fils. Je foire des trucs dans mon boulot tous les jours, et c'est à force de tourner les problèmes dans tous les sens que j'évite de refaire les mêmes erreurs. Les échecs publics, c'est différent, je le reconnais.

— Alors qu'est-ce que je fais ?

— Tu te remets au travail. Tu profites de la période de calme que l'échec t'autorise. Tu te dis que personne ne fait plus attention à toi et que c'est le moment idéal pour t'asseoir devant ton ordinateur et fabriquer un nouveau jeu. Tu essaies à nouveau. Et tu échoues mieux.

— Je doute d'avoir en réserve un meilleur jeu que *Deux Côtés*, répondit Sadie. Je ne sais pas si je supporterais de me retrouver dans une telle position de vulnérabilité.

— Si, tu y arriveras. Je crois en toi. Et tu n'échoues pas, Sadie. Ton jeu, oui. Mais tu viens de me dire que ton entreprise était florissante. Et elle repose sur ta technologie, tes bonnes intuitions, ton travail. Chéris ça.

Elle attrapa une balle antistress Ichigo et la serra jusqu'à ce que le personnage soit enterré au creux de sa main.

— Tu vois quelqu'un en ce moment ? demanda Dov, l'air de rien. Le musicien du groupe avec un nom prétentieux, là ?

— Ça remonte à un million d'années, Dov. Je n'ai pas parlé à Abe Rocket depuis des lustres.

— Abe *Rocket*, beurk. Alors, quoi de neuf ? Tu ne peux pas passer ta vie dans les jeux et ne pas jouer.

Qu'avait-elle fait ? Travailler sur des jeux qu'elle n'avait pas créés. Améliorer Onirique. Participer à d'interminables réunions de travail sur des sujets qui ne l'intéressaient pas. Passer (la majeure partie) des week-ends à fumer de grosses quantités d'herbe. À jouer à *GTA*, *Half-life*, *Mario Kart*, *Final Fantasy*. À lire *Harry Potter* ou les bouquins qu'Oprah avait conseillé à sa mère d'acheter. Elle filait du bureau en douce pour aller au cinéma avec sa grand-mère – Freda privilégiait les comédies romantiques sur les mésaventures de « jeunes goys blondes malheureuses ». Comparait les races de chiens qu'elle pourrait acheter sans parvenir à se décider. Googlisait les noms d'anciens concurrents et les jeux sortis en même temps que les siens. Lisait sur Internet les critiques parues sur ses jeux (tout en s'en défendant publiquement). En gros, elle léchait ses blessures de façon obsessionnelle. *Quelle drôle de tournure de phrase*, pensa-t-elle. Lécher les blessures ne faisait que les aggraver, non ? Il y avait tellement de bactéries dans la bouche. Mais Sadie savait pertinemment qu'on pouvait devenir dépendant de sa propre dévastation.

— Ma grande sœur se marie, lança-t-elle en laissant la balle antistress reprendre sa forme initiale.

La Dr Alice Green, en dernière année d'internat de cardiologie, allait épouser un autre médecin, qui s'avérait être (forcément) oncologue pédiatrique, et elle avait demandé à Sadie d'être sa demoiselle d'honneur. Si bien qu'Alice et elle passaient plus de temps ensemble que lorsqu'elles étaient enfants. Les mondanités liées à l'organisation d'un mariage ennuyaient Sadie, même si cette distraction et la compagnie de sa sœur la réjouissaient.

La semaine précédente, les sœurs s'étaient rendues à la papeterie de Beverly Hills, pour consulter les classeurs de cartes d'invitation blanches, aussi épais que le dictionnaire d'anglais d'Oxford.

— Il existe tellement de variétés de blanc, commenta Alice.

— Mais celui-là, il claque, dit Sadie.

— Il est si différent de tous les autres. Comment vais-je pouvoir choisir ?

Alice et Sadie parvinrent néanmoins à en retenir un et décidèrent, en récompense de leur effort, d'aller déjeuner dans le restaurant italien préféré de Freda.

— Ah ! Je voulais te dire, commença Alice, j'ai joué à ton jeu !

— Tu m'épates. Comment t'as réussi à trouver le temps ?

— C'est le jeu de ma sœur. Évidemment que j'ai trouvé le temps. (Alice se tut un instant.) Je n'étais pas sûre qu'il me plairait quand j'ai su de quoi il s'agissait. Mais c'était trop bien, Sadie. Je suis honorée que tu aies donné mon prénom au personnage principal. J'ai surtout aimé les niveaux de Mapletown. Avant d'y jouer, je ne m'étais jamais rendu compte à quel point tu comprenais ce que je traversais à l'époque. Je croyais que tu m'en voulais de ne pas être allée dans ton camp de vacances et de ce que papa et maman avaient passé près de deux ans à t'ignorer.

— Pour ton information, *je t'en voulais*. Je regretterai toujours de ne pas être allée dans ce camp de vacances. En réalité, c'est Sam qui a créé Mapletown, reconnut Sadie. Je n'ai quasiment rien fait sur ce monde-là.

— Je ne te crois pas.

— Non, vraiment, c'était Sam. Il a créé Mapletown. Je me suis chargée de Myre Landing.

— Et c'était l'idée de qui d'appeler le personnage principal Alice ?

— Franchement, je ne m'en souviens pas, mais je crois que c'était celle de Sam.

— J'ai aimé tout le jeu, reprit Alice, sincèrement.

— Merci.

— Je suis si fière de toi, ajouta-t-elle en lui prenant la main. Mais quand Alice Ma rêve de son enterrement, il y a dans le cimetière une pierre tombale sur laquelle il est écrit « Morte de dysenterie ». Tu l'as forcément mise là pour moi. C'était notre blague.

Sadie fit non de la tête.

— Non, encore Sam. Pour tout te dire, il a plus ou moins récupéré cette plaisanterie.

— Bon, dans ce cas, tu féliciteras Sam de ma part, conclut Alice en réglant l'addition. Elle insistait toujours pour payer même si Sadie gagnait mieux sa vie qu'elle.

— Je devrais peut-être l'inviter au mariage ?

Alice n'était pas la seule à préférer Mapletown à Myre Landing. Marx, qui suivait tous les forums en ligne sur leurs jeux, avait trouvé des groupes de gamers qui évitaient de jouer à Myre Landing pour se concentrer sur l'autre monde. Ils s'étaient appelés les Mapletowniens.

Même si les critiques avaient préféré l'œuvre de Sadie, les joueurs adoraient celle de Sam. Marx n'en avait rien dit à Sadie, qui, bien sûr, le savait déjà.

2

Quand il avait pris ses billets pour Tokyo, Marx prévoyait d'y aller avec Zoe, mais deux semaines avant le départ, elle obtint une bourse pour aller étudier l'opéra en Italie. Elle prétendit qu'elle avait été une des dernières à se la voir accordée, ce qui lui avait à peine laissé le temps de mettre sa vie californienne dans des cartons. Et avait aussi fait capoter leur voyage au Japon.

Marx était partit très tôt pour la conduire à l'aéroport qui ne se trouvait qu'à vingt-cinq minutes en voiture de chez eux. Ils étaient à mi-chemin quand ils furent coincés dans un bouchon.

— Tu crois que je devrais essayer de sortir de l'autoroute ? demanda Marx.

— Ça va peut-être se dégager, répondit Zoe. On a tout le temps.

— C'est vrai, reconnut-il. On a tout le temps.

Pendant les cinq minutes qui suivirent, ils ne cessèrent de se renvoyer cette phrase.

— On a tout le temps.

— On a tout le temps.

À force de se le répéter pendant dix minutes, elle tourna à la plaisanterie.

— Il nous reste tellement de temps.

— Tellement. Je ne saurais même pas quoi faire de tout ce temps.

— Tu pourras faire comme ces gens qui s'offrent un massage à l'aéroport.

— J'admirerai les œuvres d'art exposées dans l'aérogare.

— Tu auras peut-être même le temps de visiter un autre terminal.

— Un seul ? Je prendrai la navette et les visiterai *tous*.

Brusquement, Zoe fondit en larmes.

— Qu'est-ce qu'il y a ?

— La tension, dit-elle en agitant la main. J'imagine que je suis stressée à l'idée de partir.

Marx lui serra la main.

— Je prends la prochaine sortie, dit-il. On pourra se rapprocher de l'aéroport.

Il changea de file.

— On devrait rester sur l'autoroute, je crois, répliqua Zoe. Ça risque d'être pire sur les petites routes et on est presque arrivés. Ça ne va pas durer. Et puis, il paraît que ça ne sert à rien de changer de file, non ? Que t'en changes ou pas, ça prendra le même temps.

— Je ne change pas de file, je prends un autre itinéraire. Si je me trompe, il nous restera encore pas mal de temps. (Marx déboîta à nouveau.) Tu profiteras d'une pédicure au terminal 1 avant d'avoir eu le temps de dire ouf.

— Je mangerai un bretzel sucré et je ferai la queue devant Starbucks.

— Tu t'achèteras un coussin gonflable et une boule à neige.

— Je pense qu'on devrait se séparer, lâcha-t-elle.

En entendant ça, il reconnut qu'entre eux, ces derniers mois, un étrange sentiment annonciateur de dénouement avait flotté dans l'air. Après la sortie de *Deux Côtés*, ils avaient eu quelques prises de bec anodines. Elle lui avait reproché de passer trop de temps au bureau, alors qu'elle ne s'en était encore jamais plainte. Elle l'avait accusé de lui préférer Sam. (Et ne mentionna pas Sadie.) Elle lui avait hurlé dessus en le traitant de bourgeois – parce qu'il s'intéressait trop au mobilier danois et à la notation des vins. (Il avait en effet passé un certain temps à faire les magasins en quête d'une table de salle à manger, mais pour le vin, il la trouvait injuste – il préférait la bière.) Elle semblait tout d'un coup détester la Californie, se plaignant d'allergies, des gens insipides, et des pièces de théâtre sans intérêt. Finalement, les disputes avaient cessé aussi brusquement qu'elles avaient commencé. Un mois plus tard, elle l'informait de la bourse en Italie. Une occasion en or, à ne pas laisser filer.

— Tu ne m'aimes pas, dit-elle.

— Bien sûr que je t'aime, Zoe.

— Pas *assez*.

— C'est quoi, assez ?

— Assez, ben… Ça va peut-être te paraître égoïste, mais je n'ai pas envie d'aimer plus que je ne suis aimée. Et je refuse de rester avec une personne qui aime quelque chose ou quelqu'un plus que moi.

— Pourquoi ces périphrases ? Va droit au but. Si tu sais un truc que j'ignore, j'aimerais beaucoup que tu me le dises. Et notre vie me plaît, Zoe. Pourquoi veux-tu tout foutre en l'air ?

— Elle te plaît, répéta-t-elle. (Zoe s'essuya les yeux d'un revers de manche et releva le menton, comme si sa décision était prise.) C'est ma faute. Essayons de ne pas gâcher cet instant. On a pris du bon temps, pas vrai ? Mon voyage en Italie nous impose un break naturel et si, au bout du compte, ça devenait permanent, eh bien…

Leur trajet en voiture finit par prendre quatre fois plus de temps que d'habitude, pourtant Zoe put attraper son vol. C'était la première fois que Marx se faisait *vraiment* larguer. Il savait qu'il aurait dû être anéanti, mais il n'éprouvait que du soulagement. Il n'était encore jamais resté aussi longtemps avec quelqu'un, et ce, sans voir le temps s'écouler. Il n'avait trouvé aucune raison de mettre un terme à cette relation. Il ne s'était pas lassé de rentrer chez eux pour la découvrir nue, en train de jouer d'un nouvel instrument. Pourquoi rompre sous le vague prétexte qu'il pouvait aimer quelqu'un plus intensément que Zoe alors qu'elle était fantastique à tout point de vue ? Cet instant marqua un étrange tournant dans le développement personnel de Marx. Il n'était plus le garçon qui désirait goûter à tout. Qu'il n'ait pas envisagé cette rupture lui paraissait un signe de maturité. Mais il méprisait tant sa frivolité passée qu'il ne voyait pas comment quiconque pourrait rester avec lui.

S'il avait juste voulu aller au Japon pour rendre visite à sa famille, Marx aurait sans doute annulé son voyage, or il avait aussi programmé des rendez-vous d'affaires. Il proposa d'abord à Sam de l'y accompagner. Ce dernier lui rappela qu'il ne souhaitait pas voyager, ce qu'il répondait systématiquement depuis qu'ils avaient déménagé en Californie. Et quand Sam déclina sa proposition, il la fit à Sadie. Elle s'apprêtait elle aussi à refuser, mais se dit finalement, pourquoi pas ? Sam et elle n'arrivaient à rien sur leur nouveau jeu et elle n'avait encore jamais mis les pieds au Japon. Marx estimait que ce serait sans doute mieux qu'un membre de l'équipe créative soit présent aux réunions sur l'opportunité d'une collaboration entre Unfair Games et les éditions Morikami qui souhaitaient adapter leur célèbre série de manga *L'École de fantômes Osaka* en jeu vidéo. Morikami recherchait un partenaire américain. Ils appréciaient Unfair Games grâce à *Ichigo*, dont la réalisation, d'après eux, constituait un plaisant trait d'union entre Orient et Occident.

À leur arrivée à Tokyo, Sadie et Marx souffrirent tous deux du décalage horaire. Ils dormirent deux ou trois heures, se levèrent chacun de leur côté et profitèrent du moment calme qui précède l'aurore pour travailler – ce qui pour eux, voulait souvent dire jouer.

Simon et Ant avaient donné une Game Boy à Sadie pour ses vacances. Elle n'avait pas encore eu le temps d'y jouer avant ce voyage et le premier jeu qu'elle essaya fut *Harvest Moon*. C'était un jeu de rôle simulant la vie dans une ferme. En tant que fermier, votre travail consistait à cultiver vos terres, à vous trouver une épouse, et à vous faire des amis dans la communauté. Il s'agissait d'un des premiers, sinon le tout premier, jeu sur le monde agricole. Sa simplicité rappelait à Sadie ce que sa sœur et elle avaient apprécié dans *Oregon Trail*. C'était un jeu doux, tranquille, à l'opposé de ceux comme *Dead Sea* – car c'était un monde sécurisant dans lequel rien de mal ne pouvait vous arriver.

À l'autre bout du couloir, au même étage de l'hôtel, Marx jouait à *EverQuest* sur son PC portable. C'était un jeu de rôle, multijoueurs, en ligne, connu sous le pompeux acronyme : JDRMM. C'était aussi une variante de *Donjons et Dragons* qui, comme celui-là, se concentrait sur l'élaboration de personnages. Marx avait passé plus d'heures qu'il ne voulait l'avouer à personnaliser son avatar, un barde, à moitié elfe, prénommé Hella Behemoth. Ça le ramenait à l'époque où il jouait avec Sam à *Donjons et Dragons*, même s'il n'y jouait pas seulement par nostalgie. Marx s'intéressait à ce jeu parce que c'était le premier moteur JDRMM à utiliser des graphismes en 3D et il espérait que la suite de *Homologue High* aurait aussi une composante en ligne.

Vers 5 heures du matin (toujours trop tôt pour descendre petit-déjeuner), Sadie frappa à la porte de la chambre de Marx. Il avait envoyé un mail groupé à propos de *HH2* un quart d'heure plus tôt, donc elle savait qu'il ne dormait pas.

— As-tu déjà joué à *Harvest Moon* ? On ne crée pas ce genre de jeu, mais je le trouve drôlement addictif.

Marx et Sadie échangèrent leur machine.

— Je te confie Hella Behemoth, dit Marx.

Sadie s'assit sur le lit à côté de lui. Ils jouèrent, chacun de leur côté, pendant environ une heure jusqu'à ce que le petit déjeuner soit servi. Il était 6 heures du matin et la ville dormait encore. Seul le gargouillis de leur estomac rompait le silence par intermittence.

Au petit déjeuner, ils allèrent se servir copieusement et s'installèrent dans un coin tranquille de la salle de restaurant.

Ils discutèrent de *L'École de fantômes Osaka* et se demandèrent si Sam et elle accepteraient de travailler sur l'éventuelle proposition de Morikami.

— Peut-être, lança Sadie. Mais est-ce qu'il ne vaudrait pas mieux le confier à Simon et Ant ? Le lycée, c'est leur truc.

— Eh bien, répondit Marx, Simon et Ant ont déjà de quoi faire.

Sadie émit un rire triste.

— Sam ne sait pas encore que nous sommes désormais l'équipe « B ».

— Jamais, assura-t-il.

Ils parlèrent de Zoe.

— T'es anéanti ? s'enquit Sadie.

— Pas autant que tu le crois.

— Moi, si, rétorqua-t-elle. C'était ma meilleure amie à L.A.

Ils évoquèrent *Deux Côtés*.

— Es-tu anéantie ?

— J'aimerais répondre « pas autant que tu le crois ». J'aimerais me la jouer blasée, comme toi. (Elle haussa les épaules.) Je suis anéantie, mais j'ai honte surtout. Je vous ai poussés, Sam, toi et les autres à me suivre jusqu'au bout de ce projet. Et j'y ai cru. J'ai vraiment pensé que ça marcherait. Je me sens comme le gars qui a construit le *Titanic*.

— Tu n'es pas l'architecte naval Thomas Andrews Jr.

— Je *suis bien* l'architecte naval Thomas Andrews Jr.

Ils éclatèrent de rire.

— *Deux Côtés* n'a rien à voir avec le *Titanic*, ajouta Marx. Personne n'est mort en y jouant.

— À part mon âme. En partie, précisa-t-elle. Je ne me fais plus confiance. Je remets en cause mes intuitions.

Marx se pencha sur la table et lui prit la main.

— Je te jure qu'elles sont bonnes, Sadie.

Le deuxième soir de leur séjour, ils allèrent au théâtre Nô, avec et sur l'idée de Watanabe-san – les Japonais y emmenaient souvent leurs visiteurs étrangers de marque. Un livret en anglais leur avait été distribué, mais Sadie l'avait égaré avant le début du spectacle et se sentit complètement perdue. Elle ne comprenait ni les conventions du théâtre Nô ni la langue. Par moments, Marx lui chuchotait à l'oreille des commentaires aussi poétiques qu'énigmatiques : « le fantôme du pêcheur a perdu la vie pour avoir pêché dans la mauvaise rivière » ou « le tambour se tait, et le jardinier se suicide ».

Une fois qu'elle se fût résignée à ne rien comprendre, elle apprécia les remarques de Marx et les saynètes elles-mêmes. Il faisait bon dans cette salle qui sentait le bois laqué et l'encens. Elle avait l'impression de vivre un rêve. Le décalage horaire, ajouté à la fatigue des réunions de la journée, lui demandait un effort pour rester éveillée. Ses paupières commençaient à se fermer, mais comme elle ne voulait pas passer pour la femme blanche sans éducation, elle fit en sorte de ne pas succomber au sommeil.

Après le spectacle, ils allèrent dîner avec le père de Marx dans un restaurant de tempura, non loin de là. Sadie n'avait pas revu Watanabe-san depuis le fameux soir où ils avaient célébré la prestation de Marx dans *La Nuit des rois*.

Ils s'échangèrent tous deux des cadeaux. Elle lui avait apporté des baguettes en bois sculpté Ichigo que leur distributeur japonais avait fait fabriquer pour fêter la sortie du deuxième opus au Japon.

En retour, il lui offrit un foulard en soie avec une reproduction de la *Femme composant un poème sous les cerisiers en fleurs la nuit* de Katsushika Ōi. Au premier plan du dessin, il y avait une femme en train d'écrire un poème sur une ardoise. Les fleurs de cerisiers étaient en arrière-plan, et presque toutes plongées dans l'ombre. Malgré le titre, le sujet ne portait pas sur ces arbres en fleurs, mais sur le processus de création – la solitude et les multiples façons dont un artiste, surtout une femme, pouvait être amené à disparaître. L'ardoise de l'héroïne était en effet vierge.

— Je sais que Hokusai fait partie de tes sources d'inspiration, dit Watanabe-san. C'est sa fille qui a peint cela. Seule une poignée de ses peintures est passée à la postérité, mais je la trouve encore plus douée que son père.

— Merci, répondit Sadie.

Avant de se séparer, Watanabe-san s'inclina.

— Merci, Sadie. Sans Sam et toi, Marx serait peut-être devenu acteur.

— C'était un acteur fantastique, le défendit Sadie.

— Il est meilleur à ce qu'il fait aujourd'hui.

Sadie et Marx prirent un taxi pour rentrer à l'hôtel.

— Ça t'ennuie, ce qu'a dit ton père ? demanda-t-elle.

— Non. J'ai adoré étudier la comédie. Je m'y donnais à fond, aujourd'hui c'est terminé. Et même si j'étais passé pro, je crois que j'aurais fini par m'en lasser. Je trouve ça joyeux, et non triste, de ne pas faire la même chose toute sa vie.

— Dois-je comprendre qu'il me faudra un jour renoncer à la création de jeux vidéo ?

— Non, lui assura-t-il. T'es coincée. Condamnée à faire ça jusqu'à la fin de tes jours.

Le troisième matin de leur séjour, aux aurores, avant leurs rendez-vous, Marx emmena Sadie au sanctuaire de Nezu-jinja. Les visiteurs devaient passer sous un tunnel de portails rouges, les *toriis*, pour y accéder. Elle interrogea Marx sur leur signification et il lui expliqua que d'après la tradition shintoïste, un portail représentait le passage du profane au sacré. Mais Marx n'était pas shintoïste, donc il ne savait pas tout.

— Je venais souvent ici quand j'étais adolescent et que j'avais un problème à résoudre.

— Quel genre de problème t'avais ?

— Ah, l'angoisse habituelle. J'avais l'impression d'être incompris. Je n'étais pas assez japonais, ni complètement autre chose, d'ailleurs.

— Pauvre Marx.

— Ne les franchis pas trop vite, la prévint-il. Ça a toujours mieux marché quand je prenais mon temps.

Sadie les passa un à un. Au début, elle n'éprouva rien, mais à mesure qu'elle avançait, elle commença à sentir un nouvel espace s'ouvrir dans sa poitrine. Elle saisit à quoi servait un portail : à indiquer qu'on quittait un endroit pour pénétrer dans un autre.

Elle en franchit encore un.

Quelque chose lui traversa alors l'esprit : elle avait pensé ne plus jamais connaître d'échec après *Ichigo*. Elle s'était dit qu'elle était arrivée. Or la vie entière était faite de nouvelles arrivées. Il y avait toujours une porte à passer. (Jusqu'à ce qu'il n'y en ait plus, bien sûr.)

Elle franchit un nouveau portail.

Après tout, c'était quoi, un portail ?

Un accès. La possibilité d'un monde différent. Et la chance, en le franchissant, de se réinventer en quelque chose de mieux que ce qu'on était avant.

Une fois parvenue au bout de l'allée de *toriis*, elle était déterminée. *Deux Côtés* avait été un flop, mais ne devait pas être une fin. Ce jeu ne représentait que l'un des nombreux espaces qui séparaient les différents portails.

Marx l'attendait en souriant. Il se trouvait au centre de l'allée, les bras légèrement écartés. Que c'était bon d'avoir Marx qui l'attendait ! Elle n'aurait pu rêver meilleur compagnon de voyage.

— Merci, lui dit-elle en inclinant la tête devant lui.

Le cinquième soir de leur séjour, ils dînèrent avec et chez la mère de Marx. Les parents de Marx n'étaient pas divorcés, mais ils vivaient séparés. Sa mère était styliste textile et enseignante. Elle avait une coupe de cheveux au carré stricte, et portait une tenue élégante, indéfinissable, avec des motifs audacieux. La robe en coton imprimé à pois qu'elle avait mise ce soir-là était parfaitement assortie aux rideaux qui se trouvaient derrière elle.

Mme Watanabe s'était méprise sur l'identité de Sadie. Elle pensait qu'il s'agissait de la petite amie de longue date de son fils et qu'ils s'apprêtaient à se marier.

— Non, maman, c'est Sadie, pas Zoe. C'est mon associée.

Elle dévisagea longuement la jeune femme avant de répondre :

— Tu en es sûr ?

— Je suis trop bête pour elle, maman.

— C'est vrai, reprit Sadie. Marx est mignon, mais superficiel.

Elle lui serra la main sous la table.

Mme Watanabe en remit une couche.

— As-tu un petit ami, Sadie ?

— Non, admit-elle. Pas pour le moment.

— Tu devrais l'inviter à sortir, Marx. L'occasion ne se représentera peut-être pas.

— En Amérique, commença-t-il, c'est très mal vu de sortir avec une collègue.

— Je suis au courant, je suis Américaine, reprit Mme Watanabe. Mais Sadie est la boss, non ? Si elle n'y voit pas d'inconvénient, c'est qu'il n'y en a pas. Vous feriez un joli couple, tous les deux.

Sadie changea de sujet.

— Marx m'a dit que vous enseigniez le stylisme textile. Ça m'intéresserait d'en savoir un peu plus.

Mme Watanabe adorait la peinture à la main, le matelassage, et l'art du tissage, et elle s'inquiétait à l'idée que ces techniques artistiques soient en voie de disparition.

— Les ordinateurs simplifient tout, soupira-t-elle. On dessine à la va-vite sur un écran, on imprime le tout avec une gigantesque imprimante industrielle dans l'entrepôt d'un pays lointain, et, à aucun moment du processus le styliste ne touche le moindre morceau de tissu ni ne se tache les mains avec l'encre. Les ordinateurs permettent l'expérimentation, mais empêchent toute réflexion approfondie.

— Maman, tu sais que Sadie et moi, on bosse dans les ordinateurs, hein ?

— La tenture *Le Voleur de fraises* de William Morris est une œuvre d'art, et il faut du temps pour en réaliser une. Il ne s'agit pas seulement de design. On doit comprendre les tissus, ce qu'ils peuvent supporter. On doit saisir les étapes de la teinture, savoir comment obtenir certaines couleurs et ce qui les fera traverser le temps. Il arrive qu'une simple erreur oblige à tout recommencer.

— *Le Voleur de fraises* ne me dit rien, intervint Sadie.

— Un instant, lui répondit Mme Watanabe.

Elle alla dans sa chambre et revint avec un pouf recouvert d'une reproduction de l'œuvre en question. Le motif représentait des oiseaux et des fraises dans un jardin. Même si le titre lui était étranger, Sadie reconnut le dessin au premier coup d'œil.

— C'était le jardin de William Morris. Ses fraises. Les oiseaux qu'il connaissait. Avant lui, aucun designer n'avait utilisé de rouge ou de jaune dans la technique du gommage de l'indigo. Il a dû s'y reprendre maintes fois avant d'obtenir les bonnes couleurs. Il ne s'agit pas là d'un simple tissu, mais de l'histoire d'un échec, de la persévérance et de la discipline d'un artisan, de la vie d'un artiste.

Sadie caressa le coton épais.

Tôt le lendemain matin, Marx vint frapper à la porte de la chambre de Sadie.

— J'ai une idée, annonça-t-il.

Elle se surprit à espérer que ce serait une proposition d'ordre sexuel. En réalité, il voulait parler affaires.

— J'ai rêvé du motif de William Morris que ma mère nous a montré. En fait, c'était plus un cauchemar, commença-t-il.

Dans son rêve, il se trouvait à nouveau chez sa mère. Celle-ci lui demandait d'allait chercher le pouf, mais quand il mit la main dessus, les graphismes du *Voleur de fraises* ressemblaient davantage à ceux de Mapletown. Et quand il retourna dans la salle de séjour, il vit sa mère vêtue d'une robe « Voleur de fraises », avec le même graphisme que celui de Mapletown. Et là, Marx s'aperçut que l'intégralité de l'appartement avait été digitalisée pour ressembler à leur jeu vidéo. Sa mère s'était transformée en adorable nymphe de Mapletown. Une bulle était apparue au-dessus de sa tête : *Pose-moi des questions sur mes tissus.* Marx l'avait écartée, mais une autre l'avait remplacée : *Savais-tu que William Morris a fait une centaine d'essais avant de trouver le bon procédé pour imprimer son célèbre* Voleur de fraises *?*

— C'est vrai ? demanda Sadie. Je ne me rappelle pas que ta mère l'ait précisé.

— Aucune idée, répondit-il. Je me contente de te répéter ce que disait la bulle.

Il continua à décrire son rêve.

— J'entre dans la cuisine pour respirer un peu et je regarde par la fenêtre. Je surprends alors une grive de taille humaine en train de voler une fraise. La scène était très belle et j'étais content d'observer l'oiseau. Nos regards se sont croisés et une bulle s'est formée au-dessus de la tête de la grive *: Demande à Sadie ce qu'il faudrait pour faire de Mapletown un jeu de rôle en ligne.* Et me voilà. J'obéis aux ordres de l'oiseau géant de mon rêve.

Sadie réfléchit à la façon d'y arriver. Elle voyait très bien où Marx voulait en venir sans qu'il ait eu besoin de l'expliquer. Se débarrasser du cancer que représentait Myre Landing. Donner accès gratuitement à Mapletown, mais financer sa maintenance (les serveurs, les nouvelles quêtes et les prochains niveaux) en proposant des achats additionnels – amélioration des personnages, des meubles, maisons et extensions. Si ça plaisait, le jeu se transformerait en vache à lait. Une sorte d'*EverQuest*, sans l'histoire fantastique. Ou un *Harvest Moon*, en moins provincial et focalisé sur une petite ville d'Amérique plutôt que sur la vie à la ferme. Laisser les joueurs construire leurs propres personnages dans le magnifique décor symbolique que Sam avait créé. Sadie reconnaissait le mérite de cette stratégie. Elle savait que les gens avaient préféré le monde de Sam au sien. Et Marx, qui se tenait là, sur le pas de sa porte, le savait aussi.

— Rien si ce n'est une tonne de boulot, répondit Sadie.

Ils passèrent l'heure qui suivit à échanger des idées sur une nouvelle version de Mapletown. Vers 4 heures du matin, ils téléphonèrent à Sam, en Californie. Marx lui raconta ce dont ils avaient parlé.

Il y eut un long silence puis Sam lança :

— J'aime beaucoup l'idée, mais Sadie, ça ne te dérange pas ?

— Non, dit-elle. Myre Landing existera toujours pour ceux qui ont acheté le jeu original et je pense que ce serait l'occasion de rendre Mapletown accessible à un plus large public. Si ça ne fonctionne pas, on aura juste perdu beaucoup de temps et d'argent.

Sam éclata de rire.

— Dans ce cas, banco !

Ils discutèrent avec Sam quelques minutes de plus avant de raccrocher. Il était encore une fois trop tôt pour descendre petit-déjeuner.

— Je meurs de faim, dit Sadie.

Marx l'emmena dans un petit magasin de proximité qui se trouvait à deux pas de leur hôtel. Il acheta des sandwiches aux œufs-salade, aux croquettes de poulet et aux fraises à la crème, des *inaris* et deux litres de thé Royal Milk.

— C'est tout ce que j'aime, lui confia-t-il.

Ils remontèrent dans la chambre de Marx et déplièrent une serviette sur son lit pour y étaler leur festin.

Le soleil se levait sur Tokyo.

— Je n'avais encore jamais mangé un aussi bon sandwich œufs-salade, dit-elle.

— Tu n'es pas difficile.

Le soir du septième jour de leur séjour à Tokyo, Marx se rendit dans un izakaya avec deux de ses plus proches amis du lycée : Midori, qui était à moitié japonaise, et Swan, tout à fait japonais, mais né en Angleterre. Comme le voulait leur tradition, ils mangèrent à profusion des hors-d'œuvre bien gras, des yakitoris, le tout arrosé de saké tiède. Cet izakaya était un troquet qu'ils avaient fréquenté pendant leurs années de lycée et qui était désormais géré non plus par le père, mais par son fils.

Marx avait proposé à Sadie de venir avec eux. En temps normal, elle se serait abstenue de participer à une réunion d'anciens camarades, mais depuis qu'ils avaient eu l'idée d'une nouvelle version de Mapletown, elle se sentait plus détendue et d'humeur à faire la fête.

Quand ils arrivèrent au bistro, il lui parut clair que les amis de Marx, tout comme sa mère, étaient persuadés que Sadie était sa petite amie de longue date, Zoe.

— Non, désolée, leur annonça-t-elle. Nous ne faisons que travailler ensemble.

— Merde, alors ! lâcha Midori. Nous qui pensions enfin rencontrer la fille qui avait convaincu Marx de se ranger.

— De quoi il avait l'air, au lycée ? s'enquit Sadie.

— Eh bien, dans la mesure où tu ne sors pas avec lui, on peut te le dire, intervint Swan. Tout le monde est sorti avec Marx.

— Et Marx sortait avec tout le monde, dit Midori en riant.

Sadie trouvait que cette conversation prenait la tournure vaudevillesque d'une plaisanterie qui ne datait pas d'hier.

— S'il avait été une fille, reprit Midori, on l'aurait traité de salope, mais c'était juste un tombeur.

— Il faisait pareil à l'université. Vous ne m'apprenez rien. Est-ce que l'un d'entre vous est déjà sorti avec lui ?

— Il m'a emmenée une fois dans une école de danse, répondit Midori. C'était chouette comme rancard, mais strictement amical.

— Et c'est ce qui le sauve, intervint Swan. C'est un super pote, c'est pour ça qu'on n'arrive jamais à le détester.

— Et toi, t'es déjà sortie avec lui ? demanda Midori à Sadie.

— Mon Dieu, non ! C'était l'ami de mon ami, répondit-elle.

— Elle ne m'aimait pas beaucoup, ajouta Marx. Et c'est peut-être toujours le cas.

— Comment peut-on ne pas t'apprécier ? s'enquit Swan.

— Qu'est-ce qu'il avait fait ? l'interrogea Midori.

— C'est une longue histoire, dit Sadie. Il nous a dit qu'on pouvait se servir de son appartement tout l'été et il a fini par y rester.

— C'est pour ça que tu ne m'aimais pas ? Je croyais m'être rattrapé pourtant, répliqua Marx.

— Ben, je ne savais pas que tu produirais *Ichigo* jusqu'au soir du dîner avec ton père. Sam ne m'en avait jamais parlé.

— Sam, soupira Marx en secouant la tête. (Il brandit son verre de saké.) À Sam ! *Kanpai !*

— À Sam ! *Kanpai !* répétèrent-ils tous en chœur.

— C'est qui, Sam ? demanda Midori en riant.

Ils s'offrirent plusieurs tournées de saké, trop peu pour enivrer Sadie, mais assez pour qu'elle se sente bien.

Midori sortit fumer dehors et Sadie l'accompagna.

— J'étais tellement amoureuse de lui, tu sais, lui confia-t-elle.

Sadie acquiesça sans savoir quoi dire.

— Ne couche jamais avec Marx. Jamais, quoi qu'il arrive, la prévint Midori. À un moment donné, il te regardera avec ses yeux et puis ses cheveux… Tu te diras : il est inoffensif. Il est sexy. Je devrais coucher avec lui.

— Je le connais depuis six ans, répondit Sadie. Je doute que ça arrive.

Ah, mais Sadie Green était joueuse ! Dans un jeu, si une pancarte vous dissuade d'ouvrir une porte, vous finissez toujours par le faire. Et si ça ne donne rien, vous pouvez toujours repartir au point de sauvegarde et recommencer la partie.

Sadie et Marx prirent un taxi pour rentrer à l'hôtel. Ils montèrent dans l'ascenseur qui les conduisit jusqu'à l'étage de leurs chambres, au vingtième. Dans le couloir, Marx prononça quelques mots au sujet du nombre vingt, un chiffre symbolique, car quand quelqu'un atteignait ses vingt ans au Japon (pas dix-huit ni vingt et un), on le considérait comme un adulte.

— Ça se dit *hatachi*.

— J'avais vingt ans quand je t'ai rencontré, rappela Sadie.

— C'est vrai.

Ils s'étaient arrêtés devant la porte de la chambre de Sadie et il pivota pour regagner la sienne.

— Marx ? commença-t-elle, je ne veux pas me lancer dans une relation en ce moment.

— Non, moi non plus.

— Mais je crois que ça serait une bonne idée qu'on couche ensemble, dit-elle. On est dans un pays différent et les relations sexuelles à l'étranger ne comptent pas, selon moi.

— Je ne connaissais pas cette coutume, répondit-il en revenant vers la porte de Sadie.

Sadie avait souvent pensé que le sexe et les jeux vidéo avaient beaucoup de choses en commun. Certains objectifs à atteindre. Certaines règles à ne pas enfreindre. Il fallait bien synchroniser certains mouvements – écraser des boutons, faire pivoter le joystick, tapoter sur les touches du clavier, exécuter les commandes – pour que ça fonctionne ou que ça foire. On éprouvait du plaisir en sachant qu'on avait joué correctement et du soulagement quand on avait atteint le niveau suivant. Être doué pour le sexe revenait à être doué pour ce jeu-là.

Sadie ne se souvint pas vraiment de sa première nuit au lit avec Marx, mais elle se rappela plus tard s'être sentie à l'aise, décontractée. Le corps de Marx se moulait naturellement au sien, son odeur, à peine décelable en dehors du parfum de savon et de peau propre, le sentiment qu'il y avait entre eux la distance appropriée pour un couple. *Me voici là, avec toi*, semblait lui souffler son corps, *mais je sais très bien que nous sommes deux êtres distincts*. Pourtant, elle ne savait pas si ces sensations étaient imputables à Marx, à tout le saké et aux yakitoris qu'ils avaient consommés, à la couette blanche et moelleuse de l'hôtel ou au fait que plus de huit mille kilomètres la séparaient de chez elle.

Elle ferma les yeux une seconde et s'imagina dans le tunnel de portails rouges de Nezu-jinja.

Un portail, et un portail et un portail.

Et tout au bout, Marx. Marx, dans sa chemise en lin blanc et son pantalon de treillis retroussé, coiffé d'un ridicule borsalino en paille que lui avait acheté Zoe au marché aux puces de Rose Bowl. Il souleva son chapeau pour la saluer.

Dans le lit, elle se tourna sur le côté pour sourire à Marx.

— J'adore cette ville, soupira-t-elle.

— Peut-être qu'on pourrait s'y installer un jour ?

Ils reprirent l'avion le jour suivant, et se firent leurs adieux devant le tapis roulant des bagages, à la manière locale. Il y a toujours un moment où l'on se désespère de ne pas voir arriver sa valise, mais peu de temps après le signal sonore, Marx aperçut la sienne. Il demanda à Sadie si elle voulait qu'il attende la sienne avec elle, même si c'était par pure politesse. Marx devait se rendre à un rendez-vous avec une entreprise de jeux vidéo dans la Valley et Sadie rentrait à Venice, dans la direction opposée. Le temps de passer la douane et de prendre la navette jusqu'au parking longue durée, Marx ne serait jamais à l'heure pour sa réunion. Sadie l'encouragea à y aller malgré tout. Il l'embrassa sur la joue. « Amis ? » dit-il. « Toujours », répondit-elle. Une demi-heure plus tard, la valise de Sadie se présenta enfin. Il ne restait plus qu'elle et un couple de vieux Japonais dont la valise en vinyle bleu poudré arriva en dernier.

Sadie traîna son gros bagage derrière elle vers les douanes. Quand on lui demanda si elle avait quelque chose à déclarer, elle énonça la liste d'objets qu'elle avait notés sur le formulaire : un foulard en soie pour Freda, un collier pour Alice, des paquets de bonbons pour ses parents. Elle avait toujours l'impression que les douaniers cherchaient à la prendre en flagrant délit de mensonge.

— Dans quel domaine travaillez-vous ? lui demanda l'agent des douanes.

— Je fais des jeux vidéo.

— J'adore ça, les jeux, lança-t-il. Aurais-je pu jouer à l'une de vos créations ?

— *Ichigo*, répondit Sadie.

— Nan, jamais entendu parler. J'aime surtout les jeux de courses. Comme *Need for Speed*. Et *Grand Theft Auto*. Ou même *Mario Kart*. Comment vous êtes-vous retrouvée dans ce milieu, d'ailleurs ?

Sadie détestait répondre à cette question, surtout quand son interlocuteur lui avouait ne pas connaître *Ichigo*. « Eh bien, j'ai appris la programmation informatique au collège. J'ai obtenu 800 à mon SAT[1] de maths, remporté un Westinghouse[2] et un Leipizig. Ensuite, j'ai intégré le MIT, où il y a une concurrence d'enfer, d'ailleurs, même pour une femme insignifiante comme moi, et j'ai étudié les sciences informatiques. Au MIT, j'ai appris quatre ou cinq langages informatiques de plus et étudié la psychologie, en particulier les techniques ludiques et les mécanismes de la persuasion, puis l'anglais, notamment les structures narratives, les classiques et l'histoire du récit interactif. Je me suis dégotée un super mentor. Qui est hélas devenu mon petit ami. Disons simplement que j'étais jeune. Et j'ai lâché mes études pendant un moment pour créer un jeu parce que mon frère ennemi m'en avait convaincue. Ce jeu est devenu celui dont vous n'avez jamais entendu parler, mais oui, on en a vendu environ deux millions et demi, rien qu'aux États-Unis, doooonnnnnc… »

Au lieu de ça, elle répondit :

— J'adorais jouer, alors j'ai voulu essayer d'en faire.

— Eh bien, bonne continuation, lui dit le douanier.

— Merci, à vous aussi.

Sadie tira sa valise vers la file de taxis et s'apprêtait à rejoindre la queue quand elle aperçut Marx.

— Qu'est-ce que tu fabriques encore ici ? lui demanda-t-elle.

---

1. *Scholastic Assessment Test* : Examen national d'admission dans les universités américaines.

2. Le prix George Westinghouse récompense une contribution majeure à l'éducation en ingénierie.

— Eh bien, c'est une drôle d'histoire. J'ai récupéré ma voiture au parking et j'allais partir quand j'ai décidé de faire demi-tour et de revenir. Je suis garé au dépose-minute, là.

— Et donc, tu peux me dire ce que tu fiches là ?

Il attrapa la poignée de sa grosse valise et commença à la tirer vers le parking.

— J'ai pensé que t'aurais peut-être besoin d'un chauffeur pour rentrer chez toi.

3

— Sadie ! Marx ! Venez là ! Il nous reste dix minutes ! les appela Sam.

Marx entra dans la nouvelle pièce dédiée aux serveurs de Mapletown, les bras chargés d'un plateau de flûtes de champagne.

— Où est Sadie ? demanda Sam.

— Quelque part dans le coin, répondit Marx. Je vais essayer de la joindre sur son portable.

Il n'était pas certain que le champagne serait de bon ton, et puis il s'était dit *merde à la fin*. Tout le monde s'était décarcassé pour mettre *Mapleworld* en ligne. Il fallait fêter ça, qu'importait l'humeur générale à ce moment-là.

Unfair Games avait intitulé la nouvelle version *Deux Côtés, l'expérience Mapleworld* ou, pour faire court, *Mapleworld*. Même s'ils avaient pu récupérer un grand nombre de graphismes, décors, sons et personnages de Mapletown, sa transformation en JDRMM avait demandé un travail plus important que Sadie l'avait prévu. Pour reprendre sa métaphore, c'était comme acheter aux enchères la maison que vous aimiez, puis la déplacer par bateau dans un autre pays et là, vous rendre compte que c'étaient les matériaux avec lesquels elle était construite qui vous plaisaient, mais pas la maison elle-même, pour enfin en reconstruire une toute nouvelle après avoir méticuleusement démantelé l'ancienne, morceau par morceau.

L'équipe s'était mobilisée tout le printemps et l'été pour préparer le lancement du jeu en ligne – depuis la création du système de monnaie pour voir comment le jeu serait rentabilisé dans la vraie vie, jusqu'à l'installation de serveurs dédiés, en passant par la location d'espaces de bureaux supplémentaires pour accueillir les nouveaux employés. Ces derniers (au nombre de dix pour commencer et plus si le jeu décollait) seraient chargés de programmer de nouvelles quêtes parallèles, des niveaux, des défis, de contrôler l'univers du jeu, et d'assurer son fonctionnement vingt-quatre heures sur vingt-quatre et sept jours sur sept. On avait lancé des publicités sur Internet, qui rappelaient l'écriture d'Alice sur ses faire-part de mariage : « Attention : poètes, rêveurs, créateurs de mondes ! Le 11 octobre 2001, à minuit, Unfair Games vous invite cordialement à vous lancer dans l'Expérience de *Mapleworld.* » Un responsable de la diffusion avait contacté tous les Mapletowniens, un par un, pour s'assurer qu'ils seraient les premiers membres de la communauté de *Mapleworld* et on leur avait envoyé un carton d'invitation en version papier. Il ne restait plus qu'à appuyer sur le bouton.

Un mois pile avant le lancement, des terroristes avaient précipité des avions sur des gratte-ciels et d'autres bâtiments et à la suite de cette catastrophe, Unfair Games s'était demandé si le moment était bien choisi pour mettre *Mapleworld* en ligne. Serait-ce jugé de mauvais goût, et les gens auraient-ils envie de jouer à ce jeu dans une telle conjoncture historique ? Le monde semblait si chaotique, les individus si tribaux, et leur création si douce. Finalement, ils convinrent qu'il n'y avait pas de bon moment. *Mapleworld* serait donc lancé à la date prévue.

Sadie entra dans la salle des serveurs avec une caisse de champagne. Après avoir déposé les bouteilles sur la table, elle rejoignit Marx, Sam et le reste de l'équipe de *Mapleworld* qui s'étaient agglutinés autour des serveurs flambant neuf.

Le mec des technologies de l'information murmura à l'oreille de Sam :

— Mazer, il faut qu'on démarre le réseau avant minuit si on veut que ça marche *à* minuit et pas à *minuit cinq*.

— Tu as raison. Cinq minutes, les gars ! annonça Sam.

— Et merde, lâcha Sadie. J'ai oublié le tire-bouchon.

Elle remonta l'escalier quatre à quatre.

— Sadie ! lui cria Marx, quelques secondes plus tard. On n'a pas besoin de tire-bouchon pour du champagne !

Elle ne l'avait pas entendu. Marx grimpa les escaliers pour aller la chercher et croisa Simon et Ant qui descendaient. Sam leur serra la main.

— C'est vraiment sympa d'être venus, les gars.

— On n'allait pas rater ça, dit Simon.

— *Mapleworld* a l'air d'enfer, ajouta Ant. Sadie nous en a montré un bout hier. On va devenir membres et encourager la communauté de *HH* à le faire aussi.

— Faut vraiment qu'on y aille, là, insista le mec des technologies de l'information. Si vous voulez être ponctuels, on peut plus attendre. À toi l'honneur ?

Sam connaissait tellement d'histoires catastrophiques de jeux morts-nés parce qu'ils n'avaient pas été mis en ligne à l'heure prévue. *Mapleworld* était son monde et il serait ponctuel.

Il tendit la main et appuya sur le bouton.

— J'ai l'impression d'être Dieu, plaisanta-t-il. Que la lumière soit !

Le groupe des programmeurs épuisés l'acclama. Sam remercia toute l'équipe pour ses efforts et Ant fit sauter les bouchons de champagne. C'est alors que Sam remarqua l'absence de Marx et Sadie.

Sam trouvait que tout s'était bien passé entre Sadie et lui durant les mois qu'ils avaient passés sur *Mapleworld*. Pas vraiment comme avant, mais sans hostilité déclarée non plus. Ça ne l'empêchait pas d'être agacé de constater que Marx et Sadie avaient raté la mise en route du serveur, même s'il ne s'agissait que d'un petit cérémonial.

Tandis que les nouvelles recrues regagnaient leur poste de travail pour essayer de contrôler le jeu nouveau-né, Sam se dirigea vers l'escalier. Il les aperçut en haut des marches. Sadie retirait un cil échoué sur la joue de Marx et lui la regardait en riant. Son geste n'avait rien de particulièrement complice. Sam ne les avait jamais surpris en train de s'envoyer en l'air, ni de s'embrasser, ni tout débraillés. Et pourtant, il décela une telle tendresse dans ce geste que ça le fit chanceler, là, en bas de l'escalier. Les pulsations de son pied qui l'avaient laissé tranquille depuis plus d'un an, recommencèrent à se manifester.

Sadie et Marx étaient amoureux.

Elle lui avait dit qu'il ne la connaissait pas, mais Sam savait bien à quoi elle ressemblait quand elle était amoureuse. Ses yeux s'adoucissaient et son expression espiègle et sûre d'elle s'estompait. Sa main semblait s'être approprié la joue de Marx, son corps était légèrement incliné vers lui, détendu et docile, ses pommettes étaient rougissantes. Elle était tout le temps jolie mais là, elle était belle, amoureuse. Il la connaissait assez pour en être convaincu : ça devait durer depuis un bout de temps.

— Samson, l'appela Marx, est-ce qu'on l'a raté ?

Il était de si bonne humeur, et elle aussi.

— Pas besoin de tire-bouchon pour le champagne, lança Sadie en riant.

Sam pouvait les affronter tout de suite ou attendre d'être informé, plus tard. Mais pourquoi fallait-il qu'on le lui dise ? Qu'on lui confirme ce qui sautait aux yeux ? S'il ne s'était agi que d'une passade, ils lui en auraient déjà parlé.

« Je voudrais inviter Sadie à sortir, l'aurait prévenu Marx. T'en penses quoi ? » Ou Sadie aurait hasardé : « C'est drôle. Je vois Marx en ce moment. Ce que ça va donner ? J'en sais rien. » L'omission prouvait que cette relation était forcément sérieuse.

Leur avenir entier lui apparut tout d'un coup. Sadie épouserait sans doute Marx et le mariage aurait lieu au nord de la Californie, à Camel-by-the-Sea ou à Monterey. Et durant la cérémonie, la grand-mère de la mariée jetterait à Sam des coups d'œil pleins de compassion parce qu'elle avait toujours été gentille avec lui et qu'elle saurait qu'il avait le cœur brisé. Freda prendrait sa main dans la sienne, douce et fripée, et la tapoterait délicatement en disant « La vie est longue » ou un autre truc inutile que servent les vieilles dames, dans leur grande sagesse. Sadie et Marx s'achèteraient une maison, quelque part dans Laurel Canyon ou peut-être à Palisades. Et ils prendraient un chien – un gros bâtard de chien errant ou un lévrier russe qu'ils appelleraient Zelda ou Rosella. Ils donneraient de grandes réceptions. Leur maison deviendrait un endroit incontournable grâce à leur goût exquis. Ils étaient géniaux, tous les deux. Et à un moment, des enfants entreraient dans le tableau et Sam deviendrait le tonton célibataire et tristounet, censé leur faire des cadeaux pour les anniversaires et les vacances. Et tous les jours, il serait forcé de voir Sadie et Marx ensemble au travail. Il les verrait arriver ensemble, partir ensemble ; et le trajet en voiture, les blagues, cette connivence qui n'existe qu'avec la personne dont on partage la vie, Sam pouvait se les imaginer. Sadie finirait par devenir une étrangère. Et ce serait pour lui un désastre. Une tragédie. Si seulement il n'avait pas été ce garçon terrifié et lâche, et insignifiant, et complexé et paniqué sur le plan sexuel et brisé, Sadie aurait pu être sienne. La question ne se serait même pas posée. Il se serait penché sur le bureau, l'aurait embrassée, l'aurait entraînée vers un endroit douillet et ils auraient fait l'amour. Peut-être que ça n'aurait pas été la nuit du siècle, mais quelle importance. Leur relation allait au-delà du charnel. Parce qu'il aimait Sadie. C'est une des rares choses, et il le savait, qui n'avait jamais changé pour lui. Il avait connu les plus grands moments de plaisir de sa vie à ses côtés, à jouer ou à inventer. Comment ne pouvait-elle pas partager ce sentiment-là ? Il n'y aurait jamais qu'une seule Sadie et il l'avait perdue. Elle n'y était pour rien. Il avait eu des années pour trouver la solution au lieu de quoi il avait gaspillé son temps à créer des jeux avec elle. Des années pour réfléchir au puzzle qu'il représentait lui-même. Et maintenant, l'ancien puzzle allait être remplacé par un nouveau : *Comment continuer à vivre quand la personne que j'aime le plus au monde est amoureuse d'un autre ? Qu'on me donne la solution*, pensa-t-il, *pour que je n'aie pas à jouer jusqu'au bout cette partie perdue d'avance.*

— Vous n'avez rien raté, répondit Sam en souriant.

Il n'arrivait pas à les regarder. Il monta les marches et les dépassa.

— Où vas-tu ? lui demanda Marx.

— Je reviens dans une minute.

Au début, il envisagea de se réfugier dans son bureau pour y voir plus clair, mais il voulait mettre de la distance entre Sadie et lui alors il décida de partir faire un tour en voiture. Une fois au volant, il se surprit à se diriger vers l'est, rentrant chez ses grands-parents et Tuesday, la chienne errante qu'il avait adoptée l'été précédent.

Le trajet d'Unfair Games à Echo Park prenait une quarantaine de minutes quand ça roulait bien, ce qui était rarement le cas. La première fois que Sam l'avait effectué dans la direction opposée, il avait eu une crise de panique parce que sa prothèse l'empêchait de sentir la pédale de frein. Il dut sortir de l'autoroute et se ranger sur le bas-côté. Il appuyait trop fort sur le frein, écrasant son moignon dans la prothèse, se faisant de méchants hématomes sur la jambe. Pour rejoindre les bureaux, il avait emprunté les nationales, ce qui, pour le jour de son retour, l'avait fait arriver avec une demi-heure de retard. Il n'y était d'ailleurs revenu qu'un mois plus tard.

Il alla consulter un autre psychologue pour remédier à ses angoisses au volant. Sam détestait la thérapie, mais il avait besoin d'aller et venir alors, il fallait y passer. Le meilleur moyen de maîtriser sa phobie de la conduite, lui conseilla le psychologue, c'était de conduire. Sam se mit alors à prendre le volant la nuit pour faire le tour de Los Angeles, après le boulot, et dans ces moments-là, il pensait à sa mère.

Il se souvint qu'elle lui avait parlé d'autoroutes secrètes, qui traversaient la ville d'est en ouest et du nord au sud et il se mit à leur recherche. Il n'avait rien d'autre à faire et s'il en trouvait une, il mettrait moins de temps pour aller au bureau. Il écoutait des standards de rock – les Rolling Stones, les Beatles, Bowie, Dylan – qui lui rappelaient sa mère et parcourait Los Angeles et ses collines en quête d'impasses qui pourraient s'ouvrir sur des routes secrètes.

Un soir, un coyote avait jailli devant sa voiture. C'était son deuxième été à L.A. et des coyotes, il y en avait partout. Il en voyait souvent dans son jardin, qui profitaient du soleil, croquant nonchalamment les fruits tombés des chérimoliers ou des bibassiers. Dans les rues de Silver Lake et d'Echo Park, il croisait des coyotes cavalant en couple ou en famille, fouillant les poubelles du restaurant végétarien de Sunset, trottant dans Griffith Park, ou s'occupant de leurs petits. Ces bêtes paraissaient expertes, malignes, et bizarrement anthropomorphisées, comme si une équipe spécialisée dans l'animation les avait dotées de particularités humaines. Leur pelage ébouriffé semblait recherché, comme la coiffure d'un jeune acteur sexy qui tiendrait le rôle d'un drogué dans un film d'art et d'essai. Ils faisaient plus humains que la plupart des gens qu'il rencontrait, pensait Sam, plus humains que lui-même à ce moment-là. Leur omniprésence conférait à la ville un côté sauvage et dangereux, à se demander s'il habitait bien une zone urbaine.

Sam écrasa la pédale des freins, le coyote s'arrêta et resta immobile. Il baissa la vitre.

— File ! cria-t-il.

Comme l'animal ne bougeait pas, il descendit de voiture. Le coyote n'en était pas un. Ou peut-être que si. Sam ne voyait toujours pas bien la différence. En tout cas, c'était un jeune, à peine plus grand qu'un chiot. Il avait le poil hirsute d'un coyote, mais la musculature d'un pit-bull. Sa patte arrière saignait, et Sam se demanda, inquiet, si c'était lui qui l'avait blessé avec sa voiture. Le coyote/chien semblait apeuré. Sam lui dit gentiment :

— Est-ce que tu vas me mordre si je t'attrape ?

Le coyote/chien avait le regard vide. Il tremblait. Sam retira sa chemise à carreaux et y enveloppa le chiot pour le prendre dans ses bras avant de l'installer sur la banquette arrière. Il l'emmena aux urgences d'une clinique vétérinaire.

La chienne s'était cassé la patte. Il lui faudrait plusieurs points de suture et rester dans le plâtre pendant deux semaines, mais elle était costaude. Elle s'en remettrait.

Quand Sam demanda à la vétérinaire s'il s'agissait d'un coyote, elle lui répondit en écarquillant les yeux. Ce n'était qu'une chienne, une bâtarde certes, un croisement entre un berger allemand, un shiba inu et un lévrier anglais. On le voyait aux coudes, dit-elle. Ceux des coyotes sont placés plus haut que ceux des chiens. À l'écran de son ordinateur, elle afficha une illustration qui montrait côte à côte, un coyote, un loup et un chien.

— Regardez. C'est évident, non ?

Ça ne l'était pas pour Sam. Rien ne lui paraissait jamais évident.

— C'est évident, répondit-il.

Il régla la véto et ramena le chiot blessé chez lui.

Sam placarda des affiches avec la photo de l'animal partout dans le quartier Est de Hollywood où il l'avait percuté, mais fut content de ne recevoir aucun appel. Il décida que ça lui plairait d'avoir une chienne qui le distrairait de son indisposition. N'ayant jamais vécu seul jusque-là, il se sentait isolé, pourtant, sa douleur lui passait l'envie de voir des gens. Il baptisa la chienne Ruby Tuesday, d'après la chanson qui passait à la radio au moment du choc. Et finalement, c'était devenu Tuesday.

Une fois sa blessure guérie, elle ne trouva pas le sommeil. Sam souffrait d'insomnie lui aussi et n'aurait donc pas su dire si elle cherchait à lui tenir compagnie. Elle arpentait son bungalow de long en large, l'air inquiète, aboyant parfois. Il la ramena chez la vétérinaire. Celle-ci lui prescrivit du Prozac pour chien et lui recommanda de la promener plus longtemps. Ce qu'il fit. Ils abandonnèrent leur tour de quartier habituel et grimpèrent le long des routes sinueuses où il n'y avait même plus de trottoir, jusqu'en haut de la colline, à l'est de Silver Lake. Il leur arrivait de croiser un coyote. Tuesday s'entendait bien avec eux, quoique Sam n'aurait su dire si ce n'était pas le fruit de son imagination.

On prenait souvent sa chienne pour un coyote. Lors de leurs promenades, des voitures s'arrêtaient fréquemment et on lui demandait pourquoi il promenait un coyote. Il répondait que ce n'en était pas un, c'était une chienne. Parfois ses interlocuteurs lui riaient au nez, argumentaient, lui réclamaient des détails sur son pedigree pour lui faire avouer qu'il avait menti et que Tuesday était bien un coyote. Parfois, ils semblaient en colère comme si Tuesday et Sam avaient voulu se moquer d'eux. La chienne, quant à elle, n'avait pas l'air de se rendre compte de la controverse qu'elle déclenchait.

« Les gens », soupirait Sam à l'adresse de Tuesday en secouant la tête.

Et il recevait son silence comme un assentiment.

Ils montaient et descendaient la colline, jusqu'à déboucher sur Silver Lake avec ses rues bordées de magasins et cafés chics. Ils se dirigeaient ensuite vers le nord, près du réservoir et ne s'arrêtaient plus qu'au parc à chiens.

Un jour, Tuesday socialisa avec un akita et un grand caniche. Ils se pourchassaient à tour de rôle, une interaction à la fois compliquée et impressionnante.

L'akita reniflait le cul de Tuesday quand une voix de femme s'écria :

— Un coyote est en train d'attaquer les chiens du parc. Récupérez tous votre chien ! TOUT DE SUITE !

Il y avait ce jour-là entre vingt-cinq et trente chiens dans le parc. Sam n'avait pas vu de coyote, mais ça ne voulait pas dire qu'il n'y en avait pas. Il appela Tuesday – c'était à son tour de sentir le cul de l'akita alors elle n'avait pas très envie d'obéir – et lui mit sa laisse. Dès qu'ils arrivèrent à l'entrée du parc, la femme qui avait alerté tout le monde regarda d'abord Tuesday, puis Sam. Elle partit d'un grand éclat de rire et demanda timidement :

— Oh mon Dieu, est-ce *vraiment* votre chien ?

Son rire l'agaçait autant que son utilisation du mot « vraiment ».

— Oui, répondit-il.

— J'ai cru que c'était un coyote. (Elle tenait en laisse une petite boule de poils grisâtres qui jappait, sans doute un bichon.) J'ai pensé qu'il attaquait ces chiens.

Sam l'informa que son chien était une *chienne* et qu'elle *jouait*.

— Eh bien, de là où j'étais, ce n'est pas l'impression que j'ai eue. On aurait dit une attaque vicieuse. (Elle tapota la tête de Tuesday.) Bon chien, ajouta-t-elle comme si elle bénissait l'animal. Et d'ailleurs, quelle différence y a-t-il entre un chien et un coyote, hein ?

Sam bredouilla quelques mots au sujet des coudes.

— Enfin, on n'est jamais trop prudent de nos jours.

Elle expliqua que son chien s'était fait attaquer par un coyote la semaine précédente. Elle décrivit les glapissements, la bave du coyote, la brique de yoga balancée sur lui en dernier recours. Sam grogna en signe d'assentiment.

— Il faut que je file, annonça-t-il.

— Ah, bien sûr. Désolée pour la confusion.

C'était ennuyeux qu'elle attribue son erreur à une confusion ordinaire, mais Sam n'avait pas envie d'en débattre avec elle au milieu du parc pour chiens. Elle le dévisagea, l'air d'attendre qu'il lui présente ses excuses lui aussi, mais il ne parvenait pas à s'y résoudre.

— Tant qu'on n'est pas sûr de la nature d'un animal, mieux vaut jouer la prudence, poursuivit-elle. Et s'informer, n'est-ce pas ? Elle pourrait être à moitié coyote, non ?

Les battements de son cœur s'accélérèrent dangereusement. Il n'avait pas beaucoup dormi cette semaine-là à cause des insomnies de Tuesday et de ses douleurs.

Une rage disproportionnée le submergea, et sa façade civilisée commença à se lézarder.

— Peut-être que vous devriez y regarder à deux fois, bordel, avant d'ouvrir votre grande gueule.

— Hé, allez vous faire foutre ! J'essayais d'éviter que des gens, des chiens et des enfants soient blessés ! Vous n'avez qu'à pas emmener au parc un chien qui ressemble à un coyote, connard !

— C'est vous la connasse ! Et qui plus est, une connasse inculte ! répliqua-t-il.

Il lui fit un doigt d'honneur, avant de prendre le chemin du retour avec Tuesday. Il se sentait anéanti et une idée inepte lui revenait en boucle : *Et si tu lui accrochais autour du cou un écriteau « JE NE SUIS PAS UN COYOTE » ? Est-ce que ça te faciliterait la vie ?* Mais encore faudrait-il qu'on le lise, ce panneau, et cette femme n'avait pas l'air d'être une grande lectrice. Los Angeles, décréta-t-il alors, était une ville profondément idiote, et il éprouva une réelle, quoique irrationnelle, nostalgie pour tout ce qu'il avait laissé dans le Massachusetts.

Sur le trajet, il prit conscience de deux choses : pendant cette altercation, sa douleur avait disparu. Et la femme qui lui avait hurlé dessus n'avait pas dû remarquer qu'il était infirme et ça ne lui était pas arrivé depuis des années. Sam décida qu'il était prêt à retourner travailler.

Quand il raconta cette histoire à Sadie, elle éclata de rire, même si elle parut ne l'avoir écouté que d'une oreille. Il avait apporté une dimension humoristique à toute l'anecdote, et adouci son hostilité envers la femme du parc. Mais en la racontant, il eut l'impression de se retrouver dans ce parc pour chiens, de ressentir la chaleur sèche de Californie, les battements frénétiques de son cœur. Soudain, son histoire qu'il avait voulue drôle n'avait plus rien d'amusant. Quiconque regardait attentivement Tuesday ne la prenait pas pour un coyote. Or la femme l'avait à peine vue, et cette injustice le frappa de plein fouet. Pourquoi les gens a priori bien intentionnés ne pouvaient-ils s'empêcher de porter des jugements de façon si désinvolte ?

Sadie rit, ce qui lui déplut beaucoup. Il lui demanda ce qu'il y avait de drôle là-dedans. Elle sembla un instant déconcertée – n'avait-il pas cherché à la faire rire ? – et ajouta, l'air ennuyée :

— Tu as bien réalisé que toute cette histoire, c'était à propos de toi, non ? Voilà pourquoi t'es sorti de tes gonds. Tuesday, c'est toi. Un clebs spécial et inclassable.

Cette conversation survint peu de temps après leur grosse dispute et leur relation était alors plutôt tendue.

Sam lui reprocha de schématiser et de se montrer blessante envers Tuesday et lui.

— Ça concerne Tuesday, insista-t-il. Et peut-être aussi L.A., ou le genre de gens qui emmènent leur chien au parc de Silver Lake. Mais ça concerne surtout Tuesday.

— Que tu penses, rétorqua-t-elle.

Quand il sut qu'il rentrerait tard, Sam confia sa chienne à ses grands-parents. Il la récupéra après une heure du matin, au moment où Dong Hyun revenait de la pizzeria. Sam entra et Tuesday vint l'accueillir, douce et chaleureuse, puis Dong Hyun lui emboîta le pas, avec dans son sillage des fragrances d'ail, de sauce rouge et poivrée, d'huile d'olive et de pâte à pizza.

— Je croyais que tu devais passer la nuit dehors, lui dit son grand-père.

— C'est terminé. Je n'ai plus rien à faire. Ils m'appelleront si besoin.

— Tout va bien ?

— J'ai connu mieux.

— Tu veux en parler ?

Le visage vieillissant et bienveillant de son grand-père lui était presque insupportable.

— Non, répondit Sam en prenant Tuesday sur ses genoux.

Il comprit qu'il pleurait lorsque la chienne commença à lécher ses joues couvertes de larmes.

— Qu'est-ce qui se passe ?

— J'aime Sadie Green, avoua-t-il, impuissant.

Il se sentait puéril de dire une chose pareille, mais c'était la vérité.

— Je sais, murmura Dong Hyun. Elle t'aime aussi.

— Non, elle aime quelqu'un d'autre.

— Ce n'est peut-être qu'une passade.

— C'est Marx. Et ça m'a semblé plutôt sérieux, et je ne sais pas quoi faire. Sadie et moi nous sommes disputés il y a un an, mais j'ai toujours pensé que ça finirait par passer.

Dong Hyun enlaça Sam de ses bras puissants qui pétrissaient la pâte.

— Tu trouveras quelqu'un d'autre à aimer.

— Je t'en prie, ne me dis pas qu'il y a plein de poissons dans la mer.

— Je n'en avais pas l'intention, mais puisque tu le dis, c'est vrai. Et Lola dans tout ça ?

— Elle est sympa, mais ce n'est pas Sadie. J'ai l'impression que personne au monde ne me connaît, à part elle.

— Peut-être que tu devrais laisser les autres apprendre à te connaître.

— Peut-être.

— Tu savais que quand ta grand-mère et moi avons ouvert notre restaurant, nous servions de la nourriture coréenne ?

Sam fit non de la tête.

— Mais il y avait déjà trop de restos coréens à K-Town, alors il fallait trouver autre chose. Voilà comment on a décidé de faire des pizzas. Il n'y avait aucune pizzeria dans le quartier. Au début, ça nous a fait très peur parce que nous n'y connaissions rien, mais nous avons appris. Nous n'avions pas le choix, avec deux bébés et des factures à payer. Ton cousin Albert m'a expliqué qu'on appelle ça un « pivot » dans le milieu des affaires. La vie aussi est ponctuée de pivots. Les personnes qui réussissent le mieux sont celles qui parviennent à changer leur façon de penser. Tu n'auras peut-être jamais de relation amoureuse avec Sadie, mais vous resterez amis toute votre vie, et c'est quelque chose d'aussi, voire de plus précieux si tu acceptes de voir les choses sous cet angle.

— Je connais le concept de pivot, répondit Sam, même si je doute qu'il s'applique dans ce cas précis.

Il rit doucement. Dong Hyun le régalait souvent du programme de l'école de commerce d'Albert.

Cette métaphore approximative le soulagea quand même un peu. Sam s'aperçut que Marx avait laissé un message sur son portable – on avait besoin de lui, l'équipe avait des questions à lui poser sur *Mapleworld*. Sam embrassa son grand-père sur la joue et avec sa chienne, il prit sa voiture en direction d'Abbot Kinney.

Ils étaient à moins de deux cents mètres de l'entrée de l'autoroute de Rampart quand Sam repéra un curieux embranchement près de Filipinotown. Il passait presque inaperçu dans la lumière particulière de 2 h 30 du matin – c'était une large route, poussiéreuse et plate, partiellement cachée par un jacaranda sans fleur. En s'en rapprochant en voiture, il remarqua qu'il ne s'agissait pas d'un panneau ordinaire, mais d'un hexagone avec trois points en forme de triangle, sur un fond vert foncé.

∴

Dans les démonstrations de mathématiques, ce symbole signifie « par conséquent », mais Sam ne voyait pas à quoi ça correspondait sur un panneau signalétique. Il n'en avait encore jamais rencontré. Il coupa le contact pour mieux observer cette route. Il ne distinguait pas de point de fuite précis. La route semblait ne conduire nulle part. Et en même temps, peut-être débouchait-elle quelque part. Il pouvait se retrouver dans un cul-de-sac ou dans Beverly Hills. (Quoique rien n'était jamais si binaire, pas vrai ? La plupart du temps, quand Sam tombait sur une rue sans nom, ça l'obligeait à faire demi-tour et à revenir au point de départ.)

— On tente ? demanda Sam à Tuesday.

La petite chienne ronflait sur le siège arrière et ne lui donna donc pas son opinion. Sam mit son clignotant.

VI

MARIAGES

1

Samatar, le maire Mazer, était toujours la première personne à accueillir un nouveau visiteur à Mapletown. On l'avait conçu comme une rockstar de l'époque grunge – avec un jean déchiré, une chemise écossaise rouge et des Doc Martens – qui rappelait les icônes authentiques et pittoresques comme Jiminy Cricket, Andy Griffith, Woody Guthrie. Sam n'avait plus besoin de canne, mais il en avait donné une en bois noueux au maire Mazer tout en lui prêtant sa démarche claudicante. Le « Samatar » était également pourvu de lunettes (à monture noire épaisse) et d'une moustache en chevron. Personne ne se rappelait lequel des deux s'était laissé pousser la moustache en premier.

— Bienvenue, mon ami. Je suis le maire Mazer, se présentait Samatar. Vous devez être nouveau ici. Nous avons nos petits problèmes comme partout ailleurs, mais vous verrez, Mapletown est un bourg bien sympathique, une fois que vous aurez appris à le connaître. J'en sais quelque chose moi qui ai passé toute ma vie ici. C'est difficile de déménager. Voici 5 000 Mapledollars pour commencer. Je vous conseillerais de vous promener un peu. Les frondaisons de la Vallée Magique sont magnifiques à cette période de l'année. Notre zone commerçante n'est pas encore très grande, mais vous y trouverez tout ce dont vous avez besoin. J'apprécie tout particulièrement nos fromages artisanaux. Saluez quelques-uns de vos nouveaux voisins pendant votre balade. C'est la saison des truffes alors ouvrez l'œil. L'arc-en-ciel de truffes super rare vous rapportera un sacré paquet d'argent si vous arrivez à mettre la main dessus. Tout le monde est très gentil ici. Si vous rencontrez le moindre problème, revenez me voir. Vous me trouverez toujours à la mairie de Mapletown.

En 2009, dans le magazine *Adweek*, le maire Mazer occupait la septième place du classement des personnages de marque les plus célèbres du nouveau millénaire (entre le Mouton Serta et les ours polaires de Coca-Cola).

La description du maire Mazer disait : « On s'est demandé s'il fallait ajouter le maire Mazer à la liste. Au carrefour du personnage de marque et du personnage de jeu, le petit maire hispter, de la petite ville hipster (Portland ? Silver Lake ? Park Slope ? Où diable se trouve Mapletown au fait ?) a finalement intégré le classement parce qu'il existe sur près d'un million de produits Etsy et puis, ne rêve-t-on pas tous d'avoir un jour un maire comme lui ? Les armes sont *verboten*[1], le socialisme est érigé en règle, le jeu récompense la préservation de l'environnement (essayez seulement de couper un peu trop d'érables sans en replanter), le mariage homosexuel était légal à M-Town bien avant qu'il ne soit légalisé aux États-Unis et c'est probablement le premier jeu en ligne auquel a joué votre mère, en grande partie sans doute

1. En allemand dans le texte. *Verboten* signifie « interdit ».

grâce à l'image publicitaire de maire Mazer. Il est sympathique, dans le coup, il connaît les meilleurs endroits où acheter de la poterie à Mapletown et comment faire pousser un figuier dans votre salon. Bon, il exploite vos données comme n'importe qui bien sûr, mais c'est un gentil, non ? Que vous l'aimiez ou le détestiez, le maire Mazer fait partie des rares personnages ou marques en ligne à avoir incarné une vision utopique de l'Amérique. »

Mais cet article sortirait bien après.

Deux mois après son lancement, plus de deux cent cinquante mille personnes avaient ouvert un compte sur Mapleworld et les serveurs étaient régulièrement saturés. Chaque fois que le site plantait, un écran apparaissait avec Samatar à l'intérieur : *On dirait qu'il fait mauvais à Mapletown. Sortez votre parapluie et nous reviendrons très bientôt.* Très vite les fans générèrent des illustrations qui devinrent virales sur la toile. Ils reprenaient le : « Quand le maire Mazer vous informe qu'il fait mauvais à Mapletown... » et témoignaient ainsi de leur ennui et de leur frustration.

Sam, Sadie et Marx s'étaient demandé si le moment était bien choisi pour lancer un jeu aussi « soft » que *Mapleworld*. À la fin de l'automne 2001, il s'avéra que c'était exactement le genre de jeu que les gens recherchaient. Un monde virtuel qui était mieux dirigé, meilleur, et plus facile à comprendre que le leur.

Autour du dixième anniversaire du lancement de *Mapleworld*, Sam donna une conférence TED[1] qui

1. *Technology, Entertainment and Design* : conférences organisées au niveau international par une association nord-américaine, The Sapling Foundation.

s'intitulait : « La possibilité d'une utopie dans les mondes virtuels ».

« Malgré ce qui s'est produit à Unfair Games le 4 décembre 2005, et malgré tout ce qui prouve le contraire, les avatars ne sont pas voués à montrer nos pires facettes. Je suis intimement persuadé, conclut-il, que les mondes virtuels peuvent s'avérer meilleurs que le monde réel. Plus éthiques, plus justes, plus progressistes, plus empathiques et mieux disposés à accepter la différence. Et s'ils peuvent l'être, pourquoi s'en priver ? »

2

Peu de temps après le Nouvel An 2002, Dov appela Sadie pour lui donner des nouvelles : d'abord, il divorçait enfin, et puis il se mariait à Tiburon avec une ancienne étudiante, une jeune femme qui avait intégré le MIT quelques années après Sadie.

— Je ne sais pas si vous voudrez venir, mais je vous invite à mon mariage Sammy, Marx et toi, dit Dov. Je ne voulais pas t'envoyer de faire-part sans t'en avoir parlé avant. Ça me ferait très, très plaisir que tu sois là.

Comme il fallait faire neuf heures de route pour aller à Tiburon, Sam, Sadie et Marx se relayèrent au volant. L'humeur était à la fête, détendue : *Mapleworld* cartonnait, et Sadie et Marx étaient amoureux, même s'ils le cachaient toujours à Sam.

— Est-ce que ça t'a mise en colère d'apprendre qu'il divorçait ? lui demanda Sam.

— En colère ? J'étais plutôt terrifiée à l'idée qu'il me propose de ressortir avec lui.

— Quel enfoiré, ce mec ! lâcha Marx.

Il s'avança sur son siège à l'arrière pour serrer la main de Sadie dans la sienne.

— Hé, vous sortez ensemble tous les deux, pas vrai ?

Sam l'avait dit sur un ton détaché comme si la réponse l'intéressait à peine, du genre : *hé, et si on s'arrêtait grignoter quelque chose ?* Ou *hé, ça vous ennuie si j'allume la radio ?* C'est lui qui conduisait et ils se trouvaient presque à mi-chemin de Tiburon, sur les hauteurs de l'autoroute de la Côte pacifique, à huit kilomètres au sud de San Simeon.

Marx et Sadie s'étaient montrés discrets au bureau et n'avaient donc aucune raison de croire que Sam était au courant. Depuis des mois, Sadie avait voulu lui en parler, mais Marx s'y était opposé :

— Il le prendra plus mal que tu le penses, avait-il dit.

— Je ne crois pas qu'il le prendra si mal que ça. Sam et moi, on n'est jamais sortis ensemble, on n'a jamais couché ensemble, rien. Et puis ces derniers temps, je nous qualifierais plutôt de collègues que de véritables amis. Tu es plus son ami que je ne le suis, lui avait répondu Sadie. Mentir, c'est pire, crois-moi.

— On ne ment pas. C'est juste qu'on ne le lui a pas encore dit, avait nuancé Marx.

— On n'a qu'à lui dire, alors.

— Peut-être qu'on pourrait se la jouer à la Dov. Lui envoyer un faire-part de mariage.

— Justement, Dov m'a prévenue avant de m'inviter, rétorqua Sadie en souriant. Et toi et moi, on ne se marie pas.

— Pourquoi pas ?

— Parce que je ne crois pas au mariage, dit-elle.

— On ne te demande pas d'y *croire*. Il ne s'agit pas de Dieu, du Père Noël ou de savoir si Lee Harvey

Oswald a agi seul : ce n'est qu'une cérémonie civile, autour d'un bout de papier. Une fête avec tes amis.

— Nos amis auxquels tu refuses d'en parler.

— Seulement Sam.

— Et tous ceux qui le connaissent, ajouta Sadie. Autrement dit, presque tous nos potes. Si je comprends bien, tu préférerais m'épouser plutôt que d'en parler à Sam.

— Je ne vois pas en quoi ces deux questions sont liées, répondit Marx.

Tous les deux mois, ils se répétaient cette conversation, du genre serpent qui se mord la queue, sombrant dans l'inaction. Pour Sadie, tout ça ne ressemblait pas du tout à Marx – qui, en tant que personne, était remarquablement transparent. Honnête. Il aimait ce qu'il aimait et ne s'en cachait pas. Elle finit par imputer son inertie à sa dévotion touchante, voire naïve, pour Sam. Elle avait elle aussi éprouvé le même sentiment pour leur ami, jusqu'à ce qu'elle découvre sa vraie nature.

Au moment du mariage de Dov, ils sortaient ensemble depuis presque un an. Marx avait toujours le bungalow qu'il avait partagé avec Zoe, mais dans les faits, il avait emménagé à Clownerina. Sadie et lui envisageaient même de s'acheter une maison.

— Ça ne me dérange pas que vous soyez ensemble, commença Sam. Je ne vais pas piquer une crise si c'est ce qui vous inquiète. Ni balancer cette bagnole au fond du Pacifique. (Il fit une petite embardée histoire de rigoler.) Mais j'aimerais le savoir. Enfin, ça crève les yeux. Je vous connais par cœur tous les deux, c'est évident. Et je suis un peu vexé que vous ne m'en ayez pas parlé.

— On sort ensemble, lâcha Sadie.

— Je l'aime, ajouta Marx avant de se tourner vers elle pour lui dire : Je t'aime.

— Je t'aime aussi, répondit-elle.

Sam hocha la tête.

— Bien, c'est ce que je pensais. *Mazel tov*. Est-ce que ça vous dirait d'aller visiter le Château Hearst ? On ne va pas tarder à passer devant et je n'y suis jamais allé.

Sam resta silencieux pendant la visite de La Cuesta encantada, le plus imposant et extravagant palais de Californie, terre de majestueuses résidences excentriques. Sadie s'était entraînée à ne pas se plier aux humeurs de Sam, à ne pas avoir trop d'empathie pour lui, ce qui ne l'empêcha pas de percevoir son trouble.

Une fois la visite terminée, elle dit à Marx qu'elle voulait parler à Sam en tête à tête et elle emmena son ami dans un patio en demi-lune avec vue sur le Pacifique. Il était 14 heures et le soleil se réfléchissant sur l'océan était aveuglant. Même avec ses lunettes de soleil, Sadie avait du mal à distinguer l'expression de Sam.

— Je trouvais cet endroit magnifique quand j'avais neuf ans, mais aujourd'hui il me paraît ridicule, dit-elle, surtout pour combler le silence.

— Pourquoi ? Hearst avait de l'argent, alors il s'est bâti le monde qu'il voulait. Avec des zèbres, des piscines, des bougainvilliers, on y pique-niquait et personne ne mourait jamais. En quoi est-ce différent de ce qu'on fait ?

— Ça va ? demanda-t-elle.

— Pourquoi ça n'irait pas ? rétorqua Sam.

— Je ne sais pas.

— Je t'ai peut-être aimée autrefois, avoua-t-il. Et je tiendrais toujours à toi à ma façon, mais on n'aurait pas pu travailler *et* former un couple. J'en suis persuadé depuis des années.

— Oui, admit-elle.

— Si nous avions dû sortir ensemble toi et moi, l'un d'entre nous aurait déjà tenté quelque chose, tu ne crois pas ?

— Si.

— Ça fait drôle de voir que tes plus proches collaborateurs te cachent un secret pareil, quand même, ajouta Sam. Et vous êtes bien arrogants d'avoir pensé que ça me toucherait autant.

— Je pense que Marx avait peur que tu le prennes mal. Et puis au début, on ne savait pas si ça serait sérieux et on ne voulait pas te perturber pour rien.

— Mais aujourd'hui, vous savez que c'est *sérieux* ?

— À t'entendre, on croirait que c'est une maladie.

— C'est le mot que tu as employé.

— Ben, le ton sur lequel tu l'as dit, alors.

— Mais aujourd'hui, vous savez que c'est sérieux ? répéta Sam.

— Oui, maintenant, on le sait.

Sadie l'examina. Le soleil avait dévié sa trajectoire depuis le début de la conversation et elle le voyait mieux à présent. Il avait vingt-sept ans, portait la moustache et pourtant, chaque fois qu'elle s'autorisait à repenser au petit garçon de l'hôpital, elle ne pouvait s'empêcher de ressentir une immense tendresse à son égard. Il était facile de ne pas aimer l'homme, mais comment n'éprouver aucune affection pour l'enfant qui se cachait derrière ? Malgré son ton calme et indifférent, un sillon creusait un peu son front. Sa bouche crispée lui donnait l'air résolu de quelqu'un qui devait avaler un médicament amer et qui était décidé à le faire sans rechigner. Son expression lui rappelait ce moment où, dans les premiers temps de leur amitié, il ne s'était pas rendu compte qu'elle était montée dans sa chambre, à l'hôpital pour enfants. Il souffrait terriblement, c'était évident – ses yeux écarquillés, sa mâchoire relâchée et son souffle court lui donnaient un air féroce. L'espace d'un instant, elle n'avait pas reconnu son ami. Le visage familier, qu'elle avait associé à Sam, avait disparu. Puis il l'aperçut et sourit, redevenant tout à coup Sam, comme s'il avait remis un masque. « Tu es là ! » s'était-il exclamé.

— Je dois reconnaître, commença-t-il, que ça ne m'étonne pas que tu lui aies plu. Il en a toujours pincé pour toi. Il m'en a parlé pendant le premier été où on travaillait sur *Ichigo*. Je lui ai dit que tu ne serais jamais attirée par un type comme lui. Eh bien, peut-être que la seule chose qui me surprend, c'est de m'être trompé.

— Et pourquoi je n'aurais pas été attirée par lui ?

Elle savait qu'elle n'aurait pas dû poser cette question.

— Parce qu'il est chiant, répondit Sam. (Il haussa les épaules, comme pour souligner l'évidence de ce constat.) C'est pour ça qu'il enchaîne les conquêtes. Il finit par s'ennuyer avec les gens, mais ça n'a rien à voir avec eux. C'est parce qu'*il est* chiant.

— Espèce d'incroyable enfoiré ! lâcha-t-elle. Marx t'aime. Ça te coûterait tant que ça d'être sympa ?

— S'en tenir aux faits n'a rien de cruel.

— Il ne s'agit pas d'un fait. Et si, c'est parfois cruel de s'en tenir aux faits.

— Quand on suivait le cours « Héros pour zéros[1] » à Harvard, tu sais la partie qu'il préférait dans l'*Iliade* ?

— On n'en a jamais parlé, siffla-t-elle en essayant de contenir son irritation.

— La fin, qui est super chiante. « Ainsi bla-bla-bla, on enterra Hector bla-bla-bla le dresseur de chevaux bla-bla-bla. » Hector est chiant. Pas comme Achille. Et Marx ressemble à Hector alors il a avalé cette daube.

Marx les rejoignit dans le patio.

— De quoi on parle ?

— De la fin de l'*Iliade*.

— C'est le meilleur passage, commenta Marx.

— Pourquoi ? demanda Sadie.

— Parce que c'est parfait. « Et c'est ainsi qu'ils accomplirent les funérailles de Hector, dresseur de chevaux. » C'est une profession honorable. Ces vers et leur place expliquent que notre mort n'a pas moins d'importance que celle d'un dieu ou d'un roi.

— Hector c'est nous, dit Sadie.

— Hector c'est nous, répéta Marx.

— Hector c'est Marx, corrigea Sam. Chiant, ajouta-t-il dans une toux forcée. On devrait mentionner « Dresseur de Chevaux » sur sa carte de visite.

Ils décidèrent de passer la nuit près de San Simeon et de faire le reste du trajet le lendemain matin. Ils s'arrêtèrent dans le premier hôtel venu, un vieux bâtiment sans air conditionné. La nuit était anormalement douce pour la côte californienne, l'air ne circulait pas dans ces

1. Surnom donné par les étudiants de Harvard au cours « Le concept de héros dans la civilisation héllénique ».

chambres vieillottes, décrépies, et même toutes fenêtres ouvertes, on étouffait.

Le lendemain matin, quand Sam descendit à la voiture, il ne restait rien de sa tignasse bouclée. Il avait la boule à zéro.

— Qu'est-ce qui t'est arrivé ? demanda Marx en caressant son crâne rasé.

— J'avais trop chaud, dit Sam.

— Ça te va bien, lança Marx, pas vrai ?

Sadie savait qu'il fallait probablement y voir un message à son attention, mais elle n'avait aucune envie de le déchiffrer. Penser de la sorte était peut-être égocentrique et égoïste de sa part, mais Sam n'était-il pas toujours en train de jouer à un jeu ? De lui présenter un labyrinthe dont elle devait trouver la sortie ? Ce qu'il pouvait être fatiguant.

— Bien sûr, soupira-t-elle. On ferait mieux de reprendre la route.

— Je n'ai pas fait ça par coquetterie, précisa Sam qui semblait presque embarrassé. J'avais vraiment chaud.

— Oui, répondit Sadie. Il a fait chaud dans notre chambre aussi, et pourtant on s'est tous les deux levés avec la même coupe de cheveux qu'hier.

Elle avait l'impression que tous les choix de Sam étaient motivés par la coquetterie. Peu de temps après avoir emménagé en Californie, il avait changé de nom légalement, de Samson Masur à Sam Mazer. Il lui avait expliqué que Masur ne signifiait rien pour lui alors que celui de Mazer sonnait comme celui d'un Maître Bâtisseur de mondes. Au cours de l'année passée, il avait commencé à leur demander de l'appeler Mazer, comme s'il se prenait pour Madonna ou Prince.

— Vous pouvez toujours m'appeler Sam quand on est entre nous, avait-il dit à Sadie, mais en public, je préférerais qu'on m'appelle Mazer. C'est mon nom, à présent.

Mazer avait tout donné pour le lancement de *Mapleworld*. Il adorait jouer les bêtes de scène, déclamer les principes du jeu devant un public de fans ravis. Et maintenant qu'il ne souffrait plus de douleurs chroniques, il se sentait beaucoup plus à l'aise dans cet exercice que lors de la promotion d'*Ichigo*. Au cours de la tournée, son look commença à changer et à s'écarter de celui du maire Mazer. Il adopta une salopette avec une poche brodée du nom de MAZER et un T-shirt blanc en dessous. Il l'agrémentait souvent d'un chapeau à large bord vert et rond. Des années durant, il avait tâché de cacher son infirmité et voilà qu'on ne le photographiait jamais plus sans sa canne. Il s'en servait pour désigner un point précis, écarter la foule, au besoin, accentuer ses grands gestes. Depuis peu, il avait un appareil orthopédique et portait des lentilles de contact. Pour la première fois de sa vie, il s'entraînait à soulever des poids et son corps commençait à gagner en masse musculaire, à ressembler à celui d'un catcheur. Il se fit tatouer sur le bras droit : *umma* (« maman » en coréen ancien) avec le rond jaune surmonté d'un nœud rose de Mlle Pac-Man. Le personnage de Mazer qu'il s'était inventé deviendrait presque aussi emblématique pour les gamers que le maire Mazer, son avatar. Mais celui de l'année 2002 n'avait rien à voir avec le Sam de 1997.

Et à présent, il n'avait plus de cheveux non plus. Sadie conduisait, Marx dormait sur le siège passager et Sam était assis sur la banquette arrière. Elle jeta un coup d'œil dans le rétroviseur. La première fois qu'elle avait vu Sam, elle avait imaginé le nombre de cercles qu'il faudrait pour dessiner ses lunettes, son visage, ses cheveux. Elle devait bien reconnaître que ses boucles lui manqueraient. Leurs regards se croisèrent un instant et il détourna la tête. Une seconde plus tard, il remettait son chapeau rond.

Dès que la relation de Marx et Sadie fut officialisée, celle, plus professionnelle, de Sam et Sadie se détériora. Peut-être fallait-il s'y attendre. Leurs désaccords restaient les mêmes, mais ils étaient moins cordiaux l'un envers l'autre.

Elle ne s'intéressait pas beaucoup à la promotion de *Mapleworld* et n'avait aucune envie de devenir le visage d'Unfair Games. Elle se réjouissait donc de céder ces obligations à Sam. Ce qu'elle voulait, c'était créer un nouveau jeu qui reléguerait aux oubliettes *Deux Côtés*, *Mapleworld* et *Ichigo*.

Quant à Sam, il avait aimé concevoir *Mapleworld* et souhaitait travailler à un nouvel *Ichigo*.

— Tous les yeux sont braqués sur nous en ce moment, Sadie. Imagine ce qu'on pourrait faire avec les ressources dont on dispose. C'est le moment idéal pour lancer un nouvel *Ichigo*.

— Ça ne me tente vraiment pas de faire du *Ichigo* jusqu'à mes quarante ans, Sam. Je ne suis pas comme toi. Ça ne me fait pas kiffer de recréer indéfiniment la même chose.

— À quoi bon toujours déprécier nos succès ? Pourquoi faut-il que tu ne t'intéresses qu'à ce qui est *nouveau* ? C'en est presque pathologique.

— Et toi, pourquoi as-tu peur de te lancer dans quelque chose de différent ?

Et ça n'arrêtait pas.

Sadie voulait créer un jeu intitulé *Le Maître des réjouissances*. Ce serait une fiction dans le milieu théâtral londonien de l'époque élisabéthaine, centrée sur l'élucidation du meurtre de Christopher Marlowe. C'était une remarque de Marx qui la lui avait inspirée : il s'était demandé pourquoi il n'existait pas le moindre bon jeu vidéo sur le théâtre.

Dès qu'elle en parla à Sam, il détesta l'idée. Il la trouvait prétentieuse et peu susceptible de plaire au grand public.

Cela n'empêcha pas Sadie d'insister sur le fait que *Le Maître des réjouissances* devrait être leur nouveau projet.

— Tu déconnes, Sadie. Les gens détestent Shakespeare. Ils détestent l'histoire. Et le monde que tu proposes est si sombre. Tu cherches à prouver quoi au juste ?

— Je n'ai pas envie de faire du cucul la praline à la *Mapleworld* jusqu'à la fin de mes jours.

— Ce n'est *pas* cucul la praline. On dirait que tu veux revivre l'expérience qu'on a vécue avec *Deux Côtés*, surtout les pires côtés. C'est du vice.

— Que c'est minable de dire un truc pareil, rétorqua Sadie. Alors comme ça, notre principal objectif, c'est de toucher le plus large public possible ? Est-ce le seul but qui vaille ? J'aimerais autant le savoir.

— Oui, surtout si on y investit des millions. Sans tenir compte de la durée limitée de notre brève présence sur Terre.

— Tous les jeux n'ont pas à ressembler à *Mapleworld*, Sam. Ni à plaire à tout le monde.

— J'en ai trop marre de discuter de ça avec toi.

— Et moi d'en parler avec toi.

— Tu es snob, Sadie.

— Et toi un enfoiré de lèche-cul.

À ce moment-là, tous ceux qui se trouvaient au deuxième étage entendaient leur dispute.

— Si tu tiens absolument à travailler là-dessus, commença Sam, t'as qu'à le faire toute seule.

— Très bien, répondit-elle. Je *priais* pour que tu dises ça.

— Mais tu *ne peux pas* ! T'as besoin de ma signature de producteur.

Au moment de fonder Unfair Games, Sam, Sadie et Marx étaient tombés d'accord sur le fait que chaque jeu qu'ils réaliseraient devrait être approuvé par au moins deux d'entre eux.

— Tu ne peux pas prendre cette décision toute seule.

— Marx m'appuiera.

— Ah ça, je n'en doute pas.

— Il m'appuiera parce que ce sera un super jeu, Sam.

— Il te soutiendra parce qu'il prend toujours parti pour toi. Parce qu'il te *saute*.

— Dégage de mon bureau.

— Non, répondit Sam.

Sadie le poussa vers la porte.

— DÉGAGE !

— Non, allons voir le Dresseur de Chevaux et réglons ça une fois pour toutes.

Sadie le bouscula pour lui passer devant et ils foncèrent tous deux vers le bureau de Marx.

— J'imagine qu'elle t'a parlé de son idée, commença Sam, *Le Masturbateur des réjouissances*.

— Va te faire foutre ! siffla Sadie.

— Oui, dit Marx.

— Eh bien, je pense que ça ne sent pas bon. Ça ressemble bien à une version d'*EmilyBlaster* à un demi-million de dollars.

— Si cette idée venait de quelqu'un d'autre, tu en parlerais avec plus de respect, fit remarquer Sadie.

— Je refuse de bosser avec elle là-dessus. On ne devrait même pas créer ce jeu, d'après moi, dit-il, en s'adressant à Marx. Chaque centime qu'on dépensera pour ça, sera un centime perdu. Mais c'est toi qui as le dernier mot alors… Et c'est pas comme si t'étais vraiment objectif.

— Je pense que c'est une bonne idée, déclara Marx.

— Surprise, surprise, lança Sam avant de quitter la pièce.

Il alla se réfugier dans son bureau et claqua la porte.

— C'est décidé, dit Sadie, le visage empourpré. Si tu es d'accord, je fais du *Maître des réjouissances* mon prochain jeu et je bosserai dessus sans Sam. (Elle secoua la tête.) J'en ai tellement marre de lui.

Elle aussi quitta le bureau de Marx pour retourner dans le sien.

L'espace d'un instant, Marx se demanda qui suivre, prit le couloir à droite, vers Sam. Il frappa à sa porte.

— Tu veux en parler ? lui demanda-t-il.

— Espèce de putain de couille molle ! lui dit Sam. C'est exactement pour cette raison que je t'ai déconseillé de sortir avec Sadie en 1996. Ça déséquilibre les pouvoirs, et le reste.

— Je ne m'abaisserai pas à répondre à ça, répliqua Marx. Tu te conduis comme un gamin, tu nous insultes. Unfair Games est aussi mon entreprise. Je ne dirais pas qu'on doit se lancer dans ce projet si je n'estimais pas que ça en valait la peine. *Le Maître des réjouissances* m'a intrigué tout de suite, dès que Sadie m'en a parlé : l'univers du théâtre élisabéthain, le meurtre de Christopher Marlowe. Je trouve que ce sont des détails intéressants qui pourraient engendrer un monde intéressant. Même si deux lycéens m'avaient présenté une démo de ce jeu pendant un salon, ça m'aurait tenté. Et pour tout te dire, j'ai toujours voulu créer un jeu en rapport avec le théâtre.

Sam secoua la tête en soupirant.

— Marx, je connais un peu Sadie, tu ne crois pas ? *Le Maître des réjouissances* est le produit de ses pires instincts. Je lui ai dit que ça me rappelait *EmilyBlaster*, mais en fait, c'est *Solution*.

— On a tous les deux adoré *Solution*.

— C'est un jeu super pour étudiants. Génial si tu cherches à emmerder tes camarades de classe et que ça ne te coûte pas un rond.

Marx réfléchit une seconde.

— Je ne trouve pas que ça ressemble à *Solution*.

— Sadie veut créer un truc sombre et intello pour qu'on la prenne au sérieux. Elle essaie d'impressionner des gens comme Dov. Elle cherche à reconquérir les critiques qui avaient descendu *Deux Côtés*. Le noir n'est pas la meilleure couleur de Sadie.

— Je ne sais pas, Sam. Je crois que toutes ses couleurs valent la peine d'être explorées. Professionnellement parlant, j'entends. Ce jeu pourrait être canon. Si tu avais vu Sadie quand elle me l'a décrit pour la première fois. Elle était tellement enthousiaste.

Sam dévisagea Marx et, l'espace d'un instant, le méprisa : *Toi qui aurais pu avoir n'importe qui, pourquoi a-t-il fallu que tu choisisses Sadie Green ?*

Il pouvait les imaginer au lit, à Clownerina. Sadie se réveille, se retourne pour regarder Marx et lui dit : *J'ai une idée.* Puis elle lui décrit le projet du *Maître des réjouissances* – ses mains volètent dans les airs comme toujours quand elle est excitée, tandis qu'elle le mitraille d'explications. Elle sort du lit et se met à parcourir la chambre de long en large, car, quand Sadie a une grande idée, elle ne peut pas rester tranquille. D'aussi loin qu'il se souvienne, Sam avait toujours été le premier à être informé de ses idées.

— Tu sais quoi ? Ça ira, Marx, conclut-il. Je me fous de ce qu'elle fait.

Ce soir-là, dans le lit de Sadie, Marx lui demanda si elle était certaine de vouloir se lancer dans *Le Maître des réjouissances* sans Sam.

— Dois-je comprendre que tu ne m'en crois pas capable ? répliqua Sadie, prête à en découdre.

— Non, bien sûr que non.

— Parce que je concevais déjà des jeux sans lui, bien avant qu'on se mette à en faire ensemble.

— Je sais ça, répondit Marx. Je pense que les jeux – il choisit soigneusement ses mots – dégagent une énergie différente quand vous y travaillez tous les deux.

— On ne s'adresse presque plus la parole. Et quand on se parle, ça n'apporte pas grand-chose, comme tout le monde au bureau, toi y compris, a pu le constater.

Ça fait un moment que notre relation se détériore. Je ne vois pas comment nous pourrions collaborer. L'idée du *Maître des réjouissances* ne lui plaît pas du tout alors que je l'adore et je pense qu'on finirait par s'entretuer si on bossait dessus ensemble. Notre rupture n'a rien de définitif, à mon avis. Mais je crois que nous avons tous les deux besoin de passer un peu de temps séparés pour réapprendre à nous apprécier. Et peut-être que ça vient plus de moi que de lui. Mais je *tiens vraiment* à créer quelque chose toute seule. Quelque chose qui m'appartiendra. Quelque chose que personne ne pourra attribuer à Sam, pour le meilleur ou pour le pire.

— Je comprends et tu as mon soutien. *Le Maître des réjouissances*, un jeu de Sadie Green ! Et que ça se sache ! Mais il y a un truc qui m'intrigue. J'ai toujours été là, avec vous, et je n'ai jamais compris ce qui s'était passé entre vous. Vous étiez si proches, tous les deux, que Zoe m'a un jour conseillé, pour vous amener à faire quelque chose, de te dire que c'était pour Sam et vice versa.

— Ce n'est pas un truc, le corrigea Sadie. Pendant un moment, j'ai pensé qu'il n'y avait qu'un truc, alors qu'en fait… c'est un tout.

— Donc il y a bien un truc ? demanda Marx.

— Ça va te paraître dingue. C'est ce qu'a pensé Sam quand je lui en ai parlé. Tu te rappelles quand on est allés voir Dov pour Ulysse ? Sam a prétendu qu'il ne savait pas que Dov était mon prof et amant et j'ai découvert qu'il était en réalité parfaitement au courant.

— Comment ?

— Dov m'avait dédicacé un CD avec lequel vous jouiez tous les deux.

Sadie alla le prendre dans son bureau et le montra à Marx. Il lut l'inscription.

— Bordel, Dov, c'est le pire de tous.

— Je sais.

— Explique-moi : qu'est-ce que ça change que Sam ait été au courant ?

— Eh bien, ça veut dire qu'il se souciait plus d'*Ichigo* que de mon bien-être. Pendant des années, j'ai fait l'inverse – j'adorais nos jeux, pourtant je faisais passer Sam d'abord. Et pour moi, cette trahison est devenue emblématique de toutes les fois où Sam a privilégié sa petite personne et ses jeux sur le reste.

— Sam est comme ça, lui rappela Marx. Et vous n'êtes pas si différents. Vous êtes tous les deux des obsédés du boulot.

— Pas moi. J'ai déménagé en Californie *pour lui*. Il y avait d'autres raisons, je le sais, mais toi et moi, on est surtout venus ici pour lui.

— Je ne cherche pas à déterrer des cadavres, mais Sam croyait, en partie, qu'il venait s'installer ici pour toi. Il s'inquiétait pour toi. À propos de ta liaison avec Dov…

— On n'en a jamais parlé, l'interrompit Sadie. Je ne vois pas comment ça aurait pu être le cas.

— Et pourtant, on s'inquiétait lui et moi. Souvent.

Elle secoua la tête.

— Et Sadie ? C'est peut-être sans importance, mais je ne suis pas sûr que Sam ait vu ce CD de *Dead Sea*. Je me souviens très bien de cet après-midi-là. Tu dormais dans la chambre et Sam passait en revue tous les jeux qu'on avait, en quête de références graphiques pour *Ichigo*. Il cherchait dans sa pile pendant que j'allais jeter un œil sur ton étagère. Je suis persuadé que c'est moi qui me suis levé pour mettre *Dead Sea* dans le lecteur parce que je me faisais tout le temps du souci pour le pied de Sam et c'était plus facile pour moi de me lever et de me rasseoir. Je sais que je n'ai pas regardé le CD et Sam n'en aurait pas plus eu le temps.

Marx voulait y croire, mais Sadie savait qu'il se trompait.

— Je sais qu'il n'y a pas que ça… continua Marx.

— C'est vrai. Il y a *Ichigo II* et Sam qui récolte tous les lauriers, et peut-être que, comme je viens de le dire, il n'y est pour rien. J'ai juste envie de créer quelque chose qui m'appartienne sans avoir à négocier avec lui. Je n'ai que vingt-six ans, Marx. Je ne vais pas discuter avec lui du moindre détail de mon travail jusqu'à la fin de mes jours.

Le téléphone sonna et Marx décrocha. C'était leur agent immobilier. Le bail de Sadie à Clownerina touchait à sa fin et ils avaient fait une offre pour une vieille maison bardée de bois gris-pourpre de deux étages à Venice, à l'est d'Abbot Kinney. Elle avait été construite dans les années 1920, comme presque tout à L.A., et comportait un dangereux escalier sans rampe, des portes vitrées partout, des planchers à larges lattes et un salon dont le plafond en forme de A faisait penser à une chapelle. (En fait, la maison avait été brièvement occupée par l'un des nombreux cultes qui passaient par le sud de la Californie pour accéder à l'Illumination et au Nirvana.) Bien que dans son jus, elle avait du charme et était habitable. Un bougainvillier haut de dix mètres menaçait d'étrangler un palmier devant la façade. La clôture qui entourait la propriété obliquait à quarante-cinq degrés à certains endroits et il faudrait bientôt réparer le toit. L'annonce la qualifiait de « Rêve bobo » – bobo signifiant ici « hors de prix si l'on considère les travaux à faire. » Marx discuta avec l'agent immobilier et plaça sa main sur le combiné pour s'adresser à Sadie.

— Elle veut savoir si on souhaite augmenter notre offre, dit-il.

Depuis qu'ils avaient commencé leurs recherches, plusieurs maisons leur étaient passées sous le nez. Le marché immobilier de Californie bougeait très vite. Sadie s'était habituée à être déçue et ne s'attachait donc plus aux endroits qu'elle visitait.

— C'est une super baraque, répondit Sadie. Mais j'imagine qu'il y en aura d'autres. C'est comme tu veux.

— Cette maison me plaît. Je pense qu'elle pourrait être la nôtre.

— Allons-y dans ce cas. Faisons une meilleure proposition et on verra bien ce qui se passe.

Quelques jours après, leur offre était acceptée.

Deux mois plus tard, après avoir effectué le changement d'adresse, remplacé la serrure et signé un nombre incalculable de papiers, ils emménagèrent.

— Dois-je te porter pour franchir le seuil ? demanda Marx.

— Nous ne sommes pas mariés, donc je pense que je peux entrer sur mes deux jambes, lui répondit-elle.

Elle ouvrit la porte, et ils se rendirent dans le petit jardin à l'arrière de la maison. C'était l'automne et deux de leurs trois arbres fruitiers – un goyavier et un kaki Fuyu – portaient des fruits.

— Tu as vu, Sadie ? C'est un kaki ! Mon fruit préféré ! s'exclama-t-il.

Il cueillit un gros fruit orange, s'assit sur la terrasse désormais débarrassée de ses termites et mordit dedans à pleines dents, le jus lui dégoulinant le long de son menton.

— Tu te rends compte de la chance qu'on a ? On a acheté une maison avec un arbre qui donne mon fruit préféré.

Sam disait souvent que Marx était la personne la plus veinarde qu'il ait jamais rencontrée – chanceux en amour, en affaires, dans la vie et pourvu d'un physique avantageux. Mais plus Sadie apprenait à le connaître, plus elle estimait que Sam n'avait pas saisi la nature de la chance de Marx. Marx était veinard parce qu'il voyait tout comme un don du ciel. Comment savoir si le kaki était réellement son fruit préféré ou s'il l'était devenu parce qu'il s'épanouissait au fond de son propre jardin ? Il n'avait encore jamais mentionné ce fruit. *Mon Dieu*, pensa-t-elle. *Il est si facile à aimer.*

— Tu devrais le laver d'abord, tu ne crois pas ?

— C'est notre arbre. C'est ma main crasseuse qui l'a touché en premier.

— Et les oiseaux ?

— Je ne les crains pas, Sadie. Mais tu devrais goûter ça.

Marx se leva et alla en cueillir deux autres, un pour elle, un pour lui. Il les passa ensuite sous l'eau du tuyau d'arrosage, posé le long de la maison puis lui tendit le fruit.

— Mange, mon amour. Les Fuyus ne donnent des fruits que tous les deux ans.

Sadie mordit dans le kaki. C'était légèrement sucré avec une texture à mi-chemin entre la pêche et le melon. Peut-être était-ce son fruit préféré à elle aussi ?

3

Il était une fois, dans la grande simulation au-delà de *Mapleworld*, un maire de San Francisco qui autorisa les employés de l'état civil à enregistrer l'union de couples de même sexe. C'était quelques jours avant la Saint-Valentin, et Simon comme Ant étaient plongés dans la post-production de *Homologue High : Troisième année*. Même s'ils convenaient qu'il s'agissait d'une avancée politique intéressante, ils n'avaient encore jamais parlé mariage. Et quand bien même en auraient-ils été tentés, le moment était mal choisi pour s'absenter du boulot. *HH3* était en test depuis trop longtemps déjà et ils y avaient fait tant d'ajouts qu'il n'arrêtait pas de bugger. Pour s'assurer que le jeu serait bien livré dans les temps, ils multipliaient les journées de dix-huit heures.

— Tu crois qu'on devrait y aller quand même ? demanda Simon.

Il était 4 heures du matin et Ant les ramenait à leur appartement pour se doucher, se changer et peut-être dormir une heure ou deux.

— Aller où ? s'enquit Ant en bâillant.

— À San Francisco.

— Pour quoi faire ?

— Pour se marier, répondit Simon.

— Je ne savais pas que tu en avais *envie*.

— Eh bien, avant aujourd'hui, on n'avait pas le choix. On ne peut pas désirer quelque chose d'impossible.

— Je crois qu'on devrait finir le jeu avant de penser au reste.

— Tu as raison. Bien sûr que tu as raison.

À 8 heures du matin, ils se retrouvaient sur la route embouteillée pour rallier Unfair Games.

— Je me sens en *Torschlusspanik*, dit Simon, qui avait pris le volant pendant qu'Ant essayait de gratter quelques minutes de sommeil supplémentaire.

— Nan, lâcha Ant sans ouvrir les yeux. Tu n'as pas le droit de me balancer des mots d'allemand quand je n'ai dormi que deux heures.

— Qui sait combien de temps ils délivreront ces actes de mariage. On s'échine sur un bal de promo imaginaire dans un trou de ver alors qu'on passe peut-être à côté de l'occasion de se marier dans le monde réel.

— Je dors, Simon.

— C'est bon, roupille.

Deux minutes plus tard, Ant ouvrit un œil.

— Je ne te savais pas si conventionnel, franchement. Tu vas bientôt devenir vieux jeu.

— Si tu entends par là avoir une maison à Santa Monica ou Culver, tu as raison. J'en ai tellement marre de ces allers-retours jusqu'à l'ouest de Hollywood.

Et à 3 heures du matin, c'est Ant qui conduisit sur le trajet pour rentrer chez eux.

— Je crois que j'ai envie d'aller à San Francisco, lâcha Simon, sur un ton qui trahissait son irritation face à la situation. M'y accompagneras-tu, Antonio Ruiz ?

Ils s'étaient rencontrés six ans plus tôt, en première année, dans un cours d'animation de personnages. Au départ, Ant ne s'était pas senti attiré par ce génie musclé. Ce n'était pas son genre de mec. Pire, Simon était odieux. Il reprenait leur professeur, détestait l'animation américaine, faisait référence à des films inconnus, avait un rire si puissant qu'on aurait dit un souffleur de feuilles, et la fâcheuse habitude de balancer des mots d'allemand à rallonge.

Au bout de deux semaines de classe à peu près, Simon avait présenté son premier projet animé de vingt secondes. « La Fourmi » commençait avec un petit garçon repoussant qui regardait une fourmi à la loupe. La caméra zoomait sur l'insecte qui portait une veste en cuir, une sorte de proto hipster aux yeux écarquillés. La fourmi débitait un monologue caustique détaillant ses dernières réflexions sur l'existence puis elle prenait feu de façon spectaculaire. Personne n'avait rien à dire de très aimable sur ce projet et, même si Ant le trouvait plus intelligent que tous les autres, il détestait prendre la parole pendant les critiques. À la fin du cours, il alla voir Simon et déclara :

— C'était brillant !

— Merci, mec, répliqua Simon. Je me suis inspiré de toi pour ce personnage, tu sais ?

Ant écarquilla les yeux et remonta la fermeture Éclair de sa veste en cuir.

— Je ne sais pas comment le prendre.

— Pas la partie immolation, précisa Simon. Tout le reste. La fourmi sexy.

Il esquissa un large sourire qui fit surgir une fossette jusque-là invisible. *Aidez-moi mon Dieu, qu'il est mignon quand il sourit*, pensa Ant.

Ils demandèrent à Marx de les accompagner à San Francisco au cas où il leur faudrait un témoin, mais aussi pour éviter qu'il ne s'agace de les voir déserter le navire avant d'avoir fini le jeu. Comme Marx y allait, Sadie décida d'y aller aussi – ils auraient bien besoin de quelqu'un pour prendre les photos. Et là, dans la mesure où tout le monde assistait à la fête et que l'événement avait un intérêt à la fois civil et historique, le maire de Mapletown décida lui aussi de se joindre à eux.

Ils prirent l'avion pour San Francisco le mardi matin. Au moment où ils arrivèrent à la mairie, la queue s'étirait déjà autour du bâtiment et continua à s'allonger tout au long de la journée. Malgré le froid et l'humidité, il régnait une atmosphère de festival de musique à petit budget – pas comme Coachella, plutôt genre Newport Jazz – mâtiné de la tension bureaucratique d'un tribunal des contraventions. Simon craignait que l'autorisation de mariage soit suspendue sans préavis, et que les flics, avocats et manifestants homophobes débarquent pour tout gâcher.

— *Torschlusspanik*, siffla Simon.

— D'accord, dit Sam. Je vais mordre.

— Ne l'encourage pas, soupira Ant.

— Ça veut dire quoi, *Torschlusspanik* ? s'enquit Sam.

— Peur de la porte close, commença Simon, de ne pas avoir assez de temps et de passer à côté d'une opportunité. Littéralement, la porte se ferme et tu n'entreras jamais.

— C'est tout moi, conclut Sam. Cette angoisse ne me quitte pas.

Quand la pluie s'intensifia, on chargea Sadie et Sam d'aller acheter des parapluies, que le groupe de Los Angeles où il faisait toujours beau, n'avait pas pensé à emporter. Le marchand en face de la mairie les avait tous vendus. Il fallait qu'ils aillent plus loin dans Grove Street. Le deuxième vendeur qu'ils croisèrent proposait des parapluies suspects, usés/volés. *C'est le mariage de nos amis. On peut faire mieux que ça*, se dirent-ils. Huit cents mètres plus loin, ils trouvèrent un magasin de sport qui vendait de gigantesques parapluies destinés aux spectateurs de golf. Sam et Sadie étaient déjà trempés et convinrent qu'ils auraient sans doute mieux fait de prendre les parapluies suspects huit cents mètres plus tôt. *Pourquoi sommes-nous toujours aussi exigeants* ? *Pourquoi mettons-nous toujours la barre si haut ?* plaisantèrent-ils. Ne voyant pas d'autre solution, ils en achetèrent trois, énormes. Ils en ouvrirent deux et reprirent le chemin de la mairie.

Trente secondes plus tard, ils réalisèrent qu'il était impossible de partager le même trottoir de front, avec deux parapluies d'un mètre cinquante de diamètre. Sadie proposa à Sam de fermer le sien et de venir s'abriter à ses côtés puis lui offrit son bras. Un geste qu'il prit pour une amélioration de leur relation, ce qui le décida à évoquer *Le Maître des réjouissances*, dont il avait vu des extraits.

— Le projet de couleurs épurées me plaît. Pas tout à fait du noir et blanc, mais très élégant. C'est superbe.

— Merci, répondit-elle. C'est gentil de ta part surtout quand on sait à quel point tu le désapprouves.

— Je ne le désapprouve pas, la corrigea-t-il. Et de toute façon, ce que je pensais n'avait pas beaucoup d'importance, si ? Tu aurais créé ce jeu quoi que je dise. Et maintenant tu le fais. Et c'est bien.

— Alors tu ne trouves plus que *Le Maître des réjouissances* est la pire idée, celle qui à elle seule ruinera notre société ?

Sam fit non de la tête.

Quatre heures plus tard, Simon et Ant étaient le 211e couple à être marié ce jour-là. Après la cérémonie, tout le monde mourait de faim alors ils allèrent dans un restaurant de dim sum, pas loin de là, où ils se goinfrèrent de raviolis chinois. Marx commanda une bouteille de mauvais champagne, hors de prix, et Simon, qui aimait les fanfaronnades autant que Sam, décida de porter un toast.

— Merci à tous nos amis et collègues d'avoir posé leur journée pour assister à notre cérémonie nuptiale. Et d'avoir produit trois *HH* avec nous. Je pense que nous serons tous d'accord cette fois pour admettre qu'on aurait dû les appeler *Le Lycée Doppelgänger*.

— D'accord pour être en désaccord ! s'écria Marx.

— Contrairement à la croyance populaire, poursuivit Simon, le mot allemand que je préfère n'est pas *Doppelgänger*, mais *Zweisamkeit*.

— C'était notre second choix de titre : *Le Lycée Zweisamkeit*, précisa Ant. Je l'en ai dissuadé.

— Merci, murmura Sam.

— *Zweisamkeit* désigne le sentiment de solitude de quelqu'un qui est pourtant entouré d'autres gens. (Simon se retourna pour regarder son mari dans les yeux.) Avant de te rencontrer, je ressentais ça tout le temps. Que ce soit en famille, avec mes amis ou tous mes ex petits-amis. Ça m'arrivait si souvent que je pensais que c'était l'essence même de la vie. Être vivant revenait à reconnaître qu'on était fondamentalement seul. (Ses yeux s'embuèrent de larmes.) Je sais que je suis impossible et que tu te fiches des mots allemands et du mariage. Tout ce que je peux dire, c'est que je t'aime et que je te remercie de m'avoir épousé malgré tout.

Ant leva son verre.

— *Zweisamkeit*, lança-t-il.

Au moment de la sortie de *Homologue High 3* au mois d'août, Simon et Ant n'étaient plus mariés. La Cour suprême de Californie avait déclaré que la ville de San Francisco avait outrepassé ses pouvoirs et que les actes de mariages qu'elle avait émis étaient nuls et non avenus. Et Ant le prit plus mal que Simon. La *Torschlusspanik* de ce dernier était désormais justifiée et il n'était pas surpris d'apprendre que son mariage légal ne l'était plus, compte tenu du pays et de l'époque à laquelle ils vivaient. Il se tapa quelques rails de vieille coke, qu'il avait gardée pour des occasions particulières et retourna travailler.

— Je suis navré que ça se soit terminé en *Verschlimmbesserung* inutile, dit-il à Ant, qui avait décidé de prendre sa journée.

Ce dernier se réfugia sous les couvertures. Au début, il avait voulu contacter leur représentant au congrès, aller manifester à Sacramento, écrire une lettre de protestation et des articles d'opinion dans les journaux, mais finalement il s'était rendu à l'évidence : il n'avait rien d'un manifestant, d'un organisateur, ni même d'un homme politique.

Cela faisait une semaine qu'il était absent quand Sadie passa le voir chez lui.

— Je ne pensais pas me sentir différent une fois marié, lui dit Ant. Mais dans un sens, c'est ce qui s'est passé. Et maintenant, j'ai l'impression de m'être fait avoir.

De retour à Unfair, Sadie appela Marx et Sam dans son bureau.

— On devrait célébrer des mariages dans *Mapleworld*.

— Je pensais que tu ne croyais pas au mariage, dit Marx. Pourquoi imposer une institution démodée et tout ce qui va avec, à d'innocents êtres virtuels ?

— Il y a des gens qui ne pourront se marier *que* dans *Mapleworld*, reprit-elle. Et à quoi bon créer un monde à nous si l'on ne corrige pas certaines injustices du monde réel ?

Trois ans après le lancement de *Mapleworld*, le mariage et quelques autres changements furent tranquillement introduits dans le jeu. Les mariages, comme dans la vraie vie, permettaient aux joueurs de mettre leurs propriétés et leurs Mapledollars en commun. Dans ce monde-là, l'union concernait deux adultes consentants sans mention explicite de sexe ou de genre. Et d'ailleurs, il aurait été stupide d'imposer un sexe ou un genre aux gamers qui souhaitaient se marier dans *Mapleworld* dans la mesure où la plupart des résidents ne répondaient à aucune caractéristique, qu'elle soit binaire ou humaine. La communauté comptait de nombreux hipsters, comme le maire Mazer, mais aussi des elfes, des orques, des monstres, des extraterrestres, des fées, des vampires, et une variété de créatures surnaturelles et non binaires.

Un matin pluvieux d'octobre à Mapletown, Antonio Ruiz et Simon Freeman se marièrent pour la deuxième fois lors d'un Événement Spécial. Sam et Sadie ne furent pas obligés d'aller chercher des parapluies. Les programmeurs les avaient ajoutés la veille au soir.

Tenant à la vraisemblance de cette cérémonie, Sam s'était fait ordonner pasteur dans le monde réel et après avoir scellé l'union de Simon et Ant, le maire Mazer invita quiconque souhaitait se marier à se faire connaître. Au moment de fermer boutique, il avait uni 211 couples.

Au cours des semaines suivantes, cinquante mille personnes fermèrent leur compte sur le site. Deux cent soixante mille en créèrent un.

Les mails haineux affluèrent aussitôt. Des menaces de mort – par mail et par la poste – la plupart destinées à Sam. Une alerte à la bombe força le personnel d'Unfair Games à évacuer les locaux tout un après-midi. Plusieurs organisations anti-égalitaires appelèrent au boycott, reprochant à *Mapleworld* de devenir inutilement politique. D'autres qui luttaient pour l'égalité en firent autant, car ils estimaient que, pour se faire de la publicité, Sam avait tourné en dérision un problème sérieux. Quelques articles d'opinion parurent pour et contre lui. (*Newsweek* : « Faut-il que les jeux soient politiques ? Le maire Mazer le pense. ») Sam fut invité dans des talk-shows où il cita Marshall McLuhan[1] : « Les jeux disent beaucoup des gens qui y jouent. »

Marx décida d'engager un service de sécurité et pendant quelques semaines, Olga, une Russe, ancienne championne d'haltérophilie, suivit Sam comme son ombre.

Ce dernier mettait un point d'honneur à répondre à tous les messages qui lui étaient envoyés, même aux mails les plus ignobles. Une fois, Sadie le trouva assis à son bureau, en train de répondre à une lettre qui commençait par : « Cher Chintok Juif fan de pédés ».

— Ça me plaît que le type emploie le mot « cher », dit-elle.

Elle jeta l'enveloppe à travers la pièce. Elle se sentait coupable. L'idée des mariages venait d'elle, mais c'était Sam, en tant que visage de *Mapleworld*, qui prenait les coups.

Lui était plutôt galvanisé par les messages de haine et grâce aux mariages, il pouvait désormais utiliser le site pour faire des déclarations plus politiques encore. Il ne le voyait d'ailleurs pas comme ça, mais plutôt comme une gouvernance raisonnable et, ce qui ne gâchait rien, un excellent moyen de promotion. Les armureries créées par des joueurs furent proscrites et la vente d'armes, interdite. Il soutint la protection de l'environnement et la construction d'un centre culturel islamique par un groupe de Mapletowniens musulmans, organisa de grandes manifestations d'avatars contre la guerre en Irak et le forage pétrolier en mer, des réunions pour parler aux résidents des problèmes auxquels Mapletown et le

1. Marshall McLuhan (1911-1980), intellectuel canadien, théoricien de la communication.

pays devaient faire face. Chacune de ses interventions controversées déclenchait la même avalanche de mails haineux et de fermetures de comptes, puis la vie reprenait à Mapleworld et la Terre continuait à tourner.

4

Après avoir joué pour la première fois au *Maître des réjouissances*, Sam appela Sadie et lui demanda de le rejoindre chez lui pour en discuter. C'était le week-end de la fête du travail, et elle reçut son coup de fil chez sa grand-mère, à Hancock Park.

Sadie descendit Sunset en voiture et passa devant le panneau Bon pied, Triste pied (qui était sur Bon pied, mais s'apprêtait à pivoter sur Triste pied) puis tourna dans la rue de Sam. Il habitait toujours le petit bungalow qu'il avait loué en arrivant à L.A.

— Alors ? demanda-t-elle. Verdict ?

— Alors ? Ça ne me plaît pas du tout. (Il marqua un temps.) Que tu aies fait ça sans moi. (Il secoua sa tête.) C'est génial, Sadie. C'est de l'art. Ton jeu le plus réussi.

— Je ne m'attendais pas à ce que tu me sortes ça, lui répondit-elle en se sentant rougir de plaisir.

Elle ne savait pas que l'opinion de Sam lui importait toujours.

— Pourquoi ?

— Parce que je croyais que tu ne voyais jamais que ce qui avait été conçu par toi. Parce que je pensais qu'il fallait que les choses viennent de toi pour que tu sois encore capable de les voir.

À Unfair Games, tout le monde – y compris Sadie – s'inquiétait de la façon dont ils s'y prendraient pour commercialiser *Le Maître des réjouissances*, un jeu spectaculaire, mais bigrement érudit. Le gamer y jouait du point de vue de plusieurs personnages, tous liés de près ou de loin au meurtre de Christopher Marlowe : sa maîtresse, un auteur concurrent, un universitaire qui faisait des recherches sur son assassinat, Christopher Marlowe lui-même, et enfin, le Maître des réjouissances, celui qui était chargé des divertissements (et de la censure) de la reine d'Angleterre. Ce jeu mélangeait drame interactif et mystérieux et jeu d'action-aventure. Sadie s'était donné beaucoup de mal pour restituer l'Angleterre élisabéthaine, et en plus du meurtre et de ses mystères, le jeu comportait de nombreuses scènes de sexe.

Finalement, ils convinrent que le meilleur moyen de le commercialiser, c'était de le présenter comme ils le voyaient : « Les studios qui vous ont offert *Homologue High* vous proposeront bientôt une nouvelle aventure révolutionnaire de la conceptrice visionnaire Sadie Green, créatrice d'*Ichigo* et de *Mapleworld*. *Le Maître des réjouissances* ne ressemble à aucun autre jeu. Entre mystère, histoire d'amour et tragédie, il est réservé à ceux qui estiment qu'un jeu vidéo peut être une œuvre d'art. »

Malheureusement, en invoquant Unfair Games, *Ichigo* et *Mapleworld*, le communiqué de presse laissa penser aux journalistes que *Le Maître des réjouissances* était encore l'œuvre de Sam. Et lorsqu'ils commencèrent à réserver des encarts publicitaires, il devint évident que les occasions de promouvoir le jeu se multiplieraient si Sam acceptait de s'y impliquer. Entre le personnage du maire Mazer et toute l'agitation générée par les mariages, Sam était bien plus connu que Sadie. D'une certaine façon, *Le Maître des réjouissances* pouvait aussi être considéré comme son œuvre : sa société l'avait produit, son nom y figurait, Sadie était son associée. Le département chargé du marketing leur suggéra de partir ensemble sur les routes, Marx en tête. Ce dernier n'était pas sûr que l'un ou l'autre accepterait d'y aller. Mais Sam le surprit en répondant qu'il serait ravi de se dévouer, si cela pouvait servir *Le Maître des réjouissances*.

Quand Marx en parla à Sadie, elle se montra plus réticente.

— Ça va te paraître horrible et mesquin, mais je n'ai pas envie que les gens pensent qu'il s'agit de son jeu.

— Aucun risque, répondit Marx. Je te promets que ce ne sera pas le cas. Sam veillera à leur rappeler qu'il n'en est que le producteur et que ce jeu est le produit de ton imagination.

En novembre, Sam et Sadie firent le tour du pays en avion pour promouvoir *Le Maître des réjouissances* lors de congrès et auprès des revendeurs. Sam tint parole. Il ne s'attribua aucun mérite même si les journalistes semblaient plus s'intéresser à lui qu'à elle.

— Cette question s'adresse à Mazer, commençait le reporter. Faut-il que les jeux soient politiques ?

Le plus agaçant dans tout ça, c'est que vingt-cinq pour cent des personnes qu'ils rencontraient partaient du principe que Sadie et Sam sortaient ensemble. Quand ils démentaient, les journalistes avaient toujours l'air surpris. Pourquoi un homme bosserait avec une femme *dans les jeux vidéo*, sans l'avoir épousée ou au moins coucher avec ? Sadie acceptait cela sans sourciller. L'œuvre passait d'abord, se répétait-elle. Et l'œuvre ne resterait que si les gens en connaissaient l'existence.

Ils étaient sur les routes depuis quatre jours lorsque Sadie attrapa une grippe intestinale. Elle vomit juste après le déjeuner, et à nouveau après le dîner, même si elle prétendait se sentir plus ou moins en forme le reste du temps, et tout à fait capable d'assurer la promotion du jeu. Elle soupçonna les huîtres qu'elle avait prises au buffet du déjeuner à Vegas d'en être la cause.

— C'était peut-être pas une très bonne idée de manger des huîtres dans une ville en plein désert, concéda-t-elle à Sam.

Deux jours plus tard, ils faisaient le trajet de l'aéroport de Dallas-Forth Worth à Grapevine au Texas, quand Sadie pria Sam de se ranger sur le bas-côté parce qu'elle avait mal au cœur.

Elle alla vomir au pied d'un lilas des Indes récemment planté, et demanda ensuite à prendre le volant parce que ça lui éviterait d'avoir mal au cœur.

— Tu conduis trop lentement, lui dit-elle.

— Sadie, n'y a-t-il pas une chance pour que tu sois enceinte ? D'après mes calculs, c'est la septième fois que tu vomis au cours de ces trois derniers jours. Impossible de mettre encore ça sur le compte des huîtres, tu ne crois pas ?

— Non, avant c'étaient les huîtres, là, c'est sûrement le mal des transports, insista-t-elle. Et il ne s'agit certainement pas des nausées matinales puisque j'en ai eu toute la journée.

Sur la route de l'hôtel, elle repéra une pharmacie.

— Je vais m'arrêter prendre un Gatorade et de la Dramamine, lui annonça-t-elle.

Elle en profita pour acheter un test de grossesse.

Leur hôtel à Grapevine était une pension d'un charme exaspérant, équipée de sept chambres qui portaient chacune le nom d'une personnalité historique originaire du Texas. Leur agent de voyage leur avait malencontreusement réservé la suite Parker et Barrow au lieu des deux chambres séparées.

— Tu veux que je cherche un autre hôtel ? lui murmura Sam.

— Ça ira. C'est une suite et on est au Texas. Tout est censé être gigantesque ici, non ?

Mais la suite n'avait malheureusement pas été conçue à l'échelle texane : c'était une toute petite chambre, avec un tout petit salon pourvu d'un canapé-lit et d'une minuscule salle de bains qui semblait se trouver au centre du tout.

— Notre première chambre à Harvard ressemblait à ça, commenta Sam.

Une demi-heure après leur arrivée, elle alla dans la salle de bains et en sortit avec la boîte et le bâtonnet plongé dans un verre.

— Je suis désolée, commença-t-elle. C'est dégueu. La salle de bains n'a pas la moindre tablette. Il n'y a qu'un lavabo. Cet hôtel est si mignon. J'ai envie de tuer tout le monde. Et pardon d'avoir été une horrible compagne de voyage.

Sam éclata de rire et Sadie s'assit à côté de lui sur le canapé. Ils regardèrent ce qui passait à la télé – *La Famille Robinson*, un vieux film Disney sur une famille de naufragés qui vit dans un arbre – et attendirent que la magie du test opère.

C'est Sam qui remarqua un changement.

— Ça veut dire quoi, quand il y a deux traits bleus ?

Il attrapa la boîte pour y chercher une réponse et Sadie, qui avait déjà compris, retourna dans la salle de bains pour vomir encore – cette fois, c'était plus psychologique que physique, mais quand on commence à vomir, difficile de s'arrêter. Elle se brossa les dents et revint s'asseoir à côté de Sam. Son téléphone, posé sur la table basse, sonnait. Sam constata que l'appel venait de Marx : Sadie le laissa tomber sur son répondeur.

— Je veux vivre dans un arbre, dit-elle. Est-ce qu'on pourrait faire ça pendant un temps ?

Elle posa sa tête sur l'épaule de Sam, qui ne bougea ni ne protesta, même si elle sentait encore un peu l'acide et la bile.

— Il nous reste deux heures avant notre rendez-vous au siège de GameStop, poursuivit-elle. Réveille-moi si je m'endors.

Un mois plus tard, ils se rendirent à New York pour y donner encore plus d'interviews et se prêter à une séance photo pour *Game Story*. Le magazine consacrerait sa couverture à Sam et Sadie avec en gros titre : « Les Maîtres des réjouissances : en coulisses avec Mazer et Green. » Pour l'occasion, ils avaient accepté de revêtir des costumes élisabéthains de pacotille. Sadie était déguisée en Elizabeth 1re et Sam en William Shakespeare. Toute cette mise en scène était absurde, et Sadie et Sam rirent pendant toute la séance. Le photographe, un sexagénaire italien, ne connaissait rien aux jeux vidéo et n'avait jamais entendu parler d'eux.

— Vous êtes mariés, pas vrai ? leur demanda-t-il.

— Elle ne croit pas au mariage, lui répondit Sam.

— C'est vrai, je n'y crois pas.

— Vous changerez d'avis quand vous aurez des enfants, commenta le photographe.

— Il paraît, dit Sadie.

Une fois les photos prises, elle retira son costume et se rua vers les toilettes.

Sam ôtait son pourpoint au moment où la journaliste reçut un texto sur son portable.

— Unfair Games se trouve à Venice, pas vrai ? Mon ami me dit qu'un homme armé s'est introduit dans une société de technologie du quartier. Vous devriez prévenir vos employés de se planquer.

— Quelle horreur ! Dans quelle société ? demanda Sam.

Même s'il s'inquiétait de savoir qui de ses voisins de Silicon Beach était concerné par cette histoire, il ne pensait pas que cette information le touchait directement.

Unfair Games était une entreprise de jeux vidéo, non de technologie.

— Je n'en sais pas plus, répondit la journaliste.

— Je vais passer un coup de fil à Marx. Il saura peut-être ce qui se passe.

Sam prit son téléphone : il avait plusieurs appels en absence de son ami, tous sur les quinze dernières minutes. Sam essaya de le joindre, mais tomba directement sur son répondeur. Il composa ensuite le numéro du fixe de la boîte : alors que c'était le matin sur la Côte ouest, personne ne décrocha.

Sam alla dans les toilettes pour femmes demander à Sadie d'appeler Marx. Il l'entendait vomir. Il frappa à sa porte.

— Samson, qu'est-ce que tu fais dans les toilettes des filles ?

Sadie sortit. Elle avait fini par s'habituer à vomir souvent et pouvait donc se remettre rapidement. Elle s'apprêtait à le taquiner sur le fait qu'il la suivait jusque dans les toilettes. C'est alors qu'elle vit l'expression de Sam.

5

En 2005, aux États-Unis, les gens s'envoyaient, en moyenne, quatre cent soixante messages par an.

Les textos étaient considérés et écrits comme des télégrammes plutôt que comme une conversation. Leur économie conférait à ces textes premiers une forme de poésie.

Sadie et Marx s'étaient écrit une douzaine de fois au cours de leur relation. Ils n'avaient pas besoin de s'envoyer des SMS. Ils passaient le plus clair de leur temps ensemble, au bureau ou chez eux.

Après avoir essayé de l'appeler une première fois et être tombée sur le répondeur, elle tenta un texto :

Tout va bien ?

Une minute plus tard, il répondit :

Je t'aime. Tout va bien.

Juste des gamins. Qui discutent. DDC.

Les mains de Sadie tremblaient. Elle montra l'écran de son téléphone à Sam.

— Ça veut dire quoi, DDC ? demanda-t-elle. Je n'y connais rien en sigle.

— Dresseur de Chevaux, répondit Sam.

VII

LES PNJ

Tu voles.

Au-dessous, le damier de la vie à la campagne. Deux vaches jersiaises paissent dans un champ de lavande, leur queue chassant des mouches imaginaires. Une femme vêtue d'une robe en batiste traverse un pont en pierre à vélo. Elle fredonne l'adagio du concerto *L'Empereur* de Beethoven, et croise un homme avec un chapeau rond qui reprend l'air en sifflant une fois qu'elle est passée. On perçoit le bourdonnement des abeilles d'une ruche sans la voir. Dans la vallée en aval du pont, un garçon aux cheveux d'encre offre un sucre à un cheval au regard sauvage. Un verger de pommiers attend patiemment l'automne. Un homme grisonnant épie deux adolescents qui se baignent dans un étang. Tu perçois son désir, plus fort que les parfums de lavande et tu te dis : *Les humains convoitent tant de choses. Je ne suis pas mécontent d'être un oiseau*. Dans une fraisière, les brillants fruits rouges se mêlent harmonieusement aux fleurs blanches.

Tu n'as jamais pu résister aux fraises, alors tu plonges.

On te demande parfois, à toi, créature ailée, d'expliquer le vol aux rampants. Ta réponse habituelle associe la physique de Newton aux battements d'ailes étudiés, à la météo, et à l'anatomie. Mais franchement, mieux vaut ne pas penser à la mécanique du vol quand on est en l'air. Ta philosophie ? S'en remettre au vent, profiter de la vue.

Tu es arrivé à destination. Ton petit bec cerne la baie et tu t'apprêtes à la chaparder quand tu entends le cliquetis d'une gâchette.

VOLEUR ! PLUS UN GESTE !

Tu sens la balle traverser tes os creux d'oiseau.

Une explosion de plumes marron et beiges qui se dispersent telles les aigrettes d'un pissenlit. Du sang sur les baies – rouge sur rouge – mais toi, tétrachromate, tu vois bien que les deux teintes sont différentes.

Tu atterris dans la poussière, avec un bruit sourd à peine audible, soulevant un nuage insignifiant de saletés que tu es seul à voir.

Nouveau tir.

Nouveau tir.

Ton aile bat. Tu préfères y voir une tentative d'envol plutôt que le spasme qui précède la mort.

Quelques heures plus tard, tu prends conscience qu'on te tient la main, ce qui signifie que tu en as une, que tu n'es pas un oiseau, que tu dois avoir pris une drogue sacrément puissante, comme du LSD, alors que tu n'y as jamais touché, même si Zoe tenait beaucoup à ce que vous l'essayiez ensemble. Elle prétendait connaître le guide parfait pour cette expérience. L'espace d'une seconde, tu affrontes différents sentiments mélancoliques : la tristesse de ne pouvoir voler, celle de ne pas avoir goûté au LSD avec Zoe, la tristesse de savoir que…

Tu es en train de mourir.

Non, ça t'a échappé. Ce que tu voulais évoquer, c'était le chagrin existentiel qui accompagne la prise de conscience que toute chose est mortelle. Tu n'agonises pas, même si tu t'achemines depuis toujours vers la mort.

On le répète : tu n'es pas en train de mourir.

Tu as trente et un ans. Tu es le seul enfant de Ryu et AeRan Lee Watanabe – respectivement homme d'affaires et professeure de design. Tu es né dans le New Jersey. Tu possèdes deux passeports. Tu travailles chez Unfair Games, boulevard Abbot Kinney, à Venice, en Californie. Sur ton bureau, il y a une plaque avec l'inscription :

MARX WATANABE
DRESSEUR DE CHEVAUX

Tu as eu plusieurs vies. Avant de devenir dresseur de chevaux, tu as été escrimeur, champion d'échecs du lycée, acteur. Américain, Japonais, Coréen à la fois, mais pas complètement, tu te considères comme un citoyen du monde. Alors que tu es à présent celui d'un hôpital. Une machine respire à ta place. Des bips sonnent à intervalles réguliers et indiquent que tu es toujours en vie.

Tu n'es pas réveillé quoique pas endormi non plus.

Tu peux tout voir, tout entendre.

Tu ne te souviens pas de tout. Il ne s'agit pas d'amnésie à proprement parler, mais il t'est impossible de te rappeler ce qui t'a amené là et de comprendre pourquoi tu n'arrives pas à te réveiller.

Tu t'enorgueillis de ta mémoire. Au bureau, il y a toujours quelqu'un pour dire : « Demande à Marx, lui saura. » C'est souvent le cas. Tu retiens les choses prosaïques : le nom des gens, leur visage, les anniversaires, les paroles de chansons, les numéros de téléphone, et d'autres qui le sont un peu moins : des pièces de théâtre entières, des poèmes, les rôles tenus par les acteurs, la signification de mots abscons, de longs passages de romans. Ta mémoire conserve les noms des parents des gens, de leurs enfants, de leurs animaux de compagnie et, avec granularité, la géographie des villes, les plans de répartition des chambres d'hôtel, les niveaux de jeux vidéo, les cicatrices de tes anciennes maîtresses, les moments où tu as dit une bêtise, et la façon dont les gens étaient habillés. Tu te souviens de ce que Sadie portait le jour de votre première rencontre : une robe débardeur noire, avec un T-shirt blanc à mancherons en dessous, une bande de flanelle rouge nouée autour de la taille, des mocassins bordeaux à semelles crantées, des socquettes simples avec des petits motifs ovales roses, des lunettes de soleil aux verres jaunes que tout le monde portait ce printemps-là, et deux longues nattes à la Brunehaut, avec la raie au milieu.

— Tu es sûrement Marx, dit-elle en te tendant la main. Moi, c'est Sadie.

— Je te connais déjà, répliquas-tu, j'ai joué à deux de tes jeux.

Elle te dévisagea, par-dessus ses lunettes de soleil jaunes.

— Tu crois qu'on peut connaître quelqu'un rien qu'en jouant à ses jeux ?

— Oui. Y a pas mieux, si tu veux mon avis.

— Dans ce cas, que sais-tu sur mon compte ?

— Tu es intelligente.

— En tant qu'amie de Sam, ça n'a rien d'étonnant. Je pourrais en dire autant pour toi. Qu'as-tu appris en jouant à mes jeux, au juste ?

— Que tu es un peu malicieuse. Et que ton esprit est intéressant et atypique.

Sadie leva les yeux au ciel, mais on ne les voyait pas bien derrière ses lunettes.

— Toi aussi, tu crées des jeux ?

— Non, mais j'y joue.

— Comment pourrais-je te connaître un jour, alors ?

Tu sais depuis longtemps que la mémoire est un jeu auquel les gens sains d'esprits peuvent jouer tout le temps. La victoire ou la défaite ne dépendent que d'un seul critère : décide-t-on de la création de nos propres souvenirs ou laisse-t-on faire le hasard ?

Autrement dit, où étais-tu quand ça a commencé ?

Tu es en réunion avec Charlotte et Adam Worth.

Ce sont des innocents aux yeux bleus, fraîchement débarqués à Los Angeles, costauds et en bonne santé, tels des pionniers ou des chanteurs de folk. Ils te rappellent Sam et Sadie, en plus grands, mariés, genre ex-Mormons d'Utah.

Les Worth te font le pitch de leur jeu intitulé *Nos jours sans fin*. (Il t'est souvent arrivé de plaisanter en disant que si tu écrivais un jour tes mémoires, tu les intitulerais : *Tous les titres sont provisoires*.) Leur jeu mêle aventure et tirs, sur fond de fin du monde. Une femme et sa petite fille traversent un univers désertique et apocalyptique et affrontent des gens et des « vampires du désert », pour reprendre leurs termes – sorte d'hybrides entre vampire et zombie. La femme souffre d'amnésie et sa petite fille qui n'a que six ans lui sert de mémoire. Cette dernière croit que ses frères et son père se trouvent sur la Côte ouest, mais peut-on se fier à la mémoire d'une gamine de six ans ?

— L'amnésie est une sorte de marronnier dans le domaine des jeux, s'excusa Charlotte, mais nous arriverons à en faire quelque chose de bien.

— En fait, on s'est inspirés du premier *Ichigo*, enchaîna Adam. Du défi consistant à devoir s'en remettre aux souvenirs et perceptions d'un enfant pour remporter la partie. C'était une intuition géniale !

— On a hâte de rencontrer Green et Mazer, ajouta Charlotte. Nous sommes trop fans.

— Elle adore même *Deux Côtés*, précisa Adam.

— Pourquoi « même » ? C'est mon jeu préféré et de loin. Myre Landing est incroyable. Je me suis fabriqué le costume intégral de Rose la Puissante.

— Personne ne l'a reconnue.

— Je suis fondamentalement obsédée par Sadie Green, admit Charlotte.

— Et pas Mazer ? demandas-tu, amusé.

— Ils sont tous les deux super, mais Sadie Green a créé Myre Landing, *Deux Côtés* et *Solution* et c'est exactement le genre de chose que je veux faire. J'ai trop hâte de jouer au *Maître des réjouissances*.

— *Solution*, répondis-tu, ça remonte à loin. Tu es une vraie fan.

Peut-être qu'elle te cire les pompes, mais ça ne t'empêche pas d'apprécier ses compliments. Parmi tous les gens que tu rencontres, c'est dingue le nombre de ceux – qui veulent te soutirer quelque chose, quand même – et qui ne prennent pas la peine de se renseigner sur les jeux d'Unfair Games.

Tu remercies les Worth d'être venus et leur promets que tu parleras de *Nos jours sans fin* avec Sadie et Sam dès qu'ils rentreront de New York. Tu promets de leur donner de tes nouvelles d'ici la fin de la semaine prochaine. Tu regardes Charlotte et Adam, et tu vois à quel point ils ont besoin que tu fasses ce jeu avec eux. Tu imagines le nombre de refus qu'ils ont essuyé et te demandes quel est leur gagne-pain et combien de temps leur relation survivra si une réussite ne vient pas la renforcer. (On dit que le succès détruit les couples, mais l'absence de succès les brise aussi.) L'une des meilleures parties de ton travail est assurément de pouvoir dire à un artiste : *Oui. Je vois. Je comprends ce que vous voulez faire. Allons-y.* Même s'il s'agirait d'une entorse à l'éthique professionnelle, tu envisages de leur dire sur le champ que ton entreprise va produire *Nos jours sans fin*. Ces deux-là te plaisent, tu aimerais jouer à leur jeu. La question ne se pose même pas.

Tu t'apprêtes à les raccompagner vers les ascenseurs quand tu entends un bruit pareil au tonnerre, ou à celui d'une voiture dérapant sur une plaque en métal, ou d'une boule de démolition heurtant la façade d'un immeuble du coin.

C'est fort, mais pas forcément grave.

Une sorte de bang, mais Los Angeles est pleine de bruits et de fureurs qui ne signifient rien. Elle est connue pour ça.

Ça ne t'effleure pas l'esprit qu'il puisse s'agir d'un coup de feu.

Il y a un cri sourd. Tu ne saurais dire s'il provient du hall d'entrée, de l'étage du dessous ou de l'extérieur.

Tu souris aux Worth, puis tu ris pour détendre l'atmosphère en lâchant :

— L'excitation perpétuelle de notre travail dans les jeux vidéo.

Ils rient à ta mauvaise blague et pendant un moment, tout revient à la normale.

— On vous laisse notre dossier de présentation pour que vous puissiez le montrer à vos associés ? demande Charlotte.

La sonnerie du téléphone t'empêche de lui répondre. C'est Gordon, le standardiste de la société.

— Salut, Marx. J'ai ici quelqu'un qui souhaiterait voir Mazer.

Tu perçois de la tension dans sa voix.

— Quelque chose ne va pas ?

— Je… J'peux rien dire, répond-il. Ils exigent de parler à Mazer.

— D'accord, ne quitte pas. (Tu esquisses un sourire à l'attention des Worth. Tu baisses d'un ton et murmure dans le combiné.) Je vais te poser des questions et tu réponds par oui ou par non. Faut-il que j'appelle la police ?

— Oui.

— Est-ce qu'ils ont une arme ?

— Oui.

— Plus d'une ?

— Oui.

— Y a-t-il des blessés ?

— Non.

À l'autre bout du fil, tu entends quelqu'un crier :

— Raccroche toute de suite ce putain de téléphone ! Et dis à ce fan de pédés de rappliquer ici.

— Dis-leur que Mazer n'est pas là, mais que le directeur général d'Unfair Games va descendre, et que c'est du pareil au même.

— D'accord, lâche Gordon, qui semble sidéré.

Il leur répète ce que tu viens de dire.

— Tout va bien se passer, Gordon.

Tu raccroches et te retournes. Les Worth te dévisagent, attendant tes instructions.

— Qu'est-ce qu'on peut faire ? demande Adam Worth.

Comme les personnages de leur jeu, le couple est préparé à une apocalypse imminente.

Tu expliques la situation et le pries d'appeler la police. Adam Worth décroche le téléphone.

Au moment où tu quittes ton bureau, Ant vient à ta rencontre.

— Qu'est-ce qui se passe ?

Tu lui apprends ce que tu sais et il propose de t'accompagner.

— Sadie me tuera si je te laisse descendre tout seul.

— Tu as d'autres chats à fouetter ici, lui réponds-tu avant de lui demander de contacter la maintenance pour qu'ils coupent le courant dans le bâtiment de façon que les ascenseurs s'arrêtent. Et de bloquer les cages d'escaliers. De rassurer tout le monde et d'interdire à quiconque de descendre. D'emmener tous les employés sur le toit puis d'en bloquer l'accès.

— Mais Marx, je t'en supplie, tu es certain de devoir y aller ?

— Ils veulent juste parler à quelqu'un. Ils ont sans doute des reproches à faire à l'entreprise. J'ai déjà ramené des gens à la raison.

— Je ne sais pas, répond Ant. Et si tu attendais la police plutôt ? Sadie et Sam me tueront tous les deux s'il t'arrivait quelque chose.

— Il ne m'arrivera rien, Ant. Et puis, on ne peut pas laisser Gordon tout seul en bas. Quels que soient les griefs de ces personnes, ils s'adressent à Unfair Games et non à notre standardiste.

Il te serre dans ses bras et tu te diriges vers l'escalier.

— Sois prudent, mon ami, dit-il.

Charlotte Worth t'interpelle.

— Vous ne voulez pas prendre une arme ?

Question typique d'un vrai gamer. On ne s'expose jamais à un combat potentiel sans avoir d'abord fait l'inventaire de son arsenal et s'être assuré de la disponibilité d'une arme.

— Quelle arme ? rétorques-tu.

Tu n'en as pas. Tu mènes une vie facile qui n'a jamais nécessité la moindre protection. Ton statut privilégié t'a certainement rendu imprudent.

— Je vais discuter. Je suis sûr que ces gens ont juste besoin qu'on les écoute.

Avant de descendre, tu jettes un dernier coup d'œil à ton bureau, avec l'impression d'avoir oublié quelque chose. Dans un jeu, l'objet qui n'est pas à sa place est souvent la solution. Tu repères le portfolio des Worth, laissé sur ton bureau, et tu gribouilles sur un Post-it : *S., DIS-MOI CE QUE TU EN PENSES. – M.*

Tu remets le dossier à ton assistant avant de dévaler l'escalier, et tu ne veux te souvenir de rien d'autre pour l'instant parce que Sadie est dans ta chambre d'hôpital.

— Êtes-vous son épouse ? demande le médecin.

— Oui, lui ment-elle.

Ça te fait drôle parce que Sadie a une dent contre le mariage – autrement dit, elle n'y croit pas. Tu ne sais pas trop d'où ça vient au juste – ses parents sont mariés et comblés depuis trente-sept ans, et ses grands-parents depuis belle lurette. Si quelqu'un devait avoir des réserves vis-à-vis du mariage, ce serait toi. Tes parents sont malheureux depuis presque aussi longtemps que les siens sont heureux. Impossible de te rappeler la dernière fois où tu as vu tes parents ensemble. Après ta première année d'université, tu es rentré chez toi pour découvrir qu'ils avaient emménagé chacun dans un appartement différent.

— Où est papa ? avais-tu demandé à ta mère.

Elle semblait indifférente.

— Il a dit qu'il voulait pouvoir aller à pied à son travail.

Plus d'une décennie plus tard, ils n'ont toujours pas divorcé sans que tu puisses l'expliquer non plus.

Tu as demandé sa main à Sadie l'année dernière. À son père, aussi, qui te l'a accordée. Tu as acheté une bague, tu as mis un genou à terre.

— Je ne me vois pas devenir la femme de quelqu'un, a-t-elle décrété.

— Tu ne serais la femme de personne. Je serais ton mari, as-tu répondu.

Ton argument ne l'a pas convaincue. Sa réticence t'a surpris et tu lui en as demandé les raisons. Elle t'a répondu que vous possédiez déjà une maison ensemble et qu'il était donc inutile de vous marier. Qu'elle ne souhaitait pas devenir l'épouse de son associé ! Qu'elle considérait le mariage comme une institution d'un autre âge qui opprimait les femmes. Qu'elle aimait bien son nom de famille.

— Ton nom me plaît, à moi aussi, lui dis-tu. Je l'adore.

Et pourtant, voilà Sadie qui se présente au médecin comme ta femme. Si tu pouvais parler, tu lui dirais :

— Il a suffi que je tombe dans le coma pour que tu m'épouses. Si j'avais su que c'était si facile.

Techniquement, tu n'es pas tombé dans le coma.

Les médecins t'y ont plongé.

Tu as surpris une de leurs conversations et présumé qu'on t'avait tiré dessus à trois reprises : dans la cuisse, la poitrine et l'épaule.

La blessure qui les inquiète le plus a été provoquée par la balle que tu as reçue dans la poitrine : elle a traversé ton poumon, ton rein, et ton pancréas. À présent, elle doit traîner quelque part dans ton intestin, en attendant que ton corps soit en état de subir une intervention pour l'en retirer. Ils disent que ça pourrait être pire – tu as, comme la plupart des êtres humains, des pièces de rechange intégrées. C'est un crève-cœur, car tu n'as qu'un seul pancréas. Le trauma provoqué par tes blessures a mis ton corps en état de choc, d'où la nécessité du coma artificiel. Tu es jeune et en bonne santé, du moins, tu l'étais, et selon les jours, ils qualifient tes chances de survie de *bonnes, meilleures que la moyenne, pas mauvaises*. Ces adjectifs t'apportent un certain réconfort.

Sadie s'en va et une infirmière entre pour s'occuper du pied à perfusions d'où pendent les goutte-à-goutte et les poches de déchets organiques à côté de ton lit. Elle passe délicatement un gant de toilette sur ton corps, et, en dépit des circonstances, cette marque d'attention te procure un petit plaisir.

Te voilà dans le hall d'entrée d'Unfair Games.

Un mec blanc vêtu de noir, un bandana rouge sur la moitié inférieure du visage, pointe une petite arme vers la tête de Gordon. Un autre Blanc porte la même tenue avec un bandana noir et une arme plus grosse braquée sur toi.

— T'ES QUI, TOI, PUTAIN ? aboie le gars avec le bandana rouge.

Pourquoi ces gamins n'ont-ils pas pris l'ascenseur pour monter à l'étage principal ? Aucune idée. Ils ne cherchent donc pas à provoquer un énorme carnage ? Tu ignores comment Gordon – avec sa gueule d'ange, sa douceur, son côté bonne pâte – s'y est pris pour les retenir dans le hall d'entrée. Tu te souviens de lui à Halloween. Il avait trafiqué son costume de Pikachu pour qu'il fasse de vraies étincelles électriques.

Tu n'y connais pas grand-chose en armes à feu, en dehors de celles dont tu t'es servi dans les jeux vidéo, comme *Doom*. Et même quand tu en fais une partie, les flingues ne te plaisent pas plus que ça. Tu préfères la tronçonneuse ou le lance-roquettes, des armes genre Grand Guignol que tu trouves plus excitantes. À vue d'œil, tu estimes que la petite, c'est un pistolet et la grosse, un fusil d'assaut.

— Salut, je suis Marx Watanabe. Je dirige cette entreprise, dis-tu en tendant la main au cas où quelqu'un souhaiterait la serrer.

Ton geste semble les avoir déconcertés. Tu t'inclines légèrement devant eux.

— Que puis-je faire pour vous ? Gordon m'a dit que vous vouliez parler à Mazer, mais il n'est pas là.

— J'te crois pas ! T'es qu'un sale menteur ! lui hurle Bandana Rouge.

— Je vous jure qu'il n'est pas là. Il est parti à New York pour promouvoir notre nouveau jeu. Et si vous me disiez plutôt ce qui vous amène ?

— Montre-moi le bureau, poursuit l'autre en criant. Je veux constater par moi-même que ce petit pédé est bien absent.

— D'accord. (Tu tâches désespérément de gagner du temps pour permettre à Ant d'évacuer tout le monde sur le toit.) Aucun problème, mais pourriez-vous me rendre service…

— Pas moyen !

— Expliquez-moi pourquoi vous voulez voir Mazer. Je peux peut-être vous aider.

Le type au bandana noir bégaie légèrement.

— On veut faire de mal à personne d'autre. Il faut juste qu'on parle à Mazer. Si on avait cherché à canarder vos bureaux, on serait monté direct. On veut juste que Mazer descende.

— Appelons-le, proposes-tu.

Tu composes le numéro de Sam. Il ne répond pas. Il doit être en pleine séance photo avec Sadie. Tu laisses un message, en t'efforçant de prendre un ton neutre.

— C'est Marx. Rappelle-moi dès que t'as un moment.

Tu regardes les deux gamins. Leurs bandanas t'empêchent de leur donner un âge. Ils sont sûrement aussi jeunes que toi, ou plus encore, et ils ne te font pas peur même si leurs armes t'effraient.

— Il va rappeler, dis-tu avec désinvolture. Et si pendant qu'on attend son coup de fil, vous laissiez partir Gordon ?

— Connard, crache Bandana Rouge. Et pourquoi on ferait ça ?

— Il ne compte pas. C'est un PNJ.

Les assaillants sont des gamers donc tu sais qu'ils connaîtront cet acronyme.

— C'est toi, le PNJ, te corrige Bandana Rouge.

— Vous n'êtes pas la première personne à me le dire, admets-tu.

Tu es dans un hôtel, à la sortie de San Simeon.

Sadie s'est endormie, alors tu descends au bar. Sam y est assis. Ton ami, qui ne boit jamais, est en train de picoler.

Tu lui demandes s'il souhaite de la compagnie et il hausse les épaules en répondant :

— Fais comme tu veux.

Tu t'assieds sur le tabouret à côté de lui.

— Je ne sais pas ce qui s'est passé, commences-tu sans conviction. Aucun de nous deux ne s'attendait à ce que ça arrive.

— Je n'ai pas la moindre envie d'écouter toute l'histoire, répond-il.

Il est soûl, même si sa voix ne le trahit pas encore, seule son expression est mauvaise et nerveuse.

— Ce qui se passe entre Sadie et toi n'a rien à voir avec ce qui nous lie, elle et moi, alors ça n'a aucune importance. On peut coucher avec qui on veut, mais on ne peut pas faire des jeux avec n'importe qui.

— Je crée des jeux avec vous deux, précises-tu. C'est moi qui ai trouvé le nom *Ichigo*. J'ai été avec vous du début à la fin. Ne dis pas le contraire.

— C'est vrai, bien sûr. Mais au fond, tu es insignifiant. Sans toi, on aurait trouvé quelqu'un d'autre. Tu es un dresseur de chevaux. Un PNJ, Marx.

PNJ est le sigle de « personnage non joueur ». C'est un personnage sur lequel le gamer n'a aucun contrôle ; une sorte d'intelligence artificielle supplémentaire qui donne de la vraisemblance à un univers programmé. Le PNJ peut être un meilleur ami, un ordinateur parlant, un enfant, un parent, un amant, un robot, un chef de section bourru, ou un méchant. Il n'empêche que, pour Sam, c'est une insulte – en plus de te qualifier d'insignifiant, il te traite de rasoir et de prévisible. Et pourtant, il oublie qu'il n'existe pas de jeu sans PNJ.

— Il n'existe pas de jeu sans PNJ, lui rappelles-tu. Rien qu'une espèce de héros de pacotille, errant sans avoir personne à qui parler et rien à faire.

Sam commande un autre shot de vodka Grey Goose, et tu lui fais remarquer qu'il a déjà assez bu.

— Tu n'es pas mon père, siffle-t-il.

Le barman te regarde et tu lui demandes une bière.

— J'aurais préféré ne jamais te rencontrer, ajoute Sam. Ne jamais avoir été ton coloc. Ne jamais t'avoir présenté Sadie.

Il commence à bredouiller.

— Elle ne t'appartient pas, lui rappelles-tu.

— Si ! s'écrie-t-il. Elle est à moi. Tu le savais et tu lui as couru après malgré tout.

— Non. Personne n'appartient à personne.

— Pourquoi pas ? Et pourquoi pas ? répète Sam.

— Sam.

— Est-ce que tu vas *l'épouser* ?

Il prononce le mot « épouser » comme s'il voulait dire « assassiner ».

— Pas pour le moment.

— Qu'est-ce que vous avez tous avec le mariage ? Avec le sexe ? Et cette manie de faire des petits et de jouer au papa et à la maman ? Pourquoi ne peut-on pas appartenir à son partenaire de boulot ?

— Parce qu'il y a la vie, et il y a le boulot, lui réponds-tu. Il ne faut pas confondre les deux.

— Moi, je les confonds bien.

— Peut-être que Sadie ne voit pas les choses de la même façon.

— Peut-être, te concède-t-il calmement. Je suis dans la mouise, Marx. Si j'avais été moins lâche peut-être que ce serait moi qui la rejoindrais dans sa chambre là-haut. Je sais que c'est ma faute. Je sais que j'ai eu tout le temps. (Sam pose sa tête sur le bar en acajou et se met à pleurer.) Personne ne m'aime.

— Je t'aime, mon frère. Tu es mon meilleur ami.

Tu règles l'addition et aides Sam à remonter dans sa chambre. Il va dans la salle de bains, ferme la porte et puis, tu l'entends vomir.

Tu t'assois sur son lit, allumes la télévision et tombes sur la rediffusion d'un feuilleton médical. Un type atteint d'un cancer du cerveau est condamné. Seule une intervention expérimentale pourrait le sauver. Mais l'opération échoue et il meurt malgré tout. *C'est étrange*, te dis-tu, *les gens détestent aller chez le médecin, mais ils* adorent *regarder des fictions sur les médecins.*

Ton ami met plus de temps que prévu à revenir alors tu l'appelles :

— Sam ?

Comme il ne répond pas, tu entres dans la salle de bains et le retrouves face au miroir, une paire de ciseaux à la main. Il s'est tondu quasiment la moitié de la tête.

— J'avais du vomi dans les cheveux, t'explique-t-il. Et ça ne partait pas à l'eau alors j'ai coupé. J'aimerais bien tout raser maintenant, mais je suis trop bourré.

Sans commentaire, tu lui prends les ciseaux des mains, tu coupes ce qui lui reste de cheveux, puis tu t'empares du rasoir électrique et fais de ton mieux pour le raser de près.

— Et c'est qui le PNJ, maintenant ? lui lances-tu. C'est moi qui ai la manette. C'est moi qui suis chargé d'une mission.

— *Tu retrouves ton taré de coloc dans la salle de bains. Il s'est rasé la moitié de la tête dans un geste de désespoir incompréhensible. Que fais-tu ?* répond Sam en imitant la voix off d'une fiction interactive. (Il caresse son crâne.) Ne dis rien à Sadie.

— Mon frère, je crois qu'elle le remarquera toute seule.

Tu prends son visage entre tes mains et embrasses le haut de son crâne.

Tu es dans le hall d'entrée d'Unfair Games.

— Vous jouez beaucoup tous les deux ?

Même si tu essaies de gagner du temps, t'as vraiment envie de le savoir.

— Un peu, répond Bandana Rouge.

— À quoi ? Ne vous inquiétez pas. Il s'agit d'une question professionnelle. Ça m'intéresse de savoir ce qui plaît aux gens.

Ils te disent qu'ils jouent à *Half-life 2*, *Halo 2*, *Unreal Tournament* et *Call of Duty*. Gordon, qui s'est assis sous le bureau, commente.

— Pas de doute, vous aimez les jeux de tir.

— Personne t'a demandé ton avis, gros cul, le moleste Bandana Rouge.

Il y a des années, tu as participé à un débat sur la violence et les jeux vidéo et le plus savant des intervenants – un type avec une veste en velours côtelé pourvue de macarons aux coudes – avait carrément écrit un livre sur le sujet. D'après lui, la plupart des joueurs, si ce n'est la totalité, pouvait faire la différence entre jouer à un jeu violent et commettre un acte violent. Quant aux enfants, certains d'entre eux devenaient même plus équilibrés grâce aux jeux, qui leur permettaient de se défouler. Tu n'es pas un expert en la matière, mais tu sais au moins une chose : aucun être humain n'a jamais été tué par une arme de jeu vidéo.

Tu jettes un coup d'œil à ton téléphone. Cinq minutes se sont écoulées depuis ton coup de fil à Sam.

Tu te diriges vers le petit frigo, sous le bureau de Gordon.

— Ça vous dit un peu d'eau Fiji ? On a des barres énergétiques aussi.

Bandana Rouge secoue la tête, mais Bandana Noir veut bien de l'eau. Il soulève son foulard pour boire et te montre ainsi son visage. Juvénile, un mélange de tendresse et de couperose sur une barbe de trois jours.

— Alors, qu'est-ce que vous reprochez à Mazer ? demandes-tu. Que je sache, aucun de vous deux ne joue à nos jeux.

— C'est *Mapleworld*, répond Bandana Noir.

— Ferme-la putain, lui ordonne Bandana Rouge.

— Et pourquoi ? Il finira bien par le savoir. Sa femme s'est mariée avec une femme dans *Mapleworld*, et elle l'a quittée pour la nana qu'elle a épousée et…

— Va te faire foutre, crache Bandana Rouge à son acolyte. C'est pas ses putains d'oignons.

— Et donc, vous en voulez à Sam.

— C'est qui, Sam ? l'interroge Bandana Rouge.

— Le maire Mazer.

— C'est la faute de Mazer et j'aurai ma vengeance.

Il s'exprime comme un personnage de jeux vidéo dont on aurait mal traduit les répliques.

Tu te tournes vers Bandana Noir.

— Et vous, qu'est-ce qui vous amène ?

— Ben, je trouve pas ça bien, commence-t-il. Des gamins jouent à *Mapleworld*. C'est pas un problème pour moi, mais pourquoi bourrer le mou des gosses avec tous ces trucs de tapette ? (Il cherche l'approbation dans ton regard, mais tu gardes une expression impartiale.) En plus, c'est mon meilleur ami depuis la maternelle, fallait que je l'accompagne.

Tu hoches la tête. Ces types semblent trouver ça tout à fait normal de débouler dans un bureau avec deux flingues et de vouloir régler son compte à un créateur de jeu. Ils se comportent comme s'ils étaient à une partie de pêche ou à un week-end d'enterrement de vie de garçon à

Las Vegas. Tu les imagines en train de choisir leur bandana avant de se mettre en route, débattre sur la couleur idéale pour faire une descente dans des bureaux.

— Alors, c'est quoi le programme ? demandes-tu.

— Je veux tuer Mazer, déclare Bandana Rouge.

— Mais il n'est pas là. Donc peut-être vaut-il mieux que vous rentriez chez vous ?

— Va te faire foutre ! crache Bandana Rouge en pressant le canon de son arme sur ta joue. Ça a assez duré. Je veux voir son bureau tout de suite.

Il enfonce son pistolet dans ta colonne vertébrale et tu les conduis en haut des escaliers. À l'étage, le silence prometteur ne t'empêche pas de retenir ton souffle au moment d'ouvrir la porte coupe-feu.

Tout l'étage est vide et tu tâches de masquer ton soulagement.

— Tu m'as menti ? lance Bandana Rouge. Où est passé tout le monde ?

Tu inventes une histoire de voyage d'entreprise.

— Regardez. Le bureau de Sam se trouve juste là.

— Si tu es si important que tu le dis, pourquoi *tu* n'y participes pas, à ce voyage ? demande Bandana Rouge.

— Parce qu'il faut bien que quelqu'un garde la boutique. Je suis un PNJ, non ?

Les deux assaillants se mettent à jeter par terre tous les souvenirs d'*Ichigo* qui se trouvent sur les étagères de Sam.

— Je déteste ce jeu, siffle Bandana Rouge. Putain de mioche en jupette.

Le téléphone sonne. Bandana Rouge t'ordonne de décrocher : c'est la police. Ils se sont positionnés dehors et ils ont un négociateur spécialisé dans les prises d'otages avec eux. Ils demandent à parler à Bandana Rouge. Mais avant de lui tendre le téléphone, tu couvres le combiné.

— Vous devriez décider de ce que vous voulez obtenir de tout ça, dis-tu à Bandana Rouge. (Une lueur de peur éclaire ses yeux noisette.) Personne n'a encore été blessé, ce qui plaide en votre faveur. Donc demandez-moi ce que vous voulez et passez à autre chose. Vous ne pourrez pas tirer sur Mazer aujourd'hui.

Bandana Rouge prend le téléphone et raccroche. Il commence à pleurnicher et retire son bandana pour essuyer ses larmes. Pour la première fois, tu vois son visage de petit garçon. Il ressemble à Sam le soir où il s'est rasé la tête. Le même air vulnérable et malgré les circonstances, tu as envie de l'aider.

— Tout va bien, le rassures-tu en essayant de glisser ton bras autour de ses épaules.

C'est une erreur. Il te repousse à deux mains contre le mur.

— Ôte tes sales pattes, espèce de sale homo !

— Josh, bon sang, dit Bandana Noir.

— Ne prononce pas mon nom, enfoiré !

À ce moment-là – mais qu'est-ce qui a pu lui passer par la tête enfin ? – Ant descend l'escalier et entre dans le bureau, les mains en l'air.

— Marx, commence-t-il, c'est Ant. Ça va ?

Bandana Rouge braque son pistolet vers lui.

— Est-ce que c'est ce connard de Mazer ? Tu m'aurais menti ? te demande Bandana Rouge en se tournant vers toi. Il était là tout ce temps ?

— Ce n'est pas Mazer, lui réponds-tu. Il s'agit d'un autre employé. Il s'appelle Antonio Ruiz.

— Moi, j'ai plutôt l'impression que c'est Mazer, insiste-t-il.

Peut-être est-il vraiment convaincu d'avoir affaire à Sam. Ce jour-là, coïncidence malheureuse, Ant porte une chemise rouge à carreaux, comme celle de Samatar dans *Mapleworld*. Sam et Ant ne se ressemblent pas beaucoup en dehors de leur côté frêle, de leurs cheveux sombres, et de leur teint olivâtre. Ils n'ont pas les mêmes origines. Tu t'aperçois que, pour le garçon armé, ça ne change rien.

Ou peut-être qu'il n'a pas pris Ant pour Sam après tout. Peut-être que sa tête ne lui revient tout bonnement pas. Avec sa crête iroquoise et son jean moulant, Ant devient instantanément le symbole des idées libérales des sociétés de jeux vidéo.

Peut-être a-t-il juste envie de tuer quelqu'un.

Tu entends le cliquetis de la gâchette puis bondis pour t'interposer entre l'arme et Ant.

— Josh, ne tire pas, t'écries-tu.

C'est trop tard. Bandana Rouge tire cinq balles d'affilée. L'une d'entre elles touche Ant, tu ne sais pas où.

Et tu t'en prends trois.

J'ai senti
TIR
un Enterrement,
TIR
dans mon
TIR
Cerveau

Bandana Rouge garde la dernière balle pour se faire exploser le caisson.

— Oh, mon Dieu, Josh, gémit Bandana Noir. Qu'est-ce que t'as foutu ? Pourquoi t'as fait ça ? On avait dit qu'on allait juste leur coller la trouille.

Il tombe à genoux, les mains jointes et commence à réciter un Notre Père.

Quelques secondes avant de t'évanouir…

Ton téléphone sonne. C'est Sadie.

Sadie qui, d'ailleurs, est enceinte. Tu pensais désirer cet enfant, mais c'est son corps alors tu as suivi le mouvement. Vous avez discuté des impedimenta : les répercussions que cela aurait sur le travail, la vie en général. En bon producteur de jeux vidéo, tu as sorti ton tableur, comme tu l'aurais fait pour un projet que tu envisagerais de financer. Tu as dressé la liste des « pour et contre », les partages de tâches, les risques éventuels, les coûts, les prestations sociales, les dates, les objectifs.

Enfin tu lui as montré ce à quoi tu avais travaillé sur ton ordinateur portable.

— Notre bébé théorique ne peut pas s'appeler « Feuille de Calcul1.xls », a-t-elle commenté en renommant le fichier « Green Watanabe Jeu été 2006 ».

Elle en a demandé une copie papier et un ou deux jours plus tard, elle a décrété qu'elle voulait ce bébé.

— Ce n'est jamais le bon moment et en même temps, c'est aussi un bon moment, a-t-elle expliqué. *Le Maître des réjouissances* est terminé. Je pourrai bosser sur le pack d'extension pendant le printemps et le bébé arrivera en été. Avec un peu de chance, il s'en sortira mieux que ton Tamagotchi.

Sadie et toi, vous vous êtes mis à appeler le bébé Tamagotchi Watanabe Green.

Tu es à l'hôpital.

Au fond du couloir, des choristes entonnent des chants de Noël, mais tu ne les entends pas bien. Tu reconnais celui de Joni Mitchell qui donne à tout le monde des envies suicidaires, et qui, chanté par un chœur dans un hôpital, est encore plus déprimant. Tu n'arrives pas à te souvenir du titre et ça te perturbe. C'est le genre de truc que tu n'oublies jamais.

Quelqu'un a décoré ta chambre avec une guirlande lumineuse d'étoiles de Noël. Tu ne vois pas qui a pu le faire. Tous ceux qui t'entourent sont juifs, bouddhistes, athées, ou agnostiques.

Si c'est Noël, ça voudrait dire que tu es dans le coma depuis trois semaines.

Si c'est Noël, alors tu n'as pas rappelé les Worth.

Si c'est Noël, *Le Maître des réjouissances* est déjà sorti en magasin et sur les sites de téléchargement.

Si c'est Noël, Sadie entrera bientôt dans son quatrième mois.

Ton père et ta mère sont là. Ils se voient si rarement tous les deux que ton état doit être grave.

Ça y est, le titre du chant te revient : « *River* ».

Ta mère est assise à ton chevet. Elle porte une robe imprimée, aux motifs de fraises et d'oiseaux. À l'aide d'une longue aiguille, elle enfile des origamis en forme de grues de couleurs vives pour en faire des guirlandes. Tu sais ce qu'elle fait : c'est une tradition japonaise appelée *senbazuru*. Si tu assembles mille grues pour quelqu'un, il guérira peut-être.

Même si tu ne peux pas le voir, tu prends conscience que ton père s'est assis par terre. Il fait des grues en papier que ta mère enfile ensuite.

C'est ça, le mariage.

Au bout d'un certain temps, ton père s'en va. Ta mère continue ses guirlandes, mais, sans lui, la matière première vient vite à manquer. C'est plus rapide d'enfiler des grues que de les fabriquer.

Quand Sam arrive, il se présente puis il dit :

— Vous devez être la mère de Marx.

— Anna, répond-elle.

— Comme ma mère. Marx ne m'avait jamais dit que nos mères avaient le même prénom. Je croyais que vous aviez un autre prénom.

— AeRan est mon prénom coréen, explique-t-elle. Quand je suis aux États-Unis, tout le monde m'appelle Anna.

— Anna Watanabe.

— Watanabe est le nom de famille de mon mari. Moi, c'est Anna Lee.

— Comme ma mère.

— Est-ce que je lui ressemble ?

— Pas du tout. C'est bizarre : Marx et moi n'avons jamais parlé de ça.

— Peut-être estimait-il que ce n'était pas important, suggère ta mère. Lee est un nom très répandu, de même qu'Anna. (Ta mère ne se laisse pas facilement attendrir, sauf quand il s'agit de tissus.) Peut-être n'en savait-il rien ?

Sam s'approche du lit et examine ton visage.

— Non, Marx savait toujours tout sur tout.

Le jour où tu avais appris que la défunte mère de Sam portait le même nom que la tienne, tu avais décidé que Sam serait dorénavant ton frère. Un nom peut déterminer un destin, si on y croit.

Sam se tourne vers ta mère.

— Il ne vous reste presque plus de grues. Si vous m'apprenez à les faire, je peux vous aider.

Ta mère lui montre et Sam s'installe par terre pour commencer à plier, lui aussi.

Tu es toujours vivant.

Sadie te brosse les cheveux et elle te dit que *Le Maître des réjouissances* est en tête des ventes de jeux en Amérique.

— Je ne pense même pas qu'ils aiment le jeu. Je crois qu'ils ont pitié de nous.

Tu aimerais lui répondre qu'il faut qu'elle arrête avec cette fausse modestie. Personne ne claque 60 dollars par pitié. Tout d'un coup ton esprit s'envole.

Tu es toujours vivant.

Sam te dit qu'Ant est sorti de l'hôpital et qu'il est tiré d'affaire.

Tant mieux, penses-tu.

— Gordon est venu. Il t'a apporté de la lavande.

Tu ne peux pas voir les fleurs, mais il te semble percevoir leur parfum. Ton côté égoïste aurait voulu que tu abandonnes Gordon à la réception pour monter sur le toit avec tous les autres.

Les jeux vidéo ne rendent pas violents, mais peut-être laissent-ils croire, à tort, qu'on peut devenir un héros. Toujours sans prévenir, ton esprit divague à nouveau.

Encore vivant.

Tu te réveilles au beau milieu de la nuit. Il y a quelqu'un dans ta chambre. Tu vois ses cheveux blond vénitien, entends le crissement d'un crayon sur du papier. C'est Zoe. Tu te demandes sur quoi elle travaille.

— Je bosse sur une musique de film, dit-elle, comme si elle avait entendu ta question. Un de ces films d'horreur débiles, et ce n'est pas facile de trouver le son adéquat. J'avais une idée de concept, mais je ne sais pas si ça collera. Je tiens à limiter les instruments aux percussions et aux cuivres, pourtant j'ai peur que ça fasse un peu fanfare d'étudiants. Je vais peut-être devoir jeter ce que j'ai fait et tout recommencer. Et ils me paient trente cents de l'heure dont bien sûr, je ne verrai jamais la couleur. Le titre du film, c'est *Bloody Balloons*. (Zoe lève les yeux au ciel.) En revanche, je suis sûre qu'à eux, *Bloody Balloons* rapportera de l'argent tout de suite. (Elle te sourit.) Marx, tu as intérêt à te remettre. Je ne peux absolument pas supporter l'idée de vivre sans toi. (Elle te serre la main et t'embrasse sur la joue.) Non, je ne le supporterai pas. Pas moyen. Je t'aime à la folie, mon cher ami.

Aime à la folie.

Pour transformer un ex en ami, il ne faut jamais cesser de l'aimer – lorsqu'une phase de la relation se termine, celle-ci se mue en autre chose. Il faut reconnaître que l'amour est à la fois une variable et une constante.

Tu vas mourir.

Quelques heures, jours, ou semaines plus tard, tu entends un médecin annoncer à ton père et à ta mère, sur un ton beaucoup trop serein, que toi, Marx Watanabe, citoyen du monde, tu vas mourir.

Tu es joueur, autrement dit, tu fais partie de ces gens persuadés que *game over* est une expression. Le jeu n'est terminé que quand on arrête d'y jouer. Il reste toujours une vie. Même la mort la plus brutale n'a rien de définitif. Tu pourrais avaler du poison, tomber dans une cuve pleine d'acide, te faire décapiter ou tirer dessus une centaine de fois, il te suffirait d'appuyer sur « *restart* » pour tout recommencer depuis le début. La fois suivante, tu rectifierais le tir. Celle d'après, tu parviendrais peut-être même à gagner la partie.

Mais ça ne sert à rien de nier.

Tu *ressens* le corps. Ton sang est vaseux, et circule dans ton système cardio-vasculaire à la vitesse du trafic aux heures de pointe sur la I-10. Le cœur ne bat plus tout seul. Le cerveau

Ralentit.

Petit à petit, le cerveau.

Vole.

S'éloigne.

Bientôt, tu ne seras plus toi. Comme tout le monde, tu es un cas déictique.

Tu es un Dresseur de Chevaux.

Pour ton trente-et-unième anniversaire, Sam fait graver une plaque à ton nom, avec l'inscription suivante :

MARX WATANABE
DRESSEUR DE CHEVAUX

Tu éclates de rire en la voyant.

— En fait, certaines sources proposent « Dompteur de Chevaux » comme traduction, lui dis-tu.

— Mais ce n'est pas ce que tu es, répond Sam.

La première fois qu'il t'a affublé de ce surnom, il le voyait comme une insulte. Au fil des années, c'est devenu une affectueuse blague entre amis.

Alors tu l'acceptes. Tu es comme ça.

Enfant, tu n'as jamais envisagé de devenir producteur de jeux vidéo. Tu dois admettre qu'il t'était arrivé plusieurs fois de te demander si ta passivité mortifère ne t'y avait pas amené. Étais-tu devenu producteur parce que Sam et Sadie voulaient créer des jeux et que tu n'avais rien d'autre à faire à ce moment-là ? Ou parce que tu adorais les gens qui voulaient concevoir des jeux ? Quelles parties de ta vie fallait-il imputer au hasard, aux lancers de dé polyédrique ? Et d'ailleurs, ne régissait-il pas toutes les existences ? Qui pouvait affirmer, en fin de compte, avoir décidé de quoi que ce soit ? Même si tu n'as pas choisi de devenir producteur de jeux vidéo, tu t'es bien débrouillé.

Tu penses à *Nos jours sans fin*. Comme ça te plairait d'y jouer. Tu peux anticiper les difficultés qu'il pose et tu aimerais aider les Worth à les résoudre. Par exemple, il leur faudra choisir entre vampires et zombies, opter pour une seule mythologie ou en créer une nouvelle. Ou…

Mais ce n'est plus ton problème.

Sam te tient une main, Sadie l'autre. Et tes parents sont là, mais debout derrière tes amis. Et c'est logique parce que Sadie et Sam font partie de ta famille autant qu'eux. Au fond, mille grues en papier décorent la chambre.

— Ça ira, Marx, murmure Sadie. Tu peux lâcher prise.

Et tandis que ton esprit se détache de ton corps, tu te dis, *Comme les chevaux vont me manquer*.

Tu es dans un verger de pêchers.

Voilà une journée splendide. Swan, ton pote de lycée, est à L.A. et il connaît un type qui a adopté un pêcher à la Ferme Familiale Masumoto, près de Fresno en Californie. Le type en question dit que tes amis et toi pouvez cueillir tous les fruits que vous voulez, mais seulement le samedi matin.

— Ça s'adopte, un pêcher ? demandes-tu.

— Ce ne sont pas des pêches ordinaires, répond Swan. Ce fruit est trop fragile pour être transporté jusqu'aux magasins. La famille est propriétaire de cette ferme depuis 1948, depuis la fin de l'internement[1]. Mon ami a dû rédiger une demande et remplir un formulaire pour être autorisé à adopter un pêcher.

Tu en parles à Zoe, qui veut y aller. Et elle invite Sadie, qui invite Alice. Et tu invites Sam, qui invite Lola, la fille avec qui il sort en ce moment. Et puis tu convies aussi Simon et Ant parce qu'il faut bien qu'ils décrochent de *Love Doppelgängers* de temps en temps. Votre groupe quitte Los Angeles à 6 heures du matin et vous arrivez à Fresno à 9 h 30. Et on dirait un tout autre monde.

---

1. L'internement désigne la déportation et l'incarcération des ressortissants japonais et américains d'origine japonaise aux États-Unis pendant la Seconde Guerre mondiale.

Les pêches sont incroyablement grosses et presque duveteuses. Zoe en goûte une, dit avoir l'impression de manger une fleur et te la tend. Tu y plantes les dents et déclares que c'est comme boire une pêche. Tu la passes ensuite à Sam, qui mord dedans et affirme que c'est plus une chanson sur une pêche qu'une pêche.

Et tes amis surenchérissent dans les comparaisons et métaphores.

« C'est comme trouver Jésus. »

« Ou découvrir que ce en quoi tu croyais quand tu étais enfant, est bien réel. »

« Ou manger des champignons dans *Super Mario*. »

« Ou se remettre d'une dysenterie. »

« Ou le matin de Noël. »

« Ou les huit nuits de Hanoucca. »

« C'est comme avoir un orgasme. »

« Ou des orgasmes à répétition. »

« Comme regarder un super film. »

« Lire un super livre. »

« Jouer à un super jeu. »

« C'est comme finir de débugger ton propre jeu. »

« C'est le goût même de la jeunesse. »

« Ou retrouver la forme après une longue maladie. »

« Courir un marathon. »

« Je peux mourir maintenant que j'ai mangé de ce fruit. »

Sadie est la dernière à y goûter. Tu finis par récupérer la pêche – ou du moins ce qu'il en reste – et tu la tends à Sadie qui fait la cueillette sans relâche.

Elle porte un grand chapeau de paille et est perchée sur une échelle. Un panier en osier est posé sur la plus haute marche. Elle semble tellement en forme, si saine, comme la fille sur une affiche de la WPA.[1] Elle te sourit, révélant le petit espace entre ses deux dents de devant.

— Puis-je ? demande-t-elle.

— Tu peux.

Tu es dans un champ de fraises.

Tu es mort.

Une phrase s'affiche à l'écran : RECOMMENCER LE JEU DEPUIS LE DÉBUT ?

Oui, te dis-tu. *Pourquoi pas ?* Si tu rejoues, tu gagneras peut-être.

Et tout d'un coup, te voilà, flambant neuf, tout remplumé, les os intacts, un sang frais coulant dans tes veines.

Tu voles moins vite que la dernière fois parce que tu ne veux pas en rater une miette. Les vaches. La lavande. La femme qui fredonne du Beethoven. Les abeilles au loin. L'homme au visage triste et le couple dans l'étang. Le battement de ton cœur avant d'entrer sur scène. Le frôlement d'une manche en dentelle sur ta peau. Ta mère qui te chante des chansons des Beatles en essayant de prendre l'accent de Liverpool. La première fois que tu joues à *Ichigo* du début à la fin. Le toit-terrasse d'Abbot Kinney. Le goût de Sadie mêlé à celui de la bière Hefeweizen. La tête ronde de Sam entre tes mains. Les mille grues en papier. Des lunettes de soleil aux verres jaunes. Une pêche parfaite.

1. *Work Project Administration* : agence fédérale créée dans le cadre du New Deal pour aider la population dans le domaine des grands travaux. Les affiches étaient destinées à recruter des gens au chômage.

Ce monde, penses-tu.

Tu voles au-dessus du champ de fraises, mais tu sais que c'est un piège.

Alors cette fois, tu continues à voler.

VIII

NOS JOURS SANS FIN

1

La première fois que Sam assista à la mort de Marx, c'était en octobre 1993. Ce dernier avait été choisi pour jouer Banquo dans *Macbeth*.

— Alors, voilà le topo, commença Marx. Fleance et moi, nous allons à un dîner organisé chez Macbeth. Nous descendons de cheval, quoique je doute fort qu'un théâtre universitaire ait les moyens de nous fournir des canassons. J'allume une torche – sinon comment les assassins pourraient-ils me voir ? Les trois spadassins approchent ! Ils attaquent. Je meurs de façon spectaculaire, maudissant tous les responsables : « *Ô Trahison !* » Et cetera, et cetera. (Marx baisse d'un ton.) Je peux déjà certifier que le metteur en scène est un idiot. Il va falloir que je travaille sur la mise en place tout seul sinon ça risque de faire bâclé. Sam, tu joueras les spadassins, d'accord ? Je vais sortir de la salle de bains et là, tu me surprends.

Marx lui tendit son exemplaire de *Macbeth*, ouvert à l'acte III, scène 3.

Sam n'habitait avec lui que depuis vingt-trois jours, et il estimait ne pas le connaître assez pour faire semblant de le tuer ni même lui donner la réplique. Il ne souhaitait pas être mêlé au drame ni à la vie de quelqu'un d'autre. D'après lui, pour s'assurer une cohabitation paisible avec un inconnu, il fallait poser des limites claires. Moins il en savait sur son colocataire, et vice versa, et mieux ça serait.

Ce que Sam tenait absolument à lui cacher, c'était son handicap, même si Sam ne le qualifiait pas ainsi – le handicap, c'était pour les autres. Lui, il avait « un truc au pied ». Son corps lui faisait penser à un vieux joystick qui ne marchait que si on l'orientait vers un des quatre points cardinaux. Pour masquer son infirmité, il devait éviter les situations périlleuses : les terrains accidentés, les escaliers inexplorés, et presque toutes les autres formes de cabrioles.

— Je ne sais pas très bien jouer la comédie, objecta Sam.

— Il ne s'agit pas de jouer, répliqua Marx, mais de faire semblant de tuer quelqu'un.

— Il me reste encore tellement de lectures à faire. Et un problème à rendre mercredi.

Marx leva les yeux au ciel et prit l'un des coussins du canapé.

— Ça, ce sera Fleance.

— Qui c'est, Fleance ?

— Mon jeune fils. Il prend la fuite. (Marx balance le coussin par la porte.) *Fuis, cher Fleance, fuis, fuis, fuis !*

— Mauvaise idée de laisser s'échapper le fils d'un homme qu'on vient de tuer. S'appelle-t-il Fleance parce qu'il fuit ?

— Et moi Banquo parce que je meurs en allant à un banquet ? Que de bonnes questions, Sam.

— Je te tue avec quoi ?

— Un couteau ? Une épée ? Je ne crois pas que ce soit précisé. Il – ou ils, tout dépend de qui se cache derrière Shakespeare – se contente de mentionner – et ça n'aide pas – « Ils attaquent ».

— Eh bien, moi, je pense que l'arme fait une différence.

— Je te laisse la choisir.

— Pourquoi est-ce que tu ne te défends pas ? Tu n'es pas un guerrier ou un truc du genre ?

— Parce que je ne m'attends pas à cet assaut. C'est là que tu fais ton entrée. Surprends-moi. (Marx lui décoche un sourire conspirateur.) *Aide-moi*. C'est ma grande scène alors, tu comprends, je veux qu'elle soit super.

— Et ta dernière, aussi, non ? Puisque tu meurs.

— Non, je reviens sous la forme d'un fantôme, mais sans texte. Je me contente d'apparaître au banquet, répond Marx. Je ne sais pas s'ils me feront venir sur scène ou s'ils me remplaceront par une chaise vide. Ça dépendra s'ils ont choisi ou non le point de vue de Macbeth.

— Est-ce que Banquo est un grand rôle ? demande Sam. Je ne connais pas bien *Macbeth*.

Marx hausse les épaules.

— C'est le meilleur ami. Et pas Macbeth. Ce n'est pas « Une simple histoire racontée par un idiot, pleine de bruit et de fureur qui ne signifie rien ». Mais il y a de grands moments. J'ai un nom ! Je meurs ! Je reviens sous la forme d'un fantôme ! Et je ne suis qu'en première année donc il me reste encore du temps pour obtenir un premier rôle. Ce qui est dommage, c'est que j'ai toujours voulu jouer Macbeth et je doute qu'on le remonte avant que je ne sois diplômé.

Au cours de l'heure qui suivit, Marx mourut de différentes façons. Il s'écroula sur le canapé, tomba à genoux, tituba à travers la pièce commune, porta la main à divers endroits de son corps – sa gorge, son bras, son poignet, ses cheveux magnifiques. Il murmurait son texte, et une fois, il le cria si fort qu'un surveillant vint s'assurer qu'on n'était pas vraiment en train de l'assassiner. Sam se rendit compte qu'il pensait à peine à son pied. Il prenait du plaisir à dire les répliques des assassins, caché derrière la porte, puis attaquant Marx par-derrière avec un coussin, faisant semblant de l'étrangler. Si Marx remarqua que Sam s'appuyait toujours sur son pied droit, il n'en dit rien.

— Tu t'en sors pas mal. Tu as déjà joué dans une pièce ? demanda Marx.

— Non. (Sam pensait s'en tenir là, puis, tout à coup, flatté et en verve, il se surprit à poursuivre.) Ma mère était une actrice professionnelle, alors ça m'est arrivé de lui donner la réplique.

— Que fait-elle maintenant ? demanda Marx.

— Elle… eh bien, elle est morte.

— Je suis désolé.

— Il y a longtemps, ajouta Sam. (Admettre qu'il avait eu une mère, passe encore, mais de là à raconter les circonstances de sa mort à un type super beau qu'il connaissait à peine…) Au fait, il vaut mieux ne pas inclure des animaux vivants dans une pièce, en général.

— C'est vrai.

— Pas seulement une pièce universitaire. Tu as évoqué les chevaux…

— Je suis avec toi, Sam, l'interrompit Marx. Et si tu passais l'audition au second semestre ?

Sam secoua la tête.

— Pourquoi pas ?

— J'ai un truc… Peut-être que tu… balbutia Sam. Ici, d'accord, mais je n'aime pas monter sur les planches. On reprend la scène ?

Sam n'avait jamais su dire à quel moment avait commencé leur amitié, mais on pouvait sans doute considérer cette nuit-là comme le début.

Il lui avait fallu un point de départ pour calculer la durée de leur relation. Une fois qu'il le fixa au soir de la répétition de la mort de Marx, il arriva à plus ou moins 4 873 jours. D'habitude, il trouvait un certain réconfort dans les chiffres, mais ce chiffre-là lui paraissait ridicule par rapport à la place que Marx avait prise dans sa vie. Il vérifia son calcul à deux reprises. Oui, c'était bien 4 873. C'était à ce genre de calcul puéril qu'il se livrait quand il n'arrivait pas à dormir.

Quatre mille huit cent soixante-treize, pensa Sam. *Le solde d'un compte épargne vieux de dix-sept ans, deux fois le nombre des passagers du* Titanic, *la population d'une ville où tout le monde se connaît, le prix d'un ordinateur révisé en fonction de l'inflation depuis 1990, le poids d'un éléphant adolescent, environ six mois de plus que le nombre de jours passés avec ma mère.*

Une fois, à quinze ans – alors qu'il était assez vieux pour prêter attention aux émotions des autres et non plus seulement aux siennes, mais encore trop jeune pour avoir son permis de conduire –, Sam avait demandé à sa grand-mère comment elle avait surmonté la mort de sa mère. Elle n'avait jamais été très sentimentale et n'en avait jamais parlé. Elle avait dû faire tourner son affaire, s'occuper d'un petit-fils malade et affronter son propre chagrin. Ils étaient dans sa voiture, rentrant d'un concours de mathématiques à San Diego, et Sam était grisé parce qu'il excellait dans un domaine dont il se contrefichait.

Bien qu'il ait failli mourir dans un accident de la route, Sam adorait ces trajets nocturnes en voiture, durant lesquels il avait les meilleures conversations avec sa grand-mère, et même si ses grands-parents se relayaient pour jouer les chauffeurs, il préférait les trajets avec Bong Cha. Elle conduisait vite et mettait un tiers moins de temps que lorsque Dong Hyun était au volant.

— Comment on l'a surmontée ? (La question de Sam l'avait prise de court.) On s'est levés le matin, finit-elle par répondre. On est allés à l'hôpital. On est rentrés à la maison. On est partis se coucher. Et on a recommencé.

— Mais ça a dû être dur, insista Sam.

— Oui, surtout au début, et puis les jours ont passé, les mois, les années et tu t'es rétabli et alors ce n'était plus aussi difficile, lui assura Bong Cha.

Sam pensait qu'elle avait fait le tour du sujet quand elle ajouta :

— Il m'est arrivé de parler à Anna quand même, et ça m'a un peu aidée.

— Tu veux dire, comme à un fantôme ?

Sa grand-mère était la dernière personne au monde qui aurait pu croire aux fantômes.

— Voyons, Sam, ne sois pas ridicule. Les fantômes n'existent pas.

— D'accord, alors tu lui parlais. Et elle n'avait rien d'un fantôme. Est-ce qu'elle te répondait ?

Bong Cha regarda son petit-fils en plissant les yeux, cherchant à savoir s'il voulait la faire passer pour une imbécile.

— Oui, dans mon esprit. Je connaissais si bien ta mère que je pouvais imaginer sa réponse. De même pour ma propre mère, ma grand-mère et ma meilleure amie d'enfance, Euna, qui s'est noyée dans le lac près de chez mon cousin. Les fantômes n'existent pas, mais ça – elle pointa sa tempe du doigt – c'est une maison hantée. (Elle serra la main de Sam et changea brusquement de sujet.) Le moment est venu que tu apprennes à conduire.

Tapi dans l'obscurité, Sam se sentit suffisamment à l'aise pour avouer à Bong Cha qu'il était terrifié à l'idée de se retrouver derrière un volant.

2

Soixante-douze jours après la fusillade, deux jours après l'enterrement de Marx, Simon appela Sam.

— Je sais que ça a été une épreuve terrible, commença-t-il, comme tous ceux qui s'adressaient à Sam cette année-là. Mais qu'est-ce qu'on fait pour le bureau ? Ant se sent un peu mieux, maintenant. On venait juste de commencer à tester et à débugger *HH4* quand tout est arrivé. Et si on ne s'y remet pas tout de suite, on n'arrivera jamais à le sortir en août – d'ailleurs, est-ce que c'est toujours prévu pour août ? Et les employés se demandent s'ils ont toujours un boulot et je ne vois franchement pas quoi leur répondre… C'est pas que je veuille outrepasser ma fonction, mais on a besoin de savoir ce qu'on doit faire.

La gestion effective de la société était évidemment retombée sur les épaules de Marx. Sam et Sadie étaient des créatifs ! Ils pensaient grands projets et long terme ! Marx veillait à ce que les factures soient payées, y compris celles d'électricité, et à ce qu'on arrose les plantes. C'était lui qui parlait aux employés. Sam ne pensait pas pour autant que les tâches de son ami se limitaient à ça. Leur arrangement allait bien au-delà : Marx était Marx pour permettre à Sam et Sadie d'être Sam et Sadie. Toutefois, par la force des choses, Marx n'était plus là.

Sam essaya d'imaginer ce qu'il aurait répondu à Simon :

— Content que tu aies appelé, et tu as tout à fait raison. Laisse-moi en toucher un mot à Sadie. Je reviens vers toi avant la fin de la journée.

Sam la contacta et elle ne répondit pas. Il lui envoya donc un message : « *Qu'est-ce qu'on fait du bureau ?* » Cinq minutes s'écoulèrent avant qu'il ne reçoive sa réponse : « *Fais ce que tu veux.* » Il envisagea de lui renvoyer un texto bien senti. Parce que Sam n'avait qu'une seule envie : rester couché – ce que faisait sans doute Sadie –, se défoncer prodigieusement avec une drogue qui ne le tuerait pas, et qui mettrait son cerveau sur pause pendant un an.

Sa douleur, sorte de girouette psychosomatique et mortifiante, s'était réveillée, et aucune de ses stratégies habituelles ne parvenait à l'atténuer. Elle semblait attendre l'instant où il sombrait dans un sommeil profond, le moment où son satané esprit humain était le plus enclin aux rêves. Ces derniers tournaient souvent autour d'une tâche sans intérêt qu'il avait négligée : de retour à son appartement de Kennedy Street, il réalisait qu'il avait oublié de débugger une séquence particulière d'*Ichigo*. Ou alors, il roulait sur la 405 et au moment de freiner, il s'apercevait que son pied avait disparu. Sam se réveillait, en nage, son pied fantôme palpitant, et il se sentait paniqué et coupable. Son mal-être était tel qu'il ne se rendormait pas. Depuis décembre, il n'avait pas fermé l'œil plus de deux heures d'affilée.

Et pourtant, contrairement à Sadie, il répondait au téléphone et aux mails, lui. Il parlait aux gens.

Il s'apprêtait à lui expédier un message salé, mais se surprit à se demander, pour la seconde fois : *Que dirait Marx ?* Son ami prendrait un moment pour compatir. Sadie était enceinte. Elle avait non seulement perdu son associé, mais aussi son compagnon. À l'inverse de Sam, Sadie n'avait jamais vécu de perte ou de deuil importants. C'était plus dur pour elle. Marx se contenterait de régler ce qui devait l'être.

Au cours des deux mois et demi qui avaient suivi le meurtre de Marx, Sam n'était pas retourné au bureau d'Abbot Kinney, et il décida donc de s'y rendre seul. Il ne souhaitait pas obliger un assistant, ni son grand-père, ni Lola, ni Simon, ni même Tuesday, à découvrir l'horrible spectacle qui l'attendait peut-être là-bas. La seule personne qu'il aurait voulu avoir avec lui, c'était Sadie. Même s'il l'informa de son intention, il trouvait cruel de lui demander explicitement de l'y accompagner. Et elle ne se proposa pas non plus.

Devant la porte de leurs bureaux, un sanctuaire improvisé avait été installé : des peluches à l'effigie du maire Mazer et d'Ichigo, des œillets et des roses fanées dans des emballages en plastique, des rubans en satin accrochés partout, témoignages de soutien, des cartes malmenées par les intempéries qui semblaient avoir été déposées depuis des décennies et non des semaines, des boîtes de jeux, des cierges. C'était le genre d'amoncèlement inutile qu'on voyait sur n'importe quelle scène de fusillade. Tout ça pour dire : *On est avec vous, on vous aime, on condamne ce qui s'est passé*. Face à cette démonstration de soutien, Sam n'éprouva rien, sinon l'envie de flanquer un coup de pied au visage de la peluche du maire Mazer. En enjambant ces marques de sympathie, il prit note : *(1) dégager le sanctuaire*, puis il introduisit la clé dans la serrure. Sam s'attendait presque à ce que sa clé ne fonctionne pas, mais il ouvrit sans peine. Il pensa : *(2) serrures*, *(3) nouveau système de sécurité.*

Il faisait plus frais que d'habitude à l'intérieur et ça sentait un peu le renfermé même si Sam ne décela pas l'odeur du meurtre, ni aucune autre, d'ailleurs. Debout dans le hall d'entrée, il avait l'impression d'avoir pénétré la salle peu fréquentée d'un musée. Il s'imagina tomber sur une élégante plaque sur laquelle serait inscrit : SOCIÉTÉ DE JEUX VIDÉO, VENICE, CALIFORNIE, AUX ALENTOURS DE 2005. L'arbre qui se trouvait là dépérissait : *(4) plantes.*

Sam avança péniblement, avec prudence, comme un personnage dans un jeu d'infiltration. Dans l'un des piliers en bois, un impact de balle : *(5) boucher le trou.*

Les pires dégâts, c'étaient les épouvantables taches de sang qui maculaient le sol à l'endroit où Marx s'était fait tirer dessus. Elles s'étaient incrustées dans le béton ciré. Les travaux de finition qu'ils auraient dû effectuer avaient trop tardé et le sang avait stagné depuis trop longtemps. Sam tenta de le nettoyer avec différents produits, du plus simple au plus abrasif : l'eau, le lave-vitre, l'iode, la poudre à récurer, l'eau de Javel. Les taches ne partaient pas ; il faudrait faire intervenir un professionnel : *(6) sols.*

Un ruban de police pendouillait et donnait à la pièce un air de fête. Sam le balança à la poubelle.

Il alla dans le bureau de Marx. Bien qu'il n'ait jamais dirigé Unfair Games, Sam avait acquis un certain sens pratique de la gestion grâce à ses grands-parents. Dans les dossiers, il trouva les informations nécessaires pour contacter leur compagnie d'assurances. Le courtier auquel il s'adressa l'informa que sa police ne couvrait pas explicitement les dommages consécutifs à une tuerie de masse – *est-ce que deux personnes constituaient une masse ?* se demanda Sam – et donc, il y avait peu de chances pour que l'assurance s'acquitte des réparations. *Prenez des photos, monsieur Mazer. Nous étudierons volontiers votre déclaration.*

Sam dénicha le numéro de la société de nettoyage, puis celui de l'entreprise qui s'était chargée de refaire les sols à leur arrivée et enfin, de façon à pouvoir leur régler ce qu'il leur devait, le nom de leur comptable. Ce dernier travaillait manifestement pour eux depuis 1997, depuis Cambridge, mais Sam n'avait jamais eu aucune raison de le contacter auparavant.

— Ravi de faire votre connaissance par téléphone. Quelle horreur, ce qui s'est passé, mais c'est bien que vous vous remettiez au travail. Unfair Games est à court de trésorerie ces derniers temps.

— Ah bon ?

— Vous avez engagé beaucoup de liquidités dans l'achat des locaux d'Abbot Kinney en octobre dernier, et ça représente un investissement important. Même si, à long terme, vous ne le regretterez pas.

Pour la première fois de sa vie, Sam n'envisageait pas de se projeter sur le long terme.

Il quitta le bureau de Marx pour gagner le sien qui lui réservait le spectacle du massacre des produits Ichigo façon *Guernica* : les figurines avec leur coupe au bol, décapitées, leurs membres potelés, leurs yeux ronds d'enfant, les vagues, les bateaux, les bustes aux maillots de foot, éparpillés partout sur le sol. Sam ramassa une tête d'Ichigo en porcelaine. Elle était autrefois rattachée à un corps et faisait office de tirelire, un objet promotionnel pour la sortie danoise du jeu. Sam examina ce morceau ébréché et frissonna : ces hommes avaient voulu le tuer, lui. Ils avaient voulu l'éliminer et s'étaient finalement rabattus sur les produits dérivés d'*Ichigo* avant d'assassiner son ami.

Un souvenir de la chambre d'hôpital de Marx. Tout d'un coup, Sadie hurle : *C'est toi qu'ils voulaient. C'est toi qu'ils voulaient. C'est toi qu'ils voulaient.* Elle roue sa poitrine de coups de poing et il n'essaie pas de l'arrêter. *Plus fort*, se dit-il. *S'il te plaît.* Le lendemain, la semaine d'après ou le mois suivant, elle lui présente ses excuses, mais elles manquent de conviction, comparées à son attaque.

Il jeta la tête d'Ichigo dans la poubelle, quitta la pièce et ferma la porte à clé. Il ne se sentait pas d'humeur à affronter un musée d'Ichigo morts et peut-être qu'il n'avait plus besoin d'un bureau rempli d'objets souvenirs. Que prouvaient-ils, finalement ? Ils avaient réalisé des jeux : certaines personnes en avaient assuré la promotion et avaient essayé de gagner de l'argent avec des bibelots dont personne n'avait que faire.

Il nota : *(7) le bazar du bureau de Mazer*, puis il retourna dans celui de Marx. Son téléphone vibra dans sa poche. C'était Sadie, avec sa petite voix.

— T'y es, là ? C'est horrible ?

— Pas tant que ça.

— Décris-moi.

— Je… Il n'y pas grand-chose à en dire.

— Ne me cache rien. Je ne tiens pas à être surprise.

— Ce sont les mêmes bureaux. Ils ont surtout saccagé le mien. Je n'arriverai jamais à réparer la tirelire Ichigo. Le sol a été abîmé et il y a un trou dans un pilier.

Sadie garda le silence une seconde.

— « Abîmé » ressemble à de l'obfuscation[1], du maquillage. Qu'est-ce que tu veux dire par là ? demanda-t-elle.

— C'est du sang, répondit-il. Incrusté dans le béton.

— La tache est grande comment ?

— J'en sais rien. La plus grosse fait une vingtaine de centimètres de diamètre.

— Tu veux dire qu'il y a une trace large de plusieurs dizaines de centimètres à l'endroit où Marx s'est vidé de son sang.

— Oui, je crois.

Sam se sentait existentiellement épuisé. Une part de lui-même voulait la contredire et lui rappeler que Marx ne s'était pas vidé de son sang ici. Il était mort à l'hôpital, dix semaines plus tard. Mais Sam était trop fatigué pour entamer un débat sémantique.

— J'ai parlé à une entreprise de revêtement de sols. Ils vont s'en occuper.

— Je n'ai peut-être pas envie que ça soit nettoyé, lâcha Sadie.

— Tu veux que je laisse ça en l'état ?

— Non, mais on ne devrait pas l'effacer, gémit-elle. On ne peut pas effacer Marx.

— Enfin, Sadie. Cette tache n'est pas Marx, mais…

— L'endroit où il est mort, l'interrompit-elle.

---

1. Technique qui consiste à rendre un programme illisible pour un humain, tout en le gardant pleinement fonctionnel.

— C'est…

— L'endroit où il a été assassiné.

— Je crois que les gens trouveront ça dur de travailler à côté d'une énorme tache de sang.

— Oui, ce sera dur.

— Et si on mettait un beau tapis ancien ? Marx adorait les tapis d'Orient.

— Ça n'a absolument rien de drôle.

— Je suis désolé. Tu as raison. Je suis crevé. Franchement, Sadie, t'as pas envie que les gens reviennent bosser ?

— Je ne sais pas.

— Et si tu venais voir par toi-même ? lui demanda-t-il, plein d'espoir. On décidera ensemble. Je peux venir te chercher.

— Non, je n'ai pas envie de voir ça. Aucune envie, putain ! Qu'est-ce qui te prend enfin ?

— D'accord, d'accord.

— T'as qu'à t'en occuper, cracha-t-elle.

— C'est ce que j'essaie de faire, Sadie.

Elle marqua une longue pause. Il l'entendait respirer, ce qui prouvait qu'elle était toujours en ligne.

— En tenant compte de tout ça, de cette horrible situation, peut-être devrait-on envisager de déménager les bureaux ? suggéra-t-elle. Même si on nettoie le sol, tu crois qu'ils auront envie de revenir travailler là ?

— Je ne crois pas qu'on puisse se permettre un nouveau déménagement, répondit Sam. On a du retard sur tous les projets, on paie tout le monde depuis deux mois et demi alors que personne ne travaille vraiment. Il faut que Simon et Ant finissent *HH4* maintenant. Et il y a le pack d'extension des *Réjouissances* à terminer pour décembre.

— Ant va revenir ?

— Si j'en crois Simon, oui.

— C'est courageux, siffla-t-elle avec une pointe d'agacement dans la voix qui augurait une nouvelle dispute. Est-ce que tu refuses de déménager parce que tu ne veux pas te donner ce mal ? Ou parce qu'on ne peut vraiment pas se le permettre ?

— Je te dis la vérité, Sadie. J'ai discuté avec notre comptable ce matin. T'as qu'à l'appeler si tu veux.

— C'est juste que tu as tendance à déformer la réalité pour qu'elle cadre avec tes intentions.

— Quelles intentions ? À part le fait de permettre à nos employés de retourner au travail ?

— Je ne sais pas, Sam. Quelle idée tu as derrière la tête ?

— Je ne tiens pas à ce que notre société mette la clé sous la porte. Voilà. Et Marx aurait voulu la même chose.

— Marx ne veut plus rien désormais. Tu sais quoi, Sam ? Fais ce que tu veux. Comme d'habitude.

— Tu es d'accord ?

— À ton avis ?

Elle raccrocha.

(8) Sadie...

La seule chose qu'il pouvait faire pour l'aider, c'était remettre leur entreprise à flot le temps qu'elle se sente prête à revenir.

La journée lui semblait interminable alors qu'il n'était que 11 heures et qu'il restait deux heures avant que le type des sols n'arrive. Sam s'allongea sur le divan orange et moelleux du bureau de Marx, ferma les yeux, mais ne trouva pas le sommeil.

Le téléphone fixe sonna et sans se demander qui appelait ou s'il pouvait répondre aux coups de fil destinés à Marx, Sam décrocha.

— Génial ! Il y a quelqu'un ! lança une voix féminine. Le répondeur est plein à craquer. J'ai essayé d'envoyer un mail, mais je n'avais que l'adresse de Marx et…

— Mazer à l'appareil. Qui êtes-vous ? s'enquit Sam avec impatience.

— Mazer ? Waouh ! Quel honneur de faire votre connaissance par téléphone.

— Qui êtes-vous ?

— Oh ! Désolée. Je m'appelle Charlotte Worth. Mon mari et moi étions en rendez-vous avec Marx pour discuter de notre jeu quand… quand… eh bien, il envisageait de nous produire. Peut-être vous en a-t-il parlé ? C'est l'histoire d'une mère et de sa fille après l'apocalypse. La mère est amnésique et la fillette est une gamine comme Ichigo et puis il y a des vampires, enfin pas vraiment des vampires, pas facile à expliquer et…

— Je ne suis au courant de rien, l'interrompit-il.

— Je suis consciente que le moment est mal choisi, mais Marx avait gardé notre projet *Nos jours sans fin* – c'est le titre de notre jeu – et nous l'avions laissé au bureau. Si c'est possible, on aimerait bien le récupérer.

— Je ne suis au courant de rien, répéta-t-il.

— Bon, eh bien, si vous tombez dessus… ajouta Charlotte, ou si vous pouviez demander à quelqu'un de le chercher. C'est un dossier noir avec le monogramme AW dessus. A comme Adam, le nom de mon mari.

— Mais ça va pas, non ? lança Sam. Marx est mort. Je n'ai ni le temps ni l'envie de chercher le dossier de votre mari ou d'écouter le pitch insipide de votre jeu.

— Je suis désolée, lâcha Charlotte. (Elle avait des sanglots dans la voix, ce qui irrita Sam encore plus. Sadie s'était montrée odieuse au téléphone, mais n'avait pas versé la moindre larme. De quel droit cette étrangère pleurait-elle ?) Je sais que c'est une épreuve terrible. Je sais. J'ai juste besoin de récupérer mon dossier. Si vous pouviez…

Sam raccrocha.

À l'automne 1993, le metteur en scène de la création de *Macbeth* au club d'Art dramatique de Harvard-Radcliffe décida finalement que Marx n'apparaîtrait pas sous la forme du fantôme de Banquo. Il demanda à l'acteur qui interprétait Macbeth de jouer face à une chaise vide à la longue table du banquet – un Marx invisible que seul verrait Macbeth – et de balancer sur la chaise des petits pains, dérobés chaque soir à la salle de restaurant Adams House.

— Me voici réduit à des petits pains, Sam ! se plaignit Marx. Quelle indignité !

Pourtant, le soir de la première, il s'était fait à l'idée. Comme il l'avait dit à son ami : « Si je donne tout dans les scènes qui précèdent ma mort, si je leur en mets plein la vue, ils percevront ma présence dans les scènes où je ne suis pas. »

Le portable de Sam sonna. Le type des sols était en avance. Sam descendit lui ouvrir.

Il lui montra la tache et l'homme se mit joyeusement au travail.

— Je me rappelle avoir posé ce revêtement, il y a quoi ? Cinq, six ans, non ? Bel endroit. Super lumières. C'est une rousse toute pâle qui m'avait ouvert. C'est une entreprise de quoi, déjà ? Un truc dans la tech, non ?

— Les jeux vidéo.

— Ça doit être sympa.

Sam ne répondit pas.

— Qu'est-ce qui s'est passé ici ?

— Désolé, lança Sam. (Il s'éloigna en faisant semblant de prendre un appel.) Oui, c'est Mazer. Je suis avec le mec des sols, là, improvisa-t-il. Oui, oui.

Il se retrouva face au pilier troué par l'impact de balle. Un homme à tout faire viendrait le lendemain, mais en regardant l'orifice, il se demanda s'il ne valait pas mieux laisser cette cicatrice. Elle n'était pas aussi gore que la tache de sang sur le sol. Ce trou était parfaitement symétrique, rond, propre. Comme par miracle, le bois n'avait pas volé en éclats, et semblait juste un peu plus noir sur les bords, tel un nœud qui aurait toujours été là. Pour un étranger, cela n'évoquerait pas forcément la mort de son associé.

Ce n'était qu'un trou, rien de plus.

3

La sortie du pack d'extension du *Maître des réjouissances* était programmée pour décembre, un an après l'arrivée du jeu original sur le marché, mais fin avril, le travail n'avait toujours pas avancé. Mori, que Sadie avait chargé du projet, n'osait pas se plaindre d'elle. Il finit néanmoins par admettre devant Sam que l'équipe était ralentie parce qu'elle demeurait pratiquement injoignable.

— Je compatis, ajouta Mori. Elle traverse une terrible épreuve.

— Est-ce que tu peux faire le job sans elle ? demanda Sam.

Il réfléchit un instant avant de répondre.

— On pourrait, mais je ne préférerais pas.

Sam comprenait très bien ce qu'il ressentait.

— Je vais lui parler, lui promit-il.

En théorie, Sadie travaillait de chez elle. Il ne servait à rien de l'appeler alors Sam lui envoya un texto. Le côté elliptique de leurs échanges commençait à sérieusement lui déplaire, comme la façon qu'elle avait d'ignorer la moitié de ce qu'il disait et souvent, la moitié la plus importante. *L'équipe de l'extension des Réjouissances aurait besoin de tes conseils.*

Je vais voir ça avec eux cet après-midi, lui écrivit-elle une heure plus tard.

Ça veut dire que tu vas passer ?

Non, je les appellerai.

Ils ont l'air un peu paumés.

Sadie ne répondit pas.

Le jour de la réouverture officielle des bureaux d'Unfair Games, Sam avait voulu qu'ils fassent ensemble un discours mobilisateur, genre celui de la Saint-Crépin dans *Henri V*, pour célébrer le retour de leurs employés. Quand Sadie accepta, Sam reprit prudemment espoir. *Si seulement ils pouvaient se remettre au travail, et elle aussi.*

Ils étaient convenus de se retrouver devant les bureaux une heure avant l'arrivée de tout le monde. Les serrures avaient été changées et le système de sécurité renforcé, donc il fallait qu'il soit là pour la faire entrer.

Il fut soulagé de la voir débarquer avec un peu d'avance. Elle portait une robe noire en jersey, et Sam constata pour la première fois qu'elle était enceinte. Il dut réprimer ce réflexe horrible qu'ont les gens en présence d'une femme enceinte – celui de violer son espace vital et de lui toucher le ventre. Mais il ne ferait pas ça avec Sadie. Il lui adressa un signe de la main auquel elle répondit, de l'autre côté de la rue, et Sam pensa : *Nous allons entrer. Nous allons franchir ce seuil encore une fois. Tout ira bien.*

— Salut, l'étrangère, lança-t-il en tendant la main vers elle.

Elle s'apprêtait à la prendre, mais grimaça. Le dos voûté, les narines dilatées, elle pivota face au mur. Il ne pouvait plus voir son visage.

— J'ai besoin d'une minute, dit-elle, le souffle court.

Sadie se retourna vers Sam sans toutefois le regarder dans les yeux. Elle avait le front perlé de sueur.

— Je ne peux pas, lâcha-t-elle.

— Allons juste à l'intérieur. (Sam déverrouilla la porte.) Tu vas voir, tu te sentiras mieux une fois entrée.

— Fais ça sans moi.

— Sadie, j'ai… (Pour les mêmes raisons que d'habitude, il n'arrivait pas à prononcer le mot « besoin ».) Les gens vont vouloir te voir. (Il marqua un temps.) Je sais que c'est beaucoup te demander, mais c'est notre société. La nôtre et celle de Marx, et ces personnes comptent sur nous. Inutile que tu dises quoi que ce soit si tu n'en as pas envie. Il te suffit d'entrer. Ant est déjà là.

Elle garda le silence. Son visage avait pâli et elle tremblait.

— Je suis désolée, Sam. Je ne peux pas. Je…

Sans autre forme d'avertissement, elle se mit à vomir sur le trottoir et se cramponna à la façade du bâtiment pour ne pas perdre l'équilibre. Il percevait le crissement de ses ongles sur la brique.

— L'hyperémèse gravidique, expliqua-t-elle. Plus j'avance dans la grossesse, plus ça empire, même si mon gynécologue obstétricien affirme avec insistance que ça devrait s'arrêter d'un jour à l'autre. (Elle avait du vomi sur sa robe, son visage. Sam ne voyait pas comment l'aider.) Je ne peux pas.

Elle était enceinte de six mois. Il n'allait pas la faire entrer de force.

— Ce n'est pas grave, dit-il. Un autre jour ? (Il voulait la reconduire chez elle, mais il devait prendre la parole dans peu de temps.) Tu te sens capable de conduire ?

— Je suis venue à pied.

Sam la regarda traverser la rue puis retourna dans les bureaux, seul. Il ne se voyait pas demander à son assistant de nettoyer le vomi de Sadie, et il ne tenait pas non plus à ce que ses employés déjà nerveux tombent dessus en arrivant. Il alla donc chercher un seau et une serpillère dans le placard des fournitures et se retroussa les manches.

En nettoyant le trottoir, il réfléchit à ce qu'il dirait aux équipes déprimées d'Unfair Games. Devrait-il expliquer l'absence de Sadie ? Ou commencer par dire qu'elle aurait voulu être là aussi ? Ou valait-il mieux les laisser penser ce qu'ils voulaient ? Qu'aurait dit Marx ?

Sam, ce n'est pas aussi difficile que tu le penses. Les gens ont besoin d'être rassurés et, franchement, ils veulent aller de l'avant. Explique-leur qu'ils ne risquent rien à revenir au bureau, que ce boulot qui leur paraît trivial vaut toujours la peine dans cet univers violent et imprévisible.

Sam versa de l'eau sur le trottoir pour évacuer le vomi vers le caniveau.

Commence par une anecdote. Une histoire drôle à mon sujet. Remercie-les d'être revenus et sois sincère. C'est tout. Tu ne devrais pas autant tout compliquer. Comme tu le fais toujours.

Le lendemain matin, Sadie envoya un SMS à Sam : *Je voudrais avancer mon congé maternité. Je ferai le point avec l'équipe des* Réjouissances *par téléphone et la superviserai de chez moi.*

D'accord, lui répondit-il. Il savait que ça ne marcherait pas, mais il accepta quand même.

Ça datait d'un mois déjà. Sam renvoya un message à Sadie.

Je crois qu'il faut qu'on ait une vraie discussion en tête à tête. Je peux passer ?

On n'a qu'à faire ça par téléphone.

Promets-moi de décrocher si j'appelle.

Elle ne répondit pas.

Il passa un coup de fil.

Elle ne décrocha pas.

Il ne comprenait pas ce qui lui arrivait et n'avait pas non plus le temps d'y réfléchir. Ce qu'il voulait, c'était que *Le Maître des réjouissances* avance, ou au moins qu'elle dirige l'équipe. Cela faisait trois mois que Marx était mort et Sam n'avait rien exigé de plus de sa part.

Le pack d'extension du *Maître des réjouissances* était en préparation depuis que Sadie avait conçu le jeu. Un jeu dont le coût était quasiment aussi élevé que celui de *Deux Côtés*. L'ajout de contenus, l'utilisation des mêmes moteurs de jeu l'avaient théoriquement rendu rentable. Le jeu original était centré sur *Hamlet*. Le projet du pack d'extension tournait autour de *Macbeth*. Pour des tas de raisons, il ne fallait pas que ce dernier sorte plus d'un an après le premier.

Il prit sa voiture pour aller chez Sadie, et frappa à sa porte. Comme elle ne venait pas lui ouvrir, il cogna plus fort puis cria : SADIE !

Sam en voulait à cette maison depuis que Marx et Sadie l'avaient achetée. Quand Marx lui en avait montré l'annonce en ligne, il avait trouvé qu'elle avait l'air en ruine et hantée. Mais dès qu'il avait appris qu'ils l'achetaient (peu de temps après qu'ils lui aient confirmé qu'ils sortaient ensemble), cette maison avait commencé à l'obséder. Il n'aurait su dire combien de fois il avait regardé l'annonce. Il en avait examiné les plans et les photos comme s'il s'attendait à un interrogatoire là-dessus. Sam aurait pu dessiner le 1312 Crescent Place les yeux bandés. En examinant les tarifs du quartier, il fut convaincu qu'ils l'avaient payée trop cher. Et même s'ils étaient ses meilleurs amis, Sam espérait l'inévitable dépréciation de leur investissement. Plusieurs mois après la vente, l'annonce et les photos furent retirées du site et Sam éprouva un sentiment de panique puis de chagrin tangible. Quand Sadie et Marx l'invitèrent pour la première fois à dîner, il eut la sensation d'aller rencontrer une célébrité qui n'avait curieusement pas mérité sa notoriété. La maison, en soi, était charmante. C'était celle de Sadie et Marx, alors forcément…

Tous les rideaux étaient tirés, mais Sam discerna une lumière dans la pièce qu'il savait être sa chambre. Elle se trouvait bien chez elle.

— SADIE ! hurla-t-il à nouveau.

Plusieurs minutes plus tard, elle vint lui ouvrir, égale à elle-même, et aussi très enceinte et très pâle.

— Quoi ? lança-t-elle.

— Je peux entrer ?

Elle entrouvrit la porte juste assez pour le laisser passer et la maison lui parut manquer d'aération. Il perçut une odeur de peinture fraîche.

— Tu fais de la peinture ? demanda Sam.

— Alice, répondit Sadie. Dans la chambre pour le parasite.

Elle le conduisit dans le salon. La pièce était plutôt propre, mais on ne s'était pas occupé des plantes.

— Alors ? reprit-elle. T'es là.

— Il faut que tu dises à l'équipe de l'extension des *Réjouissances* quoi faire au sujet du pack.

— J'ai dit que je les appellerai.

— Si on ne le commercialise pas cette année, on devra améliorer le moteur, parce qu'il sera devenu obsolète…

— Je sais comment ça marche, Sam, l'interrompit Sadie.

— Ce serait bien que vous ayez fini de bosser dessus avant la naissance.

— Oui.

— Veux-tu que je mette quelqu'un d'autre sur le coup ? Tu pourrais m'en donner les grandes lignes et je me chargerai de chapeauter le tout.

— C'est mon jeu, Sam. Je terminerai le pack d'extension.

— D'accord, mais tout le monde comprendrait. Compte tenu des circonstances.

— Ça te plairait, hein ? De fourrer ton nez partout dans mon travail. De trouver des raisons de le présenter comme ton jeu.

— Sadie, tu mélanges tout. Je veux t'aider.

— Si tu voulais m'aider, tu me foutrais la paix.

— J'adorerais te foutre la paix, mais il faut bien que quelqu'un dirige la société.

Elle fit disparaître ses mains dans les manches de son sweat.

— Pourquoi ? demanda-t-elle. À quoi bon faire tout ça ?

— Parce que c'est notre entreprise, bordel !

Sam se leva et manqua défaillir, son pied fantôme battant comme un cœur. Au lieu de s'asseoir ou de mettre des mots sur le malaise qu'il éprouvait, il laissa la douleur et le manque de sommeil nourrir sa rage.

— J'en ai trop marre de tes conneries. Tu crois vraiment souffrir plus que les autres ? Plus que moi ? Tu penses que t'es la première à attendre un bébé ? Ou à perdre un proche ? Tu te prends pour une sorte de pionnière damnée en matière de deuil ?

Sadie s'avança et il sentit poindre le climax, les mots cruels qu'elle s'apprêtait à lui servir en réponse à ceux, tout aussi cruels, qu'il venait de lui balancer. Mais rien ne se produisit. Elle s'écroula en avant de façon inquiétante et commença à pleurer.

Il la regarda sans bouger.

— Secoue-toi, Sadie. Viens au bureau. Accepter notre chagrin, voilà ce qu'il faut faire. On l'investit dans notre travail, qui en ressort meilleur. Mais tu dois participer. Me parler. Tu ne peux pas nous ignorer, notre société et moi, et tout ce qui s'est passé jusqu'ici. Tout ne s'est pas terminé avec la mort de Marx.

— Je ne peux pas y retourner, Sam.

— Dans ce cas, tu es plus faible que je le croyais, décréta-t-il.

Le soleil se couchait et la température avait brutalement chuté, comme dans toutes les villes côtières autour de L.A.

— En fait, commença-t-elle doucement de sa voix blanche, tu m'as toujours surestimée.

Sam se dirigea vers la porte.

— Reviens. *Ne reviens pas*. Ça m'est égal. Démerde-toi pour que le travail sur les *Réjouissances* soit fait en temps et en heure. C'est ton jeu. Je te rappelle que tu y tenais tellement que tu étais prête à tirer un trait sur notre relation – à moins que tu ne te souviennes de rien de ce qui s'est passé avant décembre dernier. Tu nous le dois, à moi, à Marx, à toi-même.

— Sam ! cria-t-elle tandis qu'il atteignait la porte. Ne reviens plus ici, je t'en prie.

Elle ne reconnut jamais que Sam avait raison, et ne lui adressa plus la parole en dehors de quelques SMS inévitables. Elle ne passa pas une fois au bureau, bien qu'on lui ait livré un nouvel ordinateur chez elle. Elle avait régulièrement Mori au bout du fil et ce dernier informait Sam qu'elle abattait elle-même une grosse partie du boulot. Tant bien que mal, une semaine avant son accouchement, *Le Maître des réjouissances : l'extension écossaise* fut terminé et le pack sortit comme prévu.

Sam ne savait pas ce qu'il valait même s'il avait entendu dire que le jeu était bon. Il lui fallut plusieurs mois avant de se résoudre à y jouer.

4

Naomi Watanabe Green vit le jour en juillet. Elle arriva exactement à la date prévue, comme le jeu sur lequel sa mère avait travaillé.

Sam ne savait pas si Sadie souhaitait qu'il lui rende visite, et ce n'était toujours pas son truc d'aller là où on ne voulait pas de lui. De plus, il n'avait pas particulièrement envie de faire la connaissance de ce bébé. Les nourrissons l'effrayaient – il se sentait menacé par leur innocence. Celui-ci en particulier – Sam redoutait de retrouver le visage de Marx sur celui de son enfant.

Tu devrais aller voir ce bébé, le grondait son Marx imaginaire. *Crois-moi.*

Sam ne suivit pas son conseil.

Il fit quand même ce qu'il put pour Sadie. Il alla au boulot, même lorsqu'il n'en avait pas envie ou que son pied l'élançait. Il appela Alice, qu'il n'aimait pas, pour prendre des nouvelles de Sadie, passa devant chez elle pour s'assurer que les lumières étaient bien allumées, et il garda ses distances parce qu'elle le lui avait demandé. Peut-être n'était-ce pas assez, mais c'était le mieux qu'il pouvait faire.

5

Le jour où ils terminèrent de débugger *Homologue High : Dernière année*, Simon annonça à Sam :

— Il faut fêter ça, Mazer.

Sam reconnut qu'il n'avait pas songé une seconde à organiser une fête.

— Tu déconnes, pas vrai ? Bon sang, Marx me manque. Euh, pourquoi on ferait une soirée ? Je ne sais pas, parce qu'on a fini le jeu ? Parce qu'on a survécu à l'année dernière ? Ils ont failli nous détruire, mais on est encore là ! Et en général, pourquoi fait-on la fête ?

C'est Marx qui s'occupait des soirées, comme de beaucoup d'autres choses et Sam n'en avait jamais organisé. Marx lui conseilla d'embaucher un spécialiste de l'événementiel : *Enfin, Sam, rien ne t'oblige à faire tout, tout seul.*

Comme *Homologue High* s'achevait sur une cérémonie de remise de diplômes, l'organisateur de soirée proposa une fête sur ce thème. Les invités pourraient porter leur toque et leur toge, ou les tenues qu'ils avaient au lycée. Il y aurait une pièce secrète réservée à l'alcool et au punch. Un photomaton. Une table avec un album souvenir à signer. Sam trouvait tout ça bien puéril.

— Les gens adorent ce qui est puéril, lui assura l'organisateur.

Sam avait invité Sadie, même s'il savait qu'elle ne viendrait pas. Elle était débordée et, pour reprendre les termes d'Alice : « Je dirais qu'elle nous fait une bonne petite dépression post-partum. Qui s'ajoute à celle qu'elle faisait déjà. » Il avait toujours le réflexe de passer devant chez elle tous les jours, comme il l'avait fait à l'université. Mais Sadie était une adulte à présent, avec un enfant. Et Sam était un adulte avec une société à faire tourner, quasiment à lui tout seul.

Quatre cent treize jours après la mort de Marx, Unfair Games organisa une soirée pour le lancement de *Homologue High : Dernière année*.

Simon, qui avait revêtu une toge et un chapeau bleu roi, but un peu trop. Comme ça arrivait souvent dans ces cas-là, il devint larmoyant, et se tapa une ligne de coke pour se donner un coup de fouet. Il évoqua alors ses souvenirs sur la façon dont Marx les avait découverts.

— On n'avait pas grand-chose. On était encore à l'université. Avec une démo trop pourrie. Un dossier de deux cents pages avec un traitement hyper poussif et quelques pages sur le concept artistique.

— Sans oublier le titre, ajouta Ant qui portait un smoking bleu layette et une écharpe sur laquelle on pouvait lire : ROI DE LA PROMO.

— Ah ouais, Sam l'a rejeté tout de suite, d'ailleurs.

— Pas tout de suite, objecta Sam qui avait aussi revêtu une toge et une toque, mais dorées et pourpres.

L'organisateur en avait disposées à l'entrée sur des portants, pour tous ceux qui arrivaient sans déguisement.

— Alors, à ton avis, reprit-il, pourquoi Marx a-t-il décidé de produire ce jeu qui s'appelait au début *Love Doppelgängers* ?

— Aucune idée, répondit Simon. Je ne nous aurais pas donné un centime pour créer un jeu, ça, c'est sûr.

— Mais il a eu raison de le faire, non ? Quand on voit comment ça s'est terminé. C'est notre série qui a connu le plus gros succès, et de loin. Qu'est-ce qu'il t'avait dit ? Qu'est-ce qu'il avait prédit ? J'aimerais bien savoir.

Simon réfléchit.

— Il nous a dit qu'il avait lu notre dossier et que ça l'avait intrigué. Et ensuite, je m'en souviens très bien, il a ajouté : « Alors, dites-moi comment vous envisagez les choses. »

Au cours des heures suivantes, Sam discuta avec les gens qui étaient venus à la soirée comme si c'était son boulot et, en fait, c'était le cas. Vers minuit, épuisé par ces mondanités, il commença à chercher un endroit où reprendre des forces. Retourner dans son bureau ou celui de Marx l'aurait obligé à retraverser la foule – l'armée de journalistes, de gamers, d'employés et de supporters venus d'autres entreprises de jeux vidéo –, alors il se réfugia dans celui de Sadie, qui se trouvait le plus loin de tout. Il n'était pas vide : Ant était assis au poste de travail.

— Qu'est-ce que le roi de la promo vient faire ici ? lui demanda Sam.

— Le roi est fatigué, répondit Ant. Et puis je ne supporte pas Simon quand il prend de la coke.

D'un air penaud, il expliqua qu'il venait souvent là quand il avait besoin de s'éloigner de Simon, avec lequel il partageait un grand bureau au deuxième étage. De son côté, Sam n'y était plus entré depuis la fusillade.

Ant feuilletait un portfolio de dessins qui était posé sur le bureau.

— C'est un truc sur lequel vous bossiez tous les deux ?

— Non, répondit Sam. Je n'ai jamais vu ce travail.

— Ben, c'est pas si mal.

Sam prit une chaise et s'assit à côté d'Ant et ils examinèrent le dossier ensemble. Il comprenait une série de dessins et de storyboards avec pour décor un pays post-apocalyptique situé quelque part au sud-ouest des États-Unis. Les dessins étaient réalisés au crayon et à l'aquarelle.

La page de garde mentionnait le titre : *Nos jours sans fin*. Des fleurs sauvages grimpaient le long des lettres en pierre.

Ce titre disait quelque chose à Sam, sans qu'il puisse encore savoir pourquoi.

Ant lu le texte de présentation à voix haute : « Jours 1 à 109 : La Saison Sèche. Il n'a pas plu depuis plus d'un an, les lacs se sont asséchés, le niveau de la mer a baissé, et l'accès à l'eau potable n'est plus garanti. Une épidémie provoquée par la sécheresse a ravagé les États-Unis, tué quatre personnes sur cinq et détruit une bonne partie de la faune et de la flore de la Terre. La plupart des survivants sont devenus des *vampires du désert* – leur chimie cérébrale ayant été modifiée par la maladie et la déshydratation. Certains de ces vampires sont violents : ce sont les Assoiffés. Certains zombies sont dociles, mais présentent des troubles de la mémoire : ce sont les Gentils. Sans préavis, les Gentils peuvent devenir des Assoiffés et vice versa. »

Sam éclata de rire.

— Évidemment.

Ant tourna la page pour regarder l'aquarelle suivante, une vampire du désert en train de se nourrir. Elle se jette sur un homme, sa langue s'est transformée en longue trompe, qu'elle plonge dans la narine de sa proie. Une légende disait : *Le corps humain est constitué à 60 % d'eau. Le cœur et le cerveau à 73 % ; les poumons, 83 % ; la peau, 74 % ; les os, 31 %. Les vampires du désert ne s'abreuvent pas du sang des humains, mais de leur eau.*

— C'est intéressant sur le plan conceptuel, lâcha Ant.

Il tourna la page. Une petite fille et sa mère arpentaient un désert à la Dalí, d'une beauté surréelle, laissant derrière elles leurs empreintes de pas dans le sable couleur caramel. La mère était armée d'un flingue, l'enfant, d'un couteau. L'image était légendée : *Bien que les mots lui manquent souvent pour expliquer leur situation, la petite de six ans est la gardienne des souvenirs. Elle est donc connue sous le nom de Gardienne. Le joueur passera de l'un à l'autre des deux personnages, mais devra maîtriser les deux pour accéder à la Côte, où, à en croire la Gardienne, les attendent ses frères et son père.*

— C'est un bon dessinateur, commenta Sam. Mais je trouve certaines de ces idées vraiment « clichés ».

— Ça n'empêche qu'il y a quelque chose, insista Ant. Ces images me donnent l'impression de… Le mot m'échappe. Elles me touchent, voilà.

Ant tourna la page : la Gardienne et la Maman repoussaient une attaque de vampires. La légende disait : *Jour 289 : Le Poids du Souvenir. Quand on rêve, c'est de l'ancien monde. De pluie, de bains, de baignoires, de mousse de savon, d'une peau propre, de piscines, de systèmes d'arrosage l'été, de lave-linges et de la mer, au loin, qui n'est peut-être qu'un rêve.*

Illustration suivante : la Gardienne traçait un trait au feutre sur son mollet. *Si on ne marquait pas les jours, on ne saurait pas depuis combien de temps on survit.*

— Peut-être qu'il y a un truc, là, dit Sam. Je vais l'emporter chez moi.

Il prit le dossier sur le bureau. Un post-it vert s'en détacha et retomba en flottant sur le sol. L'écriture de Marx – ramassée, bien régulière, toutes en lettres capitales : *S., DIS-MOI CE QUE TU EN PENSES. – M.*

Aussitôt, Sam se rappela la femme qui avait téléphoné le jour où il était revenu dans les locaux d'Unfair.

— Je crois savoir à qui ça appartient. C'est une équipe. Une femme et son mari.

— Si tu décides de les recevoir, dis-le-moi, lança Ant. Je participerai peut-être à votre réunion. Bizarrement, ça me rappelle *Ichigo*.

Sam glissa le dossier sous son bras et demanda :

— Tu parles souvent à Sadie ?

— De temps en temps, mais pas aussi souvent que je le souhaiterais. Son bébé est super mignon, tout en cheveux. Elle ressemble à elle et à Marx.

Tous les bébés sont mignons, pensa Sam.

— Tu crois qu'elle reviendra un jour au bureau ? s'enquit-il.

— Aucune idée.

— Quand on aime les jeux vidéo autant que Sadie, on ne peut pas s'en passer indéfiniment, dit Sam autant pour lui-même que pour son ami.

— Il m'arrive de penser à changer de voie, répliqua Ant. J'aime les jeux vidéo, mais de là à se faire tirer dessus ?

— Tu es quand même revenu travailler.

Ant haussa les épaules.

— Qu'y a-t-il de mieux que le boulot ? (Il se tut puis reprit :) Qu'y a-t-il de pire que le boulot ?

Sam hocha la tête et examina Ant un moment. Quand il pensait à Simon et Ant, il les voyait toujours comme des gamins parce qu'ils étaient encore tout jeunes quand Marx s'était attaqué à *Love Doppelgängers*. Mais Ant n'était plus un enfant, et Sam se reconnaissait dans son regard. Ses yeux avaient la patine des gens qui ont connu la douleur et s'attendent à l'éprouver à nouveau. Sam posa sa main sur son bras, imitant le geste qu'il avait vu chez Marx :

— Au cas où je ne te l'aurais pas encore dit, je tiens à ce que tu saches que j'ai apprécié que tu reviennes terminer le jeu ici. Je sais que ça a dû être incroyablement difficile.

— Pour être honnête, Sam, j'étais content d'avoir *Homologue High*, content de pouvoir m'échapper de ce monde-ci. (Il marqua un temps.) Parfois, quand je bosse sur *HH*, son univers me paraît plus réel que l'univers, quoi. Je crois que je préfère le monde de *HH* parce qu'il est perfectible. Parce que je l'ai amélioré. Le monde d'aujourd'hui n'est qu'une improbable poubelle en feu. Et je ne peux absolument pas en améliorer le code.

(Il rit sous cape puis regarda Sam.) Et *toi*, comment tu te sens ?

— Fatigué, avoua-t-il. Tout compte fait, je crois que ça n'a été que la deuxième, ou peut-être troisième pire année de ma vie.

— Ah, pour moi, ça a carrément été la pire. T'as dû battre le record de l'année merdique.

— À plate couture, confirma Sam.

Ils s'apprêtaient à réintégrer la soirée quand Ant ajouta :

— Pour la petite histoire, elle m'a dit qu'elle jouait la nuit. À des trucs sur son PC, peut-être ? Ou sur son téléphone portable ? Elle a parlé d'un jeu dans un restaurant. Avec le Far West pour toile de fond. Rien de trop compliqué. Elle les a qualifiés de « daubes bien nulles » tout en disant que ça soulageait ses angoisses. Tout ça pour dire que je crois qu'elle n'en a pas entièrement fini avec les jeux vidéo.

Sam mit quelques secondes pour intégrer cette information puis acquiesça.

— Dis, Ant, qu'est-ce que tu penses du titre : *Nos jours sans fin* ?

— Pas mal, mais ça ne se vendra jamais dans le Montana.

— TOUT LE MONDE SUR LE TOIT ! cria le DJ.

Deux années plus tôt, en décembre, cette injonction avait eu une signification bien différente et Sam en avait discuté avec l'organisateur de la soirée pour savoir si ce serait de mauvais goût d'envoyer tous les invités sur le toit. Finalement, il avait décidé que ce serait bien de réinvestir cet espace, un des endroits les plus sympas de l'immeuble. Marx avait adoré y monter.

— On y va ? demanda Sam.

Ant attrapa la main de Sam et ils se laissèrent entraîner par la foule jusqu'en haut de l'escalier.

— LE MOMENT EST VENU DE LANCER SA TOQUE. JE COMPTE JUSQU'À TROIS. 1… 2… 3… »

Sam jeta la sienne et Ant, sa couronne.

— FÉLICITATIONS À LA PROMOTION 2007 DE HOMOLOGUE HIGH !

— On y est arrivés, lança Sam.

— On y est arrivés ! hurla Ant.

Le DJ passa « Everybody's Free (To Wear Sunscreen) », un titre original de Baz Luhrmann psalmodiant, sur fond musical, le texte d'un discours de remise de diplômes, attribué à Kurt Vonnegut, qui n'était en réalité pas de Kurt Vonnegut, mais de Mary Schmich, une chroniqueuse du *Chicago Tribune*. Ignorant ces questions d'auteur, Sam et Ant apprécièrent la chanson, appuyés sur la rambarde du toit-terrasse, et se tordant le cou pour essayer d'apercevoir l'océan argenté du haut d'Abbot Kinney.

— Tu sais ce qu'il y a de drôle dans tout ça ? lança Ant. C'est que j'ai littéralement manqué ma dernière année pour faire *Homologue High*.

— Idem, dit Sam. Sauf que moi, c'était pour *Ichigo*.

La soirée se termina vers 2 h 30 du matin, ce qui est tard pour L.A., la ville qui dort. Sam mit les traînards dehors, ferma tout à clé et prit sa voiture pour rentrer chez lui. Il passa devant chez Sadie, comme presque chaque jour en sortant du travail. Cela ne lui faisait faire qu'un petit détour. Il repéra une lumière allumée au deuxième étage, dans la chambre d'amis qui était sans doute devenue celle du bébé. Il s'imaginait souvent descendre de voiture et aller jusqu'à la porte, mais ça n'arrivait jamais. Ce soir-là, il décida de se garer devant chez elle et de lui envoyer un texto.

On t'a regrettée à la soirée. Tu imagines, moi, Sam Masur, le misanthrope, qui organise une fête ? Les gens ont eu l'air de bien s'amuser.

Elle ne répondit pas. Il en envoya un second.

J'envisage de produire un nouveau jeu. Ça te tenterait ? Un truc à mi-chemin entre Ichigo *et* Dead Sea. *Je peux déposer le dossier chez toi ? Je pense que Marx aurait voulu le faire, lui aussi.*

Sam, répondit-elle aussitôt. *Je ne peux pas.*

. . .

.

Le jour où Sam rencontra les Worth, il pleuvait.

Son assistant l'informa que le couple se trouvait à l'accueil et Sam lui répondit qu'il venait les chercher.

— Merci d'être revenus, commença-t-il. Toutes mes excuses pour avoir mis tant de temps à vous répondre. Votre rendez-vous avez Marx remonte à près d'un an et demi, je crois ?

— J'ai l'impression que ça fait plus longtemps, répondit Adam Worth.

— Ou que c'était hier, enchaîna Charlotte.

Sam remarqua la facilité avec laquelle chacun finissait les phrases de l'autre, et regretta l'époque où il était membre d'une équipe.

Une fois dans son bureau, il tendit le dossier à Adam.

— Ceci vous appartient. Pardonnez-moi de l'avoir gardé si longtemps. C'est du bon travail. Je l'ai déjà feuilleté plusieurs fois et…

— Nous avons d'autres idées, si celle-ci ne vous plaît pas, l'interrompit Charlotte.

— Non, elle me plaît, mais je ne suis pas sûr de l'avoir bien comprise. Alors, dites-moi, comment envisagez-vous les choses ?

6

Cinq cent trois jours après que Marx s'était fait tirer dessus, Charlotte et Adam Worth commencèrent à travailler sur *Nos jours sans fin*.

La veille au soir, pour préparer leur arrivée, Sam avait vidé le bureau de Sadie et mis toutes ses affaires personnelles dans le sien. Un assistant devait déposer les cartons chez elle dans l'après-midi. Et une fois cela fait, la société Unfair Games serait officiellement privée de ses deux associés.

Sam rejoignit les Worth afin de s'assurer qu'ils étaient bien installés. Adam n'était pas là, mais Charlotte était assise à son bureau. Un jeu était ouvert sur son ordinateur portable.

— Je cherche une source particulière dans *L'Expansion écossaise*, lui expliqua-t-elle. Sadie a une super technique pour rendre l'aspect du sang. Je me fais peut-être des idées, mais il me semble que ses personnages ont un sang de couleurs et même de viscosités différentes. C'est un détail, cette idée que le sang peut présenter une singularité, mais ça m'obsède.

— Je n'y ai pas encore joué, reconnut Sam.

— Sérieux ? lança Charlotte. Ben, il est génial. Bien plus gore que le premier. La scène du massacre au théâtre est une des plus sanglantes et palpitantes que j'aie jamais vue dans un jeu.

— Oui, j'ai lu une critique là-dessus, dit Sam en s'apprêtant à retourner dans ses quartiers. Je te laisse te remettre au travail.

— Attends, le retint-elle. Si tu n'y as pas encore joué, alors tu as raté ça. Donne-moi une minute. C'est un Easter egg[1]. Du moins, je crois.

— Elle déteste les Easter eggs, commenta-t-il.

Sadie trouvait qu'ils nuisaient à la vraisemblance du jeu.

— T'es contre les spoilers ?

— Non, répondit Sam.

Il n'estimait pas possible de *spoiler* un jeu. Le but importait moins que les moyens de l'atteindre. Il connaissait déjà l'intrigue de *L'Expansion écossaise* : des acteurs londoniens sont butés les uns après les autres, et il faut diriger la troupe de théâtre tout en débusquant le mystérieux assassin.

— Très bien, le voilà ! annonça Charlotte en tournant l'écran vers lui. Après la scène du massacre au théâtre, l'acteur qui joue Macbeth est assassiné. Tu es le directeur et tu dois prendre une décision : soit poursuivre les représentations comme prévu, soit les annuler. Alors, le jeu t'avertit que les spectateurs ne seront pas nombreux, mais le meilleur choix reste encore de maintenir

1. Dans le jargon informatique, l'Easter egg est une fonction cachée dans un programme, que le joueur active grâce à un mot-clé ou à une certaine combinaison de clics.

la représentation programmée, non ? *Show must go on.* À ce moment-là, tu peux choisir entre trois options : (1) l'acteur avec son air d'« ouvrier » qui joue Banquo et était la doublure de Macbeth, (2) Richard Burbage « qui réclame de plus en plus d'argent et souffre peut-être de la peste », (3) un acteur inconnu au bataillon, venu d'une compagnie de théâtre ambulant dont on ne sait rien non plus.

— La première option paraît la plus indiquée, dit Sam. C'est lui qui connaît le mieux la pièce et, de toute façon, personne n'ira au théâtre le lendemain d'un massacre. Mais je trouve les options 2 et 3 plus amusantes.

— Ben moi, comme je suis une maniaque, j'ai testé les trois. L'Easter egg se cache derrière le numéro 3. Quand tu joues une partie, tu peux regarder toute la séquence animée ou la sauter, dans la mesure où il ne s'agit que d'une variation de la scène coupée visionnée un peu plus tôt. Mais hé, la designer Sadie Green y a placé un petit truc, alors que dirais-tu d'en voir un extrait ?

Elle cliqua sur le chiffre 3 à l'écran.

Sur scène, au cœur de l'Angleterre élisabéthaine blanche, un bel Asiatique se présente comme Macbeth. Il vient d'apprendre la mort de sa femme et se lance dans le monologue le plus célèbre de la pièce : « Demain, et demain, et demain. »

Des années auparavant, quand ils avaient discuté du nom qu'ils donneraient à leur nouvelle boîte, Marx avait proposé de l'appeler Games de Demain, et Sam et Sadie avaient aussitôt rejeté cette proposition, l'estimant « trop molle ». Marx leur avait alors expliqué qu'il s'agissait d'une référence à son passage préféré de *Macbeth* et que ça n'avait rien de mou.

— Tu n'aurais pas une idée qui ne viendrait pas de Shakespeare ? lui avait demandé Sadie.

Pour plaider sa cause, Marx avait sauté sur la chaise de la cuisine et leur avait récité la tirade qu'il connaissait par cœur :

Demain, demain, demain,
se glisse ainsi à petits pas d'un jour à l'autre,
jusqu'à la dernière syllabe du temps inscrit ;
et tous nos hier n'ont travaillé, les imbéciles,
qu'à nous abréger le chemin de la mort poudreuse.
Éteins-toi, éteins-toi, court flambeau :
la vie n'est qu'une ombre qui marche ; elle ressemble à un comédien
qui se pavane et s'agite sur le théâtre une heure ;
après quoi il n'en est plus question ; c'est un conte
raconté par un idiot avec beaucoup de bruit et de fureur,
et qui ne signifie rien[1].

— C'est lugubre, commenta Sadie.

— À quoi bon monter une société de jeux vidéo ? Autant en finir tout de suite, plaisanta Sam.

— Et d'ailleurs, quel rapport avec les jeux ? s'enquit Sadie.

— C'est pourtant évident, déclara Marx.

Ses deux amis ne voyaient pas du tout en quoi.

— Qu'est-ce qu'un jeu ? C'est un demain, puis un autre, et encore un autre. Demain, et demain, et demain. La possibilité sans cesse renouvelée d'une renaissance,

1. William Shakespeare, *Macbeth*, acte V, scène 5.

d'une infinie rédemption. L'idée qu'en continuant à jouer, on peut remporter la partie. Aucune défaite n'est éternelle, parce que rien ne l'est jamais.

— Bien essayé, beau gosse, lâcha Sadie. Au suivant.

Sam regarda la séquence animée jusqu'à la fin. Il remercia Charlotte de la lui avoir montrée, retourna dans son bureau et ferma la porte derrière lui.

Juste après son départ, Charlotte commença à paniquer : aurait-elle mieux fait d'éviter d'attirer l'attention de Mazer sur l'Easter egg ? Elle avait voulu revenir sur cette expérience qu'ils avaient vécue tous les deux. Même si c'était sans commune mesure avec ce que ça avait dû représenter pour Mazer, Charlotte et Adam avaient été traumatisés par la mort de Marx et elle avait trouvé une forme de réconfort à voir apparaître le défunt dans *L'Expansion écossaise*. Et il fallait reconnaître qu'elle avait aussi voulu se faire un peu mousser devant son nouveau patron. Qu'il voie à quel point elle s'y connaissait en jeux et qu'il ne s'était pas trompé en décidant de produire *Nos jours sans fin*.

Qu'est-ce qui lui était donc passé par la tête ? Bien sûr que c'était inapproprié. Elle le connaissait à peine. C'était leur premier jour. Son mari lui reprochait souvent de se montrer trop familière avec les inconnus.

Quand Adam revint, Charlotte était affalée sur son bureau.

— Qu'est-ce qui s'est passé ? demanda-t-il.

— Je suis trop bête, répondit-elle avant de lui expliquer la situation.

— C'était peut-être malvenu, convint-il. Mais il a fini par te remercier, non ?

— Oui, mais il n'a rien dit de plus. Il voulait sans doute être poli.

Adam y réfléchit.

— Non, j'ai pas l'impression que la politesse fasse partie de ses qualités.

Assis à son bureau, Sam ne parvenait pas vraiment à identifier le sentiment que lui avait suscité l'apparition de Marx dans le jeu de Sadie. Ce n'était ni de la peine ni de la tristesse, pas plus que du bonheur ou de la nostalgie, du manque ou de l'amour. Ce qui le touchait le plus, c'était le son de la voix de Sadie, pure et claire, qui lui avait parlé à travers un jeu, à travers l'espace et le temps. Les autres, comme Charlotte Worth, avaient peut-être reconnu Marx dans la séquence, mais Sadie s'adressait à Sam. Après un long silence, sa voix s'élevait à nouveau et il sut alors qu'il ressentait en réalité de l'espoir.

Une caisse ouverte contenait les jeux préférés de Sadie, ceux qu'elle avait posés sur son étagère. Celui qui se trouvait en haut de la pile était une édition de *The Oregon Trail* datant des années 1990. Sam décida d'y jouer.

Il se perdit dans les problèmes mineurs de l'univers du Far West. Combien de wagons ? Combien de tenues ? Fallait-il attendre que la rivière se calme ou la traverser en rafting ? Tirer sur le bison pour sa viande en sachant que la plus grosse partie allait pourrir ? Combien de temps mettait-on à guérir d'une morsure de serpent à sonnettes ? Que se passait-il quand on arrivait dans l'Oregon ?

Il était facile de se rappeler les raisons pour lesquelles ce jeu simple les avait tant absorbés dans leur enfance. Ils avaient passé de nombreux après-midi côte à côte, sur son lit d'hôpital, à partager une idée, à prendre des décisions ensemble, à se passer l'ordinateur portable de 7 kg.

Ça aurait été encore mieux, pensa Sam, *si ce jeu n'avait pas été conçu pour un seul joueur.*

— Hé, Sadie, lança-t-il dans la pièce vide, et si on faisait d'*Oregon Trail* un monde ouvert JDRMM ?

J'y jouerais, répondit une Sadie imaginaire. *Mais tu veux* Oregon Trail *ou une version steampunk de*s Sims, *ou d'*Animal Crossing *ou d'*EverQuest *sur fond de Far West ?*

Sam hocha la tête.

Fais simple, ajouta-t-elle. *Ça t'a toujours réussi. C'est moi qui complique trop les jeux tout le temps. Tu pourrais peut-être même te servir des moteurs de* Mapleworld. *Pourquoi t'en priver ? Il y a sans doute moyen d'en tirer encore un ou deux jeux avant qu'ils ne deviennent complètement obsolètes.*

— Je vais prendre des notes.

Au cours des deux années passées, Sam n'avait quasiment fait aucun travail créatif. Il n'avait encore jamais réalisé de jeu sans son amie. Bien qu'il ait dû accepter ses arguments pour bosser seule, il n'avait jamais voulu se lancer dans un jeu sans elle.

Il verrouilla la porte de son bureau, sortit un carnet à dessin et tailla son crayon.

— Comment ça commence ? demanda-t-il, la main tremblante.

Il n'avait pas posé la main sur une feuille de papier depuis si longtemps.

Un train arrive, dit-elle.

— Ça m'avait manqué, murmura-t-il.

Un voyageur en descend. Une fine couche de givre recouvre la terre et le sol crisse sous ses bottes. Regarde de plus près : est-ce de l'herbe qui pointe sous la glace ? Serait-ce la corolle blanche d'un crocus ? Oui, le printemps approche. Un texte encadré apparaît à l'écran : Bienvenue, Étranger.

IX

PIONNIERS

COLON REPÉRÉ AU NORD DES TERRES DE BROUILLARD

L'Étrangère arriva au début du printemps, alors que le sol prenait une consistance de silicium cristallin sous la neige fondue. Ses cheveux d'encre étaient tressés et elle portait des lunettes rondes avec une monture argentée qui avaient l'air d'être celles de quelqu'un d'autre. Toute vêtue de noir, l'Étrangère avait un manteau en velours habilement confectionné qui, de loin, parvenait presque à masquer sa grossesse.

En réponse aux questions du Rédacteur en chef du *Friendship Mirror*, l'Étrangère révéla s'appeler Emily B. Marks. Friendship était une ville de pseudonymes donc personne n'en présuma pour autant qu'il s'agissait là de son nom de naissance.

Le Rédacteur en chef lui tendit la main.

— Quand votre époux vous rejoindra-t-il, madame Marks ? lui demanda-t-il en jetant un regard appuyé au ventre arrondi d'Emily.

— C'est Mlle Marks. Je suis seule et compte bien le rester.

— Je vous avertis : une jeune personne avenante comme vous ne manquera jamais de compagnie dans ces contrées. La vie est bien difficile par ici et même les plus solitaires d'entre nous trouvent certains avantages à la vie de couple. Si vous me permettez de vous poser la question, où séjournerez-vous ?

Elle lui répondit qu'elle avait choisi un lopin de terre à la pointe nord-ouest de Friendship.

— On m'a dit que c'est situé au sommet d'une haute falaise, en bord de mer.

— Les hauteurs des Terres de brouillard ? J'espère que vous aimez les pierres ! D'aussi loin que je me souvienne, personne n'a jamais exploité de ferme dans ce coin-là, précisa le Rédacteur en chef. Et les seules personnes qui habitent aux alentours sont… (Il fouilla dans sa mémoire.) Alabaster Brown, la personne qui s'occupe des vignes et qui s'est mariée une douzaine de…

— Les ragots de la ville ne m'intéressent pas, l'interrompit-elle.

Passe.

— Si vous changez d'avis, n'oubliez surtout pas de jeter un œil au panneau d'affichage de la ville avant de partir. Vous y trouverez les derniers événements survenus à Friendship. (Le Rédacteur en chef montra une cahute où étaient présentées les dernières nouvelles de la communauté ainsi que des offres en tout genre.) J'y accrocherai le compte rendu de votre arrivée dès que notre conversation sera terminée.

— Est-il possible, commença Emily, de s'opposer à une telle annonce ?

La question parut trop difficile au journaliste, il l'ignora.

— Même le vignoble d'Alabaster Brown se situe plus près de la ville que votre parcelle. À votre place, mademoiselle, je me trouverais un endroit moins isolé, si l'occasion se présente. La Vallée Verdoyante serait sans aucun doute plus appropriée pour élever un…

Passe.

Emily demanda la direction des écuries pour prendre un cheval.

Le Rédacteur en chef la lui indiqua et la jeune femme avait déjà parcouru la moitié du chemin quand il l'arrêta à nouveau.

— Tenez, lui dit-il. (Comme par magie, il lui tendit la moitié d'une baguette tartinée d'une sauce rouge et saupoudrée d'un fromage râpé bien gras.) Un cadeau, pour vous aider à démarrer.

— C'est très généreux de votre part. Qu'est-ce que c'est ?

— Je l'appelle le panem et caseum morsu. C'est tiré d'un plat que mes grands-parents préparaient souvent dans l'ancien…

Passe.

Le temps qu'Emily ajoute ce présent à son inventaire, le Rédacteur en chef avait disparu.

UNE FEMME DU COIN OFFRE DES PIERRES EN CADEAU

Elle avait choisi les hauteurs des Terres de brouillard pour leur côté enclavé, mais elle n'avait pas imaginé que ce terrain serait aussi éloigné et inhospitalier. Le climat y était humide et froid, les sols saumâtres, et le brouillard permanent bloquait presque tout le temps les rayons du soleil. Elle consacrait ses journées à assurer sa survie : acheter des graines chez le marchand, ensemencer ses terres très escarpées, arroser les cultures, sans compter les trajets interminables sur Pixel, sa jument bleu azur, pour aller en ville et en revenir.

De temps à autre, elle tombait sur quelque résident qui, même s'il ne la connaissait pas, lui offrait toujours de modestes présents : un navet ou un morceau de fromage. Le don occupait une place importante dans la culture de Friendship, et elle avait honte de ne pas leur rendre la pareille. Elle commença alors à leur donner des pierres, seule denrée que sa ferme produisait en abondance.

La première fois qu'elle parvint à faire pousser une carotte, elle faillit en pleurer. Elle la gratta, la passa sous l'eau et la posa sur une assiette blanche. Elle s'assit sur les marches de son perron pour la contempler et regarder les premières lucioles de l'été. Au lieu de manger ce légume qui lui semblait trop précieux, elle écrivit un poème sous le coup de l'émotion.

En certaines saisons,
Nous pouvons plus nous nourrir
De l'idée de la carotte
Que de la carotte elle-même.

Hélas, à quoi bon rédiger un poème s'il n'y a personne avec qui le partager ? Elle décida de partir en pèlerinage chez son plus proche voisin. Alabaster Brown n'était pas chez ellui ; alors elle laissa le poème sous une pierre avec le mot d'usage : *Cadeau de Votre Voisine, Mlle Emily B. Marks, La Ferme Myre.*

Quelques jours plus tard, une personne en salopette avec des yeux et des cheveux couleur lilas lui rendit visite :

— Mmh, une pierre, commença Alabaster Brown. J'avais entendu dire qu'une femme à lunettes distribuait ses cailloux en guise de cadeau. Il n'y en a pas beaucoup ici qui ont le culot de n'offrir qu'un pauvre caillou. Je l'ajouterai avec bonheur à ma collection. Mais je vous préviens, mademoiselle Marks, si vous pensez me séduire avec vos pierres, j'ai déjà été marié·e douze fois et j'ai bien l'intention de m'arrêter là.

— Je ne cours pas après un tel arrangement, répondit Emily. Mais votre ferme est la plus proche de la mienne, donc j'espérais que nous pourrions devenir amis.

— Grand bien vous fasse. Cette ville n'a de cesse de vouloir former des couples. J'en ai assez de ces regroupements de propriétés qui finissent inévitablement par des fractionnements. Et dans ces transactions, on se retrouve toujours avec moins que ce qu'on avait au départ. (Alabaster plongea ses mains dans ses poches et cracha par terre.) Et maintenant, vous allez me servir un verre de vin, nous allons aussi fumer une cigarette et vous pourrez me raconter votre vie.

— Je suis enceinte, déclara Emily.

— Si vous n'y voyez pas d'inconvénient, attendez que nous soyons servi·e·s avant de commencer.

— Ce que je voulais dire, c'est qu'en général, les femmes enceintes ne boivent pas et ne fument pas.

— De là où vous venez, sans doute. Vous vous rendrez compte très vite qu'ici, rien n'affecte vraiment personne. Faites en sorte d'avoir assez de cœurs pour finir votre journée, voilà qui suffira à assurer votre survie.

— À quoi bon boire et fumer si ça ne vous apporte rien ? demanda Emily.

— Vous seriez pas du genre pénible ? Comme ma septième épouse. Une plouc, esclave de la réalité, répondit Alabaster. Je suppose que nous buvons et fumons pour les mêmes raisons qu'ailleurs. Il faut bien que nous occupions nos interminables journées à quelque chose.

Avant de se séparer, Emily lui avoua que ce n'était pas la pierre, son cadeau.

— C'était le poème, glissé sous la pierre.

— Un poème, répéta-t-iel en riant. Je me demandais ce que c'était. J'ai pensé qu'il s'agissait d'une publicité pour les carottes. Plusieurs de mes femmes ont signalé mon handicap émotionnel. J'espère que ce ne sera pas un obstacle à notre amitié.

LIBRAIRIE PROPOSANT DES CARTES ET DES JEUX

Alabaster Brown, malgré toutes ses excentricités, comptait parmi les rares personnes avec lesquelles Emily se sentait capable d'avoir une conversation, et ils se rendaient fréquemment visite.

— J'ai l'impression de ne pas être faite pour cette vie, confessa Emily. J'ai consacré des mois à ne faire pousser qu'une seule carotte et il ne me reste plus de temps pour lire. Tout ne se réduit pas à cultiver la terre, si ?

— Rien ne vous oblige à avoir une ferme, commenta Alabaster.

— Ah oui, vraiment ?

— Tout le monde en possède une, ici, et on a tous débuté comme fermier. Nous avons des produits du terroir à profusion, à Friendship. Et si vous ouvriez plutôt une boutique en ville ? Trouvez-vous un marché de niche et faites commerce de ce dont vous avez besoin. C'est comme ça que je me suis lancé·e dans le vin. Personne ici ne se préoccupe de ce que vous avez fait auparavant. Vous pouvez devenir ce que vous voulez.

— À condition que ce soit fermier ou commerçant, dit Emily.

Elle était enceinte de cinq mois quand elle prit la décision d'ouvrir une librairie. Il n'y en avait pas à Friendship et cela lui permettrait de lire davantage et de moins travailler à la ferme. Elle vendit tout son matériel agricole pour la moitié de sa valeur et loua les terres qu'elle n'utilisait pas à Alabaster. Une grande partie de l'or qui lui resta fut investi dans la construction d'un petit bâtiment en ville. Elle nomma son magasin : Livres Friendship.

Le Rédacteur en chef du *Friendship Mirror* interviewa Emily à l'occasion de l'ouverture de sa nouvelle boutique :

— Nos lecteurs aimeraient bien savoir ce qui vous a amenée à ouvrir… (le Rédacteur en chef chercha dans ses souvenirs) une librairie, c'est ça ?

— Je suis poétesse à mes heures et une boulimique de fictions.

— Oui, bien sûr, répliqua-t-il, mais quel rapport avec la vie quotidienne et les galères des habitants de Friendship ?

— Je pense que les mondes virtuels peuvent aider les gens à résoudre les problèmes qu'ils rencontrent dans la réalité.

— Qu'entendez-vous par « virtuel » ?

— Ce qui semble vrai. Comme vous.

— Votre propos est bien énigmatique.

À son sixième mois de grossesse, Emily comprit les raisons pour lesquelles Friendship n'avait pas de librairie : les lecteurs y étaient rares. Entre les exigences de la ferme et la coutume des cadeaux, il ne restait pas beaucoup de temps libre aux habitants, et le peu dont ils disposaient, ils ne souhaitaient pas le consacrer à lire *Walden* à la lueur d'une bougie.

À son septième mois, Emily était à deux doigts de fermer boutique – elle n'était pas animée du zèle missionnaire nécessaire pour convertir les gens en lecteurs – et peut-être même de quitter Friendship définitivement. Ce fut Alabaster qui lui suggéra alors de développer son commerce en vendant des cartes de vœux.

— En plus des livres, évidemment, dit-iel.

— Est-ce que ça changerait quelque chose ? demanda Emily. Les gens aiment-ils les cartes de vœux ?

— Je crois, oui. Avec toutes les têtes de nœuds à remercier et les anniversaires à fêter.

Puis Alabaster ajouta, comme si l'idée lui était venue après coup :

— Vous pourriez vendre des jeux. Lire, c'est une corvée. Mais il paraît que les loisirs rapportent gros.

Emily changea le nom de son magasin en Livres Friendship, Papeterie & Jeux, et commença à s'approvisionner en conséquence. Les jeux de société et les cartes de vœux s'avérèrent un peu plus populaires que les livres. Emily plafonnait à deux cœurs : elle gagnait au moins sa vie.

Un soir, Alabaster trouva Emily évanouie sur les marches de son perron. Iel la réanima.

— C'est le bébé ? demanda-t-iel.

Elle secoua la tête sans pouvoir répondre.

— Je crains que vous ne vous nourrissiez pas assez. Je vois bien que vous avez laissé décroître le nombre de vos cœurs. (Iel prit une cannette de PionnierAde dans son stock et la lui tendit.) Buvez.

— J'éprouve une douleur qui n'existe que dans ma tête, dit-elle une fois qu'elle eut recouvré un peu de vitalité. Depuis que je suis toute petite. Mais quand elle survient, elle m'invalide complètement, et me convainc que je ne peux continuer.

Alabaster l'examina.

— Je crois que cela vient de vos lunettes. Elles sont bien trop petites pour votre visage. Vous devriez consulter l'optométriste.

— Y en a-t-il un à Friendship ?

— Oui, c'est la Dr Dédale et son cabinet se trouve à quelques portes de celle de votre magasin. Je suis surpris que vous ne l'ayez encore jamais remarqué.

NOUVELLE OPTOMÉTRISTE ACCEPTE TRANSACTION INTÉRESSANTE

Dans la matinée, Emily passa voir la Dr Edna Dédale, dont le cabinet se trouvait en effet à trois portes de sa librairie. La médecin était occupée avec un patient alors Emily en profita pour examiner l'endroit. En plus des lunettes, son cabinet proposait une variété d'objets en verre aux couleurs vives : des figurines fantaisie et de la verrerie plus ordinaire. Emily s'empara d'un cheval miniature en cristal pour l'observer de plus près.

— Hiii.

Ce hennissement la fit sursauter avant qu'elle ne comprenne qu'il provenait de la docteure.

— Vous lui plaisez, dit la Dr Dédale.

— Madame, ce bibelot présente une ressemblance troublante avec ma jument, Pixel, lui confia Emily. Sa robe a exactement la même teinte bleu ciel.

— *C'est* votre jument, même si elle ne m'a jamais révélé son nom. Elle passe sa journée à vous attendre devant votre boutique. Votre jument et moi sommes plutôt bonnes amies.

— Elle s'appelle Pixel.

— Pixle, vous dites ? P-I-X-L-E ?

— Non, P-I-X-E-L. Vous êtes une artiste, docteure Dédale, répliqua Emily en reposant soigneusement l'objet dans la ménagerie.

— Ça me distrait. Bien sûr, ma principale activité est de fabriquer des verres optiques. Je présume que c'est ce qui vous amène.

Emily dévisagea son interlocutrice. Elles portaient toutes les deux la même tenue, typique des commerçants de Friendship : jupe noire, chemise blanche et cravate noire. La Dr Dédale était plus petite qu'Emily, et sa peau plus pâle tirait sur le vert-de-gris. Ses cheveux bouclés étaient d'un noir bleuté semblable à ceux des personnages de bandes dessinées et ses grands yeux ronds, comme ses lunettes, avaient une couleur émeraude. *Pour la dessiner*, pensa Emily, *il faudrait faire tout un tas de cercles*.

— Vos yeux me rappellent quelqu'un que j'ai connu, lui fit remarquer Emily. D'où venez-vous ?

— N'est-ce pas la question qu'on ne doit jamais poser par ici ?

— Je m'égare ! Bien sûr, nous sommes toutes deux nées le jour de notre arrivée à Friendship !

La Dr Dédale conduisit Emily dans l'arrière-boutique où elle lui demanda de lire le tableau optométrique avant de lui faire un fond d'œil à l'aide d'une petite lampe torche.

— Puis-je savoir d'où vient le nom de votre jument ? C'est la première fois que je l'entends.

— Il s'agit d'un mot-valise, de ma propre invention. Une contraction des termes « *pixie*[1] » et « *axle*[2] ».

— Pixel, répéta-t-elle. Comme c'est intelligent. Je croyais que ça renvoyait à une image minuscule.

— J'ai inventé le mot, lui rappela Emily. Mais vous pouvez lui donner un deuxième sens si vous voulez.

---

1. *Pixie* signifie « lutin » ou « fée malicieuse ».
2. *Axle* veut dire « essieu ».

— Merci, répondit la médecin. Récapitulons. Pixel. Première définition : Nom commun. Animal au pas rapide. Deuxième définition : Nom commun aussi. La plus petite partie d'une image sur un écran.

— C'est quoi, un écran ? s'enquit Emily.

— Un terme de mon invention pour désigner l'unité de longueur d'un terrain. Très utile, j'espère donc le faire entrer dans le langage courant. Par exemple, votre maison sur les hauteurs des Terres de brouillard se trouve à trois écrans de celle d'Alabaster.

Emily et elle échangèrent un sourire, comme si elles partageaient un secret.

Et c'était le cas. Ce secret résidait dans le plaisir de se découvrir une langue maternelle commune.

— Alabaster et vous êtes des camarades ?

— En quelque sorte, répondit la Dr Dédale. On ne vous a pas prescrit la bonne correction. Je me demande même si ces verres vous étaient destinés. On dirait qu'ils ont été fabriqués à partir d'un choix esthétique préétabli et on ne devrait pas porter de verres comme ça. Même à supposer que la vision d'une femme change au cours de sa grossesse, vous aurez besoin d'une nouvelle paire. (Elle marqua un temps.) Vous êtes enceinte, n'est-ce pas ?

— Non, dit Emily. Qu'est-ce qui vous fait dire ça ?

— Toutes mes excuses, alors. Je n'aurais pas dû me laisser aller à des conjectures.

Emily éclata de rire.

— Je suis en effet enceinte de huit mois. Si tant est que ça veuille dire quelque chose à Friendship.

— La notion du temps diffère-t-elle ici ?

— Je pense que vous savez que oui.

— Accordez-moi quelques jours…

— Sans oublier ce que sont les jours dans ce monde.

— Accordez-moi quelques jours pour vous fabriquer une nouvelle paire de lunettes. Vous verrez tous les pixels en un rien de temps.

— Est-ce que ce mot s'emploie dans ce sens ?

— Je le crois. Ici, voir tous les pixels signifie avoir une bonne vue.

— Cela constitue donc une troisième définition. Combien vous dois-je ?

— Peut-être peut-on convenir d'un troc ? dit la Dr Dédale. D'après votre enseigne, vous vendez aussi des jeux. Ça fait un moment que je cherche un jeu de go. On dit parfois que c'est l'équivalent chinois du jeu d'échecs. J'y jouais enfant avec ma nounou, et j'aimerais y rejouer. Vous le connaissez ?

Emily en avait entendu parler, mais n'y avait encore jamais joué, ni vu d'exemplaire proposé à la vente.

— Je vais voir ce que je peux faire pour vous en trouver un. Ce sera une recherche annexe intéressante pour moi. Cela prendra peut-être plusieurs semaines, si ce délai ne vous pose pas de problème.

— Que sont les semaines dans ce monde ?

Emily passa par ses canaux habituels et ne trouva pas de jeu de go, mais un livre intitulé *Jeux anciens drôles et divertissants*, qui reprenait les règles élémentaires du go : un plateau quadrillé 19 lignes horizontales par 19 lignes verticales, et 361 pierres (181 noires et 180 blanches). Emily fabriqua elle-même un plateau à partir du bois d'un séquoia qu'elle avait abattu. Elle y ajouta un tiroir secret pour ranger les pièces, puis elle sculpta sur les côtés un motif sophistiqué de paires de lunettes avec le nom de la Dr Dédale.

Lorsqu'elle retourna chez l'optométriste, la médecin n'était pas occupée avec un patient, mais à travailler sur une sculpture en verre de forme encore indéterminée. Contre toute attente, Emily se sentit désarmée au moment de lui présenter sa propre création.

— Si vous n'y voyez pas d'inconvénient, j'ai pensé que vous pourriez fabriquer les pièces en verre.

La Dr Dédale interrompit sa tâche pour examiner le plateau.

— Il est très beau. Personne n'en possédera de pareil et votre proposition m'intrigue. Et si je fabriquais les pièces sombres en verre et les claires en pierre ? On m'a dit que vos terres en regorgeaient.

Emily accepta d'en ramasser et la médecin lui tendit la main.

— Dans ce cas, marché conclu.

— C'est un marché inéquitable, docteure, s'excusa Emily. Je crains de vous avoir imposé la partie la plus lourde du travail.

— Il n'y a pas de marché parfait, et je me réjouis d'avance de cette distraction.

— Puis-je vous demander ce que vous fabriquez ? s'enquit Emily. Ça ne ressemble pas à des lunettes.

— Un prix qui récompensera la personne la plus charitable de Friendship.

— Sur quels critères sera-t-elle choisie ?

— Je crois que ça a quelque chose à voir avec le nombre de cadeaux qu'on a offerts.

— Quel endroit, soupira Emily en secouant la tête. Ces échanges de cadeaux me paraissaient suspects.

Depuis le début, je me dis que ça cache autre chose.

— Quel cynisme, mademoiselle Marks ! Pensez-vous vraiment que la promesse d'une babiole en verre suffise à susciter la charité de quelqu'un ? (Elle termina sa sculpture.) Loin de moi l'idée de déprécier mes talents, mais je trouve cette motivation bien dérisoire. (Elle lui tendit le cœur.) Il est encore chaud.

Pour des raisons qu'Emily n'aurait su expliquer, cet objet en cristal l'émut profondément et elle en aurait presque pleuré. Cette nuit-là, elle écrivit un poème.

Ô cœur de cristal,
Battement syncopal :
Tant de beauté
Ne peut demeurer
Sans effet

Le lendemain matin, elle déposa le poème sous un sac de pierres, sur le perron du cabinet de la Dr Dédale.

DOCTEURE CHERCHE JOUEUR

Au cours de son neuvième mois de grossesse, Emily tomba sur une annonce, placardée sur le tableau de Friendship :

> Docteure cherche Joueur, personne vive d'esprit, pour faire des parties du jeu de stratégie de go. Vous apprendrai les règles, si nécessaire. Veuillez vous présenter chez moi dans la Vallée Verdoyante, les mardis soir, à 20 heures.

Le mardi soir, Emily chevaucha Pixel jusqu'à la Vallée Verdoyante. En théorie, monter à cheval aurait dû la mettre en difficulté. Un jour, elle avait lu qu'il était déconseillé aux femmes enceintes de le faire, mais elle était convaincue que ce genre de règle ne s'appliquait pas à son cas particulier.

À son arrivée, la Dr Dédale attendait sur le pas de sa porte.

— Bienvenue, Étrangère, lança-t-elle.

La docteure ne semblait pas surprise de la voir, ni même de ce que personne d'autre n'ait répondu à son annonce.

Sa maison était de style espagnol, avec un toit de tuiles rouges. Un bougainvillier grimpait le long de la façade, et deux palmiers maigrichons encadraient l'entrée.

— Votre maison et la flore alentour ne sont pas typiques de notre région, lui fit remarquer Emily.

La docteure l'invita à entrer dans sa bibliothèque, dont les murs étaient tapissés d'un papier-peint à motifs de vagues orientales. Elle lui servit une tasse de thé avant de lui expliquer le jeu de go.

— Les règles sont simples. Il faut cerner les pierres de votre adversaire avec les vôtres. Mais cette simplicité apparente recèle une complexité infinie, voilà pourquoi ce jeu rencontre autant de succès auprès des mathématiciens et des programmeurs.

La Dr Dédale donna les pierres blanches à Emily et prit les noires.

— Qu'est-ce qu'un programmeur ? demanda Emily.

— C'est le devin du champ des possibles et le prophète des mondes invisibles.

— Oh, là, là ! C'est ce qui occupe les gens, là d'où vous venez ?

— Oui, je descends d'un peuple superstitieux. (La docteure marqua une pause.) Mais tout ça n'a rien à voir avec mon intérêt pour le jeu de go. Dans le temps, je faisais des mathématiques en dilettante, même si je n'étais pas très douée.

Emily perdit la première partie, la deuxième et la troisième, même si elle se rapprochait chaque fois un peu plus de la victoire.

— Je ferais mieux de rentrer aux Terres de brouillard à présent, annonça Emily. Je pense avoir suffisamment perdu en une soirée.

— Je vous raccompagne.

— C'est très loin. À environ onze écrans d'ici et la route est un vrai labyrinthe. En fait, je suis venue à cheval.

— N'avez-vous donc pas peur de monter à cheval dans votre état ?

— Pas particulièrement.

— Reviendrez-vous mardi prochain dans ce cas ?

— Si le temps le permet, docteure Dédale. Puis-je vous appeler Edna, ou Ed ? Si nous devons devenir amies, m'adresser à vous en vous appelant « docteure Dédale » me paraît un peu pompeux.

— Je préfère qu'on m'appelle Dédale.

— Ce qui élimine deux syllabes. Je considérerai ça comme une victoire, déclara Emily.

Elles passèrent l'automne puis l'hiver à jouer. Emily ne cessait de progresser et en décembre, pour la première fois, elle battit Dédale.

Son ventre était incroyablement proéminent à ce moment-là et la docteure insistait pour la raccompagner chez elle.

— Qu'est-ce qui amène quelqu'un à élire domicile dans les Terres de brouillard ? lui demanda-t-elle.

— Ça me convient.

— Voici une réponse bien laconique. Je dois reconnaître que vous m'intriguez. C'est naturel de vouloir en savoir plus sur le passé d'une femme qui vient de vous exterminer au jeu de go.

— J'ai découvert que la plus intime des relations s'accompagne d'un grand respect mutuel de la vie privée.

Dédale n'insista pas et elles marchèrent un moment en silence.

— J'ai mené une existence plutôt facile pendant longtemps, commença Emily. Je mentirais en prétendant que j'ai souffert plus que les autres. J'avais un travail qui me plaisait et pour lequel on me trouvait plutôt douée. Mais mon partenaire est mort et je me suis alors mis à détester mon travail et à sombrer dans la déprime. Déprime, le mot est faible : j'étais au fond du trou. Mon grand-père, Fred, que j'adore, a récemment disparu. J'en viens à croire que la vie n'est rien d'autre qu'une série de pertes, et vous avez dû le comprendre à force : je déteste perdre. Je suppose que je suis venue à Friendship pour fuir parce que je ne parvenais plus à rester en place, ni même à vivre dans mon propre corps.

— Qu'entendez-vous par « partenaire » ? S'agit-il d'un mari ou d'une femme ?

— Oui, en quelque sorte.

— Un compagnon ?

— Oui.

Elles passèrent devant un champ où environ une dizaine de bisons américains paissaient derrière une clôture devant laquelle une pancarte avait été placée : NE TIREZ PAS SUR LES BISONS.

— Je n'ai pas souvenir d'avoir déjà remarqué ce champ, dit Emily en s'approchant de l'enclos.

Elle laissa un bison lui renifler la main.

— Je me rappelle qu'enfant, j'étais révoltée de voir tant de bisons morts dans *Oregon Trail*. Les gens les tuent parce qu'ils se déplacent lentement et qu'ils sont faciles à chasser, mais ils laissent pourrir leur viande.

— Oui, répondit Dédale.

— Je trouve parfois que le monde entier est bien cruel et me réjouis que le nôtre protège les bisons.

Emily se retourna pour regarder la docteure, mais comme elles arrivaient presque aux Terres de brouillard, une brume épaisse les encerclait et l'empêchait de bien la distinguer.

— Mademoiselle Marks, j'ai une offre à vous faire.

— Je vous écoute.

— Si ça peut vous aider, je souhaiterais devenir votre compagne. Je suis consciente de n'être qu'un substitut imparfait de la personne que vous avez perdue, bien sûr. Mais nous sommes seules toutes les deux et je crois que nous pourrions nous entraider. Le chagrin peut se partager aussi facilement que les parties de jeu de go. (Elle prit la main d'Emily et mit un genou à terre.) Je voudrais vous faire ma demande. Abandonnez les Terres de brouillard pour la Vallée Verdoyante.

— Dois-je comprendre que vous me demandez en mariage ?

— À quoi bon donner un nom à cette proposition ? répliqua Dédale. Toutefois je lui en trouverais bien un, si vous y tenez.

— Qu'est-ce que ça veut dire, alors ?

— Ça veut dire que je vous propose de faire une très longue partie de go, sans aucune interruption.

Par le passé, Emily n'avait pas voulu se marier pour bien des raisons – dont la conviction que cette institution était conventionnelle et un traquenard pour les femmes. Elle avait déjà décliné deux propositions dans son ancienne vie, mais à ce stade, elle saisissait bien les avantages d'emprunter une voie différente. Elle en discuta avec Alabaster.

— La Vallée Verdoyante est plus fertile, mais beaucoup plus peuplée, lui répondit-iel. Franchement, vous voulez vraiment vous y installer ? Vous passerez votre temps à refuser les navets qu'on vous offrira.

— Je ne suis pas venue discuter des bons côtés de la vie dans la Vallée Verdoyante.

— Qu'est-ce qui vous chiffonne alors ?

— C'est Dédale. Je la connais à peine. Nous avons fait plusieurs parties de go, c'est tout. Elle ne m'autorise même pas à l'appeler par son prénom.

— Ah ! Eh bien, si c'est ce qui vous inquiète, je ne m'en ferai pas trop à votre place. L'essentiel, c'est de trouver quelqu'un avec qui on a envie de jouer. Et dans tous les cas, le mariage est avant tout une affaire pratique. Vous regroupez vos propriétés, et si ça ne marche pas, vous les morcelez. Je suis déjà passé·e par là…

— Douze fois, je sais.

— Et je ne m'en porte pas plus mal.

— Ce n'est pas ce que vous m'avez dit il y a des mois, on dirait bien que vous en prenez le contre-pied. Vous ne cessiez de vous plaindre de l'aspect épuisant du regroupement-dégroupement des terres.

Alabaster haussa les épaules.

— On prend aussi un certain plaisir à réunir les propriétés sinon pourquoi continuerait-on à le faire ? Le mot « plaisir » est peut-être un peu fort. Disons plutôt un certain « intérêt ». Ça fait bouger la carte. (Alabaster lorgna sur le ventre de plus en plus proéminent d'Emily.) Vous en êtes à combien de mois maintenant ?

— Onze, je dirais. Je n'en suis pas certaine. Très bientôt, je pourrai descendre en ville en roulant sur moi-même.

— J'ai l'impression que vous habitez là depuis plus longtemps, et vous étiez déjà enceinte à votre arrivée. Est-il possible que votre bébé attende que vous soyez mariée pour naître ?

— Non, je n'aurais jamais un enfant aussi conformiste.

— Dans ce cas, peut-être qu'on est confronté à une force supérieure à la volonté de votre enfant, et même aux lois biologiques ?

— De quelle force parlez-vous ? demanda Emily.

— L'algorithme. (Alabaster parcourut la pièce du regard, comme si on les espionnait, puis iel baissa d'un ton.) Vous savez, la force invisible, al-Khwarizmi, qui guide nos vies.

— Vous êtes superstitieux·se.

— Peut-être, concéda-t-iel. Et supposons que l'algorithme interdise les enfants hors mariage ?

— Oh, pour l'amour du Ciel. Je n'aurais jamais cru Friendship aussi embourbé dans la morale. Et d'ailleurs, qui a conçu les lois de ce monde ?

Pourtant, cette nuit-là, Emily fit un rêve précis de son enfant pixélisé, prisonnier de son utérus pixélisé. Elle maudit Alabaster de lui avoir fourré des idées aussi provinciales dans le crâne.

Au cours des semaines suivantes, ne souhaitant ni accepter ni décliner la proposition de Dédale, Emily l'évita. Le trajet lui semblait plus long que jamais et compte tenu du poids qu'elle transportait, elle épuisait rapidement ses cœurs.

Lorsque la Dr Dédale se présenta enfin à sa boutique, elle ne fit aucune allusion à sa demande.

— Je vous ai fabriqué quelque chose, Em, déclara-t-elle. J'appelle ça le portail Xyzzy. Cela vous aidera à vous rendre d'un point à l'autre de Friendship.

La docteure avait installé un portail qui reliait la maison d'Emily à sa boutique, lui évitant ainsi tout trajet. Il était peint en vert sauge. Trois points étaient gravés sur le côté :

∵

Emily les examina avec attention.

— Il s'agit du symbole « par conséquent » inversé.

— Disposés ainsi, les points signifient « parce que ». Je sais que ma maison est plus proche de la ville que la vôtre. Si vous acceptez un jour de m'épouser, poursuivit la Dr Dédale, je ne voudrais pas que les convenances personnelles pèsent sur votre décision.

Cette nuit-là, Emily montra le portail à Alabaster. Iel le franchit et réapparut un moment après.

— Ça fonctionne, déclara-t-iel. Je vais avoir besoin d'un remontant. Et allez-y franchement.

Emily servit deux grands verres de vin et ils sortirent sur le perron.

— Eh bien, Emily, cette étrange petite docteure est une romantique, ajouta-t-iel.

— J'imagine, oui.

— Et qu'est-ce que l'amour après tout ? reprit-iel. Sinon le désir irrationnel de renoncer à la compétition évolutionniste pour faciliter la vie sur Terre de quelqu'un d'autre ?

FAIRE-PART DE MARIAGE

Mlle Emily B. Marks et la Dr Edna Dédale ont été mariées par votre dévoué serviteur au cours d'une cérémonie à laquelle ont assisté un petit cercle d'intimes, y compris Pixel, la jument azur, et la personne qui s'occupe des vignes, Alabaster Brown. Mlle Marks avait un bouquet d'une douzaine de fleurs en verre, soufflées par la Dr Dédale. Au milieu de la cérémonie, la neige a commencé à tomber, même si Mlle Marks, enceinte de deux ans maintenant, a prétendu ne pas avoir froid. Au cours des mois précédant leur union, le couple a joué au jeu de go et Mlle Marks a déclaré qu'elles avaient décidé de se marier afin d'éviter d'interrompre leurs parties pour effectuer des navettes d'onze écrans pendant l'hiver.

En guise de cadeau de mariage, la Dr Dédale a créé pour son épouse un labyrinthe végétal de topiaires dans le jardin de sa maison. Quand on l'a interrogée sur ce qui l'avait décidé à offrir pareil présent, la docteure a répondu, énigmatique : « Faire des jeux, c'est imaginer la personne qui va y jouer. »

FAIRE-PART DE NAISSANCE

Emily B. Marks et la Dr Edna Dédale sont fières de vous annoncer l'arrivée de leur fils, Ludus Quintus Marks Dédale. La Dr Dédale a précisé que le garçon était en bonne santé et avait une surface d'environ 17 pixels carrés.

LA DOCTEURE ET SA FEMME SONT HEUREUSES ET S'ENNUIENT

Même après leur mariage et la naissance de leur enfant, Emily et Dédale décidèrent de continuer à vivre chacune dans leur maison. La docteure construisit un portail supplémentaire pour les relier, il n'y avait donc aucune véritable urgence à regrouper leurs propriétés. Le bébé, Ludus Quintus, s'habitua à vivre dans les deux endroits.

LQ était d'un naturel étrangement gai. Il ne pleurait jamais et ne faisait pas d'histoire. On pouvait le laisser sans surveillance pendant de longues périodes. Il ne recherchait pas la compagnie d'autres enfants et semblait se contenter de sa solitude. Contrairement à sa longue gestation, son enfance fut courte. À deux ans, il avait le comportement et la taille d'un enfant de huit. Ce petit LQ était si facile qu'Emily le trouvait parfois plus proche d'une poupée que d'un être humain.

— Il pousse plus naturellement qu'une carotte, remarqua-t-elle.

La maison des hauteurs des Terres de brouillard se situait en bord de mer ; aussi, dès que LQ fût assez grand, Emily lui enseigna la natation. Il apprit à nager en un rien de temps et dès qu'ils se baignaient, il voulait aller plus loin.

— Garde toujours un œil sur ton nombre de cœurs, et veille à ne pas en utiliser plus de la moitié avant de rentrer, l'avertissait-elle.

— Oui, maman.

LQ et Emily nageaient exactement pendant deux écrans avant de revenir.

— L'océan fait combien d'écrans ? demanda-t-il.

— Dix ou onze de longueur, répondit-elle.

— Comment tu le sais ?

— J'ai déjà été jusqu'au bout.

— Et il y a quoi, au bout ?

— Une sorte de brume, et de néant pareil à un mur. Tu le sauras quand tu y arriveras.

LQ acquiesça.

— Ça fait peur ?

— Non, il n'y a rien à craindre. C'est juste la fin.

— Je veux le voir.

— Pourquoi ?

— Je n'en sais rien. Parce que je ne l'ai jamais vu.

— Un jour, quand tu seras un excellent nageur, et que tu auras plus de cœurs.

Cette nuit-là, tandis que LQ dormait, Emily rapporta leur conversation à Dédale.

— Qu'est-ce que tu en dis ?

— Je crois qu'il est naturel de vouloir connaître les limites de son monde, répondit Dédale. Nous devrions l'encourager dans ses explorations. C'est un enfant solide, et il ne peut pas se faire bien mal. Et si je sortais le plateau du jeu de go ?

— Oui, répondit Emily.

À bien des égards, ce n'était qu'un mariage ordinaire, ponctué de parties acharnées de go. En effet, Emily sentait qu'une grande intimité la liait à Dédale quand elles jouaient ensemble.

Elle se confia à Alabaster :

— Il doit bien y avoir d'autres choses dans la vie que le travail, la nage et le jeu de go.

— L'ennui que vous évoquez, commença-t-iel, c'est ce que la plupart d'entre nous appellent bonheur.

— Peut-être.

Alabaster soupira.

— C'est le jeu, Emily.

— Comment ça ?

Iel leva ses yeux lilas au ciel.

— Vous êtes heureuse et vous vous ennuyez. Il faut vous trouver un nouveau passe-temps.

— Vous ai-je déjà dit que je fabriquais des moteurs, autrefois ? lança Emily.

— Je ne crois pas.

— Un jour, j'en ai créé un qui reproduisait la lumière du soleil. Puis j'en ai fait un autre qui générait du brouillard.

— Impressionnant. J'ignorais que les moteurs pouvaient être dotés de pouvoirs prométhéens. Vous devriez peut-être vous y remettre, non ?

ALERTE MÉTÉO : UN BLIZZARD EXCEPTIONNEL TERRORISE FRIENDSHIP

À la fin du mois de mars, Dédale se rendit aux Falaises Eidétiques pour examiner les yeux des élèves de l'école de la colonie.

— Il faut une bonne journée pour aller là-bas, protesta Emily. S'ils ont tellement besoin de lunettes, pourquoi ne viendraient-ils pas jusqu'à toi ?

— Nous parlons de trente enfants, Em, dit Dédale. Et si c'était LQ qui ne pouvait rien voir ?

— Tu as un cœur d'or.

Le blizzard se leva peu de temps après le départ de la docteure pour les Falaises. Emily ne s'inquiétait pas trop pour elle dans la mesure où ce qu'il pouvait arriver de pire à Friendship, c'était de ne plus avoir de vies. Même si Dédale se retrouvait coincée dans la tempête, elle finirait par se recharger pour rentrer.

Trois jours après le blizzard, Dédale n'était toujours pas revenue. La neige avait commencé à fondre, donc Emily confia Ludus Quintus à Alabaster et galopa jusqu'aux Falaises Eidétiques pour finalement découvrir que Dédale n'était jamais arrivée.

Le quatrième jour, le cheval de Dédale revint à l'étable de la Vallée sans sa cavalière.

Emily s'adressa au Rédacteur en chef, et malgré son aversion pour les affichages, elle lui demanda d'annoncer la disparition de son épouse sur le panneau de Friendship.

— Madame Marks, commença-t-il, il arrive que des gens quittent notre monde sans la moindre explication. Nous devons…

Passe.

Le cinquième jour de la disparition de Dédale, Emily repartit à sa recherche. Cette fois, elle essaya de n'emprunter que les routes qu'elle ne connaissait pas. Celles-ci la conduisirent au sud-ouest, à travers le Friendship inexploré, où les terres étaient pauvres et arides. Elle croisa plusieurs ranchs, une volière, une pépinière de plantes exotiques, un magasin de piano, un spa, un petit parc d'attractions, un musée consacré aux anciennes technologies, un dresseur de chevaux, une galerie marchande, un casino, un entrepôt d'explosifs, et d'autres entreprises trop grandes, anachroniques et qui, esthétiquement, n'avaient pas leur place en centre-ville. Aucun de ceux qu'elle rencontra n'avait vu Dédale. Dans la galerie marchande, un homme en costume blanc lui suggéra d'essayer les grottes, car il arrivait que des gens s'y réfugient.

— C'est difficile d'en trouver l'entrée, la prévint-il. Il paraît qu'elle se déplace sans arrêt.

Elle fit le tour de la montagne. Le soleil s'était couché, mais il faisait encore jour. Emily avait presque renoncé quand elle entendit une petite voix :

— Je suis là.

— J'arrive.

Elle fit faire demi-tour à Pixel, rebroussa lentement chemin et repéra alors un miroitement étrange dans la roche. Elle descendit de cheval et traversa la nébuleuse pour pénétrer à l'intérieur d'une caverne. Dédale était là, plus morte que vive, sa main droite d'un noir inquiétant. Elle expliqua que sa monture avait pris peur et l'avait désarçonnée juste avant le début du blizzard. C'est alors qu'elle avait trouvé refuge dans la grotte.

— Je crois que je suis blessée à la main, ajouta-t-elle avant de perdre connaissance.

Emily prit soin d'elle tout au long de sa convalescence. Très vite, elle comprit que Dédale devrait subir une amputation de la main pour survivre. La docteure lui répondit qu'elle préférait encore mourir que se passer de sa main, ce à quoi Emily répondit qu'elle mourrait si elle conservait ses deux mains. L'opération était inévitable.

Son corps mit beaucoup moins de temps à guérir que son esprit. Dédale était déprimée et refusait de sortir de chez elle ou même de sa chambre. Pendant un moment, elle n'adressa pas la parole ni le moindre regard à Ludus Quintus.

— Je ne pensais pas que ce genre de malheur pouvait se produire ici, dit Emily.

— Tu ferais mieux de me quitter, lança Dédale. Je suis devenue inutile. Je ne pourrai plus jamais fabriquer de verres de lunettes.

— Je crois que je n'y arriverai pas.

— Alors, c'est moi qui partirai. J'irai jusqu'au bout de l'océan à la nage et ne reviendrai jamais.

— Avec qui jouerais-je au go ? demanda Emily en installant le plateau sur la table près du lit de Dédale.

— Je n'ai pas envie de jouer, rétorqua-t-elle.

Et pourtant, dès qu'Emily posa sa première pierre blanche sur le plateau, son adversaire ne put s'empêcher d'y placer une noire. Chaque après-midi, Emily écartait un peu plus le jeu du lit de sa compagne. C'était une façon de réinsérer Dédale dans le monde, même si elle refusait toujours de sortir de chez elle ou de retourner à son cabinet d'optométrie.

Après plusieurs semaines, Emily vint lui faire une proposition.

— C'est bientôt Noël, et je me suis souvenue du plaisir que j'ai pris à te fabriquer ce plateau de go. Je me suis dit que nous pourrions faire des jeux pour les autres habitants de Friendship. Bien que tu aies perdu ta main, je suis certaine que tu réussirais à confectionner des pièces – ça demande moins de précision que des verres, il me semble. LQ est assez grand maintenant pour devenir ton apprenti. Je me chargerais des plateaux, et nous vendrions nos créations pour les fêtes. Qu'en penses-tu ?

— Que tu me mets sous ta tutelle, lâcha Dédale. Mais ça ne coûte rien d'essayer.

Elles fabriquèrent des jeux d'échecs chinois, des jeux de dames, d'échecs et de go. Leurs plateaux en bois sculpté et leurs pièces en verre personnalisées étaient de véritables objets d'art. Elles baptisèrent leur société de jeux Dédale & Marks Games. Leurs créations rencontrèrent un grand succès et se vendirent toutes jusqu'à la dernière.

— Ça m'avait manqué de faire des jeux, reconnut Emily.

— Tu en avais déjà fabriqué avant ?

— Oui, avec mes frères quand j'étais petite. Mais tu ne comprendrais sans doute pas ce genre de jeu.

— Donne-m'en un exemple, lui demanda Dédale.

— Il y en a un qui parlait d'un enfant, perdu en mer.

— Difficile d'imaginer ça sur un plateau, lui concéda-t-elle.

Emily pointa du doigt les lignes du plateau de Dédale.

— Imagine que ce plateau est le monde, que chaque intersection de deux lignes – verticale et horizontale – constitue une subdivision de ce monde et que chacune des pièces de go représente un personnage.

— Quel rôle ont tes mains dans cette métaphore ?

— Ma main droite est l'enfant perdu. Ma main gauche, Dieu.

Dédale tendit le bras vers Emily sans parvenir à la toucher comme elle l'aurait souhaité.

— Je t'aime, lui confia-t-elle. J'ai du mal à te le dire parce qu'il me semble parfois que ça ne suffit pas.

Le matin de Noël, Dédale et LQ offrirent à Emily le jeu de société spécial qu'ils avaient confectionné. Le plateau ressemblait à une route, et les pièces en verre à de petits chariots bâchés et, sur le bord, le nom de leur fils était gravé. Il y avait également un dé polyédrique et un jeu de cartes.

— Nous avons décidé d'appeler ce jeu le *Ludus Quintus*, annonça Dédale.

— Comment y joue-t-on ? demanda Emily.

— C'est facile, maman, répondit le garçon. Tu peux jouer un fermier, un marchand ou un banquier. Et tu dois essayer d'aller du Massachusetts jusqu'en Californie. Mais les cartes représentent des obstacles.

— Pourquoi l'avez-vous appelé comme ça ?

— Parce que c'est mon nom ! s'écria LQ. Et parce que Mère m'a dit que *ludus* signifie « jeu » en latin.

Dédale avait pris la responsabilité de choisir le nom de leur enfant et, aussi étrange que cela paraisse, Emily n'avait jamais trop réfléchi au sens de Ludus Quintus.

— Et que veut dire Quintus ? s'enquit-elle, bien qu'elle en ait eu une petite idée.

Après un silence, Dédale répondit.

— Cinquième. Cinquième jeu.

TCHAT ENTRE PIONNIERS

Vous vous trouvez à présent dans un tchat privé avec dédale84.

EMILYBMARXX : Est-ce bien toi ?

DÉDALE84 : Oui, ton épouse bien-aimée, la Dr Edna Dédale.

EMILYBMARXX : Arrête tes conneries. Samson, c'est toi ? Pour une fois dans ta vie, dis la vérité.

DÉDALE84 : ………… Oui.

EMILYBMARXX : Comment m'as-tu retrouvée ?

DÉDALE84 : Retrouvée ? J'ai bâti cet endroit pour toi. *Pionniers* est un prolongement de *Mapleworld*. Je l'ai conçu sur le modèle d'*Oregon Trail* parce que je savais que ça te plairait.

EMILYBMARXX : Tu as essayé de me piéger ?

DÉDALE84 : Non, ce n'est pas ce qui s'est passé. Après la mort de Marx, j'ai eu envie de créer des décors qui me rappelleraient le bon vieux temps, et toi. J'espérais que tu rejoindrais *Pionniers*, mais je n'étais pas certain que tu le ferais. Et quand j'ai découvert que tu te cachais derrière Emily B. Marks, il fallait que je devienne ton ami. Tu semblais si seule. À vivre isolée au fin fond de Friendship.

EMILYBMARXX : Il n'empêche que ces identités sont censées rester privées. Je ne me logue pas avec mon adresse mail non plus, mais je suppose que tu es au courant. As-tu utilisé mon adresse IP ?

DÉDALE84 : Oui.

EMILYBMARXX : Je t'avais demandé de me laisser tranquille. Tu ne peux respecter aucun de mes souhaits ?

DÉDALE84 : Je m'inquiétais pour toi.

EMILYBMARXX : Tu m'as bernée.

DÉDALE84 : Comment ça ?

EMILYBMARXX : Tu t'es immiscé dans ma vie privée. Tu t'es fait passer pour un étranger.

DÉDALE84 : Non, j'étais moi-même. Hormis mon nom et certains détails, j'étais complètement moi-même. Et toi aussi. Et je pense que tu le sais depuis longtemps. Peut-être ne voulais-tu pas le reconnaître.

EMILYBMARXX : Tu te rends compte qu'il va falloir que je quitte Friendship, maintenant ? Tu en es conscient, n'est-ce pas ?

DÉDALE84 : Tu n'es pas la seule à avoir été bouleversée par la mort de Marx. C'était mon ami. Mon associé. Notre société. Tout ça nous est arrivé à tous les deux.

EMILYBMARXX : ....

DÉDALE84 : Tu me manques, Sadie. Je veux faire partie de ta vie... Par le passé, j'ai commis la même erreur : endurer la souffrance seul n'a rien de vertueux.

emilybmarxx a quitté le tchat.

Emily arpentait le paysage familier de Friendship. Autrefois, elle l'avait trouvé beau et réconfortant ; ce n'était désormais plus qu'un ersatz.

Elle monta Pixel et descendit la colline jusqu'à la maison d'Alabaster.

Iel vint lui ouvrir la porte et l'invita à entrer. Elle confia à son ami·e qu'elle serait bientôt contrainte de quitter Friendship.

— Edna n'est pas ce qu'elle prétend, lui expliqua-t-elle.

— Comme nous tous, non ? s'enquit Alabaster.

— Mais il se trouve que quelqu'un se cache derrière elle. Quelqu'un que j'ai connu par le passé et ça me gâche le jeu.

Iel acquiesça.

— Peut-être faudrait-il que vous compreniez, commença-t-iel, qu'il est assez rare de trouver un camarade de jeu, dans ce monde-ci, comme dans l'autre.

Emily examina Alabaster, ses yeux et ses cheveux couleur lilas.

— Sam ?

— Qui est Sam ?

— C'est encore toi ?

Alabaster tomba à genoux.

— Sadie.

La silhouette d'Emily disparut. Une fenêtre avec du texte apparu à l'écran :

Emily a quitté Friendship.

LE GARÇON ATTEINT LA LIMITE

Plusieurs jours, mois ou années plus tard, Emily se reconnecta pour prendre des nouvelles de LQ. Il avait grandi pendant son absence et était devenu un solide gaillard de onze ans.

— Maman, où étais-tu passée ? Mère et moi, on s'est inquiétés pour toi.

— Ça te dirait d'aller te baigner ?

Emily et lui nagèrent leurs deux écrans habituels. LQ demanda s'il pouvait continuer et elle réfléchit un instant avant de lui répondre.

— Pourquoi pas ? Tu es bien plus grand maintenant.

Ils nagèrent jusqu'aux confins de l'océan.

— C'est tellement paisible ici, à la limite, dit LQ.

— C'est vrai, lui accorda-t-elle.

— Maman, commença-t-il. Je me fais du souci. Je ne suis pas certain d'avoir assez de cœurs pour rentrer.

— Ne t'inquiète pas, mon amour. Tu n'es pas réel, donc tu ne peux pas mourir.

LECTURE DU TESTAMENT D'UN COMMERÇANT LOCAL

En cherchant Dédale au milieu du grand blizzard de 2008, Emily était tombée sur un ranch dans la partie inconnue de Friendship. Il y avait un panneau couvert de givre à l'entrée, qui indiquait DRESSEUR DE CHEVAUX et un écriteau plus petit en dessous qui précisait : PANSAGE, FERRAGE, DRESSAGE, ET AUTRES SERVICES ÉQUESTRES. TOUS CHEVAUX, MÊME LES PLUS RÉTIFS ACCEPTÉS. Un problème plus pressant la préoccupait à ce moment-là, alors elle ne s'était pas arrêtée.

Des mois plus tard, même après avoir coupé tout contact avec Dédale, elle gardait le souvenir de ce panneau. Il évoquait un endroit qu'elle avait connu dans son enfance ou dont elle avait peut-être rêvé. Elle décida que le moment était venu de franchir ces grilles. Même si ce panneau ne signifiait rien, Pixel avait besoin de fers neufs avant son départ définitif.

En zoomant sur la carte, elle découvrit que l'emplacement du Dresseur de Chevaux n'y figurait pas. Pour le retrouver, il lui fallut rebrousser chemin et sillonner au hasard, des routes sinueuses et défoncées. Quand Pixel et elle passèrent enfin le portail, le soleil se couchait.

Emily traversa un verger, s'engagea sur un long sentier pavé, passa devant des étables et des champs puis, tout au fond du ranch, accéda enfin à une maison en forme de A qui ressemblait à une église. Elle mit pied à terre et sonna à la porte. Un homme, coiffé d'un chapeau de cowboy blanc, vint lui ouvrir. Il avait une soixante d'années et paraissait plus âgé que presque tous les habitants de Friendship. Il avait les jambes arquées – normal pour quelqu'un qui avait passé une grande partie de sa vie à cheval – sans être voûté pour autant. Une épaisse tignasse gris foncé dépassait de son chapeau. *On dirait son père, Ryu*, pensa-t-elle. Le PNJ souleva son couvre-chef pour la saluer.

— Salut, voyageuse. Un problème de monture ?

Emily lui expliqua qu'il fallait ferrer Pixel et discuta du prix du matériel et des fers. Une fois qu'ils furent d'accord, le PNJ lui tendit la main et elle l'embrassa sur la joue.

— C'est pas comme ça que vous aurez une ristourne, déclara-t-il.

— Tu me manques, répondit-elle.

— Mais enfin, m'dame, vous me faites rougir.

— Quel est votre passage préféré de l'*Iliade* ?

— C'est quoi, l'*Iliade* ?

Il marqua un temps, retira son chapeau, et une seconde plus tard, le PNJ, comme ensorcelé, se transforma en une version différente de lui-même qui se mit à déclamer :

— Vint d'abord Andromakhé, son épouse, qui s'écria : « Ô mon Époux, tu quittes la vie et péris bien jeune, me laissant veuve dans mes demeures et je ne pense pas qu'il parvienne à la puberté, ce fils que nous avons engendré tous les deux (…) Ô Hektôr, tu accables tes parents d'un deuil inconsolable et tu me laisses surtout en proie à d'affreuses douleurs, car, en mourant tu ne m'auras pas tendu les bras de ton lit et tu ne m'auras point dit quelque sage parole dont je puisse me souvenir, les jours et les nuits, en versant des larmes[1]. »

Une fois son discours terminé, il salua et replaça son chapeau sur sa tête.

— Ça m'a fait du bien de te voir, lâcha Emily.

— Revenez quand vous voulez, ma p'tite dame.

Emily trouva cette rencontre bien décevante, en même temps, on ne pouvait pas en attendre plus d'un PNJ.

Et pourtant, sans le Dresseur de Chevaux, Sadie ne se serait sans doute jamais décidée à mettre de l'ordre dans les affaires d'Emily.

Parmi les innovations de Sam, il y avait la façon dont un gamer pouvait quitter le jeu. Ça ne lui avait jamais plu que les joueurs, même ceux qui avaient habité Mapleworld pendant des années, disparaissent

---

1. L'*Iliade* d'Homère, page 463, rhapsodie XXIV, trad. Leconte de l'Isle, A. Lemerre, 1866.

du jour au lendemain. Il arrivait qu'un résident décide de ne plus s'identifier, et Sam estimait plus sain de lui laisser la possibilité de s'en aller. Peu importait la qualité du JDRMM, les gens finissaient par le quitter un jour. Ils se reportaient sur d'autres jeux, d'autres univers, parfois même revenaient au monde réel. Quand il avait conçu *Pionniers*, Sam avait élargi la catégorie des Cérémonies pour y inclure les Divorces, les Testaments et les Funérailles.

Le Rédacteur en chef lut les dernières volontés d'Emily : « Ludus Quintus, mon fils bien-aimé, est parti à la nage, découvrir les confins de l'océan et j'imagine qu'il continuera à l'explorer au cours des nombreuses années à venir. Je ne suis que l'avatar d'une mortelle et du fait de l'absence de LQ, je suis atteinte de terribles maux d'estomac. C'est mon corps, et lui seul, qui me dicte ma conduite : je ne souhaite pas vivre sans LQ. J'ai donc décidé de quitter Friendship. À mon ami·e, Alabaster Brown, je lègue ma ferme, ma boutique et tout ce qu'elles contiennent. À mon épouse, la Dr Dédale, je laisse mon cheval Pixel et son simulacre en verre. Je souhaiterais ajouter que je ne regrette pas complètement le temps passé à Friendship, ou en compagnie de la Dr Dédale. Je lui en veux de sa constante duperie, elle sait très bien ce qu'elle a fait – mais je repenserai à nos soirées de parties de go avec beaucoup de tendresse. Quand je suis venue ici, j'étais au fond du trou comme jamais je ne l'avais été, mais le prosaïsme de Friendship et la gentillesse de ses habitants m'ont rendue à la vie. Je suis heureuse d'être passée par un endroit si apaisant, où les bisons peuvent se déplacer en toute sécurité. »

Le Rédacteur en chef replia le testament.

— Des dernières volontés bien sibyllines, commenta-t-il.

Dans le cimetière de Friendship, on érigea une pierre tombale en hommage à Emily sur laquelle fut gravé :

EMILY MARKS DÉDALE
1875-1909
MORTE DE DYSENTERIE

X

LE FRET ET LE RAIL

1

— Mais Sadie, lui dit Dov, franchement, il y a bien un moment où tu t'es doutée que c'était lui.

À un certain âge – trente-quatre ans, dans le cas de Sadie – la vie est faite en grande partie de retrouvailles autour d'un repas avec de vieux amis de passage en ville. Dov et Sadie brunchaient au Cliff's Edge, dans le quartier de Silver Lake. Le restaurant ressemblait à une cabane dans un arbre – une sorte d'énorme Ent[1] avec un ficus en son milieu, et les tables étaient installées autour de l'arbre sur des planchers en bois, disposés en gradins. Les serveurs qui y travaillaient étaient connus pour leurs mollets musclés et leurs prouesses d'équilibristes. Leurs allées et venues rappelaient à Sadie celles des personnages bloqués dans les niveaux sans intérêt des jeux de plateforme. En parlant, Dov reporta son attention sur le grand arbre et attrapa l'une de ses grosses branches bien lisses.

1. Créature à l'apparence d'arbre géant créée par J.R.R. Tolkien dans *Le Seigneur des Anneaux*.

— C'est l'endroit le plus californien que je connaisse. Ils doivent partir du principe qu'il ne pleuvra jamais, commenta-t-il.

— Ce qui est le cas, précisa Sadie.

— Tu crois qu'ils ont construit le restaurant autour de l'arbre ?

— Je ne vois pas comment ils auraient pu faire autrement.

— Ben, en ajoutant l'arbre après.

— Il est tellement gros. J'ai du mal à imaginer qu'on puisse déplacer un arbre de cette taille.

— Je te rappelle que tu es en Californie, Sadie. C'est un désert. En fait, ici, il ne devrait rien y avoir du tout. Si quelqu'un rêve d'un restaurant qui ressemble à une cabane dans un arbre, les Californiens le font. Je kiffe trop la Californie.

— Je croyais que tu détestais.

— Quand est-ce que j'ai dit une chose pareille ?

— Au moment de notre rupture. Je me rappelle très bien avoir été régalée de toutes les manières apocalyptiques dont j'allais mourir en venant ici.

— Oh, eh bien, je raconte que des conneries. Je ne voulais pas que tu partes. On va poser la question sur cet arbre au serveur quand il passera, proposa Dov. C'était judicieux de la part de Marx de transférer les bureaux d'Unfair Games au moment où il l'a fait. Si j'avais eu un peu de bon sens, je t'aurais suivie et je me serais mis à genoux pour te supplier de me reprendre.

— Ce n'est pas ton genre de t'agenouiller devant qui que ce soit.

Lorsque le serveur s'approcha pour prendre la commande, Dov l'interrogea sur l'histoire de l'arbre.

L'employé ne travaillait pas là depuis très longtemps, mais il poserait la question au directeur.

— Franchement, tu devais te douter que c'était lui, reprit Dov.

— Oui et non. Je crois que c'est un peu comme quand on regarde une émission *true crime.* Les gens pensent toujours que les flics n'ont vraiment pas de chance. Comment ont-ils pu passer à côté du coupable avec tous les indices qui l'incriminaient ? Mais toi, le spectateur, tu connais déjà l'épilogue. Ça n'a rien d'aussi évident quand on arrive sur une scène de crime, qu'il fait noir et qu'il y a du sang partout.

— Avec tous les jeux qui existent, comment as-tu fini par jouer à un truc aussi fadasse et ordinaire que *Pionniers* ?

— Ben, contrairement à toi, je joue à toutes sortes de jeux et certains détails m'ont plu.

— Comme quoi ?

— J'avais entendu dire que c'était un monde ouvert avec une dimension sociale, où tu exploites des ressources, que c'était librement inspiré d'*Oregon Trail*, des *Sims* ou de *Harvest Moon*, et moi, j'avais besoin de jouer. Sam se doutait que je serais une proie facile.

— Tu as toujours fait une fixette puérile sur *Oregon Trail*.

— Oui, Dov. Il est possible que j'aime un jeu que tu ne comprends pas.

— Alors comme ça, Sam a conçu un JDRMM pour t'appâter dans un jeu ? Brillant. Barré, mais brillant.

— Non, il a dit qu'il l'avait fait parce que ça lui rappelait les jeux auxquels nous jouions ensemble quand on était gamins.

— Les jeux de fermes et de ressources sont éternels.

— Oui. Et je suis sûre qu'avec *Pionniers* ils s'en sont bien sortis financièrement. (Sadie garda le silence un moment.) Et bon, je ne vais pas mentir. Après la mort de Marx et tout ce qui s'en est suivi, j'avais vraiment besoin d'un jeu comme celui-là. J'imagine que Sam ouvrait l'œil pour voir si je m'y abonnais. Et une fois que je l'ai fait, il a créé une série de personnages pour que je continue à y jouer.

— Quelle était l'intrigue ?

— Oh, c'était une ridicule histoire d'amour. J'étais Emily Marks, une femme enceinte au sombre passé, et lui – tiens-toi bien – la Dr Edna Dédale, l'optométriste de la ville.

— Très excitant tout ça.

— C'était plutôt tendre et triste.

— Dr Dédale ! Allez, Sadie. Comment pouvais-tu ne pas te douter que c'était lui ?

— Eh ben, pour moi, c'était une femme.

— Qu'est-ce qui l'a poussé à faire ça, à ton avis ?

— Il cherchait peut-être à éloigner mes soupçons, je ne sais pas. Ou alors à se la jouer Walt Whitman, du genre nous avons des comportements « complexes et paradoxaux ». Adoptes-tu toujours des personnages du même genre que toi quand tu joues ? (D'expérience, elle savait que quand Dov avait le choix, il choisissait un personnage féminin.) Mais finalement, j'ai compris que c'était lui. Peut-être l'ai-je toujours su, sans me l'avouer. À bien y réfléchir, il n'arrêtait pas de semer des indices évidents. Edna perd une main, à un moment donné.

— La vie est dure au Far West.

— Brutale, reprit Sadie. Elle n'était pas sûre de pouvoir un jour refabriquer des verres.

Dov s'esclaffa.

— Je kiffe tellement les jeux. Et maintenant, alors ?

— On ne s'adresse toujours pas la parole.

— Tu veux dire que *tu* ne lui adresses pas la parole.

— Oui, c'est ça.

— Putain, Sadie, pourquoi ?

— Parce qu'il m'a menée en bateau.

Alors que ça ne s'arrêtait pas du tout là, bien sûr.

— Ah, les principes de Sadie Green.

— Dixit l'homme qui m'attachait au lit, le taquina-t-elle.

— C'est vrai, et tu vois, ça ne t'empêche pas de me retrouver pour un brunch chaque fois que je passe à L.A., lui rappela Dov. Et tu n'étais plus mon étudiante, à ce moment-là, j'en suis à peu près sûr.

— Quels sont mes principes et quel rapport avec le fait que Sam et moi ne nous parlions plus ?

— Tu as quel âge, Sadie ?

— Trente-quatre.

— Tu as l'âge d'arrêter de te comporter comme une gamine. Seules les jeunes mettent la barre si haut. Les gens dans la force de l'âge…

— Comme toi, l'interrompit-elle.

— Comme moi, reconnut-il. J'ai quarante-trois ans, je ne vais pas le nier. (Il se frappa la poitrine.) Mais encore sexy.

— Pas trop mal.

Il banda le muscle de son bras.

— Touche-moi un peu ce biceps, Sadie. Pas trop mal, ce muscle ?

Elle éclata de rire.

— Je ne préfère pas.

Sadie le palpa malgré tout.

— Impressionnant, hein ? Je fais plus de muscu qu'il y a vingt ans.

— Félicitations, Dov.

— Je rentre dans mon jean du lycée.

— Utile pour draguer des lycéennes.

— Je ne suis jamais sorti avec des lycéennes. Sauf à l'époque où j'étais au lycée. Des étudiantes, oui. Je les adore. J'en ai jamais assez.

— Je n'arrive pas à croire que tu n'aies jamais été viré.

— Parce que je suis un excellent professeur. Tout le monde m'adore. *Toi* aussi. Pour revenir à ce que nous disions, les gens dans la force de l'âge…

— Ces âmes maudites, usées par les compromis inévitables de la vie, tu veux dire ?

— Il y a un truc qu'il faudrait que tu admettes, si du moins tu en es capable : tu ne trouveras jamais personne qui compte plus pour toi que Sam. Alors tu ferais mieux d'oublier les bêtises…

— Ce ne sont pas des bêtises, Dov.

— Alors mieux vaudrait que tu laisses tomber tes griefs parfaitement légitimes. Retrouve le mystérieux Dr Dédale et serre-lui la main.

— *La* docteure.

— La docteure, et reprenez ensemble les affaires sérieuses en créant et en jouant à des jeux ensemble.

Le serveur apporta leurs plats.

— Le directeur dit que l'arbre est là depuis soixante-dix ans, annonça-t-il avant de s'éloigner.

— Ah, alors nous avons notre réponse, poursuivit Dov. Le restaurant a été construit autour de l'arbre.

Il ajouta de la sauce piquante à sa chakchouka.

— Comment peux-tu savoir que ce n'est pas assez épicé ? Tu n'y as même pas goûté.

— Je me connais. J'aime quand c'est bien relevé. Au fait, sur quoi tu bosses en ce moment ?

— Pas grand-chose, répondit Sadie. J'emmène ma fille à l'école maternelle, j'essaie de ne pas partir en vrille.

— Ce que j'entends ne me plaît pas. Tu devrais travailler.

— Ouais, je finirais par m'y remettre. Qu'est-ce qui t'amène à L.A. ?

— Deux ou trois rendez-vous, comme d'habitude. Le réalisateur d'un film inspiré d'une attraction de Disney aimerait adapter *Dead Sea* au cinéma. (Dov posa sa fourchette pour mimer une branlette.) Ça ne se fera jamais. Ah, et je divorce aussi.

— Désolée de l'entendre.

— Inévitable, répliqua-t-il. Je suis imbuvable. Je ne sortirais jamais avec moi. Le seul aspect positif, c'est qu'on n'a pas ajouté d'enfant à ce bazar, ce coup-ci.

— Que comptes-tu faire maintenant ?

— Retourner en Israël. Voir mon fils. Telly a seize ans à présent, tu le crois ça ? Travailler à un nouveau jeu. (Dov s'interrompit le temps de manger sa chakchouka et se barbouiller la barbe de jaune d'œuf et de sauce rouge.) Ah oui, voilà ce que je voulais te demander. Comme tu es entre deux jeux, ça ne t'intéresserait pas de récupérer un de mes cours au MIT pendant un semestre ? Je serais ravi de proposer ta candidature, si tu en as envie.

— Laisse-moi y réfléchir.

— À toi de voir.

— Quand je me suis inscrite à ton cours, je me suis demandé ce qui t'avait donné l'envie d'enseigner.

— Enseigner, ça déchire !

— Vraiment ?

— Bien sûr. J'adore les élèves – qui n'aime pas les clebs ? Et une fois tous les trente-six, une putain de Sadie Green débarque qui t'en met plein la vue. (Il rejeta sa tête en arrière et sa chaise vacilla un instant.) Boom !

Sadie se sentit rougir. Ses compliments lui procuraient toujours un plaisir coupable.

— Tu jures comme un charretier.

À la fin du brunch, elle le reconduisit à son hôtel, au cœur des collines de Hollywood et il l'embrassa sur la joue avant de sortir de la voiture.

— Je sais que je suis dans la force de l'âge, dit Dov. Et que je ne suis plus dans le coup. Et il faut croire que je n'ai aucune idée de ce que veulent les femmes. Divorcé deux fois, et tout… Mais il faut quand même que je te le dise. De mon point de vue, c'est plutôt romantique de bâtir un monde pour quelqu'un. (Dov secoua la tête.) Sam Masur, ce sale gosse romantique.

2

Les travaux dirigés de Perfectionnement en jeux avaient lieu une fois par semaine, les jeudis de 14 heures à 16 heures. Sadie ne changea rien au format du cours auquel elle avait assisté seize ans plus tôt. Chaque semaine, deux des huit étudiants rapporteraient un jeu simple ou le niveau d'un jeu plus long en fonction de ce qui était réalisable dans les délais impartis. Ensuite, toute la classe y jouerait et le critiquerait. Chacun d'entre eux devrait en concevoir deux au cours du semestre.

Contrairement à l'époque où Sadie était encore étudiante, la moitié des effectifs de sa classe étaient des filles ou du moins se présentaient comme telles.

Sadie leur expliqua ce qu'elle attendait d'eux :

— Peu m'importe le langage informatique que vous utiliserez. Je me fiche que vous vous serviez du moteur d'un jeu, même si je pense que vous feriez mieux de savoir comment on en fabrique un. Je me fiche du genre que vous choisirez. La qualité d'un jeu, bonne ou mauvaise, ne dépend pas d'un genre donné. Même si les gens trouvent que les jeux simples ne sont pas aboutis, il en sort tous les jours, et des géniaux. Moi-même, je joue à tout. Il faudra créer de super jeux pour téléphone portable, comme pour PC ou console. Je ne m'attends pas à ce que votre travail soit complètement abouti, mais à ce que chacun d'entre vous se montre honnête et traite les autres avec respect. Il faut un sacré courage pour sortir un jeu. En tant que créatrice, j'ai probablement plus d'échecs que de réussites à mon actif. Et je ne mesurais pas encore à votre âge à quel point j'allais me planter. Désolée de clore mon baratin sur cette note un peu déprimante. (Sadie rit.) Mais, ouais, vous vous planterez, à coup sûr. Ce n'est pas grave. Je vous absous par avance. Et ce cours n'est pas noté, donc si vous parvenez à vous planter un peu moins que vous ne réussissez, vous devriez être en mesure de le valider.

La classe éclata de rire à la boutade de Sadie. Elle avait réussi à exploiter ce moment décisif qui marque le début d'un cours pour leur faire savoir qu'elle était de leur côté.

— Vous avez créé *Ichigo : Umi no Kodomo* dans cette classe, n'est-ce pas ? demanda une jeune fille aux cheveux et aux yeux bruns prénommée Destiny.

— Vous en connaissez le titre japonais, vous m'épatez. Avec mon associé, Sam…

— Mazer, c'est ça ? (Destiny était incollable sur le CV de Sadie.) A-t-il suivi ce cours, lui aussi ? Je sais qu'il a fait Harvard, mais il arrive que des étudiants s'inscrivent aux deux, non ?

— Pas Mazer. Il a appris la création de jeux sur le tas, c'est un autodidacte. Et j'ai créé *Ichigo* après avoir suivi ce cours. Les jeux que j'ai réalisés dans le cadre de ces travaux dirigés étaient un peu plus simples. Ça représente beaucoup de travail de programmer toute seule deux jeux en un semestre.

Destiny acquiesça.

— J'adore *Ichigo*. Quand j'étais gamine, c'était mon jeu préféré. Est-ce que vous envisagez de faire un *Ichigo III* tous les deux ?

— On en a souvent parlé, mais je doute que ça arrive, répondit Sadie. Bon, pour en revenir à la première question de Destiny, je vous ai apporté un jeu que j'ai conçu ici même, dans cette classe. Il s'appelle *Solution*. Dans la mesure où je vous demande de vous exposer, je me suis dit que je pouvais au moins vous montrer ce que j'ai réalisé à votre âge. Le graphisme est un peu daté, mais faites une partie et dites-moi ce que vous en pensez. N'oubliez pas que j'avais dix-neuf ans et qu'en

1995, c'était quasi impossible de faire mieux en quatre semaines, sans argent. Sachez aussi que ce jeu m'a été inspiré par ma grand-mère.

Sadie leur envoya un mail avec le fichier de *Solution*.

Les étudiants ouvrirent leur ordinateur portable et commencèrent à jouer à son œuvre de jeunesse. Sadie passa elle aussi quelques niveaux. Le jeu était obsolète sur le plan technique, pourtant le concept tenait toujours aussi bien la route.

Tandis qu'ils commençaient à découvrir le secret de *Solution*, les jeunes émirent des sons légitimement outrés. Au bout d'une heure, Sadie leur demanda de mettre fin à leur partie.

— Dites-moi ce que vous en pensez. Soyez francs. Je peux tout encaisser. Commençons par l'esthétisme du jeu.

Ils en critiquèrent tous les aspects : les visuels, les sons, les commandes, le rythme. Elle les encouragea à se montrer impitoyables, et découvrit qu'elle aimait se défendre et leur expliquer quelles étaient les contraintes en 1995. Le graphisme en noir et blanc avait plu à la classe bien qu'un garçon à béret lui ait demandé si *tous* les jeux de 1995 étaient en noir et blanc. Il s'appelait Harry, et Sadie avait retenu son prénom par un moyen mnémotechnique : A-ry au B-ray. Elle ne serait pas comme Dov. Elle apprendrait tous les noms de ses étudiants dès la première semaine.

— Non, Harry, dit Sadie. Nous avions la couleur en 1994. J'ai fait un choix esthétique. J'ai appris que moins on a de ressources, plus il faut être rigoureux sur le plan du style. Les contraintes font partie du style quand on sait les exploiter.

— C'est ce que je pensais, répondit Harry. Je savais bien que les jeux n'étaient pas tous réalisés en noir et blanc en 1995. Je me suis mal exprimé. Je voulais dire : est-ce que c'était courant ?

Sadie nota sur sa liste d'appel : *Harry noir et blanc.*

— Le jeu m'a beaucoup plu, intervint Destiny (*Ume no Destiny*). L'idée et son côté politique aussi. Mais si je devais lui trouver un défaut, je dirais qu'il est trop nihiliste. Une fois qu'on a compris ce que l'usine fabrique, le jeu devient… (elle cherchait le mot juste) euh, répétitif, je trouve. Il faudrait qu'il bascule sur autre chose.

— Tu n'es pas la première personne à me le dire, tu sais, Destiny. C'est très malin et je pense que si j'avais eu plus de temps, je l'aurais fait. Mais quand on crée un jeu, on a parfois des contraintes inévitables. À force de toujours viser la perfection, on n'arrive plus à rien. Mazer et moi étions meilleurs amis, nous avons grandi ensemble, nous adorions jouer tous les deux. Nous étions obsédés par l'idée de réaliser la partie parfaite ; l'idée qu'il existait un moyen de jouer en faisant un minimum d'erreurs, de compromis moraux, et de le terminer le plus vite possible avec le meilleur score ; l'idée qu'on pouvait passer tous les niveaux sans perdre de vie ou reprendre depuis le début. On jouait à *Super Mario* et dès qu'on ratait une pièce d'or, ou qu'on essuyait l'attaque d'un Koopa, on recommençait la partie. Oui, nous étions sans doute obsessionnels, et un peu inquiétants, avec certes, beaucoup de temps devant nous. Quoi qu'il en soit, pendant longtemps, cette exigence de perfection a guidé mon travail de designer, et ça m'a complètement bloquée. Vous viendrez forcément dans ce cours avec des jeux dont vous ne serez pas satisfaits à cent pour cent, et ce n'est pas grave. Je veux que vous m'en mettiez plein la vue, que vous fassiez du super boulot, mais je tiens d'abord à ce que vous travailliez.

Un étudiant prénommé Jojo, qui portait un maillot troué de Mapletown, leva la main. (Sadie griffonna : *Jojo de Mapletown.*)

— Joli T-shirt, lança-t-elle.

Il opina comme s'il ne devait sa tenue qu'au hasard ou qu'à l'intervention de forces supérieures.

— À l'époque, qu'est-ce que les étudiants de votre classe ont pensé de *Solution* ?

— Ah, je suis contente que vous me le demandiez. Ils l'ont détesté. L'une d'entre eux a même essayé de me faire renvoyer de l'université.

— Pour ça ?

— Oui, les gens n'aiment pas se faire traiter de nazis. C'est ce que m'a dit mon professeur et c'était sans doute un bon conseil. Je n'ai plus jamais réalisé de jeu dans lequel je traitais le joueur de nazi.

La classe rit.

— Sur ce, il est 16 heures. Nous nous reverrons la semaine prochaine. Jojo, Rob, vous serez les premiers à passer sur le gril. Envoyez vos jeux dimanche soir au plus tard de façon qu'on ait tous le temps d'y jouer avant le prochain cours.

Destiny attendit dans le fond de la classe que tout le monde en soit sorti.

— Je voulais vous poser une dernière question, mais pas devant les autres. Ça ne vous dérange pas ?

— Non, bien sûr, répondit Sadie. Venez avec moi jusqu'à mon bureau. Je dois aller récupérer ma fille chez la nounou à 17 heures.

— Vous avez un enfant ? C'est cool. Je croyais que personne n'en avait dans les jeux vidéo, à cause de la masse de travail.

— Ça commence à changer un peu, et j'ai toujours eu ma propre entreprise, alors…

— Alors, il n'y a qu'à avoir sa propre entreprise ?

— Exactement. Et comme ça, les hommes sont obligés de faire ce que tu veux.

— Je peux vous dire un truc ? Ça me motive à fond que vous donniez ce cours. Les personnes de couleur ou les femmes ne sont pas nombreuses dans ce département. Et j'adore *tous* vos jeux, pas seulement *Ichigo*. Je les ai tous terminés. *Le Maître des réjouissances* ? C'était mon kiff. Je vous trouve trop brillante !

Elles avaient atteint la porte du bureau de Sadie, où la plaque portait encore le nom de DOV MIZRAH.

— Voilà, on y est, déclara Sadie. Quelle était cette question que vous ne vouliez pas me poser devant tout le monde ?

— Ah, eh bien, je ne souhaitais pas vous embarrasser, commença Destiny. Quand j'ai joué à *Solution*, ça m'a vraiment plu.

— Oui ?

— Mais il n'arrive pas à la cheville d'*Ichigo*. Ne le prenez pas mal. J'ai tellement de respect pour vous, professeure Green.

— Ne vous inquiétez pas, je sais que vous avez raison. Et c'est pour ça que j'ai apporté ce jeu. Je tenais à ce que vous voyiez d'où j'étais partie.

— Ce que je voulais vous demander, c'était comment on passe d'un truc comme *Solution* à un autre du genre d'*Ichigo* en si peu de temps ? Comment on arrive à combler un tel écart ? Comment faire ?

— C'est une longue histoire, répondit Sadie.

Elle regarda Destiny dans les yeux, consciente d'avoir déjà éprouvé ce sentiment : ne pas savoir comment y arriver, brûler d'ambition tout en sentant son objectif hors de portée.

— Je ne pense pas pouvoir vous donner une réponse simple. Laissez-moi y réfléchir et je reviens vers vous, d'accord ?

Ce soir-là, Sadie essaya de se rappeler comment elle était en 1996. Motivée par trois choses, dont aucune ne trahissait la moindre générosité de sa part : (1) le désir de se distinguer sur le plan professionnel pour prouver à tout le monde que Sadie Green n'avait pas intégré le MIT sur quotas, (2) l'intention de montrer à Dov qu'il n'aurait pas dû la larguer, (3) la volonté de prouver à Sam qu'il avait de la *chance* de travailler avec elle, la *super* programmeuse de la bande, celle qui avait de grandes idées. Mais comment l'expliquer à Destiny ? Comme lui faire comprendre qu'en 1996 elle était une fanatique, un mélange d'égoïsme, de rancœur et de manque de confiance en elle ? Sadie avait aspiré à devenir géniale. En général, l'art n'est pas une activité de gens heureux.

Elle avait envie de poser la question de Destiny à Sam. Il trouvait toujours réponse à tout, lui dont l'un des talents – elle avait fini par le reconnaître – était de projeter sur le monde – ou Sadie du moins – un éclairage plus flatteur. Ce n'était pas la première fois qu'elle envisageait de le contacter. Depuis son retour à Cambridge, chaque pavé lui rappelait Sam et Marx. Mais d'une certaine manière, il lui paraissait impossible de reprendre une relation aussi chargée que la leur. Elle le savait en vie. Son nom apparaissait souvent dans les mails groupés du service commercial d'Unfair Games. Elle n'avait toutefois pas eu de contact direct avec lui depuis *Pionniers*.

Quand Sadie avait téléchargé ce jeu, elle n'avait pas relevé la moindre information sur son concepteur, ni nourri d'attentes particulières quant à son contenu. En plein post-partum, l'esprit confus, les idées noires, elle se sentait seule et s'était rabattue sur cette activité pour y trouver du réconfort, comme d'autres se réfugiaient dans la nourriture. Elle privilégiait les jeux simples, auxquels elle pouvait s'adonner tout en s'occupant d'elle et de l'insatiable nouvelle petite créature. Elle en avait essayé un, sur la gestion des ressources dans le Far West, un autre où il fallait assurer le développement d'un village, plusieurs jeux sur le travail de serveur dans un restaurant, ou de directeur d'hôtel, un jeu avec des fleurs magiques, un autre sur les parcs d'attractions, avant de se tourner finalement vers *Pionniers*.

Très vite, elle s'était beaucoup plus investie dans celui-là que dans les précédents. Dès le départ, cet univers lui avait paru confortable et familier, ce qui n'avait rien d'étonnant puisqu'il avait été construit avec son propre moteur. Sadie avait attribué l'intelligence inhabituelle des joueurs au fait que *Pionniers* attirait les trentenaires qui, comme elle, étaient nostalgiques des jeux vidéo des années 1980.

Le jour où Sadie était tombée sur Dédale en train de souffler un cœur en verre, elle avait soupçonné Sam tout en s'autorisant à se le cacher. Son désir de jouer primait sur celui de connaître la vérité. Sadie avait reproché à

Sam de l'avoir trompée, mais en réalité, elle s'était trompée elle-même. Ça l'embarrassait de reconnaître tout ce que ce monde idiot et exquis lui avait apporté.

Un an et demi plus tard, en racontant cette histoire à Dov sur le ton de la plaisanterie, Sadie réalisa qu'elle n'en voulait plus à Sam. Elle commençait à éprouver de la tendresse pour lui et même une certaine empathie. Ce jeu qu'il avait créé pour elle, il l'avait sans doute créé un peu pour lui aussi. Il avait dû se sentir si seul après la mort de Marx. Elle avait laissé la gestion d'Unfair Games lui retomber dessus, et quel travail ! Sadie n'avait jamais remis les pieds au bureau et ne l'avait pas remercié non plus.

Quelques semaines après le début du semestre de printemps, elle s'était rendue dans les sous-sols de la librairie de Harvard au rayon « occasions ». Elle cherchait des livres illustrés pour sa fille quand elle repéra un ouvrage qui n'avait pas été rangé au bon endroit : c'était un exemplaire de l'Œil Magique. Bien que ce ne soit pas vraiment un livre illustré, Sadie décida de l'acheter pour Naomi, qui avait quatre ans à présent.

Sadie et elle le feuilletèrent ensemble, avant l'heure du coucher.

— Je le vois ! s'écria l'enfant.

— Qu'est-ce que tu vois ?

— Un oiseau. Il est juste là. Tout autour de moi. C'est incroyable ! On peut en faire un autre ? Je crois que ça pourrait devenir mon livre préféré, maman.

Deux semaines plus tard, Naomi avait déjà réalisé plusieurs fois les vingt-neuf activités proposées dans le livre et était prête à relever un nouveau défi. Sadie décida d'envoyer le livre à Sam. Elle s'apprêtait à y joindre un petit mot, puis se ravisa. Il saurait de qui il provenait.

• •
•

Quand Ant passa à Boston, Sadie lui proposa d'intervenir dans son cours.

Homologue High en était à son septième volet et passionnait tous les étudiants – pour leur génération, c'était le *Harry Potter* des jeux vidéo. Il était bien plus connu qu'*Ichigo* et s'adressait à un autre public que *Mapleworld*. C'était le genre de divertissement qui rappelait sa jeunesse à qui se souvenait d'y avoir joué.

Après le cours, elle emmena Ant dîner au restaurant et ils échangèrent des potins sur les gens de l'industrie du jeu. Qui se retrouvait impliqué dans un scandale de harcèlement sexuel ? Qui était *retourné* en cure de désintoxication ? Quelle société était au bord de la faillite ? Quelle suite était complètement ratée, pour avoir été, à l'évidence, sous-traitée par une équipe démotivée de programmeurs étrangers ?

Ils avaient évité avec soin tous les sujets trop personnels ou sensibles. Pourtant, au dessert, Sadie demanda :

— Comment va Sam ?

Cela faisait deux ou trois semaines qu'elle lui avait envoyé le livre et elle n'avait pas reçu de nouvelles de sa part.

— Égal à lui-même, je crois. Il ferme *Pionniers* à la fin de l'année.

— Pauvres *Pionniers*.

— Je ne sais pas pourquoi il a voulu faire ce jeu. C'était top secret dans la boîte à l'époque. Tu y as déjà joué ? Un truc étrange et rétro.

— Jamais, mentit-elle.

— Le maire Mazer a pris officiellement sa retraite de *Mapleworld*, aussi. Sam organise de grandes élections pour lui trouver un remplaçant.

— C'est malin.

— Peu importe qui les remporte, j'ai l'impression que cette fonction sera surtout honorifique. Il travaille sur un projet de réalité augmentée. Je ne sais pas trop quoi. Son père est mort la semaine dernière.

— George, l'agent ? s'enquit Sadie.

Pour ce qu'elle en savait, Sam ne le voyait jamais

— Non, répondit Ant. Le type des pizzas de K-Town.

— Non, pas Dong Hyun ! C'est son grand-père.

— Si, je crois qu'il souffrait d'un cancer. En tout cas, il était malade depuis un moment. Sam s'absentait souvent du boulot. C'est drôle, je l'ai toujours pris pour son père.

Sadie et Ant se séparèrent devant le restaurant. Il la prit dans ses bras et lui avoua avant de s'éloigner :

— Je pense à Marx tous les jours.

— Moi aussi.

— Personne d'autre que lui n'a autant cru en nous, poursuivit-il. Nous n'étions que des étudiants avant qu'il n'estime qu'on tenait un vrai jeu.

— Comme nous.

— Si seulement j'avais réussi à le sauver. Je revis la scène sans arrêt. Si je n'étais pas descendu, si je ne l'avais pas laissé aller dans le hall, si…

— C'est le joueur en toi qui parle, l'interrompit-elle. Tu cherches à trouver le moyen de passer le niveau. Mon cerveau aussi me joue de mauvais tours de ce genre. Mais tu n'aurais rien pu faire, Ant. On ne pouvait pas gagner cette partie-là.

Au bout de cinq ans, elle pouvait enfin entendre le nom de Marx sans avoir envie de pleurer.

Un jour, elle avait lu un livre qui révélait qu'au fil des années, le cerveau humain produit une version de nos proches en intelligence artificielle. Il collecte les données d'une personne, et en stocke un double virtuel. Quand cette personne meurt, notre cerveau continue à croire que son double virtuel existe et dans un sens, c'est le cas. Petit à petit, le souvenir s'estompe et on se retrouve avec une version atténuée du double qu'on s'était fabriqué quand la personne vivait encore.

Sadie sentait bien qu'elle oubliait toutes les particularités de Marx – le son de sa voix, le contact de ses doigts, sa gestuelle, sa température exacte, son odeur sur ses vêtements, sa façon de marcher ou de grimper les escaliers quatre à quatre. Elle se disait qu'un jour, il finirait réduit à une seule image : celle d'un homme debout sous un lointain *torii*, qui l'attendait, son chapeau à la main.

Elle rentra chez elle vers 23 h 30, régla la nounou et la mit dans un taxi. Naomi était déjà couchée, mais Sadie passa la voir dormir. Elle adorait la regarder dormir.

Sadie n'avait pas l'instinct maternel même si ce genre de chose ne se dit pas d'habitude. Elle avait trop besoin de solitude et de son espace vital. Elle n'en aimait pas moins cette enfant, s'évertuant à ne pas idéaliser sa personnalité pour ne pas lui prêter des traits de caractère qui n'étaient pas les siens. Un bon concepteur de jeux sait qu'il ne doit pas s'accrocher à ses premières idées sous peine de compromettre le potentiel de sa création. Sadie ne considérait pas encore Naomi comme une vraie personne, ce qui ne se disait pas non plus. Elle connaissait tant de mères qui racontaient que le tempérament de leurs enfants s'était affirmé très tôt, dès leur naissance. Sadie ne comprenait pas ce point de vue. Comment manifester sa propre nature sans avoir de langage ? Ni même de goûts ? De préférences ? D'expériences ? Et quel adulte pourrait croire qu'il était déjà lui-même, complètement formé, dès sa venue au monde ? Elle savait bien de son côté qu'elle n'était devenue une véritable personne, avec toute sa richesse et sa complexité, que très récemment. C'était insensé de s'attendre à ce qu'un enfant débarque comme un être déjà accompli, achevé. Naomi lui faisait penser à une esquisse au crayon qui, à un moment donné, deviendrait un personnage en 3D.

Sadie s'était entraînée à ne pas chercher les traits de Marx dans ceux de sa fille. Il lui arrivait parfois, et contre toute attente, d'y retrouver Sam. Naomi était moitié asiatique, moitié juive d'Europe de l'Est. Son patrimoine génétique se rapprochait donc plus de celui de Sam que du sien ou de celui de Marx.

Sadie ferma la porte de la chambre de Naomi et alla dans la sienne.

Elle décida d'appeler Sam. Il n'était que 20 h 30 en Californie. Son numéro n'avait pas changé. Il ne décrocha pas – personne ne décrochait plus son téléphone –, elle laissa donc un message.

— C'est moi, Sadie, précisa-t-elle au cas où. Je viens de dîner avec Ant, ici, à Boston. Je ne sais pas si tu es au courant, mais c'est là que j'habite maintenant. Enfin, je suis désolée d'avoir appris la nouvelle pour Dong Hyun. Je sais à quel point il t'aimait. C'était l'homme le plus doux et le plus gentil du monde.

Sam ne lui donna pas de nouvelle.

Un jour ou deux plus tard, elle appela la pizzeria pour savoir si une cérémonie était prévue pour Dong Hyun. Le jeune homme qui décrocha l'informa que les funérailles auraient lieu ce week-end-là. Il ne prit pas la peine de demander qui appelait : Dong Hyun était l'ami de tout K-Town.

3

Ce qu'on peut espérer de mieux pour tout le monde, décida Sam, c'est une mort de jeu vidéo. Autrement dit, une mort spectaculaire et subite.

Quand il introduisit sa dernière pièce dans la machine, Dong Hyun était malade depuis presque un an. Un cancer – localisé dans ses poumons avant de fatalement se répandre ailleurs, partout – avait réduit son merveilleux grand-père bien portant à une masse de cellules dégénérescentes. Sam avait décidé de lever le pied à Unfair Games, pour prendre le temps de s'occuper de lui. Comment pouvait-il en être autrement ? Dong Hyun avait passé des années à veiller sur lui.

Sam le regarda souffrir, à mesure qu'on lui retirait des parties de lui. Et au bout d'un moment, quand il ne resta plus rien à lui enlever, son grand-père s'en alla.

Sam faisait la navette entre son bureau et son grand-père. Dong Hyun n'avait pas succombé à une mort de jeu vidéo ce qui avait permis à son petit-fils de profiter de lui jusqu'à la fin. Ça avait aussi laissé le temps à Dong Hyun, avant son décès, de parler de ce qu'il voulait à Sam, ses cousins, sa grand-mère. Tout cela méritait-il autant de souffrances ? Sam n'aurait su le dire.

Au cours des dernières semaines de sa vie, Dong Hyun parlait peu. Il bougeait de moins en moins. Aussi Sam fut-il très surpris de le voir s'asseoir sur son lit et lui prendre la main.

— Tu as de la chance, Samson, déclara-t-il d'une voix limpide. Tu as vécu de grandes tragédies, c'est vrai, mais tu as eu beaucoup de bons amis.

On l'avait laissé sortir de l'hôpital pour qu'il puisse vivre ses derniers instants chez lui, dans la maison ensoleillée de style Craftsman où il avait passé les quarante dernières années de son existence. Sam était perturbé de constater que les effluves familiers de pizza avaient été remplacés par toutes sortes d'odeurs déplaisantes et médicamenteuses.

— Ah bon ?

— Oui, Marx et Sadie. Ils t'aimaient.

— Et deux, c'est beaucoup ?

— Tout dépend de la qualité de l'amitié. Et Lola ? Qu'est-elle devenue ?

— Elle s'est mariée. Elle habite Toronto. (Sam marqua une pause.) J'aurais bien aimé connaître un vrai truc comme grand-mère et toi.

— Tu as d'autres choses. Tu es né dans un monde différent du mien. Peut-être n'as-tu pas besoin de ce que nous avons avec ta grand-mère.

Il tapota la joue de Sam et fut secoué d'une de ses interminables quintes de toux.

— Marx est mort, lui rappela Sam.

— Je le sais. J'ai encore toute ma tête.

— Marx est mort et Sadie a maintenant une enfant que je ne connais même pas.

— Tu pourrais apprendre à la connaître, lui suggéra Dong Hyun.

— Je veux dire, c'est dur une fois que les gens ont des enfants. Je ne comprends pas vraiment les mômes.

— Tu gagnes ta vie en faisant des jeux, souligna son grand-père. Tu dois en connaître un rayon sur les enfants.

— Oui, mais ce n'est pas pareil. Je crois que je n'aime pas les petits parce que j'ai détesté être jeune.

— Tu l'es encore.

— Oui, ben elle vit à Boston, maintenant, rétorqua Sam, donc…

— Tu pourrais aller la voir.

— Je ne crois pas qu'elle en ait envie.

— Le voyage ne prend plus beaucoup de temps.

— Six heures d'avion. Autant qu'avant.

— C'est plus rapide que d'aller de Venice à Echo Park quand ça bouchonne.

— Ce n'est pas vrai.

— Je faisais la petite blague classique de L.A. sur les bouchons.

— Ah, d'accord.

— Une bonne blague, insista Dong Hyun.

— Rien ne me fait trop rire ces derniers temps.

— Tu plaisantes ? (Dong Hyun éclata d'un rire qui s'abîma dans une nouvelle quinte de toux.) Tout est drôle au contraire. (Il ferma les yeux.) Quand tu parleras à

Sadie, dis-lui qu'il y a une pizza pour elle. Les amis de Sam mangent à l'œil.

— Je lui dirai.

Depuis deux ans, la pizzeria avait de nouveaux propriétaires et avait changé de nom.

— Je t'aime, Sammy.

— Je t'aime aussi, grand-père.

Pendant quasiment toute sa vie, il lui avait été difficile de prononcer ces mots-là. Sam trouvait qu'il valait mieux témoigner son amour à ses proches par des actes. À présent, ça lui semblait la chose la plus aisée du monde. Pourquoi ne pas dire aux gens qu'on les aime ? Il faut au contraire le leur répéter, quitte à les lasser. Il faut le dire jusqu'à ce que ça ne signifie plus rien. Pourquoi pas ? Évidemment qu'on doit le dire, bordel !

Les funérailles se tinrent au centre culturel coréen, et la famille élargie de Dong Hyun, ses amis, et de nombreux commerçants et restaurateurs du quartier vinrent y assister. Sam et sa grand-mère passèrent ce qui leur sembla des heures à recevoir des paroles de remerciement et de condoléances.

Au cours de l'après-midi, Sam relâcha son attention, s'autorisant à être à la fois présent et absent. C'était un truc qu'il avait appris pendant les longues convalescences de sa jeunesse. Il pouvait être à la fois à l'intérieur et à l'extérieur de son corps. Il lui suffisait de saluer les gens, de leur marmonner des remerciements à n'en plus finir, et l'air de rien, son regard se perdait au loin, comme si l'affiche de l'Œil Magique placardée dans une gare de métro se retrouvait sur le mur du fond dans la salle du centre culturel coréen.

Soudain, ses yeux se fixèrent sur quelque chose. Et dans son monde de surfaces planes, une personne émergea en 3D. C'était Sadie.

Cela faisait presque cinq ans qu'il ne l'avait pas revue et la voir en chair et en os lui sembla une illusion d'optique

Elle l'avait appelé deux ou trois jours plus tôt, mais il n'avait pas pensé qu'elle se déplacerait.

Sadie lui fit un signe de la main.

Il y répondit.

Elle lui dit quelque chose qu'il n'entendit pas de là où il se trouvait.

Il hocha la tête comme s'il l'avait comprise.

Elle s'en alla.

Deux semaines plus tard, on ouvrit le testament de Dong Hyun. Sans surprise, il avait légué la quasi-totalité de ses biens à Bong Cha. À une remarquable exception près : « Je fais don à Sadie Green de ma machine *Donkey Kong*, qui était depuis des années dans le coin jeux du restaurant. Avec toute mon affection et ma gratitude pour les années d'amitié qui l'ont liée à mon petit-fils. »

Cela faisait une éternité que Sam n'avait pas composé son numéro. Il ne réussit pas à la joindre tout de suite, mais dans la soirée, elle le rappela. Il la remercia d'être venue aux funérailles.

— Mais ce n'est pas la raison de mon appel. Dong Hyun a laissé quelque chose pour toi dans son testament.

— Ah bon ? Qu'est-ce que c'est ?

— La machine *Donkey Kong*.

— C'est vrai ? (La voix de Sadie n'avait pu réprimer un enthousiasme enfantin.) J'adore *Donkey Kong* ! J'étais tellement jalouse quand tu me disais que tu pouvais y jouer autant que tu voulais. Pourquoi a-t-il fait ça, d'après toi ?

— Eh bien, il était fier de nous, tu sais. Fier de nos jeux. Il avait toutes nos affiches à Dong & Bong. Et tu as été… à peu près ma seule amie pendant la majeure partie de mon enfance comme tu dois bien le savoir… donc… je crois qu'il pensait que sans toi, j'aurais pour ainsi dire, baissé les bras. Et il avait sans doute raison, je ne sais pas. Il t'était reconnaissant.

Sadie digéra l'information.

— Non, réflexion faite, je ne peux pas l'accepter. Elle devrait te revenir.

— Et pourquoi j'en voudrais ? C'est toi qui adores *Donkey Kong*. Dis-moi juste ce qu'il faut que j'en fasse. On peut la laisser chez ma grand-mère si tu n'en veux pas. Je pense que ça pèse littéralement une tonne.

— Je me la ferai expédier, dit Sadie. Je la veux carrément. C'est un classique. Laisse-moi quelques jours pour m'occuper du transport. Je vais sans doute la mettre dans mon bureau au MIT.

— Dong Hyun aurait adoré savoir que sa machine avait finalement atterri dans une des meilleures universités du pays.

— Comment vas-tu ? demanda Sadie.

— J'ai connu mieux. J'ai décidé… tout compte fait, je préfère la mort dans les jeux vidéo.

— Rapide, douce, avec possibilité de résurrection immédiate.

— Les personnages de jeux ne meurent jamais.

— Ils meurent tout le temps en fait. C'est juste que ça ne revient pas tout à fait au même.

— Tu bosses sur quoi en ce moment ?

— J'élève un enfant, j'enseigne. Je crois que c'est tout.

— Et tu harcèles tes étudiants comme Dov ?

— Non. Je ne me vois franchement pas coucher avec un jeune de vingt ans. Je me sens toujours obligée d'ajouter que Dov était un super prof. Je ne sais pas d'où vient mon besoin de le défendre.

— Ça te plaît d'enseigner ?

— Oui, admit-elle. Un gamin portait un pull à l'effigie de Mapletown le premier jour.

— Quel effet ça t'a fait ?

— Tu veux dire, de me retrouver dans mon propre cours face à *Mapleworld*, le phénix né des cendres de mon échec ?

— Oui, par exemple.

— Le gamin n'en savait rien. C'était un compliment. Ils pensent que *Mapleworld* est mon jeu.

— C'était le tien, non ?

— Plus le tien. Je crois que ça a été acté. Quand je pense à toutes mes inquiétudes quant à la reconnaissance et au mérite, et que je vois qu'aujourd'hui personne ne se souvient plus de qui a fait quoi…

— Il y a sûrement un internaute qui connaît la vérité, dit Sam.

— Waouh, c'est bien naïf de croire qu'Internet détient la vérité sur quoi que ce soit.

— Je broie du noir ces derniers temps, reconnut-il. Et je me demandais comment on se sort de ce genre de chose ?

— Travailler, ça aide, commença Sadie. Les jeux aussi. Mais quand j'ai le moral vraiment dans les chaussettes, je garde à l'esprit une image.

— Laquelle ?

— J'imagine des gens en train de jouer. Parfois à l'un de nos jeux, d'autres fois à *n'importe* lequel. C'est ce qui me redonne véritablement espoir quand je suis au fond du trou : je m'accroche à la certitude que, même si la vie est cruelle, il y aura toujours des joueurs.

Tandis que Sadie parlait, Sam se rappela un après-midi d'hiver, des années plus tôt, et des usagers du métro lui barrant le passage, l'empêchant d'accéder au quai. À ce moment-là, il les avait considérés comme des obstacles, mais peut-être s'était-il trompé sur leur compte. Qu'est-ce qui incite une personne à chercher l'émotion dans une station de métro devant la seule promesse d'une image secrète ? Et aussi, qu'est-ce qui pousse quelqu'un à emprunter une route sans nom en pleine nuit ? Peut-être était-ce cette envie de jouer qui réveillait la part de sensibilité et de fraîcheur qu'on trouve dans chaque être humain. Peut-être était-ce l'envie de jouer qui nous protégeait du désespoir.

— J'ai reçu le livre de l'Œil Magique, au fait, dit Sam.

— Alors… ? Tu l'as fait ?

— Non.

— Allez, Sam. Qu'est-ce que tu fous ? Faut que tu essaies. Va chercher le bouquin.

Sam alla le récupérer sur une étagère de sa bibliothèque.

— Je vais rester au bout du fil jusqu'à ce que tu le voies. Ma fille de cinq ans y arrive bien. Je vais t'aider.

— Ça ne marchera pas.

— Place le livre devant ton visage, lui ordonna-t-elle. Juste sous ton nez.

— D'accord, d'accord.

— Et maintenant, laisse tes yeux se concentrer puis éloigne lentement le livre.

— Ça n'a pas marché.

— Recommence.

— Sadie, ces trucs ne fonctionnent pas avec moi.

— Tu as trop *d'idées préconçues* sur ce qui fonctionne avec toi. Contente-toi de réessayer.

Il s'exécuta.

— Sam ? demanda-t-elle.

À l'autre bout du fil, il répondit :

— Je le vois. C'est un oiseau.

Il avait des trémolos dans la voix et elle n'aurait su dire s'il pleurait.

— Bien. Il s'agit *effectivement* d'un oiseau.

— Et maintenant ?

— Tu fais pareil avec la suivante.

Sadie perçut le froissement d'une page qu'on tourne.

— On devrait faire quelque chose ensemble, hasarda Sam.

— Oh merde, Sam, et pourquoi ? On se fait du mal, tous les deux.

— C'est faux. Pas toujours.

— Ça ne vient pas que de toi, mais de moi aussi. De Marx. Il s'est passé tant de choses. Je ne suis même pas sûre d'être encore une conceptrice de jeux.

— C'est le truc le plus débile que j'aie jamais entendu, Sadie.

— Merci.

— Et il n'y a rien de vrai là-dedans. Bon, il fallait que je te pose la question. Il a toujours fallu que je te pose la question. Tiens-moi au courant si tu changes d'avis.

Naomi entra dans la chambre de Sadie.

— C'est l'heure d'aller se coucher ! claironna-t-elle.

Sadie avait inventé un jeu : si sa fille annonçait l'heure du coucher avant elle, sept soirs d'affilée, elle remportait un prix. Ce stratagème relevait certes de la manipulation et de la corruption, mais s'avérait aussi particulièrement efficace pour mettre au lit une enfant récalcitrante.

— À qui tu parles ?

— À mon ami Sam. Tu veux lui dire bonjour ?

— Non, répondit Naomi. Je ne le connais pas.

— D'accord, file dans ta chambre, je t'y rejoins dans une seconde. (Sadie s'adressa ensuite à Sam.) Il faut que j'aille coucher ma fille. Bonne nuit, docteure Dédale.

— Bonne nuit, mademoiselle Marks.

. .
.

Un jeu d'arcade *Donkey Kong* pèse plus ou moins 150 kg. La caisse pour le transport, qui sera fabriquée sur mesure, vingt-cinq de plus. Les frais de transport d'une résidence située à Los Angeles vers un bureau universitaire dans Cambridge sont d'environ 400 dollars, voire un peu plus si on demande au transporteur de l'installer à destination.

Vous pourriez trouver une machine *Donkey Kong* classique pour moins cher dans votre région. Ça vous éviterait des frais de transport considérables, mais elle n'aurait pas la même mémoire. À titre d'exemple, elle ne saura pas que le meilleur joueur de *Donkey Kong* à avoir joué Chez Dong et Bong, la maison de la pizza new-yorkaise, sur le boulevard Wilshire dans K-Town, à Los Angeles, avait pour initiales S.A.M.

Lorsque la machine arriva à Cambridge, elle marchait toujours, mais les plus gros scores avaient été effacés. La mémoire de ces anciens engins était fragile, même si on affirmait le contraire. À supposer qu'il ait été équipé d'une batterie de secours pour la mémoire, celle-ci était morte depuis longtemps.

Quand elle chargea la page désormais vide des meilleurs scores de la borne de Dong Hyun, Sadie pouvait toujours voir le S.A.M. en filigrane. Ses scores étaient restés affichés si longtemps qu'ils avaient brûlé l'écran.

4

Un peu moins d'un an après la mort de Dong Hyun, ReveJeux, une société de jeux basée à Paris et à New York, contacta Sam et Sadie pour leur proposer de créer un troisième volet à *Ichigo*. ReveJeux avait sorti plusieurs succès, dont le plus connu était *Le Code des samouraïs*, un jeu de parcours et de rapidité sur une équipe de samouraïs non-genrés. Sadie et Sam avaient tous les deux admiré leur jeu et décidèrent donc de prendre l'avion pour New York afin de les rencontrer.

L'équipe de ReveJeux était jeune, comme la plupart des gens de ce milieu et d'après Sadie, Sam et elle étaient les plus âgés de la pièce, d'au moins cinq bonnes années. *On passe si vite du statut de plus jeune à celui de plus vieux*, pensa-t-elle.

Ils se décrivirent comme de « grands admirateurs » d'*Ichigo* et ils voulaient préserver le style et l'émotion de l'original, tout en utilisant la puissance de feu technique actuelle. Marie, une Française sérieuse qui semblait fraîchement sortie de l'université, dirigeait l'équipe. Elle parlait d'*Ichigo* avec un émoi perceptible.

— Il faut que vous sachiez qu'*Ichigo* est un jeu qui me tient particulièrement à cœur, dit-elle. Mais j'y joue depuis mon adolescence, et j'ai toujours eu l'impression qu'il manquait quelque chose à l'histoire. Je veux absolument voir Ichigo grandir.

Marie leur fit donc sa proposition pour le troisième *Ichigo* : le héros est devenu un salarié, la version japonaise du costard-cravate qui prend le train pour se rendre à son boulot de 9 heures à 17 heures. Il est marié et père d'une petite fille. Cette dernière est portée disparue. Ichigo doit se débarrasser de son costume d'employé pour partir à sa recherche. Il remet son maillot floqué du numéro 15, avant de se lancer dans une nouvelle aventure. Le scénario du jeu serait réparti entre Ichigo et sa fille. Marie voyait Ichigo comme une sorte de Peter Pan et voulait que l'histoire soit aussi touchante et immersive que celles des jeux *Uncharted* ou *Journey*.

— Il y a un truc qu'il faut que je sache, commença Marie. Pourquoi n'avez-vous jamais fait un troisième *Ichigo* ? Ce jeu est tellement génial. Comme vous deux.

Le collègue de Marie, un homme aux lunettes aiguemarine, répondit à leur place.

— J'imagine qu'ils étaient déjà bien occupés par d'autres choses.

Après réflexion, Sadie se dit que ce type devait avoir le même âge qu'eux.

S'ils acceptaient que ReveJeux se lance dans la création d'une suite à leur jeu, Sadie et Sam seraient impliqués en tant que producteurs exécutifs et le nouveau jeu serait une coproduction des deux sociétés. On les consulterait, mais l'équipe de ReveJeux se chargerait du gros du travail.

Marie leur donna un fichier zip avec le prototype d'un niveau du futur *Ichigo* que son équipe avait préparé.

— Comprenez que ce n'est pas terminé, les prévint-elle. Et sachez que si vous me faites l'honneur de me confier le troisième *Ichigo*, je le chérirai comme mon enfant.

Dans le taxi qui les ramenait à l'hôtel, Sam demanda :

— Alors, qu'est-ce que t'en penses ? Tu veux qu'on les laisse faire ?

— Je ne sais pas, répondit Sadie. C'est une super boîte. Marie m'a plu, et tout ce qu'elle a dit aussi, et *Ichigo* fêtera ses seize ans l'année prochaine. Les gens cèdent régulièrement des licences sur leurs anciennes créations, je sais. Pourtant ça me fait tout bizarre de penser que quelqu'un d'autre va créer notre jeu.

— Ça l'est, convint-il.

— Mais j'avoue que le projet m'intrigue, ça pourrait être génial. S'ils se chargent du troisième volet, on pourrait en profiter pour actualiser l'original, le ressortir et attirer un nouveau public.

Sam acquiesça.

— Je meurs de faim. Allons trouver de quoi grignoter et réfléchissons-y, proposa Sadie.

Cela faisait des années qu'ils n'avaient pas passé du temps ensemble et, au début, la discussion était aussi crispée que lors d'un dîner d'affaires. Il y avait de longs silences, durant lesquels ils cherchaient leur prochain sujet de conservation.

— J'ai entendu dire que tu te lançais dans un jeu de fiction interactive ou un truc du genre ? s'enquit Sam.

— Ah ouais. Je fais ça à mes heures perdues. Je suis récemment tombée sur une ancienne camarade de classe du cours de Dov. Elle essayait de mettre au point des jeux de *visual novel*[1] pour le marché américain et m'a proposé d'être consultante. Je me suis dit : pourquoi pas ? Ça s'est fait très vite, et je n'ai pas eu besoin d'y penser trop longtemps, ce qui me fait du bien en ce moment. Et toi ?

— J'essaie de monter un projet autour de la réalité augmentée. C'est dur à mettre au point, mais quelqu'un va bien finir par le faire et plus personne ne voudra jouer à autre chose.

— Je ne suis pas d'accord. Ce sont les personnages et non la technologie qui font jouer les gens. T'as testé un bon jeu récemment ?

— *Bioshock 2*. Super univers. Les visuels sont pas mal, dans un style un peu irréel. *Heavy Rain* traite vachement bien les différents points de vue. Et *Braid*, génial. J'étais jaloux pendant toute la partie. Je regrettais trop de ne pas l'avoir fait avec toi. T'y as déjà joué ?

— C'est prévu. Je n'ai plus autant de temps qu'avant maintenant, avec la petite. Naomi adore la Wii. En particulier les jeux de sport. Alors on y joue de temps en temps.

1. Littéralement « roman visuel », genre de jeu vidéo combinant le roman et le jeu, populaire au Japon et un peu moins répandu dans le reste du monde.

— T'as une photo d'elle ? lui demanda Sam.

Sadie sortit son téléphone. Sam regarda l'écran en hochant la tête.

— Elle ressemble à Marx. Et à toi.

— Je l'ai emmenée en cours et les étudiants ont trouvé qu'elle ressemblait à Ichigo.

— C'est ce qu'on disait de moi, avant.

— Je m'en souviens, ça m'énervait.

— Maintenant, je suis vieux.

— Pas tant que ça.

— Trente-sept ans. Plus vieux que n'importe qui chez ReveJeux.

— Je me suis dit exactement la même chose, répliqua Sadie. Enfin, me concernant.

Ils se dirigeaient vers l'ascenseur de leur hôtel quand Sam ajouta :

— Il n'est pas très tard. On pourrait faire ensemble une partie du prototype d'*Ichigo III*.

— Tu crois qu'on devrait ?

— Je crois qu'il le *faut*. On doit bien ça à Ichigo.

Ils montèrent dans la chambre de Sam. Il chargea le jeu sur son PC et ils firent une partie tous les deux à tour de rôle, se passant l'ordinateur en bonne camaraderie comme lorsqu'il avait douze ans et elle, onze.

Ils terminèrent le premier niveau qui s'achevait sur une scène de foule, dans laquelle ils reconnurent des avatars de l'équipe de ReveJeux et les leurs.

Sam ferma son portable.

— Les visuels sont réussis si on tient compte du fait qu'ils vont encore travailler dessus. La bande-son aussi. (Sam haussa les épaules.) Ces gars-là ne plaisantent pas.

Je trouve que c'est plutôt bien. Je n'ai rien à redire. T'en penses quoi, toi ?

— Pareil, répondit-elle avant de marquer un temps. Je me suis quand même un peu ennuyée. Mais c'est injuste de ma part. Ils ne l'ont pas fini et peut-être qu'on n'est pas le public ciblé ?

— T'as sans doute raison. (Sam pivota pour lui faire face.) Tu sais à quoi je n'arrête pas de penser ? À quel point ça nous a été facile de réaliser le premier *Ichigo*. À l'époque, on était comme des machines – il fallait faire ça, ça, ça, ça. C'est tellement simple de casser la baraque quand on est jeune et qu'on n'a aucune idée de ce qu'on fait.

— Je suis d'accord, ajouta Sadie. La connaissance et l'expérience qu'on a emmagasinées, ça n'aide pas forcément, en fin de compte.

— Trop déprimant, rétorqua-t-il en riant. *À quoi* ça aura servi de se prendre autant la tête ?

— Il doit y avoir d'autres versions de nous qui ne créent pas de jeux.

— Qu'est-ce qu'ils font alors ?

— Ils sont amis. Ils ont une vie !

Sam hocha la tête.

— Ah, d'accord. J'en ai entendu parler. De ces gens qui se couchent toujours à la même heure et ne passent pas leurs journées tourmentés par des mondes imaginaires.

Sadie alla se servir un verre d'eau au minibar. Sam l'observa. Vue comme ça, de dos, elle ne présentait aucun signe distinctif, alors qu'un gamer reconnaîtrait toujours Lara Croft rien qu'à sa natte.

— Je devrais peut-être essayer, commença Sam, d'avoir une vie.

— J'en ai une maintenant, répondit Sadie. Et ça n'est pas si bien. Tu veux un verre d'eau ?

Sam fit oui de la tête.

— Puis-je te poser la question qui me taraude depuis un moment ?

— Oh ! Mon Dieu, ça a l'air sérieux.

— Pourquoi on n'a jamais été ensemble, d'après toi ?

Sadie s'assit à côté de Sam sur le lit.

— Sammy, on *a été* ensemble. Tu dois bien le savoir. Si je regarde la réalité en face, la plus grande partie de ma vie t'appartient.

— Mais *ensemble*, ensemble ? Comme tu l'as été avec Marx et Dov.

— Comment ça se fait que tu ne le saches pas encore ? Les amants sont… banals. (Elle plongea son regard dans le sien.) Parce que je préférais mille fois travailler avec toi à l'idée de faire l'amour avec toi. Parce que les vrais compagnons de route sont rares.

Sam baissa les yeux sur ses mains.

— J'ai cru que c'était parce que j'étais fauché. Et quand je ne l'ai plus été, j'ai cru que je ne t'attirais pas parce que j'étais à moitié asiatique et parce que j'étais infirme.

— Tu me trouves vraiment aussi odieuse ? C'étaient tes pensées, pas les miennes.

— Oui, peut-être.

— Je ne suis toujours pas fatiguée, reprit Sadie. Sans doute l'excitation d'être *sans enfant*[1]. Que dirais-tu d'aller faire un tour dehors ?

— Du bien.

---

1. En français dans le texte.

Leur hôtel se trouvait à Columbus Circle, et ils remontèrent, vers l'Upper West Side. Le mois de mars touchait à sa fin et il faisait encore froid, même si on percevait les promesses du printemps.

— J'ai vécu là avec ma mère, dit Sam.

— Je ne te connaissais pas encore à l'époque.

Sam acquiesça.

— Oui, et j'ai du mal à croire qu'il fut un temps où nous ne nous connaissions pas. T'ai-je jamais dit pourquoi ma mère avait quitté New York ?

— Je ne crois pas.

— Une femme a sauté d'un immeuble et a atterri, ploc, à nos pieds.

— Elle est morte ?

— Oui. Ma mère a prétendu le contraire, mais trop tard. J'en ai fait des cauchemars, au bas mot, pendant une décennie.

— Tu ne m'as jamais raconté cette histoire. Et moi qui croyais toutes les connaître.

— Pas toutes. Je t'ai caché tellement de choses.

— Pourquoi ?

— Parce que je voulais me présenter à toi sous un jour particulier, j'imagine.

— C'est drôle que tu dises ça parce que si tu étais l'un de mes étudiants, tu agiterais ta douleur comme un étendard. Cette génération ne cache plus rien à personne. Mes étudiants parlent beaucoup de leurs *traumatismes*. Et de la façon dont ces blessures façonnent leurs jeux. Je te jure, ils pensent que c'est ce qu'il y a de plus intéressant chez eux. On pourrait croire que je me moque d'eux, et peut-être un peu, là, mais ce n'est pas mon intention. Ils sont tellement différents de nous. Ils placent la barre plus haut ; ils dénoncent tout le temps le sexisme et le racisme avec lesquels moi, du moins, j'ai dû composer. Ce côté-là les… prive aussi d'humour. Je déteste les gens qui dissertent sur les différences entre générations et voilà que je fais pareil. Ça ne rime à rien. En quoi ressemblais-tu à ceux avec lesquels on a grandi, t'as une idée ?

— S'ils estiment que leurs traumatismes sont ce qu'il y a de plus intéressant chez eux, comment les surmontent-ils ? demanda Sam.

— Je ne crois pas qu'ils y arrivent. Ou peut-être qu'ils n'ont pas à le faire, je ne sais pas. (Sadie marqua une pause.) Depuis que j'enseigne, j'ai compris à quel point on avait eu de la chance d'être nés à notre époque.

— Comment ça ?

— Ben, si on était nés un petit peu plus tôt, on n'aurait pas pu réaliser nos jeux aussi facilement. On aurait eu du mal à avoir accès à des ordinateurs. On aurait fait partie de cette génération qui rangeait ses disquettes dans des pochettes en plastique hermétique et jouait dans des magasins. Et si on était nés un petit peu plus tard, on aurait eu Internet, et certains outils, mais franchement, les jeux sont devenus si sophistiqués, le milieu du jeu si professionnel. On n'aurait jamais pu en faire autant par nous-mêmes. Avec les ressources à notre disposition, on n'aurait jamais conçu un jeu qu'on aurait pu vendre à une société comme Opus. *Ichigo* n'aurait jamais été japonais parce que ça nous aurait posé un problème de ne pas être japonais. Et je pense qu'à cause d'Internet, on aurait été noyés dans la masse de ceux qui auraient essayé de faire la même chose que nous. On avait tant de libertés – créatives, techniques. Personne ne faisait attention à nous et on ne faisait même pas attention à nous-mêmes. Tout ce qu'on avait, c'étaient des critères draconiens, et ta certitude tout à fait théorique que nous pourrions produire un jeu génial.

— Sadie, à n'importe quelle époque, on aurait quand même créé des jeux, toi et moi. Tu sais comment je le sais ?

Elle secoua la tête.

— Parce que la Dr Dédale et Mlle Marks ont elles aussi fini par en fabriquer.

— Elles fabriquaient des damiers, ça n'a rien à voir. Et tu savais qui tu étais dans *Pionniers*, donc ça ne compte pas. Tu trichais.

— Toi aussi, tu savais qui tu étais.

— Oui et non, rétorqua-t-elle. Mais je crois qu'en jouant, j'ai réussi à exorciser une sorte de traumatisme – encore ce mot. Rien ne m'atteignait, je me sentais si déprimée, et j'avais un bébé. Même Freda – Dieu sait qu'elle me manque ! – en avait un peu ras le bol de moi. Elle me disait : « Ma Sadie, tout le monde vit des drames. Ça suffit maintenant. » Pourtant, après *Pionniers*, je ne voyais plus les choses autant en noir. Ce jeu m'a surtout donné l'impression d'être un peu moins seule. Je ne crois pas t'avoir vraiment remercié, d'ailleurs. (Sadie regarda le visage de Sam qui lui semblait aussi familier que le sien.) Merci, mon ami.

Il passa son bras autour de ses épaules.

— J'ai une théorie pour expliquer ce qui t'a poussée à m'affronter après la révélation du « cinquième jeu ». Veux-tu l'entendre ?

— J'imagine que tu vas me la dire.

— Je crois que ton instinct de créatrice sentait la possibilité de donner une fin élégante au jeu. J'en ai écrit le début et le milieu. Toi, la fin.

— C'est une théorie, dit Sadie. Tu veux qu'on fasse demi-tour ?

— Non, ça va. Restons encore un peu dehors.

Ils étaient remontés jusqu'au coin de la 99e Rue et d'Amsterdam Avenue. Sam pointa du doigt un immeuble avec un escalier de secours extérieur.

— C'est ici qu'on vivait avec ma mère. Au septième étage. En 1984, c'était un quartier difficile, ce qui n'a plus l'air d'être le cas aujourd'hui.

— Il n'y a plus de quartiers difficiles à New York aujourd'hui.

Sadie leva la tête vers l'immeuble. Elle imagina Sam enfant en train de la regarder par la fenêtre. Parfait et indemne, comme sa petite fille. Mais si Sam n'avait pas vécu un tel traumatisme – que Sadie découvrait aujourd'hui – les aurait-il autant poussés ? Sadie serait-elle devenue la designer qu'elle était s'il n'avait pas nourri ces ambitions pour eux ? Des ambitions qu'il n'aurait peut-être pas eues sans cette blessure d'enfance, non ? Elle n'en savait rien. Elle avait bossé dur, oui, mais lui aussi. Leurs jeux n'auraient jamais existé sans lui, ou sans elle. Finalement, il lui avait fallu presque une vingtaine d'années pour comprendre cette tautologie.

Depuis qu'elle était devenue mère et qu'elle avait commencé à enseigner, Sadie se sentait vieille, or cette nuit-là, elle se rendit compte que ce n'était pas du tout le cas. On ne pouvait pas être vieux et se tromper encore sur plein de choses comme elle l'avait fait. S'affubler de cet adjectif à son âge avait quelque chose d'immature.

Son regard se porta au-dessus de l'immeuble, vers le ciel. C'était une nuit de velours noir profond et la lune surnaturellement sphérique pesait sur la voûte céleste.

— Je me demande qui a créé ce moteur, lança Sadie.

— C'est du bon boulot, commenta Sam. Les halos sont réussis, mais la lune me paraît presque trop belle. On dirait que l'échelle n'a pas été respectée.

— Comment se fait-il qu'elle soit si grosse et si basse ? Il faudrait qu'elle soit plus épaisse. Ajouter un peu de bruit de Perlin. On devrait lui donner un côté plus irrégulier, là, elle ne semble même pas réelle.

— Peut-être était-ce leur objectif initial.

— Peut-être.

Le vol de Sadie à destination de Boston décollait une heure avant celui de Sam pour Los Angeles, mais ils avaient décidé de partager le même taxi vers l'aéroport. Comme il avait du temps devant lui, Sam l'accompagna jusqu'à sa porte d'embarquement. Elle lui paraissait préoccupée, comme tout le monde avant un départ, et même s'il avait des choses à lui dire, l'énergie fébrile de l'aérogare ne se prêtait pas aux conversations. Au moment où ils arrivèrent devant sa porte, les passagers du vol de Sadie étaient invités à embarquer.

— Bon, je dois y aller, dit-elle.

— Tu dois y aller, répéta-t-il.

Il la regarda rejoindre la queue et prit conscience du fait qu'il ne la reverrait peut-être pas avant plusieurs années.

— Sadie ! l'appela-t-il. Il faut que je te dise que tu devrais continuer à concevoir des jeux. Avec ou sans moi. Tu es trop douée pour arrêter.

Elle quitta la file pour le rejoindre.

— Je n'ai pas complètement arrêté. Enfin, si, pendant un long moment, c'est vrai. Mais je travaille un peu. Ça ne sert à rien de faire un truc si tu n'es pas convaincu que ça peut être génial.

— Tout à fait d'accord. Il n'empêche que j'aimerais bien rebosser avec toi, si tu en trouves le temps.

— Est-ce vraiment une bonne idée ?

— Probablement pas, répondit-il en riant. Peu importe. Ça me démange trop. Chaque fois que je te croiserai et jusqu'à la fin de mes jours, je te proposerai d'en créer un avec moi. Il y a ce truc qui trotte dans ma tête et n'arrête pas de me répéter que *c'est* une bonne idée.

— N'est-ce pas là la définition de l'aliénation mentale ? Faire la même chose encore et encore, tout en espérant obtenir un résultat différent ?

— C'est aussi la vie d'un personnage de jeu vidéo, répliqua Sam. Un monde de perpétuels recommencements. On reprend depuis le début, et cette fois, on gagnera peut-être. Et on ne peut pas dire qu'on ait eu que de mauvais résultats. J'adore les jeux qu'on a réalisés. On formait une super équipe.

Sam lui tendit la main qu'elle serra. Elle l'attira vers elle et l'embrassa sur la joue.

— Je t'aime, Sadie, lâcha Sam.

— Je sais, Sam. Moi aussi, je t'aime.

Sadie retourna dans la queue. Elle allait de nouveau atteindre le comptoir quand elle jeta un œil par-dessus son épaule.

— Sam ! lança-t-elle. Tu joues toujours ?

Elle l'avait dit sur un ton léger, avec un regard espiègle, et Sam comprit qu'elle renouvelait son invitation, aussi clairement que si elle s'était affichée à l'écran d'un jeu vidéo.

— Bien sûr, s'empressa-t-il de répondre avec un peu trop d'enthousiasme. Tu le sais bien.

Elle tira la fermeture Éclair de sa sacoche d'ordinateur et en sortit un petit disque dur. Elle tendit le bras par-dessus le cordon qui les séparait pour le lui remettre.

— Si t'as le temps, jettes-y un œil. Je l'ai à peine commencé et ce n'est pas bon. Pas encore du moins. Peut-être sauras-tu quoi en faire ?

Sadie referma sa sacoche et présenta sa carte d'embarquement à l'hôtesse.

— Quel est le meilleur moyen de te contacter ? demanda Sam.

— Envoie-moi un texto. Ou un mail. Ou passe à mon bureau si tu viens à Cambridge. J'y suis les mardis et les jeudis, de 14 heures à 16 heures.

— Pas de problème. On ne met que six heures en avion pour venir, de Los Angeles. Moins qu'il n'en faut pour faire le trajet de Venice à Echo Park.

— Si tu viens, j'ai une borne de *Donkey Kong* dans mon bureau. C'est gratuit pour les vieux amis.

Il regarda Sadie disparaître dans le tunnel de correspondance puis baissa les yeux sur le disque dur : le jeu s'intitulait *Ludus Sextus*. Elle avait écrit le titre à la main. Sam aurait reconnu son écriture entre toutes.

NOTES ET REMERCIEMENTS

Il n'y a pas d'autoroutes secrètes. Du moins, pas que je sache. Mais vous en entendrez peut-être parler si vous covoiturez avec le bon chauffeur ou si vous allez à une soirée avec quelqu'un qui a vécu longtemps à L.A.

Comme Sam, j'ai autrefois occupé une maison sur une colline proche du panneau Bon pied, Triste pied. Cette enseigne fut démontée en 2019, mais on m'a dit qu'on pouvait encore en trouver les vestiges dans une boutique de cadeaux de Silver Lake. De l'autre côté de la ville, *Clownerina*, créé par Jonathan Borofsky, a été restauré il y a quelques années et donne désormais des coups de pied plusieurs heures par jour, bien que je ne l'aie pas encore vu en action.

L'usine Necco Wafer a quitté Cambridge depuis des années, mais le château d'eau est toujours peint dans des couleurs pastel.

À ma connaissance, il n'y a jamais eu, dans la station de métro Harvard Square ou ailleurs, de publicité pour la série d'images *Œil Magique* de Cheri Smith et Tom Baccei. J'ai d'ailleurs longtemps pensé que les illusions de l'Œil Magique n'opéraient pas sur moi… jusqu'à présent.

Quand Sadie parle de la création, en intelligence artificielle, d'une version du cerveau de proches décédés, elle mentionne un ouvrage sur la prise de conscience. Il s'agit de *I Am a Strange Loop* de Doug Hofstedter, une source qui m'a été conseillée par Hans Canosa.

La scène où Macbeth lance de petits pains sur le siège vide de Banquo vient du *Macbeth* monté par la Royal Shakespeare Company en 2018 et mis en scène par Polly Findlay, avec Christopher Eccleston dans le rôle-titre.

Bien que mes parents aient tous les deux travaillé dans l'informatique et que je sois une gamer invétérée, les sources suivantes m'ont particulièrement aidée dans mes réflexions et ma compréhension de la culture des jeux et de leurs concepteurs, au cours des années 1990 et 2000 : *Blood, Sweat, and Pixels : The Triumphant Turbulent Stories Behind How Video Games Are Made* de Jason Schreier ; *Masters of Doom : How Two Guys Created an Empire and Transformed Pop Culture* de David Kushner ; *Hackers : Heroes of the Computer Revolution* (en particulier le chapitre sur Sierra On-Line) de Steven Levy ; *A Mind Forever Voyaging : A History of Storytelling in Video Games* de Dylan Holmes ; *Extra Lives : Why Video Games Matters* de Tom Bissell ; *All Your Base Are Belong to Us : How Fifty Years of Video Games Conquered Pop Culture* de Harold Goldberg ; et les documentaires *Indie Game : The Movie*, réalisé par James Swirsky et Lisane Pajot, ainsi que *GTFO*, réalisé par Shannon Sun-Higginson. J'ai lu *Indie Games* de Bounthavy Suvilay après avoir écrit ce roman : c'est un livre magnifique pour ceux qui veulent découvrir l'ingéniosité des jeux vidéo.

La phrase « Tu es mort de dysenterie » n'apparaît jamais telle quelle dans la version d'*Oregon Trail* de 1985 à laquelle Sam et Sadie ont joué, comme moi, enfants. Dans les années 1980, ils auraient plutôt vu : « Tu as la dysenterie » et puis, en supposant qu'ils n'en aient pas guéri : « Tu es mort. » On peut retrouver ce détail accompagné d'autres anecdotes sur *The Oregon Trail* dans le *You Have Died of Dysentery : The Making of the Oregon Trail Game* de R. Philip Bouchard, qui fut le concepteur principal de la version de 1985. J'aimerais aussi témoigner toute ma reconnaissance aux nombreux jeux qui ont inspiré *Pionniers*, notamment *The Oregon Trail, Stardew Valley*, conçu par Eric Barone ; *Animal Crossing*, créé par Katsuya Eguchi, Hisashi Nogami, Shigeru Miyamoto et Takashi Tesuka ; *Harvest Moon*, imaginé par Yasuhiro Wada ; et *EverQuest*, développé par Brad McQuaid, John Smedley, Bill Trost et Steve Clover. J'ai surtout remercié les concepteurs, mais comme mes lecteurs le comprendront, quel que soit le jeu, on ne peut pas vraiment dire qui en est l'auteur ou qui y a contribué, à moins d'avoir assisté à sa création. Ce qui est sûr, c'est que, dans ma vie, j'ai massacré bon nombre de bisons virtuels et, sur de nombreuses terres, éradiqué le fléau des rochers pixélisés.

Il est peu probable que Dov ait reçu un service de presse pour *Metal Gear Solid* en janvier 1996, ou que Sadie ait joué au *King's Quest IV : The Perils of Rosella* en août 1988. Dans le livre, j'ai choisi les jeux qui correspondaient le mieux à l'histoire, au risque de faire certains anachronismes. *King's Quest IV*, par exemple, est l'un des grands jeux de cette époque avec un personnage principal féminin, et donc l'un des premiers jeux que j'ai adorés.

Demain, et demain, et demain est un roman sur le travail, et je ferais preuve de négligence si je ne remerciais pas mes confrères, dont les idées, compétences, questions, observations, provocations, présentations PowerPoint, encouragements, mots d'esprit, lettres, appels téléphoniques et sur Zoom, textos, corrections, m'ont permis de beaucoup améliorer ce livre. Un grand merci à mon éditeur américain, Jenny Jackson, et à mon agent et ami, Douglas Stewart. Je remercie aussi Stuart Gelwarg, Dana Spector, Becky Hardie, Lara Hinchberger, Bradley Garrett, Danielle Bukowski, Szilvia Molnar, Maria Bell, Caspian Dennis, Nicole Winstanley, Reagan Arthur, Maris Dyer, Louise Collazo, Nora Reichard, Katrina Northern, Emily Reardon, Julianne Clancy, Wyck Godfrey, Isaac Klausner, Avital Siegel, Bryan Oh, Daria Cercek, Ellie Walker, Kathy Pories, Tayari Jones, Rebecca Serle, et Jennifer Wolfe.

Demain, et demain, et demain parle aussi d'amour. Merci à Hans Canosa, mon être humain et adversaire préféré aux jeux vidéo, même s'il est mauvais perdant. Je remercie mes parents chaque fois, mais pourquoi m'en priver ? Ils sont merveilleux. Ils s'appellent Richard et AeRan Zevin.

On pourrait classer mes livres en fonction des périodes où j'ai eu mes chiens. J'ai commencé *Demain, et demain, et demain* à l'époque d'Edie et Frank, et l'ai terminé pendant celle de Leia et Frank. Tous de bons toutous.

Composition et mise en pages
Nord Compo à Villeneuve-d'Ascq

Achevé d'imprimer en Italie
par Grafica Veneta S.p.A.
en mai 2024

#lisez engagé !
www.lisez.com
Pour plus d'information :
Imprimé sur du papier issu de forêts gérées durablement.

POCKET – 92, avenue de France, 75013 Paris

S34155/01